·安徽师范大学文学院学术文库·

中国诗学论集

ZHONGGUO SHIXUE LUNJI

丁 放 著

安徽师范大学出版社

·芜湖·

责任编辑:李克非
封面设计:杨　群　欧阳显根
责任印制:郭行洲

图书在版编目(CIP)数据

中国诗学论集 / 丁放著.—芜湖:安徽师范大学出版社,2015.9
(安徽师范大学文学院学术文库)
ISBN 978-7-5676-1142-9
Ⅰ.①中… Ⅱ.①丁… Ⅲ.①古典诗歌-诗歌研究-中国-文集 Ⅳ.①I207.22-53

中国版本图书馆CIP数据核字(2014)第001563号

本书由安徽师范大学教育基金会宝文基金资助出版
国家社科基金重大招标项目“唐诗学研究”(项目批准号:12&ZD156)阶段性成果

中国诗学论集
丁　放　著

出版发行:安徽师范大学出版社
芜湖市九华南路189号安徽师范大学花津校区　　邮政编码:241002
网　　址:http://www.ahnupress.com/
发 行 部:0553-3883578　5910327　5910310(传真)　　E-mail:asdcbsfxb@126.com
印　　刷:虎彩印艺股份有限公司
版　　次:2015年9月第1版
印　　次:2015年9月第1次印刷
规　　格:700×1000　1/16
印　　张:24.5
字　　数:390千
书　　号:ISBN 978-7-5676-1142-9
定　　价:49.00元

总　序

安徽师范大学文学院的前身是1928年建立的省立安徽大学中国文学系，是安徽省高校办学历史最悠久的四个院系之一。这里人才荟萃，刘文典、郁达夫、苏雪林、周予同、潘重规、卫仲璠、宛敏灏、张涤华、祖保泉等著名学者都曾在此工作过，他们高尚的师德、杰出的学术成就凝固成了我院的优良传统，培养出了一大批出类拔萃的各类人才。

文学院现设有汉语言文学、汉语言、秘书学、汉语国际教育等4个本科专业；文学研究所、语言研究所、古籍整理研究所、美育与审美文化研究所、艺术文化学研究中心等5个研究所（中心）。拥有中国语言文学博士后科研流动站，中国语言文学一级学科博士点，中国语言文学、艺术学理论2个一级学科硕士学位点；设有中国古代文学等10个硕士学位二级学科授权点和学科教学（语文）、汉语国际教育两个专业学位点；有1个安徽省A类重点学科（中国语言文学），3个安徽省B类重点学科（中国古代文学、汉语言文字学、中国现当代文学）；1个国家级特色专业建设点（汉语言文学专业），1个国家级教学团队（中国古代文学），2门国家级精品课程（文学理论、大学语文），1个省级刊物（《学语文》）。

文学院师资科研力量雄厚，现有专任教师82人，其中教授26人，副教授40人，博士51人。2009年以来，本学科共主持省部级以上科研项目74项，其中国家社科基金项目20项（含重大招标项目1项），获得省部级以上奖励13项。教师中，有国家首届教学名师1人，享受国务院特殊津贴12人，皖江学者3人，二级教授8人，5人入选省级学术和技术带头人，6人入选省级学术和技术带头人后备人选。

走过80多年的风雨征程，目前中文学科方向齐全，拥有很多相对稳定、特色鲜明的研究领域。唐诗研究、“二陆”研究、宋辽金文学研究、词学研究、现代小说及理论批评研究、当代文学现象研究、《文心雕龙》研究、古典诗歌接受史研究、梵汉对音研究、句法语义接口研究、儿童语言习得研究等在全国居于领先地位或在学术界有较大影响。特别是李商隐研究的系列成果已成为传世经典，国务院学位委员会委员、北京大学教授袁行霈先生说，本学科的李商隐研究，直接推动了《中国文学史》的改写。

经过几代人的薪火相传，中文学科养成了严谨扎实的学术传统，培育了开拓创新的学术精神，打造了精诚合作的学术团队，形成了理论研究与服务社会相结合、扎根传统与关注当下相结合、立足本位与学科交融相结合、历代书面文献与当代口传文献并重的学科特色。

新世纪以来，随着老一辈学者相继退休，中文学科逐渐进入了新老交替的时期，如何继承、弘扬老一辈学者的学术传统，如何开启中文学科的新篇章，成了摆在我们面前的迫切任务。基于这一初衷，我们特编选了这套丛书，名之为“安徽师范大学文学院学术文库”，计划做成开放式丛书，一直出版下去。我们认为对过去的学术成果进行阶段性归纳汇集，很有必要，也很有意义，可以向学界整体推介我院的学术研究，展现学术影响力。

现在呈现在读者眼前的是第一辑，文集作者均是资深教授或博士生导师，有年高德劭的老一辈专家，有能独当一面的中年学术骨干，有崭露头角的青年才俊，可以反映出文学院近年科研的研究特点与研究范式。

新时代，新篇章。文学院经过八十余年的风雨砥砺，取得了辉煌的成就。赭塔晴岚见证了我们的发展，花津水韵预示着我们会更上层楼；“傍青冥而颉颃白日，出幽谷而翱翔碧云”。我们坚信，承载着八十多年的历史积淀，文学院的各项事业必将走向更大的辉煌！

我们拭目以待……

丁　放　　储泰松

2014年8月

目　录

诗学研究

学术短论

魏晋文学研究

论建安诗坛

建安时代，“三曹”“七子”并世而出，为中国诗歌打开一个新的局面，并确立了“建安风骨”这一诗歌美学的典范[①]。曹操古直悲凉，曹丕便娟婉约，曹植文采气骨兼备。曹氏父子的创作，完成了乐府民歌向文人徒诗的转变，为五言诗的发展开辟了道路。以曹氏父子为中心，王粲、刘桢等“七子”竞逞才藻，各造新诗，都有鲜明的文学个性。

一、曹操与曹丕的诗

曹操是汉末杰出的政治家、军事家和文学家[②]。他多才多艺，对书法、音乐、围棋都相当精通[③]。于戎马倥偬之余，不废吟咏，创作了不少出色的诗歌。王沈《魏书》说他“文武并施，御军三十余年，手不舍书，昼则讲武策，夜则思经传，登高必赋，及造新诗，被之管弦，皆成乐章。”[④]。他曾收罗人才，对几乎失传的汉代

---

① 建安（196—220）是汉献帝的年号，建安文学指曹氏三祖（曹操、曹丕、曹叡）时代的文学创作，大致包括汉献帝和魏文帝、魏明帝时期的文学。严羽《沧浪诗话·诗体》说：“以时而论，则有‘建安体’（汉末年号，曹子建父子及邺中七子之诗）、‘黄初体’（魏年号，与建安相接，其体一也）。”“建安文学”实应包括此二体在内。

② 曹操（155—220），字孟德，小字阿瞒，沛国谯（今安徽亳州）人。其父曹嵩是大宦官曹腾的养子，故其出身为清流所鄙视。他少年时生活放荡，机敏有权术，灵帝时任议郎，献帝时参加讨董卓，建安元年（196）迎汉献帝至许昌，受封大将军及丞相，后来又进封魏王，建安二十五年病卒。其子曹丕代汉自立后，追封他为魏武帝。

③ 张华《博物志》：“汉世，安平崔瑗、瑗子寔，弘农张芝、芝弟昶并善草书，而太祖亚之。桓谭、蔡邕善音乐，冯翊山子道、王九真、郭凯等善围棋，太祖皆与埒能。”（《三国志·魏书·武帝纪》，中华书局1959年版，第54页）

④ 陈寿：《三国志》，裴松之注，中华书局1959年版，第54页。

音乐、歌舞进行了整理①。曹操的诗，现存二十余首，都是乐府诗，其内容和写作方法都与汉乐府“感于哀乐，缘事而发”（《汉书·艺文志》）的精神一脉相承。其中一部分诗反映了汉末战乱的现实和人民遭受的苦难，如《蒿里行》写的是初平元年（190）关东义军联合讨伐董卓的历史事件：

关东有义士，兴兵讨群凶。初期会盟津，乃心在咸阳。军合力不齐，踌躇而雁行。势利使人争，嗣还自相戕。淮南弟称号，刻玺于北方。铠甲生虮虱，万姓以死亡。白骨露于野，千里无鸡鸣。生民百遗一，念之断人肠。

诗歌如实地描写了义军由聚而散的情形，对袁绍等人各怀私心、畏葸不前之态进行了揭露和批评。诗末六句对长期的战乱给社会和百姓造成的灾难、痛苦，深表关怀和同情，其中也体现了曹操作为杰出的政治家欲救民于水火的胸怀和抱负。这些诗歌，由于反映现实深刻真实，因而被后人称为“汉末实录”（锺惺《古诗归》卷七）。

曹操的乐府诗较多描写他本人的政治主张和统一天下的雄心壮志。前者如《度关山》，提出“立君牧民，为之轨则”，主张以法治理国家；同时还提倡要省刑薄赋，贵尚节俭。又如《对酒》描绘了他理想中太平盛世的图景：“太平时，吏不呼门。王者贤且明，宰相股肱皆忠良。咸礼让，民无所争讼。三年耕有九年储，仓谷满盈。……人耄耋，皆得以寿终。恩泽广及草木昆虫。”后者如《短歌行》：

对酒当歌，人生几何！譬如朝露，去日苦多。慨当以慷，忧思难忘。何以解忧？惟有杜康。青青子衿，悠悠我心。但为君故，沉吟至今。呦呦鹿鸣，食野之苹。我有嘉宾，鼓瑟吹

① 《晋书·乐志上》：“汉自东京大乱，绝无金石之乐，乐章亡缺，不可复知。及魏武平荆州，获汉雅乐郎杜夔，能识旧法，以为军谋祭酒，使创定雅乐。时又有散骑侍郎邓静、尹商善训雅乐，歌师尹胡能歌宗庙郊祀之曲，舞师冯肃、服养晓知先代诸舞，夔悉总领之。远详经籍，近采故事，考会古乐，始设轩悬钟磬。”（中华书局1974年版，第679页）

笙。明明如月，何时可掇？忧从中来，不可断绝。越陌度阡，枉用相存。契阔谈讌，心念旧恩。月明星稀，乌鹊南飞。绕树三匝，何枝可依？山不厌高，海不厌深。周公吐哺，天下归心。

充分表达了诗人求贤若渴的心情以及统一天下的壮志。

《步出夏门行·观沧海》是我国现存第一首完整的山水诗，写出了大海孕大含深、动荡不安的性格：

东临碣石，以观沧海。水何澹澹，山岛竦峙。树木丛生，百草丰茂。秋风萧瑟，洪波涌起。日月之行，若出其中；星汉灿烂，若出其里。幸甚至哉，歌以咏志。

诗歌以雄健的笔力，生动饱满地描绘了沧海的形象。大海那吞吐日月、含孕群星的气魄，也正是诗人博大襟怀的写照。

曹操诗是学习汉乐府结出的硕果。他采用乐府古题写时事[①]，比如汉乐府的《薤露》和《蒿里》本是挽歌，曹操却用来描写当时的社会现实。又如《陌上桑》本写罗敷的故事，曹操改为写求仙；《秋胡行》本写秋胡戏妻，曹操用来抒发欲乘时努力、早成就霸业而前路坎坷、时势艰难的感慨。他的诗继承汉乐府的传统，既反映现实，又有很深的感慨，语言古朴率真，所以胡应麟说曹操《短歌行》等诗“汉人乐府本色尚存”[②]。他的诗于悲凉之中含跌宕慷慨之气，锺嵘说“曹公古直，甚有悲凉之句”（《诗品》）；陈祚明评其诗“跌宕悲凉，独臻超越”（《采菽堂古诗选》卷五）；冯班评其为“慷慨悲凉”（《钝吟杂录》）。如其《步出夏门行·龟虽寿》：

神龟虽寿，犹有竟时。腾蛇乘雾，终为土灰。老骥伏枥，

① 以乐府旧题写时事，并非创自曹操，东汉明帝时东平王刘苍《武德舞歌诗》及和帝时人王涣所作《雁门太守行》，都是按旧谱填新词者，实为曹氏父子拟古乐府之先声。说见罗根泽《乐府文学史》第二章《两汉之乐府》，北平文化社1931年版。

② 胡应麟《诗薮·内编》卷一。又，《诗薮·内编》卷三：“魏武《度关山》《对酒》等篇，古质苍莽，然比之汉人《东》《西门行》，音律稍艰，韵度微乏，其体大类《雁门太守行》。《气出唱》三首类《董逃》，《秋胡行》二首类《满歌》。”指出曹操诗与汉乐府之间的关系。（上海古籍出版社1979年版，第43页）

志在千里；烈士暮年，壮心不已。盈缩之期，不但在天；养怡之福，可得永年。幸甚至哉，歌以咏志。

接连用“神龟”“腾蛇”和“老骥”三个比喻，从正反两面引出“烈士暮年，壮心不已”的主题，情怀慷慨，真气回荡。宋敖器之《诗评》说：“魏武帝如幽燕老将，气韵沉雄。”是对曹操诗歌风格的确切评价。就艺术形式而言，曹操的四言诗也为已经板滞僵化了的四言体注入了活力。

曹操是建安文坛的领袖，他不仅以自己的创作开风气之先，而且还以其对文学的倡导，为建安文学的繁荣和发展做出了贡献。诚如曹植《与杨德祖书》所说：“昔仲宣独步于汉南，孔璋鹰扬于河朔，伟长擅名于青土，公干振藻于海隅，德琏发迹于大魏，足下高视于上京。当此之时，人人自谓握灵蛇之珠，家家自谓抱荆山之玉。吾王于是设天网以该之，顿八纮以掩之。今悉集兹国矣。”曹植的话丝毫没有夸大，“建安七子”除孔融之外，都是建安年间先后归附曹操的。其余如女诗人蔡琰、书法家梁鹄、音乐家杜夔、李坚，学者邯郸淳、仲长统，诗人繁钦等，也都为曹操所用。曹操将天下英才悉集帐下，为他们提供了施展文学才华的机会。这些文人以饱满的热情，创作出许多优秀作品，与曹氏父子共同开创了“建安文学”的繁荣局面。

曹丕，字子桓，曹操次子[①]。现存诗约四十首，主要分为三类：

第一类为宴游诗，如写夜游铜雀园的《芙蓉池作诗》，纪游玄武池的《于玄武陂作诗》等。这些诗多写游赏之乐，模山范水比较细致，文词富丽，常用对偶，在我国山水诗的发展史上有一定地位。第二类是抒情言志之作。如《黎阳作诗》三首，写曹军南征之事，既描写行军的艰苦，更突出了“救民涂炭”和志在“靖乱”的决心。《煌煌京洛行》则举出古人成败的各种事例，供后人借鉴，与他《典论》中的某些篇章用意相同。第三类写征人思妇的相思离别及思乡之情，最能体现曹丕诗的水平。如《于清河县见挽船士新婚与妻

① 曹丕（187—226），字子桓，曹操次子。建安十六年任五官中郎将、副丞相，二十二年被立为太子，二十五年曹操卒，他继位为魏王兼丞相。同年十月，代汉自立，建立魏国，定年号为黄初。黄初七年病死于洛阳，谥文，故世称魏文帝。

别》《代刘勋妻王氏杂诗》《杂诗》二首等。最著名的作品是《燕歌行》其一：

> 秋风萧瑟天气凉，草木摇落露为霜。群燕辞归雁南翔，念君客游多思肠，慊慊思归恋故乡，君何淹留寄他方？贱妾茕茕守空房，忧来思君不敢忘，不觉泪下沾衣裳。援琴鸣弦发清商，短歌微吟不能长。明月皎皎照我床，星汉西流夜未央。牵牛织女遥相望，尔独何辜限河梁？

此诗写一女子在不眠的秋夜思念淹留他乡的丈夫，情思委曲，深婉感人。《燕歌行》是我国现存第一首成熟的七言诗，对后代歌行体诗的发展产生了重大的影响。

清人沈德潜说："子桓诗有文士气，一变乃父悲壮之习矣。要其便娟婉约，能移人情。"（《古诗源》卷五）便娟，是轻盈美丽的样子，见屈原《楚辞·大招》。婉约，是柔美的样子。曹丕的新变主要表现在两个方面：一是个人情感的抒发。曹操是乱世英雄，所抒之情大都与历史使命感和平定天下的抱负有关，曹丕却更努力于个人情感的表达。他敏感而多情，在众宾欢坐的宴会上，他会突然体会到"乐极哀情来，寥亮摧肝心"（《善哉行》）；而琴瑟满堂，女娥长歌时，他又会因"为乐常苦迟"（《大墙上蒿行》）而心悲；同样，日暖花开，谷水潺湲的自然景物，给他带来的却是"月盈则冲，华不再繁"（《丹霞蔽日行》）的忧虑。他著名的作品《杂诗》，借用了《古诗十九首》的题材，然而他那"弃置勿复陈，客子常畏人"的体验，甚至超过了汉末游子自身的切肤之痛。他对人生中凄凉情感的体验，是超出于同时代其他诗人的。二是文人化艺术表现手法的使用与艺术风格的形成，这主要表现在语言的工丽和艺术形式的创造上。曹丕善于选用清词丽句，配以谐和的音韵，表达他纤丽的情思。在艺术形式上，曹丕也勇于创新，他虽然仅存约四十首诗，却是三言、四言、五言、六言、七言、杂言诸体俱备。其中长篇杂言歌行《大墙上蒿行》，长达75句，三百六十余字，三字至九字句都有，极尽纵横开阖之能事。王夫之说："长句长篇，斯为开山第一祖。鲍照、李白，领此宗风，遂为乐府狮象。"（《船山古诗评选》卷一)。

曹丕留守邺城时，常与文士们相聚宴游，诗酒竞豪。他在《与吴质书》中回忆当时的盛况说：“昔日游处，行则连舆，止则接席，何曾须臾相失？每至觞酌流行，丝竹并奏，酒酣耳热，仰而赋诗。当此之时，忽然不自知乐也。”曹丕与这些文人诗酒唱和，开创了文人雅集的先河，已具备了文人集团的性质。

二、曹植的诗

曹植，字子建，曹丕弟①。

曹植的创作以建安二十五年为界，分为前后两期。

曹植前期诗歌主要是歌唱他的理想和抱负，洋溢着乐观、浪漫的情调，对前途充满信心。如《白马篇》：

> 白马饰金羁，连翩西北驰。借问谁家子？幽并游侠儿。少小去乡邑，扬声沙漠垂。宿昔秉良弓，楛矢何参差。控弦破左的，右发摧月支。仰手接飞猱，俯身散马蹄。狡捷过猴猿，勇剽若豹螭。边城多警急，虏骑数迁移。羽檄从北来，厉马登高堤。长驱蹈匈奴，左顾陵鲜卑。弃身锋刃端，性命安可怀？父母且不顾，何言子与妻！名编壮士籍，不得中顾私。捐躯赴国难，视死忽如归。

此诗赞赏幽并游侠儿的高超武艺和爱国精神，寄托了诗人对建功立业的渴望和憧憬。他的《薤露行》则以“愿得展功勤，输力于明君。怀此王佐才，慷慨独不群”和“孔氏删诗书，王业粲已分。骋我径寸翰，流藻垂华芬”自许，表现出他对政治与文学两方面的高度自信。曹植前期与邺下文人酬赠之诗如《赠徐干》《赠丁仪》《赠王粲》《送应氏》等也值得重视，这一类诗主要是写友情的。

曹植后期诗歌，主要是表达由理想与现实的矛盾所激起的悲

① 曹植(192—232)，字子建，曹丕同母弟，天资过人，才华横溢，本来有希望当太子，但他恃才傲物，任性而行，终于败给工于心计的曹丕。曹操死后，曹植饱受萁豆相煎之苦，在其兄曹丕、其侄曹叡(魏明帝)的压迫与防范下，过着名为藩侯、实为囚徒的生活，最后郁郁以终，年仅41岁。

愤。其内容可分为四类：

第一类是对自己和朋友遭遇迫害的愤懑。如《野田黄雀行》：

> 高树多悲风，海水扬其波。利剑不在掌，结友何须多？不见篱间雀，见鹞自投罗？罗家得雀喜，少年见雀悲。拔剑捎罗网，黄雀得飞飞。飞飞摩苍天，来下谢少年。

如同天真的童话，诗中以鹞和罗网代表恶势力，黄雀象征受害者，少年则代表曹植的理想。写出了恶势力的强大，朋友的无辜受害以及自己的无能为力。诗以幻想结束，表达了作者的愿望。而这方面的典型作品则是《赠白马王彪》，诗序云："黄初四年五月，白马王、任城王与余俱朝京师，会节气。到洛阳，任城王薨。至七月，与白马王还国。后有司以二王归藩，道路宜异宿止，意每恨之。盖以大别在数日，是用自剖，与王辞焉，愤而成篇。"全诗共分七章，以感情活动为线索，集中抒发了诗人数年来屡受迫害而积压在心头的愤慨。诗中痛斥小人挑拨曹丕与他们的手足之情，对任城王的暴卒表示深切的悼念。这首诗在抒情中穿插以叙事、写景，将诗人后期备受迫害的感受凝聚起来，鲜明感人，是文学史上有名的长篇抒情诗。

第二类用思妇、弃妇托寓身世，表白心迹。如《浮萍篇》《美女篇》《种葛篇》《杂诗》（"西北有织妇""南国有佳人"）等。这类诗歌或叹盛年无偶，或自述无辜被弃，其主旨在于抒发自己的失意。郭茂倩《乐府诗集》卷六十三评《美女篇》云："美女者，以喻君子。言君子有美行，愿得明君而事之。若不遇时，虽见征求，终不屈也。"《七哀》很有代表性：

> 明月照高楼，流光正徘徊。上有愁思妇，悲叹有余哀。借问叹者谁？言是宕子妻。君行逾十年，孤妾常独栖。君若清路尘，妾若浊水泥。浮沉各异势，会合何时谐？愿为西南风，长逝入君怀。君怀良不开，贱妾当何依？

刘履评此诗曰："比也。……子建与文帝同母骨肉，今乃浮沉异势，不相亲与，故特以孤妾自喻，而切切哀虑之也。”（《选诗补注》卷二）此诗命意曲折，感情凄婉，含蓄蕴藉，意味深长。

第三类是述志诗。曹植用世之心，在黄初以后屡屡诉诸诗赋，《杂诗》（“仆夫早严驾”）就是这方面的代表作。诗中说：“仆夫早严驾，吾行将远游。远游欲何之，吴国为我仇。将骋万里途，东路安足由。”表示愿为伐吴效力，但报国无门：“江介多悲风，淮泗驰急流。愿欲一轻济，惜哉无方舟。”诗末说：“闲居非吾志，甘心赴国忧。”充满慷慨之音。

第四类是游仙诗。曹植在现实世界中处处碰壁，深感时光流逝，功业无成，幻想在神仙世界中得到解脱，于是写下了许多游仙诗，如《仙人篇》《五游咏》《游仙诗》《远游篇》《升天行》等。诗中所描绘的神仙境界，皆明净、高洁，实际上是诗人理想世界的象征。如《远游篇》：

> 远游临四海，俯仰观洪波。大鱼若曲陵，乘浪相经过。灵鳌戴方丈，神岳俨嵯峨。仙人翔其隅，玉女戏其阿。琼蕊可疗饥，仰首吸朝霞。昆仑本吾宅，中州非我家。将归谒东父，一举超流沙。鼓翼舞时风，长啸激清歌。金石固易弊，日月同光华。齐年与天地，万乘安足多。

曹植《辨道论》说神仙之说为“虚妄”，他们父子兄弟“咸以为调笑，不信之矣”；《赠白马王彪》也说：“虚无求列仙，松子久吾欺。”可见曹植的游仙诗，并非真信神仙，实际上是其忧生之心、忧患之词①。

曹植的诗确如锺嵘《诗品》所说：“骨气奇高，词采华茂，情兼雅怨，体被文质。”他既不同于曹操的古直悲凉，又不同于曹丕的便娟婉约，而能兼有父兄之长，达到风骨与文采的完美结合，成为当时诗坛最杰出的代表。

---

① 清人朱乾《乐府正义》卷五说：“读曹植《五游》《远游篇》，悲植以才高见忌，遭遇艰厄。灌均之谗，仪、廙受诛，安乡之贬，幸耳。时诸侯王皆寄地空名，国有老兵百余人以为守卫，隔绝千里之外，不听朝聘，设防辅监国之官，以伺察之。法既峻切，过恶日闻，惴惴然朝不知夕。所谓‘九州不足步，中州非我家’，皆其忧患之词也。至云‘服食享遐纪，延寿保无疆’，则其忧生之心为已蹙矣。”（据乾隆五十四年矩香堂刊本）

曹植是第一位大力写作五言诗的文人。他现存诗歌九十余首，其中有六十多首是五言诗。他的诗歌，既体现了《诗经》“哀而不伤”的庄雅，又蕴含着《楚辞》窈窕深邃的奇谲；既继承了汉乐府反映现实的笔力，又保留了《古诗十九首》温丽悲远的情调。曹植的诗又有自己鲜明独特的风格，完成了乐府民歌向文人诗的转变。“这是一个时代的事业，却通过了曹植才获得完成”①。

曹植对诗歌的发展做出了杰出的贡献，后人给予他极高的评价。锺嵘《诗品》说：“陈思之于文章也，譬人伦之有周孔，鳞羽之有龙凤，音乐之有琴笙，女工之有黼黻。”谢灵运说：“天下才有一石，曹子建独占八斗，我得一斗，天下共分一斗。”（宋无名氏《释常谈》卷中引）张戒《岁寒堂诗话》说：“韩退之之文，曹子建、杜子美之诗，后世所以莫能及也。”曹植五言诗对后世诗坛影响很大，诚如胡应麟指出的那样：子建“《鰕䱇篇》，太冲《咏史》所自出也；《远游篇》，景纯《游仙》所自出也；‘南国有佳人’等篇，嗣宗诸作之祖；‘公子敬爱客’等篇，士衡群制之宗。诸子皆六朝巨擘，无能出其范围。”（《诗薮·内编》卷二）

曹植的诗歌受到后人的推崇，主要原因有以下三点：一是由于文采富艳，二是因为他对五言诗的发展具有重大影响，三是他不幸的身世引起后世文人的认同。作为失意文人的典型，其坎坷的命运，使无数文人深表同情。刘勰说“文帝以位尊减才，思王以势窘益价”（《文心雕龙·才略》），也含有这个意思。古代不少诗人皆以王佐之才自命，却大都身世沦落，而以诗词名世，他们的命运与曹植相似，所以对曹植多有一种认同感②。

三、王粲、刘桢及蔡琰的诗

曹丕《典论·论文》称孔融、陈琳、王粲、徐干、阮瑀、应玚、刘桢为“七子”。七子中孔融年辈较长，且在建安十三年

① 林庚：《中国文学简史》，北京大学出版社1988年版，第120页。

② 历代学者多对曹植评价极高，但也有少数人持异议，如明人王世贞《艺苑卮言》卷三提出曹植的乐府诗不如曹操和曹丕，原因是曹植“材太高、辞太华”。（《历代诗话续编》本，中华书局1983年版，第987页）王夫之《姜斋诗话》卷下认为子建诗建立门户，诗歌面貌雷同，水平不及其兄曹丕。

（208）被杀，因此实际上只有六人参加了邺下时期的文学活动[①]。其中王粲、刘桢的成就最突出，锺嵘《诗品》列之于上品。

王粲，字仲宣[②]，今存诗23首。他于建安十三年归顺曹操，此前的作品或纪汉末战乱，或写其流落荆州时的羁旅之情和壮志难酬的感慨，代表作是《七哀诗》三首，尤以第一首最为著名：

> 西京乱无象，豺虎方遘患。复弃中国去，委身适荆蛮。亲戚对我悲，朋友相追攀。出门无所见，白骨蔽平原。路有饥妇人，抱子弃草间。顾闻号泣声，挥涕独不还。“未知身死处，何能两相完？”驱马弃之去，不忍听此言。南登霸陵岸，回首望长安。悟彼下泉人，喟然伤心肝。

此诗写诗人在初平三年（192）董卓部将李傕、郭汜作乱长安时避难荆州途中的所见所闻。“出门无所见，白骨蔽平原”，概括了战乱后生灵涂炭的惨相；“路有饥妇人”六句，具体地描写一位饥妇人抛弃亲生骨肉的场面，揭露了战乱给人民带来的灾难。清代吴淇评此诗说：“盖人当乱离之际，一切皆轻，最难割者骨肉，而慈母于幼子尤甚。写其重者，他可知矣。”（《六朝选诗定论》卷六）沈德潜说此诗为“杜少陵《无家别》《垂老别》诸篇之祖”（《古诗源》卷五），足见其影响之大。《七哀诗》其二写山川景物之荒凉、飞禽走兽之有家可归，反衬自己滞留他乡的痛苦，也十分真切感人。归曹后，王粲比较重要的作品是《从军诗》五首，主要描写诗人几次随曹操出征的感受。诗歌再现了汉末战乱后农村田园荒芜、满目疮痍的景象；歌颂了曹操的英明神武；同时也表达了自己追随曹操为国效力的意愿。

王粲还有一些在邺下时期与曹丕、曹植兄弟及其他文人唱和的作品，如《公宴诗》等。这些作品虽然是“怜风月、狎池苑”之作，但

① 参见王瑶：《曹氏父子与建安七子》，载王瑶：《中古文学风貌》，棠棣出版社1951年版；高敏：《略论“建安七子”说的分歧和由来》，《郑州大学学报》1980年第1期；徐公持：《魏晋文学史》，人民文学出版社1999年版。

② 王粲（177—217），字仲宣，山阳高平（今山东邹县）人。“建安七子”之一。曾祖王龚为汉太尉，祖父王畅为汉司空。他本人少有异才，先依刘表，不被重用，后归曹操，官至侍中。史称他“善属文，举笔便成，无所改定，时人常以为宿构，然正复精意覃思，亦不能加也”（《三国志·魏书·王粲传》中华书局1959年版，第599页）。

在诗歌题材的开拓、诗歌技巧的探索等方面，都有积极的意义[①]。

王粲的诗感情深沉，慷慨悲壮。谢灵运说他："家本秦川，贵公子孙，遭乱流寓，自伤情多。"（《拟魏太子邺中集·王粲诗序》）"自伤"是王粲的感情特征，贵公子孙的出身，遭乱流寓的遭遇，使他格外地感物兴怀、忧世悲己。这是他写诗的出发点，他的作品虽有对百姓的同情和伸展抱负的愿望，但这些都是从个人身世的感伤中展开的。因此"发愀怆之词"（锺嵘《诗品》上）便成为他的主要特点，却难免"悲而不壮"（刘熙载《艺概·诗概》）。王粲的诗歌取得了很高的成就，刘勰许为"七子之冠冕"（《文心雕龙·才略》）；方东树评之为"苍凉悲慨，才力豪健，陈思而下，一人而已"（《昭昧詹言》卷二）。他的诗对后世也颇有影响，锺嵘《诗品》说潘岳、张协、张华、刘琨、卢谌等著名诗人皆源出于他，连魏文帝曹丕也"颇有仲宣之体"。

刘桢，字公干[②]，存诗二十余首。在当时甚有诗名，曹丕即称其"五言诗之善者，妙绝时人"（《与吴质书》）。他性格豪迈，狂放不羁。其诗一如其人，刘勰说："公干气褊，故言壮而情骇。"（《文心雕龙·体性》）锺嵘说他"仗气爱奇，动多振绝。贞骨凌霜，高风跨俗。"（《诗品》上）

刘桢的诗一类是赠答诗，一类是游乐诗。

他的赠答诗中，最著名的是《赠从弟》三首。这三首诗分别用蘋藻、松树、凤凰比喻坚贞高洁的性格，既是对其从弟的赞美，也是诗人的自我写照。刘履说："初言蘋藻可充荐羞之用，次言松柏能持节操之坚，而末章复以仪凤期之，则其望愈深而言愈重也。"（《选诗补注》卷二）其中第二首最佳：

亭亭山上松，瑟瑟谷中风。风声一何盛，松枝一何劲。冰霜正惨凄，终岁常端正。岂不罹凝寒？松柏有本性。

① 曹操于建安九年（204）攻占邺城，作为自己的大本营，招纳天下文人学士，彬彬之盛，极于一时，史称"邺下时期"。邺下文学以曹丕、曹植兄弟为中心，以王粲、刘桢、徐干等人为骨干，诗酒唱酬，开展多种形式的文学活动，对文人五言诗的发展做出了贡献。唐代卢照邻说"新声起于邺中"（《乐府杂诗序》），即就此而言。参见傅刚：《邺下文学论略》，载胡世厚等主编：《建安文学新论——全国第三次建安文学学术讨论会论文选编》，中州古籍出版社1992年版。

② 刘桢（？—217），字公干，东平（今山东东平）人。"建安七子"之一，为曹操丞相掾属。

写得豪迈凌厉，颇有“挺立自持”（陆时雍《诗镜总论》）、“高风跨俗”的气概。与王粲不同，刘桢的风格是“壮而不密”（曹丕《典论·论文》）。同样面对动乱的社会，遭遇坎坷的人生，他更多的是表现个人愤慨不平的情感，因此他的作品中总是充盈着慷慨磊落之气。正如他自己所说，风霜逼迫愈严，愈能体现松柏坚贞挺拔的本性。这种精神和气骨造就了刘桢诗歌俊逸而奇丽的风格。此外，刘桢的《赠徐干》诗，哀叹命运多舛，抒发愤懑与不平；《赠五官中郎将》四首，着重表现他与曹丕之间深厚的友谊，情词真切而又十分得体，也都是比较著名的作品。

刘桢的游乐诗包括《公宴诗》《斗鸡诗》《射鸢诗》等。《公宴诗》用华丽的诗笔尽情写山水之美与游赏之乐。《斗鸡诗》是写斗鸡娱乐的作品，并无深意，但他能以极其精练的语言，传达出斗鸡之神采，同样体现了作者豪迈不羁的性格：“利爪探玉除，瞋目含火光。长翘惊风起，劲翮正敷张。轻举奋勾喙，电击复还翔。”

刘桢的诗纯以气势取胜，无论是抒情还是咏物，无论是写山水还是状禽鸟，都显示出其目无千古、踔厉奋发的气概，元好问《论诗三十首》说：“曹刘坐啸虎生风，四海无人角两雄。”就是欣赏他这种壮气。

另外，“建安七子”中陈琳、阮瑀、徐干、应玚等人[①]，也都有一些比较著名的作品。陈琳和阮瑀虽以章表书记见称于时[②]，但诗歌创作亦较突出。如陈琳的《饮马长城窟行》，假托秦代筑长城之事，描写繁重的徭役给广大人民带来的痛苦和灾难，颇具现实意义。

① 陈琳（？—217），字孔璋，广陵射阳（今江苏淮安东南）人。汉灵帝末年，任大将军何进主簿。董卓作乱洛阳，陈琳避难至冀州，入袁绍幕，典文章，曾撰《为袁绍檄豫州文》，历数曹操罪状。官渡一战，陈琳为曹军俘获。曹操爱其才而不咎，署为司空军师祭酒，使与阮瑀同管记室。后徙为丞相门下督。建安二十二年（217），与刘桢、应玚、徐干等同染疾而亡。阮瑀（？—212），字元瑜，陈留尉氏（今属河南）人。少时曾受学于蔡邕。建安初，避役隐居，曹操闻其名而召为司空军师祭酒，管记室，后徙为丞相仓曹掾属。徐干（170—217），字伟长，北海郡（今山东昌乐附近）人。少年勤学，潜心典籍。建安初，曹操召受司空军师祭酒掾属，又转五官将文学。数年后，因疾辞职。应玚（？—217）字德琏，汝南（今属河南）人。先被辟为曹操丞相掾属，后转为平原侯庶子，又转五官中郎将文学。

② 曹丕《典论·论文》：“（陈）琳、（阮）瑀之章表书记，今之隽也。”（魏宏灿校注：《曹丕集校注》，安徽大学出版社2009年版，第313页）《又与吴质书》：“孔璋章表殊健，微为繁富”；“元瑜书记翩翩，致足乐也”。（魏宏灿校注：《曹丕集校注》，安徽大学出版社2009年版，第258页）

饮马长城窟，水寒伤马骨。往谓长城吏："慎莫稽留太原卒！""官作自有程，举筑谐汝声。""男儿宁当格斗死，何能怫郁筑长城！"长城何连连，连连三千里。边城多健少，内舍多寡妇。作书与内舍："便嫁莫留住。善侍新姑嫜，时时念我故夫子。"报书往边地："君今出语一何鄙！""身在祸难中，何为稽留他家子？生男慎莫举，生女哺用脯。君独不见长城下，死人骸骨相撑拄！""结发行事君，慊慊心意间。明知边地苦，贱妾何能久自全？"

全篇以对话的方式写成，语言质朴，感情深挚，格调苍劲而悲凉，十分接近乐府民歌的风格。因此，也有人认为此诗并非陈琳所作，而是一首汉乐府民歌①。阮瑀的《驾出北郭门行》，描写一孤儿遭受后母虐待的情状，从侧面反映出汉末世风日下的社会现实：

驾出北郭门，马樊不肯驰。下车步踟蹰，仰折枯杨枝。顾闻丘林中，噭噭有悲啼。借问啼者出："何为乃如斯？""亲母舍我殁，后母憎孤儿。饥寒无衣食，举动鞭捶施。骨消肌肉尽，体若枯树皮。藏我空室中，父还不能知。上冢察故处，存亡永别离。亲母何可见，泪下声正嘶。弃我于此间，穷厄岂有赀！"传告后代人，以此为明规。

其风格与汉乐府民歌《孤儿行》颇为接近。徐干诗今存四首，都是五言诗。其中《室思诗》为拟思妇词，共分六章，描写思妇忧愁苦闷的心绪，文辞凄厉深婉，感情哀怨缠绵，堪称佳作。而"思君如流水，何有穷已时"二句，尤为后人推重。另一首《情诗》在情调与风格上也都与此诗相似。徐干的《答刘桢诗》，表现他与刘桢的诚笃友情：

---

① 如沈德潜评此诗说："无问答之痕，而神理井然，可与汉乐府竞爽矣。"（《古诗源》卷六，中华书局2006年版，第111页）陈祚明也说："孔璋《饮马》一篇，可与汉人竞爽。辞气俊爽，如孤鹤唳空，翮堪凌霄，声闻于天。"（《采菽堂古诗选》卷七）关于此诗作者的争议，可参见费秉勋：《〈饮马长城窟行〉本辞探实》，《人文杂志》1980年第3期；傅如一：《乐府古辞〈饮马长城窟行〉考索》，《文学遗产》1990年第1期；徐公持《魏晋文学史》第一编第五章注⑤，人民文学出版社1999年版。

与子别无几，所经未一旬。我思一何笃，其愁如三春。虽路在咫尺，难涉如九关。陶陶朱夏德，草木昌且繁。

诗语高简浑朴，颇能反映建安时人通脱真率的精神面貌。

应玚今存诗六首，其中《赠赵淑丽》可能是赠给其妻的，《别诗》二首，说者多以为所别者为曹植等友人，实际上可能也是别妻之作。另外三首都是参加曹氏父子文学活动时所作，较出色的是《侍五官中郎将建章台集诗》：

朝雁鸣云中，音响一何哀！问子游何乡？戢翼正徘徊。言我寒门来，将就衡阳栖。往春翔北土，今冬客南淮。远行蒙霜雪，毛羽日摧颓。常恐伤肌骨，身陨沉黄泥。……公子敬爱客，乐饮不知疲。和颜既已畅，乃肯顾细微。赠诗见存慰，小子非所宜。为且极欢情，不醉其无归。凡百敬尔位，以副饥渴怀。

此诗前半以雁自比，抒写怀才不遇、期遇知音的悲伤情怀；后半直抒胸臆，说自己得到曹丕（公子）的礼遇，受宠若惊。前半较精彩，后半才力较弱，流于俗套。陈祚明评云："德琏《侍集》一诗，吞吐低徊，宛转深至，意将宣而复顿，情欲尽而终含。务使听者会其无已之衷，达于不言之表，以申诉怀来之妙术也。"（《采菽堂古诗选》卷七）

蔡琰，字文姬，蔡邕之女。董卓之乱中，被掳至南匈奴，嫁左贤王，生二子，后被曹操用金璧赎归，再嫁董祀。其诗今存三首，其中五言体的《悲愤诗》较可信①。此诗长达540字，共分三段，第一段写董卓作乱，自己被俘，以及俘虏们所受的虐待。以叙事为主，夹以抒情。第二段写胡地生活及被赎归时与儿子分别时的苦况，第三段写回乡后的生活，这两段是以抒情为主，夹以叙事。其中第二段写得最为沉痛：

---

① 蔡琰诗的真伪问题，向来争议较大，《胡笳十八拍》的真伪，可参考中华书局1959年版的《胡笳十八拍讨论集》。宋人苏轼认为《悲愤诗》是后人伪作（见《仇池笔记》），宋人蔡居厚则认为不是伪作（见《蔡宽夫诗话》）。近人张长弓《蔡琰悲愤诗辨伪》（载《东方杂志》40卷7期）证其伪，余冠英《论蔡琰悲愤诗》（见其所著《汉魏六朝诗论丛》）定为真，论列均颇详。

边荒与华异，人俗少义理。处所多霜雪，胡风春夏起。翩翩吹我衣，肃肃入我耳。感时念父母，哀叹无穷已。有客从外来，闻之常欢喜。迎问其消息，辄复非乡里。邂逅徼时愿，骨肉来迎己。己得自解免，当复弃儿子。天属缀人心，念别无会期。存亡永乖隔，不忍与之辞。儿前抱我颈，问“母欲何之？人言母当去，岂复有还时？阿母常仁恻，今何更不慈？我尚未成人，奈何不顾思？”见此崩五内，恍惚生狂痴。号泣手抚摩，当发复回疑。兼有同时辈，相送告离别。慕我独得归，哀叫声摧裂。马为立踟蹰，车为不转辙。观者皆歔欷，行路亦呜咽。

这首诗重点描写自己亲身经历的惨绝人寰的遭遇，从中可以看出汉末战乱中广大人民特别是妇女的不幸命运。诗人通过细节描写，具体生动地表现各种生活场景和人物的内心活动，使人如临其境，如见其人。《悲愤诗》深受汉乐府叙事诗的影响，可以和《孔雀东南飞》比美，杜甫的《北征》等诗显然受到它的影响[①]。

四、建安诗歌的时代特征

东汉末年的动乱，既使建安文人饱受乱离之苦，也激起他们的政治热情，建功立业、扬名后世，成为他们共同的追求。曹操“挟天子以令诸侯”，以天下为己任，其政治理想最具代表性，对同时代的文人有很大影响。曹丕博通经史百家，又善骑射，好击剑，颇有“救民涂炭”之志。曹植怀抱“戮力上国，流惠下民”的壮志，而不甘以文士自居。王粲、陈琳、徐干、阮瑀、刘桢等人，都有卓荦不凡的气质。王粲的《从军诗》自抒壮志云：“服身事干戈，岂得念所私。”“被羽在先登，甘心除国疾。”陈琳《诗》云：“建功不及时，钟鼎何所铭。”“庶几及君在，立德垂功名。”刘桢《赠从弟》其三则曰：“何时当来仪，将须圣明君。”建安文人政治热情的普遍高扬，造成了当时诗歌“雅好慷慨”“志深笔长”“梗概多气”（《文心雕龙·时序》）的特点。“慷

① 清人施补华《岘佣说诗》云：“《奉先咏怀》及《北征》是两篇有韵古文，从文姬《悲愤诗》扩而大之者也。”（见丁福保辑：《清诗话》，上海古藉出版社1978年版，第979页）

慨”一词，为建安诗人所习用，如曹操《短歌行》：“慨当以慷，忧思难忘。”曹丕《于谯作诗》：“慷慨时激扬。”陈琳《诗》：“慷慨咏坟经。”吴质《思慕诗》：“慷慨自俛仰，庶几烈丈夫。”曹植《薤露行》：“慷慨独不群”；《野田黄雀行》：“秦筝何慷慨”；《赠徐干诗》：“慷慨有悲心，兴文自成篇”；《情诗》：“慷慨对嘉宾，凄怆内伤悲”；《弃妇诗》：“慷慨有余音，要妙悲且清”等。还有“悲风”这个意象，在建安诗歌中也常出现，如曹操《苦寒行》：“树木何萧瑟，北风声正悲。”阮瑀《诗》：“临川多悲风。”曹丕《燕歌行》二首其二：“悲风凄厉秋气寒。”曹植《野田黄雀行》：“高树多悲风”；《杂诗》：“高台多悲风”，“江介多悲风”，“弦急悲风发”；《赠丁仪王粲》：“悲风鸣我侧”等。建安诗歌这种悲凉慷慨的精神，具有鲜明时代特色。

人生苦短的哀叹，是建安诗歌的另一个主题。当时社会动乱，生灵涂炭，疾疫流行，人多短寿。如曹丕享年40岁，曹植享年41岁，王粲、徐干、应玚、刘桢、陈琳皆死于建安二十一、二十二年的疾疫，孔融、杨修、丁仪、丁廙先后被曹操、曹丕所杀。这种情况对文人刺激很大。面对短促而又多艰的人生，建安诗人采取了三种不同的态度：第一种是单纯的哀叹，如：“天地无期竟，民生甚局促”（刘桢《诗》）；“人生一世间，忽若暮春草”（徐干《室思诗》）；“良时忽一过，身体为土灰”（阮瑀《七哀诗》）；“常恐时岁尽，魂魄忽高飞”（阮瑀《失题诗》）。第二种是慨叹岁月短促、功名未立，却仍努力追求。曹操的《短歌行》就是这方面的典型。又如曹植的《赠徐干》：“惊风飘白日，忽然归西山。圆景光未满，众星灿以繁。志士营世业，小人亦不闲。”第三类是努力突破天命的限制，在有生之年追求更高的人生价值。这在曹操的《龟虽寿》等诗中得到充分体现。后两种思想体现了建安诗人积极的人生观，对后世有志之士有很大的激励作用。

建安时代是文学开始走向自觉的时代，也是诗人创作个性高扬的时代。傅玄上晋武帝疏说：“近者魏武好法术而天下贵刑名，魏文慕通达而天下贱守节。”（《晋书·傅玄传》）建安诗人多高自标置，以文才武略自负，在进行诗歌创作时，便不肯踵武前贤或效法同辈，而是另辟蹊径，努力展现自己独特的风貌。如曹操诗古直悲凉，气韵沉雄；曹丕诗便娟婉约，有文士气；曹植诗“骨气奇高，词采华茂，情兼雅怨，体被文质”（锺嵘《诗品》）；王粲和刘桢的诗：“仲宣躁锐，故颖出而才果；公干气褊，故言壮而情骇”（刘勰《文心雕龙·体性》）。在诗体的运用上，也各具匠心。曹操的四言诗独擅一时；曹丕的《燕歌行》二首被誉为七言之祖；曹植、王粲、刘桢、蔡琰则以五言诗名世。在诗歌语言方面，曹操、阮瑀、陈琳诸人较为朴质，曹丕、王粲等人则较秀美；曹植既有风骨，又富文采，成为那个时代最杰出的代表。鲜明的个性色彩，是建安诗歌独具魅力的标志。

由于“世积乱离，风衰俗怨”（刘勰《文心雕龙·时序》），建安诗歌带有浓郁的悲剧色彩。其诗“或述酣宴，或伤羁戍，志不出于滔荡，辞不离于哀思”（刘勰《文心雕龙·乐府》），曹操诗“悲凉”（锺嵘《诗品》），曹植诗“颇有忧生之嗟”（谢灵运《拟魏太子邺中集·平原侯植诗序》），王粲诗“发愀怆之词”（锺嵘《诗品》），刘桢诗“感慨深至”（方东树《昭昧詹言》卷二）。建安诗人处于时代与个人双重悲剧的交汇点上，都敢于正视苦难的社会与人生，勉励自己及他人惜时如金，及早建功立业，赢得不朽的名声[①]。以上所举各点，就是“建安风骨”这一美学范畴的内涵[②]。

［原载袁行霈主编《中国文学史》（第二版）第2卷，高等教育出版社2005年版］

① 王达津《建安文学的特色》一文认为，建安时代文学的特色：一是清峻；二是慷慨尚气；三是渐尚通脱；四是文中产生诙谐嘲戏的言语；五是文人依靠割据雄士，气扬采飞，很有战国纵横家风气；六是质性自然、华丽壮大、音调协和。（《艺谭》编辑部编：《建安文学研究文集》，黄山书社1984年版，第1—9页）

② 对于“建安风骨”的理解，王运熙《从〈文心雕龙·风骨〉谈到建安风骨》一文说：“我认为建安风骨是指建安文学（特别是五言诗）所具有的鲜明爽朗、刚健有力的文风，它是以作家慷慨饱满的思想感情为基础所表现出来的艺术风貌，不是指什么充实健康的思想内容。”（王运熙：《文心雕龙探索》，上海古籍出版社1986年版，第108页）王拾遗《略论“建安风骨”》一文说：“人们通常所赞赏的‘建安风骨’，是指那些反映现实深刻，风格刚健清新的诗篇，并不是指建安时期的所有诗歌。因为其中还占有比重不小的‘怜风月，狎池苑，述恩荣，叙酣宴’之作，这类歌功颂德、颓废放浪的诗篇，由于内容苍白，不得不追求辞藻的华丽，留给后世某些消极的影响，也是不容否定的。”（《艺谭》编辑部编：《建安文学研究文集》，黄山书社1984年版，第93页）张可礼《如何理解“建安风骨”?》一文说：“古代讲的‘建安风骨’……强调的是建安文学明朗刚健、古朴自然的艺术表现。现在学术界流行的所谓古代提出的‘建安风骨’，‘是对整个建安时代文学的面貌的概括’的说法，与古人讲的‘建安风骨’的含义，是方圆不合的。”（张可礼：《建安文学论稿》，山东教育出版社1986年版，第291—292页）

论两晋诗坛

两晋诗坛上承建安、正始，下启南朝，呈现出一种过渡的状态。西晋与东晋又各有特点，西晋诗坛以陆机、潘岳为代表，讲究形式，描写繁复，辞采华丽，诗风繁缛。左思的《咏史》诗，喊出了寒士的不平，在当时独树一帜。郭璞的《游仙诗》借游仙写其坎壈之怀，文采富艳。东晋诗坛被玄风笼罩，以王羲之、孙绰、许询为代表的玄言诗人，作品缺少诗意，"理过其辞，淡乎寡味"，虽在当时被视为正宗，却无生命力。东晋末年的伟大诗人陶渊明，开创了描写田园生活的风气，成为魏晋古朴诗风的集大成者。

一、陆机、潘岳与太康诗风

陆机、潘岳是西晋诗坛的代表①，所谓太康诗风就是指以陆、潘为代表的西晋诗风②。

---

① 陆机（261—303），字士衡，吴郡华亭（今上海松江）人。出身士族，祖逊，父抗，皆三国吴重臣。少时曾任吴牙门将，吴亡，退居旧里，闭门勤读。太康十年（289）左右，与弟云同至洛阳，为著名诗人张华所爱重，名动一时，时称"二陆"。历仕为太子洗马、著作郎、中书郎等职，后成都王荐为平原内史，世称陆平原。太安二年（303），成都王司马颖举兵伐长沙王，以机为后将军、河北大都督；战败受谮，为颖所杀。原有集，已佚。南宋徐民瞻得遗文十卷，与陆云集合刻为《晋二俊文集》，明代陆无大据以翻刻，即今通行之《陆士衡集》。中华书局刊有点校本《陆机集》。今存诗107首，文127篇（包括残篇）。《晋书》有传。潘岳（247—300），字安仁，荥阳中牟（今属河南）人。少以才颖见称，乡邑号为神童。曾任河阳令、著作郎、散骑侍郎、给事黄门侍郎等职。谄事贵戚贾谧，预贾谧"二十四友"之列。及赵王伦专政，中书令孙秀诬其谋反，族诛。原有集，已佚。明人辑有《潘黄门集》。今存诗18首，另存文61篇。《晋书》有传。

② 锺嵘《诗品序》："太康中，三张、二陆、两潘、一左，勃尔复兴，踵武前王，风流未沫，亦文章之中兴也。"即举张协、张载、张亢兄弟，陆机、陆云兄弟，潘岳、潘尼叔侄以及左思作为西晋诗坛之代表人物。《诗品序》又云："陆机为太康之英，安仁、景阳为辅。"宋人严羽《沧浪诗话·诗体》有"太康体"，注云："晋年号，左思、潘岳、三张、二陆诸公之诗。"《宋书·谢灵运传论》则云："降及元康，潘、陆特秀，律异班、贾，体变曹、王。"元康（晋惠帝年号，291—299）也可视为西晋诗坛的代称。

晋武帝司马炎代魏之后不久，天下重归于一统。当时“民和俗静，家给人足”（《晋书·武帝纪》），社会相对安定，经济比三国纷争时有较大发展。士人们重新燃起从政热情，愿为新朝效力，陆机、陆云自吴入洛，就是一个例证。原曹魏政权中的文人，转投司马氏政权者，为数更多。统治集团为巩固政权的需要，也尽力拉拢文人。但由于西晋王室内部矛盾十分复杂，文人们在政治斗争的旋涡中几经浮沉，演出了一幕幕人生的悲剧。

张华因为支持武帝伐吴得到封赏，确立了他此后在朝中的重要地位。陆机兄弟太康间入洛阳，经张华延誉，得到任用。后来，张华被武帝岳父权臣杨骏所忌，不得参与朝政。惠帝时，贾谧专权，当时文人多投其门下，潘岳、石崇、左思、陆机、陆云、刘琨诸人皆在其中，有“二十四友”之称①。潘岳与石崇争事贾谧，构陷愍怀太子，尤为人诟病。此后，政治矛盾日趋白热化，战争一触即发。对于这种情形，诗人们虽有所认识，却未能急流勇退。张华晚年，其子劝其退位，不从，说要“静以待之，以候天命”（《晋书·张华传》）。潘岳得势时，其母劝他要“知足”，“而岳终不能改”（《晋书·潘岳传》）。顾荣、戴若思看到天下将乱，劝陆机还吴，陆机不从（事见《晋书·陆机传》）。这种处世态度，导致了诗人们在“八王之乱”中多被杀戮的悲剧命运。永康元年（300）赵王司马伦废贾后，诛贾谧，拉拢张华参与其事，张华拒绝，被杀。潘岳、石崇、欧阳建等人亦于同年为赵王伦所害。太安二年（303）司马颖等起兵讨长沙王司马乂，陆机率20万大军为前锋，兵败受谗，被司马颖杀害。“八王之乱”本无是非可言，陆、潘等诗人为之丧命，是混乱年代造成的悲剧，也是他们热衷功名的后果。

西晋诗人多以才华自负，他们努力驰骋文思，以展现自己的才华。正如陆机《文赋》说，是“辞程才以效伎”，“收百世之阙文，采千载之遗韵。谢朝华于已披，启夕秀于未振”。为了逞才，他们对

①《晋书·贾谧传》：“谧好学，有才思。既为（贾）充嗣，继佐命之后，又贾后专恣，谧权过人主……开閤延宾，海内辐凑，贵游豪戚及浮竞之徒，莫不尽礼事之。或著文章称美谧，以方贾谊。渤海石崇……皆傅会于谧，号曰二十四友，其余不得预焉。”（中华书局1974年版，第1173页）

当时最能表现才华的辞赋都十分重视[①]，辞赋创作既为他们带来巨大的声誉，又使他们在艺术技巧方面得到很好的训练。而他们的文才，也的确十分突出[②]。

由于时代的原因，潘、陆诸人不可能唱出建安诗歌的慷慨之音，也不会写出阮籍那种寄托遥深的作品，他们的努力表现在两个方面：一是拟古，二是追求形式技巧的进步，并表现出繁缛的诗风。

摹拟《诗经》、汉乐府和《古诗》，成为当时的风气。陆机的《赠冯文罴迁斥丘令诗》八章、《与弟清河云诗》十章，潘岳的《关中诗》十六章、《北芒送别王世胄诗》五章等，均为四言体的名篇，这些诗学习《诗经》，但文辞趋向华美。在《乐府诗集》的《相和歌辞》中，大多数曲调都有陆机的拟作。其中陆机的其他乐府诗也往往成为后来拟作同题乐府诗的样本[③]。陆机的《拟古诗》十二首，基本上都是拟《古诗十九首》的，在内容上皆沿袭原题，格调上变朴素为文雅，显示出诗歌文人化的倾向，其总体水平不及原作。然而陆机有时能够拟得惟妙惟肖，有些地方还另有特色，已属难能可贵，所以锺嵘《诗品序》将陆机拟古也列为“五言之警策”。

在诗歌技巧方面，陆机、潘岳诸人进行了多方面的努力，形成了与汉魏古诗不同的艺术风貌——繁缛。正如沈约《宋书·谢灵运传论》所说：“降及元康，潘、陆特秀；律异班、贾，体变曹、王；缛旨星稠，繁文绮合。”其实，陆机在《文赋》中已经强调了这一点：“或藻思绮合，清丽芊眠。炳若缛绣，凄若繁弦。”这几句话正好可以用来评价他自己的诗风。“繁缛”，本指繁密而华茂，后用以

① 陆机今存赋近50篇，《文赋》《豪士赋》等皆负重名。潘岳的赋，《文选》收录八篇，《秋兴赋》《闲居赋》《寡妇赋》等皆为名篇。左思的《三都赋》，亦负盛名。

② 如张华见到陆机、陆云兄弟，惊叹曰：“伐吴之役，利获二俊。”（《晋书·陆机传》）他还说陆机为文，“才”患“太多”（《世说新语》刘注引《续文章志》）。锺嵘说：“陆才如海，潘才如江。”（《诗品上》）刘勰称陆机“才优”（《文心雕龙·熔裁》）。其他诗人亦以才见称，如“左思奇才”（《文心雕龙·才略》）；张载“有才华”（《文选》注引臧荣绪《晋书》）；张协诗“雄于潘岳，靡于太冲。风流调达，实旷代之高手”（锺嵘《诗品上》）；潘尼“有清才”（《文选》注引《文章志》）；夏侯湛“有盛才，文章巧思，名亚潘岳”（《世说新语·文学》引《文士传》）；成公绥“少有俊才”（《文选·啸赋》注引臧荣绪《晋书》）。

③ 参见曹道衡：《陆机的思想及其诗歌》，《中国社会科学院研究生院学报》1996年第1期。

比喻文采过人[①]。分而言之，繁，指描写繁复、详尽，不避繁琐。缛，指色彩华丽。《说文》曰："缛，繁彩也。"《晋书·夏侯湛潘岳张载传论》说：夏侯湛"时标丽藻"，"缛彩雕焕"；"机文喻海，韫蓬山而育芜；岳藻如江，濯美锦而增绚"；"岳实含章，藻思抑扬"；"尼标雅性，夙闻词令"；"载、协飞芳，棣华增映"。指出潘、陆、夏侯湛、张载、张协等人诗歌繁缛的特征。

与汉魏古诗相比，太康诗风"繁缛"的特征表现在以下几个方面：

一、语言由朴素古直趋向华丽藻饰

陆机的《拟古诗》，可作为华丽藻饰的代表。试举《古诗·西北有高楼》与陆机拟作比较如下：

古诗·西北有高楼

西北有高楼，上与浮云齐。交疏结绮窗，阿阁三重阶。上有弦歌声，音响一何悲！谁能为此曲？无乃杞梁妻。清商随风发，中曲正徘徊。一弹再三叹，慷慨有余哀。不惜歌者苦，但伤知音稀。愿为双鸿鹄，奋翅起高飞。

拟西北有高楼　陆机

高楼一何峻，迢迢峻而安。绮窗出尘冥，飞陛蹑云端。佳人抚琴瑟，纤手清且闲。芳气随风结，哀响馥若兰。玉容谁能顾，倾城在一弹。伫立望日昃，踯躅再三叹。不怨伫立久，但愿歌者欢。思驾归鸿羽，比翼双飞翰。

这两首诗内容相同，每两句所描绘的具体情景相似，结构也一致。可是风格有朴素与华丽之别。陆机、潘岳其他的诗作，以及张

---

① 曹植《七启》："步光之剑，华藻繁缛。"（赵幼文：《曹植集校注》，人民文学出版社1998年版，第8页）写宝剑被装饰得五彩斑斓，非常华丽。《文心雕龙·体性》：文体有八，五曰繁缛。"繁缛者，博喻酿采，炜烨枝派者也"。指出繁缛为诗文风格之一，其特点是文采华丽，枝叶众多。（范文澜注：《文心雕龙注》，人民文学出版社1958年版，第505页）

华的《情诗》《轻薄篇》《美女篇》等，与此类似。

二、描写由简单趋向繁复

试以《猛虎行》为例，《猛虎行》古辞为："饥不从猛虎食，暮不从野雀栖。野雀安无巢，游子为谁骄。"魏文帝、明帝的拟作也很简单（见《乐府诗集》卷三十一），陆机的拟作大大地丰富了原作的内容，文辞委婉曲折，而以繁复取胜：

> 渴不饮盗泉水，热不息恶木阴。恶木岂无枝，志士多苦心。整驾肃时命，杖策将远寻。饥食猛虎窟，寒栖野雀林。日归功未建，时往岁载阴。崇云临岸骇，鸣条随风吟。静言幽谷底，长啸高山岑。急弦无懦响，亮节难为音。人生诚未易，曷云开此衿？眷我耿介怀，俯仰愧古今。

这首诗写自己在外行役的经历，虽然壮志难酬，仍不改"耿介"之怀。情、理结合自然，描写景物细致而生动，是陆诗中的上乘之作。

又如潘岳的代表作《悼亡诗》三首，其一写丧妻后的悲痛之情：

> 荏苒冬春谢，寒暑忽流易。之子归穷泉，重壤永幽隔。私怀谁克从，淹留亦何益。僶俛恭朝命，回心反初役。望庐思其人，入室想所历。帏屏无仿佛，翰墨有余迹。流芳未及歇，遗挂犹在壁。怅恍如或存，回惶忡惊惕。如彼翰林鸟，双栖一朝只。如彼游川鱼，比目中路析。春风缘隟来，晨霤承檐滴。寝息何时忘，沉忧日盈积。庶几有时衰，庄缶犹可击。

诗中叙亡妻葬后，自己准备赴任时的所见所感，笔触细腻，低徊哀婉。其二、其三虽然描写的具体情景有所变化，但总的意思与第一首相近，显得重复。所以，清人陈祚明说："安仁情深之子，每一涉笔，淋漓倾注，宛转侧折，旁写曲诉，刺刺不能自休。夫诗以道情，未有情深而语不佳者；所嫌笔端繁冗，不能裁节，有逊乐府

古诗含蕴不尽之妙耳。”（《采菽堂古诗选》卷十一）

三、句式由散行趋向骈偶

例如陆机的名作《赴洛道中作》二首：

> 总辔登长路，呜咽辞密亲。借问子何之，世网婴我身。永叹遵北渚，遗思结南津。行行遂已远，野途旷无人。山泽纷纡馀，林薄杳阡眠。虎啸深谷底，鸡鸣高树巅。哀风中夜流，孤兽更我前。悲情触物感，沉思郁缠绵。伫立望故乡，顾影凄自怜。
>
> 远游越山川，山川修且广。振策陟崇丘，安辔遵平莽。夕息抱影寐，朝徂衔思往。顿辔倚嵩岩，侧听悲风响。清露坠素辉，明月一何朗。抚枕不能寐，振衣独长想。

这两首诗写自己被召入洛时留恋家乡之情和前途未卜的忧虑。除首尾之外，几乎都是偶句。其骈偶化的程度不但为汉诗所未见，而且也大大超过了曹植、王粲的诗作。另如陆机的《招隐》诗、《悲哉行》及一些拟古诗也多偶句。潘岳的《金谷集作诗》、《河阳县作诗》二首、《在怀县作诗》二首以及张协的《杂诗》等，也大量运用偶句。陆、潘诸人为了加强诗歌铺陈排比的描写功能，将辞赋的句式用于诗歌，丰富了诗歌的表现手法。他们诗中山水描写的成分大量增加，排偶之句主要用于描写山姿水态，为谢灵运、谢朓诸人的山水诗起了先导的作用。

总之，追求华辞丽藻、描写繁复详尽及大量运用排偶，是太康诗风“繁缛”特征的主要表现。从文学发展的规律来看，由质朴到华丽，由简单到繁复，是必然的趋势。正如萧统所说：“盖踵其事而增华，变其本而加厉，物既有之，文亦宜然。”（《文选序》）陆、潘发展了曹植“词采华茂”的一面，对中国诗歌的发展是有贡献的，对南朝山水诗的发展及声律、对仗技巧的成熟，有促进的作用。

二、 左思、张协与刘琨的诗

左思曾以《三都赋》名震京都[①]，但奠定其文学地位的，却是其《咏史》诗八首[②]。

以“咏史”为诗题，始于东汉的班固。班固的《咏史》诗，直书史实，锺嵘评为“质木无文”（《诗品序》）。曹魏时，王粲、阮瑀有《咏史诗》，曹植有《三良诗》，与左思同时的张协也有《咏史》诗。

左思的咏史诗，既受前人的影响，又有一定创新。明代胡应麟说：“太冲《咏史》，景纯《游仙》，皆晋人杰作。《咏史》之名，起自孟坚，但指一事。魏杜挚《赠毌丘俭》，叠用八古人名，堆垛寡变。太冲题实因班，体亦本杜，而造语奇伟，创格新特，错综震荡，逸气干云，遂为古今绝唱。”（《诗薮·外编》卷二）对咏史诗的流变及左思《咏史诗》的价值，概括得相当准确。清人何焯则认为左思的《咏史》诗是变体：“咏史者不过美其事而咏叹之，隐括本传，不加藻饰，此正体也。太冲多自摅胸臆，乃又其变。”（《义门读书记》卷四十六）从咏史诗的发展先后顺序来看，以“隐括本传”者为正体，以“自抒胸臆”者为“变体”，并不为错，然而左思之“变体”，成就远远超过了前人的正体[③]。

---

① 左思生卒年不可确考，刘文忠认为“左思大约生于公元252年或稍前一点”，见其《左思评传》（收入山东教育出版社《中国历代著名文学家评传》第一卷），徐公持《魏晋文学史》从之。姜剑云则据左棻《感离诗》，指出：“左氏兄妹间的年龄差距当是比较大的。估计左思与潘岳、潘尼，年相仿佛。”（姜剑云：《太康文学研究》，中华书局2003年版，第97页）左思，字太冲，齐国临淄（今属山东）人。出身寒微，不好交游，貌丑口讷而博学能文。《晋书》本传谓其构思十年，写成《三都赋》，“豪贵之家，竞相传写，洛阳为之纸贵”（《晋书》，中华书局1974年版，第2377页）。泰始八年（272）左右，曾任秘书郎。惠帝时依附贾谧，为“二十四友”之一。谧被诛，乃退隐，专攻典籍。晚年举家迁冀州，数年后病终。原有集，已佚，后人辑有《左太冲集》。今存赋两篇，诗14首。《晋书》有传。

② 《文心雕龙·才略》曰：“左思奇才，业深覃思，尽锐于《三都》，拔萃于《咏史》。”（范文澜注：《文心雕龙注》，人民文学出版社1958年版，第700页）谢灵运则曰：“左太冲诗，潘安仁诗，古今难比。”（锺嵘《诗品》引）锺嵘《诗品》将左思列在上品，足见其地位之高。（曹旭集注：《诗品集注》，上海古籍出版社1994年版，第155页）

③ 刘学锴师将魏晋南北朝的咏史诗分为三类：一类以歌咏历史人物的品行事迹为主，又有偏于抒情议论和偏于叙事两种，前者以王粲等咏三良为代表，后者如左延年、傅玄的《秦女休行》等；一类以歌咏历史事件为主，如阮籍《咏怀·驾言发魏都》等；一类系借咏史以抒怀，左思《咏史》八首为其代表。以上三类，简括是咏人、咏事、咏怀。见刘学锴师：《李商隐咏史诗的主要特征及其对古代咏史诗的发展》，《文学遗产》1993年第1期。

左思《咏史》诗的内容主要是寒士之不平及对士族的蔑视与抗争。西晋时，士族把持朝政，庶族寒士很难进入政权中心，“上品无寒门，下品无势族”（《晋书·刘毅传》）。左思出身寒微，虽然为文“辞藻壮丽”，却无晋身之阶。大约在左思20岁时，其妹左棻因才名被晋武帝纳为美人，左思全家迁往洛阳，不久，他被任命为秘书郎。但毕竟出身寒门，终不被重用。在门阀制度的重压下，他壮志难酬，写了《咏史》八首以抒怀。其中有的表达对门阀制度的不满及对豪右的蔑视；有的肯定寒士自身的价值；有的慨叹寒士生活的困顿。如其二：

郁郁涧底松，离离山上苗，以彼径寸茎，荫此百尺条。世胄蹑高位，英俊沉下僚。地势使之然，由来非一朝。金张籍旧业，七叶珥汉貂。冯公岂不伟，白首不见招。

世胄占据高位，寒士屈沉下僚，这是门阀制度造成的，并且由来已久。第七首慨叹主父偃、朱买臣、陈平、司马相如四位贤才的厄运。这些人都有大才，又都出身寒微，作者写他们未遇时，有穷困致死、身填沟壑之忧，感叹“英雄有迍邅，由来自古昔。何世无奇才，遗之在草泽”。这是对古代门阀制度的控诉。

《咏史》其四前半极写王侯贵族的豪奢生活，后半写辞赋家扬雄生前之寂寞及死后的不朽声誉，以反衬贵族之速朽。其六云：

荆轲饮燕市，酒酣气益震。哀歌和渐离，谓若傍无人。虽无壮士节，与世亦殊伦。高眄邈四海，豪右何足陈！贵者虽自贵，视之若埃尘。贱者虽自贱，重之若千钧。

诗中赞扬了荆轲、高渐离等卑贱者慷慨高歌、睥睨四海的精神，表达了对豪门权贵的蔑视。作于平吴之前的第一首云：“长啸激清风，志若无东吴。铅刀贵一割，梦想骋良图。左眄澄江湘，右盼定羌胡。”自信可为国立功，但其终极目标却是“功成不受爵，长揖归田庐”。第三首借着赞扬段干木和鲁仲连，肯定寒士能为国排忧解难，又不图封赏，歌颂他们视功名富贵如浮云的态度。最能表现左思气概的是第五首：

皓天舒白日，灵景耀神州。列宅紫宫里，飞宇若云浮。峨峨高门内，蔼蔼皆王侯。自非攀龙客，何为欻来游？被褐出阊阖，高步追许由。振衣千仞冈，濯足万里流。

这首诗先写宫廷和王侯宅第之豪华，接下来用“自非攀龙客，何为欻来游”将前面的渲染一笔抹倒，对功名富贵表示了极度的鄙弃。他说自己只愿作一位像许由那样的高士。此诗末尾“振衣千仞冈，濯足万里流”二句，是这组诗中的最强音。

锺嵘《诗品》置左思于上品，评其诗曰：“文典以怨，颇为精切，得讽谕之致。”他的诗多引史实，故曰“典”。借古讽今，对现实政治持批评态度，故曰“怨”。而借古讽今又能做到深刻恰当，故曰“精切”。他的诗能起到讽谕作用，故曰“得讽谕之致”[①]。锺嵘《诗品》还说左思的诗“出于公干”，公干即建安诗人刘桢。在论及陶渊明时则说“又协左思风力”，“风力”与“风骨”义近。锺嵘标举“左思风力”，含有左思再现了建安风骨的意思，这是很有道理的。

左思的《咏史》八首，开创了咏史诗借咏史以咏怀的新路，成为后世诗人效法的范例，这是他对中国诗歌史的独特贡献，所以前人评云：“创成一体，垂式千秋。”（陈祚明《采菽堂古诗选》卷十一）

张载、张协、张亢兄弟与潘、陆诸人齐名[②]。其中张亢不以诗名，张载被锺嵘《诗品》列入下品。诗名较盛的是张协，《诗品》列入上品，评曰：“文体华净，少病累。又巧构形似之言。雄于潘岳，靡于太冲。风流调达，实旷代之高才。词采葱蒨，音韵铿锵。”其特点是既有文采又较少芜累。与张华、潘岳、陆机等人热衷功名，身

① 参见袁行霈先生《中国文学史纲要》（二）第二章第三节内容，北京大学出版社1986年版。

② 张载、张协生卒年均无考。陆侃如先生推测张载约生于公元250年、张协约生于255年，见其《中古文学系年》，人民文学出版社1985年版，第666页、708页。张载曾任著作郎、太子中舍人、弘农太守、中书侍郎等职，约于306年以后病卒于家。（参陆侃如说）张协曾任公府掾、秘书郎、中书侍郎，当卒于永嘉（307—313）中。

逢乱世，卷入政治漩涡，最终被杀不同，张氏兄弟头脑较为清醒："载见世方乱，无复进仕意，遂称疾笃告归，卒于家。"（《晋书·张载传》）张协"少有俊才，与载齐名。……于时天下已乱，所在寇盗。协遂弃绝人事，屏居草泽，守道不竞，以属咏自娱。"（《晋书·张协传》）张协现存的十余首诗，多数作于归隐之后，其代表作是《杂诗》十首。其一写游子思妇之情，以季节景物的变化加以衬托，如"离居几何时，钻燧忽改木。房栊无行迹，庭草萋以绿。青苔依空墙，蜘蛛网四屋。"很有表现力。其四写岁暮年衰、忧时避世之情，"轻风摧劲草，凝霜竦高木。密叶日夜疏，丛林森如束。"堪称"葱蒨"。其九以大半篇幅写隐居生活，而结穴为"养真尚无为，道胜贵陆沉"。

张载现存《赠司隶傅咸诗》《登成都白菟楼诗》等十余首诗，以《拟四愁诗》和《七哀诗》二首较有名，如《七哀诗》其一：

> 北芒何垒垒，高陵有四五。借问谁家坟？皆云汉世主。恭文遥相望，原陵郁膴膴。季世丧乱起，贼盗如豺虎。毁坏过一抔，便房启幽户。珠柙离玉体，珍宝见剽虏。园寝化为墟，周墉无遗堵。蒙笼荆棘生，蹊径登童竖。狐兔窟其中，芜秽不复扫。颓陇并垦发，萌隶营农圃。昔为万乘君，今为丘山土。感彼雍门言，凄怆怀往古。

《文选》卷二十三李善注引魏文帝《典论》曰："丧乱以来，汉氏诸陵，无不发掘，至乃烧取玉柙金镂，体骨并尽。"此诗所写内容，比魏文帝的记载更为具体。"昔为万乘君，今为丘山土。感彼雍门言，凄怆怀往古"四句，用桓谭《新论》雍门周讽孟尝君人生苦短，富贵不能长久事，感慨尤为深沉。

张氏兄弟的诗，现在所存不多，在当时却颇负盛名，刘勰曰："孟阳、景阳，才绮而相埒，可谓鲁、卫之政，兄弟之文也。"（《文心雕龙·才略》）[①]

① 参见徐公持《魏晋文学史》、姜剑云《太康文学研究》有关张协、张载的论述。

刘琨早年生活豪纵[①]，且慕老、庄，后来参加卫国斗争，思想感情发生变化，闻鸡起舞的故事，最能见其性格。《扶风歌》是刘琨的代表作之一。永嘉元年（307）他任并州刺史，募兵千余人，历尽艰辛才到达任所晋阳，诗写途中经历和激愤、忧虑之情：

朝发广莫门，暮宿丹水山。左手弯繁弱，右手挥龙渊。顾瞻望宫阙，俯仰御飞轩。据鞍长叹息，泪下如流泉。系马长松下，发鞍高岳头。烈烈悲风起，泠泠涧水流。挥手长相谢，哽咽不能言。浮云为我结，归鸟为我旋。去家日已远，安知存与亡？慷慨穷林中，抱膝独摧藏。麋鹿游我前，猿猴戏我侧。资粮既乏尽，薇蕨安可食？揽辔命徒侣，吟啸绝岩中。君子道微矣，夫子故有穷。惟昔李骞期，寄在匈奴庭。忠信反获罪，汉武不见明。我欲竟此曲，此曲悲且长。弃置勿重陈，重陈令心伤。

刘琨被段匹磾所拘时写了《答卢谌》和《重赠卢谌》，是刘琨的绝命诗。《晋书·刘琨传》说二诗“托意非常，摅畅出愤”，后一首感慨尤深。

刘琨的诗感情深厚，风格雄峻，亦与建安风骨一脉相承[②]。

三、郭璞的游仙诗

诗歌以“游仙”名篇始于曹植，但以游仙为题材则可上溯到战国时期。清人朱乾《乐府正义》卷十二将早期的游仙诗分为两类：“游仙诸诗嫌九州之局促，思假道于天衢，大抵骚人才士不得志于时，借此以写胸中之牢落，故君子有取焉。若始皇使博士为《仙真人诗》，游行天下，令乐人歌之，乃其惑也，后人尤而效之，惑之惑

① 刘琨（271—318），字越石，中山魏昌（今河北无极）人。少时豪纵，后任并州刺史等职，多次与刘聪、石勒作战，兵败，投奔幽州刺史段匹磾，因故为段所杀。原有集，已佚。明人辑有《刘中山集》。今存诗四题11首。

② 关于刘琨的诗，参见袁行霈先生《中国文学史纲要》（二）第二章第三节。刘国石：《评刘琨》，《史学集刊》2002年第4期；马世年：《刘琨诗考论》，《甘肃社会科学》2003年第2期。

也。诗虽工，何取哉？”朱乾认为前一类游仙诗出于屈原之《远游》，《远游》中“悲时俗之迫厄兮，将轻举而远游”二句是此类诗之主旨。后一类起于秦代，《史记·秦始皇本纪》：“三十六年，使博士为《仙真人诗》。”原诗已佚，其内容当不出求仙访药、追求长生之类。继承前一类的有曹植的《五游咏》《远游篇》《仙人篇》《游仙诗》等，还包括阮籍《咏怀》以及嵇康的某些诗，写游仙不过是抒其愤世之情。继承后一类的有汉乐府《吟叹曲·王子乔》《董逃行》《长歌行》等，都以求仙为主旨。①

郭璞的游仙诗②，今存19首，其中有9首为残篇③。锺嵘《诗品》说郭璞的《游仙诗》“辞多慷慨，乖远玄宗”，“坎壈咏怀”，这是很确切的评价。但是，由于当时玄言诗盛行，其《游仙诗》又多写隐逸生活，所以许多评论家将其诗与玄言诗联系起来④，这种说法其实并不符合郭璞的为人和创作实际。玄言以老庄为思想基础，老庄主张无为、逍遥。老庄的隐逸，是一种自我保全、超世绝俗的生活方式。郭璞则不然，《晋书·郭璞传》说他“好经术”，其立身行事始终接近儒家。《晋书》所载他的一些奏疏，持论皆以儒家经典为本。他身处西晋末年的战乱，虽屈沉下僚，却始终留意仕进。他因“才高位卑，乃著《客傲》”（《晋书·郭璞传》）。所以他的《游仙诗》写隐居高蹈，乃是仕宦失意的反映，而非如道家之鄙弃仕途；他所抒发的不是庄子的那种逍遥精神，而是儒家“达则兼济天

① 郭璞之前的游仙诗，张海明《魏晋玄学与游仙诗》（见《文学评论》1995年第6期）一文论述较详，可以参看。

② 郭璞（276—324），字景纯，河东闻喜（今属山西）人。博洽多闻，好经术，擅词赋，通阴阳历算、卜筮之术。东晋初官著作佐郎，后为王敦记室参军。以劝阻敦起兵，被杀。追赠弘农太守。好古文奇字，释《尔雅》《方言》《山海经》《穆天子传》等。《隋书·经籍志》记载有“晋弘农太守《郭璞集》十七卷”。今不存。明人辑有《郭弘农集》。今存辞赋10篇，较完整的诗18首。《晋书》有传。

③ 据逯钦立《先秦汉魏晋南北朝诗》。锺嵘《诗品》还存郭璞“奈何虎豹姿”，“戢翼栖榛梗”两个断句。

④ 《世说新语·文学》引《续晋阳秋》曰：“故郭璞五言，始会合道家之言而韵之。”（余嘉锡笺疏：《世说新语笺疏》中华书局2007年版，第310页）《文心雕龙·明诗》云：“江左篇制，溺乎玄风，嗤笑徇务之志，崇盛忘机之谈。……所以景纯仙篇，挺拔而为俊矣。”（范文澜注：《文心雕龙注》，人民文学出版社1958年版，第67页）《南齐书·文学传论》云：“江左风味，盛道家之言，郭璞举其灵变。”（中华书局1972年版，第908页）

下，穷则独善其身”的精神[①]。他的游仙是其仕途偃蹇、壮志难酬时的精神寄托，是抒发其苦闷情怀的一种特殊方式。

《游仙诗》的第一、二首，集中写其隐逸之情，如其一：

> 京华游侠窟，山林隐遁栖。朱门何足荣，未若托蓬莱。临源挹清波，陵冈掇丹荑。灵溪可潜盘，安事登云梯？漆园有傲吏，莱氏有逸妻。进则保龙见，退为触藩羝。高蹈风尘外，长揖谢夷齐。

此诗写仕宦之求不如高蹈隐逸，山林之乐胜于求仙。隐居高蹈，可以保持品德完好和自身的自由；退回尘世，则会陷入进退维谷的境地。最能显示其“坎壈”之怀的是第五首：

> 逸翮思拂霄，迅足羡远游。清源无增澜，安得运吞舟？珪璋虽特达，明月难暗投。潜颖怨青阳，陵苕哀素秋。悲来恻丹心，零泪缘缨流。

《游仙诗》也有几首是写神仙世界的，但多别有怀抱，如第三首含有讽刺权贵势要之意；第六首寓有警诫统治者灾祸将至之意。正如陈祚明所说：郭璞“《游仙》之作，明属寄托之词，如以‘列仙之趣’求之，非其本旨矣”（《采菽堂古诗选》卷十二）。

西晋后期至东晋初年，诗道不振，孙楚、潘尼、曹摅、枣腆诸人之诗，玄理渐多，平淡寡味，故锺嵘说其“理过其辞，淡乎寡味”（《诗品序》）。而郭璞《游仙诗》则以文采富丽见称于时。王隐《晋书》说郭璞“文藻粲丽”（《世说新语·文学》刘注引）；刘勰《文心雕龙·才略》曰：“景纯艳逸……仙诗亦飘飘而凌云矣。”

① 郭璞在王敦谋反事件中的态度，最能见其气节。《晋书·郭璞传》载：王敦将反，温峤、庾亮请郭璞卜筮，郭沉吟未答，温、庾又让郭卜二人之吉凶，郭曰“大吉”，这实际上是暗示温、庾必然成功。温、庾因此受到鼓舞，力劝明帝讨伐王敦。而王敦将举兵时，也让郭璞占卦，璞曰：“无成。”王敦不满，又使璞卜自己（王敦）的寿命，璞曰：“思向卦，明公起事，必祸不久。若住武昌，寿不可测。”王听后大怒曰：“卿寿几何？”郭璞回答说：“命尽今日日中。”王敦听到这一回答，怒不可遏，遂杀郭璞。在这一关系到国家安危和个人生死的事件中，郭璞虽以术士的面目出现，表现出来的却是儒家“杀身成仁，舍生取义”的精神，这与道家全身远祸的思想大相径庭。

钟嵘《诗品》评郭璞“始变永嘉平淡之体”。“平淡”，即淡乎寡味，郭璞的诗与这类作品相反，无论是写隐逸还是写神仙，都无枯燥的说理，而是以华美的文字，将隐士境界、神仙境界及山川风物都写得十分美好，具有形象性，这在当时是高出侪辈、独领风骚的，故刘勰说其“足冠中兴”，钟嵘评为“中兴第一”。

郭璞借游仙写其坎壈之怀，继承了《诗》《骚》的比兴寄托传统。朱自清说：“后世的比体诗可以说有四大类，咏史，游仙，艳情，咏物。”“游仙之作以仙比俗，郭璞是创始的人。”（《诗言志辨·比兴·赋比兴通释》）的确，郭璞以游仙写失意之悲，与左思借咏史抒牢骚不平，有异曲同工之妙。

四、王羲之与兰亭唱和

王羲之是东晋著名文士[①]，为人率直、洒脱。他虽出身高门，却淡薄宦情，好隐居，与清谈名士交游，以山水吟咏为乐。《晋书·王羲之传》说他：“雅好服食养性，不乐在京师，初渡浙江，便有终焉之志。会稽有佳山水，名士多居之，谢安未仕时亦居焉。孙绰、李充、许询、支遁等皆以文义冠世，并筑室东土，与羲之同好。”王羲之与朋友们徜徉于会稽的明山秀水之间，诗酒风流，逍遥度日。其中最有名的一次聚会，便是晋穆帝永和九年（353）三月三日的兰亭之会[②]。聚会的起因源于“修禊”这一习俗。古人于三月上旬巳日，在东流水洗濯，祓除不祥。后来发展为暮春之初在水边宴饮嬉游，祓除不祥的意义反而退居其次，兰亭之会就是如此。此次聚会名流荟萃，规模宏大，与会者多达四十馀人[③]。聚会的目的主要是

① 王羲之（303—361），字逸少，琅琊临沂（今属山东）人，居会稽山阴（今浙江绍兴）。司徒王导从子。官至右军将军，会稽内史，世称王右军。工书法，早年从卫夫人学，后改变初学，草书学张芝，正书学锺繇，并博采众长，自成一家，后世尊为“书圣”。《晋书》有传。

② 《水经注》卷四十浙江水注：“浙江又东与兰溪合，湖南有天柱山，湖口有亭，号曰兰亭，亦曰兰上里，太守王羲之、谢安兄弟，数往造焉。”（陈桥驿校证：《水经注校证》，中华书局2007年版，第940页）《绍兴府志》谓兰亭之会在兰渚山，山“在山阴西南二十七里处，即《越绝书》勾践种兰渚田，及王羲之修禊处”。

③ 兰亭之会的人数，《世说新语·企羡》引《临河叙》云41人，未说是否包括羲之本人。宋人施宿等撰《会稽志》卷十引《天章碑》，列42人名字。唐末张彦远《法书要录》卷三所列人名中有支遁，为《天章碑》所无。。

欣赏山水，饮酒赋诗。为了增加趣味，采取流觞赋诗的方法，流觞所至，即席赋诗。作诗的规矩当是每人作四、五言诗各一首。此次聚会，王羲之、谢安、孙绰等11人成四、五言诗各一首；郗昙等15人各成诗一首；谢瑰、卞迪等16人诗不成，罚酒三巨觥[①]。共成诗37首，编为《兰亭集》。

兰亭之会在后世享有盛名的重要原因之一，是王羲之写了一篇《兰亭集序》[②]。其文曰：

> 永和九年，岁在癸丑，暮春之初，会于会稽山阴之兰亭，修禊事也。群贤毕至，少长咸集。此地有崇山峻岭，茂林修竹，又有清流激湍，映带左右，引以为流觞曲水，列坐其次。虽无丝竹管弦之盛，一觞一咏，亦足以畅叙幽情。
>
> 是日也，天朗气清，惠风和畅，仰观宇宙之大，俯察品类之盛，所以游目骋怀，足以极视听之娱，信可乐也。
>
> 夫人之相与，俯仰一世，或取诸怀抱，晤言一室之内，或因寄所托，放浪形骸之外。虽趣舍万殊，静躁不同，当其欣于所遇，暂得于己，快然自足，不知老之将至。及其所之既倦，情随事迁，感慨系之矣。向之所欣，俯仰之间，已为陈迹，犹不能不以之兴怀。况修短随化，终期于尽。古人云，“死生亦大矣!”岂不痛哉!
>
> 每览昔人兴感之由，若合一契，未尝不临文嗟悼，不能喻之于怀。固知一死生为虚诞，齐彭殇为妄作，后之视今，亦犹今之视昔，悲夫！故列叙时人，录其所述，虽世殊事异，所以兴怀，其致一也。后之览者，亦将有感于斯文。

此序的前半记述这次盛会概况，写山川之美，饮酒吟咏之乐，

---

① 此据宋桑世昌《兰亭考》卷一，《知不足斋丛书》本。

② 此帖用蚕茧纸、鼠尾笔书，凡28行，324字，有重文者，字体悉异。关于《兰亭集序》，宋人认为其中“一死生为虚诞，齐彭殇为妄作”二句非羲之思想，据此判定《兰亭集序》的文本及书法皆非羲之所作。清人李文田认为“夫人之相与”以下167字为后人“妄增”。郭沫若即力主此说，认为：“世传《兰亭序》既不是王羲之作的，更不是王羲之写的。”商承祚则从书法史的角度力证《兰亭集序》非伪。高二适也肯定《兰亭集序》非后人伪作。关于这些争论，可参考宋人桑世昌《兰亭考》、文物出版社《兰亭论辩》。

后半由眼前之乐想到人生之短促，以感慨作结，令人遐思无限。

兰亭诗的内容，或抒写山水游赏之乐，表现山水审美的情趣；或由山水直接抒发玄理。写游赏的乐趣，包括山水之美、饮酒之乐、临流赋诗之雅兴，其中心内容是在美好的自然与人文环境中得到审美愉悦。如王羲之："欣此暮春，和气载柔。咏彼舞雩，异世同流。""虽无丝与竹，玄泉有清声。虽无啸与歌，咏言有余馨。"孙统："时禽吟长涧，万籁吹连峰。"还有一些诗是写在山水陶冶中忘记忧愁。如王玄之："松竹挺岩崖，幽涧激清流。萧散肆情志，酣畅豁滞忧。"王徽之："散怀山水，萧然忘羁。"王蕴之："散豁情志畅，尘缨忽已捐。"这一部分内容，大致相当于王羲之《兰亭集序》前半部分的意思。在山水游览中体认玄理的作品，如王羲之："仰望碧天际，俯磐绿水滨。寥朗无厓观，寓目理自陈。……群籁虽参差，适我无非新。"这是从山水游赏中体悟到大自然生生不息的力量。谢安："万殊混一理，安复觉彭殇。"则是抒发万物浑一、不辨彭殇的玄理。

兰亭诗无论是写山水还是写玄理，艺术水平都不高，但标志着诗人已开始留意山水审美，并从山水中体悟玄理。这种尝试预示着山水诗将要兴起。

兰亭雅集对中国文人生活情趣有重大影响，同时对诗歌流派的形成也有推动作用。兰亭雅集明显受到西晋元康六年（296）石崇金谷雅集的影响①，二者的活动方式几乎完全相同，王羲之有意效法石崇。"王右军得人以《兰亭集序》方《金谷诗序》，又以己敌石崇，甚有得色。"（《世说新语·企羡》）当然，兰亭雅集的影响远远超过金谷雅集。

① "金谷"为石崇别墅名，在洛阳郊外。《水经注》卷十六："金谷水，出太白原东南，流历金谷，谓之金谷水。东南流经晋卫尉卿石崇之故居。"（陈桥驿校证：《水经注校证》，中华书局2007年版，第393页）据石崇《金谷诗序》，雅集的时间为元康六年（296），石崇的身份是征虏将军。事由是送征西大将军祭酒王诩还长安。当时，"众贤""昼夜游宴"，"遂各赋诗，以叙中怀。或不能者，罚酒三斗"。参与其会者共三十人，以苏绍年长（50岁）为首，《世说新语·品藻》注引（余嘉锡笺疏：《世说新语笺疏》，中华书局2007年版，第628页）。又：潘岳今存《金谷集诗》，杜育存《金谷诗》残句，可见二人亦躬逢其盛。

五、孙绰、许询与玄言诗

玄言诗兴盛于东晋，一方面是魏晋玄学及清谈之风兴盛的结果，另一方面也与东晋政局及由此而形成的士人心态有关。

公元318年，司马睿在建康即帝位，建立了东晋王朝。此时北方五胡交战，兵连祸结，并时时觊觎江南。东晋王朝建立之初，曾数次北伐，均告失败。北方既不可恢复，江南又山清水秀，南渡士人就在此安居下来。起源于中朝的清谈之风，也被过江诸人带至东晋，并且风气日炽。是否善于谈玄，成为分别士人雅俗的标准。东晋历史上两位最重要的宰辅王导和谢安，皆善玄谈，处理朝政也务在清静。“时王导辅政，主幼时艰，务存大纲，不拘细目”（《晋书·庾亮传》）；“为政务在清静”（《晋书·王导传》）。谢安“德政既行，文武用命，不存小察，弘以大纲”（《晋书·谢安传》）。这种心态对东晋文人影响很大。玄言诗的兴盛，便是在这种心态下老庄玄理与山水之美相混合的产物①。

东晋玄言诗的代表人物是孙绰和许询②。对此，《续晋阳秋》、《宋书·谢灵运传论》、锺嵘《诗品》皆有一致的看法。东晋玄言诗的发展，与佛教的流行大有关系，故玄释合流，成为东晋孙、许等人玄言诗的重要特点。玄释合流，在当时相当普遍，如王导、谢安、简文帝、孙绰、许询、王羲之、殷浩等人与名僧支道林、竺法深、释道安、竺法汰等过从甚密，佛学与玄学受到同样的尊重。名士如孙绰、许询皆精通佛理，名僧支遁等又深于老庄之学，玄佛互相渗透。《世说新语·文学》记载支遁在瓦官寺讲《小品》，竺法深、孙绰等皆共听。又载：“支道林、许掾诸人共在会稽王（即后来

---

① 关于玄释合流，参见汤用彤：《魏晋玄学论稿》，载《汤用彤学术论文集》，中华书局1983年版；罗宗强：《玄学与魏晋士人心态》，浙江人民出版社1991年版。

② 孙绰（314—371），字兴公，太原中都（今山西平遥）人，家于会稽。少以文才著称。初为章安令，转永嘉太守，后至廷尉卿，领著作。东晋玄言诗的代表作家。亦能赋，其《遂初赋》《游天台山赋》颇有名。原有集，已佚。明人辑有《孙廷尉集》。《晋书》有传。许询（生卒年不详），字玄度，高阳（今河北蠡县）人。司徒府召为掾属，不就。曾为道士，隐居永兴（今浙江萧山县），早卒。长于五言诗，与孙绰同为东晋著名玄言诗人。原有集，已佚。今存诗数首，多系残篇。其事迹见于《晋书》及《世说新语》等书。

的简文帝）斋头。支为法师，许为都讲。支通一义，四坐莫不厌心。许送一难，众人莫不抃舞。但共嗟咏二家之美，不辩其理之所在。”另外，名士孙绰曾作《道贤论》，以“竹林七贤”配七位名僧①。孙绰那篇自诩为“掷地作金石声”的《游天台山赋》，即将玄言与佛理融合为一，如“散以象外之说，畅以无生之篇。悟遣有之不尽，觉涉无之有间。泯色空以合迹，忽即有而得玄。释二名之同出，消一无于三幡”。亦玄亦佛，老释参用。

玄释合流，给东晋玄言诗人的思想和生活带来很大影响。思想上，支遁注《逍遥游》之新义，为众人所接受。东晋士人在这种思想指导下，又处于较为安定富足的生活环境中，没有采取老庄以至阮籍、嵇康那样鄙弃功名、追求自然的生活方式，而是追求“心隐”，无论在朝在野，只求适意而已。以幽雅从容的风度，过着风流潇洒的生活。当时方内名士与方外高僧无不追求这种生活方式，而这一生活的主体，便是山水、清谈和诗酒风流。东晋玄言诗便是在这一背景下产生、发展的。

东晋玄言诗的特点，锺嵘《诗品序》说：“永嘉时，贵黄老，稍尚虚谈，于时篇什，理过其辞，淡乎寡味。爰及江表，微波尚传，孙绰、许询、桓、庾诸公诗，皆平典似道德论，建安风力尽矣。”从现存玄言诗来看的确淡乎寡味，缺乏形象。玄言诗人虽多与名僧交往，但玄释合流，主要体现在思想和生活方式上，在现存的玄言诗中，没有多少佛学的痕迹，即使在名僧支遁的诗中，也是以抒发老庄玄理为主。玄言诗中也有形象性较强的作品，大都借山水以抒情，试以孙绰《秋日诗》为例：

> 萧瑟仲秋月，飂戾风云高。山居感时变，远客兴长谣。疏林积凉风，虚岫结凝霄。湛露洒庭林，密叶辞荣条。抚菌悲先落，攀松羡后凋。垂纶在林野，交情远市朝。澹然古怀心，濠上岂伊遥。

此诗写仲秋时分万木萧条的景物和作者的感慨。“抚菌”句用

① 以法户配山涛，以帛法祖配嵇康，以法乘配王戎，以竺道潜配刘伶，以支遁配向秀，以于法兰配阮籍，以于道邃配阮咸。

《庄子·逍遥游》“朝菌不知晦朔”语义，写悲秋之感，寓人生短促之意。“攀松”句用《论语·子罕》“岁寒，然后知松柏之后凋”语意，写自己的节操志向。“垂纶”二句直抒厌弃市朝之情。末二句用《庄子·秋水》的典故，说自己这种逍遥林野的生活，跟庄子的濠上之游已没有什么区别。

支遁的《咏怀诗》五首也是典型的玄言诗，第一、二首直叙老庄哲理，语言枯燥，内容玄虚；后三首有游仙诗的意味，形象与玄理也未能统一。第四首中所说“近非域中客，远非世外臣”，正是东晋士人“心隐”生活的绝妙写照。

释道安的弟子慧远及其道友、文友，开始以佛理入诗，如慧远的《庐山东林杂诗》，在写山水游乐的同时，抒发佛理。刘程之、王乔之、张野各有一首《奉和慧远游庐山诗》。其余如张翼有《赠沙门竺法》三首、《答庾僧渊诗》，王齐之有《念佛三昧诗》四首，或咏佛理，或写佛境，也受到玄言诗的影响①。

东晋玄言诗本身的艺术价值并不高，但它对后世的影响却相当深远，如谢灵运的山水诗，白居易诸人的说理诗，宋明理学家之诗，都或多或少受其熏染。玄言诗在东晋百年间占据主导地位，毕竟是中国文学史上不可忽视的一环。玄言诗为诗歌说理所积累的正反面经验值得注意。

[原载袁行霈主编《中国文学史》（第二版）第2卷，高等教育出版社2005年版]

① 参见王钟陵《中国中古诗歌史》第八编《大量引入玄理的东晋诗》之第三章《应给予双向评价的玄言诗》，江苏教育出版社1988年版。

关于“正始之音”含义等问题的辨析

——兼答穆克宏先生

《福建师范大学学报》2004年第2期发表了穆克宏先生的文章《袁编〈中国文学史〉魏晋南北朝部分的几个问题》（以下简称“穆文”），对袁行霈先生主编的《中国文学史》（高等教育出版社1999年版）在充分肯定的前提下，提出了一些商榷意见，作为魏晋诗歌两章的执笔者，笔者对这两章的内容和观点负责，笔者认真阅读了穆先生的意见，认为有些是相当中肯的，如指出袁编文学史对三张（张载、张协、张亢兄弟）缺少论述，就很有见地，对这一问题，笔者已在《中国文学史（第二版）》（高等教育出版社2005年版）中作了相应的补充论述，在此向穆先生致谢。但是，笔者对穆文中提出的“正始之音”的含义问题、“建安文坛领袖”问题，均不敢苟同，谨作如下辨析，兼向穆先生请教。

一、关于“正始之音”的含义

“穆文”指出：“‘正始之音’是指魏晋玄谈之风。”

“穆文”先引1979年版《辞海》“正始之音”条云：“指魏晋玄谈风气。正始是魏齐王芳的年号（240—249），这一时期的学风，以何晏、王弼为首，用老、庄思想糅合儒家经义，开创了玄学清谈的风气。谈玄析理，放达不羁；名士风流，盛于洛下，世称‘正始之音’。《晋书·卫玠传》：‘昔王嗣辅（王弼）吐金声于中朝，此子复玉振于江表，微言之绪，绝而复续，不意永嘉之末，复闻正始之音。’……”《辞源》（修订本）、《汉语大词典》所释，大同小异。

“穆文”又引用顾炎武《日知录》卷十三《正始》条云：“（正始时）一时名士风流盛于洛下，乃其弃经典而尚老、庄，蔑礼法而崇放达，视其主之颠危若路人然，即此诸贤为之倡也。自此以后，竞相祖述。如《晋书》言王敦见卫玠，谓长史谢鲲曰：‘不意永嘉之末，复闻正始之音。’沙门支遁以清谈著名于时，莫不崇敬，以为造微之功足参诸正始。《宋书》言羊玄保二子，太祖赐名曰咸、曰粲，谓玄保曰：‘欲令卿二子有林下正始余风。’王微《与何偃书》曰：‘卿少陶玄风，淹雅修畅，自是正始中人。’《南齐书》言，袁粲言于帝曰：‘臣观张绪有正始遗风。’《南史》言何尚之谓王球，‘正始之风尚在。’其为后人企慕如此。……”在引述了以上两段文字后，“穆文”指出：“所论至为明确。而袁编文学史却理解为正始诗歌，使人信疑参半。……我认为袁编文学史的提法是值得商榷的。”

在这里，我们首先指出顾炎武《日知录》《辞海》等工具书的一点小失误，即引文不够原始。《晋书》成书于唐太宗贞观（627—650）年间，而关于“正始之音”较早的说法，当为南朝人刘义庆（403—444）《世说新语》，该书卷八《赏誉》云：“王敦为大将军，镇豫章，卫玠避乱，从洛投敦，相见欣然，谈话弥日。于时谢鲲为长史，敦谓鲲曰：‘不意永嘉之中，复闻正始之音。阿平若在，当复绝倒。’”[①]不可否认，“穆文”所引《晋书·卫玠传》及《日知录》所引诸材料中的“正始之音”的确“指魏晋玄谈风气”。但是，“正始之音”并非特指“魏晋玄谈风气”，也可以指“魏晋玄谈”之外的东西。这里应当从“正始”的含义谈起。“正始”本是一个儒家的术语，指正其初始。《毛诗序》曰：“《周南》《召南》，正始之道，王化之基。”亦可指合乎礼仪、法则之始，《谷梁传·定公元年》：“昭公之终，非正终也；定之始，非正始也。”后世这一用法极为普遍。如《弘明集》卷六谢镇之《与顾欢书折夷夏论》：“至如全形守祀，戴冕垂绅，披毡绕贝，埋尘焚火，正始之音，娄罗之韵，此俗礼之小异耳。”“正始之音”指儒家礼仪。“娄罗”是象声词，形容语音含混嘈杂，有轻视意。初唐李百药（565—648）《唐故都督徐州五州诸军事徐州刺史临淄定公房公碑》（碑主为房彦谦）：“宁谓正

① 《世说新语》卷四《文学》亦云：“殷中军为庾公长史。下都，王丞相为之集，桓公、王长史、王蓝田、谢镇西并在。丞相自起解帐带麈尾，语殷曰：‘身今日当与君共谈析理。’既共清言，遂达三更。丞相与殷共相往反，其余诸贤略无所关。既彼我相尽，丞相乃叹曰：‘向来语，乃竟未知理源所归。至于辞喻不相负，正始之音，正当尔耳。’”（余嘉锡笺疏：《世说新语笺疏》，中华书局2007年版，第251页）

始之音，一朝长谢；师资之德，百舍无从。”①“正始之音”谓儒家传统。“正始之音”也可指符合儒家精神的雅乐。邵轸《云韶乐赋》：“若乃周道衰，王泽竭，正始之音奔散，哀思之风郁结。”②李商隐《献相国京兆启》：“宫商资正始之音，寒暑协中和之序。”③《太平广记》卷三三：“后数年，玄宗梦神仙十馀人，持乐器集于庭，奏曲以授，请为中原正始之音，曲名《紫云》。”④白居易《五弦弹——恶郑之夺雅也》：“吾闻正始之音不如是，正始之音其若何？朱弦疏越清庙歌。一弹一唱再三叹，曲淡节稀声不多。融融曳曳召元气，听之不觉心平和。”⑤

可见，“正始”本是一个儒家的术语，到曹魏时，被齐王芳用为年号，其后，人们用“正始之音”一词，既可保留其词原始的“儒家经典”之义，又可用于指正始年间流行的清谈风气，还可以用来指正始时期的诗歌。在《世说新语》之《赏誉》篇中“正始之音”指正始时期的谈玄风气，但在稍后的刘勰（约465—约520）《文心雕龙》中，即用“正始”“正始余风”来形容南朝的诗歌。

《文心雕龙·明诗》：“暨建安之初，五言腾踊：文帝、陈思，纵辔以骋节；王、徐、应、刘，望路而争驱。……乃正始明道，诗杂仙心，何晏之徒，率多浮浅。唯嵇志清峻，阮旨遥深，故能标焉。……晋世群才，稍入轻绮，张、潘、左、陆，比肩诗衢，采缛于正始，力柔于建安。”⑥

《文心雕龙·时序》：“至明帝纂戎，制诗度曲，征篇章之士，置崇文之观，何、刘群才，迭相照耀。少主相仍，唯高贵英雅，顾盼合章，动言成论。于时正始余风，篇体轻淡，而嵇、阮、应、缪，并驰文路矣。”⑦

在《文心雕龙·明诗》篇中，刘勰将曹丕、曹植兄弟与王粲、徐干、应玚、刘桢作为建安诗坛的代表，接着以“正始明道，诗杂

① 《全唐文》卷一四三，中华书局1983年版，第1450页。
② 《全唐文》卷三三三，中华书局1983年版，第3373页。
③ 刘学锴、余恕诚师：《李商隐文编年校注》，中华书局2002年版，第1912页。
④ 李昉等：《太平广记·神仙·韦弇》，中华书局1979年版，第69页。
⑤ 白居易：《白居易集》卷三，顾学颉校点，中华书局1979年版，第210页。
⑥ 范文澜注：《文心雕龙注》，人民文学出版社1958年版，第66—67页。
⑦ 范文澜注：《文心雕龙注》，人民文学出版社1958年版，第674页。

仙心”来概括正始时期的诗歌特点，而以何晏、阮籍、嵇康作为正始诗人的代表。在《文心雕龙·时序》篇中，刘勰说魏明帝曹叡（年号太和、青龙、景初，227—239，在位十三年）重诗崇文，何晏、刘劭（作者按：刘劭为《人物志》的作者，有诗传世）是当时出色的诗人。接下来几位少主即位，依次为齐王曹芳（年号正始，240—249；嘉平，250—254，在位十五年）、高贵乡公曹髦（年号正元、甘露，254—259，在位六年）、元帝曹奂（年号景元、咸熙，260—264，在位五年），相继执政，只有曹髦较有文才，此时“正始余风”盛行，嵇康、阮籍、应璩、缪袭等诗人齐名于时。此处“正始余风”显然是指嵇、阮、应、缪诸人的诗歌。有趣的是，穆文所引的《日知录》恰好指出《宋书》中以“正始余风”、《南齐书》用“正始遗风”指当时的玄谈风气。这就有力地证明了“正始之音”“正始余风”“正始遗风”既可指其所指代时期的玄谈风气，也可指当时的诗风。

穆文还指出：“袁编文学史却（将正始之音）理解为正始诗歌，使人信疑参半。当然，袁编文学史的理解也有根据的。他们的根据就是陈子昂的《与东方左史虬修竹篇序》。”

此说并不准确，我们的根据不仅仅是陈子昂的《与东方左史虬修竹篇序》。除了上引《文心雕龙》的相关材料外，我们依据的下列三条材料的时代，都比陈子昂《与东方左史虬修竹篇序》要早许多。

一是《全北齐文》卷三邢邵《广平王碑文》：

> 公……望青松而比秀，干白云而上征。侍讲金华，参游铜雀。出陪芝盖，入奉桂室。充会友之选，当拾遗之举。发言为论，受诏成文。碧鸡自口，灵蛇在握。方见建安之体，复闻正始之音。公年方弱冠，而位居僚右。①

这里“建安之体”与“正始之音”连文，前者指建安诗歌，后者是正始诗歌，是很明显的。邢邵生于魏孝文帝太和二十年（496），虽比《世说新语》的作者刘义庆（403—444）晚了近一百

① 欧阳询：《艺文类聚》卷四十五，汪绍楹校，上海古籍出版社1999年版，第806页。

年，但比生于唐太宗龙朔三年（661）的陈子昂要早二百多年。

二是《隋书·王贞传》载王贞《谢齐王索文集》启曰：

> 昔公旦之才艺，能事鬼神，夫子之文章，性与天道，雅志传于游、夏，余波鼓于屈、宋，雕龙之迹，具在风骚，而前贤后圣，代相师祖。赏逐移时，出门分路，变清音于正始，体高致于元康，咸言坐握蛇珠，谁许独为麟角。……①

本节文字中"变清音于正始，体高致于元康"，很明显是指正始诗坛与元康诗坛，作者王贞生卒年不详，但他隋文帝开皇（581—600）初任汴州刺史樊叔略的主簿，假定他此时二十岁，则他约生于561年，比陈子昂早出生约一百年。

三是李善《上文选注表》：

> 楚国词人，御兰芬于绝代；汉朝才子，综鞶帨于遥年。虚玄流正始之音，气质驰建安之体。长离北度，腾雅咏于圭阴；化龙东骛，煽风流于江左。爰逮有梁，宏材弥劭。昭明太子业膺守器，誉贞问寝。居肃成而讲艺，开博望以招贤。搴中叶之词林，酌前修之笔海。周巡绵峤，品盈尺之珍；楚望长澜，搜径寸之宝。故撰斯一集，名曰《文选》。后进英髦，咸资准的。②

这段文字中"虚玄流正始之音，气质驰建安之体"连文，"建安之体"显然指建安诗歌，"正始之音"显然指正始诗歌。李善注《文选》六十卷，于显庆三年（658）进献，诏藏于秘阁。其上书时陈子昂尚未出生或刚刚一岁。（多数学者认为陈子昂生于公元661年，则李善上《文选》时，他还没出生；也有学者认为陈子昂生于658年，则此年他刚出生。）

总之，"正始之音"一词，有三个主要含义，首先：指正统的儒家经典和合乎儒家规范的正统诗乐，这是"正始"的本义。当"正

① 魏征、令狐德棻撰：《隋书》卷七十六，中华书局1973年版，第1737—1738页。

② 萧统编：《文选》卷首，李善注，中华书局1977年版，第3页。

始”被用为魏齐王曹芳的年号后，与这一历史时期相联系，“正始之音”派生出两个常用的引申义，分别指“魏晋玄谈风气”和“正始时期”的诗歌。袁行霈先生主编的《中国文学史》第三编第一章所说的“正始之音”，指的是正始时期的诗歌，用法是准确的，有充分的理论与事实依据。

二、对陈子昂《与东方左史虬修竹篇序》的理解

穆文说：“这里（作者按：指陈子昂的《与东方左史虬修竹篇序》）所说的‘正始之音’，显然不是指魏晋玄谈风气。”又说郭绍虞、王文生主编的《中国历代文论选》第二册认为“‘正始之音’指的是嵇、阮的诗”的说法是错误的，又云：“我认为陈子昂所谓‘正始之音’指的是过去所说的一种雅正的诗风。”笔者认为“穆文”的理解不够确切。为了论述方便，先将陈子昂《与东方左史虬修竹篇序》全文征引如下：

> 东方公足下：文章道弊五百年矣。汉、魏风骨，晋、宋莫传。然而文献有可征者。仆尝暇时观齐、梁间诗，采丽竞繁，而兴寄都绝，每以永叹。思古人常恐逶迤颓靡，风雅不作，以耿耿也。一昨于解三处见明公《咏孤桐篇》，骨气端翔，音情顿挫，光英朗练，有金石声。遂用洗心饰视，发挥幽郁。不图正始之音复睹于兹，可使建安作者相视而笑。解君云：“张茂先、何敬祖，东方生与其比肩。”仆亦以为知言也。故感叹雅制，作《修竹诗》一篇，当有知音以传示之。①

陈子昂此文的重心是对五百年来的中国诗歌史进行分析评论。故其开宗明义即云：“文章道弊五百年矣。”接着指出“汉、魏风骨，晋、宋莫传”，很显然，他认为文章（此处的重心在诗歌）的衰弊是从汉、魏之后的晋、宋时期开始的。他最不满的是“采丽竞繁，而兴寄都绝”的“齐、梁间诗”，常恐古人之风（即汉魏风骨）

① 陈子昂：《陈子昂集》卷一，徐鹏校，中华书局1960年版，第15页。

失传，变而为"逶迤颓靡，风雅不作"，因此常耿耿于怀。当他见到东方虬的诗十分高兴，感到眼前一亮："不图正始之音复睹于兹，可使建安作者相视而笑"，"建安"为汉献帝年号，即"汉、魏风骨"之"汉"；"正始"为魏废帝（齐王芳）年号，即"汉、魏风骨"之"魏"，二者在时代上紧密相接，"正始之音"应当指"正始诗歌"。这应当是陈子昂《序》的本意。至于"建安作者"见到"正始之音"为什么会"相视而笑"呢，可能是因为正始诗歌能继承建安，建安作者感到后继有人，故发出欣慰的、会心的微笑。陈子昂此文的逻辑是以时代为序，先说大的年代"汉、魏""晋、宋""齐、梁"，当然还有无须说明的唐代，后说具体年号"建安""正始"，行文相当严密而清楚。如果按照穆文的理解，陈子昂《修竹篇序》中的"正始之音"，"指的是过去所说的一种雅正的诗风。《毛诗序》云：'《周南》《召南》，正始之道，王化之基。'"则显得较为费解，求解过深，甚至可能变成一种曲解。其实郭绍虞、王文生先生的《中国历代文论选》第二册"正始之音"的注释已说得非常清楚了。他们指出陈子昂《修竹篇序》与《世说新语·赏誉》所说的"正始之音"含义不同，是非常确切的。所以，穆文对《中国历代文论选》的批评恐怕也不容易站住脚。

陈子昂《与东方左史虬修竹篇序》中有一段话向来为人所忽视，即："解君云：'张茂先、何敬祖，东方生与其比肩。'仆亦以为知言也。"其实对全面理解陈子昂的思想大有关系。解三说东方虬的诗可与张茂先（张华）、何敬祖（何劭）比肩，陈子昂也表示赞同。我们看看他们二人的情况。张华（232—300）是魏、晋之际的著名官吏、文人。他于魏末被荐为太常博士，晋武帝时，因力主伐吴有功，历任要职，官至司空，进封广武县公，有台辅之望。华性好人物，乐于奖掖后进，当时才俊如陆机兄弟、左思、陈寿、束皙、挚虞等人，皆出其门。锺嵘《诗品》列其诗于中品，评曰："其源出于王粲。其体华艳，兴托不奇。巧用文字，务为妍冶。虽名高曩代，而疏亮之士，犹恨其儿女情多，风云气少。谢康乐云；'张公虽复千篇，犹一体耳。'今置之甲科疑弱，抑之中品恨少，在季孟之间矣。"[①]《文心

① 曹旭集注：《诗品集注》，上海古籍出版社1994年版，第216页。

雕龙·时序》："茂先摇笔而散珠"。[①]《晋书·张华传》称张华诗"辞藻温丽"。吕德申先生《锺嵘诗品校释》云："张华诗的风格特点是长于抒情，风力不足，但有较强的艺术性，因此被认为源出于'文秀而质羸'、'自伤情多'的王粲。宋濂《答章秀才论诗书》也认为张华诗'学仲宣'"。[②]何劭（236—301）字敬祖，何曾子，袭爵朗陵郡公。司马伦时，官至太宰。博学善属文，尤以《游仙诗》著名。[③]锺嵘《诗品》将何劭与陆云、石崇、曹摅合论，亦列于中品，评云："清河之方平原，殆如陈思之匹白马，于其哲昆，故称二陆。季伦、颜远，并有英篇。笃而论之，朗陵为最。"锺嵘认为在四人之中，何劭的诗是最好的，《文选》录其《游仙诗》《赠张华》《杂诗》各一首，的确有较高的艺术水准。从其生平及《诗品》评语可知，张华、何劭虽然比阮籍（210—263）、嵇康（224—263）年龄略小，但都是生于正始之前，活动于正始之后的著名文人，刘勰《文心雕龙·明诗》云："五言流调，则清丽居宗；华实异用，惟才所安。故平子得其雅，叔夜含其润，茂先凝其清，景阳振其丽。兼善则子建、仲宣，偏美则太冲、公干。"[④]他此处所论的是汉末至西晋初年五言诗的特点，所列举的诗人，按时代顺序依次是张衡（平子）、刘桢（公幹）、王粲（仲宣）、曹植（子建）、嵇康（叔夜）、张华（茂先）、张协（景阳）、左思（太冲），张华正居其中，故可知张华是魏、晋之际五言诗的优秀代表之一，张华、何劭之诗皆入锺嵘《诗品》之中品，在诗坛上有较高地位，他们的诗当然可视为"正始余风"[⑤]，我们从陈子昂将东方虬与他们相提并论可以推知，陈子昂所说的"正始之音"，只能是正始时期的诗歌而不是"过去所说的一种雅正的诗风"。当然，可能由于东方虬的诗与阮籍、嵇康二人风格不同，与张华、何劭二人相近，故解三（以及陈子昂）说东方虬与他们比肩。再则，张华诗"其源出于王粲"，正是"建安风骨"的继续，从建安风骨到正始之音，这一诗歌传统陈子昂是肯定的。陈子昂的《感遇》三十八首

① 范文澜注：《文心雕龙注》，人民文学出版社1958年版，第764页。

② 吕德申：《锺嵘诗品校释》，北京大学出版社，1986年版，第110页。

③ 曹旭集注：《诗品集注》，上海古籍出版社1994年版，第235页。

④ 范文澜注：《文心雕龙注》，人民文学出版社1958年版，第67页。

⑤ 张华比嵇康小9岁，何劭比嵇康小13岁，既然嵇康被严羽《沧浪诗话》视为"正始体"的代表之一，我们当然可以说张、何二人有"正始余风"。

正是对阮籍《咏怀》八十二首的直接继承，可见他对正始诗歌情有独钟，在此序文中提到“正始之音”应当是指正始时期的诗歌创作。

“正始”是魏齐王曹芳年号，既然王敦可以用“正始之音”指当时（指魏齐王芳正始时期）的玄学，陈子昂为何不能用“正始之音”指当时的诗歌呢？且如上所述，在陈子昂之前，邢劭、李善等人已将“正始之音”理解为正始诗歌，故穆文“在陈子昂之前，没有人将‘正始之音’理解为正始诗歌”的说法，也是不确切的。

三、建安文坛的领袖问题

针对《中国文学史》第三编第一章第一节《曹操与曹丕》中“曹操是建安文坛的领袖”的说法，“穆文”指出：“曹操是不是建安文坛的领袖，我认为还可以讨论。……但是，从具体史实考察，我同意余冠英先生的观点，曹丕才是当时文坛的领袖。”读了“穆文”之后，我们仍然认为建安文坛的领袖是曹操而非曹丕，主要理由如下：

其一，曹操创作成就较高，我们在《中国文学史》第三编第一章第一节中引了这样一段话：“（太祖）御军三十馀年，手不舍书，昼则讲武策，夜则思经传，登高必赋，及造新诗，被之管弦，皆成乐章。”[①]这是说曹操的文才足以领袖七子。其二，建安时期著名的“建安七子”均由曹操招至麾下，我们引用了曹植《与杨德祖书》中的一段文字：“仆少小好为文章，迄至于今二十有五年矣。然今世作者，可略而言也。昔仲宣（王粲）独步于汉南，孔璋（陈琳）鹰扬于河朔，伟长（徐干）擅名于青土，公干（刘桢）振藻于海隅，德琏（应玚）发迹于此魏，足下（杨修）高视于上京。当此之时，人人自谓握灵蛇之珠，家家自谓抱荆山之玉。吾王（指曹操）于是设天网以该之，顿八紘以掩之，今悉集兹国矣。”[②]七子诸人对曹操也是倾心归附，除了孔融之外，其他六人在建安十三年之前都曾为曹

① 陈寿：《三国志》，裴松之注，中华书局1974年版，第54页。

② 萧统编：《文选》卷四三，李善注，中华书局1977年版，第593页。

操僚属[①]。至于曹丕、曹植，本来就是其子。其三，曹丕本人不具备成为建安文坛领袖的条件。从年龄上看，孔融（153—208）比曹操（155—220）还要大两岁，陈琳（？—217）汉灵帝时就已任大将军何进主簿，阮瑀“少受学于蔡邕。建安中都护曹洪欲使掌书记，瑀终不为屈。太祖并以琳、瑀为司空参军祭酒，管记室，军国书檄，多琳、瑀所作也。……瑀以（建安）十七年卒。”[②]则阮瑀既未曾在曹丕手下任职，年龄也比曹丕大不少。徐干（171—217）比曹丕大十六岁，刘桢（？—217）生年不详，但从其《赠徐干》一诗的口气来看，他当与徐干年龄相仿。应玚（？—217）生年亦不详，从其仕履来看，当与刘桢、徐干诸人相近。[③]七子中最年少的王粲（177—217）也比曹丕要大十岁，“建安七子”可以说是曹丕的父辈，七子诗歌的代表作也多写于汉末或建安前期，曹操的诗自不必说，我们再以王粲为例，他的《七哀诗》共三首，其一（西京乱无象）写汉末动乱，既是一幅难民图，又写出自己的遭遇。唐人李周翰说：“此诗哀汉乱也。”（六臣注《文选》）清人吴淇说：“哀汉实自哀也。”（《六朝选诗定论》）说得都很精当。汉末初平元年（190），董卓挟迫献帝迁往长安，关东诸州郡起兵讨之，初平三年（192）王允杀董卓，董卓部将李傕、郭汜在长安造乱。此诗当作于王粲南奔荆州、初离长安之时；其二（荆蛮非吾乡）是王粲久客荆州思乡怀归之作，与其《登楼赋》或是同时之作，学术界一般认为作于王粲二十九岁左右，此时他尚未归附曹操。其四，曹丕在邺下时，确实曾与七子中的诗人游处，这也就是曹丕《与吴质书》中所说的：“昔日游处，行则连舆，止则接席，何曾须臾相失。每至觞酌流行，丝竹并奏，酒酣耳热，仰而赋诗，当此之时，忽然不自知乐

① 石云涛《建安时期邺下文人集团的形成与汉末政治斗争》云：“建安元年（196），献帝拜曹操为司空，行车骑将军。建安三年，置军师祭酒。建安十三年，汉罢三公官，置丞相、御史大夫。这年六月，以曹操为丞相。聚集邺城的文士起初不少是以曹操两府僚属入邺的，如路粹、陈琳、阮瑀、徐干等为司空军谋祭酒，刘桢、王粲、应玚、丁仪、刘廙等为丞相掾，繁钦为丞相主簿，荀纬为军谋掾，杨修为丞相府仓曹主簿。”（石云涛：《建安唐宋文学考论》，学苑出版社2003年版，第49页）

② 陈寿：《三国志》，裴松之注，中华书局1974年版，第600页。

③ 据刘跃进《中古文学文献学》（江苏古籍出版社1997年版）中编第一章第三节介绍，陈琳约生于汉桓帝永寿三年（157）前后（用俞绍初说），阮瑀约生于永康元年（167）前后（用俞绍初说），应玚、刘桢约生于汉灵帝熹平四年（175）前后。

也。"[①]陈琳、阮瑀、应玚、刘桢、徐干、王粲等人在邺城都曾与曹丕有过文学方面的交往[②]，曹丕曰："为太子时，北园及东阁讲堂并赋诗，命王粲、刘桢、阮瑀、应玚等同作。"（《典论·叙诗》，《初学记》卷十引）他们基本上都是与曹操年辈相近的文人，在没有随曹操征战而留在后方邺城时，与留守邺城的曹丕游处唱和（其实唱和时曹植也经常参加），正是他们的"本职工作"，从建安十六年曹丕任五官中郎将、副丞相至建安二十二年"徐、陈、应、刘，一时俱逝"（曹丕《与吴质书》），他们在政治上与文学上主要听命于曹丕，也是很自然的。但诸人的创作高潮已过，此时王粲、刘桢、阮瑀、应玚、曹植有《公宴诗》，但主要写宴赏之乐，并非佳作。因此徐公持先生说：曹丕"他（以及曹植）充当着邺下文人集团的核心。这个集团完全是在曹操的扶持下形成的，曹操是他们的当然领袖。"[③]我们认为，较为稳妥的说法是，曹操是建安文学的领袖，曹丕是邺下文人的核心。但此事较为明显，本文不作详论，在《中国文学史》（第二版）中未作修订，以示坚持原来的意见。

［原载《北京大学学报》（哲学社会科学版）2007年第2期，陕西师范大学出版社出版《中国古代文学研究年鉴》（霍松林等主编）收录］

---

① 萧统编：《文选》卷四二，李善注，中华书局1977年版，第591页。

② 参阅徐公持《魏晋文学史》第三章和《中国历代著名文学家评传·曹丕》的相关论述。

③ 徐公持：《中国历代著名文学家评传·曹丕》，载吕慧鹃等编：《中国历代著名文学家评传》，山东教育出版社1983年版，第246页。

唐诗研究

唐玄宗与盛唐诗坛

——以其崇尚道家与道教为中心

唐玄宗与盛唐诗坛的关系，可以从不同的角度进行研究，如唐玄宗对诗人的奖掖，玄宗朝的政局对诗歌创作的影响等等。本文所选取的是一个较为特殊、较少为人注意且有一定难度的侧面，即以唐玄宗的信仰为中心，联系当时的社会生活，提出我们的看法。

一、崇尚道家思想与迷信道教方术

开元二十一年，唐玄宗撰成《御注道德经》四卷，内阐修身之术，外明理国之方。书成后，颁诏各州宫观刻石，又命崔沔等为之作疏。唐玄宗在《道德真经疏释题词》中倡导无为、无事、无欲、守弱、守雌的思想，认为《道德经》“其要在乎理身理国，理国则绝矜尚华薄，以无为不言为教。……理身则少私寡欲，以虚心实腹为务。”（《全唐文》卷四一）他还提倡“重玄”论。这本是南北朝至隋唐之际的道士刘进喜、李荣、成玄英等人，结合佛教观点发挥《道德经》中“玄之又玄，众妙之门”，形成的道教新概念。他们认为“玄之又玄”的前一个玄的作用是“遣有无之滞着”，后一个玄进而遣“不滞之滞”，共两重遣滞，故曰“重玄”。唐玄宗释“玄之又玄”曰：“意因不生则同乎玄妙，犹恐执玄为滞，不至兼忘，故寄又玄以遣玄，示明无欲于无欲。”又曰：“法性清净是曰重玄，虽藉勤行，必须无著，次来次灭，行无行相，心与道合。”（唐玄宗《御注道德经》）这是结合“无欲”“无行”对“双遣”所作的进一步说明。由此可见玄宗对道家思想的领悟是颇深的，唐玄宗虽然对儒释道三教都加以提倡，但其修身治国之道，多以道家思想为宗。

唐玄宗很重视道家典籍的整理、教习。先天元年也就是他即位的第一年，就命太清观主史崇玄等修《一切道经音义》[①]。开元二十一年，制令士庶家藏《老子》一本，岁贡举人加试《老子》策。开元二十九年，置崇玄学，令习《老子》《庄子》《文中子》《庚桑子》，且在兴庆门“亲试明《道德经》及《庄》《文》《列子》举人”，“各授之以官”[②]。开元年间，唐玄宗发使天下搜方道书，撰修道藏，目曰《三洞琼纲》，后世称为《开元道藏》[③]。道士司马承祯“颇善篆隶书，玄宗令以三体写《老子经》，因刊正文句，定著五千三百八十言为真本以奏上之。”（《旧唐书》卷一九二）开元中，侯行果、康子元、敬会真、冯朝隐诸人皆在禁中讲《老》《易》[④]。尹愔得到玄宗格外的器重，史称他“博学，尤通《老子》书。初为道士，玄宗尚玄言，有荐愔者，召对，喜甚，厚礼之，拜谏议大夫、集贤院学士，兼修国史，固辞不起。有诏以道士服视事，乃就职，颛领集贤、史馆图书。开元末，卒，赠左散骑常侍。”（《新唐书》卷二〇〇）唐玄宗的这一系列措施，表明他是有意识地推行道家思想，并用来“理身理国”。

唐玄宗崇尚道家的思想体现在其治理国家的策略中。开元前期，他鉴于武则天时苛政滥刑、穷奢极欲的历史教训，以清静无为之旨治国，采取减轻赋税、刑罚，与民休息，倡导节俭等政策，这与汉初崇尚黄老所采取的政策类似。唐玄宗此时所用的姚崇、宋璟等贤相，以不生事扰民为宗旨，其行为亦颇合无为、无欲之旨。姚崇临死前，告诫其子侄“知止足之分”，并表示羡慕彭祖、老聃，赞同道家“以玄牝为宗，初无趋竞之教”（《旧唐书》卷九十六）。正如唐人柳芳《食货论》所说：“姚崇、宋璟、苏颋等，皆以骨鲠大臣，镇以清静，朝有著定，下无觊觎。四夷来寇，驱之而已；百姓富饶，税之而已。”（《全唐文》卷三七二）“清静”二字道出了姚、宋的政治智慧，而这正是玄宗为政的基本策略。姚、宋的继任者源乾曜、张嘉贞、张说、张九龄等，虽与姚崇的政见有分歧，但大致

① 见《全唐文》卷二九三史崇玄《妙门由起序》，卷四一唐玄宗《一切道经音义序》。

② 《旧唐书》卷九《玄宗本纪》。《册府元龟》卷五十三。孟二冬《登科记考补正》指出萧季江、独孤及、李舟中天宝十三载的“洞晓玄经科”，这也是道举之一种。

③ 天宝中，此书传写流布，后佚。或云共三千七百余卷，或云五千七百卷，或云七千三百卷。参见李斌城主编《唐代文化》第773页。

④ 参见《新唐书》卷二〇〇《儒学·下》的有关论述。

上遵循姚、宋制定的基本国策，如张说即曾为了减轻百姓负担而力主裁减镇兵二十万，“勒还营农”，且以阖家百口的性命担保[①]。唐玄宗对这些宰相任用不疑，道家清静无为之旨得以继续贯彻，这至少是“开元之治”形成的一个重要因素。

然而，唐玄宗自登极之始，在提倡道家的同时，就表现出对道教的迷信。天宝元年，他在《天宝改元制》中说：“朕粤自君临，载宏道教，崇清净之化，畅元元之风，庶乎泽及苍生，时臻寿域，积以岁月，未尝懈怠。”（《全唐文》卷二十四）同年，他在《令写元元皇帝真容分送诸道并推恩诏》中说：“自临御以来，罔不夙夜，每涤虑凝想，斋心服形，礼谒于尊容（作者按：指玄元皇帝之真容），未明而毕事，将三十载矣。盖为天下苍生，以祈多福。”（《全唐文》卷三十一）杜光庭《历代崇道记》载：天宝三载闰四月，“帝谓宰相李林甫、牛仙客曰：‘朕临御海内，向三十年，未尝不五更而起，具朝服礼谒真容，为苍生祈福。’”（《全唐文》卷九九三）唐玄宗的一些举措与其道教活动也有密切联系。例如改开元为天宝，与开元二十九年陈王府参军田同秀于丹凤门外见混元皇帝，帝告以尹喜故宅藏有灵符事有关，事见唐玄宗《天宝改元制》、杜光庭《历代崇道记》。又如，唐玄宗为了将儿媳杨玉环迎进宫中册为贵妃，所采取的过渡方式就是先让她住进大明宫内的道观，将她度为女道士。唐玄宗的两个妹妹金仙公主、玉真公主年轻时即入道，玉真公主与唐玄宗同师司马承祯，她在唐玄宗的道教活动中扮演了重要的角色[②]。唐玄宗的女儿中，万安公主于天宝年间入道，楚国公主兴元间请为道士。唐玄宗还有两位女儿早薨，一名上仙公主，一号登真，皆与道教颇有渊源[③]。

在唐玄宗统治后期，逐渐积累的各种深层的社会矛盾已经到了必须采取果断措施加以解决的地步，清静无为已不再适用，可是玄宗并没有察觉。他被表面上国力强盛、百姓富足、边境安宁的状况所迷惑，清静无为之旨转化为懈怠政事，放纵佞臣，甚至沉迷于神

① 见《旧唐书》卷九七，中华书局1975年版，第3053页。

② 详见丁放、袁行霈：《玉真公主考论——以其与盛唐诗坛的关系为归结》，《北京大学学报》2004年第2期。

③ 参见《新唐书》卷八三《诸帝公主》。

仙道教，祈求长生不老[①]。《新唐书》卷二〇七《高力士传》中的一个细节充分表现了玄宗思想的变化："帝斋大同殿，力士侍，帝曰：'我不出长安且十年，海内无事，朕将吐纳导引，以天下事付林甫，若何？'力士对曰：'……天下柄不可假人，威权既振，孰敢议者！'帝不悦。"

唐玄宗沉湎道教荒废政事，与开元二十五年张九龄被贬出朝，李林甫独揽朝政在时间上大体吻合，而这又正是玄宗朝由治到乱的分界。唐人崔群曰："世谓禄山反，为治乱分时。臣谓罢张九龄，相李林甫，则治乱固已分矣。"[②]宋人范祖禹《唐鉴》评唐玄宗杀谏官周子谅、逐张九龄出朝事，也认为此乃玄宗由明变昏的标志："始诛韦氏，抑外戚，焚珠玉锦绣，诋神仙，禁言祥瑞，岂不正哉！其终也，惑女宠，极奢侈，求长生，悦禨祥，以一人之身而前后相反如此。由有所陷溺其心故也，可不戒哉！"[③]李林甫与其同列陈希烈皆为道教信徒，与唐玄宗志趣相同，这又反过来促使唐玄宗更为沉迷道教方术，追求奢侈享乐，祈求长生不老。《旧唐书》卷二四《礼仪志四》曰："玄宗御极多年，尚长生轻举之术，于大同殿立真仙之像，每中夜夙兴，焚香顶礼。天下名山，令道士、中官合炼醮祭，相继于路。投龙奠玉，造精舍，采药饵，真诀仙踪，滋于岁月。"唐玄宗本人多次称梦见玄元皇帝，多次为老子造像、加尊号[④]，其《为元元皇帝设像诏》曰："凡圣祖降代出处之迹，敢立象以尽其意焉。"太清宫建成时，"命工人于太白山采白石，为玄元圣容，又采白石为玄宗圣容，侍立于玄元之右。皆依王者衮冕之服，缯彩珠玉为之。又于像设东刻白石为李林甫、陈希烈之形。"（《旧唐书》卷二十四）《旧唐书·玄宗本纪》载，开元二十九年制两京、诸州各置玄元皇帝庙。天宝元年唐玄宗亲享玄元皇帝于新庙，给庄、列、

① 许道勋、赵克尧《唐玄宗传》（人民出版社1993年版）指出："及至开元晚年，兄弟诸王相继亡故，使他感到生之有限，死之可期，而道教的修仙长生可以解除他的恐死症，遂激发了他对长生的热烈追求。"该书第437页对此有较为充分的论述，可以参看。

② 《新唐书》卷一六五《崔群传》。又：许道勋、赵克尧《唐玄宗传》对此问题有较为详尽的论述，见该书第197页。

③ 《唐鉴》卷九，《四库全书》本，第685册。

④ 老子的具体长相，历史上并无记载，开元二十九年，唐玄宗乃是根据自己的梦，"创作"了老子像。参见《唐玄宗传》中的有关论述。

文、庚加封号，四子书号“真经”，崇玄学置博士、助教各一员，学生一百人。天宝二年为玄元皇帝加尊号。天宝五载命诸道置真符观，于太白山造成灵符观，敕十道大郡置玉芝观。八载，“帝谒太清宫，加五尊圣号，作仲尼四子像，侍立于混元之前。又敕十道大郡置玉芝观。”（《全唐文》卷九三三）九载，于太白山造真灵观。十三载，再一次给老君加尊号。十五载，于利州益昌县置自然观，于成都置福唐观，嵩山置兴唐观。于兴元三泉县塑黑水太上老君像于崖石之上。当代学者王永平指出：“仅玄宗朝所置观就不会少于1300座。”[①]

唐玄宗曾亲受法箓，先后尊司马承祯、李含光师徒为师。他不但服食丹药，还将自己服用的丹药分赐给宁王等兄弟，云：“顷因余暇，妙选仙经，得此神方，古老云‘服之必验’。今分此药，愿与兄弟等同保长龄，永无限极。”（《旧唐书》卷九十五）天宝四载二月，唐玄宗说：“朕近于嵩山所炼药成，其时亦置于坛侧，及夜，左右方欲收药，又空中闻语，诸灵官虽已赴大同殿，其药且未须收，此自监守，言声甚厉。”（《册府元龟》卷五四《尚黄老二》）此事一来可见唐玄宗曾亲自炼成丹药，二来可见玄宗竟产生幻觉，以为神仙曾降临皇宫。“玄宗幸蜀，梦（孙）思邈乞武都雄黄，乃命中使赍雄黄十斤，送于峨眉顶上。”（段成式《酉阳杂俎》前集卷二《玉格》）[②]孙思邈是唐初名医高道，寿近百龄。唐玄宗幸蜀回到长安后，悲悼杨贵妃，“遂辟谷服气”[③]。玄宗从蜀中回到长安后，作《赐皇帝进烧丹灶诰》说：“吾比午服药物，比为金灶，煮炼石英，自经寇戎，失其器用，前日晚际，思欲修营，一昨早朝，遽闻进奉，有同符契，若合神明。”（《全唐文》卷三十八）

玄宗的臣子迎合他的爱好多言祥瑞。《资治通鉴》卷二一六曰：“时上尊道教，慕长生，故所在争言符瑞，群臣表贺无虚月。”[④]大

① 见王永平：《论唐代道教的发展规模》，《首都师范大学学报》2002年第6期；王永平：《道教与唐代社会·经济篇》，首都师范大学出版社2002年版。

② 许道勋、赵克尧《唐玄宗传》第二十二章对此问题有专门论述，可以参看。

③ 乐史：《杨太真外传》下，载王仁裕：《开元天宝遗事十种》，上海古籍出版社1985年版，第146页。

④ 这一问题，龙晦先生的《敦煌文献所见唐玄宗的宗教活动》（《扬州大学学报》1997年第1期）论述较详，可以参看。

臣王琚“好玄象合炼之学”（《旧唐书》卷一〇六），萧嵩“性好服饵”（《旧唐书》卷九十九）。与李林甫同时为相的陈希烈更是知名的道教学者，希烈“精玄学，书无不览。开元中，玄宗留意经义，自褚无量、元行冲卒后，得希烈与凤翔人冯朝隐，常于禁中讲《老》《易》，累迁至秘书少监，代张九龄专判集贤院事。玄宗凡有撰述，必经希烈之手。”（《旧唐书》卷九十七）李林甫迷信丹药，曾撰《嵩阳观纪圣德感应颂》，是写道士孙太冲于嵩阳观炼丹的。“天宝中，道士荆朏亦出道学，为时所尚。太尉房琯每执师资之礼，当代知名之士，无不游荆公之门。”①范祖禹评唐玄宗君臣佞道之事曰：“孟子曰：上之所好，下必有甚者矣。明皇崇老喜仙，故其大臣谀，小臣欺，盖度其可为而为之也。不惟信而惑之，又赏以劝之，则小人孰不欲为奸罔哉！”②

唐玄宗在开元中期就曾将一批有名的道士召进宫中，这些道士或以帝王师自居，借机向唐玄宗宣传治国的道理；或以神仙之术欺骗玄宗，以博取功名富贵。据《神仙感遇传》等书记载，罗公远为童子时即能驱遣白龙，唐玄宗将其召进宫中，在与张果、叶法善、三藏等道士、僧人斗法时皆占得上风。他曾用法术将唐玄宗带至月宫，唐玄宗在月宫中偷记了《霓裳羽衣曲》。③叶法善也玩过类似的幻术④。后来玄宗对道士更为迷信。张果以善于炼丹著称，曾向朝廷进《服丹砂诀》《气诀》《休粮服气法》等书⑤，是兼修内外丹的。他自称尧时为侍中，至今已数千岁，唐太宗、高宗都召见过他，玄宗于开元二十三年召他进宫，他表演返老还童的法术，并且在斗法时胜过师夜光和叶法善，“玄宗方信其灵异，谓力士曰：‘得非真仙乎。’遂下诏曰：‘……可授银青光禄大夫，仍赐号通玄先生。’”⑥玄宗甚至想将自己的胞妹玉真公主嫁给他。

---

①《唐会要》卷五〇，上海古籍出版社1991年版，第1026页。

②范祖禹：《唐鉴》卷九，文渊阁《四库全书》本。

③出自《神仙感遇传》及《仙传拾遗》、《逸史》等书，见《太平广记》卷二二，中华书局1961年版，第147页。

④出自《集异记》及《仙传拾遗》，见《太平广记》卷二六，中华书局1961年版，第172页。并云：“玄宗累与近臣试师（指叶法善）道术，不可殚尽，而所验显然，皆非幻妄，故特加礼敬。”

⑤郑樵《通志》卷六七，《艺文略五·道家》，文渊阁《四库全书》本。

⑥《太平广记》卷三〇，中华书局1961年版，第193—194页。

中国历史上著名的“文景之治”和“贞观之治”，都与以道家“无为而治”思想治国有密切的关系，“开元之治”亦复如此。然而到了开元末年，唐玄宗却走上迷信道教方术的迷途，政治一衰而再衰，终于爆发了“安史之乱”。可以说，玄宗前期的无为而治重在革除弊端与民休息，其后期的无为而治则是荒怠政事，妄求神仙，以致祸国殃民。唐玄宗由利用道家治国思想逐渐转变为沉湎道教方术，也就由明君变为昏君了。《唐鉴》评曰：“开元之末，明皇怠于庶政，志求神仙，惑方士之言，自以老子其祖也。故感而见梦，亦其诚之形也。自是以后，言祥瑞者众，而迂怪之语日闻，谄谀成风，奸宄得志，而天下之理乱矣。”[①]《金石录》评李林甫《嵩阳观纪圣德颂》曰：“天宝中，明皇命方士炼丹于此观，李林甫献颂称述功德焉。天宝之政荒淫败度，而明皇区区方炼丹，以祈长生，岂不可笑乎。”[②]

二、唐玄宗的道教诗歌及其与道士的诗歌来往

如上所述，玄宗在位的盛唐时期，朝廷实际上弥漫着崇尚道家和迷信道教的氛围，这种氛围必然会对诗坛产生影响。

《全唐文》收唐玄宗与道教、道士有关的文章达数十篇。他存诗63首，与道家思想和道教活动有关的13首[③]。这些诗又可分成若干类，第一类是抒发其清静无为的治国思想，如《送忠州刺史康昭远等》：“端拱临中枢，缅怀共予理。”《春中兴庆宫酺宴》诗序云：“是故外无金革之虞，朝有缙绅之盛。所以岩廊多暇，垂拱无为。不言而海外知归，不教而寰中自肃。元亨之道，其在兹乎？”《左丞相说右丞相璟太子少傅乾曜同日上官命宴东堂赐诗》：“俾予成百揆，垂拱问彝伦。”《送张说巡边》：“端拱复垂裳，长怀御远方。”端拱、垂拱、垂衣都是指道家的无为而治。端拱语出《庄子·山木》，后来多

① 范祖禹：《唐鉴》卷九，文渊阁《四库全书》本。

② 语出《金石录》卷二十七，《四部丛刊》本。按：《唐嵩阳观纪圣德颂》，李林甫撰，徐浩八分书，天宝三载二月书。

③ 如《过老子庙》《经河上公庙》《同玉真公主过大哥山池》《送贺知章归四明》《赐道士邓紫阳》《答司马承祯上剑镜》《途经华岳》《送胡真师还西山》等。《诗送玄静先生赴金坛》《诗送玄静先生暂还广陵》《诗送玄静先生归广陵》等。

指帝王清简为政，《魏书·辛雄传》："端拱而四方安，刑措而兆民治。"唐欧阳詹《珍祥论》："即虐如秦皇，虽车辙遍于宇内，不如太宗端拱于堂上也。"也可指闲适自得，清静无为。《晋书·阮孚传》："日月自朗，臣亦何可爝火不息？正应端拱啸咏，以乐当年耳。"垂拱即垂衣拱手，《书·成武》："敦信明义，崇德报功，垂拱而天下治。"垂衣语出《易·系辞下》："黄帝尧舜垂衣裳而天下治，盖取诸乾坤。"唐玄宗的这些诗歌，与其提倡无为而治的治国方针是颇为一致的。第二类是歌咏道教始祖或道家仙人。前者如《过老子庙》："仙居怀圣德，灵庙肃神心。草合人踪断，尘浓鸟迹深。流沙丹灶没，关路紫烟沉。独伤千载后，空余松柏林。"诗中对老子充满怀念之情，诗中的语气也十分奇特，主要写老子遗迹的破败衰落，并未将其神化。《经河上公庙》："昔闻有耆叟，河上独遗荣。迹与尘嚣隔，心将道德并，讵以天地累，宁为宠辱惊。矫然翔寥廓。如何屈坚贞，玄玄妙门启。肃肃祠宇清，冥漠无先后，那能纪姓名。"这首诗强调河上公的遗弃荣华、不为天地所累、宠辱所惊。第三类也是最多的一类，是唐玄宗送多位著名道士还山所赋，其内容带有显著的道教色彩。其中最值得注意的是唐玄宗与上清道士司马承祯、李含光和薛季昌的关系。

司马承祯是唐朝数代皇帝都很重视的道士，据《旧唐书·司马承祯传》：武则天曾召其进京，并"降手敕以赞美之"。睿宗景云二年，引入宫中，问以阴阳术数之事。承祯答以无为之旨。①唐玄宗与玉真公主皆以承祯为师。开元中，唐玄宗曾多次召其入宫，后来在王屋山为其建阳台观居住，以其地近京师，易于召见。玄宗《王屋山送道士司马承祯还天台》，当是在王屋山向承祯问道并送其还天台时所作。诗云：

> 紫府求贤士，清溪祖逸人。江湖与城阙，异迹且殊伦。间有幽栖者，居然厌俗尘。林泉先得性，芝桂欲调神。地道逾稽岭，天台接海滨。音徽从此间，万古一芳春。（《全唐诗》卷三）

---

① 参见《旧唐书·司马承祯传》、《旧唐书》卷一九〇中《李适传》。

此诗形象饱满，韵味深远，口吻亲切，态度平等，简直就像朋友之间的赠答。玄宗对司马承祯幽栖林泉的修行生活深为赞扬，同时也表达了自己对他归山后的思念之情。“音徽从此间，万古一芳春。”既写出他们相互间隔的现实，也表达了在神仙世界中共同得到永生的愿望，是很有气象与文采的佳句，与王勃《送杜少府之任蜀川》尾联“海内存知己，天涯若比邻”有异曲同工之妙。唐玄宗还有《答司马承祯上剑镜》诗，诗虽平庸，却显示出唐玄宗与司马承祯关系颇为密切。

李含光为司马承祯弟子，且得其真传，《云笈七签》卷五说李含光“所撰《仙学传》《论三玄异同》，又著《真经》并《本草音义》，皆备载阙遗，穷颐精义矣”。《道藏》收其《太上慈悲道场消灾九幽忏》。唐玄宗与他的交往、对他的重视可以说超过司马承祯，开元、天宝年间多次召其进宫问道[①]，《茅山志》共收唐玄宗给李含光的敕书二十四通，这样频繁地对一位道士下敕书，在玄宗朝是独一无二的，敕中有迎其进宫、命其建茅山坛宇等内容。唐玄宗还多次向他赐诗、赐物、赐法号，并多次向他自称“弟子”，李含光也多次答谢。《茅山志》《全唐文》录李含光呈给玄宗皇帝的表奏十八通。《茅山志》卷二收唐玄宗赠李含光诗三首，其中送其还金坛一首是天宝六载九月二十五日由高力士宣赐的，敕书中称赞他抗志云霞，和光代俗，抱一守中，探微昭远。诗云：

> 紫府烟霞上，玄宗道德师。心将万籁合，志与九仙期。绝俗遗尘境，同人喜济时。访经游玉洞，敷教入瑶墀。茅岭追余迹，金坛赴远思。阴宫春旧记，阳观饬新祠。缅想埋双璧，长怀采五芝。真灵若可遇，鸾鹤伫来兹。[②]

此诗的道教气息比送司马承祯那一首还要浓。其中说“同人喜济时”，明白地赞扬他以道教济时，可以看出玄宗对道教的社会作用多么重视。“心将万籁合，志与九仙期。”这两句颇有浩然与溟涬同

① 李含光的生平和道教活动，见李渤：《茅山元静李先生传》，《全唐文》卷七一二；颜真卿：《有唐茅山元靖先生广陵李君碑铭并序》，《全唐文》卷三四〇。

② 据陈尚君：《全唐诗续拾》卷十四，中华书局1992年版，第861页。

科的气魄。另两首一为《诗送玄静先生暂归广陵》，诗云："杨许开真箓，夫君密契传。九星连紫盖，双景合丹田。玉简龟台职，金坛洞府仙。犹期御风便，朝夕候泠然。"诗中称李含光为杨羲和许谧的传人，诗末希望他能御气乘风而来，玄宗则朝夕殷勤相候。《诗送玄静先生归广陵》序云："炼师气远江山，神清虚白，道高八景而学兼九流。每发挥玄宗，启迪仙箓，延我以玉皇之祚，保我以金丹之期。敬焉重焉，深惜此别，因赋诗以饯行云耳。"道出了唐玄宗希望借助李含光及道教的力量保持国运长久、自己长生不老。①

薛季昌也是司马承祯的弟子。"唐明皇召入禁掖，延问道德，乃谈，极精微，上喜，恩宠优异。"（《历世真仙体道通鉴》卷四十）当他还山时，唐玄宗为之赋诗赠序。序曰："炼师初解裙裾，栖心衡岳。及登道箓，慨然来兹，愿归旧居，以守虚白。不违雅志，且重精修，尚遇灵药，尚望时来城阙也。乃赋诗一首宠行云。"诗云："洞府修真客，衡阳念旧居。将成金阙要，愿奉玉清书。云路三天近，松溪万籁虚。犹期传秘诀，来往候仙舆。"（《全唐诗》卷三）是希望薛季昌求得仙药献给自己。薛季昌曾撰《道德玄枢》，也是有一定道教理论修养的。

齐梁道士陶弘景（号华阳隐居）奉杨羲的《上清大洞真经》，创立了茅山派，司马承祯为其第四代嫡传弟子，承祯之师潘师正曰："我自陶隐居传正一之法，至汝四叶矣。"而李含光则为其第五代嫡传弟子，颜真卿《茅山玄静先生广陵李君碑铭》曰："自先生（作者按：指李含光）距于隐居，凡五叶矣，皆总习妙门大正真法，所以茅山为天下道学之所宗矣。"若从杨羲的谱系算起，则司马承祯、李含光分别为第十二、十三代上清宗师。司马承祯师徒继承了上清派第十代宗师王知远的思想，将上清派的养生法与老庄乃至臧矜的重玄学理论融为一体，形成了独具特色的经教体系，正好适应唐玄宗治国与养生的需要，这就难怪唐玄宗对此派道士格外垂青，一而再、再而三的赋诗赠别了。

除了与茅山派宗师有较多的诗歌往还之外，唐玄宗还有送贺知章还乡，送李抱朴、赵法师、邓紫阳、胡真师还山之诗。

---

① 据陈尚君：《全唐诗续拾》卷十四，中华书局1992年版，第862页。

天宝三载唐玄宗送贺知章还会稽，是一次带有明显的道教色彩的盛会。唐玄宗《送贺知章归四明》诗云："遗荣期入道，辞老竟抽簪。岂不惜贤达，其如高尚心。寰中得秘要，方外散幽襟。独有青门饯，群僚怅别深。"（《全唐诗》卷三）诗中既惋惜贺知章辞官，又对其入道之举表示赞赏，惜别之情溢于言表。当时陪同送别赋诗应制的大臣有李适之、李林甫等三十人，可谓极一时之盛[①]。

玄宗《送玄同真人李抱朴谒灊山仙祠》诗云："采药逢三秀，餐霞卧九霄。参同如有旨，金鼎待君烧。"可知唐玄宗希望李抱朴能为自己采药、炼丹。唐玄宗有两首诗送给赵法师，一是《为赵法师别造精院过院赋诗》，对法师"不恋岩泉赏，来从宫禁游"的行为表示赞赏。另一首题为《送赵法师还蜀因名山奠简》，是希望赵法师用奠简（道家的一种祈祷仪式）来造福苍生。据《唐诗纪事》，赵法师观宇在今蜀州新津县。曹学佺《蜀中名胜记》卷七成都府新津县下载："碑目云：'唐开元帝送赵仙甫尊师归蜀诗碑，现在新津县宝真观。'"《唐诗纪事》将这两首诗列在一处，大概是认为诗中的赵法师是同一人，即赵仙甫。邓紫阳是开元时著名的道士，唐朝新的道教宗派"北帝派"的创始人[②]，"唐明皇开元中，蒙召入大同殿建醮胡藩，封为天师。"[③]。李邕《唐东京福唐观邓天师碣》载，唐玄宗对邓十分尊宠，"箧藏手诏三十纸，壁挂道经五千言，前后所赐法衣七副而金紫者，杂彩七百二十八段，钱二十六万七千。"邓则将这些赐物"尽以幡像香油之供费……或赒老病贫窭焉。"（《全唐文》卷二六五）玄宗有一首《赐道士邓紫阳》："太乙三门诀，元君六甲符。下传金版术，上刻玉清书。有美探真士，囊中得秘书。自知三醮后，翊我灭残胡。"竟然幻想邓紫阳能用道术助唐朝打败胡人。唐玄宗有《送胡真师还西山》诗，说明他与胡真师有联系，但诗的内容只不过是一般应酬，并无深意。

在唐代的皇帝中，唐太宗与玄宗的存诗较多，诗才较高，而玄宗在位长达四十七年，又值唐诗发展的高峰期，他热衷于作诗，对

---

① 参见傅璇琮主编的《隋唐五代文学编年史·初盛唐卷》（辽海出版社1998年版）天宝三载的有关论述。

② 参见汪桂平：《唐玄宗与茅山道》，《世界宗教研究》1995年第2期。

③ 《历世真仙体道通鉴》卷三三，《续修四库全书》本。

盛唐诗坛的繁荣无疑有明显的推动作用，在道教题材的诗歌创作方面他可以说是一个中心人物，他对诗坛的影响也会因此而得到发挥。《唐诗归》锺惺评语曰："六朝帝王鲜不能诗，大抵崇尚纤靡，……至明皇而骨韵风力一洗殆尽，开盛唐广大清明气象，真主笔舌与运数隆替相对。"（《唐诗归》卷六）唐玄宗与道教有关的诗内容广泛，文采斐然，他作为一位风流儒雅、多才多艺的盛世之君，在万机之暇赋诗言志，以诗为媒介，与高道交往，这本身就是对道教的一种荣宠。玄宗以帝王之尊，与人酬唱往还，很自然地就起到倡导诗歌的作用，可以引起整个社会对诗歌创作更加重视。

三、唐玄宗召李白进宫的道教背景

唐玄宗在文学史上值得大书特书的一件事是召李白进宫。李阳冰《唐李翰林草堂集序》曰："天宝中，皇祖下诏，征就金马，降辇步迎，如见绮、皓。以七宝床赐食，御手调羹以饭之。谓曰：'卿是布衣，名为朕知，非素蓄道义，何以及此？'置于金銮殿，出入翰林中，问以国政，潜草诏诰，人无知者。丑正同列，害能成谤，格言不入，帝用疏之。公乃浪迹纵酒，以自昏秽，咏歌之际，屡称东山。又与贺知章、崔宗之等自为八仙之游，谓公谪仙人。朝列赋谪仙之歌，凡数百首，多言公之不得意。天子知其不可留，乃赐金归之。遂就从祖陈留采访大使彦允，请北海高天师授道籙于齐州紫极宫，将东归蓬莱，仍羽人驾丹丘耳。"[①]这段记载可能有与事实不符之处，如李白"潜草诏诰"问题、"八仙之游"问题，学术界皆有争议[②]，但朝列"赋谪仙之歌"数百首之事，恐非全系虚构，应当格外关注。魏颢《李翰林集序》曰："白久居峨眉，与丹丘因持盈法师达。白亦因之入翰林，名动京师。《大鹏赋》时家藏一本，故宾客贺公奇白风骨，呼为谪仙子。由是朝廷作歌数百篇。上皇豫游召白，白时为贵门邀饮，比至半醉，令制《出师诏》，不草而成，许中书舍

---

① 瞿蜕园、朱金城：《李白集校注》（附录三），上海古籍出版社1980年版，第1789—1790页。

② 参见傅璇琮：《李白任翰林学士辨》，《文学评论》2000年第5期；程千帆先生：《一个醒的和八个醉的——杜甫〈饮中八仙歌〉札记》，《程千帆诗论选集》，山西人民出版社1990年版。

人，以张垍谗逐，游海、岱间，年五十余尚无禄位。”[①]关于朝士为李白作歌数百篇，魏颢与李阳冰的说法是一致的。二人皆与李白同时，为其亲友至交，他们的记载应当是有根据的。此时正是唐玄宗佞道的高峰期，在此背景下，李白自称是太白金星转世，司马承祯谓其有仙风道骨，贺知章称其为谪仙人，因而引起玄宗的重视，是很自然的事。李白在长安是否参加了唐玄宗的道教活动史无明文，但从其经常出入宫禁、陪侍在玄宗周围来看，他是有可能参与这类活动的。杜甫《饮中八仙歌》所云：“李白一斗诗百篇，长安市上酒家眠，天子呼来不上船，自称臣是酒中仙。”是对李白狂放行为的描写，然而也透露出李白与玄宗有一种非同一般君臣的、类似朋友的关系，否则是狂放不起来的。其《驾去温泉宫后赠杨山人》云：“一朝君王垂拂拭，剖心输丹雪胸臆。忽蒙白日回景光，直上青云生羽翼。幸陪鸾辇出鸿都，身骑飞龙天马驹。王公大人借颜色，金章紫绶来相趋。”（《全唐诗》卷一六八）得意之情与亲密之状，表现得很充分。

唐玄宗在召李白进宫的同时，还召吴筠和元丹丘入宫。吴筠与李白志同道合，是很好的朋友。他与玄宗的关系，可供我们了解李白。权德舆《中岳宗元先生吴尊师集序》：“天宝初……征至京师，用希夷启沃，吻合元圣。请度为道士，宅于嵩邱，乃就冯尊师齐整受正一之法。……十三年召入大同殿，寻又诏居翰林，明皇在宥天下，顺风所向，乃献《元纲》三篇，优诏嘉纳。”（《全唐文》卷四八九）《旧唐书》卷一九二《吴筠传》载：“天宝中，李林甫、杨国忠用事，纲纪日紊，筠知天下将乱，坚求还嵩山，累表不许，乃诏于岳观别立道院。禄山将乱，求还茅山，许之。既而中原大乱，江淮多盗，乃东游会稽，尝于天台剡中往来，与诗人李白、孔巢父诗篇酬和，逍遥泉石，人多从之，竟终于越中。文集二十卷，其《玄纲》三篇、《神仙可学论》等，为达识之士所称。筠在翰林时，特承恩顾，由是为群僧之所嫉。骠骑高力士素奉佛，尝短筠于上前，筠不悦，乃求还山。”李白与元丹丘交谊甚深，他在三十岁时所作的《上安州裴长史书》即称“故交元丹”，《秋日炼药院镊白发赠元六兄

① 瞿蜕园、朱金城：《李白集校注》《附录三》，上海古籍出版社1980年版，第1790页。

林宗》诗曰：“弱龄接光景，矫翼攀鸿鸾。投分三十载，荣枯同所欢。”可见二人交谊之深。郁贤皓先生《李白与元丹丘交游考》对二人的交往作了十分详尽的考证，郁先生还说，“元丹丘无疑是李白最亲密的挚友。李白的道教思想，放诞的生活，都可能受到元丹丘的影响”，这一观点值得注意①。据《金石续编》卷八《玉真公主祥应记》（碑建于天宝二年），署“西京大昭观元丹建”，可知此时元丹丘已在长安，居大昭观，当时李白正在长安。李白在长安期间撰有《唐汉东紫阳先生碑铭》②，紫阳先生即道士胡紫阳，天宝初，元丹丘曾从胡紫阳受道箓，李白此文是他和元丹丘在长安保持交往的证据。李白《西岳云台歌赠丹丘子》：“我皇手把天地户，丹丘谈天与天语。九重出入生光辉，东求蓬莱复西归。”诗当作于李白被放出宫之后不久，约在天宝四载③，诗中对丹丘称颂备至。李白还有《元丹丘歌》《闻丹丘子于城北营石门幽居中有高凤遗迹仆虽离群远怀亦有栖遁之志因叙旧以寄之》《颍阳别元丹丘之淮阳》《以诗代书答元丹丘》等。

如上所述，李白被唐玄宗召至京城，得以目睹皇帝的佞道活动，得见国都长安狂热的道教氛围，并与道教著名人物贺知章、玉真公主、吴筠、元丹丘交往，对其人生道路、心态及诗歌创作都有重大影响。天宝二年，李白在作《宫中行乐词》《清平调词》等艳丽的歌词后不久，即写下了《金门答苏秀才》诗，有句云：“我留在金门，君去卧丹壑。未果三山期，遥欣一丘乐。玄珠寄罔象，赤水非寥廓。愿狎东海鸥，共营西山药。”（《全唐诗》卷一七八）诗中“玄珠”喻道，“象罔”喻无形迹，“西山”指仙山。可见李白此时已萌生退隐之意。李白的《翰林读书言怀呈集贤诸学士》云：“严光桐庐溪，谢客临海峤。功成谢人间，从此一投钓。”表示想当严子陵那样的隐士。天宝三载，李白因不容于同列，上书请求还山，玄宗赐金遣之。李白有《初出金门寻王侍御不遇题壁上鹦鹉》《东武吟》《行路难》《梁甫吟》等诗咏其事，抒发自己的失意之悲和愤慨不平之情。不过李白在此后的诗中，虽经常指责谗毁他的小人，却并未说唐玄宗的不是，反而对其念念不忘，心存

① 参见郁贤皓《李白丛考》，陕西人民出版社1982年版。

② 见詹锳：《李白全集校注汇释集评》第8册，百花文艺出版社1996年版，第4494页。

③ 见詹锳：《李白全集校注汇释集评》第2册，百花文艺出版社1996年版，第1031—1032页。

感激。离开长安后，李白于天宝四载至齐州，请北海高天师受道箓，有《奉赠高尊师如贵道士传道箓毕归北海》诗，随后道士盖寰又为其造真箓，李白有《访道安陵遇盖寰为余造真箓临别留赠》诗。李白出朝后立即入道士籍，与他在长安跟唐玄宗及贺知章、玉真公主等道教知名人士的交往有关。据当代学者研究，李白与道教有关的诗多达九十七首[①]。李白与许宣平的交往也是诗坛上的一段佳话[②]，此事虽未必可信，但可从一个侧面看出李白与神仙道教的密切关系。宋人葛立方《韵语阳秋》卷十一说李白的《古风》“身欲为神仙者，殆十三四”（详下）。詹锳先生《李白诗论丛·李白之生平及其诗》考察了李白的一系列系列道教活动，认为李白诗“至于鼓吹神仙思想者尤夥”[③]，事实确实如此。

在天宝初的数年内，唐玄宗将名满天下的诗人李白与当时最优秀的道家诗人吴筠、李白的好友道士元丹丘同时召入朝中，给予很高的礼遇，这对盛唐诗人信道、学道和创作道教诗歌，无疑有十分明显的提倡作用。可是李白并不满足于做一个翰林供奉，他怀有极大的政治抱负，想要直取卿相，“济苍生，安社稷”。玄宗仅以对待一般道教人物和诗人的态度对待他，未免过于冷淡了。

四、唐玄宗的道教活动对诗坛的影响

唐玄宗以帝王之尊，提倡道教，而且他本人又擅长诗歌，必然对盛唐诗歌创作产生重要的影响。这影响主要在以下方面：

第一、诗人与道士交往增多、诗人大量创作道教诗。

李斌城主编《唐代文化》第四编第一章将唐代俗人所写的道教诗的内容分为十二个方面：1、歌咏西王母、王子乔、茅山道士等神仙故事。2、梦仙、访仙、求仙。3、以神仙拟诸种人事。4、游览道观。5、在道观宴饮、读书、住宿和养病。6、读写道书。7、送宫人入道。8、与道士交游。9、随皇帝幸道观，应制吟诗。10、题诗道观。11、抨击求仙长生不老之妄。12、写步虚词。这是就整个唐代

① 参见《唐代文化》第四编第一章。

② 出自《续仙传》，载《太平广记》卷二四，中华书局1961年版，第159页。

③ 詹锳：《李白诗论丛》，人民文学出版社1984年版，第113—114页。

而言，即使在盛唐，这些类别的诗大都已出现过。

盛唐有不少诗人喜作道教诗，他们或本为朝臣，或被召进宫中参与唐玄宗的道教活动，或与曾被唐玄宗召进宫中的道士有交往，大多与唐玄宗的道教活动有直接或间接的关系。

孟浩然有不少诗与道教有关，如《与王昌龄宴王道士房》《山中逢道士云公》《白云先生王迥见访》《赠道士参寥》《梅道士水亭》《寻梅道士》等。王维被后人称为“诗佛”，但他从早年至中年，对道教亦有相当大的兴趣，其诗如《鱼山神女祠歌》《送方尊师归嵩岳》《过太乙观贾生房》《送张道士归山》《赠焦道士》《赠东岳焦炼师》都与道教有关。其诗云：“中岁颇好道，晚家南山陲”（《入山寄城中故人》，一作《终南别业》），这个“道”似应是老庄与神仙之道。储光羲诗“格高调逸，趣远情深”（殷璠《河岳英灵集》卷中），“多龙虎铅汞之气”（王士祯《居易录》卷二一），其与道教关系密切者至少有十余首。《题太玄观》云：“门外车马喧，门里宫殿清。行即翳若木，坐即吹玉笙。所喧既非我，真道其冥冥。”《唐诗归》谭元春评曰：“游仙诗须如此，殆无凡胎，郭景纯诸人如何使得？”（《唐诗归》卷七）《田园杂兴八首》其四曰：“人生如蜉蝣，一往不可攀。君看西王母，千载美容颜。”（《全唐诗》卷一三七）也表现出对神仙世界的向往。储又有《贻韦炼师》、《至嵩阳观观即天皇故宅》、《述降圣观》（自注云：“天宝七载十二月二日，玄元皇帝降于朝元阁，改为降圣观。”）、《昭圣观》、《升天行贻卢六健》、《刘先生闲居》、《玉真公主山居》、《题应圣观》、《奉真观》、《题辛道士房》等。值得注意的是，储光羲有好几首写道教圣地茅山的诗，如《泛茅山东溪》《游茅山五首》《题茅山华阳洞》等，原来他的家乡润州延陵（今江苏丹阳）在道教“第一福地”茅山附近，储光羲从少年时即熟悉此地，其诗多道家思想，恐与此有关。高适除了有《玉真公主歌》二首之外，还有《遇冲和先生》，诗云：“冲和生何代，或谓游东溟。三命谒金殿，一言拜银青。自云多方术，往往通神灵。万乘亲问道，六宫无敢听。昔去限霄汉，今来睹仪形。头戴鶡鸟冠，手摇白鹤翎。终日饮醇酒，不醉复不醒。常忆鸡鸣山，每诵西升经。拊背念离别，依然出户庭。莫见今如此，曾为一客星。”（《全唐诗》卷二一二）冲和为姜抚之号，姜抚也是当时的假神仙之一。《新唐书》卷二〇四："姜抚，宋州人，自言通仙人不死术，隐居不出。开元末，太常卿韦縚祭名山，因访隐民，还白抚已数百岁。召至东都，舍集贤院。因言'服长春藤，使白发还鬒，则长生可致。藤生太湖最良，终南往往有之，不及也。'帝遣使至太湖，多取以赐中朝老臣。……擢抚银青光禄大夫，号冲和先生。"《册府元龟》卷三三六曰："裴耀卿为左丞相，开元二十五年逸人姜抚献长春酒。"可见姜抚也是在开元末年被唐玄宗召见的。

杜甫诗"仙佛备"[①]，他热衷于炼丹药的诗达十数首之多。李白被"赐金放还"后，杜甫曾与他同登王屋山，拟访华盖君，至小有清虚洞天，因华盖君已死而止。杜甫《忆昔行》诗曰："忆昔北寻小有洞，洪河怒涛过轻舸。辛勤不见华盖君，艮岑青辉惨么麽。……秋山眼冷魂未归，仙赏心违泪交堕。弟子谁依白茅屋，卢老独启青铜锁。巾拂香余捣药尘，阶除死灰烧丹火。玄圃沧洲莽空阔，金节羽衣飘婀娜。落日初霞闪余映，倏忽东西无不可。松风涧水声合时，青兕黄熊啼向我。……秘诀隐文须内教，岁晚何妨使愿果。更讨衡阳董炼师，南游早鼓潇湘舵。"[②]后来他又与李白同访董炼师与元逸人。可见杜甫随李白漫游的一项主要活动就是寻仙访道。此外如其诗《寄司马山人十二韵》，也是言神仙事的。

其他诗人如王昌龄有《题朱炼师山房》诗，还有《就道士问〈周易参同契〉》，表现自己对炼丹术的追求。薛据有《出青门往南山下别业》，自叙其炼丹的经历："弱年好栖隐，炼药在岩窟。及此离垢氛，兴来亦因物。末路期赤松，斯言庶不伐。"（《全唐诗》卷二五三）沈如筠与道士司马承祯善，有《寄天台司马道士》诗。綦毋潜有《宿太平观》《茅山洞口》《过方尊师院》等诗。岑参有《太白东溪张老舍即事寄舍弟侄等》诗云："主人东溪老，两耳生长毫。远近知百岁，子孙皆二毛。"（《全唐诗》卷一九八）他还有《冬夜宿仙游寺南凉堂呈谦道人》，云："秦女去已久，仙台在中峰。箫声不可闻，此地留遗踪。"（《全唐诗》卷一九八）还有《寄青城龙溪奂道人》《酬畅当嵩山寻麻道士见寄》等。刘长卿有《寄龙山道士许法棱》《寻洪尊师不遇》《望龙山怀道士许法棱》。常建之诗"多仙气

① 刘壎：《水云村稿》卷五《禁题绝句序》引刘玉渊语，文渊阁《四库全书》本。。

② 仇兆鳌：《杜诗详注》卷二一，中华书局1979年版，第1888—1889页。

语”（翁方纲《石洲诗话》卷一），其《仙谷遇毛女意知是秦宫人》诗云：“水边一神女，千岁为玉童。羽毛经汉代，珠翠逃秦宫。目觌神已寓，鹤飞言未终。祈君青云秘，愿谒黄仙翁。尝以耕玉田，龙鸣西顶中。金梯与天接，几日来相逢。”（《全唐诗》卷一四四）既写出毛女的灵异，又希望有一天能遇到她，从之学仙。《梦太白西峰》曰：“梦寐升九崖，杳霭逢元君。遗我太白峰，寥寥辞垢氛。结宇在星汉，宴林闭氤氲。”（《全唐诗》卷一九八）则是梦想到太白峰求仙。《闲斋卧病行药至山馆稍次湖亭二首》（其二）是写自己服食丹药后散步行药的，说明他曾亲服丹药。其《古意》（井底玉冰洞底明），《唐风定》评云：“创意幽玄，恍惚杳冥”，《唐诗绪笺》则说此诗“托之游仙，故是有养之士”，皆认为此诗有浓厚的道家思想。他还有《宿五度溪仙人得道处》《白龙窟泛舟寄天台学道者》《张天师草堂》等。至于崔曙的《九日登望仙台呈刘明府容》《嵩山寻冯炼师不遇》，对神仙学说表示怀疑乃至否定，则是颇为特殊的。

第二，当时的道士大多会作诗，如叶法善、司马承祯、吴筠、张果、罗公远、李含光、薛季昌、张氲、李遐周、邓紫阳等人皆有诗传世。

司马承祯是唐玄宗与玉真公主之师，在唐玄宗的道教活动中扮演了十分重要的角色，他曾揄扬过李白，许多诗人与他往还，在诗人中有很大影响。他通书法、音乐，能诗，唐玄宗曾命他制作《玄真道曲》（已佚）。今存诗二首，一首题为《答宋之问》，名为《太上升玄消灾护命妙经颂》，是一首长篇五古。叶法善于开元八年一百零七岁化去时留诗三首于座侧。张氲有《醉吟三首》。司马退之有《洗心》五言古诗一首。裴翛然有《夜醉卧街》五绝一首。成真人《题壁》是一首诗谶[①]。申欢（宗）有《兜玄国怀归诗》一首。李遐周有《题壁》一首。赵惠宗有《遗简》诗二首。罗公远十二首，包括《白金小还丹歌》十一首，《大还丹口诀》一首。张果五十三首，其中有《玄珠歌》三十首。每首诗中都有“玄珠”二字，玄珠即黑色的明珠，道家以玄珠喻道的本体[②]。这组诗从不同角度写得到“玄

① 诗曰：“蜀路南行，燕师北至。本拟白日升天，且看黑龙饮渭。”

② 《庄子·天地》：“黄帝游乎赤水之北，登乎昆仑之丘，而南望还归，遗其玄珠。”《释文》：“玄珠，司马（彪）云：‘道真也。’”

珠”的好处，如羽化登仙、长生久视等，以及失落或轻视玄珠的坏处。张果的《金虎白龙诗》共二十一首，主要写外丹的炼丹术①。他另有一首《五子守仙丸歌》，也是咏炼丹的。这些诗多为宣扬道家思想和道教炼丹术的歌诀。上述众道士之诗，或阐述道家清静无为之旨，或写与文士交往，或为诗谶，或写神仙，或介绍炼丹术，艺术性均不强，但通过这些诗可见唐玄宗的道教活动及诗歌创作对当时社会有广泛影响。

盛唐道士中真正可以入诗人之林的只有吴筠。权德舆《中岳宗玄先生吴尊师集序》论其创作云：“属词之中，尤工比兴。观其自古王化诗，与《大雅吟》《步虚词》《游仙》《杂感》之作，或遐想理古，以哀世道，或磅礴万象，用冥环枢，稽性命之纪，达人事之变，大率以啬神挫锐为本；至于奇采逸响，琅琅然若戛云璈而凌倒景，昆阆松乔，森然在目。近古游方外而言六义者，先生实主盟焉。至若总论谷神之妙，则有《元纲》篇。哀蓬心蒿目之远于道也，则有《神仙可学论》。疏瀹澡雪，使无落吾事，则有《洗心赋》《岩栖赋》。修胸中之诚而休乎天均，则有《心目论契》《形神颂》。其他操章寓书，赞美序别，非道不言，言而可行，泊然以微妙，卓尔而昭旷，合为四百五十篇，博大真人之言，尽在是矣。”（《全唐文》卷四八九）吴筠诗今存128首，联句、散句若干，居盛唐道士之首。其诗均为五言，且多为古体。吴筠体现道家思想的诗篇主要有《游仙诗》二十四首、《步虚词》十首和《高士咏》五十首。《游仙诗》其一为全诗总纲，诗云：“启册观往载，摇怀考今情。终古已寂寂，举世何营营。悟彼众仙妙，超然含至精。凝神契冲玄，化服凌太清。心同宇宙广，体合云霞轻。翔风吹羽盖，庆霄拂霓旌。龙驾朝紫微，后天保令名。岂如寰中士，轩冕矜暂荣。”（《全唐诗》卷八五三）此诗肯定轻举飞升、羽化登仙，否定世俗的荣华富贵。同组的其他诗中也说：“仙经不吾欺，轻举信有征。”“孰谓姑射远，神人可同嬉。”“眇彼埃尘中，争奔声利途。百龄宠辱尽，万事皆为

① 陈尚君按曰：“《通志·艺文略》道类收张果（通玄先生）《玄珠歌逍遥歌内指黄芽歌》一卷。《玄珠歌》已见前录。本组诗多述黄芽，疑即《内指黄芽歌》。”黄芽，指道家炼丹所用的铅华。《云笈七签》七二《还丹五行功论图》：“若要长生，须服五色铅汞、丹砂、黄芽之药。”白居易《对酒》诗：“有时成白首，无处问黄芽。”

虚。”“纵身太霞上，眇眇虚中浮。八威先启行，五老同我游。”《高士咏》歌咏古代著名的隐士，包括从混元皇帝（老子）、广成子、庄子、严子陵到庞德公、陶渊明等往古高士，“以吟讽其德音”（《高士咏·序》）。此外还有许多篇章表达了对于隐者的企慕和称颂，如《秋日望倚帝山》“竭来从隐沦，式保羡门计”等。其所咏的这些“嘉遁之士”，大多为隐居养生不乐仕进的高洁之士，他们“居学以待终”“达生知止足”，“辞金义何远，让禄心益清”，不慕荣利，“隐居以求其志，行义以达其道”。他们是吴筠所追求的人生典范。《步虚词》是一种专门的道教歌词。如天宝十载四月，唐玄宗“于内道场亲教诸道士《步虚》声韵”（《册府元龟》卷五四《尚黄老二》）。吴筠的《步虚词》内容也是如此。

如上所述，盛唐著名诗人几乎都写过道教诗，著名道士也大多能诗，这是值得注意的现象。上有所好，下必甚焉，唐玄宗以道家思想治国，以及他对道教的迷恋，必然在社会上形成一种崇道的风气。在一定程度上可以说，盛唐诗坛就是在这种仙气的笼罩之下。李白之被称为“谪仙人”，在社会上产生广泛的影响，而杜甫“儒冠误身”，在当时没有得到应有的重视，其中的原因很复杂，但李白借助道教来“推销”自己，是可以肯定的。另外我们还注意到，在唐玄宗周围有几个道教人物，他们形成道教中心，这就是贺知章、玉真公主、司马承祯、吴筠。贺知章是朝廷的重臣，玉真公主是皇亲，司马承祯和吴筠是著名的道士。他们营造了道教的强大势力，在他们周围聚集了一批诗人。他们既能对玄宗的政事产生影响，又能提携诗人，帮助诗人步入仕途，或者帮助他们扬名。他们既是道教的中心，又是诗人与唐玄宗之间的桥梁。

五、盛唐道教诗的新特点

唐玄宗于开元初年即提倡道教，盛唐的主要诗人有的尚在幼年（如李白、王维、高适、储光羲），有的刚刚出生（如杜甫），有的尚未出生（如岑参），当朝皇帝极力鼓吹道教，无疑会对诗人的心灵产生多方面的影响。唐玄宗倡导的崇道热潮，不仅影响了诗人的信仰和人生道路，而且影响了诗人的创作，使其出现新的特点。唐代道教诗以盛唐最为集中，数量最多，最为优秀，以李白、吴筠为代表。如道教曲《步虚词》，初唐无作品流传，吴筠有《步虚词》十首，中晚唐仅有陈羽二首，顾况一首，韦渠牟一首，刘禹锡二首，白居易二首，苏郁一首，徐铉五首等。从数量来看，以吴筠为第一。又如游仙诗在唐代也较少见，吴筠有《游仙二十四首》，均为五言古诗，晚唐人曹唐有《小游仙诗》九十九首，均为七绝，可能受到吴筠的影响。

秦汉以来的神仙诗和道家哲理诗对盛唐道教诗都有影响。清人朱乾《乐府正义》将游仙诗分为两类：一类是“游仙诸诗嫌九州之局促，思假道于天衢，大抵骚人才士不得志于时，借此以写胸中之牢落，故君子有取焉。”第二类是“若始皇使博士为《仙真人诗》，游行天下，令乐人歌之，乃其惑也，后人尤而效之，惑之惑也。诗虽工，何取哉?”朱乾认为第一类出于屈原的《远游》，以“悲时俗之迫厄兮，将轻举而远游”为其主旨；第二类起于秦代，《史记·秦始皇本纪》：“三十六年，使博士为《仙真人诗》。”原诗已佚，内容当为求仙访道、追求长生之类。继承前一类的如曹植的《五游咏》《远游篇》《仙人篇》《游仙诗》等，写游仙是为了抒发其愤世之情。诚如曹植《辨道论》所言：神仙虚无之说，“自家王（作者按：指曹操）与太子（作者按：指曹丕）及余兄弟，咸以为调笑，不信之矣”。又如郭璞的《游仙诗》，“乖远玄宗”“坎壈咏怀，非列仙之趣”（锺嵘《诗品·卷中》）。继承第二类的有汉乐府《吟叹曲·王子乔》《董逃行》《长歌行》等，以求仙为主旨。

盛唐的道教诗虽不出于这两类的范围，但较之前人题材更宽，艺术上也更有风采。

在题材方面，盛唐道教诗的特点是多咏当世神仙高道，如张果、焦炼师、司马承祯等。如李颀有咏张果及其他道士的诗。唐人说李颀“杂歌咸善，玄理最长”（《河岳英灵集》卷上），“其于玄理间出特秀”（《唐诗品》），他拜见张果后作的《谒张果先生》，是一首较长的道教诗，诗中描绘了张果的种种“仙迹”，提到唐玄宗从张果“受籙”。他的《送王道士还山》也是一首较长的道教诗，从诗中可以看出王道士也曾被唐玄宗召见，诗中对王道士得遇真仙、求得仙方十分羡慕，对其青春永驻更加神往。他还有《赠苏明府》诗云："苏君年几许，状貌如玉童。采药傍梁宋，共言随日翁。……愿闻素女事，去采山花丛。诱我为弟子，逍遥寻葛洪。"（《全唐诗》卷一三二）明确表现出对神仙之事的向往。《题卢道士房》诗亦云："稽首问仙要，黄精堪饵花。"他的《送暨道士还玉清观》《王母歌》等诗也颇有道家思想。此外如王维、李白、李颀、王昌龄、钱起都有赠焦炼师的诗。王维的《赠焦道士》《赠东岳焦炼师》尤其值得重视。诸人诗中的焦炼师是否为同一人，尚无定论。陈铁民先生认为"诸诗所述，盖即一人。"①瞿蜕园、朱金城先生《李白集校注》则认为非一人②。李白《赠嵩山焦炼师》诗云："二室凌青天，三花含紫烟。中有蓬海客，宛疑麻姑仙。道在喧莫染，迹高想已绵。时餐金鹅蕊，屡读青苔篇。八极恣游憩，九垓长周旋。下瓢酌颍水，舞鹤来伊川。还归东山上，独拂秋霞眠。萝月挂朝镜，松风鸣夜弦。潜光隐嵩岳，炼魄栖云幄。霓裳何飘摇，凤吹转绵邈。愿同西王母，下顾东方朔。紫书倘可传，铭骨誓相学。"（《全唐诗》卷一六八）诗中以麻姑、西王母比焦炼师，且云其着"霓裳"，其性别显然为女性。王维《赠东岳焦炼师》诗云："先生千余岁，五岳遍曾居。遥识齐侯鼎，新过王母庐。不能师孔墨，何事问长沮。玉管时来凤，铜盘即钓鱼。竦身空里语，明目夜中书。自有还丹术，时论太素初。频蒙露版诏，时降软轮车。山静泉逾响，松高枝转疏。支颐问樵客，世上复何如?"（《全唐诗》卷一二七）诗中称焦炼师为先生，所用典故如李少君事、穆天子事、孔子、墨子事、长沮、桀溺事等等，无一不是以男性比焦炼师，与李白、李颀、钱起诗中女性主人公性别明显不同。

盛唐道教诗歌题材之广泛还可以李白的《古风》五十九首为例加以说明，明人胡震亨曰：李白的《古风》"言仙者十有二，其九自言游仙，其三则讥人主求仙，不应通蔽互殊乃尔。白之自谓可仙，亦借以抒其旷思，岂真谓世有神仙哉！他诗云：'此人古之仙，羽化竟何在?'意自可见。是则虽言游仙，未尝不与讥求仙者合也。时玄宗方用兵吐蕃、南诏，而受箓、投龙，崇尚玄学不废，大类秦皇、

① 陈贻焮等主编：《增订注释全唐诗》卷一一六，文化艺术出版社2001年版，第916页。

② 瞿蜕园、朱金城《李白集校注》的根据是诸人诗中所提到焦的性别不同。所列证据颇为充分，结论可以成立。

汉武之为，故白之讥求仙者，亦多借秦、汉为喻。白他诗又云：‘穷兵黩武今如此，鼎湖飞龙安可乘？’其本指也欤！”[①]胡氏能联系唐玄宗天宝年间佞道的现实来看问题，有一定道理。但《古风》五十九首不作于一时一地，其内容是丰富复杂的。一概以“讥求仙”释之，不符合李白诗的实际。如《古风》其四就是一首纯粹的游仙诗：“凤飞九千仞，五章备彩珍。衔书且虚归，空入周与秦。横绝历四海，所居未得邻。吾营紫河车，千载落风尘。药物秘海岳，采铅青溪滨。时登大楼山，举首望仙真。羽驾灭去影，飙车绝回轮。尚恐丹液迟，志愿不及申。徒霜镜中发，羞彼鹤上人。桃李何处开？此花非我春。惟应清都境，长与韩众亲。”瞿蜕园、朱金城《李白集校注》卷二按曰：“卷二十《宿虾湖》诗云：‘明晨大楼去……’，卷二十七《金陵与诸贤送权十一序》云：‘而尝采姹女于江华，收河车于清溪，与天水权昭夷服勤炉火之业久矣。’皆与此首所云‘采铅青溪滨。时登大楼山’，情事相合。”[②]《古风》其五写自己遇到了一位仙人“绿发翁”，“我来逢真人，长跪问宝诀。粲然启玉齿，授以炼药说。……吾将营丹砂，永与世人别。”其七“愿餐金光草，寿与天齐倾”，其十七“昆山采琼蕊，可以炼精魄。”其四十一“呼我游太素，玉杯赐琼浆。一餐历万岁，何用还故乡”。都是写服食求仙。可见李白确实有过服食求神仙的经历，且对此兴趣颇浓。宋人葛立方《韵语阳秋》卷十一说：李白的《古风》“身欲为神仙者，殆十三四；或欲把芙蓉而蹑太清，或欲挟两龙而凌倒景，或欲留玉舄而上蓬山，或欲折若木而游八极，或欲结交王子晋，或欲高挹卫叔卿，或欲借白鹿于赤松子，或欲飡金光于安期生。”[③]说得十分形象而全面。李白之信神仙，可能与唐玄宗尚长生轻举之术，迷信神仙之道有关。李白《古风》中讥刺求仙之作，可以其四十八为代表：“秦皇按宝剑，赫怒震神威。逐日巡海右，驱石驾沧津。征卒空九寓，作桥伤万人。但求蓬岛药，岂思农雁春。力尽功不赡，千载为悲辛。”主旨是讽刺秦始皇求仙。萧士贇曰：“此诗于时亦有所讽，借秦为喻

① 胡震亨：《唐音癸签》卷二一，上海古籍出版社1981年版，第229—230页。

② 瞿蜕园、朱金城：《李白集校注》卷二，上海古籍出版社1980年版，第102页。又：此处所引李白《古风》诸诗，均据此书。

③ 何文焕辑：《历代诗话》，中华书局1981年版，第565页。

云。”陈沆《诗比兴笺》曰：“此刺好大务远而不勤恤民隐也。”[①]都指出此诗是借咏秦始皇来讽刺唐玄宗，所言有理。

盛唐有关道教的诗歌在艺术上也有新的面貌。若与六朝诗坛相比较，同样是抒发道家思想，孙绰、许询等人的玄言诗“皆平典似道德论”（锺嵘《诗品序》），谢灵运的山水诗，也发挥玄理，但往往在诗末拖着一个玄言的尾巴，盛唐诗人带有道家思想因素的诗自然意象与哲理往往达到完美的融合，这不能不说是一大进步。例如李白的游仙诗虽然继承了《秦真人诗》和汉乐府《吟叹曲·王子乔》咏神仙的传统，但描写更为细腻生动，辞采更为华美艳丽，想象更加丰富瑰奇，多了一些自然之美。李白的《日出入行》云：“谁挥鞭策驱四运，万物兴歇皆自然”。沈德潜评曰：“言鲁阳挥戈之矫诬，不如委顺造化之自然也。”（《唐诗别裁集》卷六）李白诗又云：“自然成妙用，孰知其指明。”（《草创大还赠柳官迪》）“三杯通大道，一斗合自然”。（《月下独酌》）可以说“自然”乃是他在艺术上一种自觉的追求。“自然”是一个来自老庄道家的一个哲学概念，深受道家思想影响的东晋大诗人陶渊明在为人与创作两方面，均追求自然。[②]盛唐诗人提倡“自然”，已成为一种普遍的做法，可以说他们在这一点上已形成共识。如张九龄诗：“吸精反自然，炼药求不死。”（《登南岳事毕谒司马道士》）“章绶胡为者，形骸非自然。”（《当涂县界寄裴宣州》）孟浩然诗：“福庭长自然，华顶旧称最。”（《赵中逢天台太乙子》）“卜筑因自然，檀溪不更穿。”（《冬至过后过吴张二子檀溪别业》）王维诗：“愿奉无为化，斋心学自然。”（《奉和圣制庆玄元皇帝玉像之作应制》）裴迪诗：“自然成高致，向下看浮云。”（《青龙寺昙壁上人集》）储光羲诗：“神道本无已，成化亦自然。”高适诗：“且向世情远，吾今聊自然。”（《淇上别业》）杜甫诗：“我何良嗟叹，物理因自然。”（《盐井》）“我老情放诞，雅欲逃自然。嗜酒爱吟竹，卜居必林泉。”（《寄题江外草堂》）韦应物诗：“丝桐本异质，音响合自然。吾观造化意，二物相因缘。”（《赠李儋》）“独此高窗下，自然无世情。”（《览褒子卧病一绝聊以题示》）“中有无为乐，自然与世疏。”（《寄黄刘二尊

① 瞿蜕园、朱金城：《李白集校注》卷二，上海古籍出版社1980年版，第175页。

② 参见袁行霈先生：《陶渊明的哲学思考》，《国学研究》第一卷，北京大学出版社1993年版。

师》）在体裁方面，盛唐的道教诗歌既继承汉魏五言诗的传统，又有所变化，如李白的神仙诗多用七言歌行的新形式，容量更大，驰骋想象的空间更大。如其《日出入行》《梦游天姥吟留别》《西岳云台歌送丹丘子》等，莫不如此。

道教著作的普及，为盛唐诗人提供了可资利用的神仙素材。道教中许多思想观念特别是种种超现实的奇思妙想，刺激了诗人的好奇心和想象力，对诗歌语言以及意象的构成，有直接的影响，李白又是一个鲜明的例证。李白的诗，常用《老子》、《庄子》、《列子》、《周易》、《淮南子》、《山海经》（包括郭璞注）、《穆天子传》、《汉武外传》、《神异经》、《参同契》、《博物志》、《搜神记》、《抱朴子》、《神仙传》、《列仙传》、《高士传》、《拾遗记》、《桃花源记》、《十洲记》、《述异记》、《真诰》、《大洞真经》。在风格方面，李白诗的天马行空，有不可羁勒之势，正如前人所评："太白想落天外，局自变生，如大江无风，涛浪自涌，白云卷舒，从风变灭。此殆天授，非人力也"（沈德潜《说诗晬语》卷上）；"李供奉鞭挞海岳，驱走风霆，非人力可及"（沈德潜《唐诗别裁集·凡例》），这种气象，与道家思想的影响是有关系的。

[原载《中国社会科学》2005年第4期，丁放、袁行霈撰，人大复印资料《中国古代、近代文学研究》全文转载，《唐代文学研究年鉴》2006卷收录，陕西师范大学出版社出版《中国古代文学研究年鉴》（霍松林等主编）收录]

玉真公主考论

——以其与盛唐诗坛的关系为归结

玉真公主是盛唐时期一个显赫的人物，她的地位身份，她与唐玄宗的关系，她与道教的关系，以及她与盛唐诗人的关系，都是值得注意的问题。她与李白的关系，学术界曾经予以关注，但对她与盛唐其他诗人的关系注意不够。本文从考证玉真公主的生平入手，就她的政治地位，特别是她与盛唐诗坛的关系试作进一步的研究。

一、生卒年问题

玉真公主的生卒年，史书上没有明确的记载，只能根据其他资料推算。玉真公主为睿宗之女，昭成皇后窦氏（生前为德妃）所生，是唐玄宗、金仙公主的同母妹。金仙公主为睿宗第八女，玉真公主为睿宗第九女。金仙公主的生年可以确考，徐峤撰文、玉真公主手书《大唐故金仙长公主志石铭并序》曰："（金仙公主）年十八入道，廿三受法。……以壬申之年建午之月十日辛巳薨于洛阳之开元观，春秋四十有四。"[①]壬申为开元二十年（732），上推四十四年，则金仙公主生于武后永昌元年（689）。玉真公主本人之生年必晚于此，最早当在690年。

至于玉真公主生年的下限可以由其生母窦氏遇害的时间来推算。《新唐书》《则天皇后本纪》曰："（长寿）二年（693）腊月癸亥，杀皇嗣妃刘氏、德妃窦氏。"[②]《旧唐书·后妃传》记载窦氏遇害事在长寿二年正月二日，与《新唐书》所记时间稍异，但始末较详："睿宗昭成顺圣皇后窦氏……姿容婉顺，动循礼则，睿宗为相王时为孺人，甚见礼异。光宅元年立为德妃。生玄宗及金仙、玉真二

---

①周绍良主编：《唐代墓志汇编》，上海古籍出版社2001年版，第552—553页。

②《新唐书》卷四，中华书局1975年版，第93页。

公主。长寿二年，为户婢团儿诬谮与肃明皇后厌蛊咒诅。正月二日，朝则天皇后于嘉豫殿，既退而同时遇害。梓宫秘密，莫知所在。睿宗即位，谥曰昭成皇后，招魂葬于都城之南，陵曰靖陵。”①（肃明皇后即皇嗣妃刘氏）《资治通鉴》卷二〇五与《旧唐书·后妃传》的说法大体一致，长寿二年正月记载曰：“户婢团儿为太后所宠信，有憾于皇嗣，乃谮皇嗣妃刘氏、德妃窦氏为厌咒。癸巳，妃与德妃朝太后于嘉豫殿，既退，同时杀之，瘗于宫中，莫知所在。德妃，抗之曾孙也。皇嗣畏忤旨，不敢言，居太后前，容止自如。团儿复欲害皇嗣，有言其情于太后者，太后乃杀团儿。”②

关于窦氏遇害的时间，我们取《旧唐书·后妃传》和《资治通鉴》之说，在长寿二年（693）正月，所以玉真公主生年当在公元690—693之间。

以上资料有几点值得注意：一、玄宗与金仙、玉真二公主同母；二、他们的母亲窦氏死于宫廷冤狱，而且尸骨无存。向武则天诬告皇嗣妃及德妃的人是户婢团儿，其目的是陷害皇嗣（即太子李旦，后来的唐睿宗，玄宗与金仙、玉真二公主之父）；三、玉真公主幼年丧母，其母遇害时，她只有1到4岁。四、睿宗与窦氏颇为恩爱，对窦氏之亡十分痛心，但在武则天淫威之下，敢怒而不敢言。了解如上事实，对于理解睿宗、玄宗对玉真公主的宠爱，乃至二公主之“入道”，都是十分重要的。

关于玉真公主的生年，还有一则材料可供进一步考证，《全唐文》卷九二七蔡玮《玉真公主朝谒应（缺二字）真源宫受（缺三字）王屋山仙人灵坛祥应记》曰：“（玉真）公主法号无上真，字元元，睿宗大圣贞皇帝之十女③，今上之（缺二字）妹……年十二

---

① 《旧唐书》卷五一，中华书局1975年版，第2196页。

② 司马光：《资治通鉴》卷二〇五，中华书局1956年版，第6488页。同页引《考异》曰：“刘子玄《太上皇实录》云：‘韦团儿谄佞多端，天后尤所信任。欲私于上而拒焉，怨望，遂作桐人潜埋于二妃院内，谮杀之，又矫制按问上。’”可参。

③ 据岑仲勉考证，玉真公主实为唐睿宗第九女，其《唐史余瀋》卷一“凉国长公主初嫁薛伯阳再嫁温曦”、“鄎国公主初降薛儆”诸条指出：据《新唐书·诸帝公主传》记载，玉真公主为睿宗第十女，但此传中有许多错误，传中排行第三的荆山公主和排行第八的鄎国公主是同一个人；排行第五的代国公主，据《金石萃编》卷七八《代国长公主碑》，实际上是睿宗第四女；排行第六的凉国公主，据《金石萃编》卷七五《凉国长公主碑》，实际上是睿宗第五女；故原传中排行第九和第十的金仙公主和玉真公主自然应当是睿宗的第八女和第九女。

岁，当景云之初，始受（缺一字）道于括苍罗浮真人越国叶公，其时老君为亲降法坛。”[①]文末署明作于“有唐天宝十二载”，文中说景云之初玉真公主十二岁入道，按景云元年为公元710年，上推十二年，生于公元699年，但已在母薨年之后数年，必无可能。清人陆耀遹辑《金石续编》唐五卷八，蔡玮撰、元丹丘建《玉真公主朝谒谯郡真源宫受道王屋山仙人台灵坛祥应记》与上引《全唐文》文字有出入，“十女”作“爱女”；“年十二岁”作“年甫二八”，即十六岁。郁贤皓先生《李白与玉真公主过从新探》（载《文学遗产》1994年第1期）、陶敏先生《刘禹锡诗中的九仙公主考》（载《唐代文学研究》第9辑）均据此推断玉真公主生于695年，恐不可信，因为这已在其母死后二年。我们设想“十二”为“二十”之误，则玉真公主的生年为公元691年，恰好在690—693年之间，与她姐姐出生的时间和她母亲遇害的时间都相吻合。“十二”为“二十”之误倒，有例可援。杜牧《樊川文集》卷七《唐故东川节度使检校右仆射兼御史大夫赠司徒周公（墀）墓志铭》：“（周）炅生法明，年十二，一命为巴州刺史。陈灭，臣隋，为赵之真定令。隋乱，归黄冈起兵，取蕲、安、沔、黄，武德中籍四州地请命。”年十二被任命为刺史于情理不合，岑仲勉先生《元和姓纂四校记》认为“十二”为“二十”之误倒，可作为我们的旁证。至于《金石续编》本蔡玮文所云“二八”，亦可能是“二十”之误。

我们从另一条资料可以考证出玉真公主的姐姐入道时当景云二年，唐睿宗《令西城昌隆公主入道制》：“第八女西城公主、第九女昌隆公主，性安虚白，神融皎昧，并令入道，奉为天皇天后。宜于京城右造观，仍以来年正月令二公主入道。”（《全唐文》卷一八）《资治通鉴》卷二一〇记载了唐睿宗下《制》的时间：景云元年“十二月，癸未，上以二女西城、隆昌公主为女官，以资天皇天后之福，仍欲于京城西造观。”《唐会要》卷五〇记载二公主“入道”时间亦为景云元年十二月。《佚存丛书》本韦述《两京新记》卷三：“景云二年，睿宗第八女西城公主及第九女昌宗公主并入道，为立二观，改西城为金仙，昌宗为玉真。”景云元年十二月下制，二年入

① 《全唐文》卷九二七，中华书局1983年版，第9664—9665页。

道，时间正相吻合。据上引徐峤撰文、玉真公主手书《大唐故金仙长公主志石铭并序》可知，金仙公主年廿三“受法”。受法即“受道”，亦即正式出家当女道士，而玉真公主之“受道”与其姊同时。按我们的说法，玉真公主入道之年二十岁，也就是景云二年（711）玉真公主二十岁，逆推二十年，则其生年亦当为公元691年。

玉真公主的卒年，《金石录》卷二十七《唐玉真公主墓志》的题识有明确交代：“右唐玉真公主墓志，王缙撰志。云：公主法号无上真，字（据蔡玮之文，玉真公主的字为“元元”，此处当系误脱），天宝中更赐号曰持盈。而唐史但言字持盈尔。志又云：中宗时封昌兴县主，睿宗时封昌兴公主，后改封玉真，进为长公主。唐史但云封崇昌县主，而以昌兴為崇昌者，皆其闕误。志又云：元年建辰月卒，而史以为卒于宝应中，亦非也。此于史学皆至浅不足道，然著之要见唐史多谬误耳。”据陈垣《二十史朔闰表》：“元年建辰月”即宝应元年（762）三月，这就是玉真公主的卒年。

根据以上材料，我们认为玉真公主生于周武则天天授二年（691），卒于代宗宝应元年（762），享年72岁。

二、入道与造观风波

睿宗景云二年（711），金仙、玉真二公主同时入道。这一方面固然与唐朝道教流行有关，另一方面可能与二女幼年失去母爱有关，是年金仙23岁，玉真20岁。

大约是为了寄托对窦氏的思念及对两位没有母亲的女儿的安慰，睿宗不惜巨资，为两位入道的公主各建了一座富丽堂皇的道观，《唐会要》卷五十《观》云：金仙观在辅兴坊，“景云元年十二月十七日，睿宗为第八女西宁公主入道立为观。至二年四月十四日，为公主改封金仙，所造观便以金仙为名。”玉真观亦在辅兴坊，“与金仙观相对。本工部尚书窦诞宅，武后时为崇先府，景云元年十二月七日，为第九女昌隆公主立为观。二年四月十日，公主改封玉真，所造观便以玉真为名。”[①]《旧唐书》卷七《睿宗纪》云：“（景云二年）五月辛丑，改

① 《唐会要》卷五〇，上海古籍出版社1991年版，第1020页。此处记载二公主入道的时间是唐睿宗景云元年十二月，与《两京新记》的记载略有出入。

西城公主为金仙公主，昌隆公主为玉真公主，仍置金仙、玉真两观。”[①]《新唐书》卷五《睿宗纪》则云：“（景云二年）三月癸丑，作金仙、玉真观。”[②]此事在朝廷引起很大风波，许多直臣激烈反对，当然也有佞臣借此事讨好皇帝，一时间成为朝廷斗争的焦点之一。《旧唐书·魏知古传》云：“景云二年（711），迁右散骑常侍。睿宗女金仙、玉真二公主入道，有制各造一观，虽属季夏盛暑，尚营作不止。”[③]知古即先后两次上疏谏之。时为左补阙的辛替否亦谏之，《旧唐书·辛替否传》载其谏疏云：

> 顷自夏已来，淫雨不解，谷荒于垄，麦烂于场。入秋已来，亢旱成灾，苗而不实，霜损虫暴，草叶枯黄。下人咨嗟，未知赒赈；而营寺造观，日继于时，检校试官，充台溢署。伏惟陛下爱两女，为造两观，烧瓦运木，载土填坑，道路流言，皆云计用钱百余万贯。惟陛下，圣人也，无所不知；陛下，明君也，无所不见。既知且见，知仓有几年之储？库有几年之帛？知百姓之间可存活乎？三边之士可转输乎？当今发一卒以御边陲，遣一兵以卫社稷，多无衣食，皆带饥寒。赏赐之间，迥无所出。军旅骤败，莫不由斯。而乃以百万贯钱造无用之观，以受六合之怨乎！以违万人之心乎！……臣闻出家修道者，不预人事，专清其身心，以虚泊为高，以无为为妙，依两卷《老子》，视一躯天尊，无欲无营，不损不害。何必璇台玉榭，宝像珍龛，使人困穷，然后为道哉！且旧观足可归依，无造无营，以取穷竭。若此行之三年，国不富，人不安，朝廷不清，陛下不乐，则臣请杀身于朝，以令天下言事者。伏惟陛下行非常之惠，权停两观，以俟丰年。以两观之财，为公主施贫穷，填府库，则公主福德无穷矣。不然，臣恐下人怨望，不减于前朝之时。……臣今直言，亦先代之直，惟陛下察之。[④]

① 《旧唐书》卷七，中华书局1975年版，第157页。
② 《新唐书》卷五，中华书局1975年版，第118页。
③ 《旧唐书》卷九七，中华书局1975年版，第3061页。
④ 《旧唐书》卷一〇一，中华书局1975年版，第3159—3161页。

《旧唐书·裴漼传》曰：

> 太极元年（712），睿宗为金仙、玉真公主造观及寺等，时属春旱，兴役不止，漼上疏谏曰："……今自春至夏，时雨愆期，下人忧心，莫知所出。陛下虽降哀矜之旨，两都仍有寺观之作，时旱之应，实此之由。且春令告期，东作方始，正是丁壮就功之日，而土木方兴，臣恐所妨尤多，所益尤少，耕夫蚕妾，饥寒之源。……陛下每以万方为念，睿旨殷勤，安国济人，防微虑远。伏愿下明制，发德音，顺天时，副人望，两京公私营造及诸和市木石等并请且停，则苍生幸甚。农桑失时，户口流散，纵寺观营构，岂救黎元饥寒之弊哉！"①

可见，景云二年睿宗为金仙、玉真二公主造观时，水旱之灾相继，民不聊生，而二宫由春经夏至秋尚未完工，耗资百万，怨声载道，魏知古、辛替否之谏疏即作于景云二年夏，裴漼之谏疏作于次年即太极元年（712）春。韦凑之疏亦作于太极元年，《旧唐书·韦凑传》曰："明年春，起金仙、玉真两观，用工巨亿。凑进谏曰：'陛下去夏，以妨农停两观作，今正农月，翻欲兴功。虽知用公主钱，不出库物，但土木作起，高价雇人，三辅农人，趋目前之利，舍农受雇，弃本逐末。臣闻一夫不耕，天下有受其饥者，臣窃恐不可。'帝不应。凑又奏曰：'且阳和布气，万物生育，土木之间，昆虫无数。此时兴造，伤杀甚多，臣亦恐非仁圣本旨。'睿宗方纳其言，令在外详议。"②据两《唐书》所载，睿宗通过此事，对魏、辛、裴诸臣颇为赏识，他们纷纷得以升迁③。谏议大夫宁悌原、吏部员外郎崔莅及李乂亦有谏章，兹不具录。诸人谏疏主要的出发点是同情民生疾苦、节约国家财力，其理论依据则是道家清净无为之说。

---

① 《旧唐书》卷一〇〇，中华书局1975年版，第3128—3129页。

② 《旧唐书》卷一〇一，中华书局1975年版，第3145—3146页。

③ 《旧唐书·魏知古传》：上疏之后，"睿宗嘉其切直，寻令同中书门下平章事。玄宗在春宫，又令兼左庶子。未几，迁户部尚书，余如故。"《旧唐书·辛替否传》："疏奏，睿宗嘉其公直，稍迁为右台殿中侍御史。"《旧唐书·裴漼传》：裴原为中书舍人，"疏奏不报，寻转兵部侍郎。"

唐睿宗接受了群臣的意见，于太极元年四月十七日下《停修金仙玉真两观诏》云："营建创造，必有所因。岂欲劳人，盖不获已。朕顷居谅闇，茕疚于怀。奉为则天皇后东都建荷泽寺，西都建荷恩寺。及金仙、玉真公主出家，京中造观，报先慈也。岂愿广事营构，虚殚力役。朕每卑宫菲食，夕惕宵衣，惟木从绳，虚心启沃，所欲修营两观。外议不识朕心，书奏频繁，将为公主所置。其造两观并停，其地便充金仙、玉真公主邑司。令窦怀贞检校，所有钱物瓦木一事，以付公主邑司收掌，诸处供两观用作调度，限日送纳邑司。朕当别处创造，终不劳烦百姓。此度修葺，公私无损，若有干忤，当置于刑。"①

这里需要辨明的是，经过从景云二年（711）五月到太极元年（712）四月一年时间的营造，当睿宗下诏停建两观时，两观当已建成或基本建成，金仙、玉真两公主实已以之为清修之所，所谓为公主邑司云云，可能只是平息舆论的托辞。

另外，史书中对当时两个积极支持、参与造观的人也有记载，从中可以看出当时工程浩大，社会舆论反响强烈。第一个是窦怀贞。怀贞先是附韦后与安乐公主，韦氏败，又附太平公主，得致高位，时任尚书右仆射。《旧唐书·窦怀贞传》云："睿宗为金仙、玉真二公主创立两观，料功甚多，时议皆以为不可，唯怀贞赞成其事，躬自监役。怀贞族弟詹事司直维鍌谓怀贞曰：'兄位极台衮，当思献可替否，以辅明主。奈何校量瓦木，厕迹工匠之间，欲令海内何所瞻仰也？'怀贞不能对，而监作如故。"②《旧唐书·尹思贞传》曰："睿宗即位，征为将作大匠，累封天水郡公。时左仆射窦怀贞兴造金仙、玉真两观，调发夫匠，思贞常节减之。怀贞怒，频诘责思贞，思贞曰：'公职居端揆，任重弼谐，不能翼赞圣明，光宣大化，而乃盛兴土木，害及黎元，岂不愧也！又受小人之谮，轻辱朝臣，今日之事，不能苟免，请从此辞。'拂衣而去，阖门累日，上闻而特令视事。"窦怀贞伏诛后，唐睿宗特地下制褒奖尹思贞，称赞其"折佞臣之怙权，拂衣而谢。故以事闻海内，名动京师，鹰隼是击，

① 《全唐文》卷十八，中华书局1983年版，第220页。

② 《旧唐书》卷一八三，中华书局1975年版，第4725页。

豺狼自远”。[①]并任命他为御史大夫。第二个是史崇玄。玉真、金仙二公主入道后，以道士史崇玄为师。《朝野佥载》云：“道士史崇玄，怀州河内县缝靴人也。后度为道士，侨假人也。附太平，为太清观主。金仙、玉真出俗，立为尊师。每入内奏请，赏赐甚厚，无物不赐。授鸿胪卿，衣紫罗裙帔，握象笏，佩鱼符，出入禁闱，公私避路。神武斩之，京中士女相贺。”[②]史崇玄凭借二位公主之尊师的身份，得到丰厚的赏赐与很高的礼遇，从他死后京城中士女相贺的情形来看，这个道士不是善类。据《新唐书·金仙公主传》：“金仙公主，始封西城县主。景云初进封。太极元年，与玉真公主皆为道士，筑观京师，以方士史崇玄为师。崇玄本寒人，事太平公主，得出入禁中，拜鸿胪卿，声势光重。观始兴，诏崇玄护作，日万人。群浮屠疾之，以钱数十万赂狂人段谦冒入承天门，升太极殿，自称天子。有司执之，辞曰：‘崇玄使我来’。诏流岭南，且敕浮屠、方士无两竞。太平败，崇玄伏诛。”[③]睿宗为二公主造道观，且让史崇玄护作，大大提高了道教在朝中的地位，因此佛教徒们恨之入骨，不惜重金雇人诬陷史崇玄，这里牵涉初唐后期佛、道两家争夺地位的大问题，而皇帝采取的办法是折衷调和。窦怀贞监作时“料功甚多”，史崇玄护作时工人“日万人”，均可说明工程之浩繁。看来，即便睿宗下诏时两观尚未完全建成，亦必所差无几，可能的情形是下诏之后，工程照常收尾，金仙、玉真二公主亦正常入住。

睿宗朝，玉真公主在长安已有玉真观。玄宗朝，皇帝又为她在洛阳造了安国观，唐人康骈《剧谈录》卷下“老君庙画”条云：

> 东都北邙山，有玄元观，南有老君庙，台殿高敞，下瞰伊洛，神仙泥塑之像，皆开元中杨惠之所制，奇巧精严，见者增敬。壁有吴道玄画五圣真容及老子化胡经事，丹青绝妙，古今无比。……爱敬寺复有雉尾病龙，莫知画者谁氏。绘事奇巧，皆入神之迹。……政平坊安国观，明皇朝玉真公主所建，门楼高九十尺，而柱端无栱料。殿南有精思院，琢玉为天尊老君之

① 《旧唐书》卷一〇〇，中华书局1975年版，第3110页。
② 《朝野佥载》卷五，载《唐五代笔记小说大观》，上海古籍出版社2000年版，第65页。
③ 《新唐书》卷八三，中华书局1975年版，第3656—3657页。

像。叶法善、罗公远、张果先生并图之于壁。院南池诏引御渠水注之，垒石像蓬莱、方丈、瀛洲三山。女冠多上阳退宫嫔御，其东与国学相接。咸通中，有书生云："每清风朗月即闻山池之内步虚笙磬之音。"卢尚书有诗云："夕照纱窗起暗尘，青松绕殿不知春。君看白首诵经者，半是宫中歌舞人。"①

从上文的记载来看，安国观也极其华丽，其规模当不在玉真观之下，叶法善、罗公远、张果三位开元时著名的"仙人"皆有图形，即说明三人在朝廷及王公贵族心目中的地位。观中女道士多为宫女，一来是为这些宫人找了一个"出路"，二来也是为了服侍玉真公主，玄宗对这位胞妹的宠爱，于此可见。安国观也是在旧观的基础上修建而成。王溥《唐会要》卷五十《观》云：安国观在正平坊，"本太平公主宅，长安元年，睿宗在藩国，公主奉焉。至景云元年，置道士观，仍以本衔为名。十年，玉真公主居之，改为女冠观。"②至于安国观的所在地，有长安和洛阳两种记载。前者见宋敏求《长安志》，卷十云："安国观。"《注》："本太平公主宅，长安二年，睿宗在藩，公主奉焉。至景云元年，立为观，乃以本封为名。开元十年，玉真公主居之，改为女冠观。"后者见徐松《洛阳城图》，其中绘有"正平坊"，徐松《唐两京城坊考》卷五在坊名下注云："正或作政，非。"关于坊内建筑，《城坊考》载有"安国女道士观。"《注》："本太平公主宅。安庆绪囚甄济于安国观，见《唐书·忠义传》。李商隐《马懿公郡夫人王氏黄箓齐（按：当作斋）文》，妾某，住河南府河南县正平坊安国寺内。"杨鸿年先生《隋唐两京坊里谱》综合以上材料，指出洛阳有正平坊，推断"玉真公主在长安居辅兴坊玉真观，在洛阳居正平坊安国观，此外又居王屋山灵都观。"杨氏还对"长安说"作了辩驳，所论甚是。③其实，从《剧谈录》的记载也可看出安国观在洛阳而不在长安，书中所记北邙山玄元观、爱敬寺、政平坊安国观，三处连贯而下，安国观应当和前两处一样都在洛阳。而且书中说"女冠多上阳退宫嫔御"，而上阳宫正

① 康骈：《剧谈录》，载《唐五代笔记小说大观》，上海古籍出版社2000年版，第1488页。

② 王溥：《唐会要》卷五〇，上海古籍出版社1991年版，第1026页。

③ 杨鸿年：《隋唐两京坊里谱》，上海古籍出版社1999年版，第68—69页。

是在洛阳，其失宠宫人进入地处洛阳的安国观可能性也较大。

另外，玉真公主在王屋山还有灵都观（一作奉仙观）。据《全唐文》卷九二七蔡玮《唐东京道门威仪使圣真元元两观主清虚洞府灵都仙台贞元先生张尊师遗烈碑》，玉真公主开元后期在王屋山的仙人台下建了道观："我唐玉真公主于台下构馆，为集灵仙之都，元风嘉声，信万古之同德，其地即是古奉仙观。"[①]《全唐文》卷九二七蔡玮《玉真公主朝谒应（缺二字）真源宫受（缺三字）王屋山仙人灵坛祥应记》《全唐文》卷九三一杜光庭《天坛王屋山圣迹记》，也记载了玉真公主在王屋山的道教活动。据《元和郡县图志》，王屋山在济源县北五十里，周回一百三十里，高三十里，亘在唐怀州、绛州、泽州之境。此地本为玉真公主之帅司马承祯修道之地。《旧唐书·司马承祯传》："（开元）十五年，又召至都。玄宗令承祯于王屋山自选形胜，置坛室以居焉。"[②]《明一统志》卷二八："天坛山，在济源县西一百二十余里王屋山北，山峰突兀，其东曰日精，西曰月华，绝顶有石坛，名清虚小有洞天，旦夕有五色彩影，夜有仙灯，即唐司马承祯得道之所。"道书十大洞天，王屋山洞（即小有清虚之天）为第一（《云笈七签》卷二七）。另外，玉真公主修道之地当在王屋山的分支玉阳山，《河南通志》卷七："玉阳山有二，在济源县西三十里。唐睿宗第九女昌隆公主修道于此，改封玉真公主，唐玄宗署其门曰灵都观。"

除了上述三处道观之外，玉真公主还有自己的住所。王维有《奉和圣制玉真公主山庄因题石壁十韵之作应制》、李白有《玉真公主别馆苦雨赠卫尉张卿》，储光羲有《玉真公主山居》、王建有《九仙公主旧庄》，这些山庄、别馆、山居、旧居，应当是玉真公主上述三处道观之外的住所。比如王维诗中的"山庄"，陈铁民先生《王维集校注》卷三云："要弄清本诗'山庄'的具体地点，还应从本诗的有关描写中寻找线索。诗曰：'如何连帝苑，别自有仙家。'知'山庄'当近帝苑。储光羲《玉真公主山居》曰：'山北天泉苑，山西凤女家。不言沁园好，独隐武陵花。'天泉，谓天然之泉，可指温泉；天泉苑，盖指温泉宫（即华清宫），宫在骊山西北麓，故诗云'山

① 《全唐文》卷九二七，中华书局1983年版，第9666页。

② 《旧唐书》卷一九二，中华书局1975年版，第5128页。

北’；‘凤女’谓帝女（用秦穆公女弄玉事），指玉真公主，则玉真公主山居，当在骊山西，其地近温泉宫，故维诗云‘连帝苑’。”① 《增订注释全唐诗》卷二八九王建《九仙公主旧庄》诗注即云“玉真公主有旧庄在骊山”。关于李白诗中玉真公主“别馆”的位置，王琦《李太白诗注》引元人朱象之辑《古楼观紫云衍庆集》曰：“玉真公主与金仙公主俱入道，今楼观南山之麓，有玉真公主祠堂存焉。俗传其地曰邸宫，以为主家别馆之遗址也。然碑志湮没，图经废舛，惟开元中戴璇楼观碑，有玉真公主师心此地之语，而王维、储光羲皆有玉真公主山庄、山居之诗，则玉真祠堂为观之别馆审矣。因尽录唐人题咏，刻之祠中。元祐二年岁在丁卯七月望日河东薛绍彭题。”②楼观碑在今陕西省周至县楼观山，碑名《玄元灵应颂》，戴璇撰序，刘同升作颂，戴序云：“玉真长公主以天孙毓德，帝妹联贵，师心此地，杳捐代情。”据陈铁民先生考证，玉真公主可能曾居于楼观，楼观距长安百余里（《王维集校注》卷三《奉和圣制幸玉真公主山庄因题石壁十韵之作应制》），与骊山脚下的“山居”不是一个地方。这些住所可能不止一处，当是玉真公主享受世俗生活时所居。

综上所述，玉真公主有三处道观，另外还有山居或别馆，供其学道或享受世俗生活时使用。仅凭这些道观与山居、别馆，就可以看出她在朝中地位之高，生活之奢华。安乐、太平两人之后，唐代公主恐怕无人能与之相比。

三、身世浮沉

由于玉真公主是唐玄宗胞妹，加上金仙公主开元中即已去世，玉真公主是与唐玄宗血缘关系最近之人，故在开元年间及天宝初，她是极有权势的，而且比较关心朝廷大事，政治地位很高，道教活动亦十分活跃，常常以唐玄宗代表的身份出现。下列几件事可以说明其权势。

一是据《旧唐书·李义琰传》，开元十二年玉真公主曾为高宗之

① 陈铁民：《王维集校注》，中华书局1997年版，第241页。

② 瞿蜕园、朱金城：《李白集校注》，上海古籍出版社1980年版，第611页。

孙李义珣申冤。高宗之子李上金、李素节为武承嗣诬陷，含冤而死，上金庶子义珣窜在岭外。上金冤情昭雪，义珣得继承王位。不久，有人告发义珣非上金子，将其复流于岭外，封素节之子瑒为嗣泽王。“十二年，玉真公主表称义珣实上金遗胤，被嗣许王瓘兄弟利其封爵，谋构废之。今上由是削瑒王爵，复召义珣为嗣泽王，拜率更令。因是，诸宗室非本宗袭爵，自中兴已后继为嗣王者，皆令归宗，削其爵邑也。”①

二是开元十五年，宰相宇文融与信安王李祎有矛盾，融使侍御史李宙奏之，信安王知道这个消息后，“因玉真公主、高力士自归。”②第二天，李宙上奏，帝怒，罢免了宇文融。

三是魏征远孙魏瞻犯了死罪，经过玉真公主说情，竟可以免死，《新唐书·颜春卿传》载：“春卿倜傥美姿仪，通当世务。十六举明经、拔萃高第，调犀浦主簿。……魏征远孙瞻罪抵死，春卿为请玉真公主，得不死，时人高其节。”③

《松窗杂录》还记载了一个张说为姚崇所构、得九公主救免的故事，这个九公主也只能是玉真公主。事情的经过是这样的：姚崇在唐玄宗面前说张说的坏话，唐玄宗大怒，命姚崇按其事，姚崇与御史中丞李林甫计议已定，恰逢林甫受伤，未及付诸行动。“说之未遭崇构也，前旬月有教授书生私通于侍婢最宠者，会擒得奸状，以闻于说。说怒甚，将穷狱于京兆尹。书生厉声曰：‘睹色不能禁，亦人之常情。公贵为相，岂无缓急有用人乎？何靳于一婢女耶？’说奇其言而释之，以侍儿与归。书生亦遁迹去，旬月余无所闻知。忽一日，直访于说，忧色满面，且言：‘某感公之恩，思有谢者久之。今方闻公为姚相国所构，外狱将具，公不知之，危将至矣。某愿得公平生所宝者用计于九公主，必能立释之。’说因自历指状所宝之物，书生皆云：‘未足解公之难。’又凝思久之，忽曰：‘近有鸡林郡夜明帘为寄信者。’书生曰：‘吾事济矣。’因请手札数行，恳以情言。遂急趋出，逮夜始及九公主邸第，书生具以说旨言之，兼用帘为贽。且请公主曰：‘上独不念在东宫时，思必始终恩加张丞相乎？而今反

① 《旧唐书》卷八六，中华书局1975年版，第2826页。
② 《新唐书》卷一三四，中华书局1975年版，第4559页。
③ 《新唐书》卷一九二，中华书局1975年版，第5532页。

用快不利张丞相之心耶?'明旦公主入谒，具为奏之。上感动，急命高力士就御史台宣前所按事并宜罢之。书生亦不再见张丞相矣。"[①]这段记载可能不完全符合事实，至少当时李林甫还没有这么大的权势，但此事至少可以说明玉真公主在皇帝面前说话是有足够分量的。兹再举一例，师夜光亦因玉真公主之荐而入朝为官，《新唐书·方技传》云："开元二十一年……时有邢和璞者，善知人寿夭；师夜光者，善视鬼。……夜光者，蓟州人，少为浮屠。至长安，因九仙公主得召见温泉，帝奇其辩，赐冠带，授四门博士，赐绯衣、银鱼、金缯千数，得侍左右如幸臣。"[②]可知师夜光开元后期已经入宫。

在道教活动方面，玉真公主曾以著名道士司马承祯为师，《全唐文》卷九三四杜光庭《天坛王屋山圣迹记》云："昔司马承祯天师，河内温城人也。……唐睿宗皇帝女玉真公主好道，师司马天师。天师住天台山紫霄峰，后睿宗宣诏住上方院。其司马初师嵩岳潘师正，师正师茅山王升真，升真师华阳隐居陶仙翁，其四世不失正道。唐明皇即位，于开元十二年敕修阳台观，明皇御书寥阳殿榜，内塑五老仙像。"[③]《旧唐书·司马承祯传》曰：

开元九年，玄宗又遣使迎入京，亲受法箓，前后赏赐甚厚。十年，驾还西都，承祯又请还天台山，玄宗赋诗以遣之。十五年，又召至都。玄宗令承祯于王屋山自选形胜，置坛室以居焉。……承祯颇善篆隶书，玄宗令以三体写《老子经》，因刊正文句，定著五千三百八十言为真本以奏上之。以承祯王屋所居为阳台观，上自题额，遣使送之。赐绢三百匹，以充药饵之用。俄又令玉真公主及光禄大夫韦縚至其所居修金箓斋，复加以锡赉。[④]

① 李濬：《松窗杂录》，载《唐五代笔记小说大观》，上海古籍出版社2000年版，第1216—1217页。

② 《新唐书》卷二〇四，中华书局1975年版，第5810—5811页。

③ 《全唐文》卷九三四，中华书局1983年版，第9724页。

④ 《旧唐书》卷一九二，中华书局1975年版，第5128页。

司马承祯此次还王屋山后，玄宗派玉真公主与韦縚至其居所从事道教活动，则玉真公主实为唐玄宗的代表。

在个人生活方面，玉真公主也比较复杂。她是知名的女道士，但是她嫁过人，这段婚姻可能维持不久。据郁贤皓先生考证，玉真公主约于开元九年下嫁，驸马姓张，至少生有二子。其次子张倜，约比玉真公主稍早卒。约在开元二十一年之前，张姓驸马已卒或已离异，陶敏先生也赞同这种说法①，这个意见值得重视。开元二十一年（一说二十三年），唐玄宗欲以玉真公主嫁方士张果，因张果推辞而作罢。《明皇杂录》《宣室志》等书和两《唐书》都记载了此事。《新唐书·张果传》云：开元二十一年，玄宗“欲以玉真公主降果，未言也。果忽谓秘书少监王迥质、太常少卿萧华曰：‘谚谓：娶妇得公主，平地生公府。可畏也。’二人怪语不伦。俄有使至，传诏曰：‘玉真公主欲降先生。’果笑，固不奉诏。”②唐代公主大多骄横无状，故时人视当驸马为畏途，连身在方外的张果也深知厉害，所以坚决推辞。③加上《集异集》所载玉真公主曾帮助王维夺取京兆府解头事（此事在疑似之间，详下）和推荐李白给唐玄宗事，玉真公主在当时的确是朝野瞩目的人物。

据《新唐书》记载，天宝三载，玉真公主主动辞去公主封号，让出食邑：

> 玉真公主字持盈，始封崇昌县主。俄进号上清玄都大洞三景师。天宝三载，上言曰：‘先帝许妾舍家，今仍叨主第，食租赋，诚愿去公主号，罢邑司，归之王府。’玄宗不许。又言：‘妾，高宗之孙，睿宗之女，陛下之女弟，于天下不为贱，何必名系主号、资汤沐，然后为贵？请入数百家之产，延十年之命。’帝知至意，乃许之。④

---

① 见郁贤皓：《李白与玉真公主过从新探》，《文学遗产》1994年第1期；陶敏：《刘禹锡诗中九仙公主考》，《唐代文学研究》第9辑。

② 《新唐书》卷二〇四，中华书局1975年版，第5810页。

③ 唐玄宗要玉真公主嫁给张果之事是否属实，还需要其他资料进一步证实。

④ 《新唐书》卷八三，中华书局1975年版，第3657页。

天宝年间，随着杨氏姐妹的得势，玉真公主的地位有所下降，《新唐书·杨贵妃传》云："（杨贵妃）三姊皆美劭，帝呼为姨，封韩、虢、秦三国，为夫人，出入宫掖，恩宠声焰震天下。每命妇入班，持盈公主等皆让不敢就位。"[①]不过，此时持盈（玉真）公主的地位虽不及杨氏诸姨，但在命妇中仍是最高的。

天宝六载，玉真公主曾在王屋山修道，《全唐文》卷九九三缺名《刘尊师碑铭》云："尊师……又号齐物。……开元四载（作者按：载当作年），道门威仪使奉玉真公主教，请诣中岳兴唐观校定经籙，道高物外，迹寓寰中，声闻于天，名著非我。至天宝三载，有诏：尊师德行纯和，尤精科戒，请住西岳云台观上方太清宫。……至六载，玉真公主已舍馆陶之封，卜居平阳之洞，以为常娥饵药，乘兔轮以长生；嬴女吹箫，登凤楼而久寿。遂于仙人台下，建立山居，既饶灵芝，复多仙草，有教安置，旌至德也。"[②]

安史乱起，玄宗幸蜀，玉真公主大概是随行的。《全唐文》卷九三二杜光庭《青城山记》："玉真公主，肃宗之姑也。筑室丈人观西，尝诣天下道门使萧邈字元裕，受三洞秘法籙，游谒五岳，寓止山中。就拜灵峰于宝室洞前，有仙云五色元鹤翔舞焉。"[③]此事照常理推测，可能发生在她随玄宗入蜀之时。及至玄宗幸蜀回，玉真公主跟随在其左右，不久，在玄宗与肃宗及李辅国的矛盾中，公主受到牵连，《说郛》卷四十九录唐人柳珵《常侍言旨》云："玄宗为太上皇，时在兴庆宫，属久雨初晴，幸勤政楼，楼下市人及往来者愈喜曰：'今日再得见我太平天子。'传呼万岁，声动天地。时肃宗不豫，李辅国诬奏云：'此皆九仙媛、高力士、陈玄礼之异谋也。'下矫诏迁太上皇于西内，绝其扈从，部伍不过老弱二三十人。及中道，攒刃辉日，辅国统之。太上皇惊，欲坠马数四，左右扶持得免。高力士跃马前进，厉声曰：'五十年太平天子，李辅国旧为家臣，不宜无礼。'李辅国下马，失其辔。又宣太上皇语曰：'将士各得好在否？'于是辅国令兵士咸韬刃鞘中，高声云：'太上皇万福。'一时拜舞。力士又曰：'李辅国拢马。'辅国遂拢马，着靴行，与将

① 《新唐书》卷七六，中华书局1975年版，第3493页。

② 《全唐文》卷九九三，中华书局1983年版，第10285页。

③ 《全唐文》卷九三二，中华书局1983年版，第9710页。

士等护侍太上皇平安到西内。辅国领众既退，太上皇泣持力士手曰：'微将军，阿瞒已为兵死鬼矣。'九仙媛、力士、玄礼皆呜咽流涕。翌日，竟为辅国所构，流九仙媛于岭南安置，力士、玄礼长流远恶处。"①《旧唐书·李辅国传》云：

> 上皇自蜀还京，居兴庆宫，肃宗自夹城中起居。上皇时召伶官奏乐，持盈公主往来宫中，辅国常阴候其隙而间之。上元元年，上皇尝登长庆楼，与公主语，剑南奏事官过朝谒，上皇令公主及如仙媛作主人。辅国起微贱，贵达日近，不为上皇左右所礼，虑恩顾或衰，乃潜画奇谋以自固。因持盈待客，乃奏云："南内有异谋"。矫诏移上皇居西内，送持盈于玉真观，高力士等皆坐流窜。②

天宝十四载，安史之乱爆发，次年，太子李亨在未征得唐玄宗同意的情况下，即位于灵武，是为肃宗。虽然玄宗不久即承认其合法地位，并派人送来册诰与玉玺，但肃宗对此总觉得不安，尤其当太上皇（玄宗）自蜀回到长安后，肃宗对其防范极严，因此，上皇移居西内事，表面上是李辅国之谗毁，实际上正中肃宗下怀，而作为玄宗最亲近的人如玉真公主（持盈法师、九仙媛）、高力士辈受到牵连，更是非常自然的事情。此事对玄宗及玉真公主打击甚大，《旧唐书·玄宗纪》云："时阉宦李辅国离间肃宗，入移居西内。高力士、陈玄礼等迁谪，上皇寖自不怿。"③玄宗即于次年（上元二年，公元761年）郁郁而终。第二年（762）玉真公主也去世了。

唐朝皇族之间的矛盾异常激烈，像曾经煊赫一时的安乐公主、太平公主皆被赐死。唐玄宗即位后，对诸位兄弟表面上极其爱护，让他们居住在长安，与自己朝夕过从，亲密无间，实际上一是让诸王耽于安乐，不参与朝政；二是将诸王置于自己身边，防其造反，以巩固自己来之不易的皇位。因此，他严禁朝臣与诸

① 陶宗仪等编：《说郛三种》，上海古籍出版社1988年版，第2265页。

② 《旧唐书》卷一八三，中华书局1975年版，第4760页。

③ 《旧唐书》卷八，中华书局1975年版，第235页。

王结交，一旦发现此种情况立即严办。所以诸王在当时，实际上形同被软禁。①

但是，玉真公主为何在玄宗朝数十年间一直受到宠爱呢？这里有两个重要因素：一是玉真为玄宗同母妹，与皇帝的关系，自比诸王亲近得多，与玄宗同母的仅金仙、玉真二公主，且其母窦妃死时，玉真尚在襁褓中，玄宗对这位小妹自然倍加疼爱；而且，由于是同母所生，玉真危及玄宗政权的可能性不大。而诸王皆不与玄宗同母，又是男子，自不得不严加防范。二是玉真公主早岁即入道，并未进入朝廷政权的核心，这样，她虽然很有权势，但不易遭到皇帝的猜疑与众臣的嫉妒。或许她当初入道，即带有全身远祸的因素。还有一个次要的原因，就是玄宗笃信道教，与玉真公主志趣相同，这大约也使得玉真在朝中的地位更不同一般吧。在天宝末年，其地位有所下降，而当肃宗朝，她理所当然与高力士、陈玄礼等人一样被视为玄宗的心腹，肃宗处置她，也是政治斗争的需要。

从玉真公主生平可见，公主在玄宗朝备极荣宠，李白经她推荐，受到唐玄宗的召见与礼遇，是很自然的事情。而当肃宗称帝后，她之失势，也是必然的。

四、玉真公主与盛唐诗坛

有学者认为，玉真公主周围似乎形成了一个文化“沙龙”。施蛰存先生《唐诗百话》曰：“唐朝有许多公主都出家做女道士，著名的有睿宗李旦的两个女儿：金仙公主和玉真公主，玄宗李隆基的女儿万安公主，她们入道之后，就从宫里搬出来，住在为她们修建的豪华的宫观里，过着奢侈而放浪的生活。金仙公主和玉真公主都招集诗人文士宴会作乐，俨然像法国十七、八世纪贵族夫人主持的‘沙

① 《旧唐书》卷九五载：“范（作者按：指岐王李范，玄宗之弟）好学工书，雅爱文章之士，士无贵贱，皆尽礼接待。与阎朝隐、刘庭琦、张谔、郑繇篇题唱和，又多聚书画古迹，为时所称。时上禁约王公，不令与外人交结。驸马都尉裴虚己坐与范游宴，兼私挟谶纬之书，配徙岭外。万年尉刘庭琦、太祝张谔皆坐与范饮酒赋诗，黜庭琦为雅州司户，谔为山茌丞。”《资治通鉴》系此事于开元八年十月。

龙'，当时许多诗人都有为这两位公主写的诗。"[①]"沙龙"的说法带有类比的性质，就现有材料而言，也许还不足以证明它的存在，但确实有一些诗人和玉真公主有关系，它们之间的关系值得我们深入研究。

（一）玉真公主与王维

唐人薛用弱《集异记》记载，开元中，王维欲参加京兆府考试，且誓夺解头。但解头已被公主许给张九皋，王维得岐王帮助，设计打动公主，公主命京兆试官取王维为解头。岐王乐于帮助文士，已如上述。公主之名，《集异记》不载，仅称"贵主"，辛文房《唐才子传》改为"九公主"，《唐才子传校笺卷二·王维》（陈铁民先生执笔）云："'九公主'盖指睿宗之第九女玉真公主。"此说为是。今检《全唐文》卷九二七蔡玮《张尊师遗烈碑》即称玉真公主为"贵主"。《新唐书》卷二〇四：玄宗时，"夜光至长安，因九仙公主，得召见温泉"。《常侍言旨》载李辅国诬上皇与外人交通之事，亦多次称玉真公主为"九仙媛"。至于此事是否属实，陈铁民先生持怀疑态度。我们认为《集异记》是小说家言，细节虽未可全信，但玉真公主推荐王维不是完全没有可能。此事当发生在玄宗开元七年（719），此年玉真公主约三十岁，以她与玄宗的亲密关系，在势力上和行事的方便上超过备受疑忌的岐王，并非没有可能。唐代有些公主与文士关系密切，可以推荐、拔擢文士，我们可以举出三个典型的事例。一是太平公主，《旧唐书·太平公主传》曰："公主日益豪横，进达朝士，多至大官，词人后进造其门者，或有贫窘，则遗之金帛，士亦翕然称之。"[②]《新唐书·太平公主传》曰：太平公主"于是推进天下士，谓儒者多窭狭，厚持金帛谢之，以动大议，远近翕然向之。"[③]另一个例子是盛唐诗人康洽。康洽之诗今已不传，我们从当时诗人赠给他的诗中可知其能诗，而且曾因某位公主的推荐而

① 施蛰存：《唐诗百话》，上海古籍出版社1987年版，第419页。另，孙昌武《道教与唐代文学》曰："唐代公主入道成为一时风俗，著名的玉真公主'入道'后仍热心结交文士，在她周围形成了一个类似文人'沙龙'的群体，在长安及其周围活跃一时。李白得以被玄宗征召，也得力于她的引荐。"（人民文学出版社2001年版，第30页。）

② 《旧唐书》卷一八三，中华书局1975年版，第4739页。

③ 《新唐书》卷八三，中华书局1975年版，第3650页。

来到长安。如李颀《送康洽入京进乐府歌》："识子十年何不遇，只爱欢游两京路。朝吟左氏娇女篇，夜诵相如美人赋。长安春物旧相宜，小苑蒲萄花满枝。柳色偏浓九华殿，莺声醉杀五陵儿。曳裾此日从何所，中贵由来尽相许。……新诗乐府唱堪愁，御妓还上鳷鹊楼。西上虽因长公主，终须一见曲陵侯。"[①]戴叔伦《赠康老人洽》："酒泉布衣旧才子，少小知名帝城里。一篇飞入九重门，乐府喧喧闻至尊。宫中美人皆唱得，七贵因之尽相识。南邻北里日经过，处处淹留乐事多。不脱弊裘轻锦绮，长吟佳句掩笙歌。贤王贵主于我厚，骏马苍头如己有。暗将心事隔风尘，尽掷年光逐杯酒。青门几度见春归，折柳寻花送落晖。……"[②]李端《赠康洽》："黄须康兄酒泉客，平生出入王侯宅。今朝醉卧又明朝，忽忆故乡头已白。流年恍惚瞻西日，陈事苍茫指南陌。声名恒压鲍参军，班位不过扬执戟。迩来七十遂无机，空是咸阳一布衣。后辈轻肥贱衰朽，五侯门馆许因依。自言万物有移改，始信桑田变成海。同时献赋人皆尽，共壁题诗君独在。……"[③]这三首诗都提到康洽能诗，其乐府为宫中美人乃至皇帝所知。李颀诗说他因"长公主"而入朝，戴叔伦诗说贤王与"贵主"对他很好，都是明言康洽得到公主的赏识而诗名大振。据《唐才子传校笺》卷四《康洽传》，康洽游两京，当在开元年间。其三是宋璟之事，《旧唐书·宋璟传》："先是，外戚及诸公主干预朝政，请托滋甚，崔湜、郑愔相次典选，为权门所制，九流失叙，预用两年员阙注拟，不足，更置比冬选人，大为士庶所叹。至是，璟与侍郎李乂、卢从愿等大革前弊，取舍平允，铨综有叙。"[④]以上三事说明，公主在当时政坛与文坛上都是十分活跃的，具有进退文士的能力，故玉真公主推荐王维之事，从情理上说不是不可能的，至于其细节如何，又当别论。

王维集中没有直接写到玉真公主的作品，只有一首诗是奉和玄宗的，与玉真公主有关，《奉和圣制幸玉真公主山庄因题石壁十韵之

① 《全唐诗》卷一三三，中华书局1960年版，第1351页。

② 《全唐诗》卷二七四，中华书局1960年版，第3112页。

③ 《全唐诗》卷二八四，中华书局1960年版，第3238—3239页。

④ 《旧唐书》卷九六，中华书局1975年版，第3031页。

作应制》云：

> 碧落风烟外，瑶台道路赊。如何连帝苑，别自有仙家。比地回銮驾，缘溪转翠华。洞中开日月，窗里发云霞。庭养冲天鹤，溪留上汉查。种田生白玉，泥灶化丹砂。谷静泉逾响，山深日易斜。御羹和石髓，香饭进胡麻。大道今无外，长生讵有涯。还瞻九霄上，来往五云车。①

此诗当作于开元二十三年王维任右拾遗至天宝三载之间②，诗中主要赞美玉真公主的山庄有如仙境，并用大部分篇幅写她的求道过程。从这首诗中不能考证出王维与玉真公主的关系究竟如何，但至少可以说王维对玉真公主抱着赞颂的态度。

（二）玉真公主与李白

李白入长安，与玉真公主过从，有诗为证。关于李白开元年间初入长安的时间问题，有开元十八年说③、开元二十五年或稍后④，以及笼统指开元年间而对具体时间存疑者⑤，迄无定论。李白有《玉真公主别馆苦雨赠卫尉张卿》，据郁贤皓先生《李白与张垍交游新证》（载其《李白丛考》）考证，卫尉张卿是张说之子张垍，但郁先生《李白与玉真公主过从新探》又对此说表示疑惑。依我们之见，既然玉真公主之子姓张名倜，那么，张倜之父有可能是李白诗中玉真公主别馆的主人。而张垍为唐玄宗之女齐国（宁亲）公主的丈夫，亦即玉真公主之侄婿，论辈分不应成为玉真公主别馆的主人。李白之为玄宗所知而入朝，与玉真公主的揄扬有关，唐人魏颢《李翰林集序》曰："（李）白久居峨嵋，与（元）丹丘因持盈法师达。"持盈法师为玉真公主赐号，李白有"仙风道骨"，自称太白金星转世，时人称之为"谪仙人"，如暂定李白于开元十八年（730）结交玉真公主，则此年李白三十岁，玉真公主约四十岁，玉真公主

① 陈铁民：《王维集校注》，中华书局1997年版，第240页。

② 陈铁民：《王维集校注》，中华书局1997年版，第241页。

③ 见郭沫若：《李白与杜甫》，人民文学出版社1971年版；郁贤皓：《李白两入长安及有关交游考辨》，《南京师范大学学报》1978年第4期。

④ 见稗山：《李白两入长安辨》，《中华文史论丛》第二辑，1962年11月版。

⑤ 见詹锳：《李白全集校注汇释集评》，百花文艺出版社1996年版。

赏识李白这样的青年才俊，荐之于玄宗，也是有可能的。李白与玉真公主往还的诗共三首：

玉真仙人词

玉真之仙人，时往太华峰。清晨鸣天鼓，飙欻腾双龙。弄电不辍手，行云本无踪。几时入少室，王母应相逢。①

玉真公主别馆苦雨赠卫尉张卿二首

秋坐金张馆，繁阴昼不开，空烟迷雨色，萧飒望中来。翳翳昏垫苦，沉沉忧恨催。清秋何以慰，白酒盈吾杯。吟咏思管乐，此人已成灰。独酌聊自勉，谁贵经纶才。弹剑谢公子，无鱼良可哀。

苦雨思白日，浮云何由卷。稷契和天人，阴阳乃骄蹇。秋霞剧倒井，昏雾横绝巘。欲往咫尺途，遂成山川限。潈潈奔溜闻，浩浩惊波转。泥沙塞中途，牛马不可辨。饥从漂母食，闲缀羽陵简。园家逢秋蔬，藜藿不满眼。蟏蛸结思幽，蟋蟀伤褊浅。厨灶无青烟，刀机生绿藓。投箸解鹔鹴，换酒醉北堂。丹徒布衣者，慷慨未可量。何时黄金盘，一斛荐槟榔。功成拂衣去，摇曳沧洲傍。②

李白《玉真仙人词》写玉真之学仙，赞扬之意很明显。《玉真公主别馆苦雨赠卫尉张卿二首》是李白在玉真公主别馆所作，写自己的志向、落魄的处境以及希望有人汲引的迫切要求，赠诗的对象虽然是卫尉张卿而非玉真公主，但李白明明是在玉真公主的别馆写的，他和玉真公主的关系也就非同一般了。

（三）玉真公主与张说、高适、储光羲

在诗中涉及玉真公主者，以张说年辈最长（664—731），他的两首诗均为奉和唐玄宗之作，一为五律，即《奉和圣制同玉真公主过大哥山池题石壁应制》："绿竹初成苑，丹砂欲化金。乘龙与骖凤，

① 《全唐诗》卷一六七，中华书局1960年版，第1727页。

② 《全唐诗》卷一六八，中华书局1960年版，第1733—1734页。

歌吹满山林。爽气凝波迥，寒光映浦深。忘忧题此观，为乐赏同心。”[①]一首为七绝，即《奉和圣制同玉真公主游大哥山池题石壁》：“池如明镜月华开，山学香炉云气来。神藻飞为鹡鸰赋，仙声飏出凤凰台。”[②]

诗中的“大哥”即玄宗与玉真公主之兄宁王李宪。前一首写道家炼丹化金之事与歌吹之乐并行不悖，可见宁王的山池既为求仙炼药之所，又为人间行乐福地，与道教宗旨相合。后一首写到《鹡鸰赋》，是指魏光乘所作《鹡鸰颂》，此文歌颂了玄宗对兄弟的手足之情（见《新唐书》卷六八一），诗中又提及“仙声”，亦不废学仙。张说及其子张均皆信道，服丹药，《宋高僧传》卷九《义福传》载张说对房琯说：“某夙岁饵金丹，未尝临丧。”而唐玄宗与玉真公主皆笃信道教，从张说诗中所写的情况来看，宁王李宪也是道教中人，唐代有多种笔记说宁王通音乐、好声色、尚奢靡，则求仙与世俗情欲在此时可兼而有之。

但是，从张说这两首诗中，看不出他与玉真公主有何交情，因为这两首诗都是奉和玄宗的，玄宗临幸宁王山池，玉真皆为陪侍者。至于张说也在陪侍之列，还是并未陪侍，只是事后奉和，就不易判断了。

张说第一首写作时间已不可确考，但大致时间范围不难确定，当作于开元九年至十八年张说病逝之前。后一首写作年月可考：唐玄宗开元元年七月，张说因献计诛太平公主有功，入朝任中书令，但年底即因与姚崇有隙，被排挤出朝。开元元年底至开元九年，张说先后任相、岳二州刺史，荆州长史，幽州都督、并州长史，开元九年九月入朝为相，同年秋，魏光乘献《鹡鸰颂》，玄宗亦有同题之赋，玄宗《鹡鸰颂序》曰：“朕之兄弟，惟有五人，比为方伯，岁一朝见。虽载崇藩屏，而有暌谈笑。是以辍牧人而各守京职。……秋九月辛酉，有鹡鸰千数，栖集于麟德殿之庭树，竟旬焉。……左清道率府长史魏光乘，才雄白凤，辩壮碧鸡，以其宏达博识，召至轩槛，预观其事，以献其颂。……美其彬蔚，俯同颂云。”[③]此时玄宗

① 《全唐诗》卷八七，中华书局1960年版，第943页。

② 《全唐诗》卷八九，中华书局1960年版，第982页。

③ 《全唐诗》卷三，中华书局1960年版，第41—42页。

过宁王李宪山池的可能性比较大，所以张说这首七绝，当作于开元九年或稍后。

高适有《玉真公主歌》二首："常言龙德本天仙，谁谓仙人每学仙。更道玄元指李日，多于王母种桃年。""仙宫仙府有真仙，天宝天仙秘莫传。为问轩皇三百岁，何如大道一千年。"刘开扬《高适诗集编年笺注》曰："此诗当作于天宝元、二年间，观'仙宫仙府'、'天宝天仙'之语可见。并参《年谱》。作诗之地当在宋州。"①此诗亦重在写玉真公主之学仙，别无用意。

储光羲有《玉真公主山居》诗："山北天泉苑，山西凤女家。不言沁园好，独隐武陵花。"②储光羲此诗同样写玉真公主的女道士生活，与张说、高适诗一样，均无玉真公主与文人们交往的描写，诸位诗人似乎是从仰慕的角度或从众的语气来着笔的。

除了张说、王维、李白、储光羲、高适诸人诗中直接提到玉真公主外，本文提及的一些可能与玉真公主发生过接触的人，也有一些诗作传世，这些人通常不以诗知名，但了解他们的创作情况，对我们深入理解玉真公主与诗坛的关系是有帮助的。辛替否存诗二首，魏知古存诗三首，裴漼存诗四首，李乂存诗一卷，共四十余首。魏知古、裴漼和李乂的诗都曾被《唐诗品汇》收录，说明这些诗在后世还是有一定影响的。著名道士叶法善化去时已一百零七岁，留三诗于座侧。罗公远存《白金小还丹歌》十二首，《太平广记》卷二十二还记载公远有《三峰歌》八首，今不传。张果存诗一首。司马承祯存诗一首，睿宗朝被召入长安，归山时，朝士赠诗者三百（一作三十）余人，后编为《白云集》，不知其中是否有玉真公主的赠诗。信安王李祎存诗一首，唐肃宗李亨存诗三首，杨贵妃存诗一首，高力士存诗一首，断句一联。甚至连最为文人鄙视的佞臣窦怀贞（又名从一），也曾参与中宗时的宫廷联句活动，《唐诗纪事》卷一《中宗》条曰："景龙四年正月五日，移仗蓬莱宫，御大明殿，会吐蕃骑马之戏，因重为柏梁体联句。帝曰：大明御寓临万方。皇后曰：顾惭内政翔陶唐。长宁公主曰：鸾鸣凤舞向平阳。安乐公主曰：秦楼鲁馆沐恩光。太平公主曰：无心为子辄求郎。温王

① 高适：《高适诗集编年笺注》，刘开扬笺注，中华书局1981年版，第117—118页。

② 《全唐诗》卷一三九，中华书局1960年版，第1418页。

重茂曰：雄才七步谢陈王。上官昭容曰：当熊让辇愧前方。吏部侍郎崔湜曰：再司铨管恩可忘。著作郎郑愔曰：文江学海思济航。考功员外郎武平一曰：万邦考绩臣所详。著作郎阎朝隐曰：著作不休出中肠。时上疑御史大夫窦从一、将作大匠宗晋卿素不属文，未即令续。二人固请，许之。从一曰：权豪屏迹肃严霜。晋卿曰：铸鼎开岳造明堂。此外遗忘。时吐蕃舍人明悉猎请，令授笔与之，曰：玉醴由来献寿觞。上大悦，赐与衣服。”①上述诸人诗中虽然没有提及玉真公主，但这些人既能诗，又曾与玉真公主有所接触，故亦可视为玉真公主与诗坛的间接关系。

综观整个唐代，玉真公主是太平公主、安乐公主之外，政坛上最为活跃的公主；若论其在文坛的影响，可谓唐代公主第一人。唐朝的公主，没有第二位与诗人有这么多的交往，在其生前，张说、李白、王维、高适、储光羲这样的盛唐大诗人均写有与她有关的诗，在其身后，卢纶有《过玉真公主影殿》、司空曙有《题玉真观公主山池院》、张籍有《玉真观》、李群玉有《玉真公主观》，王建有《过九仙公主旧庄》、刘禹锡有《过安国观九仙公主旧院》，可见中唐的一些名诗人对她也很感兴趣。玉真公主在诗人中如此有人缘，应当与她曾汲引李白、王维有关。玉真公主是否能诗，现在缺乏记载，但从其手书的《金仙公主墓志铭》来看，她是擅长书法的，这样的才女很可能会作诗。由于玉真公主的特殊身份，且与唐玄宗在信道方面志同道合，又无政治野心，所以她在唐玄宗时代一直恩宠不衰。她有可能成为诗人和唐玄宗之间互相沟通的一条渠道，为文士们提供一些帮助。

［原载《北京大学学报》（哲学社会科学版）2004年第2期，丁放、袁行霈撰，人大复印资料《中国古代、近代文学研究》全文转载］

---

① 计有功：《唐诗纪事》，上海古籍出版社1987年版，第10页。

张说、张九龄与开元诗风

盛唐[①]诗歌是当代唐诗研究的热点之一。但是，迄今为止，学术界对开元诗坛的研究尚嫌薄弱，在沈宋、四杰与陈子昂之后，李白、杜甫、高适、岑参之前，诗坛的演化轨迹到底如何？殷璠《河岳英灵集序》曰："景云中，颇通远调。开元十五年后，声律风骨始备矣。实由主上恶华好朴，去伪从真，使海内词人，翕然尊古，有周风雅，再阐今日。""颇通远调"的是哪一批诗人，"声律风骨始备"的诗是在何人手中完成的？开元诗坛的格局与政局的演化有何关系？谁是开元诗坛的领军人物？学术界均未予以较为具体而科学的解释。

笔者认为，研究开元名相张说、张九龄的政治活动与文学活动，是解决以上问题的关键。

一、开元政坛与文坛的双重领袖

张说（664—731）是历仕武则天、中宗、睿宗、玄宗四朝的元老重臣，在政治、军事、文化诸方面，都对李唐王朝的巩固和发展，作出过重要贡献。武则天时，他敢于冒犯张昌宗、张易之的淫威，不肯附和陷害直臣魏元忠及太子，因而被流放钦州。[②]睿宗朝，张说任宰相、监修国史，有谣言说，近日当有兵变，张说云："此是谗人设计，拟摇动东宫耳。陛下若使太子监国，则君臣分定，

① 盛唐诗坛，通常指唐玄宗开元、天宝时期，严羽《沧浪诗话·诗体》论"盛唐体"，自注云："景云以后，开元、天宝诸公之时"。杨士弘《唐音》、高棅《唐诗品汇》与严羽分法相同。徐师曾《文体明辨序说》曰："由开元至代宗大历初为盛唐"。冒春荣《葚原说诗》说得更为具体："盛唐、玄宗开元癸丑岁至代宗永泰元年乙巳岁，凡五十三年。"罗汝怀《绿漪草堂文集·七律流别集述意》则以"元（玄）肃、代三朝为盛"，时间下限较以上诸家为长。

② 事见刘肃《大唐新语》卷二；《旧唐书·张说传》。

自然窥觎路绝，灾难不生。”[①]睿宗依计命太子监国，明年又制太子李隆基即帝位，是为玄宗。玄宗即位不久，张说知道太平公主将不利于玄宗，“乃因使献佩刀于玄宗，使先讨之，玄宗深嘉纳焉。”（《旧唐书·张说传》）玄宗依计铲除了太平公主，巩固了自己的政权。唐玄宗四十余年帝业，张说功不可没。张说又曾保护过玄宗的太子（即后来的唐肃宗）[②]，“故开元中，说恩泽莫与之比。肃宗之于说子均、垍，若亲戚昆弟云。”[③]张说在开元朝得以数度任宰相及中书令，恩宠不衰，非其他朝臣可比。开元十年，张说以宰相赴朔方巡边，建议将戍边兵士由六十余万减至四十余万，使之还农。玄宗怀疑会削弱边防力量，张说愿以阖门百口保之。张说又建议募壮士充当宿卫，旬日得精兵十三万，《资治通鉴》说：“兵农之分，从此始矣。”张说此议，成为唐朝由府兵制改为募兵制之始，尽管后人对此事有不同意见[④]，张说的军事才能却不容否定。至于文化事业，则尤为张说所长。开元之前，张说即先后任珠英学士、修文馆学士[⑤]、昭文馆学士兼修国史。开元时，主持丽正、集贤书院近十年，拔擢了大批文士，完成了一些类书的编纂工作。其文章与苏颋并称“燕、许大手笔”[⑥]，其诗也有较高水平，故唐玄宗誉之为“当朝师表，一代词宗”。《旧唐书·张说传》论其平生功业云：

> 始玄宗在东宫，说已蒙礼遇，及太平用事，储位颇危，说独排其党，请太子监国，深谋密画，竟清内难，遂为开元宗臣。前后三秉大政，掌文学之任凡三十年。为文俊丽，用思精密，朝廷大手笔，皆特承中旨撰述，天下词人，咸讽诵之。尤长于碑文墓志，当代无能及者。喜延纳后进，善用己长，引文

① 《旧唐书·张说传》。出《大唐新语》卷一。姚崇、宋璟、郭元振皆支持张说。

② 《太平广记》卷七七载，肃宗对太上皇（即唐玄宗李隆基）曰，“臣比在东宫，被人诬潛，三度合死，皆张说保护，得全首领。”

③ 见《次柳氏旧闻》，此据《太平广记》卷一三六。

④ 《资治通鉴·注》云：“史言唐养兵之弊始于张说。”

⑤ 见陶敏：《〈景龙文馆记〉考》，《文史》1999年第3期。

⑥ 张说与苏颋并称“燕、许大手笔”，较早的出处是唐人李肇的《国史补》卷下：“开元日，通不以姓而可称者，燕公、曲江……二人连言者，岐薛、姚宋（原注：亦曰苏宋）、燕许（原注：大手笔）。”《新唐书·苏颋传》：“自景龙后，与张说以文章显，称望略等，故时称‘燕、许大手笔’。”

儒之士，佐佑王化，当承平岁久，志在粉饰盛时。其封泰山，祠睢上，谒五陵，开集贤，修太宗之政，皆说为倡首。而又敦义气，重然诺，于君臣朋友之际，大义甚笃。[①]

张九龄为张说所识拔，又是张说政治与文化事业的同道和继承人。

张九龄（678—740），字子寿，一名博物，韶州曲江（今广东曲江）人。自幼聪明，七岁能文，十三岁以文章求见广州刺史王方庆，王对他很欣赏，曰："此子必能致远。"武后长安二年（702），张九龄于沈佺期榜进士及第，因下第者"谤议上闻"，诏令中书令李峤重试，九龄仍合格，"擢秘书省校书郎。"（徐浩《张九龄神道碑》）长安三年（703），张说被流钦州，途经韶州，见到张九龄之文，大加赞赏："燕公过岭，一见文章，并深提拂，厚为礼敬。"（徐浩《张九龄神道碑》）张九龄自己也说："追惟小子，夙荷深期，一顾增价，二纪于兹。"[②]玄宗先天元年（712）九月，张九龄登道侔伊吕科，适左拾遗。次年（开元元年）张说为姚崇所构，由宰相出为相州刺史。同年，张九龄曾上书姚崇，对其用人不当，有所规劝[③]。这或可间接表明张九龄与张说政治立场相近。开元元年至九年，张说始终任外职，九龄则在朝任左拾遗、礼部员外郎、司勋员外郎、左补阙等职，办事公允，为时所称。张说入朝为相后不久，即重用九龄，《旧唐书·张九龄传》曰："九龄以才鉴见推，当时吏部试拔萃选人及应举者，咸令九龄与右拾遗赵冬曦考其等第，前后数四，每称平允。开元十年，三迁司勋员外郎。时张说为中书令，与九龄同姓，叙为昭穆，尤亲重之，常谓人曰：'后来词人称首也。'九龄既欣知己，亦依附焉。十一年，拜中书舍人。"[④]九龄升任中书舍人，与张说的提携当有直接关系。九龄虽与张说关系密切，却也并非一味顺从张说，开元十三年，玄宗东封泰山，令张说

① 这段话本《大唐新语》。

② 张九龄：《曲江集》卷十七《祭张燕公文》。

③ 《全唐文》卷二九〇张九龄《上姚令公书》略云："自君侯以相国之重，持用人之权，而浅中弱植之徒，已延颈企踵而至，谄亲戚以求誉，媚宾客以取容。"

④ 据《曲江集》附录，张九龄转中书舍人在开元十年二月十七日。

为封山使，张说多引亲友参与其事，滥加封赏，张九龄曾劝谏曰："官爵者，天下之公器，德望为先，劳旧次焉。若颠倒衣裳，则谤议起矣。今登封霈泽，千载一遇。清流高品，不沐殊恩；胥吏末班，先加章绂。但恐制出之后，四方失望。今进草之际，事犹可改，唯令公审筹之，无贻后悔也。"张说曰："事已决矣，悠悠之谈，何足虑也。"（《旧唐书·张九龄传》）张说不从九龄之言，使得"内外甚咎于说"。（《旧唐书·张九龄传》）同年，张说与宇文融交恶，九龄劝说为备，说不从，不久，说为宇文融所劾，罢相，"九龄亦改太常少卿，寻出为冀州刺史"（《旧唐书·张九龄传》），则九龄直接受到张说牵连。后来，九龄以母老为请，得改授洪州刺史，又曾转桂州都督，仍充岭南道按察使。开元十八年底，张说卒，玄宗想到张说"常荐九龄堪为学士，以备顾问"（《旧唐书·张九龄传》）的话，于开元十九年三月，召九龄为秘书少监，兼集贤院学士，副知院事[①]，使之成为张说文化事业的接班人。徐浩记载九龄此期行事云："属燕公薨落，斯文将丧，擢秘书少监、集贤院学士、副知院事。时属朋党，颇相排根，穷栖岁余，深不得意。渤海国王武艺违我王命，思绝其词，中书奏章，不惬上意。命公改作。援笔立成，上甚嘉焉。即拜尚书工部侍郎兼知制诰。扈从北巡，便祠后土，命公撰敕，对御为文，凡十三纸，初无稿草，上曰：'比以卿为儒学之士，不知有王佐之才，今日得卿，当以经术济朕。'"（徐浩《唐尚书右丞相中书令张公神道碑》）这两次撰文，已显示出其"大手笔"的风范，且引起玄宗的重视。开元二十一年十二月，张九龄居母丧，朝廷夺哀起复其为中书侍郎、同中书门下平章事，俄加中书令、集贤院知院事，修国史。（据徐浩《唐尚书右丞相中书令张公神道碑》）时人誉之为"文高宗匠"（徐浩《唐尚书右丞相中书令张公神道碑》），"一代辞宗"（《旧唐书·韦陟传》）。

张九龄任宰相期间，"直气鲠词，有死无贰；彰善瘅恶，见义不回"（徐浩《唐尚书右丞相中书令张公神道碑》）。《新唐书·张九龄传》曰："（九龄）及为相，谔谔有大臣节。当是时，帝在位久，稍怠于政，故九龄议论必极言得失，所推引皆正人。"如开元二十四年

① 《曲江集》附录《宋秘书少监制》。

千秋节，群臣皆献宝镜为玄宗祝寿，张九龄却“述前世兴废之源，为书五卷，谓之《千秋金镜录》，上之。”皇帝赐书褒美之。（《资治通鉴》卷二一四）张九龄还曾预识安禄山的狼子野心，劝玄宗斩之，可惜玄宗未从[①]。安史乱起，玄宗入蜀途中，忆及此事，“谓（高）力士曰：‘吾取张九龄之言，不至于此。乃命中使往韶州，以太牢祭之。’”玄宗还将此时思念九龄而制的笛曲命名为“谪仙怨。”[②]开元二十四年，张九龄受“口蜜腹剑”的李林甫中伤，罢知政事，为尚书右丞相，次年，出为荆州长史，一代直臣离开唐朝政治中心，玄宗的开明政治到此结束。《新唐书·张九龄传》说：从此以后“朝廷士大夫持禄养恩矣。”《资治通鉴》卷二一四评论曰：“上即位以来，所用之相，姚崇尚通，宋璟尚法，张嘉贞尚吏，张说尚文，李元纮、杜暹尚俭，韩林、张九龄尚直，各其所长也。九龄既得罪，自是朝廷之士，皆容身保位，无复直言。”九龄在荆州三年，以文史自娱，开元二十八年（740）春请假南归韶州扫墓，五月，病卒于韶州。

开元年间，张说、张九龄先后为相，执掌集贤院，长期主持朝廷政治文化大局，为开元政治与文化的发展，起了很好的领导作用，不愧为政坛与文坛的双重领袖。

二、识拔文士之功

二张执当时政坛与文坛牛耳，以过人的见识、宽宏的气度，利用职务上的便利，将大批才士（尤其是诗人）团结在他们的麾下，形成开元诗坛的彬彬之盛。

张九龄、许景先、赵冬曦兄弟、王翰、吕向、孙逖、韦述兄弟、王湾、房琯、裴漼、徐坚、贺知章等皆得到张说的汲引。

如前所述，长安三年（703）张说即称赞过张九龄，后来二人关系密切。许景先、赵冬曦分别是开元初年，张说在相岳二州任职时的诗友，后来曾得到张说的汲引。王翰是一个值得注意的人物，唐人封演《封氏闻见记》卷三《铨曹》记王翰事尤能见其性格：“开元

① 见《太平广记》卷一七〇引《感定录》、《旧唐书·张九龄传》。

② 见《唐语林》卷四。《旧唐书·张九龄传》载玄宗诏较详，可参。

初（当作景云初，据傅璇琮先生说），宋璟为尚书，李乂、卢从愿为侍郎，大革前弊，据阙留人，纪纲复振。时选人王翰攻篇什，而迹浮伪，乃窃定海内文士百有余人，分作九等，高自标置，与张说、李邕并居第一，自余皆被排斥。陵晨于吏部东街张之，甚于长名。观者万计，莫不切齿。从愿潜获，欲奏处刑宪，为势门保持，乃止。”或许正因为这一石破天惊的举动，王翰才声名大振，当年就中了进士。开元八年张说镇并州时，并未计较王翰当年的狂妄之举，而是对其礼遇有加，开元九年张说入相，奏请王翰为秘书正字，擢通事舍人，迁驾部员外。开元十四年“（张）说既罢相，出翰为汝州长史，改仙州别驾。至郡，日聚英豪，从禽击鼓，恣为欢赏，文士祖咏、杜华在座，于是贬道州司马，卒。”（《旧唐书·王翰传》）孙逖是张说汲引的另一位著名文人。《旧唐书·孙逖传》：“开元初，应哲人奇士举，授山阴尉。十年，应制登文藻宏丽科，拜左拾遗。张说尤重其才，逖日游其门，转左补阙。”颜真卿《尚书刑部侍郎赠尚书右仆射孙逖文公集序》曰：“相国燕公张说览其策而心醉，……故燕国深赏其才，俾与张九龄、许景先、韦述同游门庭，命子均、垍申伯仲之礼。”开元二十一、二年孙逖知贡举，颜真卿、李华、萧颖士、杜鸿渐、李颀、李华、赵骅、阎防、张南容等皆出其门下，二张开创的文化事业得以继续发展。张说曾救护过吕向，《全唐文纪事》卷六一引《金石史》云：“昔（吕）向曾以《美人赋》进谏，几死，张说为请，即拜补阙，赐金章朱绂，不可谓不遇也。”《全唐文》卷四七七窦皋《述书赋》下注：“吕向，东平人。开元初，上《美人赋》，忤上，时张说作相，谏曰：‘夫鬻拳胁君，爱君也。陛下纵不能用，容可杀之乎！使陛下后代有愎谏之名，而向得敢谏之直，与小子为便耳。不如释之。’于是承恩特拜补阙，赐彩百段、衣服、银章朱绂，翰林待诏。频上赋诵，皆主讽谏。”据《新唐书·吕向传》，其《美人赋》作于开元十年，此即张说救之之时也。张说又曾称荐裴漼与房琯，《旧唐书·裴漼传》：“漼早与张说特相友善，时说在相位，数称荐之。漼又善于敷奏，上亦嘉重焉。由是擢拜吏部尚书，寻转太子宾客。”《旧唐书·房琯传》：“开元十二年，玄宗将封岱岳，琯撰《封禅书》一篇及笺启以献。”《全唐文》卷三三二房氏《上张燕公书》云：“亦愿起自燕公门下，令众人别意瞻瞩也。”书法家徐浩也为张说所荐，《全唐文》卷四四五张式《徐浩神道碑》：“大学士燕国公说文之沧溟，间代宗师，尝览公应制《喜雨赋》及《五色鸽赋》兼和制等诗，曰：‘后进之英，今知所在。’”《旧唐书·徐浩传》：“以文学为张说所器重，调授鲁山主簿。说荐为集贤校理，三迁右拾遗，仍为校理。”诗人王湾也为张说所知。《河岳英灵集》云：“湾词翰早著，为天下所称，最者不过一二。游吴中作《江南意》诗云：‘海日生残夜，江春入旧年。’诗人已来少有此句。张燕公手题政事堂，每示能文，令为楷式。”据傅璇琮先生考证，“《江南意》之为张说所赞赏，并手题于政事堂，当在张说居相位时，即开元九年（721）至十四年（726）间。”（《唐才子传校笺》卷一）

张说于开元九年入相，次年即担负起主持丽正书院的重任，不少文人在这一时期被他召至麾下。《旧唐书·贺知章传》：“开元十年，兵部尚书张说为丽正殿修书使，奏请知章及秘书外监徐坚、监察御史赵冬曦皆入书院，同撰《六典》及《文纂》等。”开元十年，中书舍人陆坚以丽正学士或非其人，书院徒为糜费，将奏罢之。张说据理力争，“谓诸宰相曰：‘说闻自古帝王，功成则有奢纵之失，或兴造池台，或耽玩声色。圣上崇儒重德，亲自讲论，刊校图书，详延学者。今之丽正，即是圣主礼乐之司，永代规模，不易之道，所费者细，所益者大。陆子之言，未为达也。’玄宗后闻其言，坚之恩眄，从此而减。”①（《资治通鉴》系此事于开元十一年。）开元十三年，唐玄宗诏改丽正院为集贤院，仍以张说主持其事，《唐会要》卷六四《集贤院》条载此事颇详：

> 十三年四月五日，因奏封禅议注，敕中书门下及礼官学士等，赐宴于集仙殿。上曰：“今与卿等贤才，同宴于此，宜改集仙殿丽正书院为集贤院。乃下诏曰：“仙者捕影之流，朕所不取；贤者济治之具，当务其实。院内五品已上为学士，六品已下为直学士。”中书令张说充学士，知院事。散骑常侍徐坚为副。礼部侍郎贺知章、中书舍人陆坚，并为学士。国子博士康

① 刘肃：《大唐新语》卷一，载《唐五代笔记小说大观》，上海古籍出版社2000年版，第216页。

子元为侍讲学士。考功员外郎赵冬曦……并直学士。太学博士侯行果、四门博士敬会真、右补阙冯鹭并侍讲学士。初以张说为大学士，辞曰："学士本无大称，中宗欲以崇宠大臣，景龙中修文馆有大学士之名。如臣岂敢以'大'为称。"上从之。①

在主持集贤院期间，张说还曾奉诏改定乐章："开元十三年，诏燕国公张说改定乐章，上自定声度，说为之词令。太常乐工，就集贤院教习，数月方毕。"（《唐会要》卷三三《雅乐上》）这就是后来的大唐乐，张说的歌词至今仍存于《张燕公集》中。开元十四年，张说撰成《大唐开元礼》，开元十五年，徐坚在《燕公事对》的基础上，撰成《初学记》。张说还常常带领众学士参加宫中宴饮赋诗，在当时传为佳话。《职官分记》卷十五《酒酣赋诗》条云："十三年三月，因奏封禅仪注，敕学士等赐宴于集仙殿，……时预宴者宰臣源侍中、张燕公，学士徐坚、贺知章……时新进樱桃，上令遍于席上散布，各令诸官取之，饮以醇醪清酤之酒。酒酣，簾内出彩笺，令燕公赋宫韵，群臣赋诗。并出彩罗，令掷双六头子，得重彩者分之。宴讫，赐银盘、杂彩有差。"又"宴饮赋诗"条"时又频赐酒，馈学士等宴饮为乐，前后赋诗奏上凡数百首。时院内既有宰臣及侍读，屡承恩渥，赐以甘瓜、绿李及四方珍异。燕公诗曰：'东壁图书府，西园翰墨林。诵诗闻国政，讲易见天心。'当时词人尤为称美。前后令赵冬曦、张九龄、咸廙业、韦述等为诗序，学士等赋诗，编成篇轴以上，上每嘉赏焉。"张说这位儒雅的宰相，率领众学士赋诗唱和，极一时之盛，恰恰遇到玄宗这位同样风流儒雅的皇帝，玄宗能诗能文，善八分书，通音律，又当天下繁荣安定之时，故对文学之士倍加礼遇，不仅经常嘉赏诸学士，还经常亲自为他们撰写、手书赞语，并命画家为十八学士画像，《中天记》引《注记》："张燕公等因献赋诗，上各赐赞以褒美之，敕曰：'得所进诗，甚有佳妙，风雅之道，斯焉可观。并据才能，略为赞述。具如别纸，宜各领之。'上自于五色八分笺书之，赉付院，散付学士。张说'德重和鼎，功逾济川，词林隽异，翰苑光鲜。'……寻敕善写真人

① 《唐会要》卷六四，上海古籍出版社1991年版，第1322页。

貌学士等，欲画像书赞于含像亭。属车驾东行，竟不果。”但据其他记载，十八学士像是画成了的。《玉海》卷五七引《翰林盛事》：“开元末拜张说等十八人为学士，于东都上阳宫含像亭图像、写御赞述之。”《集贤注记》记载更详：殷季友等画家“分貌张说等，燕公以手杂不精，奏同州僧法明独貌诸学士等。法明写貌天工，切于形似。图成奏之，上称善，令藏其本于书院。”（王应麟按：“图以年久致失，康子元得一本，取以进。今唯有写本存焉。”）《新唐书》也有数处记载为学士画像之事，足见此事确切无误。

张九龄也是一位乐于奖掖后进的政治家。先后汲引过王维、孟浩然、卢象、皇甫冉等人，与诗人王昌龄、钱起也有诗唱和。

王维（701—761）开元九年（721）进士及第，释褐太乐丞，同年因故被出为济州司仓参军，后至淇上为官、隐居，开元十七年左右回到长安闲居学佛，开元二十二年五月，张九龄加中书令后不久，王维作《上张令公诗》，请求汲引，诗中称赞张九龄“致君光帝典，荐士满公车”，言其荐士极多，这与徐浩《张九龄神道碑》云九龄执政时“收拔幽滞，引进直言，野无遗贤，朝无阙政”的记载是一致的。王维又云：“贾生非不遇，汲黯自堪疏。学《易》思求我，言《诗》或起予。当从大夫后，何惜隶人馀。”以贾谊、汲黯自比，希望张九龄能荐举自己。二十三年春，王维作《献始兴公》[①]，题下注：“时拜右拾遗。”诗云：“侧闻大君子，安问党与仇。所不卖公器，动为苍生谋。贱子跪自陈，可为帐下不。感激有公议，曲私非所求。”这与《新唐书·王维传》中“张九龄执政，擢右拾遗”的记载是相吻合的。开元二十五年秋，王维在长安，有《寄荆州张丞相》诗云：“所思竟何在，怅望深荆门。举世无相识，终身思旧恩。方将与农圃，艺植老丘园。目尽南飞雁，何由寄一言。”诗中先是表达对张九龄的思念与同情、自己发自肺腑的感激之情，然后说九龄既去，自己也将归老田园，不再过问世事。在张九龄失势，李林甫气焰熏天的情况下，王维作这种诗，是要冒一定风险的，这当与张九龄人格魅力的感召有关。

孟浩然（689—740），是与张九龄关系密切的另一位盛唐著名

① 张九龄进封“始兴县开国子”在开元二十三年三月。

诗人。浩然“少好节义，喜振人患难，隐鹿门山。年四十，乃游京师。尝于太学赋诗，一座嗟伏，无敢抗。张九龄、王维雅称道之。”（《新唐书·孟浩然传》）《郡斋读书志》卷四上亦云：“年四十，乃游京师。一日，诸名士集秘省联句，浩然句，曰：‘微云淡河汉，疏雨滴梧桐。’众皆钦服。张九龄、王维雅称道之。”他四十岁当为开元十六年（728）。有人考证孟浩然赴京是应进士举，时当在开元十七年，此时张九龄已在洪州刺史任上，不可能与孟浩然交往[①]，此说虽不错，但据此否定张九龄与孟浩然在此前后有交往，则未必正确。孟浩然开元十四、十五年曾来往洛阳，也有去长安的可能。张九龄在相位时，孟浩然称其为“故人”，可知二人早有交往。《新唐书·孟浩然传》此节出自王士源《孟浩然诗集序》，节取时理解有误。王《序》（作于天宝四载或稍后）云：“（浩然）闲游秘省，秋月新霁，诸英联诗，次当浩然，句曰：‘微云淡河汉，疏雨滴梧桐。’举座嗟其清绝，咸以之筮笔不复为缀。丞相范阳张九龄、侍御史京兆王维、尚书侍郎河东裴朏、范阳卢僎、大理评事河东裴揔、华茫太守荥阳郑倩之、太守河南独孤册，率与浩然为忘形之交。”[②]其实，王《序》所言浩然在秘省赋诗令众人阁笔是一件事，浩然与张九龄、王维等人为“忘形之交”是另一回事，而后一件事显然是概括孟浩然交游情况的，与秘省赋诗未必发生于同时，《新唐书》误将二事合为一事，以致引起后世不必要的争论。另外，《唐摭言》说浩然游京师时，曾在王维待诏金銮殿时遇到唐玄宗，因诵《岁暮归南山》诗，被放还山；《唐诗纪事》卷二十三说“明皇因张说之荐召浩然，令诵所作”，浩然亦诵此诗；《北梦琐言》又记浩然因李白之荐，玄宗召对，亦诵此诗，凡此皆为小说家言，不足为据。

张九龄在相位时，孟浩然至少有两首诗赠之，一为《和张丞相春朝对雪》，诗中有“不睹丰年瑞，焉知燮理才”，当作于开元二十一年孟浩然第二次入长安时[③]。另一诗题为《送丁大凤进士赴举呈张九龄》，诗云：“故人今在位，岐路莫迟回。”当作于开元二十二年

① 参见傅璇琮主编的《唐才子传校笺》卷二《孟浩然》条。

② 《孟浩然诗集笺注》，佟培基笺注，上海古籍出版社2000年版，第432页。

③ 此事参见《唐才子传校笺》卷二《孟浩然》条。

至二十四年之间[1]。开元二十五年，张九龄镇荆州，辟孟浩然为从事，孟作了好几首陪张出游的诗，这些诗有三点值得注意：其一，为张鸣不平，如《荆门上张丞相》云："伫闻宣室召，星象列三台。"是说玄宗很快就会像汉文帝召贾生一样，将九龄召回，使之重掌大权。《陪张丞相登荆城楼因寄荆州张使君及浪泊戍主刘家》则认为张九龄是冤枉的："出守声弥远，投荒法未宽。侧身聊倚望，携手莫同欢。白璧无瑕玷，青松有岁寒。"《陪张丞相祠紫盖山经玉泉寺》又云："谢公还欲卧，谁与济苍生。"将张比作东山高卧的谢安。其二，对张九龄的知遇之恩深表感激，如"客中遇知己，无复越乡忧"（《陪张丞相登嵩阳楼》）；"招贤愧不才，……沉沦拔草莱。坐登徐孺榻，频接李膺杯。"其三，希望张汲引自己，《临洞庭上张丞相》"欲济无舟楫，端居耻圣明。坐观垂钓者，徒有羡鱼情"可为明证。

卢象、皇甫冉也是张九龄所识拔的文人，刘禹锡《唐故尚书主客员外郎卢公集纪》云："尚书郎卢公讳象，字纬卿，始以章句振起于开元中，与王维、崔颢比肩骧首，鼓行于时，妍词一发，乐府传贵……丞相曲江公方执文衡，揣摩后进，得公，深器之，擢为左补阙、河南府司录、司勋员外郎。"（《全唐文》卷六〇五）卢象是著名隐士卢鸿的侄儿，今存诗一卷，其中有与王维、裴迪、崔兴宗、綦毋潜，张子容、张均、祖咏、李邕诸人往还之作，还有《家叔征君东溪草堂二诗》，记卢鸿之东溪草堂。皇甫冉在大历中颇有诗名，早年也得到张九龄的识拔，独孤及《唐故左补阙皇甫公集序》云："沈、宋既殁，而崔司勋颢、王右丞维复崛起于开元、天宝之间，得其门而入者，当代不过数人，补阙其人也。补阙讳冉，字茂政，……十岁能属文，十五岁而老成，右丞相曲江公深所叹异，谓清颖秀拔，有江、徐之风。……其诗大略以古之比兴，就今之声律，涵咏风、骚，宪章颜、谢，至若丽曲感动，逸思奔发，则天机独得，有非师资所奖，每舞雩咏归，或金谷文会，曲水修禊，南浦怆别，新声秀句，辄加于常时一等，才钟于情故也。"（《全唐文》卷三八八）《唐五代文学编年史·初盛唐卷》将张九龄"叹异"皇甫

① 唐代试进士，例于正月举行，张九龄开元二十一年十二月入相，故本年可排除。

冉之事系于开元二十四年，是。

另外，盛唐著名诗人王昌龄，“大历十才子”之一的钱起，也曾有诗与张九龄唱和。

二张均为开元名相，又皆出身寒微[①]，经科举入仕，以文才为唐玄宗所重，在开元的大部分时间里，主持政坛与文坛，二人皆乐于奖拔文学之士，开元前期的大部分著名诗人，都受到二人直接或间接的提携汲引，他们二人的创作，也有领导开元诗坛风气的水平，众多诗人对二张倾心归附，就成为历史的必然。

三、诗歌渊源与创作倾向

文学史上将张说与张九龄并称，从唐人即已开始，柳宗元《杨评事文集后序》曰：优秀的文章应兼有“著述”与“比兴”二长，“唐兴以来，称是选而不怍者，梓潼陈拾遗。其后燕文贞以著述之余，攻比兴而莫能极；张曲江以比兴之隙，穷著述而不克备。”[②]指出二张文章的优劣长短，可视为将二人并称之滥觞。至于将二人以诗人身份并列，则在明代较为常见：宋濂《答章秀才论诗书》云：“唐初承陈、隋之弊，多尊徐、庾，遂致颓靡不振。张子寿、苏廷硕、张道济相继而兴，各以风雅为师。”[③]谢榛《四溟诗话》引孔文谷之语曰：“陈子昂之古风，尚矣，其含光飞文，怀幽吐奇，廊庙而有江山之致，烟霞而兼黼黻之裁。着色成文，吹气从律，则燕公、曲江高矣，美矣，擅其宗矣。”[④]胡应麟《诗薮》内编卷四论五律时云：“接迹王、杨，齐肩沈、宋，则李峤、苏颋、张说、九龄最著。……苏、李之严整，略输沈、宋；二张之藻丽，微逊王、杨。”[⑤]“二张五言律，大概相似。于沈、宋、陈、杜景物藻绘中，

① 张说《让起黄门侍郎第三表》（《全唐文》卷二三二）：“臣本书生，门非代禄。数叶单绪，族无亲房。”又《张氏女墓志铭》（《全唐文》卷二三二）自称：“家贫，佣文以取资。”《大唐新语》卷七载：唐玄宗欲拜牛仙客为尚书并实封之，张九龄反对，“玄宗怒曰：‘卿以仙客寒士嫌之耶？若是，如卿岂有门籍！’九龄顿首曰：‘荒陬贱类，陛下过听，以文学用臣。”则九龄亦出身寒门。

② 《文苑英华》卷七〇五，明刻本。

③ 宋濂：《答章秀才论诗书》，严荣校刻本《宋文宪公全集》卷三七。

④ 谢榛：《四溟诗话》卷四，载丁福保辑：《历代诗话续编》，中华书局1983年版，第1217页。

⑤ 胡应麟：《诗薮》内编卷四，上海古籍出版社1979年版，第67页。

稍加以情致，剂以清空。”[①] “燕国如《岳州燕别》《深度驿》《还端州》，始兴如《初秋忆弟》《旅宿淮阳》《豫章南还》等作，皆冲远有味，未离沈、宋诸公。”[②]清人乔亿《剑溪说诗》卷下也将二张（燕公、曲江）相提并论。

二张的诗歌都出自初唐而又有所变化，呈现出同中有异的面貌。

初唐诗坛，宫廷诗占据主流地位，杨慎《升庵诗话》云：“唐自贞观至景龙，诗人之作，尽是应制。命题既同，体制复一。其绮绘有余，而微乏韵度。”[③]此时对唐诗发展的贡献主要是确定了律诗的体制，沈佺期、宋之问为宫廷诗人之代表，张说则是与他们年辈相近、水平相近、风格相似的诗人。

张说不仅以其文章号令文坛，与苏颋并称“燕、许大手笔”，其诗在初唐也达到一流水平，在玄宗朝，同样有领袖诗坛的实力，具有承上启下、继往开来之功。张说之诗，可以开元为界，分前后两期。前期属初唐，后期已入盛唐。《诗学渊源》论张说之诗云：“初尚宫体，谪岳州后，颇为比兴，感物写怀，已入盛唐。”甚确。

张说入仕后任太子校书等职，武则天圣历二年（699）前后，诏张昌宗撰《三教珠英》，昌宗“乃引文学之士李峤、阎朝隐、徐彦伯、张说、宋之问、崔湜、富嘉谟等二十六人，分门撰集，成一千三百卷，上之。”（《旧唐书·张行成传》附族孙昌宗传）沈佺期、徐坚、刘知几等亦在其选，此事标志着张说已进入当时文人的核心集团。大足元年（701）末，《三教珠英》修成，修书学士张说迁右史，兼知考功贡举。崔融编《珠英学士集》，张说诗在其中，《新唐书·艺文志》四：“《珠英学士集》五卷。崔融集武后时修《三教珠英》学士李峤、张说等诗。”《玉海》卷五四引《唐会要》云：“《志总集》有《珠英学士集》五卷，崔融集学士李峤、张说等四十七人诗总二百七十六首。”可见张说已成为珠英学士中颇具代表性的诗人。长安三年前后，武三思子崇训尚安乐公主，李峤、苏味道、沈佺期、宋之问、徐彦伯、阎朝隐、崔融、崔湜与张说等奉三思命赋《花烛赋》以美之。中宗景龙三、四年（709—710），张说常随侍中

① 胡应麟：《诗薮》内编卷四，上海古籍出版社1979年版，第68页。

② 胡应麟：《诗薮》内编卷四，上海古籍出版社1979年版，第68页。

③ 杨慎：《升庵诗话》卷八，载丁福保辑《历代诗话续编》，中华书局1983年版，第787页。

宗及朝中诸宰执大臣游览，赋诗作序，李峤、沈佺期、宋之问、徐彦伯、崔湜、苏颋、阎朝隐等同赋，朝中群英荟萃，于斯为盛。如景龙三年十二月十二日，中宗登骊山，赋诗，崔湜、李峤、刘宪、苏颋、张说、李乂、武平一、赵彦昭、阎朝隐均有和作。十二月十四日，中宗幸韦嗣立庄，封嗣立为逍遥公，帝亲制序赋诗，上述群臣及沈佺期各应制作五言排律，七绝各一首，张说作《东山记》以纪其盛。景龙四年元月至五月，张说又多次陪中宗与群臣唱和。[①]据此可推知，张说的诗名亦当与李峤、沈佺期、宋之问诸人相近。

此时宫廷之诗，内容上以应制与歌颂为主，形式上以律诗的发展成熟为标志，诗风则趋于华丽。初唐诗人继承并发展了沈约等人的"四声八病"说，将律诗定型化，上官仪有"六对八对"之论，《笔札华梁》之书，元兢有《诗脑髓》之作，张说的同僚与诗友崔融有《唐朝新定诗格》，皆为指导初学者写作律诗之书。沈佺期、宋之问有"研练精切，稳顺声势"（元稹《唐故工部员外郎杜君墓系铭并序》）"回忌声病，约句准篇"（《新唐书·文艺传》）以成律诗之功。张说与沈、宋同朝为官，经常共同赋诗，虽然现在无法找到他与沈、宋直接酬赠之诗。但从刘悚《隋唐嘉话》记载张说所云"沈三兄诗，终须还他第一"之语来看，张对沈之诗才很钦佩且与沈相当熟悉。张说之诗，应制之作颇多，且五律、五排、七律等新型的近体诗都写得相当熟练，数量超过沈、宋[②]，技巧也颇为讲究，风格较为华丽，水平不逊于沈、宋，如果说张说与沈、宋、崔融、李峤等人共同完成了初唐律诗的定型工作，恐怕并非空穴来风。[③]元稹及《新唐书》论律诗成型的功绩，仅提沈、宋，至少是不全面的。唐人顾陶《唐诗类选序》即云："爰有律体，祖尚清巧，以切语对为工，以绝声病为能，则有沈、宋、燕公、九龄、严、刘、钱、孟、司空曙、李端、二皇甫之流，实繁其数。皆妙于新韵，播名当时。亦可谓守章句之范，不失其正者矣。"[④]"妙于新韵"，即长于

---

① 参见傅璇琮主编的《唐五代文学编年史·初盛唐卷》景龙三年、四年。

② 沈佺期今存五律52首、五排36首，七律14首；宋之问存五律79首、五排34首，七律3首；张说存五律99首、五排58首，七律13首。张说五律、五排的数量超过沈、宋。

③ 参陈铁民：《论律体定型于初唐诸学士》，《文学遗产》2000年第1期。

④ 顾陶：《唐诗类选序》，《文苑英华》卷七一四，明刻本。

律诗，这的确是沈、宋、二张的共同特点。元人杨载《宋国史柴望诗集原序》云："诗莫盛于唐，尚矣！唐之诗，燕、许、陈、宋肇其源，高、岑、王、孟畅其流。"明人高棅《唐诗品汇总序》云："神龙以还，洎开元初，陈子昂古风雅正，李巨山文章宿老，沈、宋之新声，苏、张之大手笔，此初唐之渐盛也。"该书《五言古诗叙目》云："神龙以还，品格渐高，颇通远调，前论沈、宋比肩，后称燕、许手笔。"明人胡震亨《唐音癸签》则曰："自景龙始创七律，诸学士所制，大都铺扬景物，宣诩燕游，以富丽竞工，亡论体变未极，声病亦多未调。"并将此期七律归入以沈、宋为代表的"龙门之派"，张说此时与沈、宋同为修文馆学士，故胡氏所论，当包括燕公在内。[①]

此时诗风，如《唐诗品汇·五言排律叙目》所云："排律之作，源自颜、谢诸人，……唐兴，始专此体，与古诗差别，贞观初，作者尤（犹）未备，永徽以下，王、杨、卢、骆倡之于前，陈、杜、沈、宋极之于后，苏颋二张又从而申之，其文辞之美，篇什之盛，盖由四海晏安，万机多暇，群臣游豫赓歌而得之者。故其文体精丽，风容光鲜，以词气相高而上矣。"[②]此点可从《新唐书·上官婉儿传》窥见端倪："婉儿劝帝侈大书馆，增学士员，引大臣名儒充选。数赐宴赋诗，君臣赓和。婉儿常代帝及后、长宁、安乐二公主，众篇并作，而彩丽日新。又差第群臣所赋，赐金爵，故朝廷靡然成风。当时属词大抵浮靡，所得皆有可观，婉儿力也。"[③]张说《上官昭容集序》亦称赞其"巧辞"与"才华"，且描述当时文坛盛况云："自则天久视之后，中宗景龙之际，十数年间，六合清谧，内峻图书之府，外辟修文之馆，搜英猎俊，野无遗才，右职以精学为先，大臣以无文为耻。每豫游宫观，行幸河山，白云起而帝歌，翠华飞而臣赋，雅颂之盛，与三代同风。"[④]张说《洛州张司马集序》同样对丽辞持充分肯定态度："发言而宫商应，摇笔而绮绣飞。逸势标起，奇情新拔，灵仙变化，

① 胡震亨：《唐音癸签》卷一〇，上海古籍出版社1981年版，第93页。

② 高棅：《唐诗品汇》，上海古籍出版社1982年版，第618页。

③ 《新唐书》卷七六，中华书局1975年版，第3488页。

④ 张说：《上官昭容集序》，《文苑英华》卷七〇一，明刻本。

星汉昭回。感激精微，混《韶》《武》于金奏；天然壮丽，綷云霞于玉楼。当代名流，翕然崇尚。”[①]张说的《卢思道碑》广泛肯定了历代杰出的诗赋作家，包括以绮靡藻丽见长的宋玉、潘岳、陆机、谢灵运，讲究声律的沈约，风格浮靡、为初唐诗人轻视的徐陵、庾信等人，总的态度是强调辞采与声律。

因此，开元之前，张说的诗作及诗论，均与沈佺期、宋之问、杜审言、崔融、李峤诸人相当接近，他们共同完成了律体的定型化工作，在初唐以宫廷为中心的诗坛上，张说已经占有较为重要的地位。正是由于在此期与诗坛名流游处，切磋技巧，提高了诗艺，张说方有可能具备领袖开元诗坛的水平与声望。开元之后，随着政局与文坛的变化，张说的诗风发生重大变化，生活上经历了更多的磨难，阅历进一步丰富，政治地位进一步巩固提高，不仅为文坛“大手笔”，而且成为诗坛领袖。[②]

景云与开元初期，是张说诗歌创作的丰收期。景云二年（711）十月，张说因不附太平公主被罢相，授尚书左丞，分司东都，在洛阳住了两年时间。在此期间，他常与韦嗣立、崔日知兄弟、魏奉古等文人雅集唱和，颇有林壑之志。先天元年（712）冬，东都留守韦安石出为蒲州刺史，崔日知作诗为其送别，张、韦、魏诸人和之，勒成一卷，张说为序，即《酬崔光禄冬日述怀赠答序》，其文曰：“太极殿诸君子分司洛城，自春涉秋，日有游讨，既有韦公出守，兹乐便废。顷因公宴，方接咏言。崔光禄述志论文，首贻雅唱，诸公嘉德叙事，咸有报章。……是用缀集，勒成一卷。”这一时期，张说因公务较轻，心情又不佳，故留连山水、纵情诗酒，诗歌创作上投入的精力较多，内容也开始与早期有所不同。开元元年九月，张说

① 张说：《洛州张司马集序》，《文苑英华》卷七〇一，明刻本。

② 张说成为开元诗坛盟主，还有两个重要原因，一是初唐著名文士多已于开元初或稍前去世，如“初唐四杰”：王勃（650—约676）、杨炯（650—693）、卢照邻（约634—约686）、骆宾王（约627—约684）；“文章四友”：李峤（约645—约714）、苏味道（648—705）、崔融（643—706）、杜审言（645—708）；陈子昂（661—702）、崔湜（671—713）、阎朝隐（？—712）。徐彦伯（？—714）、富嘉谟（？—706）、吴少微（？—706）。随着文坛的新陈代谢，张说得以独领风骚。王泠然《论荐书》（《全唐文》卷二九四）即已指出这一事实。二是沈佺期、宋之问、李峤、崔湜、阎朝隐等，或谄附张昌宗兄弟，或拥护韦后、太平公主，反对玄宗，与张说坚决支持李氏政权的态度不同。故张说主盟开元文坛，亦有政治方面的原因。

因支持玄宗铲除太平公主有功，入朝任中书令，年底即因与姚崇有隙，贬授相州刺史、河北道按察使，开元三年四月，又左转岳州刺史，至开元五年二月方迁荆州大都督府长史。在相、岳二州的三四年间，是张说诗风转变的关键期，也是其诗歌创作的高潮期。其传世佳作多成于此时，《新唐书·张说传》曰："既谪岳州，而诗益凄婉，人谓得江山助云。"所论极确。

张说在相州作诗不多，但诗风已转为平易，可视为岳州诗的前奏。其《相州九日城北亭子》《相州前池别许郑二判官景先神力》《相州山池作》《相州北亭》，皆为山水诗，语言流畅，技巧纯熟，在吟咏山川的同时，偶尔发年华老大之慨，如"及此年华衰，徒看众花发"等。《相州冬日早衙》则写自己勤于王事、恪尽职守及岁月蹉跎之感，情感比较真挚。

作于相州的《邺都引》是张说诗中难得一见的佳作：

君不见魏武草创争天禄，群雄睚眦相驰逐。昼携壮士破坚阵，夜接词人赋华屋。都邑缭绕西山阳，桑榆汗漫漳河曲。城郭为墟人代改，但见西园明月在。邺傍高冢多贵臣，娥眉曼睩共灰尘。试上铜台歌舞处，唯有秋风愁杀人。

全诗十二句，六句为一层。第一层追忆曹操创业之功，文采风流之状及邺城繁华之景。沈德潜《唐诗别裁集》评曰："'草创'二字，居然史笔。""'昼携壮士'二句，叙得简老。"其实这两句或可视为张说自况。诗的第二层则由眼前邺都之荒凉，想到昔日的贵人美人俱化为尘埃，故生无限感慨。明人周珽曰："此诗从群雄争逐、壮士美人，说到贵臣娥眉同归灰尘，思致岂不深沉，似笑似悲，似詈似吊耶！"（删补《唐诗选脉笺释会通评林》七言古诗·初唐）这首诗文词朴直，格调高远，感慨万端，与初唐四杰诸人以"流丽"取胜的七古相比，已有较大进步，显示出盛唐的特点，故《唐诗别裁集》评云："声调渐响，去王、杨、卢、骆体远矣。"

张说的岳州诗现存五十余首，体裁包括五古、七古、五律、五排、七律、五绝、七绝，相当全面，这在初、盛唐之交的诗人中是十分少见的。其题材则有游览、登临、山水、抒情、咏史、送别、赠答、宴饮等，涉及生活面较广。这些诗都是有为而作，有感而发，感情颇为真挚，艺术感染力较强。张说本为睿宗朝宰相，又是玄宗朝的大功臣，现在无辜遭贬，其情绪必然恶劣，且在诗中有所反映，本为人之常情。此时张说诗中较多抒发恋阙之情与叹老嗟卑之意，而这二者又有逻辑联系。如“湘东肱股守，心与帝乡期”（《赠赵公》），“夜梦云阙间，从容簪履列。朝游洞庭上，缅望京华绝”（《岳州作》），“正在江潭月，徘徊恋九华”（《岳州作》），“昔滥貂蝉长，同承雨露霏。今为鱼鳖守，望美洞庭归。浦树悬秋影，江云烧落辉。离魂似征帆，恒往帝乡飞”（《岳州别赵国公王十一琚入朝》），偏重于写恋阙之心。“天地盈虚古难得，人间倚伏何足道。……念君宿昔观物变，安得踌躇不衰老。”（《同赵侍御乾湖作》）“谁念三千里，江潭一老翁。”（《岳州宴别潭州王熊二首》）“宁思江上老，岁晏独无成。”（《岳州赠广平公宋大夫》）则以叹老嗟卑为中心。有时二者交织在一起，如：《广州萧都督入朝过岳州宴饯得冬字》：“孤城抱大江，节使往朝宗。果是台中旧，依然水上逢。京华遥比日，疲老飒如冬。窃羡能言鸟，衔恩向九重。”《岳州九日宴道观西阁》：“摇落长年叹，蹉跎远宦心。北风嘶代马，南浦宿阳禽。佳此黄花酌，酣余白首吟。……参佐多君子，词华妙赏音。……”又如《岳州别梁六入朝》：“自我违京洛，嗟君此溯洄。容华因别老，交旧与年颓。梦见长安陌，朝宗实盛哉。”这些诗较为真实地写出被贬谪岳州时的失意之情，格调确实“凄婉”。其名作《五君咏》亦作于岳州，这组诗效法颜延年，分咏魏元忠、苏瓌、李峤、郭元振、赵彦昭五位初唐名臣，能用极其简略的笔墨，写出各人的生平大节。他与诸人均有很深的交情，魏、李、郭三人还曾得到张说的救护，张说曾为其中几位写过行状、墓志铭等，对诸人了解甚深，这组诗是诗的形式写出的五人墓志铭，不愧为大手笔。由于五人均已作古，诗中难免有“凄凉”“洒泪”之语，投吊之情。另外，张说在岳州为诗以自宽，曾编为《岳阳集》。

不过，张说被贬，并非自己的过失所致，故内心坦荡，且他与玄宗关系非同一般，所以他在岳州，并未绝望，其岳州诗亦非全为“凄婉”之什，如写自己心情及山水、友谊、风土人情等，均有乐观开朗之作。如七律《灉湖山寺》，《唐诗援》即评云：“此燕公初谪宦时作，绝无怨尤之意，而和平恬澹如此，可觇公之器量。”他曾与赵冬曦、尹懋及其子张均游赏湖山，留下一批山水佳作，如《游洞庭湖湘》《出湖寄赵冬曦》《岳阳早霁南楼》《岳阳石门墨山二山相连有禅堂观天下绝境》《同赵侍御乾湖作》《和尹懋秋夜游灉湖》《与赵冬曦尹懋子均登南楼》《游灉湖上寺》《岳州宴姚绍之》《别灉湖》《岳州观竞渡》《同赵侍御巴陵早春作》等。

张说在荆州时间不长，作诗不多，以山水、登临为主，如《游龙山静胜寺》《一柱观》《登九里台是樊姬墓》《四月一日过江赴荆州》《荆州亭入朝》等，但牢骚的成分减少，延续岳州诗风而又有所变化。

总之，张说在岳州及相、荆二州所作之诗共约六十首，多出于真情实感，与其应制诗风格迥异，体裁齐备，题材广泛，在抒发“凄婉”之情与吟咏山水方面，取得较高成就，与其早年流钦州之作一脉相承而感情更为深厚，技巧更为纯熟。此时诗坛相对沉寂，初唐诗人已经谢幕，盛唐诗人尚未成长起来，故张说得以独领风骚。

开元六年三月张说被召入京，授右羽林将军、并州都督、河北节度使，开元九年复为宰相直至开元十八年去世，张说又曾两度入相，政治上获得新生，权高位重，文才武略得到充分发挥，诗歌也出现新的特点。其边塞诗如七律《幽州新岁作》写边塞豪情与和平安定景象，十分成功。周敬评曰：“风神气韵，为盛唐立准。”①张说的《将赴朔方军应制》则写得慷慨激昂，《巡边在河北作》，主要写忠君爱国之情。

从开元十年直到去世，张说基本上都在宰相任上，诗歌创作的高峰期已过，主要写一些陪侍玄宗皇帝游玩的作品。其主要精力用于文化事业。

综观张说的诗歌创作，有以下几点值得注意：

第一，开元之前，张说作为初唐近体诗的奠基人之一，在五律、五排、七律等新诗体的创作上均有颇多创获，积累了较为丰富的经验，他作为初唐唯一一位生活到开元中期且又握重权、享高位、负盛名的诗人，将初唐近体诗的创作法式顺理成章的带入盛

---

① 周珽：《删补唐诗选脉笺释会通评林》卷四一，崇祯八年刻本。

唐，对盛唐律诗产生重大影响，前人即多指出张说对杜甫的直接影响：宋人吴幵《优古堂诗话》曰："张说有《深度驿》诗云：'洞房悬月影，高枕听江流。'杜子美用其意，见于《客夜篇》云：'入帘残月影，高枕远江声。'"[①]明人杨慎《升庵诗话》卷四："杜诗'枫树坐猿深'，又'黄莺并坐交愁湿'，'坐'字奇崛。张说诗：'树坐参猿啸，沙行入鹭群。'前人已云矣。"《唐诗近体》评张说《幽州夜饮》："结法唯老杜有之。"《唐诗观澜集》评《将赴朔方军应制》诗云："骨脉坚凝，气体雄厚，此工部先鞭也。"五、七言律诗由初唐过渡到盛唐并与古体诗分庭抗礼，张说居功至伟。

第二，张说贬谪相、岳二州期间所作之诗，由台阁走向社会，内容充实，感情真挚，风格"凄婉"，标志着其诗朝个性化方向进了一大步。这些"得江山助"的山水诗，以泛咏山水加送别，同时抒发牢骚不平，艺术水平虽未臻盛唐一流境界，但比张九龄、王维乃至钱起、刘长卿山水诗创作时间要早，有一定先导作用。《唐诗余编》在张说《灉湖山寺》诗"云间东岭千寻出，树里南湖一片明"二句下评云："钱、刘清润之品，实本诸此。必以时代先后强画界分，盖未识其源流相接耳，如开、宝中王、岑、高、李诸作，即大历之先声也。"张说在幽州及巡边河北前后所作边塞诗，数量虽不甚多，但语气雄壮，情辞慷慨，有为盛唐边塞诗开风气的作用，加上他作于相州的名作《邺都行》，其边塞诗的水平也不低。对盛唐高适、岑参诸人的边塞诗有一定影响。

第三，张说的《五君咏》上承颜延年《五君咏》，下开高适《三君咏》、杜甫《八哀诗》；其《杂诗四首》上承阮籍《咏怀》、陶渊明《杂诗》，下启张九龄《感遇》、李白《古风》，均不愧名作。

第四，开元十年之后，张说作为文臣之首，深受玄宗皇帝礼遇，张说赴朔方巡边赋诗、出鼠雀谷赋诗曾得玄宗赐和，玄宗赐十八学士赞及送张说至集贤院赴任诗、称赞张说、宋璟、源乾曜的"三杰诗"，尤可见玄宗对张说宠渥之殷。张说此时当然又变成了宫廷诗人，其应制之作，多系陪侍皇帝出游、宴饮之诗，虽多为歌舞升平与山水清音的结合，风格多雍容和雅，气度安详，却无多少谄

① 《唐诗成法》云："'悬'、'听'二字犹有痕迹，而杜之'卷帘残月影，高枕远江声'远矣。"则认为杜甫有出蓝之美。

谀之作，对于人们从正面认识开元年间的文治之盛，有一定意义。此时，张说利用主持丽正、集贤书院的便利，汲引、团结了一批优秀的文士，共同饮酒赋诗，鼓吹盛明，《新唐书·艺文志》四所载的《集贤院壁记诗》多达数百首，即为明证。张说奖掖的这些文人，后来在开元、天宝文坛仍占主导地位，继续领导开、天诗坛。其中值得注意的是张说向唐玄宗推荐的主持集贤书院的“接班人”张九龄。张九龄既是张说文化事业的接班人，又是张说之后的诗坛盟主。

张九龄步入仕途与文坛，是由于沈佺期、李峤、张说等人的赏识提携。入仕后的二十年，张九龄大多数时间在朝中任职，他与张说关系密切，政治上同进退，诗风亦受其影响，但抒情写景似比张说细腻，在情景交融方面有所进步。开元十五年，受张说牵连，九龄出为洪州刺史，十九年入朝主持集贤书院，二十一年任宰相，二十五年贬荆州长安，二十八年病卒。九龄晚年，尤其是在洪州与荆州期间，诗风发生重大变化，台阁之气尽除，这与张说谪岳州“诗益凄婉”的情形相似，但此时张九龄诗歌的思想深度与艺术水平，均超过张说并形成独具面貌的“张曲江体”。[①]其洪州诗现存二十余首，表现出较为复杂的思想感情。他赴洪州途中及初至洪州时的诗，心境比较平和，如《江上使风呈裴宣州耀卿》《湖口望庐山瀑布泉》《入庐山仰望瀑布水》或写山水，或叙友情。《出为豫章郡途次庐山东岩下》则对此次外放作了总结：诗人先说自己在朝中无靠山，常恐横遭打击，隐隐约约地写出此番受张说牵连被出的事实。《巡属县道中作》则写出一片太平景象：“途中却郡掾，林下招村氓。至邑无纷剧，来人但欢迎。岂伊念邦政，尔实在时清。”到洪州不久，九龄的心情即发生变化，仅从其《忝官二十年尽在内职及为郡尝积恋因赋诗焉》的诗题就可见其恋阙之情，诗中先述“逝者如斯”之感，又说“感初时不载，思奋翼无假。”流露出无人汲引之悲。最能代表其心情的是《在郡秋怀二首》：第一首主要写知天命之年仍无所作为的感慨，仍以“平生去外饰，直道如不羁”的节操自励，“兰艾若不分，安用馨香为”二句，对朝廷中贤愚不辨的现状提出批评，点出自己被放的原因。第二首则主要化用陶渊明的某些诗

① 严羽：《沧浪诗话校释》，郭绍虞校释，人民文学出版社1983年版，第58页。

句，以陶自比，表达归隐田园的愿望。

任荆州长史时，张九龄的处境与心情与洪州时大不相同。九龄由洪州入朝后，曾担任宰相，并与李林甫发生正面冲突，汪篯先生指出：当时以李林甫为代表的“吏治集团”逐渐压倒以张九龄为代表的“文治集团”[①]，邪恶势力压倒进步势力。虽然我们对“吏治集团”与“文治集团”的说法并不认同，但张九龄受李林甫排挤、陷害则为事实。《明皇杂录》卷上曰：“张九龄在相位，有謇谔匪躬之诚，玄宗既在位年深，稍怠庶政，每见帝无不极言得失。李林甫时方同列，闻帝意，阴欲中之。时欲加朔方节度使牛仙客实封，九龄因称其不可，甚不叶帝旨。他日林甫请见，屡陈九龄颇怀诽谤。于时方秋，常命高力士持白羽扇以赐，将寄意焉。九龄惶恐，因作赋以献，又为《归燕》诗以贻林甫。其诗曰：‘海燕何微渺，乘春亦蹇来。岂知泥滓贱，只见玉堂开。绣户时双入，华轩日几回。无心与物竞，鹰隼莫相猜。’林甫览之，知其必退，恚怒稍解。九龄洎裴耀师罢免之日，自中书至月华门，将就班列，二人鞠躬卑逊，林甫处其中，抑扬自得。观者窃谓一雕挟两兔。俄而诏张、裴为左右仆射，罢知政事。林甫视其诏，大怒曰：‘犹为左右丞相耶？’二人趋就本班，林甫目送之。公卿以下视之，不觉股栗。”[②]虽然此事的细节不见得完全准确[③]，但对唐玄宗之倦于政务、李林甫之气焰熏天及张九龄的艰难处境的记载当大致无误。《大唐新语》记九龄沮牛仙客事更详，末云：“九龄由是获谴。自后朝士惩九龄之纳忠见斥，咸持禄养恩，无敢庭议矣。”[④]因此，九龄至荆州后，诗风比洪州时要苍凉得多。《登荆州城楼》应当是到任后不久的作品，诗云：“自罢金门籍，来参竹使符。端居向林薮，微尚在桑榆。直似王陵戆，非如宁武愚。”表示仍将坚持正义如王陵，而不愿向宁武那样，做一个“邦有道则知，邦无道则愚”的“愚不可及”[⑤]的人物。可见此时他壮怀尚存。在《始兴南山下有林泉尝卜居焉荆州卧病有怀此地》一

① 参见汪篯：《汪篯隋唐史论稿》，中国社会科学出版社1981年版。

② 郑处诲：《明皇杂录》卷下，上海古籍出版社1985年版，第23页。

③ 参见《通鉴考异》卷一三、叶梦得《避暑录话》的有关考辨。

④ 刘肃：《大唐新语》卷七，中华书局1984年版，第105页。

⑤ 见《论语·公冶长》，参见《左传·僖公》八年。

诗中，他主要回顾仕途的艰险，意绪已颇为颓唐。《荆州作二首》则对自己的仕途尤其是入相与罢相的经历作了系统而沉痛的总结。前一首言自己虽姿质凡近，然忠心为国，无辜遭谤，心乱如麻。末六句言以忠信为本，不改初衷，虽被迫离开高位，仍欲坚持正义，在悲观之中尚存一丝豪气。后一首重点言自己得遇明主，三载为相，虽竭尽忠诚，但智穷力尽，其原因是钻营无术。如今被贬出朝，唯感世事无常，势单力孤。结尾四句伤心已极，绝望已极，可视为《归燕》诗思想的继续发展。此二诗以颇为沉痛掩抑的语气，描绘出张九龄这样一位正直而干练的知识分子，在玄宗开元后期政治由开明渐趋昏暗这一阶段中的不幸遭遇与心路历程，在抒情的真挚恳切方面，达到很高的水平。

张九龄在荆州所作的《杂诗》五首、《感遇》十二首中的某些篇章，则从象征的角度、形而上的层次，写自己的高风亮节及不遇之感。如《杂诗》其一（孤桐亦何为）、其五（木直几自寇），《感遇》其一（兰叶春葳蕤）、其四（孤鸿海上来）、其七（江南有丹橘）等[①]。

对于开元诗坛的第二任领袖张九龄，我们得出以下几点认识：

其一，张九龄是张说文化（包括诗歌）事业的继承人，他团结了孟浩然、王维、卢象、王昌龄、皇甫冉等诗人，将开元诗坛的创作水平向前推进了一大步。

其二，张说是一位从初唐向盛唐过渡的诗坛盟主，张九龄的创作则成名于盛唐的开元年间，二人在时间上既有交叉，又有明显的承传轨迹。张说之诗，体裁较为全面，不仅五言古诗、五言排律、五言律诗、五言绝句均有较高水平，其七古与七律、七绝等新体亦较成熟。张九龄之诗则以精纯见长，其五言诗的成就超过张说，七言诗却非其所长。正如王士祯所说："张曲江开盛唐之始，韦苏州殿盛唐之终。"[②]

其三，张九龄的五言排律亦以应制与应酬为主，与初唐诸人及张说一脉相承，如《奉和圣制早发三山乡行》《奉和圣制早度蒲津关》《酬赵二侍御使西军赠两省旧僚之作》等。明人胡应麟《诗薮》内编卷四对此类诗评价很高："初唐沈、宋外，苏、李诸子，未见大

① 张九龄《杂诗》、《感遇》的编年据傅璇琮主编《唐五代文学编年史·初盛唐卷》。

② 王士祯：《带经堂诗话》卷四，人民文学出版社1982年版，第98页。

篇。独曲江诸作，含清拔于绮绘之中，寓神俊于庄严之内，如《度蒲关》《登太行》《和许给事》《酬赵侍御》等作，同时燕、许称大手，皆莫及也。”足见在此体上，他已超过张说。其《奉和圣制送尚书燕国公赴朔方》更是这方面的佳作，《唐诗直解》云：“起得台阁气象。同时明皇、罗从愿、张嘉贞俱有诗，无此沉着。”唐汝询《唐诗解》亦评曰：“何等台阁气！”《唐诗训解》则称赞此诗的思想价值：“立意迥异，不以战胜为功，老臣忠君虑远之意溢于言表。”此类诗对王维等人的《早朝大明宫》诸作有一定影响。

其四，张九龄的抒真性写真景之作多为五古及五律。如前此洪州、荆州抒情之什均为五古。其《在郡秋怀》二首和《荆州作》二首在抒情的真切，议论之剀切，说理之深入透辟方面，实已开杜甫《咏怀》《北征》诸诗之先河。其《杂诗》《感遇》组诗，则上承《古诗十九首》、阮籍、陈子昂、下开李白《古风》，为九龄诗歌艺术的最高典范。明人周珽曰：“曲江《感遇》诸诗，言言历落，字字玄微，《十九首》后无此陆离精致。”[①]翁方纲曰：“曲江公委婉深秀，远出燕、许诸公之上，阮、陈而后，实推一人，不得以初唐论。”[②]指出九龄之诗超过张说，且已不为初唐风会所限，极有见地。沈德潜对自汉至唐五古之演变作了相当精辟的概括：“五言古体，发源于西京，流衍于魏、晋，颓靡于梁、陈。至唐显庆、龙朔间，不振极矣。陈伯玉力扫俳优，直追曩哲，读《感遇》等章，何啻在黄初间也。张曲江、李供奉继起，风裁各异，原本阮公。唐体中能复古者，以三家为最。”（沈德潜《唐诗别裁集·凡例》）前人多将张九龄与陈子昂的《感遇》相比较，如：“《感遇》诗，正字气运蕴含，曲江精神秀出；正字深奇，曲江淹密。”[③]“正字古奥，曲江蕴藉，本原同出嗣宗，而精神面目各别，所以千古。”（沈德潜《唐诗别裁集》卷一）从托物起兴的角度看，陈、张的《感遇》诗的确同出于阮籍，有相同之处。但从唐诗艺术发展的脉络来看，张九龄实已后来居上，比陈子昂更为出色。陈诗说理的成分过多，颇有西晋玄言诗格调，个人性情反为所掩；张诗则自我抒情的成分较多。陈诗多

① 周珽：《删补唐诗选脉笺释会通评林》卷二，崇祯八年刻本。

② 翁方纲：《石洲诗话》卷一，人民文学出版社1981年版，第27页。

③ 锺惺《唐诗归》卷五初唐五，明刻本。

玄言，故形象性较差；张诗多借物抒情，即景抒情，形象性较强。陈诗给人隔一层的感觉，张诗则较为本色，无门面之语。陈沆《诗比兴笺》对九龄此类评价很高："史迁有言，《诗》三百篇，大抵仁圣贤人发愤之所为作也。至唐，曲江以姚、宋之相业，兼燕、许之文章，诗人遭遇，于斯为盛。所谓不平之鸣，有托之作，宜若无有焉。此《杂诗》《感遇》诸篇，所以椟重千秋，珠还合浦也。今观集中，自应制、酬酢诸什外，类皆去国以后，泽畔之行吟，湘纍之忠爱，特以象超声色之表，神出古异之余，有德之言，知味者希焉。故知《金鉴》之录，早赓明良；《羽扇》之赋，晚托骚怨。蟪蛄十里之声，鸱鸮三年之诉，《诗》三百篇，洵仁圣贤人发愤之所为作矣。"[①]又总评《感遇》诗曰："此及《杂诗》、咏史等篇，皆罢相谪荆州长史后作也。本传称其以直道见黜，不戚戚婴望，唯文史自娱，在郡数载，益修忠悃。又徐浩作《碑铭》，称其学究精义，文参微旨，或有兴托，或有讽谏，后之作者所钻仰焉。知此者可与读《感遇》诸诗。"[②]认为《感遇》、《杂诗》、咏史等诗皆作于荆州时，未必皆然，然对这些诗主旨的分析非常精当。总之，在性情与风骨的交融方面，张已超过陈。正如沈德潜所言："唐初五言古渐趋于律，风格未遒。陈正字起衰而诗品乃正，张曲江继续而诗品乃醇。"（沈德潜《唐诗别裁集》卷一）

其五，张九龄的五律同样有较高成就。写景与抒情的结合相当自然、纯熟，超过初唐诸人，为盛唐诗建立了新的美学规范。如被方回《瀛奎律髓》评为"雅淡有味"的《初发道中寄远》，纪昀、许印芳都认为此诗是盛唐五律的名作。纪昀评曰："首句（作者按：此处"句"似均指"一联"）按题，次句又进一步，三句旁托一笔，四句合到本位。措词生动，变尽从前排解矣。"[③]此诗将思乡怀归之情置于秋风起、楚猿啼的背景之下，至末联方点出主旨，实即岁月空老、壮志难酬之悲，情景亦打成一片。九龄写景的五律首推《湖口望庐山瀑布泉》，谭元春推为咏瀑布之"绝唱"[④]，《唐诗近体》曰："清思健笔，足与太

① 陈沆：《诗比兴笺》卷三，上海古籍出版社1981年版，第116—117页。

② 陈沆：《诗比兴笺》卷三，上海古籍出版社1981年版，第117页。

③ 方回选评：《瀛奎律髓汇评》，李庆甲集评校点，上海古籍出版社1986年版，第1257页。

④ 锺惺、谭元春：《唐诗归》卷五"初唐五"，明刻本。

白相敌。”沈德潜曰：“任华爱太白瀑布诗系‘海风吹不断，江月照还空’二语，此诗正足相敌。”（沈德潜《唐诗别裁集》卷九）均非过誉。《唐诗成法》曰：“太白‘秋风（作者按：当作海风）吹不断，江月照还明（作者按：当作“空”）’，自是仙笔，全无痕迹。曲江‘天清’句雄浑，又‘共氤氲’三字传神。若‘一条界破青山色’，虽未能免俗，东坡云‘不为徐凝洗恶诗’，不亦过乎?”将李白、张九龄、徐凝三人的庐山瀑布诗作比较，颇具识力。的确，若论气魄宏大，立意高远，九龄此诗不逊于太白，高于徐凝远矣。张九龄情景交融的最上乘之作当推《望月怀远》，此诗上承杜审言，下开杜甫[①]，锺惺《唐诗归》誉为“一片元气”，最为有见。诗中极写月光之明媚动人，情人之刻骨相思，辗转反侧，夜不能寐，可视为张若虚《春江花月夜》之浓缩，全诗皆笼罩在无边无际的月色之中，境界阔大而优美，而又浑然一体，不可句摘，《唐诗选脉会通评林》曰：“通篇全以骨力胜”，甚确。另外，张九龄的《咏燕》《庭梅咏》，皆借咏物以寄托怀抱，是其五古《感遇》诗在五律领域的成功运用，又与虞世南、骆宾王咏蝉的五律一脉相承。

其六，前人及时贤多以张九龄为盛唐山水诗的开创者，如胡应麟《诗薮》内编卷二曰：“唐初承袭梁、隋、陈子昂独开古雅之源，张子寿首创清淡之派。盛唐继起，孟浩然、王维、储光羲、常建、韦应物，本曲江之清淡，而益以风神者也。……”[②]今人也曾论及张说、张九龄在盛唐山水诗发展中的作用。其实此说并不确切，因为二张均入仕很早，绝大部分时间都在朝为官，无暇作山水诗，张说相州、岳州时期、张九龄洪州、荆州时期虽有一些山水诗，但多与政治感慨相联系，较纯粹的山水诗不多，不能说在山水方面有开宗立派的地位。

四、开元时期其他诗人的创作

先看二张周围诗人的创作情况。

许景先（生卒年不详）开元初即与张说在相州相倡和，开元

① 《增订评注唐诗正声》说此诗“较杜审言《望月》更有余味”。《唐诗笺注》曰：“‘情人’一联，先就远人怀念言之，少陵‘今夜鄜州月’诗，同此笔墨。”

② 胡应麟：《诗薮》内编卷二，上海古籍出版社1979年版，第35页。

中任中书舍人、掌制诰，文词甚美，得到张说的称赞。《旧唐书·许景先传》曰："自开元初，景先与中书舍人齐澣、王丘、韩休、张九龄掌知制诰，以文翰见称。中书令张说尝称曰：'许舍人之文，虽无峻峰激流崭绝之势，然属词丰美，得中和之气，亦一时之秀也。"（《旧唐书》卷一九〇《文苑中》）景先官至吏部侍郎，仕途较为通达。其诗今存5首，有两首是应制诗，在诗坛上无甚影响。赵冬曦（677—750）今存诗16首，大部分是在岳州及朝中与张说赠答之作，特色不明显。王翰（生卒年不详）存诗16首，有3首是与张说赠答的。其《凉州词》二首非常有名，七言歌行《饮马长城窟行》以古题写今事，并不比高适的《燕歌行》逊色。王湾（生卒年不详）存诗10首，除《江南意》（一作《次北固山下》）外，鲜有名篇，然此诗已足以使其不朽。孙逖（696—761）存诗70余首，多为应制、应教、应酬之作，颜真卿称其诗"必有逸韵佳对，冠绝当时，布在人口"（颜真卿《尚书刑部侍郎赠尚书右仆射孙逖文公集序》），可能因其诗散佚过多，现在已很难见到佳作。只有《故右丞相赠太师燕文贞公（作者按：即张说）挽词》二首（其一）较佳，诗云："海内文章伯，朝端礼乐英。一言兴宝运，三入济苍生。命与才相偶，年将位不并。台星忽已坼，流恸皇轸情。"韦述（？—757）是一位著名的史学家，存诗5首，其中《春日山庄》写田园情趣较生动。贺知章（659—744）存诗19首，其《咏柳》和《回乡偶书》二首不愧为杰作，他曾揄扬李白，成为诗坛一段佳话[①]。徐坚（？—702）存诗9首。他与张说年辈相若，与张说交情甚厚，他以博学知名，诗歌水平不高。房琯（697—763）仅存诗1首，但他与盛唐著名诗人孟浩然、王维、高适、李颀、杜甫、綦毋潜、贾至等都有深厚的友谊。吕向曾献诗规讽玄宗[②]，但诗已不存。徐浩（703—782）存诗3首，其中《宝林寺作》《谒禹庙》颇为典雅古奥。徐安贞存诗11首，多应制、送别之什。赵贞居存诗2首。裴漼（约666—736）存诗四首，水平一般。孟浩然今存诗210余首，是盛唐

① 事见孟棨《本事诗·高逸第三》、王定保《唐摭言》卷七，郁贤皓先生系此事于开元十八年，似可从。

② 据《新唐书·吕向传》。

最出色的田园诗人。他曾两入长安应举，又曾入张九龄荆州幕，与张九龄、王维的交往对激发孟浩然的用世之心大有帮助。王维诗今存376首，可考作于开元者约100首[①]。其开元诗内容涉及应制、应教、送别、酬赠、边塞等，其中不乏佳作，但最能体现其艺术水准的山水诗（以《辋川集》为代表）却作于天宝年间。至于张九龄赏识的卢象、皇甫冉等，此时均很年轻，诗艺尚未成熟。

由上可知受张说识拔的诗人除张九龄外，诗歌的数量与质量均远逊于张说。张九龄赏识的诗人中，孟浩然为一大家，王维此时已崭露头角，当然，王孟之诗歌水平，最终超过二张。卢象、皇甫冉则尚未成长起来。

再看二张“文人集团”之外诗人的创作情况。

严羽《沧浪诗话·诗体》以时而论（即按时代先后）将唐诗分为五个阶段，其中“盛唐体”指“景云以后，开元、天宝诸公之诗”。其“以人而论”部分所列盛唐诗体有张曲江体、少陵体、太白体、高达夫体、孟浩然体、岑嘉州体、王右丞体、韦苏州体。我们不妨考察一下除张九龄、孟浩然、王维之外的盛唐著名诗人在开元年间的创作情况：

李白：据詹锳先生《李白诗文系年》，李白的编年诗自开元七年始，至开元二十九年，共存诗约120首[②]，仅占李白存诗的十分之一强，其间有一些优秀作品，多作于开元后期。据郁贤皓先生考证，李白《玉真公主别馆苦雨赠卫尉张卿二首》中的卫尉张卿指张说之子张垍，此诗作于开元十八年。《李白诗文系年》开元二十八年下系《古风五十九首》之五十一“殷后乱天纪”诗，引萧士赟、陈沆之说，认为此诗是同情张九龄被贬的，詹锳先生认为当作于九龄卒后，有理。

高适：开元年间诗今存71首[③]，其名作《燕歌行》作于开元二十六年。然开元年间高适“风尘不偶”（见薛用弱《集异记》）。

岑参：年龄比王维、李白、高适小十余岁，开元诗今存约30

① 据陈铁民先生《王维集校注》。

② 《李白诗文系年》对某些诗的系年或有可酌之处，然大体可信，故依之为据。

③ 据刘开扬《高适诗集编年笺注》。

首[1]，尚不足总数的十分之一，多为少作，其边塞诗的创作尚未开始，在开元诗坛自然尚无地位。

杜甫：开元诗仅存14首[2]，尚未自成面目。

韦应物：约生于开元二十五年，元开末年仅五岁，尚未进入诗坛。

其余如王昌龄、李颀、储光羲、常建、祖咏、崔颢等诗人，多成名于开元后期，他们多与二张“文人集团”中的诗人关系密切，如王昌龄与王维、孟浩然、张九龄有交往；张子容与孟浩然关系密切；张愿、卢僎、刘昚虚、崔国辅与孟浩然也有诗赠答，储光羲、綦毋潜与王维过从甚密；祖咏曾赠诗张九龄之弟张九皋，与王维、卢象有诗唱和。可以说，开元年间的成名诗人，与二张“文人集团”无交往者极为少见，这也从侧面说明了二张等在当时的影响。

由此可见，开元年间，张说、张九龄“文人集团”占据了诗坛的主宰地位，二张与孟浩然为开元诗坛“三杰”。在开元前期，他们足以领袖群雄。开元后期，高适、李白、王昌龄、李颀、储光羲、常建、祖咏、崔颢诸人已成长起来，逐渐超过二张及其周围的诗人。岑参、杜甫成名于天宝年间，韦应物直至大历、贞元年间方成为著名诗人。这种情况既说明二张“文人集团”在开元前期诗坛主宰沉浮的地位，又表明开元前期诗坛只是盛唐诗发展的初级阶段，开元后期至天宝年间才是盛唐诗歌的高峰期和完成期。

［原载《文学评论》2002年第2期，《唐代文学研究年鉴》收录，收入本书时有改动］

① 据陈铁民、侯忠义《岑参集校注》。

② 据仇兆鳌《杜少陵集详注》。

李林甫与盛唐诗坛

以开元二十四年末张九龄因李林甫进谗言而罢相为分界线，盛唐可以分为前后两期。盛唐前期，政治开明、经济繁荣，诗人们有较多的机会进入仕途施展才能。盛唐后期，社会危机日甚一日，诗人们仕途坎坷，而诗歌创作却获得丰收，王维、李白、高适、岑参、王昌龄等人诗歌创作的黄金时期都在此时，杜甫也有许多佳作问世。诗人仕途的失意与诗歌创作的繁荣形成巨大的反差。

关于这种状况我们拟另文论述，在这篇文章中，集中讨论李林甫与盛唐政局特别是与盛唐诗坛的关系，从这一特定的角度对盛唐诗坛作一番考察。

一、不学无术

李林甫（？—752）是唐朝的宗室。据《旧唐书·宗室传》，其曾祖叔良是唐高祖李渊从父弟，武德中没于王事，赠左翊卫大将军、灵州总管，谥曰肃。叔良子孝斌，官至原州都督府长史。“孝斌子思训，高宗时累转江都令。……神龙初，中宗初复宗社，以思训旧齿，骤迁宗正卿，封陇西郡公，实封二百户。历益州长史。开元初，左羽林大将军，进封彭国公，更加实封二百户，寻转右武卫大将军。开元六年卒，赠秦州都督，陪葬桥陵。思训尤善丹青，迄今绘事者推李将军山水。思训弟思诲，垂拱中扬州参军。”[①]思诲即李林甫之父。据《旧唐书·李林甫传》记载，李林甫初为千牛直长，开元中宇文融引为御史中丞，开元二十二年为相，直至天宝十二载病卒，执掌朝政长达十九年。

① 《旧唐书》卷六〇，中华书局1975年版，第2346页。

史载李林甫不学无术，轻视文学之士。《旧唐书·李林甫传》云：“自无学术，仅能秉笔，有才名于时者尤忌之。……林甫典选部时，选人严迥判语有用‘杕杜’二字者，林甫不识‘杕’字，谓吏部侍郎韦陟曰：‘此云‘杖杜’，何也？’陟俯首不敢言。太常少卿姜度，林甫舅子，度妻诞子，林甫手书庆之曰：‘闻有弄獐之庆。’客视之掩口。”[①]不识“杕”字，误“弄璋”为“弄獐”，在盛唐文人看来，的确可笑，《新唐书·李林甫传》亦云：“林甫无学术，发言陋鄙，闻者窃笑。”[②]

不过，李林甫出于丹青世家，其伯父李思训为著名画家，《历代名画记》卷九云：“（思训）早以艺称于当时，一家五人，并善丹青。世咸重之，书画称一时之妙。”“思训弟思诲，即林甫之父也，善丹青”。李林甫“亦善丹青，高詹事与林甫诗曰：‘兴中唯白云，身外即丹青。’余曾见其画迹，甚佳。山水小类李中舍也。”高詹事即盛唐著名诗人高适，此诗名为《留上李右相》。思训子昭道，乃李林甫从弟，亦为著名画家，“变父之势，妙又过之，官至太子中舍，创海图之妙。”世称小李将军；林甫侄李凑“尤工绮罗人物，为时惊绝。本师阎令，但笔迹疏散，言其媚态，则尽美矣。”[③]另外，李林甫曾领衔修撰《唐六典》，完成了张说未竟的重大文化事业。《旧唐书·李林甫传》说“林甫善音律”。《全唐文》收其文六篇（不包括苑咸的代拟之作，见《全唐文》卷三四五），《新唐书》卷五九著录其《唐朝炼大丹感应颂》一卷。两《唐书》对李林甫粗鄙不文的记载恐不可全信。

开元年间，唐玄宗励精图治，提倡俭朴节约，政治开明，经济繁荣，国泰民安。但随着玄宗在位日久，他开始厌恶敢于直谏的张九龄，而信任善于拍马逢迎的李林甫[④]。并且耽于享乐，沉湎女色[⑤]。王公贵族们上行下效，奢侈成风。据《开元天宝遗事》等书

---

① 《旧唐书》卷一〇六，中华书局1975年版，第3240页。

② 《新唐书》卷二二三，中华书局1975年版，第6347页。

③ 所引张彦远《历代名画记》卷九的文字，见京华出版社2000年版，第73页。

④ 《明皇杂录》卷下：“张九龄在相位，有謇谔匪躬之诚，玄宗既在位年深，稍怠庶政，（九龄）每见帝，无不极言得失。李林甫时方同列，闻帝意，阴欲中之。”载《唐五代笔记小说大观》，上海古籍出版社2000年版，第961页。

⑤ 《旧唐书》卷一〇六《李林甫传》：“上在位多载，倦于万机……恣行宴乐，衽席无别，不以为耻，由林甫之赞成也。”中华书局1975年版，第3238页。

记载，宁王、申王等人，都穷奢极欲。李林甫本人之奢侈也达到无以复加的地步。《旧唐书·李林甫传》曰："林甫京城邸第，田园水碨，利尽上腴。城东有薛王别墅，林亭幽邃，甲于都邑，特以赐之，及女乐二部，天下珍玩，前后赐与，不可胜纪。宰相用事之盛，开元已来，未有其比。"①

为了巩固自己在朝中的地位，李林甫前后两起大狱，大肆诛杀异己，株连甚广。据两《唐书》李林甫传，第一次冤狱的经过是这样的：李林甫得宇文融引荐，官至刑、吏二部侍郎。当时武惠妃爱倾后宫，李林甫向武惠妃表示，愿助其子寿王为太子，武惠妃很感激他，开元二十三年，帮助他当了宰相。此时太子瑛等三王因母失宠而有怨言，被谮，玄宗欲废之，得张九龄力谏而止。开元二十五年，九龄被贬出朝，玄宗立即听从李林甫之言，废三王为庶人，不久又杀之，史称"天下冤之"。事后，玄宗对诛三王颇为后悔，且因武惠妃旋即病殁，寿王亦随之失宠，玄宗仍采取传统的"推长而立"的政策，立忠王为太子，李林甫立寿王为太子的计划并未实现。天宝五载，他又第二次起大狱，《旧唐书·肃宗纪》曰："及立上（即忠王，后来的唐肃宗）为太子，林甫惧不利己，乃起韦坚、柳勣之狱，上几危者数四。"②此次大狱的经过，《旧唐书·李林甫传》记载较为清楚，是先拿太子妃嫔的家人开刀，目标当然还是指向"非己所立"的太子，以及可能威胁自己相位的人，这次大狱牵涉面很广，大臣韦坚、皇甫惟明、王琚、李适之、李邕、裴敦复等人被杀，裴宽、韩朝宗被贬出朝。

李林甫独揽大权、排斥异己，大臣们噤若寒蝉，朝廷笼罩在高压与恐怖的气氛之中。《资治通鉴》卷二一四开元二十四年评曰："上即位以来，所用之相，姚崇尚通，宋璟尚法，张嘉贞尚吏，张说尚文，李元紘、杜暹尚俭，韩休、张九龄尚直，各其所长也。九龄既得罪，自是朝廷之士，皆容身保位，无复直言。"③对那些敢于提意见的人，李林甫予以无情打击："李林甫欲蔽塞人主视听，自专大权，明召诸谏官谓曰：'今明主在上，群臣将顺之不暇，乌用多言！

① 《旧唐书》卷一〇六，中华书局1975年版，第3238页。

② 《旧唐书》卷一〇，中华书局1975年版，第240页。

③ 司马光：《资治通鉴》卷二一四，中华书局1956年版，第6825页。

诸君不见立仗马乎？食三品料，一鸣辄斥去。悔之何及！’补阙杜琎尝上书言事，明日，黜为下邽令。自是谏争路绝矣。”①有人为了告倒李林甫，付出了生命的代价：天宝八载夏四月，“咸宁太府（作者按：《资治通鉴》卷二一六作“太守”）赵奉章告林甫罪状二十余条。告未上，林甫知之，讽御史台逮捕，以为妖言，重杖决杀。”②

李林甫在排斥异己的同时，重用一批听命于自己的贪官污吏，大大加重了人民的负担。如增加西京一带的租庸，修建通至长安的运河，弄得民怨沸腾。李林甫相继任用杨慎矜、韦坚、王鉷等聚敛之臣，大肆掠夺百姓。《旧唐书·杨慎矜传》曰：杨慎矜知太府出纳时，“于诸州纳物者有水渍伤破及色下者，皆令本州征折估钱，转市轻货，州县征调，不绝于岁月矣。”③《旧唐书·韦坚传》曰：韦坚任长安令时，“见宇文融、杨慎矜父子以勾剥财物争行进奉而致恩顾，坚乃以转运江淮租赋，所在置吏督察，以裨国之仓廪，岁益巨万。玄宗以为能。”④后来，他又开关中漕运，凿广运潭，以挽山东之粟，岁四百万石。其所搜刮来的财物，多为绫罗绸缎、珠玉玩好，以供皇帝与王公贵族享乐之用，借以邀取功名。《资治通鉴》卷二一五曰：“江、淮南租庸等使韦坚引浐水抵苑东望春楼下为潭，以聚江、淮运船，役夫匠通漕渠，发人丘垄，自江、淮至京城，民间萧然愁怨。二年而成。”⑤《旧唐书·王鉷传》曰：“时右相李林甫怙权用事，志谋不利于东储，以除不附己者，而鉷有吏干，倚之转深，以为己用。既为户口色役使，时有敕给百姓一年复。鉷即奏征其脚钱，广张其数，又市轻货，乃甚于不放。输纳物者有浸渍，折估皆下本郡征纳。又敕本郡高户为租庸脚士，皆破其家产，弥年不了。恣行割剥，以媚于时，人用嗟怨。”⑥《旧唐书·宇文融、韦坚、杨慎矜、王鉷传》史臣曰：“宇文融、韦坚、杨慎矜、王鉷，皆开元之幸人也，或以括户取媚，或以漕运承恩，或以聚货得权，或

① 司马光：《资治通鉴》卷二一四，中华书局1956年版，第6825—6826页。

② 《旧唐书》卷一〇六，中华书局1975年版，第3239页。

③ 《旧唐书》卷一〇五，中华书局1975年版，第3226页。

④ 《旧唐书》卷一〇五，中华书局1975年版，第3222页。

⑤ 司马光：《资治通鉴》卷二一五，中华书局1956年版，第6857页。

⑥ 《旧唐书》卷一〇五，中华书局1975年版，第3229页。

以剥下获宠，负势自用，人莫敢违。”[①]融、坚、矜、鉷四人的作为，极大地破坏了朝廷的威信，并促使皇帝与贵族挥霍奢靡，大大加重了百姓的负担，动摇了玄宗朝的经济基础。

在军事方面，李林甫重用安禄山等人，以杜绝边将入相之路，进而巩固自己的地位。他对边疆第一名将王忠嗣的排斥、陷害，就是如此。王忠嗣天宝中为河西、陇右节度使，兼知朔方、河东节度事。“忠嗣杖四节，控制万里，天下劲兵重镇，皆在掌握。”[②]李林甫以其功名日盛，恐其入相，忌之。并想方设法陷害，将他贬为太守，以致他忧愤而死。《大唐新语》卷十一曰：“天宝中，李林甫为相，专权用事。先是，郭元振、薛讷、李适之等，咸以立功边陲，入参钧轴。林甫惩前事，遂反其制，始请以蕃人为边将，冀固其权。……玄宗深纳之，始用安禄山，卒为戎首。虽理乱安危系之天命，而林甫奸宄，实生乱阶，痛矣哉！”[③]《资治通鉴》卷二一六（天宝六载）论曰：“自唐兴以来，边帅皆用忠厚名臣，不久任，不遥领，不兼统，功名著者往往入为宰相。……李林甫欲杜边帅入相之路，以胡人不知书，乃奏言：‘文臣为将，怯当矢石，不若用寒畯胡人。胡人则勇决习战，寒族则孤立无党，陛下诚以恩洽其心，彼必能为朝廷尽死。’上悦其言，始用安禄山。至是，诸道节度尽用胡人，精兵咸戍北边，天下之势偏重，卒使禄山倾覆天下，皆出于林甫专宠固位之谋也。”[④]这两段论述都指出李林甫重用番将别有用心，其目的是压抑在边疆握有兵权的文臣，阻断他们入相的途径。

对李林甫的种种劣迹，唐玄宗后来也有所察觉，他在《李林甫削除官秩诏》中说：“爰因宗室，奖以班序。建履清贯，尤持矫饰，鄙夫患失，狡迹多端。朕待以勿疑，任当殊重，恩私逾分，崇高至极，秉据枢衡，二十余载。岂知外表廉慎，内藏凶险，筹谋不轨，觊觎非望。昵比庸细，谮害忠良，悖德反经，师心蕴慝。祸福生于喜怒，荣辱由其爱憎。使缙绅箝口，行路侧目。”[⑤]可惜此时李林甫

① 《旧唐书》卷一〇五，中华书局1975年版，第3232页。

② 司马光：《资治通鉴》卷二一五，中华书局1956年版，第6871页。

③ 刘肃：《大唐新语》卷十一，中华书局1984年版，第173页。

④ 司马光：《资治通鉴》卷二一六，中华书局1956年版，6888—6889页。

⑤ 《唐大诏令集》卷一二六，《适园丛书》本（据明钞互校本）第4集。

已死，衰败的形势已不可逆转了。

李林甫全方位的倒行逆施，破坏了开元时代政治开明、经济繁荣的大好局面。当“安史之乱”爆发时，朝廷缺少足够的军事力量及独当一面的大将与之抗衡。造成潼关失守、长安陷落、玄宗幸蜀的悲剧。从此，不但唐王朝的国势一蹶不振，中国封建社会也以“安史之乱”为标志，由前期转入后期。

二、排斥文士

李林甫阴险狠毒，盛唐文人被他玩弄于股掌之上。《新唐书·李林甫传》说他“性阴密，忍诛杀，不见喜怒。面柔令，初若可亲，既崖穽深阻，卒不可得也”。[①]《开元天宝遗事》卷下曰：“李林甫妒贤嫉能，不协群议，每奏御之际，多所陷人，众谓林甫为肉腰刀。又云林甫尝以甘言诱人之过，谮于上前，时人皆言林甫甘言如蜜。朝中相谓曰：‘李公虽面有笑容，而肚中铸剑也。’人日憎怨，异口同音。”[②]《资治通鉴》卷二一五曰：“李林甫为相，凡才望功业出己右及为上所厚、势位将逼己者，必百计去之；尤忌文学之士，或阳与之善，啗以甘言而阴陷之。世谓李林甫‘口有蜜，腹有剑’。”[③]

李林甫对文士的轻视忌恨，固然与他个人的性格有关，但还应看到深层的政治斗争的因素，这就是吏治与文学之争。

汪籛先生在《唐玄宗时期吏治与文学之争——玄宗朝政治史发微之二》一文中指出：在姚崇用事期间，匡赞玄宗的大臣，如刘幽求、张说等人，都相继被贬出朝，“姚崇和这些功臣中间的互不相容，似乎还隐含着用吏治与用文学的政见不同。”[④]汪先生的说法很有启发性，姚崇得到武则天的赏识，得以超擢，是由于吏事敏捷，他在开元初年用事时，亦以明于吏事见称。姚崇的继任者张说、张

---

① 《新唐书》卷二二三，中华书局1975年版，第6345页。

② 王仁裕：《开元天宝遗事》卷下，载《唐五代笔记小说大观》，上海古籍出版社2000年版，第1739页。

③ 司马光：《资治通鉴》卷二一五，中华书局1956年版，第6853页。

④ 汪籛：《汪籛隋唐史论稿》，中国社会科学出版社1981年版，第196页。

九龄等人则以文学见长，他们当权后大量拔擢文士。而李林甫的掌权标志着长于吏治的一派重新占了上风，文人遭受排斥是必然的。

李林甫于开元十四年得宇文融之助而任御史中丞。宇文融“明辩有吏干”（《旧唐书·宇文融传》），且与张说矛盾很大。所以李林甫本来就与张说、张九龄处于不同的政治集团。李林甫本人富于吏才。《谭宾录》曰：“林甫虽不文，而明练吏事”。[①]《旧唐书·李林甫传》：“自处台衡，动循格令，衣冠士子，非常调无仕进之门。所以秉钧二十年，朝野侧目，惮其威权。”[②]《新唐书·李林甫传》曰：“（林甫）练文法，其用人非谄附者一以格令持之，故小小纲目不甚乱。”[③]

玄宗纵容李林甫专权，破坏了唐太宗所建立的决策机制，改变了广泛听取臣下的意见、虚心纳谏的状况。有趣的是，玄宗朝的后期与武则天执政时期在某些方面有相似之处。如武则天大肆诛杀异己，《资治通鉴》卷二〇五曰：“太后自垂拱以来，任用酷吏，先诛唐宗室贵戚数百人，次及大臣数百家，其刺史、郎将以下，不可胜数。”[④]李林甫当政后，先是杀了三王，后又诛杀了李适之、李邕、王琚等一大批宗室与大臣。在任用酷吏方面，二者也如出一辙，武则天重用善于罗织和严刑逼供的周兴、来俊臣，李林甫任用有“罗钳吉网”之称的罗希奭、吉温。所不同者，武则天英明果断，政由己出，天下英才乐为之用；唐玄宗晚年昏愦荒唐，李林甫大权在握，文士鄙其为人，亦不愿攀附之。

李林甫对文学之士总的态度是排斥的，但因这些人情况不同，他采取的对策也不同。情况可大致分为三类：

第一类是声望在李林甫之上或声誉颇高的文士，这些人或阻碍其独揽大权，或对其权势产生直接或间接威胁。他们在李林甫执政期间，遭到致命的打击。

李林甫首先要打击的就是张九龄。张九龄进士出身，是张说的继承人，文才出众，以直谏而深得玄宗信任，玄宗欲任李林甫为

① 《太平广记》卷二〇四，中华书局1961年版，第1857页。
② 《旧唐书》卷一〇六，中华书局1975年版，第3241页。
③ 《新唐书》卷二二三，中华书局1975年版，第6347页。
④ 司马光：《资治通鉴》卷二〇五，中华书局1956年版，第6485页。

相，曾遭到张九龄的反对。张在废三王一事中与李有矛盾，且威望远出李之上，故李林甫忌之。李林甫欲引小吏出身的牛仙客为相，张九龄屡言不可，引起玄宗不快；张九龄又因为袒护友人中书侍郎严挺之，被玄宗认为结党，于开元二十四年罢知政事①，次年，李林甫又找借口诬陷张九龄，将其贬为荆州长史。《本事诗》曰："张曲江与李林甫同列，玄宗以文学精识深器之。林甫嫉之若仇，曲江度其巧谲，虑终不免，为《海燕》诗以致意曰：'海燕何微眇，乘春亦暂来。岂知泥滓溅，只见玉堂开。绣户时双入，华轩日几回。无心与物竞，鹰隼莫相猜。'亦终退斥。"②张九龄《庭梅咏》后人多认为作于荆州，诗云："芳意何能早，孤荣亦自危。更怜花蒂弱，不受岁寒移。朝雪那相妒，阴风已屡吹。馨香虽尚尔，飘荡复谁知。"方回《瀛奎律髓》卷二〇曰："详味诗思，盖为李林甫所陷，先罢相，又坐举周子谅为御史，贬荆州长史，此荆州诗也。"③《唐律消夏录》评《咏燕》及《庭梅咏》曰："二诗想系曲江罢相后作。其慨世嗟生，忧谗畏讥之念，见于言表。既不诡随以求免，又不讦直以撄患，生平学问得力处，亦自然露出。"④清人贺裳《载酒园诗话》卷一云："余观此诗（作者按：指《庭梅咏》），字字危栗，起结皆自占地步，正是寄托之词。亦犹《咏燕》，特稍深耳。"⑤这两首诗寄托遥深，表现了作者在李林甫淫威之下痛苦而又无奈的处境和心态，在当时正直知识分子中是有代表性的。

被李林甫排斥并杀害的著名文人还有李邕等人。李邕在武则天时即已为左拾遗，以敢于直谏闻名。天宝初年，李邕先后为汲郡、

---

① 张九龄在相位上某些事务处置不当，加之性格急躁，容易得罪人，也为李林甫打击他提供了口实。《旧唐书》卷九九《张九龄传》云："九龄在相位时，建议复置十道采访使，又教河南数州水种稻，以广屯田。议置屯田，费功无利，竟不能就，罢之。性颇躁急，动辄忿詈，议者以此少之。"中华书局1975年版，第3099—3100页。

② 《本事诗·怨愤第四》，载丁福保辑：《历代诗话续编》，中华书局1983年版，第16页。郑处诲《明皇杂录》卷下云：九龄在相位，謇谔敢谏，玄宗厌之，李林甫阴欲中之，九龄作《归燕》诗贻林甫，"林甫览之，知其必退，恚怒稍解。九龄洎裴耀卿罢免之日，自中书至月华门，将就班列，二人鞠躬卑逊，林甫处其中，抑扬自得。观者窃谓一雕挟两兔。俄而诏张、裴为左右仆射，罢知政事。林甫视其诏，大怒曰：'犹为左右丞相耶？'二人趋就本班，林甫目送之。公卿以下视之，不觉股栗。"《明皇杂录》的记载不尽符合实情，宋人叶梦得等人已有考辨。

③ 方回：《瀛奎律髓》卷二〇，黄山书社1984年版，第439页。

④ 陈伯海编：《唐诗汇评》上，浙江教育出版社1995年版，第63页。

⑤ 郭绍虞编：《清诗话续编》，上海古籍出版社1983年版，第274页。

北海、青州太守，六载（747）为李林甫所害，酷吏罗希奭就郡（青州）杀之，时年七十三[①]。《宣和书谱》卷八曰："邕刚毅忠烈，临难不苟免，少习文章，嫉恶如仇，不容于众，邪佞为之侧目。然虽诎不进，而文名天下。卢藏用谓之如干将莫邪，难与争锋，但虞伤缺耳。"[②]李邕为著名《文选》学者李善之子，是当时著名的书法家、文章家，他与文人关系密切，高适、李白、杜甫等人对他都很景仰。天宝元年，李邕任滑州刺史时曾与高适作诗唱和，四载，李白有《上李邕》诗。李邕曾宴杜甫于历下亭，有诗，高适有寄和之作。李邕也能诗，其《六公咏》，在金石史上颇有影响，杜甫《八哀诗》亦曾提及。六公，指初唐张柬之、桓彦范、敬晖、崔玄暐、袁恕己等"五王"和宰相狄仁杰。赵明诚《金石录》曰："唐《六公咏》，李邕撰，胡履虚书。余初读杜甫《八哀诗》：'朗咏《六公篇》，忧来豁蒙蔽。'恨不见其诗。晚得石本录入，其文词高古，真一代佳作也。六公，五王为一章，狄丞相别为一章云。"[③]董逌《广川书跋》曰："李北海《六公咏》，读杜子美《八哀诗》则知矣。今《泰和集》中虽有诗而无其姓名。……余见荆州《六公咏》石刻，文既不刓，故得尽存，可以序载于此。……诗尤奇伟，豪气激发，如见断鳌足立四极，时至今读之，令人想望风采。有味而深叹，可以赏余音而不息也。"[④]可惜李邕这组诗今已失传。李邕今存诗十一首，分别见于《全唐诗》卷一一五、王重民《补全唐诗》和陈尚君《全唐诗续拾》卷十二，但个别诗的主名在疑似之间。[⑤]

被李林甫杀害的大臣王琚也能诗，今存诗六首，其中有五篇是开元四、五年入朝途中经过岳州，与时任岳州刺史的旧同僚、故相张说唱和之作。另有一首《美女篇》可能是借咏美人以寓己怀，诗的后半云："二八三五闺心切，褰帘卷幔迎春节。清歌始发词怨咽，

① 李昂：《唐故北海郡守赠秘书监江夏李公墓志铭并序》，载周绍良主编：《唐代墓志汇编》（下），上海古籍出版社1992年版，第1766页。

② 《宣和书谱》卷八，文渊阁《四库全书》本。

③ 《金石录》卷二六，文渊阁《四库全书》本。

④ 《广川书跋》卷七，《适园丛书》本（据何义门校本）第五集。

⑤ 《补全唐诗》录李邕阙题七绝："忽闻天子访沉沦，万里迢迢元赴秦。早知不用无媒客，悔渡江南杨柳春。"陈尚君《全唐诗补遗六种札记》云："邕为善子，长安中由李峤等荐官，其生平与诗意尚存牴牾。"

鸣琴一弄心断绝。借问哀怨何所为，盛年情多心自悲。须臾破颜倏敛态，一悲一喜并相宜。何能见此不注心，惜无媒氏为传音。可怜盈盈直千金，谁家君子为藁砧?”

李林甫还残酷地打击了其他一些文人，如宰相韦安石之子韦陟，“（韦）陟自幼风标整峻，独立不群……广平宋公见陟，叹曰：‘盛德遗范，尽在是矣。’……张九龄一代辞宗，为中书令，引陟为中书舍人，与孙逖、梁涉对掌文诰，时人以为美谈。……李林甫忌之，出为襄阳太守，兼本道采访使，又改陈留采访使，复加银青光禄大夫。”[①]再如张说之子张均，与其弟张垍俱能文，“（张）说在中书，兄弟已掌纶翰之任。居父忧服阕，均除户部侍郎，转兵部。……九载，迁刑部尚书。（张均）自以才名当为宰辅，常为李林甫所抑。”[②]又如严挺之，他本与张九龄同时受到李林甫的排斥，数年后，唐玄宗又拟用之，复为李林甫所抑[③]。裴宽，以文词进，景云中入仕，开元中，其见识曾得到张说的称赞，天宝初，任范阳节度使。天宝三载，为户部尚书、兼御史大夫。“玄宗素重宽，日加恩顾。”“李林甫惧其入相，又恶宽与李适之善”，于是挑拨裴敦复告发裴宽，裴宽因而被贬，差一点被杀。[④]

第二类文人受到李林甫的冷遇，王维与孟浩然较有代表性。

王维曾于开元二十三年前后，作《上张令公》《献始兴公》二诗给张九龄，前诗请求汲引，后诗是张九龄擢其为右拾遗后的答谢之作。张九龄被谪出朝，王维心情抑郁，作《寄荆州张丞相》：“所思竟何在？怅望深荆门。举世无相识，终身思旧恩。方将与农圃，艺植老秋园。目尽南飞鸟，何由寄一言。”当李林甫势焰熏天之时，王维诗中述说张九龄对自己的大恩，表达归隐田园之志，应当说还是颇有骨气的。张九龄出朝后，王维曾出使边塞，知南选，开元末、

① 《旧唐书》卷一〇六，中华书局1975年版，第3238—3239页。

② 《旧唐书》卷九七，中华书局1975年版，第3057—3058页。

③ 《旧唐书》卷九九《严挺之传》：“天宝元年，玄宗尝谓林甫曰：‘严挺之何在？此人亦堪进用。’林甫乃召其弟损之至门叙故，云‘当授子员外郎’，因谓之曰：‘圣人视贤兄极深，要须作一计，入城对见，当有大用。’令损之取绛郡一状，云：‘有少风气，请入京就医。’林甫将状奏云：‘挺之年高，近患风，且须授闲官就医。’玄宗叹叱久之。林甫奏授员外詹事，便令东京养疾。”中华书局1975年版，第3106页。

④ 《旧唐书》卷一〇〇，中华书局1975年版，第3129—3131页。

天宝初隐居终南。天宝三载前后，他已开始经营辋川别业，且经常徜徉其中。天宝六载前后，李林甫的亲信苑咸作《酬王维》之诗，讥其年老官卑，有援手之意。王维作《重酬苑郎中》表示婉拒，同样体现了他的人格。从此，王维一直过着亦官亦隐的生活。

孟浩然早年即与张九龄有交情，又曾入张九龄荆州幕府，写了不少同情张九龄的诗，并希望张东山再起，从而能汲引自己，也算是因张九龄失势而断送了仕途。

李林甫打击文人的一个典型事例发生在天宝六载（747），《资治通鉴》卷二一五曰：六载正月“上欲广求天下之士，命通一艺以上皆诣京师。李林甫恐草野之士对策斥言其奸恶，建言：‘举人多卑贱愚聩，恐有俚言污浊圣听。’乃令郡县长官精加试练，灼然超绝者，具名送省，委尚书覆试，御史中丞监之，取名实相副者闻奏。既而至者皆试以诗、赋、论，遂无一人及第者。林甫乃上表贺野无遗贤。”①在被摈落的士子中，就有杜甫和元结。

高适曾受到李林甫的冷遇，《旧唐书·高适传》曰：“宋州刺史张九皋深奇之，荐举有道科。时右相李林甫擅权，薄于文雅，惟以举子待之。解褐汴州封丘尉，非其好也。”②

萧颖士曾受到李林甫的压制。《旧唐书·萧颖士传》曰：“萧颖士者，字茂挺。与（李）华同年登进士第。当开元中……缙绅多誉之。李林甫采其名，欲拔用之，乃召见。时颖士寓居广陵，母丧，即缞麻而诣京师，径谒林甫于政事省。林甫素不识，遽见缞麻，大恶之，即令斥去。颖士大忿，乃为《伐樱桃赋》以刺林甫云：‘擢无庸之琐质，因本枝而自庇。洎枝干而非据，专庙廷之右地。虽先寝而或荐，岂和羹之正味。’……终以诞傲褊忿，困踬而卒。”③

此外，尉迟匡的遭遇也值得注意，范摅《云溪友议》卷中曰：“举子尉迟匡，幽并耿概之士也，以频年不第，投书于右座（李林甫），皆击刺之说。匡有《暮行潼关》之作，云：‘明日飞出海，黄

① 司马光：《资治通鉴》卷二一五，中华书局1956年版，第6876页。元结《喻友》的记载与上文相近，或是《通鉴》此条的主要依据。

② 《旧唐书》卷一一一，中华书局1975年版，第3328页。

③ 《旧唐书》卷一九〇，中华书局1975年版，第5048—5049页。据《全唐文》卷三二二萧颖士《伐樱桃树赋》之序文，知赋作于天宝八载，即为李林甫排斥萧颖士之年。

河流上天。’又《观内人楼上踏歌》曰：‘芙蓉初出水，桃李忽无言。’又《塞上曲》云：‘夜夜月为青冢镜，年年雪作黑山花。’相公鉴此句曰：‘得非才子乎？若使匡伏恨衔冤，不假陶铸之力，则从四夷八蛮，分为左衽矣！岂为进人乎？岂为贤相乎？’及得相见，右座曰：‘有一萧颖士，既叨科第，轻时纵酒，不遵名教。尝忤吏部王尚书丘……几至鞭扑。子之诗篇，幸未方于颖士，且吾之名，复异于王公（言王吏部），重欲相干，三思可矣。’匡知右座见怒，惶怖而趋出。恓屑无依，退归林墅。”①

第三类文人是为李林甫所用者。

《旧唐书·李林甫传》云：“林甫恃其早达，舆马被服，颇极鲜华。自无学术，仅能秉笔，有才名于时者尤忌之。而郭慎微、苑咸，文士之阘茸者，代为题尺。”②

郭慎微，初为李林甫主书记，后任金部郎中，天宝间终于司勋郎中、知制诰。存诗一首，见《会稽掇英总集》卷二，题为《送贺秘监归会稽诗》，当作于天宝三载（744）贺知章离朝还会稽时。

苑咸，开元中进士及第，为李林甫主书记。《新唐书·艺文志》曰：“开元末上书，拜司经校书、中书舍人，贬汉东郡司户参军，起复为舍人，永阳太守。”③尝参预《唐六典》撰修，出力颇多④。有《苑咸集》，已佚，《全唐诗》存诗二首。苑咸多才多艺，王维曾赠诗给他，题为《苑舍人能书梵字兼达梵音皆曲尽其妙戏为之赠》，称赞苑咸能书梵字、通梵音，对其位至三公充满期望。苑咸读了王维的诗后，作《酬王维》，序云：“王员外兄以予尝学天竺书，有戏题见赠。然王兄当代诗匠，又精禅理，枉采知音，形于雅作，辄走笔以酬焉。且久未迁，因而嘲及。”诗曰：“莲花梵字本从天，华省仙郎早悟禅。三点成伊犹有想，一观如幻自忘筌。为文已变当时体，入

① 范摅：《云溪友议》卷中，载《唐五代笔记小说大观》，上海古籍出版社2000年版，第1285—1286页。

② 《旧唐书》卷一〇六，中华书局1975年版，第3240页。

③ 《新唐书》卷六〇，中华书局1975年版，第1602页。

④ 刘肃：《大唐新语》卷九：“开元十年，玄宗诏书院撰《六典》以进。时张说为丽正学士，以其事委徐坚。沉吟岁余，谓人曰：‘坚承乏，已曾七度修书，有凭准皆似不难，唯《六典》历年措思，未知所从。’……其后张九龄委陆善经，李林甫委苑咸，至二十六年，始奏上。百僚陈贺，迄今行之。”中华书局1984年版，第136页。

用还推间气贤。应同罗汉无名欲，故作冯唐老岁年。”由于苑咸是李林甫的亲近之人，且嘲王维久不升迁，故王维《重酬苑咸》有婉拒汲引之意。

总之，李林甫与盛唐文人的关系错综复杂，他对待上述三类文士的态度与做法是完全不同的。对于那些具有政治才干，可能威胁自己地位的著名文人如张九龄、李适之、李邕、王琚辈，李林甫极尽打击、诬陷之能事，必欲除之而后快。对于那些在文坛上颇负盛名，在仕途上不太顺利的文人，如王维、孟浩然、杜甫、萧颖士等人，他总的态度是轻视与排斥。至于他所任用的文人郭慎微与苑咸，主要是为其办理文案，如《全唐文》卷三三三就有十余篇苑咸代李林甫所写的谢表之类文章。从现有资料看，郭、苑二人并无明显劣迹，李林甫对二人似亦未特别垂青，“阘茸”的恶谥，恐怕是受李林甫连累所致。

最后需要交代一下，受盛唐风气的影响，李林甫也会作诗①，一些文士曾与他酬唱往还。从李林甫今存之诗看来，他具有盛唐一般文人作诗的能力，但没有诗人的才情，不入诗人的行列。与其唱和或往还的诗包括张九龄三首、孙逖二首、王维、高适各一首，诗的体裁不同，内容各异，大体上有普通应酬、忧谗畏祸、陈情兼嘲讽三种情形②，在这里就不详述了。

三、诗人的境遇与创作

在李林甫执政期间，除了直接受到其压制的诗人如王维、孟浩然、杜甫、萧颖士等人之外，其他著名诗人的仕途也都较为坎坷。如李白，开元二十四年后，移居山东任城，与孔巢父等隐于徂徕山。天宝元年，由玉真公主等人推荐，应诏入京，供奉翰林。三载春，因权贵谗毁，被玄宗“赐金放还”。虽然史称李白被放主要是与

① 李林甫存诗三首，即《送贺监归四明应制》、《奉和圣制次琼岳应制》、《秋夜望月忆韩席等诸侍郎因以投赠》。

② 盛唐诗人赠李林甫诗的大致类别是：张九龄《和吏部李侍郎见于秋夜望月忆诸侍郎之什其卒章有前后行之戏因命仆继作》，孙逖《奉和李右相中书壁画山水》、《奉和李右相赏会昌林亭》，王维《和仆射晋公扈从温汤》是普通应酬；张九龄《咏燕》、《庭梅咏》为忧谗畏祸之作；高适《上李右相》是陈情兼嘲讽之作。

高力士、张垍的矛盾，且无李白与李林甫发生冲突的记载，但以李白张扬的个性、绝世的才华，必然不会见容于李林甫。在天宝五、六载遭受迫害的文人中，李邕、韩朝宗都与李白有过交往，李白友人崔成甫亦受牵连被贬，崔成甫在贬所作《泽畔吟》，李白为之作序云："《泽畔吟》者，逐臣崔公之所作也。……流离乎沅湘，摧颓于草芥。同时得罪者数十人，或才长命夭，覆巢荡室。崔公忠愤义烈，形于清辞，恸哭泽畔，哀形翰墨。犹风雅之什，闻之者无罪，睹之者作镜。书所感遇，总二十章，名之曰《泽畔吟》。惧奸臣之猜，常韬之于竹简，酷吏将至，则藏之于名山。"[①]文中隐含对李林甫的指责。崔成甫是韦坚之党，其被贬即受韦坚之案牵连。成甫《赠李十二白》诗云："我是潇湘放逐臣，君辞明主汉江滨。天外常求太白老，金陵捉得酒仙人。"与李白有同病相怜之意。李白在《答王十二寒夜独酌有怀》中十分激愤地说："君不見李北海，英风豪气今何在？君不見裴尚书，土坟三尺蒿棘居。"李北海（邕）和裴尚书（敦复）都是遭李林甫忌恨而被杀的，从这些诗中也可看出李白对李林甫的态度。又如李白与杜甫的友人任华（生卒年不详），也是一位"文辞可谓卓绝，负冤已久"[②]的文人。卢象（生卒年不详），本是张九龄拔擢的文人，是著名隐士诗人卢鸿之侄。刘禹锡《唐故尚书主客员外郎卢公集序》云："（卢象）始以章句振起于开元中，……由前进士补秘书省校书郎，转右卫仓曹掾。丞相曲江公方执文衡，揣摩后进，得公深器之，擢为左补阙、河南府录司勋员外郎。名盛气高，少所卑下，为飞语所中，左迁齐、邠、郑三郡司马，入为膳部员外郎。"[③]

殷璠《河岳英灵集序》曰："开元十五年后，声律风骨始备矣。"我们不妨对开元十五年前后中进士的诗人在李林甫执政期间的遭际作一番考察。已知开元十四年举进士的诗人有储光羲、崔国辅、綦毋潜三人，开元十五年有常建与王昌龄。储光羲（706?—762?），中进士后，有诏中书试文章，释褐为冯翊县佐官，其后又历

① 瞿蜕园、朱金城：《李白集校注》卷二七，上海古籍出版社1980年版，第1584页。

② 王定保：《唐摭言》卷十一，载《唐五代笔记小说大观》，上海古籍出版社2000年版，第1681页。

③ 《全唐文》卷六〇五，中华书局1983年版，第6112页。

任安宜等县县尉，二十一年，辞官还乡，因仕宦不得意，开元、天宝之际，隐于终南山。天宝六、七载之间，任太祝，九载前后，迁任监察御史，尝出使范阳。綦毋潜（692？—755?），开元中授宜寿（即周至）尉，入为集贤院直学士。开元末，任秘书省校书郎。天宝初，弃官归江东。十一载前后，在右拾遗任。仕终著作郎，后不知所终。崔国辅（生卒年不详），初授山阴尉。开元二十三年登牧宰举，授许昌令。开元末、天宝初，入为左补阙、起居舍人。天宝中，转为礼部员外郎，十载，加集贤院直学士。十一载，坐与王鉷亲近，贬为竟陵郡司马。《唐摭言》卷十一“憨直”载：崔国辅《上都督何履光书》云：何履光指责他“怠于奉上之礼”，崔国辅则反驳说，拘于俗礼则事近“佞媚”，且自比叔向、百里奚、屈原、张良、萧何，对自己的处境深为不满。常建（生卒年不详），进士及第后曾任盱眙尉，以仕途失意，遂放浪琴酒，往来太白、紫阁诸峰，有肥遁之志。开元末，谪居鄂渚，王昌龄、张偾贬官龙标时，常建有《鄂渚招王昌龄张偾》，寓招隐之意。其《赠三侍御》诗亦作于此时，诗云：“……谁念独枯槁，四十长江干。责躬贵知己，效拙从一官。……托身未知所，谋道庶不刊。吟彼乔松诗，一夕常三叹。”此后不久，常建即卒，年仅四十上下。常建仕宦虽不得意，但诗名颇高，殷璠《河岳英灵集》卷上对其“高才而无贵仕”“沦于一尉”的遭际深表同情。王昌龄（？—756）进士及第后，授秘书省校书郎，开元二十二年，又中博学宏词科，迁汜水尉。越数年，以事谪岭南。二十八年北返，开元二十九年前后，任江宁丞。天宝八载，被贬为龙标尉。李林甫执政期间，王昌龄几乎都在江宁县丞和龙标尉任上，政治上难有作为。他两次被贬的原因，殷璠《河岳英灵集》卷下说是“晚节不矜细行，谤议沸腾，两历遐荒。”常建《鄂渚招王昌龄张偾》当作于王昌龄初谪岭南时，诗云：“谪居未为叹，谗枉何由分。午日逐蛟龙，宜为吊冤文。”王昌龄《为张僨赠阎使臣》云：“犹畏谗口疾”，亦当作于此时，看来王昌龄之初谪岭南，也是受人冤枉所致。

薛据（701？—767?），登开元十九年进士第，殷璠《河岳英灵集》（卷下）云：“据为人骨鲠，兼有气魄，其文亦尔。自伤不早达，故著有《古兴》诗云：‘投珠恐见疑，抱玉但垂泣。道在君不举，功成叹何及！’怨愤颇深。”其《初去郡书情》曰：“时移多谗巧，大道竟谁传？况是疾风起，悠悠旌旆悬。征鸟无返翼，归流不停川。已经霜雪下，乃验松柏坚。回首望城邑，迢迢间云烟。志士不伤物，小人皆自妍。”亦怀忧愤。

开元二十二、三年也是诗人登进士第较多的年份，开元二十二年有阎防、梁洽、颜真卿，二十三年有李颀、萧颖士、李华等人，这些人的境遇同样坎坷。如阎防（生卒年不详），曾官大理评事，二十五年前后，因事贬为长沙司户，《唐诗纪事》卷二六云：“防在开元、天宝间有文称，岑参、孟浩然、韦苏州有赠章，然不知得罪谪长沙之故也。”孟浩然《襄阳旅泊寄阎九司户防》曰：“襄王梦行雨，才子谪长沙。长沙饶瘴疠，胡为苦留滞。”对其遭遇深表同情。开元末、天宝初，阎防曾隐居于终南山之石门，以此自终。《河岳英灵集》存其诗五首。梁洽，及第后不久即卒，高适《哭单父梁九（一作洽）少府》：“开箧泪沾臆，见君前日书。夜台今寂寞，独是子云居。……常时禄且薄，殁后家复贫。妻子在远道，弟兄无一人。十上多苦辛，一官恒自哂。”可见其遭遇之坎坷。梁洽今存诗一首。李颀（生卒年不详），曾任新乡尉，其《欲之新乡答崔颢綦毋潜》诗云：“数年作吏家屡空，谁道黑头成老翁。男儿在世无产业，行子出门如转蓬。”可见其困顿之状。故殷璠《河岳英灵集》（卷上）云“惜其伟才，只到黄绶”。后归隐颍阳，炼丹求仙。萧颖士（709—760）为李林甫所抑事，见前。颖士释褐金坛尉，历仕桂林参军、秘书正字。天宝中，为集贤校理，因受李林甫排挤，天宝八载调为广陵府参军事。李华《扬州功曹萧颖士文集序》述其生平云：“君为金坛尉也，会官不成；为扬州参军也，丁家艰去官；为正字也，亲故请君著书，未终篇，御史中丞以君为慢官离局，奏谪罢职；为河南参军也，僚属多嫉君才名，上司以吏事责君，君拂衣渡江。”（《全唐文》卷三五〇）颖士《答邹象先》诗云：“桂枝常共擢，茅茨冀同荐。一命何阻修，载驰各州县。壮图悲岁月，明代耻贫贱。回首无津梁，只令二毛变。”李华（715—766）的遭遇也颇有代表性，独孤及《检校尚书吏部员外郎赵郡李公中集序》曰：“（李华）开元二十三年举进士，天宝二年举博学宏词，皆为科首。由南和尉擢秘书省校书郎，八年历伊阙尉。……公才与时并，故不近名而名彰，时辈归望，如鳞羽之于虬龙也。十一年拜监察御史，会权臣窃柄，贪猾当路，公入司方书，出按二千石，持斧所向，郡邑为肃。为奸党所嫉，不容于御史府，除右补阙。”①

又如盛唐大诗人岑参（715—770），少孤，从兄读书，能自砥砺。天宝三载，进士及第，释褐授右内率府兵曹参军，颇不得志。其《初授官题高冠草堂》诗云：“三十始一命，宦情多欲阑。自怜无旧业，不敢耻微官。涧水吞樵路，山花醉药栏。只缘五斗米，辜负一鱼竿。”由于在朝中没有出路，天宝八载以后，他多次从军西北边塞。

总之，李林甫当政期间，极力压制文士，大多数文士尤其是诗人仕途坎坷，与张说、张九龄执政时大批文士得到拔擢的情形相比，简直有天壤之别。《旧唐书·文苑下》云：“开元、天宝间，文士知名者，汴州崔颢，京兆王昌龄、高适，襄阳孟浩然，皆名位不振。”②胡应麟《诗薮·外编》卷三据两《唐书》的《玄宗纪》说：开元年间，郭元振、张说、姚崇、卢怀慎、宋璟、源乾曜、苏颋、张嘉贞、李元紘、韩休、裴耀卿、张九龄等文士先后任宰相。“玄宗开元中，宰相至十数人，皆文学士也。先是又有魏知古等。古今词人之达，莫盛此时。继之林甫、国忠，虽天资狡狯，然俱以不学称。唐治乱判矣。”又说：“《明皇杂录》云：天宝末，刘希夷、王泠然、王昌龄、祖咏、张若虚、张子容、孟浩然、常建、李白、刘昚虚、崔曙、杜甫，虽有文章盛名，皆流落不偶。”③胡应麟所列诸人情况虽不完全准确，但大体不误，他对开、天年间诗人穷达变化的看法是相当敏锐且深刻的。

但就诗歌创作的实绩而言，李林甫当政近二十年间，却远远超过张说、张九龄执政时期。如张九龄、孟浩然在生命的最后几年创作出一批优秀的诗作。王维的山水诗主要成熟于天宝年间。李白的一些重要作品如《古风五十九首》其八“咸阳二三月”、其十五“燕昭延郭隗”、其二十四“大车扬飞尘”、其三十九“登高望四海”，以及《月下独酌》四首、《行路难》三首均作于天宝初年供奉翰林期

① 《全唐文》卷三一五，中华书局1983年版，第3946页。

② 《旧唐诗》卷一九〇下，中华书局1975年版，第5049页。

③ 所引诸条，见胡应麟：《诗薮》外编卷三《唐上》，上海古籍出版社1979年版，第174—177页。

间。《鸣皋歌赠岑征君》《鲁郡尧祠送窦明府薄华还西京》《梁甫吟》《远别离》《梦游天姥吟留别》《将进酒》《答王十二寒夜独酌有怀》等，均作于天宝三载被放出京之后的数年之间。据刘开扬先生《高适诗集编年笺注》，自开元二十六年高适作《燕歌行》至天宝末年，其间可编年的诗就有约二百首，高适一生的重要作品基本上均作于此期之内。崔颢的边塞诗亦多作于开元末及天宝年间。此时杜甫的创作高峰虽未到来，但亦有《奉赠韦左丞丈二十二韵》和《丽人行》《兵车行》等佳作。盛唐诗歌最辉煌的时期，大体上即在开元二十四年以后大约二十年间。而这段时间恰好是李林甫专权、朝政日趋昏暗、文人仕途坎坷之时。对诗人们来说，创作的丰收与仕进之“歉收”，形成巨大的反差。

形成这种反差现象的原因十分复杂。唐朝建国以来，随着科举制的推行，涌现了大批优秀人才。但在初唐和盛唐前期，他们的首选大都是仕途，那里确实有发挥的余地和成功的可能，盛唐前期张说、张九龄执政期间拔擢了许多文人，就是很好的例子。盛唐后期，大量文人在仕途上受阻，便以更多的精力从事诗歌创作。再加上社会矛盾日趋激烈，提供了大量的素材，也激发了他们内心的不平，正好发泄到诗歌之中。此外，盛唐文化在各个领域高度发达，也对诗歌的繁荣起了重要的促进作用。

诗歌本长于抒写忧愤，文人在仕途上顺利的时候，忧不深愤不广，缺乏写作的冲动，还要写一些应制应教、不痛不痒的酬唱之作，反而埋没了他们的文学才能。而当他们仕途坎坷之际，有机会接触更为广阔的社会生活，并深入思考一些社会问题，内心的不平反而容易激荡成优秀的作品。何况，李林甫执政时期，虽然朝政日趋昏暗，但还只是盛唐走向衰落的开始，从整体上看来社会还处在繁荣之中，政治的黑暗面并没有对诗人的信心产生过大的影响。他们带着盛唐人的眼光观察正在变化着的社会，敏锐地预感到社会的危机，勇敢地用笔揭示出来，这就容易成为好诗。从这个意义上说，李林甫毁了一些文人仕宦的前途，却又在客观上促成了一批优秀诗人的出现。当然这绝不是李林甫的本意，我们也绝没有将功劳记在李林甫身上的意思。

从这个角度来考察盛唐诗歌之盛，我们认为，其背景是复杂的。一方面，当时的经济相当繁荣政治比较开明，文人们生活比较有保障，因而有条件投入大量精力从事诗歌创作，并对当时社会的光明面作直接或间接的赞美，但更重要的是在诗歌中折射出那个时代的辉煌；另一方面，由于李林甫等奸臣把持朝政，文人的仕进之路基本被堵死，他们遂转而以诗歌为媒介，抒发自己的愤懑之情。他们的愤怒与呼喊，带有盛唐那个时代特有的色彩，往往是强有力的，怀有希望的。对盛唐诗歌之盛，既不能简单地理解为纯粹的颂歌，又不可简单地认为只是在揭露社会的阴暗。我们更重视盛唐时代由盛到衰的巨变，这种巨变不仅在诗歌里得到鲜明的反映，而且激起了诗歌创作的高潮。

[原载《文学遗产》2004年第5期，丁放、袁行霈撰，人大复印资料《中国古代、近代文学研究》全文转载，陕西师范大学出版社出版《中国古代文学研究年鉴》（霍松林等主编）收录]

大历十才子诗歌的艺术特征

“大历十才子”是唐代中叶（唐代宗大历、建中直至贞元前期，亦即文学史上所称的“中唐”前期）一个诗派的总称，包括钱起、韩翃、卢纶、李端、耿沣、司空曙、崔峒、吉中孚、苗发、夏侯审等十位诗人，①他们的诗歌较少反映社会现实，大都抒写个人生活的种种感受，缺少思想深度，艺术上也不及初、盛唐诗歌，但却能另辟蹊径，形成自己的特色。清人吴乔曰：“初盛大雅之音，固为可贵，如康庄大道，无奈被沈、宋、李、杜诸公塞满，无下足处，大历人不得不凿山开道，开成人抑又甚焉。”②精当地指出大历时的诗歌具有与初、盛唐诗歌不同的艺术风貌。十才子诗歌的艺术特征，主要有三点：一，他们抒写感情，不像盛唐诗人那样，着重总体感受的抒发，而是偏重于作较为精细的心态描写；二，写山水，他们不像盛唐诗那样，多以雄伟奇险的自然为对象，而是以写境界淡远、深冷的山水诗见长，对盛唐雄奇的山水诗，也有所继承；三，在具体艺术手法的运用上，无论是体裁的选择，还是谋篇布局、遣词造句，“大历十才子”的诗歌都偏重于工整精炼，这与盛唐诗也有很大不同。本文即就这三点展开论述。

一、细微的心态描写

清人牟愿相云：“中唐诗以道得人心中事为工。”③“大历十才子”

① 关于大历十才子的主名，历代有种种不同的说法，此处取姚合《极玄集》及《新唐书》之说，其余不备举。

② 吴乔：《围炉诗话》卷三，载郭绍虞编：《清诗话续编》，上海古籍出版社1983年版，第554页。

③ 牟愿相：《小澥草堂杂论诗》，载郭绍虞编：《清诗话续编》，上海古籍出版社1983年版，第919页。

的诗，正是如此。盛唐诗的突出特点是气魄壮大，用雄伟壮丽的意象表现恢宏博大的胸怀。“大历十才子”诗则一变而为较多地表现细微的心态，无论是伤时哀世的深沉心绪，还是身世浮沉、离合之感，或是妇女的细微心曲，“大历十才子”都能体贴入微，加以精细的表达。

“大历十才子”诗中，常常表现出伤时哀世的深沉心绪。他们大都亲历战乱，痛定思痛，悲哀低徊，不能自已，发而为诗，深沉细微的心态自然曲曲状出，如司空曙《石井》：

苔色遍春石，桐阴入寒井。
幽人独汲时，先乐残阳影。

写苔封、桐阴、石井，荒寒可感，一缕残阳，带来一线温暖、亮色，使汲井人倍觉留恋。诗中“先乐残阳影”一句，与李商隐《登乐游原》诗“夕阳无限好，只是近黄昏”，颇可比较。李诗以大境象征唐王朝日薄西山的命运，此诗则以小境暗示了人们在盛去衰来时代里，无可奈何、得乐且乐的悲哀。又如司空曙《金陵怀古》：

辇路江枫暗，宫庭野草春。
伤心庾开府，老作北朝臣。

明人唐汝询说此诗云：“上联慨金陵之已废，下联伤开府之不还。意谓信之被留，足征南朝之弱，是以有今日黍离之悲。”①诗人由南朝之弱，联想到唐王朝江河日下的国势，由庾信被留北朝，联想到大历时许多文人的不幸命运，将庾信的伤心和诗人自己的伤心，融为一体，曲折地表达了伤时感乱的深沉心绪。

“大历十才子”诗中常写醉和梦，象“身外惟须醉，人间半是愁。”（司空曙《独游寄卫长林》）“我有惆怅词，待君醉时说。”（李端《九日寄司空文明》）“东西皆是梦，存没岂关心。”（李端《同皇甫侍御题惟一上人房》）“家在梦中何日到”（卢纶《长安春望》）之类的句子，比比皆是。他们在时代动乱里，靠酒和梦幻来麻痹自

① 唐汝询：《唐诗解》卷二三，河北大学出版社2001年版，第549页。

己，求得暂时的安慰。

“大历十才子”抒写身世浮沉及亲友离散之悲的诗，心态描写也相当细微。如耿湋《春日即事》：

> 数亩东皋宅，青春独屏居。家贫僮仆慢，官罢友朋疏。
> 强饮沽来酒，羞看读了书。闲花开满地，惆怅复何如。

“家贫”两句颇为胡震亨所赏，说是：“耿拾遗湋诗举体欲真，‘家贫’一联，浅言偏深世情。”[①]这一联活画出“僮仆”“友朋”的市侩般嘴脸，反映了当时的世态人情。“强饮”一联，通过对自己饮酒、读书时的心情的揭示，表现了诗人的苦闷无聊。又如司空曙《云阳馆与韩绅宿别》：

> 故人江海别，几度隔山川。乍见翻疑梦，相悲各问年。
> 孤灯寒照雨，湿竹暗浮烟，更有明朝恨，离杯惜共传。

此诗将忽遇忽别之情写得富有戏剧味，又极为款曲细致。沈德潜《唐诗别裁集》说李益诗“问姓惊初见，称名忆旧容”（《喜见外弟又言别》）一联，与这首诗“乍见翻疑梦，相悲各问年”一联，“抚衷述愫，同一情至。”[②]吴汝纶说“三四（指‘乍见’二句）千古名句，能传久别初见之神。”[③]所说都很恰当。“疑梦”“问年”两个貌似不合理而又深深切合当时情境的细节描写，传达出动乱年间人们特有的复杂、迷惘的心理状态。

在描写女子的心态方面，“大历十才子”诗也颇有特色，女子心理通常比男子更细微，更难把握，他们却能描绘得恰到好处，李端在这方面较为出色。如《闺情》：

> 月落星稀天欲明，孤灯未灭梦难成。
> 披衣更向门前望，不忿朝来鹊喜声。

---

① 胡震亨：《唐音癸签》卷七，上海古籍出版社1981年版，第63页。

② 沈德潜：《唐诗别裁集》卷十一，教忠堂本。

③ 高步瀛：《唐宋诗举要》卷四引，上海古籍出版社1978年版，第500页。

此诗写女主人彻夜未眠，希望在梦中和离别的亲人相会，竟因苦苦相思而难以成梦，早晨听到喜鹊的叫声，以为喜事临门（古语云："乾鹊噪，行人至"），所以她出门张望，却未见亲人归来，她又转为极度失望，进而迁怒于喜鹊："不忿朝来鹊喜声！"将思妇的心理写得细致、含蓄、曲折、深入，令人玩味不尽。又如《拜新月》：

开帘见新月，便即下阶拜。
细语人不闻，北风吹裙带。

首二句写拜月的动作，见月即拜，可见她心情之急切，三四句写少女喃喃自语而"人不闻"，少女细语之内涵丰富，也许是祝福情人平安，也许是求月亮保佑自己能得到一个如意郎君，等等，而出以"人不闻"，引起人们无穷的联想和猜测，从虚处着笔，写出少女细微、娇羞的心理，又如《鸣筝》：

鸣筝金粟柱，素手玉房前。
欲得周郎顾，时时误拂弦。

写女子故意将筝弹错，以引起男方的注视和留意（谚云"曲有误，周郎顾"），表现了她对爱情的渴望和追求，也表现了她的大胆和机智，诗中通过描写似乎不合常理的动作细节，恰当表现了女主角复杂的心态。

总之，"大历十才子"诗表现人物的心态，有两个特点，一是运用能代表个性特征的细节描写，二是明白如话，而又含蓄蕴藉，饶有余味。

二、淡远、深冷及雄奇的山水意境

"大历十才子"的山水诗意境，具有多样化的色彩。清人贺裳云："中唐人故多佳诗，不及盛唐者，气力减耳。雅澹则不能高浑，雄奇则不能沉静，清新则不能深厚。至贞元以后，苦寒、放诞、纤缛之音作矣。”[①]这里所说，显然包括“大历十才子”诗在内。贺氏将“中唐人”诗分为诸种意境，是有一定道理的，概括地说，“大历十才子”的山水诗，具有淡远、深冷及雄奇的意境。

先看淡远。淡，指境界恬淡：远，指境界高远、有“神韵”。这类诗，受王、孟等人山水诗影响较大。高仲武评钱起云：“体格新奇，理致清赡。越从登第，挺冠词林。文宗右丞，许以高格。右丞没后，员外为雄。”[②]右丞指王维，员外指钱起。刘熙载《艺概》云：“钱仲文、郎君胄大率衍王、孟之绪”，“王、孟及大历十子诗，皆尚清雅”。[③]清人管世铭评钱起诗云：“大历五古，以钱仲文为第一，得意处宛然右丞。”[④]清人王士祯《论诗绝句》云：“中兴高步属钱郎，拈得维摩一瓣香。”[⑤]他们都指出“大历十才子”山水诗与王、孟一脉相承的关系，“淡远”正是王、孟诗的基本特色之一。

如钱起《题玉山村叟屋壁》：

谷口好泉石，居人能陆沉。牛羊下山小，烟火隔云深。
一径入溪色，数家连竹阴。藏虹辞晚雨，惊隼落残禽。
涉趣皆流目，将归羡在林。却思黄绶事，辜负紫芝心。

“牛羊”一联，和“鸟道挂疏雨，人家残夕阳”一联（钱起《太子李舍人城中别业与文人逃暑》）都是被高仲武称为“特出意表，标雅古今”[⑥]的句子，确实雅淡而使人神远。牛羊下山，渐远渐小，一缕炊烟，在淡云中袅袅升起，境界极为清淡，“牛羊”之“小”，“烟火”之“深”，都写得有含蕴，启人联想，颇带远韵。

---

① 贺裳：《载酒园诗话·又编》，载郭绍虞编：《清诗话续编》，上海古籍出版社1983年版，第340页。

② 高仲武：《中兴间气集》卷上，傅璇琮主编：《唐人选唐诗新编》，陕西人民教育出版社1996年版，第463页。

③ 刘熙载：《艺概·诗概》，载郭绍虞编：《清诗话续编》，上海古籍出版社1983年版，第2428页。

④ 管世铭：《读雪山房唐诗序例》，载郭绍虞编：《清诗话续编》，上海古籍出版社1983年版，第1546页。

⑤ 王士祯：《戏仿元遗山论诗绝句》，郭绍虞等编：《万首论诗绝句》，人民文学出版社1991年版，第231页。

⑥ 高仲武：《中兴间气集》卷上，载傅璇琮主编：《唐人选唐诗新编》，陕西人民教育出版社1996年版，第463页。

钱起追随王维《辋川集》所作的《蓝溪杂咏二十二首》，诗风与王维很接近，如：

晚归草堂静，半入花园去。有时载酒来，不与清风遇。（《竹间路》）

乍依菱蔓聚，尽向芦花天。更喜好风来，数片翻晴雪。（《戏鸥》）

风送出山钟，云霞度水浅。欲寻声尽处，鸟灭天寥远。（《远山钟》）

这几首诗的突出特点是有远韵、远神。用笔较虚，故神韵悠长。《竹间路》一诗，前两句具体刻画了晚归的静谧气氛，后二句抒写在小路上行走时偶然触发的感想，境界高洁而淡远。刘永济先生云："钱起小诗，颇具画意。《戏鸥》写白色，《远山钟》写钟声，有画笔所不到处。"[①]说得很精当，《戏鸥》写鸥鸟在晴空中翻舞的景象，给人清雅之感，将白鸥比作翻飞的睛雪，确实是画笔难到。《远山钟》后二句写钟声随着鸟灭而散入寥落的天空，颇有远神，钟声无形，当然是画笔不能到了。

钱起的一些山水五古如《蓝田溪与渔者宿》《早渡伊川见旧邻作》《游辋川至南山寄谷口王十六》也都具有"淡远"的特点，和王、孟的山水诗一样，都具有"神韵"。

"大历十才子"一部分山水与日常生活情趣相结合的诗，风格都较恬淡，如韩翃《又题张逸人园林》：

藏头不复见时人，爱此云山奉养真。
露色点衣孤屿晓，花枝妨帽小园春。
时携幼稚诸峰上，闲濯须眉一水滨。
兴罢归来还对酌，茅檐挂着紫荷巾。

此诗写喜爱云山的兴致，无论是对"露色""孤屿""花枝""小

① 刘永济：《唐人绝句精华》，人民文学出版社1981年版，第89页。

园”的欣赏，还是“携幼”“濯发”的举动，或者是与逸人对酌的雅兴，一切都配合得如此自然，如此漫不经心，却又处处表现了诗人的恬淡、闲适心情，又如司空曙《江村即事》：

钓罢归来不系船，江村月落正堪眠。
纵然一夜风吹去，只在芦花浅水边。

写诗人毫无羁绊的自在生活，沈祖棻先生说：“全诗通过‘不系船’这样一件小事，刻画了江村风景的宁静幽美，社会生活的单纯以及主人公心情的闲适和舒坦。”[①]所论颇中肯綮，“江村月落”写景极淡，而“纵然”二句的妙想，又富有远韵，此诗“淡”与“远”结合得天衣无缝。

又如崔峒的诗句“清磬渡山翠，闲云来竹房”（《题崇福寺禅院》），“流水声中视公事，寒山影里见人家”（《题桐庐李明府官舍》），高仲武评为“文彩炳然，意思方雅”。[②]“清磬”二句，写出一个清雅的意境，衬托出“身心尘外远，岁月尘中忘”的闲雅心境；“流水”二句，境界清雅，表现了李明府忘怀名利、淡泊处世的性格。

胡震亨说大历诗，“命旨贵沉宛有含，写致取淡冷自送”[③]，大约指的是“大历十才子”淡远的山水意境，十才子山水诗是学王、孟的，但有新发展，共同之处在于都较有神韵，同具“淡远”特色，不同处在于：王、孟山水诗富有大自然生机勃发的力量，十才子诗这方面较弱；王、孟有的山水诗兼发隐逸遁世之情，十才子则多从欣赏自然美的角度落笔，十才子山水诗的生活气息，即“人间烟火味”，似比王、孟诗要浓一些。当然，“大历十才子”山水诗总成就不如王孟，所以前人说：“钱起（作者按：实为十才子的代表）诗尽有裴、王意；其失也浅”。[④]

---

① 沈祖棻：《唐人七绝诗浅释》，上海古籍出版社1981年版，第7页。

② 高仲武：《中兴间气集》卷下，载傅璇琮主编：《唐人选唐诗新编》，陕西人民教育出版社1996年版，第497页。

③ 胡震亨：《唐音癸签》卷七，上海古籍出版社1981年版，第64页。

④ 牟愿相：《小澥草堂杂论诗》，载郭绍虞编：《清诗话续编》，上海古籍出版社1983年版，第920页。

深冷，也是十才子山水诗的主要意境之一。深，指幽深，冷指凄冷。这类诗，山水境象的描写往往投上了一层乱离时世的阴影，曲折地表现出黍离之悲，在山水意境上形成幽深凄冷的特色，与盛唐的“刚健雄浑”，中唐元、白的“圆熟平易”，韩、孟的“奇险怪诞”诸意境，都有很大不同，这不同之处，正是“大历十才子”山水诗的特殊贡献。前人说“耿沣诗善传荒寂之景”，[①]十才子诗实多具此特点。比较起来，意境深冷的山水诗，钱起、韩翃偏少，李端、耿沣、司空曙较多，这类诗，虽不如意境淡远的山水诗数量多，却更有代表性，更有时代特色。如耿沣《秋日》：

返照入闾巷，忧来与谁语。
古道无人行，秋风动禾黍。

此诗写秋日所见景色，境界极为凄冷，与“彼黍离离”（《诗·王风·黍离》）同一情致。此诗未直接写战乱残破，但这种荒寒的景色仍可视为时代动乱阴影的投射。

又如：

风吹城上树，草没城边路。城里月明时，精灵自来去。（李端《荒城》）

黄叶前朝寺，无僧寒殿开。池晴龟出曝，松暝鹤飞回。

古砌碑横草，阴廊画杂苔。禅宫亦销歇，尘世转堪哀。（司空曙《过庆宝寺》）

前一首读起来阴森逼人，所写虽是城市，但已和荒野一样冷寂。后一首与庆宝寺的荒凉景象，“黄叶”“寒殿”“古砌”、”阴廊”“草”“苔”，景色都极为荒寒，由这些景物构成了深冷的境界。诗人描绘“前朝寺”的残破，并且发出“尘世转堪哀”的悲叹，表现出明显的黍离之悲。钱起《过故洛城》、耿沣《晚次昭应》等诗，同样都有造境深冷的特点。

① 贺裳：《载酒园诗话又编》，载郭绍虞编：《清诗话续编》，上海古籍出版社1983年版，第339页。

雄奇也是“大历十才子”山水诗的境界之一，不过并非主要境界。宋人严羽《沧浪诗话》云：“盛唐人诗，亦有一二滥觞晚唐者，晚唐人诗，亦有一二可入盛唐者”[①]，“大历之诗，高者尚未失盛唐，下者渐入晚唐矣。”[②]大历十才子意境雄奇的诗，主要是指那些追踪盛唐的山水诗。像钱起的“山观海头雨，悬沫动烟树。只疑苍茫里，郁岛欲飞去。大块怒天昊，惊潮荡云路。群真俨盈想，一苇不可渡。惆怅赤城期，愿假轻鸿驭。”（《雨中望海上怀郁林观中道侣》）耿湋的“云开半夜千林静，月上中峰万壑明”（《宿万固寺因寄严补阙》），“黄河曲尽流天外，白日轮轻落海西”（《奉和李观察登河中白搂》），“横空过雨千峰出，大野新霜万壑晴”（《九月》），都具有雄奇的特点。十才子诗中的“雄奇”意境，艺术创造性较小，贺裳认为中唐诗，“雄奇则不能沉静”，大约指此类诗缺乏较深沉的内在力量，面貌虽似盛唐，精神境界却逊于盛唐的弱点。

总之，在淡远，深冷、雄奇三种山水意境中，前两种为“大历十才子”山水诗的主要境界，具有时代特色，是十才子山水诗的重点，“雄奇”的境界，虽未足与前两类鼎足而三，也是十才子诗中不可完全忽略的一部分。

三、整炼的艺术形式

大历十才子的诗歌，特别讲究艺术形式和技巧。大历时期，朝廷内外危机四伏，表面上却是一片太平景象，这时文风也渐趋华丽，诗歌的形式技巧有了一些发展。这种风气，从当时相互对立的文学批评著作中可以看出。元结《箧中集序》云：“近世作者，更相沿袭，拘限声病，喜尚形似，且以流易为辞，不知丧于雅正……”[③]批评专门追求形式、技巧的文风。托名王昌龄的《诗格》（可能作于大历年间），皎然《诗式》等，则提出许多具体的“诗法”，鼓励诗人追求形式技巧，同时也是对当时诗坛现状的理论总

① 严羽：《沧浪诗话校释》，郭绍虞校释，人民文学出版社1983年版，第143页。

② 严羽：《沧浪诗话校释》，郭绍虞校释，人民文学出版社1983年版，第146页。

③ 元结：《箧中集序》，载傅璇琮主编：《唐人选唐诗新编》，陕西人民教育出版社1996年版，第297页。

结。这两个方面的意见，许多观点截然相反，但认为大历时期的诗歌追求艺术形式，看法却是一致的。

“大历十才子”诗歌艺术形式的总特点是“整炼”。整，指形式整齐划一；炼，指“炼饰”，即过分锤炼与修饰。高仲武评刘长卿诗云：“诗体虽不新奇，甚能炼饰。”[①]十才子诗也是如此。

先谈形式的整齐划一。十才子诗，现存一千五百余首，其中五律和五言排律多达九百余首，占总数的百分之六十以上。七律近二百首、五七言绝句二百余首，占总数的百分之二十五左右。古体诗二百余首，仅占总数的百分之十五左右。而且“大历十才子”的名作多为近体诗，古体诗中较少。这种比例，和盛唐诗相比，有很大的变化。在盛唐诗人的诗集中，古体诗占了相当大的比重，并且杰作林立，成就极高，最能表现盛唐诗人的“刚健雄浑”的精神面貌和艺术创造力。十才子写的大量近体诗，比较准确地表达了他们内心世界的细微感情，但缺少盛唐诗的气魄和伟力。

律诗发展到“大历十才子”手中，平仄、对仗都更加工稳，圆熟。初、盛唐时，律诗体制虽基本成熟，但像崔颢的“黄鹤一去不复返，白云千载空悠悠”（《黄鹤楼》），李白的“笛中闻折柳，春色未曾看”（《塞下曲》）都不对仗，这是律诗格律没有定型化的表现。杜甫的七律《白帝城最高楼》等则有意作拗体，用古体诗的音节作律诗，是故意在律体中求变化。十才子的律诗在平仄、对仗等方面都完全合乎格律要求，音调更为圆畅，章法更加圆熟。清人李重华云：“七律章法，大历诸公最纯熟。”[②]袁枚云：“七律始于盛唐，如国家缔造之初，宫室粗备，故不过树立架子，创建规模，而其中之洞房曲室，网户罘罳，尚未齐备。至中、晚而始备，至宋、元而愈出愈奇。”[③]都指出了包括“大历十才子”内的诗人在律诗的规范化、整齐化方面作出的贡献。

古体诗在“大历十才子”手中也有所变化。他们的五古较少，艺术形式上亦无多少创造发展。七言古诗，与初、盛唐有较大不同。初唐张若虚的《春江花月夜》，多次换韵，似乎是由九首七绝合

① 高仲武：《中兴间气集》卷上，载傅璇琮主编：《唐人选唐诗新编》，陕西人民教育出版社1996年版，第502页。

② 李重华：《贞一斋诗话》，丁福保辑《清诗话》本，上海古籍出版社1978年版，第929页。

③ 袁枚：《随园诗话》卷六，人民文学出版社1982年版，第177页。

成，高适、岑参的边塞诗也经常换韵，多用奇句单行式，李白的七古结构起伏跌宕，杜甫的七古纵横捭阖，千变万化，初盛唐七古感情上起伏、跳跃都很大，十才子的一些七古如卢纶的《腊日观咸宁王部曲娑勒擒虎歌》《冬日登城楼有怀因赠程腾》，钱起的《病鹤篇》《片玉篇》等，在十才子集中都算较优秀者，这些诗结构上脉络清晰，一般没有过大的跳跃，转韵较少，基本上通篇是七字句，比起初、盛唐七古要工整一些，艺术才力却远逊于盛唐。

其次谈“炼饰”。具体包括讲究字句、描写工整细致等方面。

“大历十才子”的诗，遣词造句十分用力，清人沈德潜曰：“钱、刘以下，专工造句。”[①]清人管世铭云：“大历诸子，实始争工字句。然隽不伤炼，巧不伤纤，又通体仍必雅令温醇，耐人吟讽。”[②]盛唐诗气象浑沌、难以句摘，往往全篇俱佳，不在遣词造句上过分用力而自成佳作，十才子诗才力不足，难以做到全篇俱佳，只好另辟蹊径，在字句上争工斗奇。清人吴乔《围炉诗话》有一段很精辟的话；“开宝诸公用心处，在诗之大端，而好句自得。大历以后，渐渐束心于句，句虽佳，而诗之大端失矣”。[③]道出大历诗人只重炼字、炼句而忽略炼意、炼篇的缺点。

在炼字方面，“大历十才子”对实字、虚字的研炼都很讲究。宋人魏庆之《诗人玉屑》曾举司空曙《寄僧》“后峰秋有雪，远涧夜鸣泉”，韩翃《秋夜即事》“星河秋一雁，砧杵夜千家”，作为“眼用实字”的例子，是称赞上二联诗中的“秋”“夜”这两个“句眼”，实字都用得颇为恰当。魏庆之还举司空曙的“身外唯须醉，人间半是愁”（《独游寄卫长林》）、“乍见翻疑梦，相悲各问年”（作者按：《诗人玉屑》误为钱起诗），作为“虚字妆句”的例诗[④]，这两联诗中，外、唯、须、间、半、是、乍、翻、相、各，都是虚字，诗句的内容并不因此而浮泛，虚字的运用确实显示出高度的艺术匠心。冒春荣《葚原说诗》云：“诗句中有眼，须炼一实字，句便雅健。”

① 沈德潜《唐诗别裁集》卷十一，教忠堂本。

② 管世铭《读雪山房唐诗序例》（五律凡例），载郭绍虞编：《清诗话续编》，上海古籍出版社1983年版，第1552页。

③ 吴乔《围炉诗话》卷一，载郭绍虞编：《清诗话续编》，上海古籍出版社1983年版，第507页。

④ 参见魏庆之：《诗人玉屑》卷三《句法》，上海古籍出版社1978年版。

并列举司空曙的“古砌碑横草，阴廊画杂苔”和上引韩翃的“星河”一联云：“此皆第三字致力也”。[①]这两联诗，都是“二一二”句式，第三字为句眼，若软弱无力，全句就会不振。

至于炼句，在十才子诗中表现也较突出，颇受后人称道。高仲武《中兴间气集》评论钱起、韩翃、崔峒的诗，常举比较工整的律句为例。[②]清人余成教《石园诗话》对韩翃的近体诗评价很高，说他的“七律健丽而对仗天成，七绝亦神情疏畅”，“雨余衫袖冷，风急马蹄轻”等诗，为五言佳句，“县舍江云里，心闲境又偏”等诗句，“工于发端。”[③]十才子律诗还善于用“人名对”，技巧相当纯熟，但运用过多，流于程式化，也有其不足之处。

总之，“大历十才子”诗注重炼字琢句，音律、对仗都非常工整，抒情体物都相当贴切，对唐诗艺术有所发展和贡献。但他们的诗过分注重字句，全篇完整、浑成的诗较少，胡应麟指出：“钱、刘以下，句渐工，语渐切，格渐下，气渐悲。”[④]吴乔批评曰：“大历以后，渐束心于句，句虽佳，而诗之大端失矣”[⑤]，都是很有见地的。刻画精致，如画工之笔，非常逼真，也是十才子诗“整炼”特征的表现形式之一。他们的诗无论写景抒情，都追求形似，多用赋法，并且写得细致逼真，历历如绘。

清人贺裳评卢纶诗：“写景之工，则如‘估客昼眠知浪静，舟人夜语觉潮生’，‘上方月晓闻僧语，下界林疏见客行’，‘孤村树色昏残雨，远寺钟声带夕阳’，‘折花朝露滴，漱石野泉清’，‘泉急鱼依藻，花繁鸟近人’，‘路湿云初上，山明日正中’，‘人随雁迢递，栈与云重叠’，悉如目见也。”[⑥]我们试从这些诗句中，挑出几联，看其“写景之工”。“仙客”二句，写诗人在长江上乘舟的感受。船行水上，而“估客”竟可昼眠，足见风平浪静，“浪静”通过“昼眠”这一细节体现出来，可见诗人构思的巧妙细致。下句写听到“舟人

① 冒春荣《葚原说诗》卷一，载郭绍虞编：《清诗话续编》，上海古籍出版社1983年版，第1580页。

② 参见高仲武《中兴间气集》对钱起，韩翃、崔峒的评语。

③ 余成教《石园诗话》，载郭绍虞编：《清诗话续编》，上海古籍出版社1983年版，第1757—8页。

④ 胡应麟：《诗薮》内编卷六，上海古籍出版社1979年版，第114页。

⑤ 吴乔：《围炉诗话》卷一，载郭绍虞编：《清诗话续编》，上海古籍出版社1983年版，第507页。

⑥ 贺裳《载酒园诗话又编》，载郭绍虞编：《清诗话续编》，上海古籍出版社1983年版，第336页。

夜语”而“觉潮生”，手法与上一句相同。这两句不仅写出自然之态，而且传达出自然之理。“泉鱼”二句，写出自然界的勃勃生机，具体入微，诗中揭示了“鱼依藻”“鸟近人”的原因，也能传自然之神理。“人随”二句，写送别时的景物，用笔极工致。另如卢纶的“田夫就饷还依草，野雉惊飞不过林”（《酬李端公野寺病居见寄》）、“阴洞石幢微有字，古坛松树半无枝”（《酬畅当寻嵩山麻道士见寄》）等，都能做到“工于写景”“悉如目见”。

贺裳评耿沣诗云：“如‘暮雪余春冷，寒灯续昼明’，深肖山寺。‘几度曾相梦，何时定得书’，酷似怀人之绪”。[①]“暮雪”二句，写山寺的寒冷、荒凉，非常逼真。“几度”两句，写怀念朋友的深情，也极生动具体。耿沣的诗句；“远近天初暮，关河雪半晴”（《送李端》），“塞古柳衰尽，关寒榆发迟”（《关山月》），“晚果红低树，秋苔绿遍墙”（《秋晚卧疾寄司空拾遗曙卢少府论》），“去远千帆小，来迟独鸟迷”（《登鹳雀楼》），等等，体物都很工细。

杜甫晚年作《戏为六绝句》，评价当时诗坛“后生”们的诗云：“才力应难跨数公，凡今谁是出群雄。或看翡翠兰苕上，未掣鲸鱼碧海中。”[②]虽不一定是直接批评“大历十才子”，却能借以说明他们诗的特点，由于时代、生活、思想和艺术才力的限制，十才子诗歌的总的艺术水平比盛唐是降低了，达到唐诗的二、三流水平，尤其是处在盛、中唐诗的两座高峰之间，相对于碧海掣鲸的种种奇观，他们的翡翠兰苕之美，未免相形见绌。尽管如此，他们对唐诗艺术的发展还是作出了一定的贡献的。

[原载《安徽师大学报》（哲学社会科学版）1985年第3期，收入本书时有改动，人大复印资料《中国古代、近代文学研究》全文转载，《文学遗产》论点摘编]

---

① 贺裳《载酒园诗话又编》“耿湋”条，载郭绍虞编：《清诗话续编》，上海古籍出版社1983年版，第339页。

② 杜甫：《戏为六绝句》，郭绍虞等编：《万首论诗绝句》，人民文学出版社1992年版，第2页。

试论"大历十才子"诗歌的思想倾向

著名历史学家范文澜先生，曾经对唐代文人的思想作过精辟的分析，他说："作者才思的来源，有些人主要是儒学，有些人是佛教（禅宗）和道教。……儒佛道三种思想以外，还有一种普通士人的思想，这种人求名求利，非常热衷，得不到的时候，悲苦忧愁，哀感动人，得到了便快意纵欲，鼓吹酒色之乐，得意自鸣，也颇能动人。这一种人在文士中是最大多数，其中不少还是著名的作者。他们的意境，不能超出个人悲欢离合的小范围，因之他们的作品，即使是精美的，也不能像杜甫、韩愈那样，取得更高的成就"。[①]

生活在中唐前期的"大历十才子"，就是这样一批思想比较平庸的文人，据姚合《极玄集》记载，"十才子"是指李端、卢纶、吉中孚、韩翃、钱起、司空曙、苗发、崔峒、耿湋、夏侯审等十位诗人。[②]他们的诗，从内容上看，既不像李白那样表现理想，又不能像杜甫那样全面、深刻地反映现实，而是以个人生活为中心内容，着力表现他们日常生活的种种感受。

"大历十才子"诗歌的基本内容，可分为四个部分：一是对个人身世的真切表现；二是对社会生活的某些反映；三是庸俗歌颂、平实得体和牢骚不平等多种类型的酬赠之作；四是抒写对大自然美好感受的山水诗。

---

① 范文澜《中国通史》第4册《隋唐五代时期》第7章第5节《百花盛放的唐文苑（诗、词）》，人民出版社1994年版，第268—269页。

② 姚合是中唐时人，距"大历十才子"的活跃时期很近，其《极玄集》的记载当是可信的。欧阳修等人撰《新唐书》，即从此说。从宋至清代，人们对"大历十才子"的主名，又有许多种说法，但都不尽符合大历时的实际情况，今皆不取，亦不暇细论。

一、个人身世的真切表现

“大历十才子”生当社会巨变的年代，经历颇为坎坷，除了大历前期在长安的一段快意生活外，多数人一生的大部分光阴，是在困顿失意中度过的。他们都是普通的士人，不能跳出个人得失的圈子，所以在其诗中，身世起伏和时序沧桑之悲，亲友离散之苦，就成为相当重要的、常见的主题。这些诗，思想价值虽不甚高，但由于出自切身的生活经验，具有真情实感，所以仍然能够感动人心。同时，由于他们的个人身世归根到底是与当时的社会现实分不开的，所以他们的这些诗对于认识大历时期的社会生活的某些侧面，也仍然有一定意义。

“十才子”抒写身世之悲的诗，情调颇为低沉，并且往往投下了乱离时代的浓重阴影。卢纶的《晚次鄂州》诗说：“三湘愁鬓逢秋色，万里归心对月明。旧业已随征战尽，更堪江上鼓鼙声。”[①]《至德中途中书事却寄李僩》云：“乱离无处不伤情，况复看碑对古城。路绕寒山人独去，月临秋水雁空惊。”表现了诗人在“安史之乱”中逃难时的伤感和惶然之情。可惜这类将个人身世与社会动乱相结合的诗，“十才子”写的太少了。更多的是只能看到个人身世，如钱起《长安旅舍》：

> 退飞在林薮，乐业羡黎庶。四海尽穷途，一枝无宿处。
> 严冬北风急，中夜哀鸿去。孤独思何深，寒窗坐难曙。
> 劳歌待明发，惆怅盈百虑。

钱起曾被罢官，其诗集中有《罢官后酬元校书见赠》一诗，此诗大约是他罢官后，即将离开长安时所作，诗中描写他困顿的处境和痛苦惆怅的心情。这种情怀，在当时的普通士子中有一定代表性。耿沣《邠州留别》：

① 本文所引用的“十才子”诗，皆据《全唐诗》，中华书局排印本。

终岁山川路，生涯竟若何。
艰难为客惯，贫贱受恩多。
暮角寒山色，秋水远无波。
无人见惆怅，垂鞚入烟萝。

此诗抒写作者的身世之悲。“终岁”二句，表明他对漂泊生活的厌倦，“艰难”二句，则具体描写他的困苦状况，也流露了愤懑不平的情绪。卢纶《长安春望》：

东风吹雨过青山，却望千门草色闲。
家在梦中何日到，春生江上几人还。
川原缭绕浮云外，宫阙参差落照间。
谁念为儒逢世难，独将衰鬓客秦关。

此诗一、三联写帝城宫阙的华贵、壮丽气象，二、四联写自己的思乡之情和贫穷失意之苦，恰成鲜明对照。诗中点明“世难”，涂上了一层感时伤世的色彩。

除以上所举的作品外，卢纶的“连年客舍唯多病，数亩田园又废耕”（《冬夜赠别友人》）；“楚客病来乡思苦，寥落灯下不胜愁”（《长安疾后首秋夜即事》），描写自己的困苦生活，抒发思乡的愁苦。耿沣《春日即事》云：“家贫僮仆慢，官罢友朋疏”；《华州客舍奉和崔端公春城晓望》云：“贫病催年齿，风尘掩姓名”，写世态炎凉之感，都比较真切地表现了他们的身世之悲。

“十才子”常常由时序、人生的沧桑变化，引起人生易逝、宇宙无穷的深沉悲哀。司空曙《登岘亭》、耿沣《登沃州山》两首诗都用了羊祜登岘山的典故，诗人在登临之际，缅怀前哲，结合自己的身世，抒写了人生无常的悲哀。

“十才子”有一部分诗，写亲友离散、分别的悲情，其中有些相当感人。

崔峒《江上书怀》

骨肉天涯别，江山日落时。
泪流襟上血，发变镜中丝。
胡越书难到，存亡梦岂知。
登高回首罢，形影自相随。

此诗抒写天涯思亲之悲，概括了乱离年代人们普遍的痛苦与绝望，有一定认识意义。次联为李商隐在《咏怀寄秘阁旧僚》诗所翻用。①

卢纶《送李端》

故关衰草遍，离别自堪悲。
路出寒山外，人归暮雪时。
少孤为客惯，多难识君迟。
掩泪空相向，风尘何处期。

诗中写送别李端时，感到前途渺茫，相见无期，表现出乱世离别的特定环境气氛和情绪。这若与高适送朋友的诗句“莫愁前路无知己，天下何人不识君”（《别董大》）相比较，情调该有多大的差别！

李端《宿淮浦忆司空文明》

愁心一倍长离忧，夜思千重恋旧游。
秦地故人成远梦，楚天凉雨在孤舟。
诸溪近海潮皆应，独树临边叶尽流。
别恨转深何处写，前程唯有一登楼。

诗中用江淹《别赋》、王粲登楼的典故，将怀念挚友的感情写得如此沉痛，暗示了时代动乱的背景。

---

① 李商隐《咏怀寄秘阁旧僚二十六韵》：“懒沾襟上血，羞镊镜中丝。”

“十才子”写亲友离散的诗，情感深厚、动人。比单纯写身世浮沉及时序沧桑的诗，对现实反映得更为具体、真切。

此外，卢纶的《冬日登城楼有怀因赠程腾》，李端的《长安感事呈卢纶》，自述生平，都抒发了较为复杂的身世之悲。卢纶的长诗《纶与吉侍郎中孚司空郎中曙苗员外发崔补阙峒耿拾遗湋李校书端风尘追游向三十载数公皆负当时盛称荣耀未几俱沉下泉畅博士当感怀前踪有五十韵见寄辄有所酬以申悲旧兼寄夏侯侍御审》，叙述了“十才子”间的交游，各人诗歌的风格，以及各人的生平遭际，包含着深沉的身世沦落之悲，这些诗都值得重视。

二、对社会生活的某些反映

“十才子”的诗，对社会现实反映较少，这是一个明显的弱点。但是，当他们在“安史之乱”中身受乱离之苦，尤其是大历后期受打击排挤，相续离开长安之后，由于蒿目时艰，他们也用一定笔墨描写了社会和民生的苦难，对“安史之乱”及乱后的残破现象、艰难时世及中下层人民的困苦生活，都有一定的反映。这些诗，数量上虽不及表现个人身世的诗，但其思想价值却较高。它们多少反映了当时人民的苦难，有的还道出了人民的心声，表现了诗人的良心和对人民的同情。中国诗的写实主义传统，在大历这一阶段的体现，是与“十才子”分不开的。

“十才子”有少数诗直接描写当时的重大政治、军事斗争。

至德二载，唐军收复长安，肃宗还京，钱起《观法驾自凤翔回》云：“欃枪一扫灭，阊阖九重开。海晏鲸鲵尽，天旋日月来。”表达了对收复京城的喜悦和对叛军的蔑视。乾元二年，唐九节度大军久围邺城不下，卢纶在《夜泊金陵》诗中云：“洛下仍传箭，关西欲进兵。谁知五湖外，诸将但争名。”对战争的紧张状态，唐军内部钩心斗角的情况，有所反映，颇有现实意义。兴元年间，李怀光反叛，卢纶陷贼中，有《春日卧病示赵季黄》诗云：“黄埃满市图书贱，黑雾连山虎豹尊。”描绘出当时极端混乱的状况。

“十才子”有一部分诗把眼光转向下层人民，诗中往往抓住有代表性的具体人物，描写他们在艰难时世中的困苦生活。卢纶的《逢病军人》："行多有病住无粮，万里还乡未到乡。蓬鬓哀吟古城下，不堪秋气入金疮。"描写一位伤病交加的军人还乡途中的悲惨情境，虽是客观描写，但当时军政窳败，赏罚不明的揭露，对病军人的深切同情，都意在言外。宋人范晞文说：中唐赵微明的《回军跛者》诗"百世之下，诵之犹惨然，其时可知也……卢纶《逢病军人》诗……驱驾虽未及前，而凄苦之意，殆无以过"。[①]耿湋的《路旁老人》："老人独坐倚官树，欲语潸然泪便垂。陌上归心无产业。城边战骨有亲知。余生尚在艰难日，长路多逢轻薄儿。绿水青山虽似旧，如今贫后复何为。"诗中描写老者亲人皆死于战火，如今产业荡尽，贫病无依的可怜状况，形象、生动、具体地反映了"安史之乱"后下层人民的苦难生活。

"十才子"诗中，还写到承受了沉重的战争灾难的征人家属的生活：李端的《宿石涧店闻妇人哭》："山店门前一妇人，哀哀夜哭向秋云。自说夫因征战死，朝来逢着旧将军。"诗中的女主人公丈夫战死，六亲无告，只有向天哭诉。这首诗不但控诉了叛军的罪恶，也反映了统治者对阵亡将士家属的冷漠和无情。

"安史之乱"中，许多文化胜地毁于战火，对这种残破现象，"十才子"诗中有所表现，并常常流露出黍离麦秀之感。钱起的《过故洛城》："故城门外春日斜，故城门里无人家。市朝欲认不知处，漠漠野田空草花。"洛城，这座作为唐朝东都的文明古城，曾被安史叛军两度践踏，以致乱后多年，这里仍十分荒凉。诗中描写昔日繁华的都市，如今变成一片废墟，显示了"安史之乱"的酷烈危害，表达了诗人悯乱伤时的情绪。耿湋的《晚次昭应》："落日向林路，东风吹麦陇。藤草蔓古渠，牛羊下荒冢。骊宫户久闭，温谷泉长涌。为问全盛时，何人最荣宠。"此诗竭力描写骊山、温泉的荒凉，古渠草蔓，荒冢牛羊，最后喟然发问盛时荣宠者为谁。感慨盛衰，情调深沉，能够引起人们对叛乱的痛恨，也可以启迪人们对败亡原因的思索。

"十才子"写乱后残破景象，善于抓住有代表性的地方（城市）进行描写。洛城、昭应等地，乱前都是为人们景仰向往的地方，因

① 范晞文：《对床夜语》，载丁福保辑：《历代诗话续编》，中华书局1983年版，第441页。

此，描写这些地方被破坏、毁灭，给人的印象便分外强烈。暗含“将美好的东西毁灭给人看”的悲剧性精神，流露出伤时念乱的思想感情。“十才子”诗中对当时尖锐的阶级对立现象，也有所反映。钱起《秋霖曲》：“君不见圣主旰食忧元元，秋风苦雨暗九门。凤凰池里沸泉腾，苍龙阙下生云根。阴精离毕太淹度，倦鸟将归不知树。愁阴惨淡时殷雷，生灵垫溺若寒灰。公卿红粒爨丹桂，黔首白骨封青苔。貂裘玉食张公子，炰炙熏天戟门里。且如歌笑日挥金，应笑禹汤能罪己。鹤鸣蛙跃正及时，豹隐兰凋亦可悲。焉得太阿决屏翳，还令率土见朝曦。”用对比手法，描写淫雨之中，老百姓与统治者截然不同的生活和心情。“公卿”二句。将贵族的豪奢，人民的苦难，作了强烈鲜明的对照，具有很高的思想性。诗中一方面描写“生灵垫溺若寒灰”，一方面写张公子歌笑终日，挥金如土。表达了作者鲜明的爱憎态度。结尾二句，不仅希望雨止天晴，还有一定比兴意味。像这样思想性颇强的诗，在“十才子”集中，是少见的，也是很可贵的。钱起《观村人牧山田》则表现了对统治者过分聚敛的不满以及对自己不耕而食的惭愧心情。韩翃的《寒食》诗；“春城无处不飞花，寒食东风御柳斜。日暮汉宫传蜡烛，轻烟散入五侯家。”描写皇帝对权贵的特殊宠幸，暗含讽刺之意。前人评云：此诗“只说侯家富贵，而对面之寥落可知，与王少伯‘昨夜春开露井桃’，一例，所谓怨而不怒也。”①

“十才子”表现个人身世和反映社会现实两类诗作，内容虽不相同，却有一个共同的特点，即多数诗都写得相当“感伤”。正如闻一多先生所说，“十才子”诗有“感伤的题材内容”。②这种“感伤”，长处是真挚感人，有助于知人论世，弱点是缺少在困厄中奋发的勇气，反映人民苦难和社会矛盾，多停留在客观描写和一般同情上，较少揭示矛盾的本质。总的看来，这两部分诗，是“十才子”诗中较有价值的部分。

① 管世铭：《读雪山房唐诗序例》，载郭绍虞编：《清诗话续编》，上海古籍出版社1983年版，第1566页。

② 郑临川：《闻一多先生说唐诗（续）——纪念一多师诞生八十周》，《社会科学辑刊》1980年第1期。

三、几种不同类型的酬赠之作

大量写作祖饯、酬赠诗，是“大历十才子”诗歌创作的一个显著特点，这似乎标志着诗风的某种转变，如王国维在《人间词话》中所说：“诗至唐中叶以后，殆为羔雁之具矣。”① “大历十才子”出于干进务禄的需要，受表面承平的时代风气的影响，以祖饯、酬赠之诗取代了言志抒情之诗；相应地，诗歌的好尚与评判标准，也由公众移向王公贵族，与盛唐的“旗亭画壁”、中唐的“老妪解诗”的评判标准，都有所不同。“十才子”的祖饯、酬赠之诗在当时颇负盛名。高仲武云：“自宰相以下，出使作牧，二君（作者按：指钱起、郎士元）无诗祖饯，时论鄙之。”②李端、韩翃、钱起相继以酬赠诗“擅场”，“大历十才子”的称号，正是由酬唱而得名的。这类诗思想较平庸，但数量多，影响大，具体说来，“十才子”的酬赠诗，包括庸俗歌颂、平实得体、牢骚不平等三种类型。

“十才子”庸俗歌颂的酬赠诗，思想水平最低，他们为了获得功名利禄，不惜降低人格，对统治者阿谀奉承，清人吴乔说：“自唐以诗取士，遂关人事，故省试诗有肤壳语。士子又有行卷，又有投赠，溢美献佞之诗，自此多矣。美刺为兴观之本，溢美献佞，尚可谓之诗乎。……，诗之泛滥，始于唐人”。③吴氏此语，虽泛指唐人，但用来批评“十才子”的这一类诗，最为切当。

> 云辟御筵张，山呼圣寿长。玉栏丰瑞草，金陛立神羊。台鼎资庖膳，天星奉酒浆。蛮夷陪作位，犀象舞成行。网已祛三面，歌因守四方。千秋不可极，花发满宫香。（卢纶《奉和圣制麟德殿宴百僚》，作者按：此诗一作常衮诗。）

---

① 王国维：《人间词话》，载唐圭璋编：《词话丛编》，中华书局1986年版，第4256页。

② 高仲武：《中兴间气集》，载傅璇琮主编：《唐人选唐诗新编》，陕西人民教育出版社1996年版，第493页。

③ 吴乔：《围炉诗话》卷一，载郭绍虞编：《清诗话续编》，上海古籍出版社1983年版，第472—473页。

卢纶这首诗是奉圣旨而作的，在诗中竭尽歌功颂德之能事，没有多少价值。

李端《赠郭驸马》一诗，赞美郭暧年少功成，青春风流，家产富足，深得皇帝宠爱，隐隐表示出希望得到郭暧援引的意思，同诗人自诩的"笑傲五侯中"（李端《长安感事呈卢纶》）的大言颇相违背。

"十才子"这些诗，显然受到初唐沈、宋的应制诗及贾至、王维等人《早朝大明宫》一类诗的影响，清人宋荦《漫堂说诗》云："初唐王、杨、卢、骆、倡为排律。陈、杜、沈、宋继之，大约侍从游宴应制之篇居多，所称'台阁体'也。虽风容色泽，竞相夸胜，未免数见不鲜"。[①]以上所举的十才子诗，正是"风容色泽，竞相夸胜"，思想无聊或肤浅的"台阁体"诗，是对沈、宋应制诗的继承。

立言平实得体的酬赠诗，在"十才子"诗中占有一定数量，其特点是不故作谀词，能切合被送者的身份、使命和心情，思想内容比上一类稍胜。清人管世铭对这类诗评价较高："大历诗人，多用此体诗（作者按：指五言排律）为祖饯。如钱起《送刘相公江淮催转运》《送王谏议东都居守》《送郑书记》，皇甫冉、吉中孚《送归中丞使新罗》，韩翃《送王相公幽州巡边》、耿沣《送蒋尚书东都留守》、卢纶《送鲍中丞赴太原》、皇甫曾《送和蕃使》，莫不声华冠冕，词旨安和，使节星轺，得之增重。才子之名，信不虚也"。[②]评价比较切合实际。

仅举钱起《奉送刘相公江淮催转运》为例："国用资戎事，臣劳为主忧。将征任土贡，更发济川舟。拥传星还去，过池凤不留。唯高饮水节，稍浅别家愁。落叶淮边雨，孤山海上秋。遥知谢公兴，微月上江楼。"此诗是大历元年秋，送宰相、户部尚书刘晏赴江淮催转运时所作。诗中称赞著名理财家刘晏"国用资戎事，臣劳为主忧"，说他受命后，不以家私为念，立即启程，后四句设想其途中情事，立言正大平实。李肇曰："送刘相公之巡江淮，钱起擅场"，（李肇《唐国史补》卷上）指的就是这首诗。这种平实得体的酬赠诗，

① 宋荦：《漫堂说诗》，载丁福保辑：《清诗话》，上海古籍出版社1978年版，第418页。

② 管世铭：《读雪山房唐诗序例》（五排凡例），载郭绍虞编：《清诗话续编》，上海古籍出版社1983年版，第1559页。

思想内容雅正，艺术性也较强，合乎赠别诗的传统，虽无多少进步意义，但至少可称为无害的酬赠诗。

牢骚不平的酬赠诗，主要是在酬赠友人的诗中，为友人及自已发不平之鸣。已非严格意义上的应酬之作，但既以奉送寄赠为题，按广义可归于“酬赠诗”的范围之内。

> 崇兰香死玉簪折，志士吞声甘徇节。忠荩不为明主知，悲来莫向时人说。沧浪之水见心清，楚客辞天泪满缨。百鸟喧喧噪一鹗，上枝高枝亦难托。宁嗟人世弃虞翻，且喜江山得康乐。自怜黄绶老婴身，妻子朝来劝隐沦。桃花洞里举家去，此别相思复几春。（钱起《送毕侍御谪居》）

诗中对朋友受人诬陷，遭到贬谪，表示了深厚的同情和共鸣。

> 二月黄鹂飞上林，春城紫禁晓阴阴。长乐钟声花外尽，龙池柳色雨中新。阳和不散穷途恨，霄汉常悬捧日心。献赋十年犹未遇，羞将白发对华簪。（钱起《赠阙下裴舍人》）

> 迢递山河拥帝京，参差宫殿接云平。风吹晓漏经长乐，柳带晴烟出禁城。天净笙歌临路发，日高车马隔尘行。独有浅才甘未达，多惭名在鲁诸生。（司空曙《长安晚望寄程补阙》）

这两首诗和“早朝大明宫”诸诗一味作颂语不同，既有歌颂，又有牢骚，显示他们思想的矛盾性。明人唐汝询评前诗云：“历叙禁中之景，以起流落之怀也”。（唐汝询《唐诗解》）沈德潜评后诗云：“极形山河宫阙之壮丽，而已之虚名不遇，益觉可伤”。①

“十才子”写牢骚不平的酬赠诗，虽多从个人穷通角度着眼，但在客观上反映了统治阶级对下层知识分子的压制和打击，显示了封建制度的不合理性，感情较真挚，在内容上有一定价值。

“大历十才子”的应酬诗，形式较为华美，内容较平庸，有人批

---

① 沈德潜《唐诗别裁集》卷十四，教忠堂本。

评十才子诗有形式主义倾向，如果是指酬赠诗，是不无道理的。这些诗在大历时期的长安大量出现有两方面的原因：从诗人主观上说，是为了寻求政治上的出路。他们出身寒微，要想在仕途上有所进益，就要交结权贵。他们没有别的门路，和达官贵人交往主要凭作赠献之诗，一来用诗博得权贵们的欢心，二来替他们本身猎取诗名。大历时表面承平，辞章之士颇受重视。大历前期，钱起、耿沣等人的官职有所升迁，李端大历五年中进士，吉中孚由道士还俗，也在大历前期中进士，卢纶大历四年因王缙等人推荐，入朝为官。大历之后，卢纶、韩翃晚年都因诗受知于德宗，由节度使幕中被征入朝，夏侯审于建中初制策登科，他们作颂诗给皇帝和权贵，收效还是很明显的。从客观上说，这是时代风气的影响。大历年间国家危机四伏，表面上却显得局势安定，大历前期尤其如此，“十才子”活动的长安，更是一片歌舞升平的景象，人们缺乏远见，只求暂时的太平与欢乐。“十才子”这些内容空洞、形式华丽工整的诗篇，正是这个时代的必然产物。由于他们的诗有一定艺术性，流传广，影响大，这些假“盛世”的赞歌，又起到粉饰太平的作用。

四、抒写对大自然美好感受的山水诗

山水诗，是“十才子”诗的重要组成部分之一，他们继承了王维、孟浩然山水诗中适合自己生活情调的部分，又加以变化发展，从而形成了自己的面貌。

对山水自然，“十才子”的态度，着重点是审美，而不过多夹杂政治、宗教的色彩，钱起说：“竹怜新雨后，山爱夕阳时。”（《谷口书斋寄杨补阙》）“山色不厌远，我行随趣深。”（《游辋川至南山寄谷口王十六》）又说：“褰裳百泉里，一步一清心。”韩翃说：“更道小山宜助赏，呼儿舒簟醉岩芳。”（《题张逸人园林》）又说：“好是吾贤佳赏地，行逢三月会连沙。”（《送客水路归陕》）这里所说的“爱怜”“趣深”“清心”“助赏”“佳赏”，正是“十才子”的夫子自道，直接表现了他们对山水的热爱和近乎纯然审美的态度。“十才子”热爱自然，是有生活基础的。他们大多数人有隐居或徜徉山水的经历，卢纶青年时代避乱鄱阳，“与郡人吉中孚为林泉之友”（辛文房：《唐才子传》卷四）；钱起于乾元、宝应年间，在山水胜地蓝田当县尉，与著名的山水诗人王维、裴迪相唱和；耿沣大历八年，“充括图书使来江淮，穷山水之胜”（《唐才子传》卷四）；李端“少时居庐山”，后来“居终南山草堂寺”，又“买田园在虎丘下，为耽深癖、泉石少幽，移家来隐衡山，自号衡丘山人”（《唐才子传》卷四）；司空曙曾经“从韦皋于剑南”（《唐才子传》卷四）；韩翃、卢纶长期为边帅幕僚，夏侯审“初于华山下多买田园为别墅，水木幽闷，云烟浩渺，晚岁退居其下，讽吟颇多”（《唐才子传》卷四）；他们对山水自然都有切身体验，并在这种体验中，培养了热爱祖国大好河山的感情，在此基础上创作了大量山水诗。

“十才子”的山水自然诗，包括写山水景物的诗和田园诗两个方面。

写山水景物的诗，在十才子山水诗中所占比例较大，是山水自然诗的主体部分。

钱起《酬王维春夜竹亭赠别》

山月随客来，主人兴不浅。今宵竹林下，
惟觉花源远。惆怅曙莺啼，孤云还绝巘。

王维有《送钱少府归蓝田》，钱起此诗是和作。清人王尧衢《唐诗合解》卷二云：“月随客到，以助主人之兴，今宵竹坞，何减花源，所惆怅者，将晓莺啼，主客各散。”解说大致允当。这首诗的中心意思是抒发对山水胜景——山月、竹林的爱赏之情。

钱起《暮春归故山草堂》

（作者按：此诗一作刘长卿诗）
谷口春残黄鸟稀，辛荑花尽杏花飞。
始怜幽竹山窗下，不改清阴待我归。

表现了诗人与大自然的一种默契。

李端《野寺病居喜卢纶见访》

青青麦陇白云阴，古寺无人新草深。
乳燕拾泥依古井，鸣鸠拂羽历花林。
千年驳藓明山履，万尺垂萝入水心。
一卧漳滨今欲老，谁知才子忽相寻。

在诗人笔下，麦陇、白云、新草、乳燕、鸣鸠，都显得充满生机，活泼可爱，作者对野寺环境的爱赏之情，溢于言表。

韩翃《送客水路归陕》

相风竿影晓来斜，渭水东流去不赊。
枕上未醒秦地酒。舟前已见陕人家。
春桥杨柳应齐叶，古县棠梨也作花。
好是吾贤佳赏地，行逢三月会连沙。

“十才子”诗中有不少以送别为名的山水诗，这首诗就是其中之一。“枕上”二句写舟行之速，仿佛现代的交通工具，“春桥”二句，预写被送者所去之地的优美景色，于送行之时，流露出欣赏山水自然的情感。

“十才子”也喜欢田园生活。在他们笔下，田园的自然美与淳朴的人伦美，是融为一体的。他们的田园诗，虽不及陶渊明诗之富于哲理，也不像柳宗元、范成大田园诗那样反映社会矛盾，而且数量也较少，但有一定的生活气息，值得一提。

耿沣《赠田家翁》

老人迎客处，篱落稻畦间。
蚕屋朝寒闭，田家昼雨闲。
门闾新薙草，蹊径旧谙山。
自道谁相及，邀予试往还。

这首诗描绘了优美的田园风光和淳朴的人情美。“蚕屋”二句，写农事具体入微，表明诗人有一定生活体验，“篱落”句及“门间”二句，描绘田园景色，风光如画。“自道谁相及”句，表现了老农对田园生活的热爱与自信，而“迎客”“邀予”则表现了老人的淳朴好客。

司空曙《田家》

田家喜雨足，邻老相招携。
泉溢沟塍坏，麦高桑柘低。
呼儿催放犊，宿客待烹鸡。
搔首蓬门下，如将轩冕齐。

这首诗描写老农因为风调雨顺、丰收在望的喜悦，同时表现他待客的热情、淳朴，表达了诗人对田园生活的热爱和对荣华富贵的轻蔑。“十才子”的山水田园诗，既不像谢灵运那样模山范水，也不像王、孟那样常写隐逸遁世之情，而是以审美的态度再现山水自然和田园风光，表现了对美好事物的流连和追求。这些诗，虽然离政治和社会生活稍远，但由于较少宗教说理和消极避世的成分，能给人以美的享受，内容情调还是比较健康的。

本文简要论述了“大历十才子”诗歌内容的共同特点，由于体例、篇幅的限制，对他们诗中思想性较强、个性较突出，但不能代表其共同思想倾向的部分，如卢纶的边塞诗，李端、耿沣反映妇女问题的诗，也暂时存而不论了。

［原载《安徽教育学院学报》（社会科学版）1986年第1期，收入本书时有改动］

词学研究

论词学的产生及其在五代、北宋的发展

词是一种新兴的文学样式，它萌芽于隋、唐之际，兴起于盛唐，成熟于晚唐五代，至宋朝而大盛。但是，词学的产生与发展，却和诗学一样，落后于创作的发展。本文拟结合词的创作历程，对五代及北宋的词学理论作一番鸟瞰。

吴梅在《词话丛编序》中对唐宋词的创作与词学理论的发展线索，分析得极为精到，认为词学著作的任务是“详考声律，细究文辞”，也卓有见地，但他认为词学起于《词源》《碧鸡漫志》《乐府指迷》三书，则似过于注重词学专著，没能给那些零散的词学论文、论著以应有的地位，这是其不足之处。实际上，最早的论词之作当推五代时欧阳炯的《花间集序》，到了宋代，词学论文、论著日渐增多，论述也日趋缜密。早期的论词之作多是夹杂在序跋、笔记或诗话著作中，从形式上看，这些论词之语多以单则独条的形式散见于书中，从这些著作中披沙拣金，找出与词论有关的内容，并予以科学的整理与分析，正是我们今天的重要任务。

一、词论的产生与欧阳炯的《花间集序》

《花间集》编成于后蜀广政三年（940），是第一部文人词的选集，该书共十卷，收录温庭筠等十八家“诗客曲子词”共五百首。欧阳炯的序即为最早的词学论文。《花间集序》提出了词学上一系列重要命题，它不啻一篇词的特质与价值的宣言。

首先，指出“曲子词”与前代歌词一脉相承的关系。欧阳炯说这类歌词的总特点是“镂玉雕琼，拟化工而迥巧；裁花剪叶，夺春艳以争高。”一是雕镂精工，二是绮艳相高。他说上古时的乐歌即有令人“心醉”的作用，这是词的远祖，“乐府”的杨柳、大堤诸曲，是词的近源。郭茂倩《乐府诗集》卷八一《近代曲辞》三云：“《杨柳枝》，白居易洛中所制也。《本事诗》曰：白尚书有妓樊素善歌，小蛮善舞。尝为诗曰：‘樱桃樊素口，杨柳小蛮腰。’年既高迈，而小蛮方丰艳，乃作《杨柳枝》辞以托意曰：‘永丰西角荒园里，尽日无人属阿谁。’及宣宗朝，国乐唱是辞，帝问谁辞，永丰在何处，左右具以对。时永丰坊西南角园中有垂柳一株，柔条极茂，因东使命取两枝植于禁中。居易感上知名。且好尚风雅，又作辞一章云：‘定知玄象今春后，柳宿光中添两星。’河南卢尹时亦继和。”白居易、刘禹锡诸人所作《杨柳枝词》多以男女之情、悲欢离合为主要内容。《大堤曲》收入《乐府诗集》者，以唐人张柬之之作最早，诗云：“南国多佳人，莫若大堤女。玉床翠羽帐，宝袜莲花炬。魂处自目成，色授开心许。迢迢不可见，日暮空愁予。”写一男子对南国佳人“大堤女”的思念，杨巨源、李白、李贺同题之作，内容大体上也是如此。

这种歌词，开始时或许是偶一为之，到后来则形成风气：“则有绮筵公子，绣幌佳人，递叶叶之花笺，文抽丽锦，举纤纤之玉指，拍按香檀。不无清绝之辞，用助娇娆之态。自南朝之宫体，扇北里之倡风。何止言之不文，所谓秀而不实。”在公私宴会上，风流公子即兴创作，多情佳人即席而歌，到了唐代，此风日盛，“在明皇朝，则有李太白应制《清平乐》词四首，近代温飞卿，复有《金筌集》。尔来作者，无愧前人。今卫尉少卿赵崇祚，……因集近来诗客曲子词五百首，分为十卷。以炯粗预知音，辱请命题，仍为序引，乃命曰《花间集》”。由西王母的《白云谣》到乐府的《杨柳》《大堤》诸曲，发展到李白的《清平乐》，终于演化为《花间集》，其内容主要是男女之情，其作用主要是在歌筵舞榭上娱宾佐欢，其风格是上承齐梁宫体，下附北里倡风，初期词的渊源、特点，欧阳炯描述得十分清楚。

其次，点明这些歌词都是合乐的，《花间集》更有唱本的性质。《白云谣》等皆“合鸾歌”“谐凤律”，《杨柳》《大堤》之曲，是“乐府相传”，被“绣幌佳人”，“举纤纤之玉指，拍按香檀”，李白的《清平乐》本为应制的歌词，而赵崇祚编辑《花间集》的目的是“将使西园英哲，用资羽盖之欢，南国婵娟，休唱莲舟之引”。即让歌儿舞女放弃旧词旧曲，唱新词新曲。最后，序文中对历代艳歌都持肯定态度，对《花间集》等“自南朝之宫体，扇北里之倡风”，也完全是欣赏的、赞美的。《花间集序》最值得注意的即在于此，这就是论词与论诗表现出不同的趋向，采用的是不同的尺度。在《花间集》中的歌词风靡之际，中、晚唐诗也呈现出浮艳的倾向。唐李肇《国史补》卷下云：“元和已后，……歌行则学流荡于张籍，诗章则学矫激于孟郊，学浅切于白居易，学淫靡于元稹，俱名为‘元和体’。”李戡曾说：“尝痛自元和以来，有元、白诗者，纤艳不逞，非庄士雅人，多为其所破坏，流于民间，疏于屏壁，子父女母，交口教授，淫言媟语，冬寒夏热，入人肌骨，不可除去，吾无位，不得用法以治之。”[①]吴融说晚唐诗多在“洞房蛾眉”之间，“迩来相效学者，靡曼浸淫，困不知变”。[②]黄滔说当时诗坛“郑、卫之声鼎沸”，并说“王道兴衰，幸蜀移洛，兆于斯矣”。[③]然而，对于比晚唐诗更加艳冶、浮华的花间词，当时却并没有人站出来反对，反而递相仿效，趋之若骛。有些文人在作诗文时，道貌岸然，在作词时却不避浮艳，晚唐文人牛希济，曾作《文章论》[④]，认为“浮艳之文，焉能臻于道理”，对“忘于教化之道，以妖艳为胜”的文章，大张挞伐，而《花间集》录其词十一首，却都是“浮艳”“妖艳”之作。欧阳炯曾仿白居易《讽谕诗》之例，作了五十首献给蜀主，反对奢侈淫靡，也与他对《花间集》的态度判若两人。这种矛盾现象表明：当时人们对诗和词的性质及功用，看法颇为不同，在一些庄重的场合，应当作一些冠冕堂皇、有关国计民生的诗文，而在歌筵舞席上，轻松一下，作几首风流旖旎的小词，调节一下情绪，活跃一下气氛，也无不可，于是诗言志、词言情，诗庄词媚，就成了士大夫们相当一致的观点，这样观点的形成，欧阳炯《花间集序》对词的提倡，《花间集》作品的熏陶，具有极为重要的导向作用。历唐五代直至北宋初期，一些道德文章名重一时的人物，如晏殊、欧阳修等，所作小词皆沿五代之习，极为柔靡，柳永更以其俚俗的词句，

① 杜牧：《唐故平卢军节度巡官陇西李府君墓志铭》，《四部丛刊》影明刊本《樊川文集》卷九。

② 吴融：《禅月集序》，《文苑英华》卷七一四，明刻本。

③ 黄滔：《答陈磻隐论诗书》，《黄御史集》《唐黄先生文集》卷七，《四部丛刊》本。

④ 牛希济：《文章论》，《文苑英华》卷七四二，明刻本。

市民的生活，将“花间”词重音律，多写男女之情的特点作了进一步发展。

二、北宋前期词学的特点

宋代词学与词风的转变是从苏轼开始的。宋人胡寅说：“眉山苏氏一洗绮罗香泽之态，摆脱绸缪宛转之度。使人登高临远，举首高歌，而逸怀浩气，超然乎尘垢之外。于是《花间》为皂吏，而柳氏为舆台矣。”（胡寅《向芗林酒边集后序》，《斐然集》卷十九）《四库全书总目提要》则说：“词自晚唐五代以来，以清切婉丽为宗。至柳永而一变，如诗家之有白居易，至（苏）轼而又一变，如诗家之有韩愈。遂开南宋辛弃疾等一派，寻源溯流，不能不谓之别格，然谓之不工则不可，故至今日，尚与《花间》一派并行而不能偏废”[①]。

胡寅和四库馆臣都将《花间》、柳永与苏轼并列，认为他们各自代表一大词派，按流行的说法就是《花间集》和柳永等为“婉约派”，苏轼等为“豪放派”，这样分析，是大致符合唐五代、北宋词的创作实际的。苏轼的创作和词论，都与“花间”一派显然异趣。在创作上，苏轼打破了“词为艳科”的传统，冲破了音律的束缚，使词的容量进一步增大，形式更为活泼。并且开创了豪放词派，在词史上具有重要的地位。在词论方面，苏轼没有专门的论著，在他的文集中，有一些关于词的书简与题跋，当时的一些诗话著作等，也记录了他的一些词学观点，据此，我们可以看出其词学的概貌。

第一，东坡作词论词，都主张自成一家，立志和风靡一时的柳永词分庭抗礼，《与鲜于子骏书》云：“近却颇作小词，虽无柳七郎风味，亦自是一家。呵呵。数日前，猎于郊外，所获颇多。作得一阕，令东州壮士抵掌顿足而歌之，吹笛击鼓以为节，颇壮观也”[②]。文中所说的词，即指他在密州做太守时作的《江城子·密州出猎》。词中场面“颇壮观”，情调慷慨雄壮，与“浅斟低唱”的柳永词，“风味”截然不同，东坡说：“虽无柳七郎风味，亦自成一家”，隐含与柳词一争高下的志向。《高斋诗话》云：“少游自会稽入

① 《东坡词》提要，《四库全书总目》卷一九八，中华书局1983年版，第1808页。

② 苏轼：《与鲜于子骏书》，《苏轼文集》卷五三，中华书局1986年版，第1560页。

都，见东坡。东坡曰：'不意别后，公却学柳七作词！'少游曰：'某虽无学，亦不如是。'东坡曰：'销魂当此际'，非柳七语乎？"[①]东坡举"销魂当此际"之句为少游学柳之证，颇有捉贼拿赃的意味，柳、苏两军对垒的阵线，已经十分鲜明了。苏、柳二家词风格迥异，为时人公论，俞文豹《吹剑续录》云："东坡在玉堂日，有幕士善歌，因问'我词比柳耆卿词何如'，对曰：'柳郎中词只好十七八女孩儿，按执红牙拍歌"杨柳岸、晓风残月"。学士词须关西大汉，执铁绰板唱"大江东去。"'公为之绝倒。"（俞文豹《吹剑续录》，据《花草粹编》卷二〇引）极为形象地说明了两家的差异。在苏轼之前，"柳词骫骳从俗，天下咏之。"（吴曾《能改斋漫录》卷一六）"一西夏归朝官云，'凡有井水饮处，即能歌柳词'"。（叶梦得《避暑录话》卷三）苏轼要在词坛上自立门户，破除柳词的影响，乃是第一件要紧之事。经过苏轼创作与理论两方面的倡导，柳词在士大夫中基本上没有市场，只是在市俗中继续流行。宋人徐度云："（柳永）其词虽极工致，然多杂以鄙语，故流俗人尤喜道之。其后欧、苏诸公继出，文格一变，至为歌词，体制高雅。柳氏之作，殆不复称于文士之口，然流俗好之自若也。"（徐度《却扫编》卷下）在去俗归雅、提高词品方面，苏轼取得了相当的成功。

第二，苏轼用论诗的标准来论词，认为词是"余技"，并未将词提到与诗相同的地位。

东坡在《题张子野诗集后》一文中，盛赞其诗，并说他的词不过是"余技"。

> 张子野诗笔老妙，歌词乃其余技耳。而世俗但称其歌词。昔周昉画人物，皆入神品，而世俗但知有周昉士女，皆所谓未见好德如好色者欤？[②]

张子野即北宋著名词人张先，史称他"诗格清丽，尤长于乐府"（凌迪知《万姓统谱》卷三九），词名显然高于诗名，东坡称许子野较为文雅的诗作，对他那些艳丽的词作则视为"余技"，不足与

① 冯金伯：《词苑萃编》卷九引《高斋诗话》，清嘉庆刻本。

② 《苏轼文集》卷十八《题跋》，中华书局1986年版，第2146页。

诗并列。

苏轼批评世俗之人，只重其词而不重其诗，就像唐代画家周昉画人物可"入神品"，世人"但知昉士女"，这有"好色"之嫌[①]。东坡重诗轻词的态度，显而易见。

在另外几则书信中，苏轼评价陈季常、蔡景繁二人的词，他对词的最高评价为"似诗"："又惠新词，句句警拔，诗人之雄，非小词也。但豪放太过，恐造物者不容人如此快活。"[②]"颁示新词，此古人长短句诗也。得之惊喜，试勉继之"[③]。他说陈季常的词："句句警拔，此诗人之雄，非小词也。"说蔡景繁的词："此古人长短句诗也。"都是用论诗的眼光来衡量词，合乎诗之标准，就是为词，不合诗的标准的，则是"余技""小词"。

因此，在承认东坡推尊词体、扩大词境的同时，也必须看到，他并没认为词有诗、文那样重要，有些题材并不宜写入词，不宜简单地说他是"以诗为词"，从他现存的三百多首词来看，虽然能够"指出向上一路"，打破"花间"、柳永一派的藩篱，但是，许多关系到国计民生、个人生活的大事，他仍然多在诗、文中予以表现，而在词中涉及较少，他曾说"诗不能尽，溢而为书，变而为画，皆诗之余"[④]，这正如他说词为"小词""余技"，是一致的。东坡的这一观点，引发了南宋的"诗余"说。

东坡的学生、门客黄庭坚、张耒、晁补之、李之仪等人，都有一些论词的文章，其中黄、张的观点接近苏轼，晁、李的观点接近"花间"、柳永一派。

黄庭坚有《小山集序》，小山是宋代词人晏几道的号，在这篇词评中，山谷采用了与苏轼相同的"以诗评词"的作法。

黄山谷称词为"乐府之余"，说小晏词"寓以诗人句法"[⑤]，都与苏轼的说法相近，他将小晏词比作《高唐》《洛神》赋和《桃叶》

---

① 苏轼评周昉画甚确，据最早著录周昉画的《宣和画谱》记载，周昉画的题材，涉及神像、人物(如为郭子仪婿赵纵画像，被郭子仪之女誉为"兼得精神姿致尔"。)、星图、园林、歌舞、仕女等方面，《宣和画谱》著录昉画七十二幅，其中以仕女、后妃、宫女等女性为题材者约占总数的三分之一。

② 苏轼：《与陈季常》，《苏轼文集》卷五十三，中华书局1986年版，第1569页。

③ 苏轼：《与蔡景繁》，《苏轼文集》卷五十五，中华书局1986年版，第1662页。

④ 苏轼：《文与可画墨竹屏风赞一首》，《苏轼文集》卷二一，中华书局1986年版，第615页。

⑤ 黄庭坚：《小山集序》，《豫章黄先生文集》卷一六，《四部丛刊》影印宋乾道刊本。

《团扇》诗，既是以词比附诗，又承认词“言情”的特点，比苏轼的观点更为具体并有所发展。

张耒曾为词人贺铸的词集作序，即《东山词序》，他称赞贺铸词“倚声而为之词，皆可歌也”①，强调词的音乐性，为苏、黄所未及，说贺铸作词是“满心而发，肆口而成，虽欲已焉而不得者”，与苏轼强调诗文出于自然天成的论点相近，他比贺词为屈、宋、苏、李的诗赋，与苏、黄如出一辙。称许贺词有“盛丽”“艳冶”“幽洁”“悲壮”等特点，更接触到词的风格学问题，在宋代词论中是较早注重这一问题的。

黄、张二人皆继承、发挥苏轼的词学，将词与诗、赋相比附，而撇开了五代以来“花间体”婉约词的传统。

晁补之与黄庭坚、张耒、秦观同为“苏门四学士”，但他们对词的看法并不相同。晁补之的《评本朝乐章》②，基本上是站在婉约派的立场上说话，与苏、黄、张的词论有较大距离，对他的老师苏轼，晁无咎首先承认其词“不谐音律”，然后说“然居士词横放杰出，自是曲中缚不住者”。这一评价语意含糊，今人多以为是称赞之语，其实，若说是略有微词，恐怕也有可能。对同门而学苏的黄山谷，他则评为“固高妙，然不是当家语，自是著腔子唱好诗。”显然贬多于褒。如果将“著腔子唱好诗”移来评苏词，或许更为恰当，不过晁无咎不好直说罢了。而对婉约词人欧阳修词，则评为“绝妙”，“自是后人道不到处”。评柳永《八声甘州》词，“此唐人语，不减高处矣”。评晏几道（晁氏误为晏殊）词“不蹈袭人语，而风调闲雅，如‘舞低杨柳楼心月，歌尽桃花扇影风’，知此人不住三家村也。”评张先词“韵高”。对苏轼多次批评的秦观则推崇备至，誉为“近世”最优秀的词人。他的某些观点，已和李清照的《词论》比较接近了。

① 张耒：《张右史文集》卷五一，《四部丛刊》影印旧抄本。

② 晁补之：《评本朝乐章》，载胡仔：《苕溪渔隐丛话》后集卷三三，人民文学出版社1984年版，第253页。

三、集北宋词学大成的李清照《词论》

李清照的《词论》[1]是北宋词学的总结，也是宋代最苛刻的词论，约作于北宋末。《词论》的主要内容有三：

一、叙词史。李清照在《词论》中讲词的发展史，从乐府、声诗并列，到唐末五代词的流变，然后论及北宋"礼乐文武大备"，柳永出现后，"变旧声作新声"，自成面目的宋词开始出现。接着他又历述北宋词人的创作情况，这既有词史的性质，更有作家论的性质。

二、论词人。李清照论及北宋几乎所有较重要的词人，以"本色"为标准，将他们分为两类，第一类是北宋前期作家，不够"本色"者。除了"词语尘下"的柳永外，"又有张子野、宋子京兄弟，沈唐、元绛、晁次膺辈继出，虽时时有妙语，而破碎何足名家。至晏元献、欧阳永叔、苏子瞻，学际天人，作为小歌词，直如酌蠡水于大海，然皆句读不葺之诗尔，又往往不协音律者。""王介甫、曾子固文章似西汉，若作一小歌词，则人必绝倒，不可读也。"

第二类是北宋后期词人，李清照认为他们的词较为本色，但也瑕瑜互见："乃知别是一家，知之者少。后晏叔原、贺方回、秦少游、黄鲁直出，始能知之。又晏苦无铺叙，贺苦少典重，秦即专主情致，而少故实，譬如贫家美女，虽不妍丽，而终乏富贵态，黄即尚故实，而多疵病，譬如良玉有瑕，价自减半矣。"平心而论，李易安对北宋词人的评价大体上是能抓住要点，符合实际的。吴梅《词学通论》云："其讥弹前辈，能切中其病。"但她持论过高，众多词人中，竟无一人合乎她的标准，言外之意似乎在说，只有李清照本人，才称得上优秀的词家。

三、论音律。李清照对词的声律分析甚细，甚为严格，这对后来张炎《词源》论音律有一定影响，她批评晏、欧、苏、曾、王安石诸人词为"句读不葺之诗"，"不协音律"，"不可读"，都是从入律、可读的角度着眼的。李清照词论的中心观点就是严诗词之别，主张词"别是一家"，这对后世词人，有相当广泛而深远的影响。

---

① 李清照：《词论》，载王学初：《李清照集校注》，人民文学出版社1979年版，第194—195页。

五代、北宋的词学理论，对词的地位、作用的评价逐渐升温；且偏重于文词方面艺术技巧和风格特色的探讨，并及音律研究。豪放、婉约两派词论与创作的对立，这时已基本形成了。在论争之中，《花间》以来的婉约词风与词学，逐渐占上风。并对南宋的词论与创作，产生了很大影响。

[原载《安徽教育学院学报》（社会科学版）1992年第1期，人大复印资料《中国古代、近代文学研究》全文转载]

《乐府补题》主旨考辨

——兼论“比兴寄托”说词论在清代以来的演变

《乐府补题》一卷，是成书于元朝初年的咏物词集，共收作者14人，即王沂孙、周密、王易简、冯应瑞、唐艺孙、吕同老、李彭老、李居仁、陈恕可、唐珏、赵汝钠、张炎、仇远，另有佚名者一人。所收词作共5题37首，即《天香·宛委山房拟赋龙涎香》8首、《水龙吟·浮翠山房拟赋白莲》10首、《摸鱼儿·紫云山房拟赋莼》5首、《齐天乐·余闲书院拟赋蝉》10首、《桂枝香·天柱山房拟赋蟹》4首。从清代至当代，不少学者认为此组词有寓意，且对具体所指作了种种分析，笔者以为这组词并无十分明显的寓意，前贤与时贤的论述多有可商榷之处，故不揣谫陋，发表拙见，向专家们请教。

一、《乐府补题》的重新问世及后人对其主旨的理解

《乐府补题》一书，元、明两代未见流传。清康熙十七年(1676)，著名词人朱彝尊将常熟吴氏抄本的过录本携至京师，然后由蒋景祁镂板行世，此书在清代的初刻时间，严迪昌先生认为在康熙十八年至二十年之间。[①]清人对其主旨多有研究，朱彝尊作《乐府补题序》，重点介绍了唐珏、周密、仇远、张炎、王沂孙五人，云其“皆宋末隐君子”[②]，并具体介绍此集刊刻经过云：“《乐府补题》一卷，常熟吴氏抄白本，休宁汪氏购之长兴藏书家。予爱而亟录之，携至京师。宜兴蒋京少好倚声为长短句，读之赏激不已，遂

① 严迪昌：《乐府补题与清初词风》，载《词学》第八辑，华东师范大学出版社1990年版，第45页。又见严迪昌：《清词史》，江苏古籍出版社2001年版，第246页。

② 朱彝尊：《曝书亭集》卷三六，《四部丛刊》本。

锓版以传……度诸君子在当日唱和之篇，必不止此，亦必有序以志岁月，惜今皆逸矣。幸而是编仅存，不为蟫蚀鼠啮，经四百年，藉二子之功，复流播于世，词章之传，盖亦有数焉。”[①]对《乐府补题》的主旨，朱氏也作了大致的推测：“诵其词可以观志意所存，虽有山林友朋之娱，而身世之感，别有凄然言外者，其骚人《橘颂》之遗音乎？”[②]

与朱氏同时而齐名的“阳羡派”领袖陈维崧《乐府补题序》云：

> 嗟乎！此皆赵宋遗民作也。粤自云迷五国，桥谶啼鹃；潮歇三江，营荒夹马；寿皇大去，已无南内之笙箫；贾相难归，不见西湖之灯火。三声石鼓，汪水云之关塞含愁；一卷金陀，王昭仪之琵琶写怨。皋亭雨黑，旗摇犀弩之城；葛岭烟青，箭满锦衣之巷。则有临平故老，天水王孙，无聊则别署漫郎，有谓而竟成逋客。飘零孰恤？自放于酒旗歌扇之间；惆怅畴依？相逢于僧寺倡楼之际。盘中烛灺，间有狂言；帐底香焦，时而谰语。援微词而通志，倚小令以成声。此则飞卿丽句，不过开元宫女之闲谈；至于崇祚新编，大都才老梦华之轶事也。[③]

朱《序》认为此组词不仅为朋友倡和之作，而且可能有身世之感，并认为其品格甚高，有屈子《橘颂》遗意，持论颇为谨慎。陈《序》则推测此组词可能与汪元量（水云）、王昭仪（清惠）事有关，所谓“开元宫女之闲谈”“才老梦华之轶事”，均据词意推测，无非也是认为此组词有故国之思、亡国之痛，所言比朱氏更为具体，但亦未指实。陈《序》系骈文，在意思的表达上亦不甚明了。

朱彝尊词风的继承者、“浙西词派”著名词论家厉鹗作《论词绝句十二首》，其第六首论《乐府补题》云：“头白遗民涕不禁，补题风物在山阴。残蝉身世香莼兴，一片冬青冢畔心。”[④]原注：“《乐府补题》一卷，唐义士玉潜与焉。”厉鹗在这首绝句中，首次将《乐

① 朱彝尊：《曝书亭集》卷三六，《四部丛刊》本。
② 朱彝尊：《曝书亭集》卷三六，《四部丛刊》本。
③ 陈维崧：《陈迦陵文集·俪体文集》卷七，《四部丛刊》本。
④ 厉鹗《樊榭山房集》卷七，《四部丛刊》本。

府补题》与宋祥兴元年、元至元十五年（1278）元僧杨琏真伽发掘宋帝在绍兴诸陵、唐珏等潜收宋帝妃骸骨之事相联系。据张丁、罗有开《唐义士传》等书记载，发陵之后，唐珏出家资，招里中少年潜收帝妃遗骸，葬于兰亭山，移宋故宫冬青树植其上，谢翱为作《冬青树引》颂其事[①]。厉鹗此诗，系就《乐府补题》中残蝉香莼的象征意义及唐珏潜收宋陵遗骸两件事产生的联想，并无确证。且厉氏此诗，以韵语论词，语义难免混沌不清，易生歧解。

清代"常州词派"词人蒋敦复在《芬陀利室词话》卷三中，第一次明确指出《乐府补题》皆是有寄托之作：

> 词原于诗，即小小咏物，亦贵得风人比兴之旨。唐、五代、北宋人词，不甚咏物，南渡诸公有之，皆有寄托。白石、石湖咏梅，暗指南北议和事。及碧山、草窗、玉潜、仁近诸遗民《乐府补遗》（作者按：即《乐府补题》）中，龙涎香、白莲、莼、蟹、蝉诸咏，皆寓其家国无穷之感，非区区赋物而已。知乎此，则《齐天乐·咏蝉》《摸鱼儿·咏莼》，皆可不续貂。[②]

蒋氏指出《乐府补题》诸咏有家国之恨，并非单纯咏物，虽有主观臆断的成分，但并未一一坐实。清人陈廷焯《白雨斋词话》卷二开始指实《乐府补题》的寄托：

> 碧山《天香·龙涎香》一阕，庄希祖云："此词应为谢太后作。前半所指，多海外事。"此论正合余意。惟后叠云："荀令而今渐老，总忘却尊前旧风味。"必有所兴，但不知其何所指，读者各以意会可也。[③]
>
> 碧山《水龙吟》诸篇，感慨沉至……《咏白莲》云："太液荒寒，海山依约，断魂何许。"又云："三十六陂烟雨，旧凄凉向谁堪诉。如今漫说，仙姿自洁，芳心更苦。"写出幽贞，意者

① 陶宗仪：《南村辍耕录》卷四，中华书局1959年版，第43—48页。

② 蒋敦复：《芬陀利室词话》，载唐圭璋编：《词话丛编》，中华书局1986年版，第3675页。

③ 陈廷焯：《白雨斋词话》，杜维沫校点，人民文学出版社1959年版，第42页。

亦指清惠乎？①

碧山《齐天乐》诸阕，哀怨无穷，都归忠厚，是词中最上乘。《咏萤》云：“汉苑飘苔，秦陵坠叶，千古凄凉不尽。何人为省，但隔水余辉，傍林残影。”咏叹苍茫，深人无浅语。“隔水”二句，意者其指帝昺乎？《咏蝉》首章云：“短梦深宫，向人犹自诉憔悴。”言中有物，其指全太后祝发为尼事乎？……次章起句云：“一襟余恨宫魂断。”下云：“镜暗妆残，为谁娇鬓尚如许。”合上章观之，此当指王昭仪改妆女冠。后叠云：“铜仙铅泪如洗，叹移盘去远，难贮零露。病翼惊秋，枯形阅世，消得残阳几度。余音更苦，甚独抱清商，顿成凄楚。”字字凄断，却浑雅不激烈。“余音”数语，或有感于“太液芙蓉”一阕乎？②

陈氏此论，实系对张惠言“比兴寄托”说的具体发挥。陈廷焯云“《词选》云：‘碧山咏物诸篇，并有君国之忧。’自是确论。读碧山词者，不得不兼时势言之，亦是定理。或谓不宜附会穿凿，此特老生常谈，知其一不知其二。古人诗词，有不容穿凿者，有必须考镜者，明眼人自能辨之。”③详考其所论，确实难免“附会穿凿”之讥，故陈氏曲为之说，好在其所论仅限于王沂孙（碧山）词，且只部分落实词中寓意。

《四库全书总目》卷一九九集部词曲类《乐府补题提要》持论亦较审慎：

（此书）不著编辑者名氏，皆宋末遗民倡和之作。凡赋龙涎香八首，其调为《天香》。赋白莲十首，其调为《水龙吟》。赋莼五首，其调为《摸鱼儿》。赋蝉十首，其调为《齐天乐》。赋蟹四首，其调为《桂枝香》。作者为王沂孙、周密、王易简、冯应瑞、唐艺孙、吕同老、李彭老、陈恕可、唐珏、赵汝钠、李居仁、张炎、仇远等十三人，又无名氏二人。其书诸家皆不著

① 陈廷焯：《白雨斋词话》，杜维沫校点，人民文学出版社1959年版，第43—44页。

② 陈廷焯：《白雨斋词话》，杜维沫校点，人民文学出版社1959年版，第44页。

③ 陈廷焯：《白雨斋词话》，杜维沫校点，人民文学出版社1959年版，第41页。

录。前有朱彝尊序，称为常熟吴氏钞本，休宁汪晋贤购之长兴藏书家，而蒋景祁镂版以传云云，则康熙中始传于世也。彝尊序又称，当日倡和之篇必不止此，亦必有序以志岁月，惜今皆逸云云，其说亦是。然疑或墨迹流传，后人录之成帙，未必当时即编次为集，故无序目，亦未可知也。

王树荣作《乐府补题跋》将这组词与“发陵”事的关系进一步坐实：

《乐府补题》一卷，《知不足斋丛书》本。《四库提要》谓皆宋遗民词。荣前读周止庵《宋词选》，于唐玉潜赋白莲曰：“冰魂犹在，翠舆难驻。”曰：“珠房泪湿，明珰恨远。”以为当为元僧杨琏真伽发宋诸陵而作。又赋蝉曰：“佩玉流空，绡衣剪雾。”曰：“晚妆清镜里，犹记娇鬟。”疑亦指其事。今读此卷，依类求之，此意无不可通，殆即玉潜所谓“只有春风知此意，年年杜宇哭冬青”（据夏承焘先生考证，“只有”二句为谢翱诗）者也。作者十四人，一佚其名。《四库提要》谓无姓名者二人，非也。宛委为陈行之别号，而宛委山房赋龙涎香，陈不与焉。紫云为吕和甫别号，而紫云山房赋莼，吕不与焉。天柱为王理得别号，而天柱山房赋蟹，王不与焉。浮翠山房赋白莲，余闲书院赋蝉，“浮翠”“余闲”，卷中未见，窃谓“浮翠”即唐英发“瑶翠”而讹，以本卷例之，宋季遗民如有以余闲为别号者，则所佚姓名，不难推测而知矣。庚申六月，归安王树荣刚斋跋。①

可见，清人对《乐府补题》寓意的认识是逐渐形成并加深的。从开始认为是家国之恨，到落实其具体所指，是有一个过程的，其寓意已有“发陵说”“咏谢太后事”“咏全太后为尼说”“咏王清惠幽贞或为女冠说”等四种观点。

受清人之论的影响，现代学者对《乐府补题》的寓意作了更为

① 《乐府补题》，载朱孝臧辑校：《彊村丛书》本，广陵书社2005年版，第55页。

深入的研究。夏承焘先生的观点最有代表性，20世纪30年代，夏先生撰《〈乐府补题〉考》，发展了清人的观点，指出：“清代常州词人，好以寄托说词，而往往不厌附会；惟周济词选，疑唐珏赋白莲，为杨琏真伽发越陵而作，则确凿无疑；予惜其但善发端，犹未详考《乐府补题》全篇，爰寻杂书，为申其说。王、唐诸子，丁桑海之会，国族沦胥之痛，为自来词家所未有；宋人咏物之词，至此编乃别有深衷新义。表而出之，亦词林一大掌故，不但补六陵遗事之遣而已也。……今案《补题》所赋凡五：曰龙涎香，曰白莲，曰蝉，曰莼，曰蟹。依周、王之说而详推之，大抵龙涎香、莼、蟹似指宋帝，蝉与白莲则托喻后妃。”[①]除了从原词找根据外，其主要证据为周密《癸辛杂识》的两条记载：“周密《癸辛杂识·别集》上，记杨琏真伽发陵，以理宗含珠有夜明，倒悬其尸树间，沥取水银，如此三日夜，竟失其首。此《龙涎香》所赋采铅捣唾之本事也。《杂识》又记一村翁于孟后陵得一髻，发长六尺余，其色绀碧。谢翱为作《古钗叹》，有云：‘白烟泪湿樵叟来，拾得慈献陵中髻。青长七色光照地，发下宛转金钗二。’此赋蝉十词九用鬟鬓之本事也。”[②]

吴则虞《花外集笺注》（作者按：《花外集》为王沂孙词集名）认为王沂孙咏龙涎香指厓山之事。[③]厓山在广东新会县南大海中，为宋末抗元的最后据点。祥兴二年（1279）宋军战败，陆秀夫负帝昺于此沉海。吴则虞说咏白莲“淡妆不扫蛾眉”首“暗寓赵昺之南去”，“翠云遥拥环妃”首指王清惠为女道士事、咏蝉“绿槐千树西窗悄”首指发陵事。萧鹏认为诸人咏龙涎香指厓山之事，咏白莲则是以节操自励，咏蝉的背景是元朝统治大量强征南士赴召，诸人暗中表示不愿合作的思想等等[④]。

综上所述，清人及今人对《乐府补题》主旨的猜测有以下几种：

1. 指宋陵被掘，唐珏等潜收帝后遗骸事。

2. 指谢太后被掳至北方事。

---

① 夏承焘：《唐宋词人年谱》，上海古籍出版社1979年版，第376—377页。

② 夏承焘：《唐宋词人年谱》，上海古籍出版社1979年版，第378页。

③ 吴则虞笺注：《花外集》，上海古籍出版社1988年版，第2页。

④ 萧鹏：《〈乐府补题〉寄托发微——与夏承焘先生商榷》，《文学遗产》1985年第1期，第66—71页。

3. 指全太后至北方后削发为尼事。

4. 指王昭仪（清惠）为女道士事。

5. 指陆秀夫负帝昺于厓山投海事。

6. 词人以白莲、蝉自喻，或以节操自勉，或自伤身世。

二、《乐府补题》诸词“寓意”辨析

我国文人，论文谈艺，往往迷信权威，先入为主，缺少独立思考的能力。即以《乐府补题》的研究而言，自从朱彝尊提出作者“皆宋末隐君子”之说后，陈维崧、厉鹗、蒋敦复、四库馆臣、王树荣等人均承其说而不暇深考，诸人认为《乐府补题》有言外之意，与认定其作者是“遗民”大有关系。其实朱说并不确切，黄贤俊曾对《乐府补题》中十四位作者的生平作过较为详细的考证，指出周密、张炎、王易简、李彭老、唐珏确为宋遗民，吕同老虽亦被定为宋遗民[①]，但其依据是《宋诗纪事》，证据似不够充分。冯应瑞、唐艺孙、赵汝钠、李居仁四人生平行事无考，陈恕可、仇远确曾仕元，黄文认为王沂孙未曾仕元，施蛰存为黄文作跋，指出碧山确曾仕元，施说证据确凿，所论甚是。综上所述，《乐府补题》的作者可确定为宋遗民者5人，疑为宋遗民者1人，行事无考者5人（包括无名氏），非遗民（指曾仕于元者）3人，故不宜简单地将《乐府补题》中的作者一概视为宋朝遗民。再看其作年，吴熊和先生据张炎《山中白云词》卷一诸词，考察张炎行踪，指出：“自辛卯至癸巳，张炎寓越殆近三载。”“张炎于浮翠山房赋白莲，时在辛卯、癸巳之间，似当近实。”“夏承焘先生《乐府补题考》系诸家之作于祥兴二年（1279），是年陈恕可二十一岁，仇远十八岁，与周密等同赋《水龙吟》《齐天乐》词，似尚嫌年少，不如定其作于辛卯、癸巳间，更为信而有征。”[②]辛卯为至元二十八年（1291），癸巳为至元三十年（1293），此时距发陵事及宋亡已十余年，故《乐府补题》中诸词，

① 黄贤俊：《碧山四考》，《词学》第6辑，华东师范大学出版社1988年版，第94—100页。

② 吴熊和：《宋人选宋词十种跋·〈乐府补题〉跋》，《吴熊和词学论集》，浙江教育出版社1999年版。夏承焘先生《〈乐府补题〉考古》曰：“然则补题虽无序跋记岁月，其必在至元戊寅、辛卯之间，则无疑矣。”吴先生此文，即针对夏文而发，且言之成理。

恐不宜如上述诸人那样坐实解释。复从词中具体情调来看，“家国之恨”可能存在，落魄之悲更是难免，但也不乏以节操自励之语及友朋之娱。

当然，要探索《乐府补题》的寓意，主要还应抓住文本的具体描写，从这一角度看问题，以上诸种“寄托”说，若就某一句或某一首词而言，或勉强可说得过去，若联系全部《乐府补题》来看，均扞格难通。因为时代久远，词人事迹多湮没无闻，无确切本事可资考证，诸家观点，皆为悬想之词，且多断章取义，抓住一点穷追猛打，很少顾及全篇、全书。下面我们依据《乐府补题》原作，从其所用主要典故和具体描写来探讨这些词究竟有无寓意。如夏承焘先生所举周密《癸辛杂识》续集、别集所载二事，的确难免胶柱鼓瑟之憾，萧鹏对夏先生力主的“发陵说”作出了令人信服的驳正，其要点有三：第一，没有任何历史记载可以坐实此说；第二，《乐府补题》五咏不是作于同时同地；第三点，指出周密参与《乐府补题》诸词唱和时，尚未听到“发陵”事的有关细节，夏先生所举二证，皆为草窗晚年（指参与《乐府补题》唱和之后）所得材料，足可证明草窗诸人唱和时，并无明确的寄托之意[①]。所论材料丰富、证据确凿。可惜的是，萧鹏先生自己立论时，却重新陷入清人及夏承焘先生论《乐府补题》的怪圈。萧氏认为：“宛委山房所赋龙涎香八首，据词中的描写，很可能是寄托厓山之覆灭。”“余闲山房咏蝉……我们推测，此咏的背景应该是元朝统治者开始大量强征南士赴召，或上北都书写《金刚经》，或出任各州学正、教授。”[②]同样是出于臆测。

《乐府补题》的“寄托”说是由“浙西词派”词人朱彝尊、厉鹗提出，“常州词派”词人周济、陈廷焯、王树荣进一步发展，晚近词家为前人成说所囿，且受“常州词派”比兴寄托说影响过深，难免作出种种臆测。其实，依目前掌握的文献资料，是不宜得出上述（尤其是前五种）过于指实的结论的。依笔者愚见，这五组词首先是

① 萧鹏：《〈乐府补题〉寄托发微——与夏承焘先生商榷》，《文学遗产》1985年第1期，第66—71页。

② 萧鹏：《〈乐府补题〉寄托发微——与夏承焘先生商榷》，《文学遗产》1985年第1期，第66—71页。

词社的咏物词，故当从所咏之物、所用之典及具体描写推求之。

如《天香·咏龙涎香》，龙涎香是抹香鲸病胃的一种分泌物，因得之于海上，故名，亦称龙泄，和以其他香物，其香加烈，经久不散，是一种珍贵的香料。唐人苏鹗《杜阳杂编》曰：“（同昌）公主令取澄水帛，以水蘸之，挂于南轩，良久，满座皆思挟纩，澄水帛长八九尺，似布而细，明薄可鉴，云其中有龙涎，故能消暑毒也”。[①]宋、元间亦用龙涎香为熏香，见叶绍翁《四朝闻见录》乙“宣政宫烛”条、周去非《岭外代答》七。可知龙涎香本为宫廷及王公贵人所用之物，其香气浓烈，可作熏香，有清凉去暑的显效。此组《天香》所写之香即为熏香，清人许昂霄《词综偶评》评王易简《天香》曰：“龙涎和众香焚之，能聚香，烟缕缕不散。”[②]词中“骊宫”即指“海市蜃楼”，传说中的海上宫殿，也可指龙宫，古人或以为“龙涎香”当得自此处。词中又多用“荀令衣香”之典；据《太平御览》引《襄阳记》：东汉荀彧为尚书令，相传他的衣带有香气，所到之处，香经日不散，人称为令君香。词中提及“荀令如今渐老，总忘却，尊前旧风味”（王沂孙）、“荀令风流未减，怎奈向，漂零赋情老”（吕同老）、“荀令如今憔悴，消未尽，当时爱香意”（李彭老），都可视为词人们自抒年华老大之悲，词中又多写女性相思离别之事，亦为婉约词常调。词中找不出明显的寄托或影射，只不过总的调子偏于低沉，且“龙涎”“骊宫”等字面令人产生联想而已。吴世昌先生《词林新话》对此调“寄托”说的反驳非常有力：“亦峰（作者按：即陈廷焯）曰：‘碧山《天香·龙涎香》一阕，庄希祖云：“此词应为谢太后作，前半所指，多海外事。”此论正合余意。惟后叠云：“荀令而今渐老，总忘却尊前旧风味。”必有所兴，但不知其所指，读者各以意会可也。’按：既自称‘荀令’则自指香，与谢太后无涉。足见穿凿之可笑。而又曰：‘必有所兴’，‘不知所指’，真是白日见鬼，且令读者各以其意会不同之鬼。”[③]我们不妨看看周密的同调词：

① 苏鹗：《杜阳杂编》卷下，《唐五代笔记小说大观》本，上海古籍出版社2000年版，第1396页。
② 许昂霄：《词综偶评》，载唐圭璋编：《词话丛编》，中华书局1986年版，第1567页。
③ 吴世昌：《词林新话》卷四，北京出版社2000年版，第295—296页。

碧脑浮冰，红薇染露，骊宫玉唾谁捣。麝月双心，凤云百和，宝玦佩环争巧。浓薰浅炷，疑醉度、千花春晓。金饼著衣余润，银叶透帘微袅。　　素被琼篝夜悄，酒初醒，翠屏深杳。一缕旧情，空趁断烟，飞绕罗袖，余馨渐少。怅朱阁凄凉梦难到。谁念韩郎，清愁渐老。

上片紧扣龙涎香题面展开描写，应是描写一位女子居室环境，写龙涎香是极力渲染其住处之高雅，暗示女主人公身份之高贵。下片写男子的相思之情，相思无望，故曰“谁念韩郎，清愁渐老”。全词看不出明显寓意。近人俞陛云分析王沂孙《天香·龙涎香》曰：“咏物工细之作，唐五代以来绝少，南宋较多。此调前半体物浏亮，后半即物寓情，咏物之名作也。起笔切合而极凝炼，‘蟠’字、‘蜕’字尤工。‘萦帘’二句既状香痕荡漾，而以海山云气关合本题，在离合之间。后四句藉香以寓身世今昔之感，开合有致。”①对词中寄托的分析也是相当谨慎的。吴世昌先生《词林新话》卷四说“麝月”是镜子，“麝月双心，凤云百和”为咏镜之语，亦甚确。②

《水龙吟·赋白莲》多以杨玉环（太真）比白莲，笔者拈出《开元天宝遗事》的“解语花”一则记载，或可为此组词进一解：“明皇秋八月，太液池有千叶白莲，数枝盛开，帝与贵戚宴赏焉，左右皆叹羡久之。帝指贵妃示于左右曰：‘争如我解语花。’”（王仁裕《开元天宝遗事》卷七）此组词中多次写到“环儿”“真妃”“太液池”“霓裳舞”“温泉浴罢”，均与杨玉环有关。词人们或于赏白莲时，想到这一故事，词中反复写唐玄宗时的风流盛况，自然也寓有黍离之悲、荆棘铜驼之感。词中又写到仙人承露盘等，亦可作如此联想，但亦不可落到实处。

如吕同老的《水龙吟·赋白莲》：

素肌不污天真，晓来玉立瑶池里。亭亭翠盖，盈盈素靥，时妆净洗。太液波翻，霓裳舞罢，断魂流水。甚依然、旧日浓

① 俞陛云：《唐五代两宋词选释》，上海古籍出版社1985年版，第568页。

② 吴世昌：《词林新话》卷四，北京出版社2000年版，第270页。

香淡粉，花不似，人憔悴。　　欲唤凌波仙子，泛扁舟、浩波千里。只愁回首、冰帘半掩，明珰乱坠。月影凄迷，露华零落，小阑谁倚。共芳盟、犹有双栖雪鹭，夜寒惊起。

起五句赋白莲本题，“太液”五句咏杨玉环事，或与上引《开元天宝遗事》有关。“太液波翻”，让人联想到白居易《长恨歌》“归来池苑皆依旧，太液芙蓉未央柳”二句；“霓裳舞罢”则隐含《长恨歌》“渔阳鼙鼓动地来，惊破霓裳羽衣曲”之意，所抒均为伤悼之情。下阕则主要咏叹花谢之后的零落凄凉之状，仍回到本题，咏物与咏人相结合，无明显寄托。又如王沂孙《水龙吟·赋白莲》：

翠云遥拥环妃，夜深按彻霓裳舞。铅华净洗，涓涓出浴，盈盈解语。太液荒寒，海山依约，断魂何许。甚人间、别有冰肌雪艳，娇无那，频相顾。　　三十六陂烟雨。甚凄凉、向谁堪诉。如今谩说，仙姿自洁，芳心更苦。罗袜初停，玉珰还解，早凌波去。试乘风、一叶重来月底，与修花谱。

此词上阕咏杨玉环，兼咏白莲，主要写其盛况。下阕咏白莲为主，兼及玉环，重心在其衰败，语意甚明。近人释此词，也有求之过深者，如俞陛云曰：“起五句咏本题，余皆藉花以抒感。‘海山’、‘断魂’句言末造飘流海岛，落日狂涛，宫车不返。‘别有冰肌’四句意谓两朝冠剑，降表签名，大有人在，而不欲斥言，乃托词以隐刺。后段‘仙姿’二句尤为撄心深痛，纵埋名削迹，安能解其饮冰茹蘖之悲，何异于落尽莲衣而莲心更苦，乃极写其哀思。‘早凌波去’句怅鼎湖之去远，‘乘风盼归’句，乃抱弓剑而仍号也……碧山此词，虽意在君国，而本题亦不抛荒。首句之‘翠云环妃’及后段之‘仙姿自洁’、‘玉珰凌波’句仍雅切白莲，可谓句意兼得矣。”[①] 此说实受“厓山之变”论的影响，并无任何事实根据。

《摸鱼儿·赋莼》主要用《晋书·张翰传》故事：“齐王冏辟（翰）为大司马东曹掾……因见秋风起，乃思吴中菰米、莼羹、鲈鱼

① 俞陛云：《唐五代两宋词选释》，上海古籍出版社1985年版，第585页。

脍，曰：‘人生贵得适志，何能羁宦数千里以要名爵乎！’遂命驾而归。”[①]此组词多是这些词人在发牢骚，曲折地表示不愿与新朝合作，恐难看出更深的言外之意。如李彭老《摸鱼儿·赋莼》词云：

过垂虹、四桥飞雨，沙痕初涨春水。腥波十里吴歈远，绿蔓半萦船尾。连复碎。爱滑卷青绡，香袅冰丝细。山人隽味。笑杜老无情，香羹碧涧，空只赋芹美。　　归期早，谁似季鹰高致。鲈鱼相伴菰米。红尘如海邱园梦，一叶又秋风起。湘湖外。看采撷、芳条际晓随渔市。旧游漫记。但望里江南，秦鬟贺镜，渺渺隔烟水。

俞陛云析李彭老此词曰：“起笔从水乡引起采莼，有闲逸之致。‘绿蔓’四句咏物工细，旋用香芹碧涧羹诗意作衬，以开宕局势。下阕用季鹰事，虽意所易到，而接以‘红尘如海’二句，意境便超。‘际晓随鱼市’句涉想殊妙。结处‘秦鬟贺镜’，殆谓秦封山及贺监湖，觉炼字过于生硬。”[②]俞氏又析王沂孙此题词曰：“前四句赋莼，细腻熨贴。‘罗带’二句喻新而句秀。‘吴中’四句以酪乳、鲈鱼为莼作陪宾，佐秋来之一醉，笔致生动。下阕因莼鲈而动乡思，兼有蒹葭忆远之情。因前半首征实，故后半课虚，虚实相乘，乃布局揣称处。后路托想迢递，词客秋怀，与烟水同其浩渺矣。”[③]所析皆较确，并未往“微言大义”上牵扯。

至于《齐天乐·赋蝉》，如果说寓有词人的身世之感则可能，从唐人骆宾王《在狱咏蝉》、李商隐《蝉》开始，即有此传统，这也可见吴熊和先生对组诗作年的考证有理（若此组词作于1279年，则陈恕可21岁，仇远仅18岁，似不太可能有很深的身世之悲）。如果说蝉鬓即为已去世的后妃长发，则太过牵强。夏承焘先生此说本据周密《癸辛杂识》的记载，那么，我们且看周密的《齐天乐·赋蝉》是否有此意，词曰：

① 《晋书》卷九二，中华书局1974年版，第1384页。

② 俞陛云：《唐五代两宋词选释》，上海古籍出版社1985年版，第528页。

③ 俞陛云：《唐五代两宋词选释》，上海古籍出版社1985年版，第577页。

> 槐阴忽送清泠怨，依稀乍闻还歇。故苑愁长，危枝调苦，前梦蜕痕枯叶。伤情念别，是几度斜阳，几回残月。转眼西风，一襟幽恨向谁说。　　轻鬟犹记动影，翠奁应怪我，双鬓如雪。枝冷频移，叶疏犹抱，空负好秋时节。凄凄切切，渐迤逦黄昏，砌蛩相接，露洗余悲，暮寒声更咽。

此词以正面咏蝉为主，从“转眼西风，一襟幽恨向谁说”和“露洗余悲，暮寒声更咽”等句来看，词中有亡国末世文人的身世之悲、凄凉之感是可能的，但却找不到与“发陵事”有关的蛛丝马迹。争议较大的是王沂孙的《齐天乐·赋蝉》：

> 一襟遗恨宫魂断，年年翠阴庭宇。乍咽凉柯，还移暗叶，重把离愁低诉。西园过雨。渐金错鸣刀，玉筝调柱。镜掩残妆，为谁娇鬓尚如许。　　铜仙铅泪似洗，叹携盘去远，难贮零露。病翼惊秋，枯形阅世，消得斜阳几度。余音更苦。甚独抱清高，顿成凄楚。谩想薰风，柳丝千万缕。

清人端木埰《词选批注》评此词云：“详味词意，殆亦碧山黍离之悲也。首句‘宫魂’字点清命意。‘乍咽’、‘还移’，慨播迁也。‘西窗’三句，伤敌骑暂退，宴安如故也。‘镜暗妆残’，残破满眼。‘为谁’句，指当日修容饰貌，侧媚依然。衰世臣主全无心肝，真千古一辙也。‘铜仙’三句，伤宗器重宝均被迁夺北去也。‘病翼’三句，更是痛哭流涕，大声疾呼，言海徼栖流，断不能久也。‘余音’三句，哀怨难论也。‘谩想薰风，柳丝千万（缕）’，责诸人当此尚安危利灾，视若全盛也。语意明显，凄婉至不忍卒读。”[①]此词词调危苦，可能有身世之感与家国之痛，如周济《宋四家词选》所云：“此家国之恨。”[②]但端木氏将此词与宋亡之事相比附，且句句落到实处，实亦缺乏根据，唐圭璋先生等人的《唐宋词选注》对此词的分析恰到好处，也为我们理解此类词提供了具有规范意义的借鉴：

① 端木埰：《词选批注》，载唐圭璋编：《词话丛编》，中华书局1986年版，第1621页。

② 周济：《宋四家词选·眉批》，载唐圭璋：《词话丛编》，中华书局1986年版，第1656页。

“本词以‘宫魂’两字点题，指出蝉是齐女之魂所化。以下用拟人法写蝉鸣庭树，深诉离愁。而雨后蝉声，又极清脆动听；镜中蝉鬓，还是缥缈动人。下片由蝉饮露水联系到铜仙铅泪，暗示亡国之痛；接着从‘病翼’、‘枯形’说明秋蝉之悲苦，余音之哀抑；并结合自身境遇，以独抱清高而满怀凄楚，暗示故国之思。结尾回溯薰风吹拂，蝉鸣于万缕柳丝的盛时，句意含蓄曲折，言外之意是说回首往事，已是无魂可断，而作者心情之沉痛，也可想见。”①

《桂枝香·赋蟹》主要用《晋书·毕卓传》：“卓尝谓人曰：‘得酒满数百斛船，四时甘味置两头，右手持酒杯，左手持蟹螯，拍浮酒船中，便足了一生矣。”②实与张翰之用心相同，均有倦宦之意。古人亦有将莼、蟹并称者，宋人苏舜钦《答韩持国书》：“渚茶野酿，足以销忧；莼鲈稻蟹，足以适口。”③此组词亦很难与发陵之事、亡国之痛相联系。举陈恕可《桂枝香·赋蟹》为例：

> 西风故国，记乍免内黄，归梦溪曲。还是秦星夜映，楚霜秋足。无肠枉抱东流恨，任年年、退匡微绿。草汀篝火，芦洲苇箔，早寒渔屋。　　叙旧别、芳笋荐玉。正香擘新橙，清泛佳菊。依约行沙乱雪，误惊窗竹。江湖岁晚相思远，对寒灯谩怀幽独。嫩汤浮眼、枯形蜕壳，断魂重续。

总之，除非新发现过硬材料，将《乐府补题》与发陵事、与厓山之变及全太后事、谢太后事、王清惠事等联系起来，总嫌牵强，也就是说，1至5说皆不可取，如果将此书视为有一定身世之感的咏物之什，则较为稳妥，换言之，第6说较有可能。因《桂枝香·赋蟹》仅有四首，与前四组明显不成比例，且无序跋之文，故朱彝尊推测原书有残缺是有可能的。

① 唐圭璋、潘君昭、曹济平：《唐宋词选注》，北京出版社1982年版，第620页。

② 《晋书》卷四九，中华书局1974年版，第1381页。

③ 苏舜钦：《苏舜钦集》，沈文倬校点，中华书局1961年版，第126页。

三、《乐府补题》的理解与近三百年“比兴寄托”词学观的演变

词论兴起之初，较少儒家思想的束缚，并未侈言比兴，但以微言大义论词，宋人已肇其端，黄昇《唐宋诸贤绝妙词选》卷二引鲖阳居士论苏轼《卜算子》（缺月挂疏桐）云：“缺月，刺明微也。漏断，暗时也。幽人，不得志也。独往来，无助也。惊鸿，贤人不安于位也。回头，爱君不忘也。无人省，君不察也。拣尽寒枝不肯栖，不偷安于高位也。寂寞吴江冷，非贤所安也。此词与《考槃》诗极相似。”[①]不过，这种情形在宋代具有偶发性，在元、明两代也不多见。入清之后，此比兴论词渐成风气，人们多以为“常州词派”是比兴寄托说在清代的始作俑者，其实不然，从上文可见，清初的“阳羡词派”与“浙西词派”均重“比兴寄托”，如阳羡词派领袖陈维崧《乐府补题序》即从“比兴寄托”的角度着眼，将此组词与汪元量、王清惠之事相联系。“浙西词派”领袖朱彝尊则认为《乐府补题》诸词“虽有山林友朋之娱，而身世之感，别有凄然言外者”，有“骚人《橘颂》之遗音”[②]。朱氏《陈纬云红盐词序》也指出：“词虽小技，昔之通儒巨公，往往为之。盖有诗所难言者，委曲倚之于声，其辞愈微而其旨益远，善言词者，假闺房儿女子之言，通于《离骚》变雅之意，此尤不得志于时者所宜寄情焉耳。”[③]《乐府补题》由朱彝尊发现、经蒋景祁刊刻后，在京城形成“后补题”的唱和热，参与其中的文人竟达百人，蒋景祁《刻〈瑶华集〉述》云：“得《乐府补题》而辇下诸公之词体一变。”据严迪昌、张宏生诸先生研究，在“后补题”唱和活动中，陈维崧的词多含“故国之思”，与其《乐府补题序》宗旨相近，朱彝尊的词纯乎咏物，并无寄托，与其《乐府补题序》宗旨不同，较为符合当时的时代潮流。[④]

---

① 鲖阳居士：《复雅歌词》，载唐圭璋编：《词话丛编》，中华书局1986年版，第60页。

② 朱彝尊：《乐府补题序》，《曝书亭集》卷三六，《四部丛刊》本。

③ 朱彝尊：《陈纬云红盐词序》，《曝书亭集》卷四〇，《四部丛刊》本。

④ 参见严迪昌《清词史》第二编第2章，江苏古籍出版社2001年版；张宏生《清代词学的构建》第2章，江苏古籍出版社1998年版。

“浙西词派”后期词论家厉鹗《论词绝句》十二首（其一）即将词之起源与《离骚》和传为李白所作的那两首寄托遥深的词作相联系：“美人香草本《离骚》，俎豆青莲尚未遥。”[①]厉鹗《群雅词集序》称赞集中诸人词“托兴乃在感时赋物登高送远之间”[②]，《吴尺凫玲珑帘词序》说吴词“寓托”深[③]，故《论词绝句》其六论《乐府补题》时，自然注意其比兴之义。可见，清代重比兴寄托的词学理论，实由“阳羡词派”与“浙西词派”为之开端，并对后起的词论产生影响。

“常州词派”的创始人张惠言，亦将词与《诗经》《楚辞》相比附，《词选序》云：“词者，盖出于唐之诗人，采乐府之音以制新律，因系其词，故曰词。《传》曰：‘意内而言外，谓之词’。其缘情造端，兴于微言，以相感动，极命风谣。里巷男女，哀乐以道，贤人君子幽约怨悱不能自言之情。低徊要眇，以喻其致。盖诗之比兴，变风之义，骚人之歌，则近之矣。”[④]在《词选》中，他常将词与《诗经》《楚辞》相比附，且往往深求其“微言大义”，所言多出于主观臆测。兹列举数例如下：

“此感士不遇也。篇法仿佛长门赋，而节节用逆叙。此章从梦晓后，领起‘懒起’二字，含后文情事，‘照花’四句，《离骚》初服之意。”——评温庭筠《菩萨蛮》（小山重叠金明灭）

“三词忠爱缠绵，宛然《骚》《辨》之义。延巳为人，专蔽嫉妒，又敢为大言。此词盖以排间异己者，其君之所以信而弗疑也。”——评冯延巳《蝶恋花》（六曲栏杆偎碧树、莫道闲情抛却久、几日行云何处去）

“‘庭院深深’，‘闺中既以邃远也。’‘楼高不见’，‘哲王又不寤也。’‘章台’、‘游冶’，小人之经。‘雨横风狂’，政令暴急也。‘乱红飞去’，斥逐者非一人而已，殆为韩、范作乎？”——评欧阳修《蝶恋花》（庭院深深深几许）

① 厉鹗：《樊榭山房集》诗集卷七，《四部丛刊》本。
② 厉鹗：《樊榭山房集》文集卷四，《四部丛刊》本。
③ 厉鹗：《樊榭山房集》文集卷四，《四部丛刊》本。
④ 张惠言：《词选序》，载唐圭璋编：《词话丛编》，中华书局1986年版，第1617页。

"此与德祐太学生二词用意相似。'点点飞红'，伤君子之弃。'流莺'，恶小人得志也。'春带愁来'，其刺赵、张乎?"——评辛弃疾《祝英台近》(宝钗分)

"此章更以二帝之愤发之，故有昭君之句。"——评姜夔《疏影》(苔枝缀玉)

"碧山咏物诸篇，并有君国之忧。此喜君有恢复之志，而惜无贤臣也。"——评王沂孙《眉妩》(渐新痕悬柳)

"此伤君臣晏安，不思国耻，天下将亡也。"——评王沂孙《高阳台》(残雪庭除)

"此言乱世尚有人才，惜世不用也。不知其何所指。"——评王沂孙《庆清朝》(玉局歌残)

"此伤君子负枉而死，盖似李纲、赵鼎之流。'回首当年汉舞'云者，言其自结主知，不肯远引。结语，喜其已死而心得白也。"——评无名氏《绿意》(碧园自洁)[①]

上文所引周济、蒋敦复、陈廷焯、端木埰等人强调《乐府补题》"比兴寄托"的主张，实均与张惠言之论一脉相承，因诸人皆为"常州词派"后学也。清末著名词家如陈廷焯、况周颐诸人亦均为"常州词派"后劲，陈氏《白雨斋词话自序》云："倚声之学，千有馀年，作者代出；顾能上溯风骚，与为表里，自唐迄今，合者无几……飞卿、端已，首发其端；周、秦、姜、史、张、王，曲竟其绪。而要皆发源于风雅，推本于《骚》《辩》，故其情长，其味永，其为言也哀以思，其感人也深以婉。"[②]《白雨斋词话》卷一论词重沉郁，曰："所谓沉郁者，意在笔先，神余言外。写怨夫思妇之怀，寓孽子孤臣之感。凡交情之冷淡，身世之飘零，皆可于一草一木发之。而发之又必若隐若见，欲露不露，反复缠绵，终不许一语道破。"[③]况氏《蕙风词话》卷一论词同样重"寄托"："词，《说文》：'意内而言外者也'。意内者何？言中有寄托也。所贵于寄托者，触

① 所引《词选》评语，见《张惠言论词》，载唐圭璋编：《词话丛编》，中华书局1986年版，第1609—1616页。

② 陈廷焯：《白雨斋词话》，杜维洣校点，人民文学出版社1959年版，第1页。

③ 陈廷焯：《白雨斋词话》，杜维洣校点，人民文学出版社1959年版，第5页。

发于弗克自已，流露于不自知，吾为词而所寄托者出焉，非因寄托而为是词也。有意为是寄托，若为吾词增重，则是鹜乎其外，近于门面语矣。苏文忠‘琼楼玉宇’之句，千古绝唱也，设令似此意境，见于其他词中，只是字句变易，别无伤心之怀抱，婉至激发之性真，贯注于其间，不亦无谓之至耶！寄托犹是也，而其达意之笔，有随时逐境之不同，以谓出于弗克自已，则亦可耳。”①著名词学家朱祖谋也是遵奉“常州词派”的。现代词家如龙榆生、夏承焘、唐圭璋等人，同样深受“常州词派”影响，在对《乐府补题》的认识上，夏承焘先生的观点失之偏颇，唐圭璋先生的意见较为稳妥，对“常州词派”理论的某些弊病有所纠正。“常州词派”词论过于求深的毛病，在今人的一些文章中仍然时有发现，这是一个应当引起学术界注意的问题。

[原载《安徽师范大学学报》（人文社会科学版）2001年第4期]

① 况周颐：《蕙风词话辑注》，屈兴国辑注，江西人民出版社2000年版，第355页。

论词乐亡于元初及其原因

词本是一种音乐文学，它随着隋唐燕乐的兴起而产生，至两宋达到极盛。然而，盛极必衰，南宋后期，词已渐趋衰落，旧时音谱日渐凋零，词乐逐渐失传。但是，词乐衰亡于何时，词乐的衰亡有何标志，其衰亡的原因有哪些，这些问题均有待于进一步探讨。

一、词乐当亡于元初

词乐在宋代，本为秦楼楚馆、公私宴饮时常用音乐，无关乎国计民生与政治教化，文人学士无心作整理保存工作，仅凭乐工伶人口耳相传；且在宋人心目中，词乐本为习见之物，流传极广，没有想到在南宋后期迅速衰亡；当宋词兴盛之时，学者词人对词乐的保存工作未予重视，待到欲加整理时，乐人已星流云散，老辈词人亦多凋零，已经无从下手了。故当元朝初年，词乐即已衰亡。徐渭《南词叙录》亦曾指出这一事实："南（作者按：指南宋"曲子词"）易制，罕妙曲；北（作者按：指元曲，包括散曲与杂剧）难制，乃有佳者。何也？宋时，名家未肯留心；入元，又尚北，如马、贯，王、白，虞、宋诸公，皆北词手。"①入元之后，能唱宋词，演奏宋词者渐少，如吴文英《惜黄花慢》词序记载"邦人赵簿携小妓，连歌数阕，皆清真词"，加上张炎词序所记能歌清真词之杭妓沈梅娇、中吴车秀卿，宋末及金元词序中所载者，不过此三人，可见北宋时唱遍天下的清真（周邦彦）词，现在几乎已成绝响。至元代中叶，虞集《叶宋英自度曲谱序》曰："近世士大夫号称能乐府者，皆依约旧谱，仿其平仄，缀缉成章，徒谐俚耳则可。乃若文章

① 徐渭：《南词叙录》，载《中国古典戏剧论著集成》第3册，中国戏剧出版社1959年版，第242—243页。

之高者，又皆率意为之，不可叶诸律，不顾也。”[①]至此，词乐已告消亡。这里还可提供三条旁证，一是元人陆辅之（行直）的《词旨》，是奉张炎之命而作的，当作于张炎在世时，陈去病《词旨序》认为“《词旨》之作，盖少年时事”[②]，有理。此书仅列警句、奇对和词眼、单字集虚四项，每项列举大量词例。作为一部指导初学的书，此书未涉及词乐，这与杨缵《作词五要》、沈义父《乐府指迷》、张炎《词源》的作法均不相同，可见此时学词者已不重视词乐或不通词乐，可以进而推断，此时词乐的系统材料已经亡佚，无从追寻了。二是比张炎长一岁的仇远《山中白云词序》云：当时词人“陋邦腐儒，穷乡村叟，每以词为易事，酒边兴豪，即引纸挥笔，动以东坡、稼轩、龙洲自况。极其至四字［沁园春］、五字［水调］、七字［鹧鸪天］、［步蟾宫］，拊几击缶，同声附和，如梵呗，如步虚，不知宫调为何物，令老伶俊倡面称好而背窃笑，是岂足与言词哉？”[③]三是元末人陶宗仪《南村辍耕录》二十七“杂剧曲名”条云：“稗官废而传奇作，传奇作而戏曲继。金季国初，乐府犹宋词之流，传奇犹宋戏曲之变。世传谓之杂剧。”[④]这段话从反面说明，元中叶以后，乐府已非宋词。故明人多认为词至元代，已被北曲所取代。王世贞《曲藻序》曰：“曲者，词之变。自金、元入主中国，所用胡乐，嘈杂凄紧，缓急之间，词不能按，乃更为新声以媚之。而诸君如贯酸斋、马东篱、王实甫、关汉卿、张可久、乔梦符、郑德辉、宫大用、白仁甫辈，咸富有才情，兼喜声律，以故遂擅一代之长。所谓‘宋词、元曲’，殆不虚也。”[⑤]明人王骥德《曲律》卷一《论曲源第一》曰：“曲，乐之支也。自《康衢》《击壤》《黄泽》《白云》以降，于是《越人》《易水》《大风》《瓠子》之歌继作，声渐靡矣。乐府之名，昉于西汉，其属有‘鼓吹’、‘横吹’、‘相和’、‘清商’、‘杂调’诸曲。六代沿其声调，稍加藻艳，于今曲略近。入唐而以绝句为曲，如《清平》《郁轮》《凉州》《水调》之类；然不尽其

① 虞集：《叶宋英自度曲谱序》，《道园学古录》卷三二，《四部丛刊》本。

② 唐圭璋编：《词话丛编》中华书局1986年版，第298页。

③ 仇远：《山中白云词序》，载朱孝臧辑校：《彊村丛书》，上海古籍出版社1989年版，第5148页。

④ 陶宗仪：《南村辍耕录》卷二七，中华书局1959年版，第332页。

⑤ 王世贞：《曲藻序》，载《中国古典戏剧论著集成》第4册，中国戏剧出版社1959年版，第25页。

变，而于是始创为［忆秦娥］、［菩萨蛮］等曲，盖太白、飞卿辈，实其作俑。入宋而词始大振，署曰‘诗余’，于今曲益近，周待制、柳屯田其最也；然单词只韵，歌止一阕，又不尽其变。而金章宗时，渐更为北词，如世所传董解元《西厢记》者，其声犹未纯也。入元而益漫衍其制，栉调比声，北曲遂擅盛一代。顾未免滞于弦索，且多染胡语，其声近噍以杀，南人不习也。”①认为金朝中期，词已渐为北曲所取代，其原因则是宋词体制过于短小，表现力不强。明人张琦《衡曲麈谈》“作家偶评”条曰：“骚赋者，三百篇之变也。骚赋难入乐而后有古乐府，古乐府不入俗而后以唐绝句为乐府，绝句少宛转而后有词。自金、元入中国，所用胡乐，嘈杂缓急之间，词不能按，乃更为新声以媚之，作家如贯酸斋，马东篱辈，咸富于学，兼喜声律，擅一代之长，昔称‘宋词’、‘元曲’，非虚语也。大江以北，渐染胡语；而东南之士，稍稍变体，别为南曲。”②

明人何良俊《草堂诗余序》亦曰：“夫诗余者，古乐府之流别而后世歌曲之滥觞也。……宋初，因李太白［忆秦娥］、［菩萨蛮］二辞以渐创制。至周待制领大晟乐府，比切声调十二律，各有篇目。柳屯田加增至二百余调，一时文士复相拟作，而诗余为极盛。然作者既多，中间不无昧于音节，如苏长公者，人犹以‘铁绰板唱大江东去’讥之，他复何言耶！由是诗余复不行，而金、元人始为歌曲。盖北人之曲，以九宫统之，九宫之外，别有道宫、高平、般涉三调，总一十二调。南人之歌，亦有九宫，然南歌或多与丝竹不叶，岂所谓土气偏詖，钟律不得调平者耶？总而核之，则诗亡而后有乐府，乐府阙而后有诗余，诗余废而后有歌曲。”③均认为词乐亡于元。其消亡的具体时间当在《词源》成书（1317年）及周德清《中原音韵》成书（1324年）左右。以人为标志，则约当张炎、仇远逝世（二人均卒于1320年左右）前后。

---

① 王骥德：《曲律》，载《中国古典戏剧论著集成》第4册，中国戏剧出版社1959年版，第55页。

② 张琦：《衡曲麈谈》，载《中国古典戏剧论著集成》第4册，中国戏剧出版社1959年版，第268—269页。

③ 何良俊：《草堂诗余序》，载施蛰存：《词籍序跋萃编》卷八，中国社会科学出版社1994年版，第670页。

二、词乐衰亡的具体表征

笔者认为词乐衰亡的时间当在元初，其具体表征有以下几点：

其一，音谱失传，能唱之词已甚少。

张炎《词源》曰：“昔在先人侍侧，闻杨守斋、毛敏仲、徐南溪诸公商榷音律，尝知绪余，故生平好为词章，用工逾四十年，未见其进。今老矣，嗟古音之寥寥，虑雅词之落落。”①说明此时（《词源》刊行于公元1317年，时当元初）词乐已基本失传了。

唐宋时朝廷有官修的乐谱、教坊谱、梨园谱、《乐府混成集》等，民间流行的各种坊本乐谱，在南宋后期即已失传。现存海内外资料中，尚未发现元代乐谱，这一方面可能是因为已经散佚，另一方面，可能元代词乐的乐谱本来就不太多，元人多已不谙宫商，又将音乐文学的注意力转向南北曲。这当然给我们研究元代词乐带来很大困难，随着资料与文物的进一步发掘，希望在这方面能有所突破。《魏氏乐谱》（河北大学古籍所自日本复印，存200余首，远远多于一般文章中提到的50余首）、清代乐谱如《九宫大成南北词宫谱》（有刘崇德先生校译本）中可能有一些元代乐谱，但目前尚未能将其与明人乐谱区分开来，此问题仍有待进一步研究。

蔡桢《乐府指迷笺释》论词乐之亡较详，云：

> 盖当时（作者按：指宋末）风气，文士不重律，乐工不重文，两者背道而驰，此词之音律与辞章分离之一大关键也。清真词声文并茂，其始唱遍于教坊，南渡后，则歌者渐鲜。毛幵《樵隐笔录》载绍兴初都下盛行周清真咏柳［兰陵王慢］，西楼、南瓦皆歌之，然亦仅此一阕。梦窗［惜黄花慢］词叙，言吴江夜泊惜别，邦人赵簿召伎侑尊，连歌数阕，皆清真词，而不详其调名。玩其语气，似幸希遇。又玉田［国香慢］叙，称杭妓沈梅娇，犹能歌清真［意难忘］、［台城路］二曲。［意难忘］词叙，言吴伎车秀卿歌美成曲，得其音旨。其时已至南宋末年，能歌者更如凤毛麟角

① 张炎：《词源》卷下，载唐圭璋编：《词话丛编》，中华书局1986年版，第255页。

> 矣。清真词在教坊所以始盛终衰，犹曰其音谱渐次失传所致。白石在南宋号知音，其歌曲亦不行于秦楼楚馆间，毋亦文士乐工所尚不同之风气有以致之欤？文士之词，可传而失律，乐工所歌，其文不足传，此词之音律所以亡也。[①]

宋末如此，元代更甚。元代词人集中，记能歌者较少，惟年辈长于张炎的王恽（1227—1304）《秋涧乐府》记载能歌者稍多，如他多次写到“作［越调·水龙吟］以歌之”，说明他通词乐，能唱曲子词。他还常写道：“因以［感皇恩］歌之，且寓幽怀之梗概云”，“赋［感皇恩］，歌以送之”，“赋［鹧鸪天］以歌之”，“赋此调（作者按：即［虞美人］）以歌之”，“赋［秦楼月］一阕，歌以问之”，“偶得催阁芍药词［秦楼月］一阕，因放声自歌，浮大白者数行”，“得乐府［行香子］一阕，醉立斜阳，浩歌而去”，等等。但他的［玉漏迟］二首跋又云：“二篇自觉语硬音凡，固非乐府正体，望吾子取其直书可矣。”说明他对音律，已不甚自信。张翥（1287—1368）《蜕岩词》［春从天上来］自注云：“广陵冬夜，与松云子论五音、二变、十二调，且品箫以定之。清浊高下，还相为宫，犁然律吕之均、雅俗之应也。不觉漏下，月满霜空，神情爽发。松云子吹［春从天上来］曲，音韵凄远。予亦飘然作霜外飞仙想。因倚歌和之，用纪客次胜趣。”[②]《声律通考》卷七曰：“案此所谓十二调者，十二宫也。元时但有五宫，故欲复十二宫，使雅俗之乐皆用之也。”[③]此时词乐已经衰落，故须设法恢复。

其二、宫调减少，标明宫调之词更少。

宋词多标宫调，共用十九宫调，如张先、柳永、周邦彦、姜夔、吴文英词均标明宫调。元代俗乐资料匮乏，只知道元初已由宋之十九宫调变为十七宫调，见于周德清《中原音韵》。宋元之交周密的词尚有三首标明宫调，即：《楚宫春》（香迎晓白）标明“无射宫”，《玉京秋》（烟水阔）标明“夹钟羽”，《解语花》（晴丝罥蝶）标明“羽调”等。金、元词标宫调者颇少。金词出于北宋，直接继

---

① 蔡桢《乐府指米笺释》“可歌之词”条注四，人民文学出版社1981年版，第71页。

② 张翥《蜕岩词》卷上，载朱孝藏辑校：《彊村丛书》，广陵书社2005年版，第1638页。

③ 陈澧：《声律通考》卷八，咸丰十年殷保康广州刻本。

承苏轼词风。明人彭汝寔《近刻〈中州乐府〉序》引同时人陆深之语曰："宋金分疆，程学行于南，苏学行于北。"①弘治五年高丽人李宗准跋《遗山乐府》曰："乐府，诗家之大香奁也。遗山所著，清新婉丽，其自视似羞比秦、晁、贺、晏诸人，而直欲追配于东坡、稼轩之作，岂是以东坡为第一，而作者之难得也耶?"②金人的诗词创作皆以苏轼为榜样，作词十分强调文学性即"以诗为词"的一面，也就自然而然地忽略了词的音乐性。金词标明宫调者极少，蔡松年《明秀集》有四首词标明宫调，其中三首为［越调·水龙吟］、一首为［仙吕调·满江红］。吴激、蔡松年的文友邢具瞻仅存［导引词］一首，《金史》卷四〇标明"无射宫，天眷三年九月驾幸燕京"。金代最杰出的词人元好问，词无直接标明宫商者。但其［摸鱼儿］（恨人间、情是何处）小序云："……予亦有雁丘词，旧所作无宫商，今改定之。"［促拍丑奴儿］（无物慰蹉跎）序云："乡邻会饮，有请予增损旧曲者，因为赋此。"由这两则记载来看，元好问是懂得词乐的。金代无名氏有四首［导引］词标明宫调，两首为姑洗宫，即"天德二年（1150）三月享回銮，姑洗宫"和"贞元元年（1153）三月驾幸中都，姑洗宫"：一首为林钟宫，即"正隆六年（1161）六月驾幸南京，林钟宫"，一首为应钟宫，即"大定三年（1163）十月享回銮，应钟宫"。全部金词，标明宫调的仅有9首词、六个宫调。从时间上说，此时南方为南宋统治期，距宋亡尚有百年，词乐尚未消亡，但北方词乐却如此寥落，这说明金代词人受北方文化熏染，对来自南方的词律不熟悉、不够重视，留意不多。元词标宫调者同样罕见。王恽［水龙吟］（春风绿绮堂深）、（喜看春雨如皋）标明"越调"，［夺锦标］标明"以仙吕命曲"；与张炎大致同时的赵孟頫（1254—1322）［万年欢］（天上春来）标明"中吕宫，元日朝会"，［长寿仙］（瑞日当天）标明"道吕"。综上所述，元代词仅有七首标宫调，共用六个宫调，可以说少得可怜，且均出现于元朝前期。今人刘毓盘《辑校虚寮词跋（作者按：元初词人彭元逊号虚寮）》论彭元逊自制曲曰："［玉女迎春慢］，汪汲《词名

① 彭汝寔：《近刻〈中州乐府〉序》，载朱孝臧辑校：《彊村丛书》，上海古籍出版社1989年版，第166页。

② 李宗准：《遗山乐府跋》，载朱孝臧辑校：《彊村丛书》，上海古籍出版社1989年版，第5715页。

集解》曰：‘此巽吾（作者按：彭元逊字巽吾）自制曲，而无宫调名，《九宫大成谱》以属南词高大石调正曲，其果合于宋贤遗谱否？’”这也是宋元之际词人已不谙宫商的一个例证。

由上可见，金、元时间之宫调，已不为一般词人掌握。这又分两种情况：金朝词人继承苏轼，苏轼本不长于音律，故金朝词人亦多不通音律。至于元朝，由于北曲的蓬勃发展，词之地位已被取代，词遂成为不能歌唱的案头文学。明人徐渭《南词叙录》曰：

> 南戏始于宋光宗朝，永嘉人所作《赵贞女》《王魁》二种实首之，故刘后村有‘死后是非谁管得，满村听唱蔡中郎’之句。……其曲，则宋人词而益以里巷歌谣，不叶宫调，故士夫罕有留意者。元初，北方杂剧流入南徼，一时靡然向风，宋词遂绝，而南戏亦衰。……今之北曲，盖辽、金北鄙杀伐之音，壮伟很戾，武夫马上之歌，流入中原，遂为民间之日用。宋词既不可被管弦，南人亦遂尚此，上下风靡，浅俗可嗤。然其间九宫、二十一调，犹唐、宋之遗也。……夫南曲本市里之谈，即如今吴下《山歌》、北方《山坡羊》，何处求取宫调？必欲宫调，则当取宋之《绝妙词选》，逐一按出宫商，乃是高见。彼既不能，盍亦姑安于浅近，大家胡说可也，奚必南九宫为？①

将徐渭这段话与本文对元代词宫调的统计相印证，可得出结论：词在元代已逐渐脱离音乐这一母体，宫调既失，能演唱者渐少，势必走向衰落，变为文人案头上的一种玩艺，失去其鲜活的生命力。

其三、词牌由转化到衰落。

如上所述，元代词乐仍残存某些词牌音乐，但数量已很少，不像宋代及金代仍有官方地位。元代音乐的官腔是元曲。就词牌而言，金、元词牌远远少于宋，其原因有二：

首先，金代词的创作虽有一定成就，但比起蔚为壮观的宋词来，不免显得单薄，在词调方面，也以继承为主，较少创新；元代

① 徐渭：《南词叙录》，载《中国古典戏剧论著集成》第3册，中国戏剧出版社1959年版，第239—241页。

词人多沿用金词词牌，其数量自不会多，且元朝享国日短，文人乐工的主要精力放在曲上，故没有创作出多少新的词调。陶然博士《论元词衰落的音乐背景》曰：“宋元之际，天下无敌的蒙元铁骑以不可阻挡之势南下牧马，随之而来的‘渔阳鼙鼓’也传人南方，在外有北曲，内有南曲的双重夹击下，过于高雅的、代表传统文人生活情趣的燕乐也如同南宋士大夫的命运一样，被摧陷殆尽，除了少数遗民还发着凄厉的哀鸣之音，从而保留了一脉‘词源’之外，传统的燕乐可谓已基本上由衰微而近于消亡了。因此元代的词仿佛是一个失去了音乐基础和依托的孤魂野鬼，于暗夜中茕茕独行。而其最直接和主要的表现便是词调的贫乏和歌法的失传两个方面。”①陶文还对元代文人所用的词调作了统计，指出元人词中使用频率最高的三十种词调均出自宋人。“元人同调这种对唐宋旧调的大量沿用，说明元代词调缺乏创新的源泉”。陶文的统计是很有说服力的，对元代词调大量沿袭宋人的现象的揭示也是非常准确的。当然，陶文也不无可议之处，元词创作不发达，故词调必然少，陶文却说因用的词调少而导致了创新不够，二者的因果关系被颠倒了。同时，元代词调也并非全无创新，周玉魁《金元词调考》曾列出金元道士词中的四十四个新调（载《词学》第八辑）。

其次，金、元之时，许多词调已转入南北曲，王骥德《曲律卷一·论调名第三》所论极是：

> 曲之调名，今俗曰“牌名”，始于汉之《来鹭》《石流》《艾如张》《巫山高》，梁、陈之《折杨柳》《梅花落》《鸡鸣高树巅》《玉树后庭花》等篇，于是词而为《金荃》《兰畹》《花间》《草堂》诸调，曲而为金、元剧戏诸调。……然词之与曲，实分两途，间有采入南、北二曲者；北则于金，而小令如［醉落魄］、［点绛唇］类，长调如［满江红］、［沁园春］类，皆仍其调而易其声；于元，而小令如［青玉案］、［捣练子］类，长调如［瑞鹤仙］、［贺新郎］、［满庭芳］、［念奴娇］类，或稍易字句，或止用其名而尽变其调；南则小令如［卜算子］、［生查

① 陶然：《论元词衰落的音乐背景》，《文学遗产》，2001年第1期。

> 子]、[忆秦娥]、[临江仙]类，长调如[鹊桥仙]、[喜迁莺]、[称人心]、[意难忘]类，止用作引曲，过曲如[八声甘州]、[桂枝香]类，亦止用其名而尽变其调。……其名则自宋之诗余，及金之变宋而为曲，元又变金而一为北曲，一为南曲，皆各立一种名色，视古乐府，不知更几沧桑矣。①

可见，随着词调大量转为曲，文人创作重心转向散曲与杂剧、南曲，词调之衰亡，便成为历史之必然。

三、词乐亡于元的原因

词乐亡于元，既有社会原因，也有文学方面的原因。

词乐亡于元，有直接的社会原因。元朝统治者掌握政权后，必然要探讨宋亡的根源，他们有理由认为，南宋词那种软媚甜俗的格调，与陈后主的《玉树后庭花》一样，都是导致亡国惨祸的靡靡之音，在心理上就对曲子词这一文学样式深感不满并有所警惕。从文化传统上来看，北方人直爽、豪迈、倔强的性格，也使他们对“男子作闺音”的词有一种天生的排斥心理。直到明代，徐渭《南词叙录》还曾指出南北之音的差异：“听北曲使人神气鹰扬，毛发洒淅，足以作人勇往之志，信胡人之善于鼓怒也，所谓‘其声噍杀以立怨’是已；南曲则纡徐绵眇，流丽婉转，使人飘飘然丧其所守而不自觉，信南方之柔媚也，所谓‘亡国之音哀以思’是已。夫二音鄙俚之极，尚足感人如此，不知正音之感（人）何如也。”②复次，由于政治的原因，词在元初是遭到明令禁止的，《元史》卷一〇四《刑法志》：“诸妄撰词曲，诬人以犯上恶言者，处死。”又卷一〇五《刑法志》：“诸乱制词曲，为讥议者，流。”《元典章》卷五十七《刑部》十九《禁聚众》和《元典章新集·刑部·禁聚众》诸条也曾提到至元二十八年（1291）、延祐四年（1317）和延祐六年（1319）朝

---

① 王骥德：《曲律》，载《中国古典戏剧论著集成》第4册，中国戏剧出版社1959年版，第57—58页。

② 徐渭：《南词叙录》，载《中国古典戏剧论著集成》第3册，中国戏剧出版社1959年版，第245页。

廷取缔“唱词”的条例。（参见杨荫浏先生《中国古代音乐史稿》下册第二十一章的有关论述）可见，元朝统治者因惧怕南人利用曲子词来讽刺时政，对作词与演唱词都曾加以禁止，这显然也加速了词乐的消亡。为了与南方文艺相对抗，元朝政权大力提倡北曲，虞集《中原音韵序》曰：“我朝混一以来，朔南暨声教，士大夫歌咏必求正声，凡所制作，皆足以鸣国家气化之盛。自是北乐府出，一洗东南习俗之陋。”[①]由于北人性之所近，加上当权者的倡导，北曲（包括散曲和杂剧）遂取代了曲子词，成为一代文学的正宗。元曲（特别是杂剧）为何成为元朝一代文学的正宗，前人有各种不同的说法，明人沈德符《万历野获编》认为元代以词曲取士是杂剧发达之缘故，李开先《张小山小令序》说“中州人每沉郁下僚，志不获展。宜其歌曲多不平之鸣。元词（指曲）所由盛，元治所由衰也。”王国维则说元初废科举是元杂剧发达之因。今人孙楷第先生在《书会》一文对李开先、王国维的观点有所补充与辩驳，指出：“如李开先及王静安先生所说，皆属于政治范围，此固不可完全否认。然尚有一事焉，为二先生所未注意，即元之宫廷特尚北曲是也。……禁中既尚杂剧，则教坊伶人之选试，剧本之编进，其事必稠叠。此于杂剧人才之培养及戏曲研究上自当有种种裨益。且以宫廷习尚之故，而影响于臣民。”[②]邓绍基先生主编的《元代文学史》将元杂剧繁荣的原因概括为三点，一是戏剧演出的社会化（广泛性）和商业化，二是众多知识分子从事或参与戏剧活动，三是大批名演员的出现。

以上诸家从不同侧面指出了元杂剧繁荣的原因及繁荣盛况，说得都很有道理，有些观点可以互相补充。由此可见，元杂剧有着非常好的社会基础，其北音唱法、通俗的语言、曲折复杂的故事情节、宏大的场面，容易得到最高统治者的青睐和中下层百姓的喜爱；而场面简单、浅斟低唱、文词高雅的曲子词被取而代之，就是自然而然的了。元曲四大家关、白、马、郑，在元初已闪亮登场，亦可反证词乐衰于元初。邓绍基《元代文学史》第四章《关汉卿》

① 虞集：《中原音韵序》，载《中国古典戏剧论著集成》第1册，中国戏剧出版社1959年版，第173页。

② 孙楷第：《沧州集》，转引自邓绍基：《元代文学史》，人民文学出版社1991年版，第45页。

论关汉卿之生卒年云："关汉卿也当由金入元，在元杂剧前期作家中应属较早者，在年龄上是'前辈'。估计他的年龄与白朴相仿，可推定为生于1225年左右，卒于1302年左右。"①第六章《白朴》，载白朴生卒年为1226—1306以后。第七章《马致远》考证马致远"生年当在至元之前，即1264之前，他的卒年，当在泰定元年（1324）以前"。可见，关、白、马皆是由金入元的文人。

南宋到元初的论词专著仅有王灼《碧鸡漫志》、沈义父《乐府指迷》、张炎《词源》、陆辅之《词旨》数种。吴梅《词话丛编序》曰："倚声之学，源于隋之燕乐，三唐导其源，五季扬其波，至宋大盛。山含海负，制作如林。然北宋诸贤，多精律吕，依声下字，井然有法。而词论之书，寂寞无闻，知者不言，盖有由焉。南渡以还，音律之学日渐陵夷。作者既无准绳，歌者亦乖矩镬，知音之士，乃详考声律，细究文辞。玉田《词源》、晦叔《漫志》、伯时《指迷》，一时并作。……推求牌调，则有《漫志》之精核；考订律吕，则有《词源》之详赡。"②论唐宋词乐之演变及上述三书之作用，十分精辟。王灼《碧鸡漫志》处于宋词鼎盛时期，故所论多溯源别流，论及词与燕乐的关系；张炎《词源》处于宋词已完成其由起源到发展再到衰落的全过程之后，故有可能对宋词乐律作全面而系统的总结，唯一的不足之处是不谈词与燕乐的关系，而直接与传统乐论挂钩，掩没了词乐的特殊性；沈义父的《乐府指迷》，成书时间与《词源》相近，主要反映的是词乐处于消亡阶段、词已不复可歌时的现状，故所论只是掇拾前人只言片语，已无体系可言，有些论述不够确切。《词旨》主要讲词的文字技巧，没有涉及音乐，说明陆辅之时已无法见到系统的词乐资料。通过对四书比较分析，可以进一步证词乐衰落乃至消亡的时间在元朝初期。故吴梅《词学通论》曰："元人以北词登场，而歌词之法遂废。"王国维、吴梅、刘永济诸人指出《大晟词谱》（当即《乐府混成集》）的消亡是词乐消失的标志。泰定元年（1324），周德清作《中原音韵》，已显示元曲在文化界占主导地位，这些，均值得继续深入研究。

① 邓绍基：《元代文学史》，人民文学出版社1991年版，第73页。

② 吴梅：《词话丛编序》，载唐圭璋编：《词话丛编》，中华书局1986年版，第3页。

四、从金元词的演唱看词乐的衰落

词在宋代，蔚为一代大观，上至中央朝廷，中到地方政府、官宦之家，下至民间之勾栏瓦肆，演唱乐府歌词是非常普遍的娱乐活动，演出场所极为广泛。宋词的歌唱者多为女性，如晏几道家歌妓就有莲、鸿、苹、云四人，苏轼的侍妾朝云也是能歌的，范成大曾将歌女小红赠给姜夔，都是非常著名的词苑掌故。据谢桃坊先生《宋词歌唱考略》统计，宋代女性歌者姓名可考者有张温卿、谢媚卿、龙靓、陈风仪、郑容、高莹等六十七人，其余仅存小名者就更多了。宋代教坊所使用的乐器，北宋有筚篥，龙笛、笙、箫、琵琶、箜篌、方响、拍板、杖鼓、大鼓、羯鼓，南宋有筚篥、笛、笙、箫、琵琶、筝、嵇琴、方响、拍板、杖鼓、大鼓。金、元词的伴奏乐器，可知者有箫，白朴［水龙吟］（彩云萧史台空）小序云："幺前三字用仄者，见田不伐《洋呕集》，［水龙吟］二首皆如此。田妙于音，盖仄无疑，或用平字，恐不堪协。云和署乐工宋奴伯妇王氏，以洞箫合曲，宛然有承平之意，乞词于予，故作以赠。会好事者为王氏写真，末章及之。"（《天籁集》卷上）又有象板，见白朴［摸鱼子］（爱人间尤物）词；笳，见王恽［水龙吟］（春风绿绮堂深）序："郭宣徽善甫开宴娱宾，命乐工部仲礼呜笳佐酒，思甚清畅。酒阑人散，余音嫋嫋，宛犹在耳。且有衰年情响之感。明日岩甫修撰为求乐府，赋越调以歌之。"徐渭《南词叙录》曰："中原自金、元二虏猾乱之后，胡曲盛行，今唯琴谱仅存古曲。余若琵琶、筝、笛、阮咸、响盏之属。其曲但有［迎仙客］、［朝天子］之类，无一器能存其旧者。至于喇叭、唢呐之流，并其器皆金、元遗物矣。乐之不讲至是哉！"①

金、元词的演唱者，有男有女，不少词序中有作者自己"歌以送之""歌以赠之""浩歌数阕"的记载。当然，歌唱者自以女性为主，如"乐籍中之名香者"李兰英，见王恽［鹧鸪天］（花草离骚试品量），前引张炎词序中所记沈梅娇、车秀卿等，元人夏庭芝《青楼

① 徐渭：《南词叙录》，载《中国古典戏剧论著集成》第3册，中国戏剧出版社1959年版，第241—241页。

集》中记载能唱宋词的艺人甚众，如：

解语花，“姓刘氏，尤长于慢词。廉野云招卢疏斋、赵松雪饮于京城外之万柳堂。刘左手持荷花，右手举杯，歌［骤雨打新荷］曲。诸公喜甚，赵即席赋诗云：‘万柳堂前数亩池，平铺云锦盖涟漪。主人自有沧洲趣，游女仍歌《白雪》词。手把荷花来劝酒，步随芳草去寻诗。谁知咫尺京城外，便有无穷万里思”。①

刘燕歌，“善歌舞。齐参议还山乐，刘赋［太常引］以饯云：‘故人别我出阳关，无计锁雕鞍，古今别离难，兀谁画蛾眉远山。一尊别酒，一声杜宇，寂寞又春残。明月小楼间，第一夜相思泪弹。’至今脍炙人口”。②

小娥秀，“姓邳氏。世传‘邳三姐’是也。善小唱，能慢词。张子友平章，甚加爱赏。中朝名士，赠以诗文盈轴焉”。③

魏道道，“勾阑干内独舞［鹧鸪］四篇打散，自国初以来，无能继者”。④

王玉梅，“善唱慢调，杂剧亦精致。身材短小，而声韵清圆，故钟继先有‘声似磬圆，身如磬槌’之诮云”。⑤

张玉莲，“人多呼为‘张四妈’。旧曲，其音不传者，皆能寻腔依韵唱之。丝竹咸精，蒲博尽解，笑谈，文雅彬彬。南北令词，即席成赋；审音知律，时无比焉。往来其门，率多贵公子。积家丰厚，喜延款士夫，复挥金如土，无少靳惜”。⑥

可见这些歌妓都有相当好的艺术修养，能歌善舞，精通乐器，有的还颇有风尘女侠之风。但从上文的叙述，我们也可以看出，与

---

① 夏庭芝：《青楼集》，载《中国古典戏剧论著集成》第2册，中国戏剧出版社1959年版，第18—19页。

② 夏庭芝：《青楼集》，载《中国古典戏剧论著集成》第2册，中国戏剧出版社1959年版，第20页。

③ 夏庭芝：《青楼集》，载《中国古典戏剧论著集成》第2册，中国戏剧出版社1959年版，第21页。

④ 夏庭芝：《青楼集》，载《中国古典戏剧论著集成》第2册，中国戏剧出版社1959年版，第24页。

⑤ 夏庭芝：《青楼集》，载《中国古典戏剧论著集成》第2册，中国戏剧出版社1959年版，第29页。

⑥ 夏庭芝：《青楼集》，载《中国古典戏剧论著集成》第2册，中国戏剧出版社1959年版，第31页。

《青楼集》里记载的大量杂剧艺人相比，“小唱”艺人的数量不但少得可怜，而且她们往往也是兼演杂剧的，这一点说明了“曲子词”的演唱在元初虽未完全成为绝响，但其生存空间已经是十分有限了。这些歌妓的另一特点是对达官贵人或上层文人有一定的人身依附性，如解语花与廉野云、赵松雪，小娥秀与张子友平章，张玉莲还曾成为爱林经历的侧室。《青楼集》即载赵孟頫、商正叔，高房山、姚燧、阎静轩、史中丞与张怡云有交往。[①]对张怡云之才情，史中丞之豪奢，描写得都非常细致。又如李芝仪与中丞王继学及著名文人乔吉的交往：“李芝仪，维扬名妓也。工小唱，尤善慢词。王继学中丞甚爱之，赠以诗序。余记其一联云：‘善和坊里，骅骝构出绣鞍来；钱塘江上，燕子衔将春色去。’又有［塞鸿秋］四阕，至今歌馆犹传之。乔梦符亦赠以诗词甚富”。[②]

另如卢挚、冯子振、杨立斋、滕宾、鲜于枢、卫山斋、彭庭坚、刘连信等人，也与歌妓有交往。他们成为歌妓们的忠实听众，也为这些女子提供了生活保障，对保存曲子词乐的微弱的呻吟，功不可没。可惜此时“小唱”“嘌唱”的演唱与宋代鼎盛时期相比，已成明日黄花，几近灭绝了。

［原载《南京师范大学文学院学报》2002年第2期］

① 夏庭芝：《青楼集》，载《中国古典戏剧论著集成》第2册，中国戏剧出版社，1959年版，第17—18页。

② 夏庭芝：《青楼集》，载《中国古典戏剧论著集成》第2册，中国戏剧出版社，1959年版，第35页。

从明代词选看词学观念的演变

一

明代文人读词、作词，无不深受《花间集》与《草堂诗余》的影响，《花间集》为五代时人欧阳炯所编，录唐五代“诗客曲子词”十八家五百首，其编选宗旨如赵崇祚《花间集序》所言：“镂玉雕琼，拟化工而迥巧；裁花剪叶，夺春艳以争鲜。……则有绮筵公子，绣幌佳人，递叶叶之花笺，文抽丽锦；举纤纤之玉指，拍按香檀。自南朝之宫体，扇北里之倡风。何止言之不文，所谓秀而不实。”[①]宋人晁谦之《花间集跋》云：“《花间集》十卷，皆唐末才士长短句，情真而调逸，思深而言婉。嗟夫！虽文之靡无补于世，亦可谓工矣。”[②]《草堂诗余》原本是宋书坊所编，成书于宋宁宗庆元（1195—1120）之前，南宋人何士信在淳祐九年至景定（1249—1264）间为之作了增修笺注，是为类编本，前后集各二卷，共四卷。书中选唐、宋词367首，以宋词为主，前集按时令分为春景、夏景、秋景、冬景四类，后集按节序、天文等分为七类，共十一类。《草堂诗余》与《花间集》并称，影响了有明一代的词学。明人毛晋《草堂诗余跋》曰：“宋元间词林选几屈百指，惟《草堂》一编，飞驰几百年来，凡歌栏酒榭，丝而竹之者，无不拊髀雀跃。及至寒窗腐儒，挑灯闲看，亦未尝欠伸鱼睨，不知何以动人至此也。”[③]朱彝尊《词综·发凡》曰：古代词选在明代多不流行，“独《草堂诗余》最下，最传。三百年来，学者守为《兔园册》，无惑乎词之不

① 赵崇祚辑，李一氓校：《花词集校》人民文学出版社1958年版，第1页。

② 曾枣庄、刘琳等：《全宋文》安徽教育出版社，上海辞书出版社2006年版，185册，第278页。

③ 施蛰存辑：《词籍序跋萃编》卷八，中国社会科学出版社1994年版，第670—671页。

振也。”[①]今人杨万里曰：“《草堂》选录各词皆流丽平易，反映了当时‘尚酣熟’的审美取向。”[②]嘉靖十七年（1538），陈钟秀《精选名贤词话草堂诗余》刊行，此书是何士信《草堂诗余》的改编本，打乱了原书的次第和分类，篇目亦有一定增删，总篇数未变。近人王鹏运《精选名贤词话草堂诗余·跋》曰：“近人论词以字数多寡，分长中短调，谓始于《草堂》，颇为识者所訾。……始知以字数为次者，乃明人羼乱之本，非本然也。”刻于嘉靖十七年的《草堂诗余别录》，张綖编选，据明刻浙本《草堂诗余》节选而成，前集39首，后集39首，选词数仅为原书四分之一。其主要价值体现在选词所据《草堂诗余》版本与今传者不同，可资校勘。嘉靖二十九年庚戌（1550），顾从敬《类编笺释草堂诗余》刊行，该书共四卷，最主要的变化是首次按词的字数分类，将词分为小令、中调、长调，其中卷一为小令，卷二为中调，卷三四为长调，对原篇目大加增删，共选词443首，较何氏原书多出76首。其选词的基调仍与《草堂诗余》相近，这从何良俊应顾氏之请求为此书作的《序》可见：“乐府以皦迳扬厉为工，诗余以婉丽流畅为美，即《草堂诗余》所载如周清真、张子野、秦少游、晁（作者按：当作晏）叔原诸人之作，柔情曼声，摹写殆尽，正辞家所谓当行，所谓本色者也。”[③]由何序可见“《草堂诗余》系列”选词的主导倾向。明人吴从先编选的《草堂诗余隽》，为宋本《草堂诗余》的改编本，选词433首，分类排列，刻本粗劣，讹误甚多。明末人沈际飞《古香岑草堂诗余四集》，是《草堂诗余》的扩编本，共选词1678首，规模较大，而且从唐到明代之词皆入选，但因为此书大部分是改编旧本而成，少数词是新选，让人感觉是几个选本的联缀体，体例不够统一。明人陈耀文《花草粹编》是一部重要的词选，从书名即可见其受《花间集》与《草堂诗余》影响甚深。明代也出现了一批“草堂系列”之外的词选，如《天机余锦》，成书于嘉靖二十九年（1550）之前，昔人多谓为元人所编，实误。此书有明蓝格抄本，今藏历于台北“中央图书馆”。

---

① 朱彝尊：《词综·发凡》，载《词综》，上海古籍出版社1978年版，第11页。

② 杨万里：《草堂诗余·校点说明》，载唐圭璋等校点：《唐宋人选唐宋词》，上海古籍出版社2004年版，第491页。

③ 何良俊：《草堂诗余序》，载顾从敬：《类选笺释草堂诗余》卷首，《续修四库全书》影明万历刊本。

此书选词1256首，主要取材于何士信《草堂诗余》、元凤林书院所编《精选名儒草堂诗余》，旁及周邦彦、刘过、曾揆、刘克庄、张炎、元好问、张雨、张翥、冯延登、瞿佑诸人的别集。取材范围偏窄，难称一代之选。杨慎（1488—1559）编《词林万选》，有万历二十二年（1594）刻本；《百琲明珠》，有万历四十一年（1613）刻本。周逊《刻词品序》曰："翁（作者按：指杨慎）为当代词宗，平日游艺之作，若长短句，若《填词选格》，若《词林万选》，若《百琲明珠》，与今《词品》，可谓妙绝古今矣。"①《词林万选》选词仅234首，篇幅过小，无法反映唐宋至明代词的盛况。《百琲明珠》五卷，选唐宋金元词158首，流传不广，未能对词坛产生重大影响。明人董逢元《唐词纪》十六卷，编于万历二十二年甲午（1596），专选唐五代词，《四库全书总目提要》谓其"虽以唐词为名，而五季十国之作居十之七"。编排上体例混乱，"且不以人序，不以调分"，"割裂无绪"，失误之处亦复不少。②明人茅映编选的《词的》四卷，有万历四十八年（1620）刻本，选唐至明代词391首，以"幽俊香艳"为宗，格调不高，多承前人之误，评语亦多肤廓。又有明人陆云龙编选的《词菁》二卷，此书仿宋人《草堂诗余》体例，分类选词，共选唐至明代词二百七十余首，选词追求"新奇香艳"，规模也偏小。有崇祯四年（1631）刻本。

综上所述，明代词选或选词偏少，或体例驳杂，且均沿"花草"之风，偏重婉媚清丽之什，没有一个理想的选本，直到《古今词统》出现，这种情况才有了很大的改变。此书为明末大型词选，以《花间集》、《尊前集》、《类编草堂诗余》、长湖外史《草堂诗余续集》、沈际飞《草堂诗余别集》和《草堂诗余新集》、钱允治《国朝诗余》诸书为基础③，凡收词491家，词作依字数多寡排列，凡329调，词2018首④。上起隋、唐下至明代，将历朝词汇于一编，故名之曰《古今词统》，为明代及其以前最具规模的历代词总集之一。《古今词统》词下有笺注评点，又有圈点眉批。卷首有孟称舜序、徐

① 杨慎：《词品》，载唐圭璋编：《词话丛编》，中华书局1986年版，第407页。

② 见《四库全书》卷二〇〇集部词曲类存目，中华书局1965年版，第1833页。

③ 据陶子珍《明代词选研究》统计，二书重复者约百分之三十。

④ 相关统计数据与王兆鹏：《词学史料学》，中华书局2004年版；王兆鹏、刘尊明：《宋词大辞典》，凤凰出版社2003年版；李康化：《明清之际江南词学思想研究》，巴蜀书社2001年版；谷辉之校点：《古今词统·说明》，辽宁教育出版社2000年版，均有出入。

士俊序和旧序八篇，“杂说”六篇。此书于崇祯中传布后，曾有书坊剜改卷端、书口等处，以《草堂诗余》《诗余广选》之名续印。清代词人、康熙朝文坛盟主王士祯《倚声初集序》曰：“《花间》《草堂》尚矣。《花庵》博而未核，《尊前》约而多疏，《词统》一编，稍撮诸家之盛。”（《带经堂集》卷四一）王士祯认为《古今词统》能取唐、宋以来诸家词选之长，此话不无道理。

一部词选的选目最能体现其词学思想，《古今词统》当然也不例外。从选目看，该书最大的特点是婉约与豪放并重。兹将该书选词十首以上的词人作一简单统计：收词最多的是辛弃疾141首，其下依次是杨慎60首，蒋捷50首，吴文英49首，刘克庄、陆游45首，周邦彦42首，苏轼41首，黄庭坚37首，秦观、王世贞35首，高观国34首，毛滂32首，刘基31首，史达祖28首，晏几道24首，程垓23首，孙光宪22首，牛峤、方千里20首，欧阳修、杨基19首，董斯张18首，李煜17首，温庭筠、张先、李清照、15首，沈自炳14首，汤显祖13首，顾夐12首，白玉蟾、瞿佑、吴鼎芳11首，刘禹锡、欧阳炯、柳永、贺铸、黄升、姜夔、钱继章、僧德洪、赵长卿10首。以上共42人，占所选词人总数的约百分之九，选词却高达1095首，占全书选词数一半以上，因此，这个统计是可以反映本书的审美倾向的。从上述统计可以得出以下结论：一，重要作家分布的朝代广泛，以宋、明两代为主，体现出编者鲜明的“词统”意识。二，高度推尊辛弃疾词，收其词141首，大大超过其他词人的词作数量。三，婉约与豪放兼收。仅以宋代词人为例，传统上被认为是婉约词人的有温庭筠、李煜、张先、柳永、晏几道、秦观、周邦彦、程垓、李清照、姜夔、吴文英等；传统上被认为是豪放词人的有苏轼、黄庭坚、辛弃疾、陆游、陈亮、刘克庄等，均有较多词作入选，可以说宋代著名词人的代表作多被网罗在内。尤其值得注意的是辛弃疾、刘克庄、陆游、苏轼、黄庭坚竟分别占据选词数的一、五、六、八、九位，从李白《菩萨蛮》到苏轼、辛弃疾、陆游等人的慷慨悲凉之词，多有入选，而花间鼻祖温庭筠的词仅选15首，列20位开外，选者重视以苏、辛为代表的豪放词的美学趣味是显而易见的。选家的这种手眼，在明代学者中也是独树一帜的。

二

“正变”说是古代词学的重要命题之一。古人所谓“正变”，实质上是结合文学的发展变化，对文学风格或流派作出的总体性评断。“正”就是正宗、正体，“变”就是变体、别格。从历代词论家论词的发展变化的趋势看，词的“正变”问题，主要集中在对“婉约”与“豪放”两大风格流派的评判上，而且多以婉约清丽为正、豪放慷慨为变①。

以“婉约”与“豪放”并称论词，最早是由明代前期的张綖提出来的，他著有《诗余图谱》三卷，在《凡例》后附按语云：“按词体大略有二：一体婉约，一体豪放。婉约者欲其词情蕴藉，豪放者欲其气象恢弘，盖亦存乎其人，如秦少游之作，多是婉约；苏子瞻之作，多是豪放。大抵词体以婉约为正，故东坡称少游为今之词手；后山评东坡词虽极天下之工，要非本色。今所录为式者，必是婉约，庶得词体，又有惟取音节中调，不暇择其词之工者，览者详之。”②张綖认为词的艺术风格有两大分野，婉约风格的特征是“词情蕴藉”，豪放风格的特征是“气象恢宏”。这是非常宏通的见解。可惜当张綖论述词之正变时，又回到以婉约为正、以豪放为变的传统路子上去了，但将词风概括为“一体婉约，一体豪放”，仍对后世产生了极为深远的影响。稍后的徐师曾说：“至论其词，则有婉约者，有豪放者。婉约者欲其辞情蕴藉，豪放者欲其气象恢弘。盖虽各因其质而词贵感人，要当以婉约为正。否则虽极精工，终乖本色，非有识之士所取也。”③他也是把词强分正变，并且以婉约为正，豪放为变。明代中期的王世贞则进一步发挥了崇婉约抑豪放的观点，他说：“词者乐府之变也。……故辞须婉转绵丽，浅至儇俏，挟春月烟花，于闺幨内奏

① 唐宋人关于“婉约”与“豪放”的讨论，可参阅袁行霈、孟二冬、丁放《中国诗学通论》第四章第七节的相关论述（安徽教育出版社1996年版）。

② 此节文字，出于国家图书馆藏明刊本及万历二十九年游元泾校勘的《增订诗余图谱》本，本文据王水照先生《唐宋文学论集》（齐鲁书社1984年版）转引，见该书297页。

③ 徐师曾《文体明辨序说·诗余》，人民文学出版社1962年版，第165页。又张仲谋：《论明代词学的理论建树》（《文学遗产》2006年第5期）对此问题有所论述，可以参看。

之。一语之艳，令人魂绝；一字之工，令人色飞，乃为贵耳。至于慷慨磊落，纵横豪爽，抑亦其次，不作可耳。”[①]王世贞对豪放之作的贬抑是十分明显的。何良俊、沈际飞、王骥德诸人持论均与王世贞相近。卓人月的朋友孟称舜作《古今词统序》，敢于向明代词坛流行的婉约本色论提出挑战。他基于词的情感理论，对豪放与婉约两种风格不强分优劣。其《古今词统序》是一篇重要的词学文献，兹不惮繁琐，征引如下：

> 诗变而为词，词变而为曲，词者，诗之余而曲之祖也。乐府以皦迳扬厉为工，诗余以宛丽流畅为美。故作词者率取柔音曼声，如张三影、柳三变之属。而苏子瞻、辛稼轩之清俊雄放，皆以为豪而不入于格。宋伶人所评《雨霖铃》《酹江月》之优劣，遂为后世填词者定律矣。予窃以为不然。盖词与诗曲，体格虽异，而同本于作者之情。古来才人豪客，淑姝名媛，悲者喜者，怨者慕者，怀者想者，寄兴不一：或言之而低徊焉，宛恋焉；或言之而缠绵焉，凄怆焉；又或言之而嘲笑焉，愤怅焉，淋漓痛快焉。作者极情尽态，而听者洞心耸耳。如是者皆为当行，皆为本色。宁必姝姝媛媛，学儿女子语而后为词哉！故幽思曲想，张、柳之词工矣，然其失则俗而腻也，古者妖童冶妇之所遗也。伤时吊古，苏、辛之词工矣，然其失则莽而俚也，古者征夫放士之所托也。两家各有其美，亦各有其病，然达其情而不以词掩，则皆填词者之所宗，不可以优劣言也。予友卓珂月，平生持说，多与予合。己巳秋，过会稽，手一编示予，题曰《古今词统》。予取而读之，则自隋、唐、宋、元，以迄于我明，妙词无不毕具。其意大概谓词无定格，要以摹写情态，令人一展卷而魂动魄化者为上，他虽素脍炙人口者，弗录也。珂月所作诗余甚多，兴会所到，无不曲尽两家之美，故能出其手眼，以与作者之情合。使徒取绝艳于《花间》，挹余香于《兰畹》，则得词之郛矣，而未尽其致也，选者之情隐，而作者之情亦掩也。则是刻其可以已也夫。己巳中秋会稽友弟孟称舜

① 王世贞：《词评序》，载《续修四库全书》第1728册，上海古籍出版社2003年版，第446页。

书。①

孟称舜字子发，会稽人，崇祯间诸生，著有《孟叔子史发》，《四库全书总目》评云："是书凡为史论四十篇，其文皆曲折明鬯，有苏洵苏辙遗意，非明人以时文之笔论史者也。"足见孟氏是一位颇有见识的文人，这一点在其《古今词统序》中得到充分体现。首先，孟称舜反对词以婉丽流畅、柔音曼声为美，以张先、柳永之词为正，而以苏轼、辛弃疾"清俊雄放"之词为变的传统观点，"乐府以皦迳扬厉为工，诗余以宛丽流畅为美"、重"柔情曼声"云云，是何良俊《草堂诗余序》中的观点，孟氏用来作为驳论的靶子；对宋伶人关于柳永《雨霖铃》与苏轼《酹江月》之优劣的评价他也不以为然，按《说郛》卷二十四引俞文豹《吹剑续录》："东坡在玉堂，有幕士善讴，因问'我词比柳词何如'？对曰：'柳郎中词只好十七八女孩儿，执红牙拍板唱"杨柳外晓风残月"，学士词须关西大汉，执铁板唱"大江东去"'。公为之绝倒。"②其实东坡幕士之语，并未给这两类词分优劣，后人片面地解读这一故事，才会有重婉丽柔美、轻豪壮慷慨之论，陈师道《后山诗话》曰："退之以文为诗，子瞻以诗为词，如教坊雷大使之舞，虽极天下之工，要非本色"③，即为此类看法之代表。在孟称舜看来，只要出于真情，"才人豪客，淑姝名媛"之词皆为佳作。他列举了词的各种风格，并未加轩轾，且据此提出了自己的本色观：作家的性情是各不相同的，感情的内容是丰富多样的，情感的表达方式也是复杂多变的，词的创作只要做到了"作者极情尽态，而听者洞心耸耳"，就是优秀之作，"如是者皆为当行，皆为本色"。这就有力地反驳了王世贞等人以"婉转绵丽，浅至儇俏"为当行本色、排斥豪放词的观点。其次，认为婉约与豪放两种风格均渊源有自：前者是"古者妖童、冶妇之所遗也"，后者是"古者征夫、放士之所托也"。明人有浓厚的复古情结，能在古代典籍中为豪放词攀上亲，无疑是很有说服力的，这样也就为豪

---

① 卓人月：《古今词统》，载《续修四库全书》第1728册，上海古籍出版社2003年版，第437—439页。

② 陶宗仪等编：《说郛三种》，上海古籍出版社1988年版，第429页。

③ 陈师道：《后山诗话》，载何文焕辑：《历代诗话》，中华书局1981年版，第309页。

放词争得与婉约词平等地位提供了坚实的历史依据。复次，孟《序》云：词与诗、曲一样，“本于作者之情”，无论是张先、柳永一派的婉约词，还是苏轼、辛弃疾一派的豪放词也都应遵循“达其情而不以词掩”①的共同创作原则。孟称舜认为情感的抒发方式是复杂多变的，“或言之而低徊焉，宛恋焉；或言之而缠绵焉，凄怆焉；又或言之而嘲笑焉，愤怅焉，淋漓痛快焉。”只有作者的情感表现得惟妙惟肖，能够引起读者、听者强烈共鸣的词才称得上是“本色”“当行”的佳作。孟称舜还说：卓人月与他观点相近，《古今词统》即以“情”为唯一选词标准：“谓词无定格，要以摹写情态，令人一展卷而魂动魄化者为上。他虽脍炙人口者，弗录也。”最后，孟称舜论词之正变，超越了孰正孰变，强判妍媸的流俗之见。他认为张、柳“幽思曲想”与苏、辛“伤时吊古”之词，都是优秀之作。同时，也不讳言两者皆有所失，或失之于“俗而腻”，或失之于“莽而俚”。因此他的结论是客观公允的：“两家各有其美，亦各有其病”，“不可以优劣言也”。他称赞卓人月的词“兴会所到，无不曲尽两家之美”，虽属溢美之辞，但对婉约与豪放“两家之美”相提并论的说法是很精当的。综上所述，孟称舜的“正变观”是由他的“主情观”引申而来的，他的见解的确超拔流俗之上，其力排众议的理论勇气，在明代词论家中是独树一帜的。孟称舜的正变观对清初人徐喈凤、田同之的词学观产生了重大影响。徐喈凤云：“婉约固是本色，豪放未尝不是本色。后山评东坡词‘如教坊雷大使舞，虽极天下之工，要非本色’，此离乎性情以为言，岂是平论？”（徐喈凤《词证》）田同之亦云：“填词亦各见其性情。性情豪放者，强作婉约语，毕竟豪气未除。性情婉约者，强作豪放语，不觉婉态自露。故婉约自是本色，豪放亦未尝非本色也。”②可以说徐、田的观点均为孟氏“正变”论的延伸。

《古今词统》的参评者徐士俊的观点与孟称舜相近，其《古今词统序》曰：“赵明诚梦得‘言与司合，安上已脱，芝芙草拔’十二字，卜其为‘词女之夫’，既而果娶易安，定情金石，如‘帘卷西风，人比黄花瘦’等句，即暗中摸索，亦解人怜，此真能统一代之

① 卓人月：《古今词统》，载《续修四库全书》第1728册，上海古籍出版社2003年版，第438页。

② 田同之：《西圃词说》，载唐圭璋编：《词话丛编》，中华书局1986年版，第1445页。

词人者矣。虽然，词盛于宋，亦不止于宋，故称‘古今’焉。古今之为词者，无虑数百家，或以巧语致胜，或以丽字取妍，或‘望断江南’，或‘梦回鸡塞’，或床下而偷咏‘纤手新橙’之句，或池上而重翻‘冰肌玉骨’之声，以至春风吊柳七之魂，夜月哭长沙之妓，诸如此类，人人自以为名高黄绢，响落红牙。而犹有议之者，谓铜将军、铁绰板，与十七八女郎相去殊绝，无乃统之者无其人，遂使倒流三峡，竟分道而驰耶。余与珂月，起而任之，曰：是不然。吾欲分风，风不可分；吾欲劈流，流不可劈。非诗非曲，自然风流，统而名之以词，所谓言与司合者是也。……曰幽曰奇，曰淡曰艳，曰敛曰放，曰秾曰纤，种种毕具，不使子瞻受词诗之号，稼轩居词论之名。又必详其逸事，识其遗文，远征天上之仙音，下暨荒城之鬼语，类载而并赏之。虽非古今之盟主，亦不愧词苑之功臣矣。……”[①]此序要点有三：一是既肯定词的“巧语”与“丽字”，赞赏温庭筠、李煜、周邦彦等人的柔美之词，又不废苏、辛豪放词，欲将“铜琵琶、铁绰板”（代指苏轼词乃至豪放词）与“十七八女孩儿”（代指柳永词乃至婉约词）统于一书；二是认为词有幽、奇、淡、艳、敛、放、秾、纤诸种风格，在此基础上，既肯定柳永、李清照词，又反对视苏词为“词诗”，辛词为“词论”，持论公允通达。三是强调此书有统选古今之词，衡量鉴裁历代词统之意。比较《古今词统》所录明人各家词序，可见孟、徐二序是有其独特价值的。如何良俊《草堂诗余序》曰：“然作者既多，中间不无昧于音节，如苏长公者，人犹以‘铁绰板唱大江东去’讥之，他复何言耶！……”[②]黄河清《续草堂诗余序》曰：“诗工于唐，词盛于宋，至我明，诗道振而词道阙。……夫词体纤弱，壮夫不为……如李后主之《秋闺》，李易安之《闺思》，晏叔原之《春景》，……以此数阕，授一小青娥，拨银筝，倚绿窗，作曼声，则绕梁遏云，亦足令多情人魂销也。”[③]钱允治《国朝诗余序》：“词至于宋，无论欧、

① 卓人月：《古今词统》，载《续修四库全书》第1728册，上海古籍出版社2003年版，第439—443页。

② 卓人月：《古今词统》，载《续修四库全书》第1728册，上海古籍出版社2003年版，第444页。

③ 卓人月：《古今词统》，载《续修四库全书》第1728册，上海古籍出版社2003年版，第444—445页。

晁、苏、黄，即方外闺阁，罔不消魂惊魄，流丽动人。”（《明文海》卷二七一）均持重婉约、轻豪放之论。比较而言，孟《序》和徐《序》的观点要合理得多。

三

明词选本中的评语同样体现了词学观念的演变。对词的评点可上溯至南宋末，黄昇《唐宋诸贤绝妙词选》即有一些批注，如评李白《忆秦娥》《菩萨蛮》“二词为百代词曲之祖”，评温庭筠“词极流丽，宜为《花间》之冠。”评晁无咎《庆清朝慢·踏青》“风流楚楚，词林中之佳公子也。世谓柳耆卿工为浮艳之词，方之此作，蔑矣。词名冠柳，岂偶然哉。”评万俟雅言词“发妙旨于律吕之中，运巧思于斧凿之外”，鲁逸仲“词意婉丽”，释惠洪“情思婉约似秦少游”，释仲殊“篇篇奇丽，字字清婉，高处不减唐人风致也”。虽不乏精妙之论，但数量过少偏爱婉丽之作。明人较早的词评是杨慎批点的《草堂诗余》五卷，但评语不多，水平不高[①]。明代相对较著名的批注本当推万历年间刊刻的汤显祖评《花间集》，如将李白与温庭筠合评：“李如藐姑仙子，已脱尽人间烟火气。温如芙蓉浴碧，杨柳挹青。……珠璧相耀，正是不妨并美。”似乎是“婉约”与“豪放”并重，然该书为《花间集》所限，故多重视“纤词丽语”“尖新”“隽永”“委宛”“怨而不怒”“丽句”“丽情”等，还是偏爱婉约词，且此书规模不大，影响力也不够。崇祯初年，《古今词统》出，其评语多达上千条，对明代词学观念的进步，对明末及清代词评之书的发展，产生了重大的影响。

《古今词统》评语的核心从抒情性的角度论述词的风格。其根本立足点是“婉约”与“豪放”并重。“情”为文学之根本，《礼记·乐记》云：“情动于中，故形于声，声成文，谓之音。”[②]《毛诗序》云：“情动于中而形于言。”[③]刘勰《文心雕龙》云：“故情者文之经，辞者理之纬；经正而后纬成，理定而后辞畅，此立文之本源

① 参见谢桃坊《中国词学史》第三章的相关论述（巴蜀书社2002年版）。

② 《礼记·乐记》，《十三经注疏·礼记正义》，北京大学出版社1999年版，第1077页。

③ 《毛诗序》，《十三经注疏·毛诗正义》，北京大学出版社1999年版，第6页。

也。”（《情采》）白居易《与元九书》亦云：“感人心者，莫先乎情。”明代中叶以后思想解放，王阳明“心学”盛行，戏曲与诗文皆重情，李梦阳《梅月先生诗序》云：“情动则会心，会则契神，契者音所谓随寓而发者也。”（《万氏长庆集·万氏文集》卷二八）徐祯卿《谈艺录》曰：“情者，心之精也。情无定位，触感而兴。既动于中，必形于声。”高扬个性、肯定人欲是当时的社会主流思潮。[①]这种风气对词坛也有重大影响。明代词论家特别强调情性的重要性，把言情看成诗体最基本的艺术特征，而且对情的关注到了无以复加的程度，对情的理解也有所扩大，似乎特别重视“男女之情”，沈际飞说：“情生文，文生情，何文非情？而以参差不齐之句，写郁勃难状之情，则尤至也。……虽其镌镂脂粉，意专闺幨，安在乎好色而不淫，而我师尼氏删国风，逮《仲子》《狡童》之作，则不忍抹去，曰：‘人之情，至男女乃极。’未有不笃于男女之情，而君臣、父子、兄弟、朋友间反有钟吾情者。况借美人以喻君，借佳人以喻友，其旨远，其讽微……故诗余之传，非传诗也，传情也，传其纵古横今，体莫备于斯也。”[②]沈际飞否定“《国风》好色而不淫”的传统观点，他认为词体参差不齐的句式，最为适合表现“郁勃难状之情”即男女之情，甚至视此种情感为人在社会关系中产生的各种感情的基础。这与前人对“情”的理解是有巨大差别的，其反传统、违礼教的意义是不言而喻的。

徐士俊评词，对情词十分推崇。他说：“一部《古今词统》都是恼公、懊侬之调”。按恼公、懊侬皆为情歌，“恼公”指唐诗人李贺的《恼公篇》，是一首艳体诗，其首章云：“宋玉愁空断，娇娆粉自红。歌声春草露，门掩杏花丝。”“懊侬”即《懊侬曲》，也作《懊恼歌》，产生于南朝江南民间，多为相思之曲，抒写男女爱情受到挫折的苦恼。徐士俊常以“情”字作为评词的标准。评白居易《花非花》“因情生文，虽《高唐》《洛神》不及也”。（卷一）他认为白居易的词《花非花》是作者情感的真实流露，即使是言情名作《高唐

① 参阅袁行霈师主编《中国文学史》第七编《绪论》的相关论述，高等教育出版社2005年第2版。

② 沈际飞：《诗余四集序》，载《续修四库全书》第1728册，上海古籍出版社2003年版，第448页。

赋》《洛神赋》也比不上。李清照的《念奴娇·春情》“应情而发，自标位置”。（卷十三）是自出机杼，不蹈袭古人，纯任情感而发的作品，所以具有很高的艺术价值。评王竹涧《曲游春·春愁》“抖擞人间，除离情别恨，乾坤余几”数句曰：“钗钏是金银所成，世界是情想所结。除金银那有钗钏，除情想那有世界?”（卷十三）在这里“情想”即“情感”“感情”之意，这种感情，主要指男女之情或曰爱情。他认为爱情充溢于人类世界，如果没有情感也就没有了世界。把词中的情感因素推崇到了无以复加的程度，这在当时乃至后世都是大胆而深刻的见解。评苏轼《哨遍·春情》：“此词情采密丽，气质香婉，乃是以残唐诸公小令笔意用之于长调，在宋一代中固不多，在眉山一身中尤其少。”（卷十六）评周邦彦《夜飞鹊·别情》“花骢会意，纵扬鞭、亦自行迟”二句曰：“今人伪为欲别不别之状，以博人欢、避人议者多矣。能使骅骝会意，非真情所潜格乎?”（卷十五）他批评时人矫揉造作、博人欢笑的词作，认为只有主人的真情实感与骏马的情感暗自相同，骏马才会懂得主人的意思，即使是扬鞭抽打他，他也会恋恋不舍的独自慢慢前行。宋濂《秦淮竹枝》云：“劝郎莫食鉴湖鱼，劝郎莫弃别时衣。湖中鲤鱼好寄信，别时衣有万条丝。”徐士俊评云：“广平铁心石肠，而《梅花》一赋不妨效陶氏《闲情》，读景濂此词，正可称前后二宋，无议其白璧微瑕也。”（卷二）以陶渊明《闲情赋》、宋璟《梅花赋》比宋濂此词，肯定这些著名直臣的侠骨柔情。评黄庭坚《清平乐·春归何处》：“‘若到江南赶上春，千万和春住。’一对情痴。”（卷五）评朱淑真《清平乐·恼烟撩雾》“古歌：‘枕郎左臂，随郎转侧。摩捋郎鬓，看郎颜色。’千情万态，不出个中。”（卷五）评朱淑真《满路花·风情》“日上三竿，殢人犹要同卧”二句曰：“夜饮朝眠，淫思古意。”（卷十一）朱淑真这两首词以白描语言写男女情事，有古民歌遗风，徐士俊对其十分欣赏，可见其思想是比较开明的。评蒋捷《洞仙歌·柳》：“人世风流罪过，都是此君教的，妙，妙。”（卷十一）评吴文英《声声慢·檀栾金碧》“腻粉阑干”数句云：“衣袖犹沾旧泪，栏干尚惹余香。痴心人自有此一副痴眼痴鼻。”（卷十二）评史达祖《夜合花》起句“柳锁莺魂，花翻蝶梦，自知愁染潘郎”曰：“此等起句，真是香生九魄，美动七情。”（卷十三）评史达祖

《寿楼春·寻春服感念》："无肠可断，无魂可消，总是深一层语。"（卷十三）评王世贞《甘草子·春词》："元美岂终日无一事，将精神时时于情艳上体察料理，以至参微入窍乃尔耶？"（卷六）评杨慎《误佳期·今夜风光堪爱》云："古诗'没命成灰土，终不罢相怜'，情语到此方绝顶。"（卷五）评杨慎《沁园春·寿内》："相怜相慰，情真语真，读之且叹且喜。"（卷十五）他认为词中所表现的相怜相慰之情是真实的，语言是真挚的，令读者对他们夫妇间的真情而感动，感到由衷的赞叹。在评论瞿佑《贺新郎·题秦女吹箫图》中"天若有情天也许，许人间、夫妇咸如是"二句时，徐士俊说："关汉卿云：'愿普天下有情的，都成了眷属。'"（卷十六）尽管他犯了张冠李戴的错误，把汤显祖的话误认为出自关汉卿之口。但是，他对情感的推崇和对有情人的美好祝愿还是表达得十分清楚的。评沈际飞《风流子·对洛阳春色》："字字挑奇择俊，此艳词之尤也，可友杨状元而奴唐解元。"（卷十五）认为沈际飞这首词可比肩杨慎与唐寅的情词。

在重情的大前提下，徐士俊对多种抒情方式都能接受。如评周邦彦《风流子·枫林雕晚叶》"兼金石绮采之美"。（卷十五）将李清照《醉花阴》"莫道不消魂，帘卷西风，人比黄花瘦"与康与之"比梅花，瘦几分"比较曰："一婉一直，两得其宜。"（卷七）

对曲子词重含蓄蕴藉的传统，《古今词统》是十分重视的，这在徐氏的评语中看得很清楚。如评皇甫松《摘得新·酌一卮》中"繁红一夜经风雨，是空枝"二句，"比杜秋娘'莫待无花空折枝'更有含蓄。"（卷一）评顾敻《荷叶杯·记得那时相见》等词："如此数阕，皆人所能言，然曲折之妙，有在诗句外者。"（卷一）无名氏《竹枝·红漆车儿驾白羊》："吾亦以为诗肠之曲，与羊肠等。"（卷二）李清照《菩萨蛮·绿云鬓上飞金雀》："低回宛转，兰香玉润，六朝才子，恐不能拟。"（卷五）评陆游《锦堂春·世事从来见惯》"故人莫讶音书绝，钓侣是新知"二句："语殊蕴藉，觉叔夜《绝交》不免出恶声矣。"（卷六）蒋捷《白苎·春正晴又春冷》："秀矣，然其秀甚隐；艳矣，然其艳甚幽。"（卷十六）

与此同时，对慷慨豪放之音，《古今词统》同样也高度认同，如徐氏评李白《忆秦娥·箫声咽》："悲凉跌宕，虽短词，中具长篇古风之意气。”（卷五）张先《减字木兰花》《赠妓》与《湖上》二首：“二词高快，不下稼轩。”（卷五）黄庭坚《减字木兰花·诗翁才刃》：“何等壮杰。”（卷五）《念奴娇·断风霁雨》：“伉爽之中，不乏娟秀。词坛老手，决不以使酒任气为能。”（卷十三）评朱敦儒《减字木兰花·刘郎已老》：“末句如古剑一吼。”（卷五）评陆游《好事近·挥袖别人间》：“英雄感慨无聊，必借神仙荒惚之语以自释，此《远游篇》之意也。”（卷五）对辛弃疾的豪放词评价尤高，评其四首《卜算子》曰：“四词意气所寄，可击唾壶而歌之。”（卷四）《菩萨蛮·郁孤台下清江泪》：“忠愤之气，拂拂指端。”（卷五）《满江红·过眼溪山》：“长使英雄泪满襟。”（卷十二）《汉宫春·秦望山头》：“当其落笔风雨疾。”（卷十二）《贺新郎·绿树听鹈鴂》：“稼轩尝以‘辛’字为题，自写辛苦之致。此篇字字霜辛露酸，烟溃霭聚，尤难为怀。”（卷十六）评陈亮《贺新郎·离乱从头说》：“鹃叫天津，狐升帝座，有此时事，自然有此人文，故满纸皆恨怨悲愁之音，忽荒诞幻之状。”（卷十六）评张镃《贺新郎·桂隐传杯处》“只恐清时专文教，犹贷阴山狂虏”二句：“念念不忘国耻。”（卷十六）评刘克庄《长相思·烟凄凄》：“慷慨逼工部。”（卷三）《沁园春·何处相逢》：“气概雷击霆震。”（卷十五）《玉楼春·年年跃马长安市》“客里似家家似寄”句：“英雄行径，必不如驽马恋栈豆。”（卷八）《水龙吟》“年年岁岁今朝”等四词，“目穷千里，笔挽万钧，识力双高，可与稼轩相尔汝。”（卷十四）评蒋捷《水龙吟·醉兮琼瀣浮觞些》：“迥出纤冶秾华之外，辛之有蒋，犹屈之有宋也。”（卷十四）评文天祥《满江红·燕子楼中》“最无端、蕉影上窗纱，青灯歇”二句：“总是铜筋铁骨所吐。”（卷十二）评岳飞《满江红·怒发冲冠》和王昭仪《满江红·太液芙蓉》云：“岳之悲壮，王之凄凉，宫怨边愁，赵宋一时风景尽矣。”（卷十二）张一如《水调歌头·落月下春苑》：“豪放若张旭之书，深稳又似张红之拍。”（卷十二）卓田《好事近·奏赋谒金门》：“湖海之气未除。”（卷五）瞿佑《桂枝香·阑风伏雨》：“强作闲语，以自文其老骥之怀。”苏轼《水龙吟·似花还似非花》：“人谓大江东去之粗豪，不如晓风残月之细腻。如此词，又进柳妙处一尘矣。”（卷十四）

在曲折清丽与豪放慷慨并重的基础上，《古今词统》所标举的高标是自然而又雅致。如评韦庄《女冠子·四月十七》："冲口而出，不假装砌。"（卷四）孙光祖《风流子》"不修不琢，自含俊丽"。（卷三）林逋《长相思·惜别》"罗带同心结未成，江头潮已平"二句，"刘潜夫'舟人频报潮'不如此语自然。"（卷三）顾仲从《浣溪沙·玉韵花情描不成》："后半妙在一气如话。"（卷四）李白《菩萨蛮·平林漠漠烟如织》："词林以此为鼻祖，其古致遥情，自然压卷。"（卷五）李煜《菩萨蛮·铜黄韵脆锵寒竹》："后主词率意都妙。"（卷五）马洪《少年游·弄脂调粉》："忽然之事，偶然之笔，遂入自然之境。"（卷六）史达祖《双双燕·过春社了》："不写形而写神，不取事而取意，白描妙手。"（卷十三）辛弃疾《沁园春·我醉狂吟》："倚韵和歌，辛词最盛，无不天然辐凑，有水到渠成之趣。"（卷十五）在上述评语中，徐士俊主张作词要不事雕琢，冲口而出，纯任自然，这样就能写出自然之作，进入自然之境。重视"自然"，也是明代的社会思潮①，这是强调词要自然，同时，他还强调"雅致"：评秦观《满园花·一向沉吟久》："鄙俚不经之谈，偏饶雅韵。"（卷十一）辛弃疾《粉蝶儿·昨日春如》："雅淡宜人，绝非红紫队中物。"高岱《竹枝》"但望郎心似明月，天边夜夜照依愁"，"不淫不怨，风雅之遗。"（卷二）杨慎《竹枝》："朴雅。"（卷二）雅的反面是俗，徐士俊在评论词作时也表达反俗的观点。评苏轼《浣溪沙·春闺》"困人天气近清明"句"太俗"（卷四）、马洪《东风第一枝·梅花》"但留取一点芳心，他日调羹金鼎"句，"末语村甚"（卷十三）、李煜《菩萨蛮·宫词》"后主词率意都妙，即如'衷素'二字，出他人口便村"（卷五）在这里，"村"是粗俗、土气的意思。徐士俊认为遣词、用语、造境不能俗气，这与其主自然、重雅的观点是相联系的。

四

明代词选从选目到序跋、批语，都体现了丰富的词学思想，体现了词学观的演变，其核心观念就是"婉约"与"豪放"的正变之

① 参阅袁行霈师主编《中国文学史》第七编《绪论》的相关论述，高等教育出版社2005年第2版。

争，明人受“花草”之风的影响，论词多以“婉约”为正，“豪放”为变，到了明末，著名词选《古今词统》则将“婉约”与“豪放”相提并论，不分正变，这是词学观念的一大演进。将“婉约”与“豪放”置于同等重要的地位，虽非《古今词统》首创，但由于此书成就高，影响大，其词学思想对清代词学有很强的引领作用。王士祯《花草蒙拾》云：“卓珂月自负逸才，《词统》一书搜采鉴别，大有廓清之力。”①沈雄《古今词话·词评》称《词统》为“词家一大功臣”。清人沈雄《古今词话》，沈辰垣、王奕清奉敕编纂的《御选历代诗余》，冯金伯《词苑萃编》引用此书依次有24处、15处和13处，田同之《西圃词说》、江顺诒《词学集成》、胡调元《岁寒居词话》、况周颐《蕙风词话》、陈匪石《声执》亦提及此书。说明其选词方法及词学思想在清代词坛产生了相当大的影响。

《古今词统》既取《花间》《草堂》之长，又能不为其所囿，眼界宏通，评论精当，明末词学观念在此书的影响下发生了较大变化。清代有评点的词选如许昂霄《词综偶评》、张惠言《词选》、黄蓼园《蓼园词选》、陈匪石《宋词举》等，均能突破《花》《草》樊篱，或取径较宽，或见解较深，成就显然已超过明代，但其对明代特别是明末词学观念继承与扬弃的轨迹，还是清晰可见的。

［原载《学术月刊》2008年第6期，丁放、葛旭芳撰］

① 王士祯：《花草蒙拾》，载唐圭璋编：《词话丛编》，中华书局1986年版，第685页。

《草堂诗余四集》的编选评点及其词学意义

《草堂诗余》原为南宋书坊为应歌之需而编选的一部词集，曾在民间广泛流传，南宋末至元代则传本稀罕少见①。明代中叶以后，经明人改编的《草堂诗余》复为盛行，形成了一个令人瞩目的“草堂”系列②，成为当时重要的词学现象。目前学界对明代《草堂诗余》的盛行原因、版本情况都有所探讨和说明，但细致深入的个案研究则相对较少。明代“草堂”系列的形成是一个长期的动态过程，不同选本很可能反映出不同的词学信息与时代特点，不能因为多数“草堂”选本手眼不高、质量偏低而予以忽视。如明末沈际飞评正之《草堂诗余四集》就是“草堂”系列中规模宏大、颇有编选评点特点与词学价值的选本之一，但是学界目前对此书关注较少，几乎见不到有分量的研究论著或论文③，我们认为，对其进行研究有助于进一步深入了解明代“草堂”系列的选词范围、审美趋向及词学评点状况，并可以由点及面，加深对明清之际词学思想递嬗的认识与理解，进而加深对中国词学史上这一环节的理解。

一、词集编选：源自“草堂”而超佚“草堂”

明末人沈际飞编选评正的《草堂诗余四集》，沿用嘉靖二十九年

---

①元代著名的“草堂系列”选本有《凤林书院草堂诗余》等，参见丁放《金元词学研究》（中国社会科学出版社2002版）第三章第三节的相关论述。

②明代《草堂诗余》版本约30余种，详细版本情况可参李康化《明清之际江南词学思想研究》（巴蜀书社2001年版）第17页—22页。另外，刘军政《明代〈草堂诗余〉版本述略》一文列出明代《草堂诗余》的35个存世本，4个著录本，以及6个续编本和5个扩编本，参《南阳师范学院学报》2004年第2期，第49—54页。

③谢桃坊的《中国词学史》（巴蜀书社2002年版）第三章有“沈际飞与词的评点”一节，然未展开论述，参该书第185—191页。

（1550）顾从敬《类编草堂诗余》（下文简称顾本）以调编次的体例，分为《正集》六卷、《续集》二卷、《别集》四卷、《新集》五卷，共十七卷；四集皆冠以“草堂诗余”，所以学界一般将其视为顾本的续编本或扩编本。是编曾多次刊行，有万历四十二年（1614）翁少麓刊本、崇祯间吴门童涌泉刊本等多种版本，各版本之卷次、内容皆同，唯所收序跋多寡及装订册数有异。本文所引用之《草堂诗余四集》，以国家图书馆藏翁少麓刊本为主。

第一，扩大选源，突出南宋。

诗文选本，是我国古代文学传播的重要途径，更是一种重要的批评方式，每部选本都有特定的编选宗旨和选择标准，而这种选择标准往往代表当时一部分人的文学观念与审美趋向。南宋人所编之《草堂诗余》多选晚唐五代北宋词作，选录词人近百家，以周邦彦最多，其下依次为秦观、苏轼、柳永，特别倾向婉丽柔靡的风格，这对明代以顾从敬《类编草堂诗余》等为代表的“草堂”系列词选的编选都有深远影响。而顾本问世后，影响甚大，明代中后期的《草堂诗余》多受此书影响。但是，沈际飞的《草堂诗余四集》从选目到评点，都与顾书有很大不同。

沈氏推崇北宋婉约柔靡词风的传统，指出：“《正集》裁自顾汝所（顾从敬）手，此道当家，不容轻为去取，其附见诸词，并鳞次其中。《续集》视顾选尤精约，悉仍其旧。”（《草堂诗余四集发凡·分裒》）《正集》选词465首，较顾本多出22首。选词7首以上者13家，依次为：周邦彦（64首）、苏轼（29首）、秦观（27首）、柳永（23首）、康与之（16首）、欧阳修（14首）、黄庭坚（14首）、辛弃疾（13首）、李清照（9首）、李煜（8首）、张先（8首）、贺铸（7首）、朱敦儒（7首）。《正集》偏重选录李、周、苏、秦、柳、欧等晚唐五代北宋名家，审美趣味正偏向婉约柔靡一路。《续集》录唐宋金元词225首，选词较多者依次为欧阳修（27首）、苏轼（20首）、秦观（17首）、李煜（10首）、晏几道（7首）、黄庭坚（7首）、朱敦儒（7首）等人。由此可见，正、续两集实为顾本的增删改编本，因此其编选旨趣与顾本相同。沈际飞认为：“夫雕章缛采，味腴搴芳，词家本色。”（《草堂诗余别集序》）这体现了明人崇尚婉约柔靡审美趣味的巨大惯性。

沈际飞编选的《草堂诗余别集》则有自己的特点。首先，《别集》不是《草堂诗余》的简单沿袭和改编，而是自辟蹊径扩大选录范围及选词来源。沈际飞交代《别集》选词："《别集》则余僭为排攒。自宋溯之，而五代，而唐，而隋；自宋沿之，而辽，而金，而元。博综《花间》《樽前》《花庵》，选宋元名家词以及稗官逸史，卷为四，词若干首。"（《草堂诗余四集发凡·分裒》）《别集》共选唐宋金元词460首，词人180余家，比顾本多出50余家。其次，《别集》特别注重选录南宋词家作品。《别集》选录6首以上者15人：蒋捷（38首）、辛弃疾（20首）、苏轼（17首）、刘克庄（13首）、陆游（11首）、黄升（10首）、刘过（10首）、史达祖（10首）、黄庭坚（7首）、姜夔（7首）、严仁（7首）、孙光宪（6首）、刘仙伦（6首）、吴文英（6首）、胡浩然（6首），其中南宋人占了绝大多数。顾本与《正集》未选录的南宋著名词人姜夔、蒋捷、吴文英等人则得以补选，而蒋捷、辛弃疾、陆游、刘过、刘克庄、史达祖等人也受到更高程度的重视。

明代后期涌现出的诸多"草堂"选本，如万历间闵暎璧刻朱墨套印本《评点草堂诗余》、万历二十三年（1595）郑世豪宗文书堂刊《新刻注释草堂诗余评林》、万历三十年（1602）乔山书舍刊《新锓订正评注便读草堂诗余》、万历四十三年（1615）书林自新斋余文杰刊《新刻题评名贤词话草堂诗余》等所选词作皆与顾本《草堂诗余》大致相同。明人选词多尊《花间》《草堂》为范本，有学者指出："'花草'不仅是明代词家的经典读物，也是明人词话的主要讨论对象、词论的主要观点之依据。……明人词论都不出以唐五代、北宋为尊，以香艳鄙俚为词家本色的范围，一叶障目不见泰山，'花草'障目不见全宋。"①在此背景之下，沈际飞编选《别集》，发挥词选家主体意识大量选录南宋词，补偏救弊，让更多的南宋词人、词作进入明代批评者和读者的视野之中，可谓有功于词学，显示出选者独特的、迥异于流俗的艺术眼光。

第二，关注本朝，广选明词。

在相当长的时期内，明代选家受词坛"花草"之风影响，忽略

---

① 萧鹏：《群体的选择——唐宋人选词与词选通论》，台北文津出版社1992年版，第235页。

本朝词作的编选，至万历四十二年（1614），钱允治编成第一部专选本朝人词的词选《类编笺释国朝诗余》这种情况才得以改观。《国朝诗余》分为五卷，依调编次，选录明初至万历间词人27家461首。此编录词8首以上者11家：杨慎（114首）、王世贞（76首）、刘基（66首）、吴子孝（46首）、文徵明（40首）、吴宽（27首）、严嵩（15首）、王行（13首）、陈淳（11首）、赵宽（8首）、王世懋（8首）。这11家词人生活年代多集中于弘治以后，仅刘基、王行为明初人；作者的地域分布，除杨慎、刘基、严嵩外，其余都是苏州籍词人，这可能与钱允治本人为苏州人有关。从整体上来看，此编选录词人数量偏少，词人的时代、地域分布相对集中，而且不同词人选词数量相差悬殊较大，其名虽为“国朝诗余”，然实不足以概括有明一代词坛状况。

沈际飞鉴于钱氏《国朝诗余》搜求未广，且“玉石杂陈，竽瑟互进”，因而“删其什之五，补其什之七”（《发凡·分衷》），在《国朝诗余》的基础上重新编成《草堂诗余新集》。沈氏删去《国朝诗余》选词数量较多的杨慎、王世贞、刘基等人的词作133首，另外增选词人47家，增补词作196首，共选录74家524首。其中，选词8首以上者8家：瞿佑（16首）、张綖（15首）、王微（15首）、莫璠（10首）、顾从敬（9首）、高濂（14首）、沈际飞（14首）、马洪（8首）。而明代词坛的名家或著名文人如高启、边贡、林鸿、夏言、李攀龙、祝允明、徐渭、陈继儒、汪廷讷等也被增选入内，明初至明末、名家与作手《新集》皆有入选，这样明代词人的阵容相当可观，收录范围较《国朝诗余》有较大拓展，所选词人数几乎超过钱选的两倍，故完全可以将沈氏重编之《新集》视为一部更为完善的明人词选集。

由于资料所限，《新集》与沈际飞自己的编选理想尚有一定距离。沈氏曾感慨：“今人之词，方云霞其蔚蒸。如升庵《填词选格》《词林万选》《词选增奇》《填词玉屑》《诗余补遗》《古今词英》《百琲明珠》等书，已不复见，矧宋元遗本，其饱蠹覆瓿者，不知几何矣。又如我明宋潜溪、解大绅、王阳明、王守溪、于廷益、何大复、唐荆川、杨椒山、莫廷韩、梅禹金、汤海若、黄贞父、汤嘉宾、骆象先、锺伯敬、丘毛伯、陶石篑、屠赤水、王百穀、袁中郎诸公集中无词，而陈眉公、张侗初、李本宁、冯具区、王永启、钱受之、邹臣虎、韩求仲、顾邻初、王季重、董玄宰、谭友夏、赵凡夫诸公尚未有集，坐井窥管，自分不免”，期望“有同志者，不妨惠教，以嗣续编。”（《草堂诗余四集发凡·俟哲》）

第三，不拘“婉约”，趣味多元。

自明代张綖《诗余图谱·凡例》将词分为“婉约”“豪放”二体，且认为婉约为正、豪放为变之后，词坛大多沿袭这一观点并将其作为评判词作的重要标准。如何良俊《草堂诗余序》曰：“乐府以曒径扬厉为工，诗余以婉丽流畅为美。如周清真、张子野、秦少游、晁叔用诸人之作，柔情曼声，摹写殆尽，正词家所谓当行、所谓本色者也。”[①]徐师曾也强调词“要当以婉约为正。否则虽极精工，终乖本色，非有识之所取也”。[②]当然明人论词也有欣赏豪放者，如陈霆《渚山堂词话》推崇豪放词，对苏轼、张孝祥、文天祥等人的词作多有称赞，杨慎论词重苏、辛而不废周、姜，《词品》曰：“近日作词者，唯说周美成、姜尧章，而以东坡为词诗，稼轩为词论。此说固当，盖曲者曲也，固当以委曲为体。然徒狃于风情婉娈，则亦易厌。回视稼轩所作，岂非万古一清风哉。”[③]沈际飞受陈霆、杨慎观点影响，具体体现在他对辛派词人和以姜夔为首的风雅派词人的大量选录与评点。

沈际飞评点辛弃疾《水龙吟》（夜来风雨匆匆）曰：“人指东坡为词诗，稼轩为词论，不知曲者曲也，固当委曲为体，徒狃于风情婉娈，则亦致厌。回视稼轩，岂不易目翻恨。”这几乎就是直接引用杨慎之语来论辛词。沈际飞对当时流行的“风情婉娈”的单一审美趣味颇为不满，所以《别集》注意选录辛弃疾刚柔兼济、雄肆疏放的词作如《贺新郎·别茂嘉十二弟》《永遇乐·京口北固亭怀古》《贺新郎》（甚矣吾衰矣）等；还选录辛派词人中深具稼轩作风的作品如刘过《沁园春》（斗酒彘肩）、《西江月》（堂上谋臣尊俎），刘克庄《沁园春·梦孚若》（何处相逢）等。沈际

① 何良俊：《草堂诗余序》，载施蛰存主编：《词籍序跋萃编》，中国社会科学出版社1994年版，第670页。

② 徐师曾：《文体明辨序说》，人民文学出版社1962年版，第165页。

③ 杨慎：《词品》卷四，载唐圭璋编：《词话丛编》，中华书局1986年版，第503页。

飞评刘克庄词曰："气概雷击霆震。"又评岳飞《满江红》（怒发冲冠）曰："胆量、意见、文章，悉无今古。"引杨慎语（《词品》卷五）评岳珂《祝英台近》（澹烟横）曰："激烈感愤，类辛幼安'千古江山'词。"

与此同时，沈际飞也很欣赏姜夔、吴文英、蒋捷等人的艺术风格。如评姜夔《琵琶仙》（双桨来时）曰："词大忌质实，白石道人《探春慢》《一萼红》《扬州慢》《暗香》《疏影》《淡黄柳》诸曲，多清空骚雅。"评《眉妩》（看垂杨迷苑）曰："词到白石翁，出脱一番。"评吴文英《好事近》（雁外雨丝丝）云："骚雅。"评蒋捷《柳梢青》（学唱新腔）曰："竹山名捷，宋末人，貌不扬，有词二卷，幽秀古艳，惜续诗余者不多载。"评其《霜天晓角》（人影窗纱）时慨叹："人皆称柳、秦、张、周为词祖，而不推蒋竹山，何耶?""风雅"作为南宋词坛的主流词风之一，备受当时词论家推崇，如张炎的《词源》，其下卷论词之创作，主张"雅正"与"清空"是词之基石，"古之乐章、乐府、乐歌、乐曲，皆出于雅正。"而后陆辅之效法张炎作《词旨》，对张炎的"雅正""清空"之说极力推崇，"凡观词须先识古今体制雅俗。脱出宿生尘腐气，然后知此语，咀嚼有味。"[①]雅词在南宋词坛风行一时，其代表作家以姜夔为首，史达祖、吴文英、张炎、蒋捷等人为羽翼。但是，"风雅"一派在金、元时逐渐衰落，被"伉爽清疏"之词风所取代。沈际飞于明末续接张炎等人的雅词观念，推尊姜夔、蒋捷，以"清空""骚雅"评词，于流俗之中迥然拔出。清初"浙西词派"首领朱彝尊推尊姜夔、主张"醇雅"，沈际飞的选词与评点实践对浙西一派有潜移默化的影响。

沈际飞将源于顾本的正、续二集与自己所编之《别集》《新集》汇为一编，俨然一部选录唐宋金元明词的大型通代词选，虽仍保留"草堂"之名，然其选词范围与审美趋向皆有超佚《草堂诗余》之实，反映了沈氏不同流俗的词学观念与兼容并蓄的审美趣味。稍后的卓人月编选大型词选《古今词统》即参考了沈际飞的《草堂诗余四集》，选词豪放与婉约兼重，继续推动着明末清初词风的嬗变。[②]

① 陆辅之：《词旨》，载唐圭璋编：《词话丛编》，中华书局1986年版，第302页。

② 关于卓人月《古今词统》的词学观念，可参阅丁放、葛旭芳：《从明代词选看词学观念的演变》，《学术月刊》2008年第6期。

清初朱彝尊的《词综·发凡》虽对《草堂诗余》大加挞伐，但又交代《词综》在实际编撰过程之中参考了沈际飞的《草堂诗余四集》，这说明《草堂诗余四集》已非《草堂诗余》所能牢笼。作为词选家，沈际飞的贡献在于通过选词实践对明代词坛专尚“花草”的流弊予以一定程度的矫正，这对明末清初词坛产生了不可忽视的影响。

二、词学评点：借鉴融合而不乏新见

文学评点是中国古代文学批评的一种独特方式。词选之有评点，当首推南宋词学家黄升的《花庵词选》，是选在部分词作之后附有点评，大多见解精辟，言简意赅，实开词选评点之滥觞。明代中叶以后，文学评点之风盛行，明代编选的词集也多有评点。如杨慎《词林万选》和《百琲明珠》、张綖《草堂诗余别录》、沈际飞《草堂诗余四集》、卓人月《古今词统》、茅暎《词的》、陆云龙《词菁》、潘游龙《古今诗余醉》等等。文学评点的主要作用是，评点者可以借助评点这一形式发表自己的见解和感悟，而经过评点的文本对读者阅读接受则有一定帮助作用，也是书籍促销的有效手段，明代版本众多的《草堂诗余》常常借文坛名流评点的招牌招揽读者。一般认为，明代词学评点多数手眼不高，空疏浅薄，乏善可陈。但是，也必须看到，明代词集选本评点水平参差不齐，并非毫无可观，如沈际飞对《草堂诗余四集》的评点就颇值得探究。

沈际飞是一位戏曲理论家，曾刊行《独深居点定玉茗堂集》，具有比较丰富的文学评点经验。他批评坊间各种《草堂》选本的评点：“非嗥吃则隔搔，见者呕哕”，因而“精加批剥，旁通仙释，曲畅性情，其灵慧新特之句，用‘○’；尔雅流丽之句，用‘、’；鲜奇警策之字，用‘◎’；冷异巉削之字，用‘、’；鄙拙肤陋字句，用‘｜’；复用‘·’读句，以便览者不嗫嚅于开卷，心良苦矣。”（《发凡·品著》）符号圈点具有直观的特点，易为初学者接受。另外《四集》眉批多达数千条，规模宏大，内容丰富。沈际飞评词，多借鉴、融合前人观点（如黄升、胡仔、张炎、沈义父、陈霆、杨慎等）而不乏灼见，具有鲜明个性和时代特色，故对后学也有一定的启示意义。以下四个方面是其词评的主要观点：

第一，强调词以传“情”，重在写“真”。

“诗言志，词言情”是《花间集》以来的传统观念，对明人有相当大的影响，如王世贞《艺苑卮言》曰：“词号称诗余，然而诗人不为也。何者？其婉娈而近情也。”并以“致语”“情语”以及“淡语之有情”“恒语之有情”“浅语之有情”评价其所称赏的词句[①]。沈际飞则进一步将抒情作为品评词作高下的重要标准。沈际飞云：“诗余之传，非传诗也，传情也”，极力称赞词体强大的抒情功能，“于戏！文章殆莫备于是矣。非体备也，情至也。情生文，文生情，何文非情？而以参差不齐之句，写郁勃难状之情，则尤至也。”（《草堂诗余四集序》）

沈际飞评秦观《满庭芳》（山抹微云）赞叹“人之情至少游而极”。评温庭筠《忆江南》（梳洗罢）曰：“痴迷、摇荡、惊悸、惑溺，尽此二十余字”，对温词言情极为欣赏。评冯延巳《谒金门》（风乍起）曰：“唯动生感，天下有心人，何处不关情。乃云‘关卿何事’。”沈际飞替冯延巳回答了李璟提出的“关卿何事”的问题。评李煜《相见欢》（无言独上西楼）曰：“哀以思，此亡国之音。七情所至，浅尝者说破，深尝者说不破。破之浅，不破之深。”可见他对情语深浅的感悟，独具心得。评周邦彦《夜飞鹊》（河桥送人处）写离情：“能使‘华骝会意’，非真情所赞格乎？”批评“今之人务为欲别不别之状，以博人欢，避人议，而真情什无二三矣”。

沈际飞指出词人好运用移情手法，评李煜《丑奴儿令》曰：“何关鱼雁山木，而词人一往寄情，煞甚相关。秦、李诸人多用此诀。”指出秦、李诸人词作感动人心的原因所在。评辛弃疾《鹧鸪天》（枕簟溪堂冷欲秋）曰：“生派愁怨与花鸟却自然。”评秦观《如梦令》（莺嘴啄花红溜）结尾“人与绿杨俱瘦”曰：“春柳未必瘦，然易此字不得。”他认为，言“情”甚至比艺术技巧更为重要，如评欧阳修《浪淘沙》（把酒祝东风）曰：“虽少含蕴，不失为情语。”评牛峤《女冠子》（锦江烟水）曰：“情到至处勿含蓄。”总之沈际飞认为词人作词应该满怀深情，融情于景，词作才那深情蕴藉，感动人心。

沈际飞认为写景言情还须“真”。如评孙洙《何满子》（怅望浮

---

① 对王世贞《艺苑卮言》以及杨慎《词品》等明代词话的论述，请参考袁行霈、孟二冬、丁放《中国诗学通论》第五章第五节“词论的中衰”，安徽教育出版社1996年版。

生急景）曰：“叶落云阴，秋景真。”评张先《醉落魄》（云轻柳弱）咏美人吹笛曰：“‘香’生‘色’真，真佳人如是。”评钱惟演《玉楼春》（城上风光莺语乱）曰：“思公暮年作此，极尽凄婉”，“‘芳樽’恐浅，正断肠处，情尤真笃。”评李清照《念奴娇》（萧条庭院）曰：“真声也，不效颦于汉魏，不学步于盛唐，应情而发，能通于人。”评吕本中《采桑子》（恨君不似江楼月）曰：“语语无饰，似女子口授，不繇笔写者。情语不在艳而在真，此也。”批评葛实甫《南唐浣溪沙》（露湿鞋儿小径幽）曰：“气骨扫尽矣。与其假气骨，宁真风味。”

沈际飞对言“情”与写“真”的深切把握，对后世词学者有深远影响，如况周颐《蕙风词话》云：“真字是词骨，情真，景真，所作必传，且易脱稿。”王国维《人间词话》云：“能写真景物、真感情者，谓之有境界。”

第二，欣赏自然隽逸，主张翻新出奇。

明词创作多有尘俗纤绮之弊，沈际飞认为作词应具自然隽逸之风，反对刻意雕琢。如他评李白《菩萨蛮》（平林漠漠烟如织）曰：“古词妙处，只是天然无雕饰”，认为《忆秦娥》（箫声咽）“有林下风气”；夸赞温庭筠《菩萨蛮》（南园满地堆轻絮）“隽逸之致”；评万俟咏《长相思》（短长亭）曰：“此词发妙旨于律吕之中，运巧思于斧凿之外”；评刘过《唐多令》（芦叶满汀洲）曰：“情畅、语俊、韵协，音调不间扭造，此改之得意之笔。”沈氏好以“隽”“俊”“俏”“标致”等鲜活生动的口语评点词作，如评欧阳修《木兰花》（南园春蝶能无数）曰：“词最隽。”评张先《菩萨蛮》（哀筝一弄湘江曲）曰：“‘断肠’一句俊极。”如有比“隽”更过者则评之为“妖”“媚”，如评欧阳修《浣溪沙》（雨过残红湿未飞）曰：“妖而灵。”评秦观《海棠春》（流莺窗外啼声巧）曰：“媚杀。”若与之相反，沈氏即评之为“粗恶”“粗鄙”。

宋人作词已注意讲求新意，如杨缵《作词五要》曰：“立意要新。若用前人诗词意为之，则蹈袭无足奇者。须自作不经人道语，或翻前人意，便觉出奇。或只能炼字，诵才数过，便无精神，不可不知也。更须忌三重四同，始为具美。”①明人面对难以逾越的唐、宋词的创作高峰，当更具求新求变的压力，故而沈际飞认为作词应当翻新出奇，不落俗套。他指出文学艺术的生命在于文人的不断创新，评秦观《江城子》（西城杨柳弄春柔）结句曰：“李后主‘问君能有几多愁，恰似一江春水向东流’，少游翻之，文人之心浚于不竭。”沈氏特别留意词人的翻新出彩之处，如评和凝《采桑子》（蛸蛴领上诃梨子）曰：“翻空见奇。”评秦观《鹊桥仙》（纤云弄巧）曰：“七夕以双星会少别多为恨，独谓情长不在朝暮，化腐朽为神奇。”苏轼《浣溪沙》（风压轻云贴水飞）：“首句化腐为新。”评陆游《卜算子》（驿外断桥边）曰：“排涤陈言，太为梅誉。”沈际飞还常以“奇”“幻”评词。如对李清照《如梦令》中的“绿肥红瘦”，赞叹道：“创获自妇人，大奇。”评欧阳修《浪淘沙》（帘外五更风）曰：“‘吹梦’奇。幻想异姿。”评黄升《南乡子》（万籁寂无声）曰：“幻思，幻调。”评姜夔《念奴娇》（闹红一舸风）咏荷词曰：“‘水佩风裳’幽奇。‘冷香’句，花魂飞动并自己诗句活舞矣。”

与沈际飞大致同时的俞彦在《爰园词话》中说：“遇事命意，意忌庸、忌陋、忌袭。立意命句，句忌腐、忌涩、忌晦。”②这与沈际飞在评点中所主张之自然隽永、翻新出奇的主张颇有相通之处，这反映了晚明词坛词学理论与实践之间的相互呼应。

第三，讲究字句章法，辨析词调音韵。

关于词之作法技巧的理论，宋末张炎、沈义父等人都有精彩的见解和论述，而明代陈霆、王世贞、杨慎等著名词学理论家对此则极少论列，沈际飞直接吸纳宋人观点并将其运用于评点实践之中。秦士奇《草堂诗余叙》指出沈氏评词：“大约取其命意远、造语鲜、炼字响、用字便，典丽清圆，一一粘（拈）出。”沈际飞重视虚字的运用，如评柳永《戚氏》（晚秋天）曰：“插字之妥，撰句之隽，耆卿所长。”评李南金《贺新郎》（流落今如许）曰：“善用虚字斡运，如‘先’、‘更’、‘若’、‘且’，但恐一个字如许也。有‘休记’、‘浑欲’两个字极是。”评史达祖《双双燕》曰：“‘欲’字、‘试’字、‘还’字、‘又’字入妙。”批评万俟咏《三台》（见梨花初带夜月）

① 杨缵：《作词五要》，载唐圭璋编：《词话丛编》，中华书局1986年版，第268页。

② 俞彦：《爰园词话》，载唐圭璋编：《词话丛编》，中华书局1986年版，第400页。

曰："杂遝少伦，过接唤应，虚字少力。"

沈际飞认为，不仅要善于搭配字句，还需将字句运用与谋篇布局结合起来。评史达祖《绮罗香》曰："一曲之中，句句高妙者少，但相搭衬副得去，于好发挥处用工取胜。"评何籀《点绛唇》（莺踏花翻）曰："起句结句俱难得，填词每以此取胜。"评晁补之《洞仙歌》（青烟幕处）曰："凡作诗词，当如常山之蛇，救首救尾。'青烟幕处'至'卧桂影'固已佳矣；后段'都将许多明，付与金樽'至'素秋千顷'，可谓善救首尾者也。"强调了开头与结尾的重要性。他赞赏周邦彦《惜余春慢》（水浴清蟾）曰："章、句、字，作家拈来都合。"而批评无名氏《鱼游春水》（秦楼东风里）曰："'凤箫'、'孤雁'未黏对；'望断清波'未工；前云鱼游，后曰无鲤，未顺。尽若此，不足重也。"

明代较早对词调名源起进行论析的是杨慎的《词品》，杨慎认为词调名多取自诗句，并且多缘题赋词。此见解虽然有些绝对化，但有一部分是可信从的。沈际飞《草堂诗余四集发凡·疏名》所论词调名来源一段即录自《词品》，评点时对一些词调名来源的说明，也多借鉴杨慎的观点。如评白居易《忆江南》（江南好）曰："唐有《法曲献仙音》，乐天改今名。"评李后主《捣练子》（深院静）云："调名捣练，即咏捣练。大意以秋闺概之，唐词本体。"就这一部分而言，沈际飞的创新之处较少。

沈际飞注意到词谱的重要作用及其弊病，他说："维扬张世文（张綖）作《诗余图谱》七卷，每调前具图，后系辞，于宫调失传之日为之规规而矩矩，诚功臣也。""但查卷中，一调先后重出，一名有中调、长调而合为一调，舛误非一。"鉴于此，沈氏注意对词调的句读、分片等问题进行辨析，称"余则以一调为主，参差者明注字数多寡，庶定格自在，神明惟人，即此是谱不烦更觅图谱矣。"（《发凡·订谱》）如评叶清臣《贺圣朝》（满斟绿醑留君住）曰："按此调多参差不同，旧谱羡日字正之，恐犯《眼儿媚》调；新谱以日字连下读，又不成句，《词选》于两段末作五字句，换头作八字叶，可从。"《贺圣朝》一调首见于冯延巳，其体式繁多，诸体皆由冯词添字或摊破句法而来，所以容易致误。沈际飞还对词选中词调、曲调相混的现象予以辨正："甚而调名亦混，如王元美《西江月》混入《少年游》，苏景元《踏莎行》混入《木兰花》，王止仲《踏莎行》混入《水龙吟》，徐小淑《霜天晓角》六调混为三调，杨用修《莺啼序》一调割为二调。尤可笑者，《金字经》《水仙子》《天净沙》《一枝花》《折桂令》《梁州序》，皆以北曲混入。”（《发凡·栞误》）

沈际飞评词，留意其用韵情况。如指出孙夫人《南乡子》（晓日压重檐）：“‘欢’字非韵。”对精通词乐的周、柳等人也指摘其用韵之不足，如评柳永《诉衷情近》（景阑昼永）曰：“‘好’字韵重。”评周邦彦《侧犯》（暮霞霁雨）曰：“‘静’字韵重。”

元、明之际，北曲流行，词韵、曲韵相混现象日益突出，沈际飞对此予以批评。杨慎认为词韵可以谐俗，不可死守沈约以来的诗韵，《词品》曰：“元人周德清著《中原音韵》，一以中原之音为正，伟矣。”[①]主张以《中原音韵》为准，以曲韵作词韵。周德清根据当时北曲的语音系统写成《中原音韵》一书，将入声字分别归于平上去三声，曲韵平上去三声皆可以通押。沈际飞则认为，词韵依照诗韵，虽然可通押，然词韵与曲韵有别，不可混同，指出：“上古有韵无书，至五七言体成而有诗韵，至元人乐府出而有曲韵。诗韵严而琐，在词当并其独用为通用者綦多，曲韵近矣。然以上支、纸、置分作支思韵，下支、纸、置分作齐微韵，上麻、马、祃分作家麻韵，下麻、马、祃分作车遮韵，而入声隶之平上去三声，则曲韵不可以为词韵矣。”（《发凡·研韵》）并慨叹：“钱塘胡文焕有《文会堂词韵》，似乎开眼，乃平、上、去三声用曲韵，入声用诗韵，居然大盲。世不复考，将词韵不亡于无，而亡于有，可深叹也。愿另为一编正之。”（《发凡·研韵》）《文会堂词韵》杂用曲韵、诗韵，所以沈氏欲另为一编以正其谬，然未果。入清之后，严分词韵与曲韵的观念在词学界逐渐占据上风，如产生极大影响的戈载的《词林正韵》即认为曲韵可平上去通叶且无入声，词韵则必须有入声之调，曲韵不可为词韵。

第四，肯定金元明词，不随流俗。

明代一些词学家对金元词颇有偏见，如王世贞《艺苑卮言》

---

① 杨慎：《词品》卷一，载唐圭璋编：《词话丛编》，中华书局1986年版，第436页。

说："元有曲而无词，如虞、赵诸公辈，不免以才情属曲，而以气概属词，词所以亡也。"[①]王世贞将词体创作看作是元曲的附庸，不免偏颇。沈际飞则以比较公正的态度看待金元词，如评邓千江《望海潮》（云雷天堑）曰："全步骤沈公述（沈唐）'山水凝翠'一调，而繁缛雄壮十倍过之。金人乐府称千江第一，小词盛时不限夷身也。"评金主完颜亮《昭君怨·咏雪》（昨夜樵村渔浦）曰："古峭。'惊问'字妙得娇懒况。"评吴激《木兰花慢》（敞前门万户）曰："妙语是妙境发之，妙境非妙语不出。"评元好问《满江红》（天上飞鸟）曰："爽籁。遗山极称辛稼轩词，及观遗山，深于用事，精于炼句，风流蕴藉，媲却周、秦，初无稼轩豪迈之气。"又评其题画词《虞美人》（槐阴别院宜清昼）曰："淹秀明约，书画中逸品。"

对于本朝创作，明人自我整体评价不高。如陈霆《渚山堂词话》指出："予尝妄谓我朝文人才士，鲜工南词。间有作者，病其赋情遣思、殊乏圆妙。甚则音律失谐，又甚则语句尘俗。求所谓清楚流丽，绮靡蕴藉，不多见也。"[②]王世贞认为"我明以词名家"的刘基、杨慎、夏言三人与宋人相比，"近似而远"或"去宋尚隔一尘"。[③]而沈际飞对明词评价相对较高，常以唐宋词作为衡量之标准。如评杨慎《荷叶杯》（枕上一声鸡唱）曰："直逼顾敻九调。"评价王世贞《眼儿媚》（青草茸茸正芳柔）曰："跨宋。"评陈淳《如梦令》（吟罢池边杨柳）曰"宋人笔。"评王世贞《怨王孙》（愁似中酒）曰："看当代词，伯温（刘基）、纯叔（吴子孝）辈圆厚朴老，元美（王世贞）、征仲（文徵明）辈法无不尽，情无不出，俨然初盛之分。秦公庸（秦士奇）先生首肯曰：'近日君子何以自处。'"此论未必准切，但实为沈氏对当时流行的明词中衰论的一种反拨。沈际飞能较为客观地评价金元明词，无时人贵远贱近、厚古薄今之习，值得肯定。

沈际飞还指出明词创作存在的曲化倾向及其原因。如评杨慎《个侬》（恨个侬无赖）曰："'唱好是'、'唱道是'元曲中衬词。"

---

① 王世贞：《艺苑卮言》，载唐圭璋编：《词话丛编》，中华书局1986年版，第393页。

② 陈霆：《渚山堂词话》卷三，载唐圭璋编：《词话丛编》，中华书局1986年版，第378—379页。

③ 王世贞：《艺苑卮言》，载唐圭璋编：《词话丛编》，中华书局1986年版，第393页。

评马洪《满庭芳》（春老园林）曰："浩澜自附柳耆卿多柔秀词，但带元曲气。"沈际飞对词的曲化倾向似乎比较宽容，如评王世贞《南乡子》（薄幸总难熬）一词"已落吴江、嘉兴歌腔，然俚字村谣，嗜好情欲，任性而合。元美尝喜棹歌中《月子弯弯》二首，固不避也"。

借戏曲评点词作是明代富有特色的评点方法，汤显祖评《花间集》中已初露端倪，而沈际飞也善用此法。如评无名氏《生查子》（闲倚曲屏风）曰："悦容偏论美人脚，下具是芙蓉之面，杨柳之腰，秋水之波，春山之黛。《西厢记》脚踪儿将心事传：恶能忘，恶能忘。"评朱淑真《生查子》（去年元夜时）曰："王实甫词本此。调甚佳，非良家妇女所宜有。"评牛峤《菩萨蛮》（风帘燕舞莺啼柳）曰："《绣襦记》开场好词。"借戏曲评词既有利于欣赏原词，有助于拓展读者的思维与欣赏空间。

明代较早的词学评点家杨慎评点顾从敬《类编草堂诗余》，间或解释词调名来源，用眉批作艺术鉴赏，评语并不太多。沈际飞的词学评点则规模宏大、内容丰富，有章句、风格等艺术鉴赏，也有词调、词韵等词体辨析，富于时代特色，具有较高水平，在一定程度上推进了明代词学评点的发展。沈际飞的词论及评点曾被《古今词统》《古今诗余醉》《古今词论》《词苑丛谈》等多种词选、词话大量征引，足见沈氏评点影响之广。随着词学评点的发展，内容更为丰富，理论色彩更为浓厚，清代"常州词派"的理论基石便是通过张惠言《词选》的编选、评点这种批评模式建构起来的。所以词集评点，明人开辟之功实不可没。

三、词学标榜：言情为词之基本体性与推尊词体

《草堂诗余四集》中汇集有多篇重要序文，如何良俊《草堂诗余序》，秦士奇《草堂诗余叙》，沈际飞《草堂诗余四集序》《草堂诗余别集序》，黄河清《续草堂诗余序》等都是有价值的词学论文。在序言中沈际飞宣扬自己的词学主张，将言情视为词的基本体性并极力推尊词体，这在当时可谓独树一帜，并对以后的词坛产生了一定影响，在明代词学批评史上值得重视。

第一，言情为词之基本体性。

重情主情是明代词学批评中的一条重要线索。明代词坛所重视之情，多为委婉动人的儿女情，如杨慎《词品》曰："大抵人自情中生，焉能无情，但不过甚而已。宋儒云：'禅家有为绝欲之说者，欲之所以益炽也。道家有为忘情之说者，情之所以益荡也。圣贤但云寡欲养心，约情合中而已。'予友朱良矩尝云：'天之风月、地之花柳与人之歌舞，无此不成三才。'虽戏言亦有理也。"[①]其所说之"情"，乃是属于"风月""花柳""歌舞"之类的男女享乐之情。又如王世贞曰："词须婉转绵丽，浅至儇俏，挟春月烟花于闺襜内奏之，一语之艳，令人魂飞；一字之工，令人色飞，乃为贵耳。至于慷慨磊落，纵横豪爽，抑亦其次，不作可耳。作则宁为大雅罪人，勿儒冠而胡服也。"[②]王氏所言之"情"，则更多地侧重于"春月烟花"与"闺襜"之内的儿女私情了。

沈际飞认为："诗余之传，非传诗也，传情也!"（《序草堂诗余四集》）而沈氏所言之"情"的范围较广，并非局限于儿女之情，他在《诗余别集序》中描述了人类丰富复杂的各种情感："块然中处，喜则心气乘之，怒则肝气乘之，思则脾气乘之，恐则肾气乘之，悲忧则肺气乘之，惊则五脏之气乘之。人流转于七情，而《别集》中忤合万状，触目生芽，愁然而思，懊然而惊，哑然而笑，澜然而泣，嗷然而哭，捶击肺肠，镂刻心肾，年千世百，无智愚皆知，有别欤无别欤?"沈际飞认为，七情六欲乃千百年来人天生之禀赋，而词体则具有其他文体有所不及的强大的抒情功能："于戏！文章殆莫备于是矣。非体备也，情至也。情生文，文生情，何文非情？而以参差不齐之句，写郁勃难状之情，则尤至也。"（《序草堂诗余序》）沈际飞赋予"情"以更广内涵的同时，又将言情视为词的基本体性，展示着明代词坛言情说的变化和发展。稍后孟称舜在《古今词统序》中认为：词本于情，而情有多种，或"婉娈"、或"凄怆"、或"愤怅"，"皆为本色，宁必姝姝媛媛，学儿女子语，而后必为词哉?"[③]此论或许即是受到沈氏启发。

① 杨慎：《词品》卷三，载唐圭璋编：《词话丛编》，中华书局1986年版，第467页。

② 王世贞：《艺苑卮言》，载唐圭璋编：《词话丛编》，中华书局1986年版，第385页。

③ 孟称舜：《古今词统序》，载卓人月：《古今词统》，辽宁教育出版社2000年版，第3页。

第二，倡比兴寄托，推尊词体。

词为“小道”“卑体”，乃宋代流传下来的词体观念，虽然历来有词学家努力尊体，但在正统文人眼里，词体仍不能与传统的诗文相提并论。明人沿袭“词为小道”的传统观念，如陈霆《渚山堂词话》说：“词曲于道末矣。纤言丽语，大雅是病。”①俞彦《爰园词话》则说：“词于不朽之业最为小乘。”②轻视词体的观念对本已处于发展困境的明词十分不利，沈际飞则试图提高词体地位，以尊体促进词体发展。

一方面，沈际飞推词体为历来各种文体之集大成者。在《序草堂诗余四集》中，他先后驳斥了历代“以风气贬词”“以体裁贬词”“以音义言词而为词解嘲”的三种不同观点，认为词“有似文者焉，有似论者焉，有似序记者焉，有似箴颂者焉”，指出“词吸三唐以前之液，孕胜国（元代）以后之胎”，得出“文章殆莫备于是矣”的结论。另一方面，他认为词“虽其镌镂脂粉，意专闺帏，安在乎好色而不淫？而我师尼氏删国风，逮《仲子》《狡童》之作，则不忍抹去。曰人之情，至男女乃极。未有不笃于男女之情而君臣、父子、兄弟、朋友间反有钟吾情者。况借美人以喻君、借佳人以喻友，其旨远，其讽微，仅仅如欧阳舍人所云‘叶叶花笺，文抽丽锦；纤纤玉指，拍按香檀。不无清绝之词，用助娇娆之态’而已哉？”他借诗教中的“夫妇之义”与以“美人”喻君友的比兴、寄托之说来尊体，将言情尊与体二者紧密地结合起来。这一观点在稍后的陈子龙那里得到了反响。陈子龙认为：“风骚之旨皆本言情，言情之作必托于闺襜之际。”③陈子龙于明清易代之际所作之词（《湘真阁存稿》），比较自觉地运用了“香草美人”的手法，于春情绮思中寄托家国之恨。陈子龙词中的寄寓，正体现了其“风骚之旨”，“必托于闺襜之际”的理论，沈氏观点当是其近源。

沈际飞的尊体意识在词集评点之中也时有流露。如评苏轼集句词《南乡子》（寒玉细凝肤）曰：“是词非诗而实诗，尊诗贬词者合作何解？”评沈周、文徵明、王世贞三人所作同调同题词《满江红·

① 陈霆：《渚山堂词话》，载唐圭璋编：《词话丛编》，中华书局1986年版，第347页。

② 俞彦：《爰园词话》，载唐圭璋编：《词话丛编》，中华书局1986年版，第399页。

③ 陈子龙：《三子诗余序》，载《陈子龙文集》，华东师范大学1988年版，第54页。

题宋高宗赐岳飞手敕》曰：“石田端烈，衡山精细，凤洲谐刻，维持天地间君臣大义也，词于是续经史矣。”评柳永《望梅》（小寒时节）曰：“桃李小人也，梅君子也。填词即绮靡，而三百微婉之旨存焉。”沈际飞立论有未妥之处（如认为文章莫备于词，就难为人所认同），而其推尊词体的立论在明代词坛可谓独树一帜。沈际飞所标榜的比兴寄托之说后来在常州词派那里得到了回应与发展，其观点可视为常州词派之先声。

总而言之，在明末词坛，沈际飞《草堂诗余四集》的编选、评点及其词学思想都有超佚流俗之处，展示着明清之际词学思想的嬗递，对于考察号称“中兴”的清代词学也有着重要的参照作用。这也提示人们，深入探讨明代词学，包括词集编选、评点、序跋等易为人忽视的词学资料，或许会有新的发现。

［原载《文学评论》2009年第3期，丁放、甘松撰］

诗学研究

试论苏轼的美学追求

苏轼的文艺创作和美学思想，在中国文学及美学史中都占有十分重要的地位，这一点已得到学术界的充分肯定。然而，对于苏轼的美学追求及其艺术实践作进一步地深入探讨和宏观把握，仍然很有必要。本文结合苏轼在诗歌、散文、书法、绘画等方面的美学理论，系统总结其美学追求的不同方面，并在此基础上着重论述：苏轼的美学追求及其艺术实践之间的关系、苏轼美学思想在中国美学思想史中的地位和作用，同时还将深入研究苏轼美学思想的哲学基础。

一

苏轼在《书鄢陵王主簿所画折枝二首》其一中说：

> 诗画本一律，天工与清新。

诗与画，是两种不同的文艺形式，但苏轼认为它们之间有着共同的美学标准，即“天工与清新”。“天工”，意谓出于自然，无须雕琢。凡出自“天工”者，必有创作者之个性，给人以“清新”之感。

“天工与清新”的美学观念，是建立在“自然”这个基础之上的。苏轼认为，自然界之万物，皆具各自不同的神态，乃是天工造物使然。他赞美巫山是“天工运神巧，渐欲作奇伟”（《巫山》）；称颂白水佛迹岩是“神工自炉鞴，……天匠麾月斧”（《白水佛迹岩》）。因而文学艺术的创作，就应当师法自然，无需人为的雕饰而达到浑然天成的境界。苏轼在论画时反复强调：

金羁玉勒绣罗鞍，鞭棰刻烙伤天全。不如此图近自然。（《书韩干牧马图》）

吴生画佛本神授，梦中化作飞空仙。觉来落笔不经意，神妙独到秋毫颠。（《仆曩于长安陈汉卿家见吴道子画佛，碎烂可惜。其后十余年，复见之于鲜于子骏家，则已装褙完好。子骏以见遗，作诗谢之》）

含风偃蹇得真态，刻画始信有天工。（《欧阳少师令赋所蓄石屏》）

画师争摹雪浪势，天工不见雷斧痕。（《次韵滕大夫三首·雪浪石》）

但苏轼所强调的天工自然，并不排斥艺术技巧的合理运用。如他赞美王主簿的画说："若人富天巧，春色入笔楮。"（《书鄢陵王主簿所画折枝二首》其二）"天巧"，就是自然而又巧妙，显示出一种巧夺天工的自然美。苏轼《书吴道子画后》，曾举吴道子的画为例：

道子画人物如以灯取影，逆来顺往，旁见侧出，横斜平直，各相乘除，得自然之数，不差毫末。出新意于法度之中，寄妙理于豪放之外，所谓游刃余地，运斤成风，盖古今一人而已。[①]

认为吴道子的画既"得自然之数"，又能"出新意于法度之中"，达到了巧夺天工的艺术境界，故尔古今独步。苏轼在论及书法艺术时，也表现出这种追求天工自然的美学趣味，如：

我书意造本无法，点画信手烦推求。（《石苍舒醉墨堂》）

书初无意于佳乃佳尔。……吾书虽不甚佳，然自出新意，不践古人，是一快也。（《评草书》）

① 苏轼：《书吴道子画后》，《苏轼文集》卷七十，中华书局1986年版，第2210页。又：参见《东坡题跋》卷五《跋吴道子地狱变相》。

信手而成，天真烂漫，妙到自然，是苏轼从事艺术实践的切身感受与经验之谈。他在《跋刘景文欧公帖》一文中评欧阳修的书法说：

> 此数十纸皆文忠公冲口而出，纵手而成，初不加意者也。其文采字画，皆有自然绝人之姿，信天下之奇迹也。

认为欧公并非为书法而书法，纯出于自然，故为天下之奇迹。苏轼在评价谢民师的诗文时，也运用了这一美学标准：

> 所示书教及诗赋杂文，观之熟矣。大略如行云流水，初无定质，但常行于所当行，常止于不可不止，文理自然，姿态横生。（苏轼：《答谢民师书》，《东坡后集》卷十四）

诗文之道，亦如大自然之造物，既无需受任何人为的绳墨，亦不假任何人为的造作，遵循大自然的规律，若行云，似流水，千汇万状，无拘无束，一任自然，了无痕迹，是谓天工，是为上乘。苏轼自道其体会亦云：

> 吾文如万斛泉源，不择地而出，在平地滔滔汩汩，虽一日千里无难。及其与山石曲折，随物赋形而不可知也。所可知者，常行于所当行，常止于不可不止，如是而已矣。①

自然万物是丰富多彩而又变化无穷的，创造天工的艺术就必须顺从自然而“随物赋形”。艺术家所遵循的是自然的法则，而不是主观的意造，行于所当行，止于不可不止，一切都是自然所致，非强求可得。

苏轼对于诗歌的要求，与他对绘画、书法及散文的要求是一致的。他赞美前人的诗说：

① 苏轼：《文说》，《经进东坡文集事略》卷五七，《四部丛刊》本。

> 苏、李之天成，曹、刘之自得，陶、谢之超然，盖亦至矣。[①]

所谓“天成”，所谓“自得”，所谓“超然”，可以说是“自然”的三条注释。诗能达之自然，便是美的极致。苏轼自道其作诗的体会：“好诗冲口谁能择，俗子疑人未遣闻”（《重寄》）：“冲口出常言，法度法前轨。人言非妙处，妙处在于是”（周紫芝《竹坡诗话》引）。他评价宋代诗僧辩才：“平生不学作诗，如风吹水，自成文理。而参寥与吾辈诗，乃如巧人织绣耳。”[②]不曾学诗的辩才，恰恰没有世俗诗人的种种顾忌与限制，天然自放，情趣自得。相形之下，苏轼、参寥诸诗人之诗，倒显得雕绘满眼了。这里或许有自谦之意，但苏轼追求天工自然、反对雕刻增饰的美学主张，却充分地表现了出来。苏轼评陶渊明《饮酒》诗云：

> “采菊东篱下，悠然见南山。”因采菊而见山，境与意会，此句最有妙处，近岁俗本皆作“望南山”，则一篇神气都索然矣。[③]

“见”与“望”之间，确可见出无意与有意、不期然与期然、自然与不自然之区别。苏轼对此一字之辩，表明了他崇尚天工自然的美学追求。

诗能出于天工自然，就必然会表现出一种清新的风格特征。苏轼屡言：

> 清诗五百言，句句皆绝伦。（《和犹子迟赠孙志举》）
> 清诗绝俗，甚典而丽。（《祭张子野祝文》）

清，就是绝俗——这是指诗的立意。又：

---

① 苏轼：《书黄子思诗集后》，《苏轼文集》卷六七，中华书局1986年版，第2124页。

② 苏轼：《书辩才次韵参寥诗》，《苏轼文集》卷六八，中华书局1986年版，第2144页。

③ 苏轼：《题陶渊明饮酒诗后》，《苏轼文集》卷六七，中华书局1986年版，第2092页。

清诗缀琼琚。(《答任师中家汉公》)
清诗鸣佩环。(《次韵陈履常雪中一首》)

清，还要像玉佩般清脆悦耳——这是指诗的声调。苏轼在《题颜鲁公书画赞》中说：“颜鲁公平生写碑，唯《东方朔画赞》为清雄，字间栉比而不失清远。其后见逸少本，乃知鲁公字字临此书。虽大小相悬，而气韵良是。”可见“清”还可以与“雄”“远”融合而成某种气韵。在艺术的创造中，天工与清新，乃是一个密不可分的有机整体。苏轼《跋蒲传正燕公山水》云：“画以人物为神，花竹禽鱼为妙，宫室、器用为巧，山水为胜，而以清雄寄富、变态无穷为难。燕公之笔，浑然天成，粲然日新，已离画工之度数，而得诗人之清丽也。”[①] “神”“妙”“巧”“胜”，是指因不同绘画题材而具有的不同艺术效果。清秀雄伟的山川河流，具有多姿多彩的风光和变态无穷的韵致，故图画山水实难造其胜境。而燕公山水之所以成功，即在于他摆脱了固有俗套，纯任自然，达到了“天工与清新”的境界。

刘熙载《艺概·书概》云：“东坡诗如华严法界，文如万斛泉源，惟书亦颇得此意，即行书《醉翁亭记》便可见之。其正书字间栉比，近颜书《东方画赞》者为多，然未尝不自出新意也。”[②]苏轼的艺术实践，与他所崇尚的“天工与清新”的美学观点是一致的。如前人论东坡诗词：

坡诗实不以锻炼为工，其妙处在乎心地空明，自然流出，一似全不著力，而自然沁入心脾。此其独绝也。[③]

东坡先生诗，词意天得，常语快句乘云驭风，如不经虑而出之也。凄淡豪丽，并臻妙诣。[④]

① 苏轼：《跋蒲传正燕公山水》，《苏轼文集》卷七十，中华书局1986年版，第2212页。
② 刘熙载：《艺概》卷五《书概》，同治刻古桐书屋六种本。
③ 赵翼：《瓯北诗话》卷五，人民文学出版社年1981版，第57页。
④ 姚范：《援鹑堂笔记》卷四〇，清道光姚莹刻本。

的确，我们从苏轼的那些脍炙人口的佳作中，随处都可以领略到这种天工自然之美。

在苏轼之前，崇尚自然美者亦不乏其人。如刘勰《文心雕龙·原道》所论“自然之道”，锺嵘《诗品序》所倡“自然英旨”“直寻”，李白所言“清水出芙蓉，天然去雕饰”（李白《经乱离后天恩流夜郎忆旧游书怀赠江夏韦太守良宰》），皎然所谓“天真挺拔之句，与造化争衡”[①]，以及司空图《二十四诗品》所说“俯拾即是，不取诸邻。俱道适往，著手成春”，“妙造自然，伊谁与裁”等等，就都是强调文学创作要符合自然美的原则。苏轼所提出的“天工与清新”的美学原则，也正是在前人成果基础上的进一步概括、提炼和发展。与前人相比，苏轼对艺术创造中的自然美的认识，更为全面、深刻，论述也更为集中。

首先，“天工与清新”不仅强调了艺术创造要符于自然，而且还强调了艺术的创新，因此我们说在苏轼那里，“天工”与“清新”乃是一个不可分割的有机整体。其次，苏轼对于自然美的要求，不仅包括了诗歌、散文等文学领域，而且还包括了书法、绘画等艺术领域，因而“天工与清新”的要求，乃是具有更为普遍意义的美学原则。再次，苏轼所强调的自然天成，尽管他说过“觉来落笔不经意”[②]，“冲口而出，纵手而成”（《跋刘景文欧公帖》），“随物赋形而不可知”（《文说》）等话，但这绝不是自然主义意义上的自然，而是经过了艺术加工与锻炼之后而达到的一种“天工”自然之美。苏轼在强调“冲口出常言”的同时，还强调了“法度法前轨”。他所说的“天巧”“天匠”，以及“出新意于法度之中”等等，就都具有这种含义。所以苏轼说：“清诗要锻炼，乃得铅中银。”[③]清新自然的诗歌，来自于锻炼之工，其结果却是“天工不露雷斧痕”（苏轼：《次韵滕大夫三首·雪浪石》）。苏轼《书唐氏六家书后》评永禅师书曰：“精能之至，反造平淡。”这些都表明苏轼对于自然美与

① 皎然：《诗式序》，《诗式》卷一，清光绪十万卷楼丛书本。

② 苏轼：《仆曩于长安陈汉卿家见吴道子画佛碎烂可惜其后十余年复见之于鲜于子骏家则已装背完好子骏以见遗作诗以谢之》，《补注东坡编年诗》卷一六，《四库全书》影印本。

③ 苏轼：《崔文学甲携文见过，萧然有出尘之姿，问之，则孙介夫之甥也。故复用前韵，赋一篇，示志举》，载《苏轼诗集》卷四五，中华书局1982年版，第2441页。

艺术美的认识，是比较全面而又十分深刻的。此外，苏轼所论艺术创造中的自然美，更多的是结合了自身的创作经验与审美体验，这一点也是他的见解有别于一般理论家的根本原因。

“天工与清新”的美学原则，对后世文艺理论和艺术创造的影响十分深刻。尤其是他那“行云流水”和“如风吹水，自成文理”的妙喻，在后世几乎成了天工自然之美的代名词。如宋代汪藻在《鲍吏部集序》中说：“古之作者无意于文也，理至而文则随之，如印印泥，如风行水上，纵横错综、灿然而成者，夫岂待绳削而后合哉！”[①]元代吴澄《书贡仲章文稿后》说：“理到气昌，意精辞达，如星灿云烂，如风行水流，文之上也。”[②]明代李贽《杂说》云：“风行水上之文，决不在于一字一句之奇。”[③]朱夏《答程伯大论文》说：“且古之为文，非有心于文也，若风行之于水，适相遭而文生也。”[④]曹安也说：“作诗文时，遇景得情，任意落笔，而自不离于规矩尔。若一一拘束，要作某体某字样，非发乎性情、风行水上之旨。”[⑤]就都是如此。清人于此更有所发挥，如侯方域《倪函谷文序》说：“苏子曰：‘风行水上者，天下之至文也。’风之所以广微无间者，气也；水之所以澹宕自足者，质也。风之气萧然而疏然，有能御风者否耶？水之质泊然而柔然，有能划水者否耶？故曰：气莫舒于风，质莫坚于水。然则至文者，雕镂之所不受，组练之所不及也。”[⑥]薛雪《一瓢诗话》也说：“《易》云：‘风行水上，涣。’乃天下之大文也。起伏顿挫之中，尽抑扬反复之义，行乎所当行，止乎所当止，一波一澜，各有自然之妙，不为法转，亦不为法缚。”[⑦]从这些论述中可以看出，苏轼的自然美学思想在中国美学史中的突出地位。

---

① 汪藻：《浮溪集》卷十七，《四部丛刊》本。

② 《国朝文类》卷三九，《四部丛刊》本。

③ 李贽：《焚书》卷三，明刻本。

④ 《皇明文衡》卷二六，《四部丛刊》本。

⑤ 曹安：《谰言长语》卷上，《宝颜堂秘笈》本。

⑥ 侯方域：《壮悔堂文集》卷一，《四部备要》本。

⑦ 薛雪：《一瓢诗话》，载丁福保辑：《清诗话》，上海古籍出版社1978年版，第694页。

二

我国古代关于形神问题的讨论，源于先秦时期的形神之辨；魏晋时期，人们往往借形神以品鉴人物；伴随着人物画的发达，人们又移以论画，东晋顾恺之就有“以形写神”[①]的说法。苏轼在总结前人经验的基础上，又进一步强调“传神”，既要传达客观物象之神，又要传达作者之神，即在表现物象的神韵中使“境与意会”，从而见出作者的神情意趣。尤其值得注意的是，在强调传神的同时，苏轼又吸收了司空图等人的诗学理论，更进一步强调在传神的基础之上，还要有“象外之象”“韵外之致”和“味外之旨”，即所谓远韵。这是苏轼对传神理论的进一步发展。

苏轼关于诗画要传神的见解，比较集中地反映在《书鄢陵王主簿所画折枝二首》其一中：

> 论画以形似，见与儿童邻。赋诗必此诗，定非知诗人。
> 诗画本一律，天工与清新。边鸾雀写生，赵昌花传神。
> 何如此两幅，疏澹含精匀。谁言一点红，解寄无边春。

在这里，苏轼本着“诗画一律”的原则，精辟地阐述了诗画创作中形似与神似的关系。绘画过分追求形似，则不能传神；作诗仅仅满足于摹写物象，意尽句中，也不是成功的艺术作品。苏轼《次韵吴传正枯木歌》云：“古来画师非俗士，妙想实与诗同出。”诗画同出于“妙想”，而不是对具体物象的客观描摹，它们要经过艺术家的“迁想妙得”，抓住客观物象的本质特征，才能达到传神的目的，这就是诗与画共同的本质特点。苏轼关于“传神”的基本认识，主要是从顾恺之“传神写照”的理论继承而来。苏轼《传神记》说：

> 凡人意思，各有所在。或在眉目，或在鼻口。虎头云：颊上加三毛，觉精彩殊胜。则此人意思盖在须颊间也。优孟学孙

① 顾恺之：《魏晋胜流画赞》，张彦远《历代名画记》卷五，明津逮秘书本。

叔敖，抵掌谈笑，至使人谓死者复生。此岂举体皆似，亦得其意思所在而已。使画者悟此理，则人人可以为顾、陆。①

所谓“意思”，即指最能表现人物内在的、有别于他人的精神、气质之所专注。画家能得人之“意思”所在，乃可传神。苏轼在《赠李道士》诗中所说：“世人只数曹将军，谁知虎头非痴人。腰间大羽何足道，颊上三毛自有神。”也表达了同样的意思。

画人物要传神，画山水竹石也要传神。苏轼《净因院画记》云：

余尝论画，以为人禽宫室器用皆有常形，至于山石竹木，水波烟云，虽无常形，而有常理。常形之失，人皆知之；常理之不当，虽晓画者有不知。故凡可以欺世而取名者，必托于无常形者也。虽然，常形之失，止于所失，而不能病其全；若常理之不当，则举废之矣。以其形之无常，是以其理不可不谨也。世之工人，或能曲尽其形；而至于其理，非高人逸才不能辨。与可之于竹石枯木，真可谓得其理者矣。……②

他不废弃“常形”，但更重视“常理”，认为“常形之失，止于所失”，“若常理之不当，则举废之矣”。所谓“常形”，是指人或物相对固定的表象。什么是“常理”呢？例如：“牛斗力在角，尾搐入两股间”；“飞鸟缩颈则展足，缩足则展颈，无两展之者”，造就是“常理”。而戴嵩的《斗牛图》，“掉尾而斗”；黄筌的《飞鸟图》，“颈足皆展”，就失去了这个“常理”，所以为“谬矣”。③同样，他认为“山石竹木，水波烟云，虽无常形而有常理”，这“常理”也是不可违反的。明人练子宁在《金川玉屑集》中曾解释说：“苏文忠公论画，以为：‘人禽宫室器用皆有常形，至于山石竹木，水波烟云，虽无常形而有常理。常形之失，人皆知之，常理之不当’，虽晓画者有不知。余取以为观画之说焉。画之为艺，世之专门名家者，多能曲尽其形似，而至其意态情性之所聚，天机之所寓，悠然不可探索

① 苏轼:《传神记》,《经进东坡文集事略》卷五三,《四部丛刊》本。

② 苏轼:《净因院画记》,《经进东坡文集事略》卷五五,《四部丛刊》本。

③ 上引见《东坡题跋》:《书戴嵩画牛》、《书黄筌画雀》。

者，非雅人胜士，超然有见乎尘俗之表者，莫能至之。”[①]这里所说的“意态情性之所聚，天机之所寓”，就是苏轼所说的“常理”，清人叶燮在《原诗·内篇下》发挥说：“昔人云：王维诗中有画。凡诗可入画者，为诗家能事，如风云雨雪，景象之至虚者，画家无不可绘之于笔。若初寒、内外之景色，即董、巨复生，恐亦束手搁笔矣。天下惟理事之入神境者，固非庸凡人可模拟而得也。”[②]叶燮《赤霞楼诗集序》亦云：“滁阳朱君朴庵，今之有道明理之士也。吾尝见其画矣。天地无心，而赋万事万物之形。朱君以有心赴之，而天地万事万物之情状皆随其手腕以出，无有不得者。余于是深叹其艺之绝，知其于事物之理，洞照于中，而运以己之神明，此能为摩诘之画，必能为摩诘之诗，无疑也。”[③]叶燮所说的“理事”“天地万事万物之情状”，也就是苏轼所说的“常理”。艺术家要使作品达到神似的境界，就必须善于把握事物的“常理”，表现它们的“常理”，否则也就达不到传神的目的。关于形理之辨，还可参看苏轼《筼筜谷偃竹记》：

> 竹之始生，一寸之萌耳，而节叶具焉。自蜩腹蛇蚹，以至于剑拔十寻者，生而有之也。今画者乃节节而为之，叶叶而累之，岂复有竹乎？故画竹必先得成竹于胸中，执笔熟视，乃见其所欲画者，急起从之，振笔直遂，以追其所见，如兔起鹘落，少纵则逝矣。[④]

“成竹于胸”，即心中得竹之“常理”，从总体上把握竹的本质特征。执笔时并不是凝视眼前具体之竹，而是收视反听，神与物游，内观“常理”之竹，经过画家主观情思的熔铸，并迅速把它表现出来，这样才能达到传神的效果。相反，如果一枝一叶地临摹堆垛，追求外在形似，就易于丧失竹的内在气质与品格。苏轼在《题过所画枯木竹石》中说：“老可能为竹写真，小苏今与竹传

① 练子宁:《练中丞集·金川玉屑集》卷四，明刻本。

② 叶燮:《原诗》卷二，载丁福保辑:《清诗话》，上海古籍出版社1978年版，第585—586页。

③ 叶燮:《己畦集》卷八，长沙叶氏梦篆楼刊本。

④ 苏轼:《筼筜谷偃竹记》,《经进东坡文集事略》卷四九,《四部丛刊》本。

神。”又在《与王定国书》中自评其画云：“兼画得寒林墨竹已入神矣。”此外，他在《书蒲永升画后》中所强调的“活水”；在《次韵吴传正枯木歌》《次韵子由书李伯时所藏韩幹马》中所强调的画马需“画骨”等等，都可以看出苏轼在绘画理论与艺术实践中对于传神的高度重视。

不仅绘画如此，作为表意的书法艺术，苏轼也同样要求传神。在苏轼的书法美学理论中，书之传神，尽管也包括了字体本身的象形性——“善取物象”[①]，但书法艺术毕竟不同于绘画艺术，因而书之传神亦自有别于画之传神。苏轼《论书》云：

> 书必有神、气、骨、肉、血，五者阙一，不为成书也。

强调了在书法艺术中，神与形必须兼备。苏轼讲“书神”，即指书法艺术在感性的形式中所体现出来的“神”，这是书家精神状态的外化。他说：“张长史草书颓然天放，略有点画处而意态自足，号称神逸。”[②]论柳公权时同意柳氏的观点：“心正则笔正”，并补充说：“世之小人，书字虽工，而其神情终有睢盱侧媚之态。”[③]可见“书神”，是书家精神的自我表现。苏轼反复强调书如其人，[④]通过书法来体现书家的神情意态与个性气质，这与他在绘画艺术传神的理论中所强调的观点一致。刘熙载《艺概·书概》说：“东坡正书有其傲岸旁礴之气。”则说明了苏轼的艺术实践与其美学追求的一致性。

对诗歌的要求，与他对绘画、书法的要求完全相同。所谓“赋诗必此诗，定非知诗人”，就说明了一味刻板模写、追求形似，缺乏对“常理”的把握和对诗人神情意态、个性气质的传达，就势必意尽句中，毫无生气，也就更谈不上飞扬的神彩与悠远的神韵。苏轼《评诗人写物》云：

---

① 苏轼:《跋王巩所收藏真书》，《苏轼文集》卷六九，中华书局1986年版，第2176页。

② 苏轼:《书唐氏六家书后》，《苏轼文集》卷六九，中华书局1986年版，第2206页。

③ 苏轼:《书唐氏六家书后》，《苏轼文集》卷六九，中华书局1986年版，第2207页。

④ 参见苏轼:《跋欧阳文忠公书》《书唐氏六家书后》《跋钱君倚书遗教经》《题鲁公帖》，均见《苏轼文集》卷六九。

> 诗人有写物之功："桑之未落，其叶沃若。"他木殆不可以当此。林逋《梅花》诗云："疏影横斜水清浅，暗香浮动月黄昏。"决非桃、李诗。皮日休《白莲》诗云："无情有恨何人见，月晓风清欲堕时。"决非红梅诗。此乃写物之功。若石曼卿《红梅》诗云："认桃无绿叶，辨杏有青枝。"此至陋语，盖村学中体也。[①]

"写物之功"，意谓体物传神，就是要抓住不同事物的不同特点，传达出它们的内在神韵。"桑之未落，其叶沃若"，见于《诗·卫风·氓》，诗人以饱满的桑葚和肥泽的桑叶喻女子的年轻美貌和男子的浓厚情意，甚切当。林逋的诗句，在黄昏之月和清浅之水的陪衬下，以"疏影"和"暗香"传达出梅花幽洁孤雅的神态与品性，令人回味不绝。皮日休《白莲花》诗："无情有恨何人见，月晓风清欲堕时"，也只有白莲花才具有如此孤清幽怨的神韵。这三例都是体物传神的佳作。而石曼卿的《红梅》诗，仅仅停留于外形的摹画，并没有表现出红梅的品格，毫无神韵可言，苏轼认为"至陋"，甚切。针对石曼卿的诗作，苏轼也写过《红梅三首》，以示传神门径。如其一云：

> 怕愁贪睡独开迟，自恐冰容不入时。
> 故作小红桃杏色，尚余孤瘦雪霜姿。
> 寒心未肯随春态，酒晕无端上玉肌。
> 诗老不知梅格在，更看绿叶与青枝。

自注云："石曼卿《红梅》诗云：'认桃无绿叶，辨杏有青枝。'"可见其意图所在。苏轼在这首诗中，不仅写出了红梅"未肯随春态"的孤高品格，而且还写出了红梅细微的"心理"变化，其中无疑也注入了诗人自身的情感意态与个性气质。

苏轼在《答谢民师书》中曾说："求物之妙，如系风捕影，能使

① 苏轼:《评诗人写物》,《苏轼文集》卷六八，中华书局1986年版，第2143页。按：文中所引皮日休诗，实为陆龟蒙《白莲》诗，见《松陵集》卷七。

是物了然于心者，盖千万人而不一遇也，而况能使了然于口与手乎？”而苏轼的诗歌创作，在这方面却表现出了杰出的天才。胡仔《苕溪渔隐丛话》引《唐子西语录》云：“东坡作《病鹤诗》，尝写‘三尺长胫瘦躯’，阙其一字，使任德翁辈下之，凡数字；东坡徐出其稿，盖‘阁’字也（作者按：即作‘三尺长胫阁瘦躯’）。此字既出，俨然如见病鹤矣。”①可见苏诗体物传神之妙。又如写落日，《游金山寺》：

微风万顷靴文细，断霞半空鱼尾赤。

上句写水，下句写天。靴皱喻水纹，“细”乃因微风，得物之常理；以“鱼尾赤”形容“断霞”，极传神；“半空”，应落日之景，正是水波粼粼，江天霞染。《六月二十七日望湖楼醉书五绝》其一写舟中观景：

水枕能令山俯仰，风船解与月徘徊。

卧船静观，不觉水波起伏，但见远山俯仰；不觉画船飘荡，但见月轮徘徊。体物之妙，画图难足，一片神机。《六月二十七日望湖楼醉书五绝》其二写西湖夏雨：

黑云翻墨未遮山，白雨跳珠乱入船。
卷地风来忽吹散，望湖楼下水如天。

乌云未合，骤雨突降，霎时风起云散、水天一色。瞬息万变的湖光山色，写来历历如画。随手拈出，得西湖之神，可谓天才。至于《饮湖上初晴后雨》，就更是脍炙人口的传神佳作。

与主张“神似”相联系，苏轼还追求“远韵”。“远韵”是“神似”的自然发展。言有尽而意无穷，在“超以象外”的无限时空中，给人留下无限的遐想与回味的余地，这就是“远韵”。苏轼在

---

① 胡仔:《苕溪渔隐丛话·前集》卷四二，人民文学出版社1984年版，第284页。

《书黄子思诗集后》中明确提出“远韵”这一概念，并引用司空图论诗之语：“梅止于酸，盐止于咸；饮食不可无盐梅，而其美常在咸酸之外。”作为“远韵”的注脚。苏轼对“远韵”的追求，显然受到了司空图的影响。他说：

> 司空表圣自论其诗，以为得味于味外。“绿树连村暗，黄花入麦稀。”此句最善。又云：“棋声花院闭，幡影石坛高。”吾尝游五老峰，入白鹤观，松阴满庭，不见一人，惟闻棋声，然后知此句之工也。①

苏轼所欣赏的，正是言外的远韵。他在《王维吴道子画》诗中评论二人绘画：

> 吴生虽妙绝，犹以画工论。摩诘得之于象外，有如仙翮谢笼樊。吾观二子皆神俊，又于维也敛衽无间言。

在苏轼看来，王维与吴道子的画皆神姿俊逸、精妙绝伦，然而相比之下，王维的画却能摆脱一切束缚，得之于象外，表现出更高的境界。吴道子的画不可谓不传神，苏轼亦曾多次称赞，但他毕竟缺乏王维画中的那种远韵，所以他与王维相比，遂有画工与化工之别。可见“远韵”比传神所能达到的境界更高出了一个层次。前引苏轼《书鄢陵王主簿所画折枝二首》其一，同样表露出这一倾向：

> 边鸾雀写生，赵昌花传神。何如此两幅，疏淡含精匀。谁言一点红，解寄无边春。

边鸾与赵昌同为丹青传神的高手，皆入妙品之列。然而在苏轼看来，他们的“写生”“传神”之作，却远不如鄢陵王主簿所画折枝那样“疏淡含精匀”，枝头花蕾的一点点红意，却寄寓了无边的春色。这就是苏轼对于远韵的具体感受。正如方东树所云：“坡公之

① 苏轼：《东坡志林》卷一〇，明刻本。

诗，每于终篇之外。恒有远境，匪人所测。于篇中又各有不测之远境，其一段忽从天外插来，为寻常胸臆中所无有。不似山谷，仅能句上求远也。”[①]苏轼对于“远韵”的追求，也同样是建立在自身的艺术实践基础之上的。

苏轼所提出的“诗中有画，画中有诗”的命题，实质上与他对神似与远韵的追求是一致的。他在《书摩诘蓝田烟雨图》中说：

> 味摩诘之诗，诗中有画；观摩诘之画，画中有诗。诗曰：“蓝溪白石出，玉川红叶稀。山路元无雨，空翠湿人衣。”此摩诘之诗，或曰非也，好事者以补摩诘之遗。[②]

“诗中有画，画中有诗”，包括两层含义：

第一层含义是诗与画在题材内容、艺术手法上可以互补，甚至互换。苏轼在这方面有过实践经验。据其《题憩寂图诗》记载：

> 元祐元年正月十二日，苏子瞻、李伯时为柳仲远作《松石图》。仲远取杜子美诗“松根胡僧憩寂寞，庞眉皓首无住着。偏袒右肩露双脚，叶里松子僧前落”之句，复求伯时画此数句，为《憩寂图》。子由题云：“东坡自作苍苍石，留取长松待伯时。只有两人嫌未足，兼收前世杜陵诗。”因次其韵云：“东坡虽是湖州派，竹石风流各一时，前世画师今姓李，不妨题作辋川诗。”[③]

以诗入画，已有先例，唐代张志和即创此法[④]。但这幅《憩寂图》的妙处，并非简单地以诗入画或“随句赋象”，而是经过了由画出而为诗，又由诗入而为画这样一个辗转的过程。柳仲远所取四句杜诗，乃杜甫为当时著名画家韦偃所画《双松图》而作的题画诗，题为《戏韦偃为双松图歌》，其诗云：“天下几人画古松，毕宏已老

① 方东树：《昭昧詹言》续编卷二，清光绪刻《方植之全集》本。

② 苏轼：《书摩诘蓝田烟雨图》，《苏轼文集》卷七十，中华书局1986年版，第2209页。

③ 苏轼：《题憩寂图诗》，《苏轼文集》卷六八，中华书局1986年版，第2138页。

④ 参见朱景玄《唐朝名画录》。

韦偃少。绝笔长风起纤末，满堂动色嗟神妙。两株惨裂苔藓皮，屈铁交错回高枝。白摧朽骨龙虎死，黑入太阴雷雨垂。松根胡僧憩寂寞，庞眉皓首无住著。偏袒右肩露双脚，叶里松子僧前落。……”可见韦偃的《双松图》，除了两株古松外，还有一胡僧憩寂的形象。杜甫的这首诗，已是由画出而为诗。当苏轼、李伯时绘《松石图》已毕，柳仲远又取杜诗四句，即韦偃《双松图》的一个局部——胡僧憩寂的形象，求伯时补入。从而使一幅普通的《松石图》，变成了一幅具有特殊意义的《憩寂图》。值得注意的是，其补入的部分，并非直接取自韦偃的《双松图》，而是经过了一个特殊的媒介——杜诗。就这样辗转、互补、互换，一幅绝妙的《憩寂图》便诞生了。由画出而为诗，又由诗入而为画，这在中国艺术史上也堪称奇闻，但它却为我们展示了诗与画之间的互通、互补与互换。

然而，仅仅看到这一层还不算窥见了苏轼“诗中有画，画中有诗”理论的真髓。苏轼所重者绝非形迹、色相，而在神理与意趣，这与他追求神似、远韵的审美趣味正相一致。这才是苏轼“诗画同一”论的内在的、更高的层次。“诗画本一律，天工与清新”：创造巧夺天工的艺术形象，使艺术的创新既法于自然又超越自然，这就是诗与画共同的美学特征，也是诗与画所共同追求的目的。而“古来画师非俗士，妙想实与诗同出”（《欧阳少师令赋所蓄石屏》），则进一步强调了诗与画共同的艺术特征。他推崇王维“画山川峰麓，自成变态”，“萧然有出尘之姿”，“作浮云杳霭，与孤鸿落照，灭没于江天之外”[①]。得之于象外的绘画，固然有这种美感和特征；而苏轼所大力表彰的陶、韦、柳、司空的诗，也同样具有这种美感和特征。苏轼所强调的，正是诗与画在神理与意趣上的契合统一。所以在《书李伯时山庄图后》一文中，他强调伯时绘画的“天机”和“意造”；在《书朱象先画后》一文中，记载朱氏“能文而不求举，善画而不求售。曰：‘文以达吾心，画以适吾意而已。’”重“天机”与“意造”，诗、画同此理；“达心”“适意”，更是诗、画、文的共同效用。

苏轼关于传神的美学理论，对后世的影响十分深刻，尤其是

① 苏轼:《又跋（宋）汉杰画山》，《苏轼文集》卷七〇，中华书局1986年版，第2216页。

"成竹于胸"和"诗中有画，画中有诗"的概括，更是在审美创造与审美鉴赏理论中得到了十分广泛的运用。

宋代晁补之《赠文潜甥杨克一学文与可画竹求诗》云："与可画竹时，胸中有成竹。经营似春雨，滋长地中绿。兴来雷出土，万箨起崖谷。君今似与可，神会久已熟。"胡仔《苕溪渔隐丛话·后集》卷二十六："苕溪渔隐曰：东坡《题伯时画马》云：'龙眠胸中有千驷。'议者谓讥其无德而称。余意其不然。如文与可善作墨竹，故《和筼筜谷》云：'料得清贫馋太守，渭滨千亩在胸中。'岂亦是讥之邪？又山谷《咏伯时虎脊天马图》亦云：'笔端那有此，千里在胸中。'盖言画马之妙，得之于心，应之于手，若轮扁之斫轮也。"① 到明、清以后，"成竹于胸"实际上已成为"意在笔先"或'得于心而应于手"的审美创造法则。如王原祁《雨窗漫笔》："意在笔先，为画中要诀。作画于搦管时，须要安闲恬适，扫尽俗肠，默对素幅，凝神静气，看高下，审左右，幅内幅外，来路去路，胸有成竹；然后濡毫吮墨，……自然水到渠成，天然凑泊，其为淋漓尽致无疑矣。"（王原祁《雨窗漫笔》）金圣叹《第五才子书施耐庵水游传》第九十回总批云："此书笔力大过人处，每每在两篇相接连时偏要写一样事，而又断断不使其间一笔相犯。……此无他，盖因其经营图度，先有成竹藏之胸中，夫而后随笔迅扫，极妍尽致。"此外，如沈德潜《说诗晬语》、汪之元《天下有山唐画艺》、郑燮《题画》、唐岱《绘事发微》、方熏《山静居画论》、董棨《养素居画学钩深》、华琳《南宗抉秘》、方东树《昭昧詹言》、刘权之《纪文达公遗集序》等等，就都是将"成竹于胸"视为审美创造的艺术法则。

同样，"诗中有画，画中有诗"的理论在后世诗歌与绘画美学理论中运用也十分广泛。宋人王直方总结苏轼的理论说："东坡作《韩幹画马图》诗云：'韩生画马真是马，苏子作诗如见画，世无伯乐亦无韩，此诗此画谁当看。'又云：'论画以形似，见与儿童邻。君看赋诗者，定非知诗人。诗画本一律，天工与清新。'又云：'少陵翰墨无形画，韩干丹青不语诗。此画此诗今已矣，人间驽骥漫争驰。'余每诵数过，殆欲常以为法也。"（《王直方诗话》）宋、元及明、

① 胡仔：《苕溪渔隐丛话·后集》卷二六，人民文学出版社1984年版，第195页.

清时代，以此为“法”者甚众，如胡仔《苕溪渔隐丛话》、陈善《扪虱新话》、魏庆之《诗人玉屑》、黄溍《唐子华诗集序》、杨维桢《无声诗意序》、牟巘《唐棣诗序》、王冕《梅谱》、李东阳《书沈石田诗稿后》、王世贞《黄太痴江山览胜图跋》、唐顺之《跋周东村长江万里图后》、张岱《跋徐青藤小品画》《与包介严》，贺贻孙《诗筏》、石涛《大涤子题画诗跋》、叶燮《原诗》《赤霞楼诗集序》，方东树《昭昧詹言》、刘熙载《艺概》等等，都是如此。

三

追求枯澹与简古，是苏轼晚年美学趣味的进一步发展。其《评韩柳诗》云：

> 柳子厚诗在陶渊明下，韦苏州上。退之豪放奇险则过之，而温丽靖深不及也。所贵乎枯澹者，谓其外枯而中膏，似澹而实美，渊明、子厚之流是也。若中边皆枯澹，亦何足道。佛云：“如人食蜜，中边皆甜。”人食五味，知其甘苦者皆是。能分别其中边者，百无一二也。

他推崇陶、柳诗的“枯澹”，是因其“外枯而中膏，似澹而实美”，外在的质朴平淡，蕴含着膏腴丰美，也就是“淡而有味”“语淡而味终不薄”。他在《追和陶渊明诗引》中说：

> 吾于诗人无所甚好，独好渊明之诗。渊明作诗不多，然其诗质而实绮，癯而实腴，自曹、刘、鲍、谢、李、杜诸人，皆莫及也。

此论虽不无偏颇，如胡应麟即指出：“子美之不甚喜陶诗，而恨其枯槁也；子瞻剧喜陶诗，而以曹、刘、李、杜俱莫及也。二人者之所言皆过也。”[①]但这恰恰反映出苏轼晚年对陶诗“枯澹”——

① 胡应麟：《诗薮·外编》卷二，上海古籍出版社1979年版，第151—152页。

“质而实绮，癯而实腴”风格的偏爱和对这一美学趣味的追求。苏轼《书唐氏六家书后》云：

> 永禅师书，骨气深稳，体兼众妙，精能之至，反造疏淡。如观陶彭泽诗，初若散缓不收，反复不已，乃识其奇趣。

这里的“疏淡”，和“枯澹”义近；说陶诗“若散缓”而有“奇趣”，与“外枯而中膏”则又一脉相通。其《书黄子思诗集后》又云：

> 独韦应物、柳宗元发纤秾于简古，寄至味于澹泊，非余子所及也。

丰富的情思，要用简炼古朴的艺术形式来表达；深永的诗味，要寄托在澹泊的言语之外。“发纤秾于简古，寄至味于澹泊”，与“外枯而中膏”“质而实绮，癯而实腴”，都表达了同样的美学追求，这是苏轼“枯澹”论的第一层含义。

苏轼的前辈梅尧臣、欧阳修等人也曾有过“平淡”的主张，如梅尧臣说：“作诗无古今，唯造平淡难”（《读邵不疑学士诗卷杜挺之忽来因出示之且伏高致辄书一时之语以奉呈》）；“因吟适情性，稍欲到平淡”（《依韵和晏相公》）。但怎样才能“造平淡”？苏轼提出了独到的见解。他在《与二郎侄》一文中谈到：

> 凡文字，少小时须令气象峥嵘，采色绚烂，渐老渐熟，乃造平淡。其实不是平淡，绚烂之极也。①

这与他评永禅书“精能之至，反造平淡”的说法是一致的。可见苏轼所说的“平淡”“疏淡”“枯澹”“简古”“澹泊”之类，都是由“气象峥嵘，彩色绚烂”中变化而来，“淡”是“绚烂之极”后的返朴归真，大盈若冲，大巧若拙。宋人吴可，直接受到苏轼的影

① 苏轼：《与二郎侄一首》，载《苏轼文集》第六册，中华书局1986年版，第2523页。

响，其《藏海诗话》云："方少则华丽，年加长，渐入平淡也。"又："凡文章先华丽而后平淡，如四时之序，方春则华丽，夏则茂实，秋冬则收敛，若外枯而中膏者是也，盖华丽茂实已在其中矣。"[①]葛立方《韵语阳秋》卷一亦云："大抵欲造平淡，当自组丽中来，落其华芬，然后可造平淡之境。"[②]前人在分别论陶、韦、柳等诗人时，虽能见出其"淡"的一面，但多强调其遗世高蹈、不食人间烟火的作风；真正发掘出陶、韦、柳诗底蕴的，苏轼乃是第一人。曾季貍《艇斋诗话》云："前人论诗，初不知有韦苏州、柳子厚，论字亦不知有杨凝式，二者至东坡而后发此秘。遂以韦、柳配渊明，凝式配颜鲁公。东坡真有德于三子也。""初不知有韦苏州、柳子厚"之说实属不公。如白居易就说过："近岁韦苏州歌行，才丽之外，颇近兴风。其五言诗又高雅闲淡，自成一家体。今之秉笔者谁能及之？"[③]司空图也说过："右丞、苏州，趣味澄夐，若清沅之贯达。"（司空图《与王驾评诗书》）又："今于华下方得柳诗，味其搜研之致，亦深远矣。"（司空图《题柳柳州集后序》）然而"以韦、柳配渊明"，把他们视为一种风格体系，并指出他们"外枯而中膏，似澹而实美"，"发纤秾于简古，寄至味于澹泊"的诗风特征的，则的确是苏轼的创见。而且苏轼于他们诗风特征的总结，对后世的影响亦极为深刻。后来如金人元好问云："一语天然万古新，豪华落尽见真淳。南窗白日羲皇上，未害渊明是晋人。（《论诗三十首》之四）"就是建立在苏轼的见解之上的。明代王世贞《书谢灵运集后》评谢诗云："其体虽或近俳，而其意有似合掌者，然至秾丽之极而反若乎淡，琢磨之极而更似天然，则非余子所可及也。"[④]方东树《昭昧詹言》卷十四云："诗有用力不用力之分。然学诗先必用力，久之不见用力之痕，所谓绚烂之极，归于平淡，此非易到。"[⑤]在清代，"绚烂之极，归于平淡"的认识，还被引入到词学理论与绘画理论之中。如王又华《古今词论》云："彭骏孙曰：词以自然为

① 吴可：《藏海诗话》，载丁福保辑：《历代诗话续编》，中华书局1983年版，第328、331页。

② 葛立方：《韵语阳秋》卷一，载何文焕辑：《历代诗话》，中华书局1981年版，第483页。

③ 白居易：《与元九书》，文学古籍刊行社影宋本《白氏长庆集》卷四十五。

④ 王世贞：《书谢灵运集后》，《读书后》卷三，乾隆顾氏校刊本。

⑤ 方东树《昭昧詹言》卷一四，人民文学出版社1961年版，第380页。

宗。但自然不从追琢中来，便率意无味。如所云绚烂之极，乃造平淡耳。若使语意淡远者，稍加刻画，镂金错绣者，渐近天然，则为绝唱矣。”[①]董棨《养素居画学钩深》亦云：“画固以逸品为上，然气息仍欲秾深沉厚。诗之疏放如摩诘，而句极高浑；清澹如襄阳，而别饶神韵；高洁如左司，而体极宏敞。知画家一丘一壑而魄力自具。坡翁谓绚丽之极归于平淡是也。”“绚丽之极归于平澹”，正是苏轼“枯澹”论的第二层含义。

与上述两层含义相紧密联系，苏轼还进一步探讨了在创造平淡风格过程中的心态问题，他强调的是“澹泊”与“空静”。其《送参寥师》云：

> 上人学苦空，百念已灰冷。剑头惟一吷，焦谷无新颖。胡为逐吾辈，文字争蔚炳。新诗如玉屑，出语便清警。退之论草书，万事未尝屏。忧愁不平气，一寓笔所骋。颇怪浮屠人，视身如丘井。颓然寄澹泊，谁与发豪猛。细思乃不然，真巧非幻影。欲令诗语妙，无厌空且静。静故了群动，空故纳万境。阅世走人间，观身卧云岭。咸酸杂众好，中有至味永。诗法不相妨，此语当更请。

苏轼的见解，显然与韩愈有所不同。但实际上他们所论述的问题和所阐发的重点，乃是艺术创作过程中的不同阶段。韩愈所论，着重于“感物”以激发情思的阶段，强调的是“不平则鸣”；苏轼所论，乃在于进入凝神静虑的构思阶段，即陆机《文赋》所说“其始也，皆收视反听，耽思旁讯，精骛八极，心游万仞”和刘勰《文心雕龙·神思》所言“陶钧文思”的阶段。所以苏轼认为：“欲令诗语妙，无厌空且静。静故了群动，空故纳万境。”（《送参寥师》）在艺术构思之时，摒却一切杂念，保持空静的心态，颓然寄于澹泊之中，是非常必要的。处心于静境，方可明了万物之动境；置心于空静，才能容纳万般之妙境。唯其如此，才能使诗歌“咸酸杂众好，中有至味永”。可见“澹泊”“空静”的心态，乃是创造“平淡”诗

① 王又华：《古今词论》，载唐圭璋编：《词话丛编》，中华书局1986年版，第602页。

风的枢纽所在。苏轼《书晁补之所藏与可画竹》亦云：

> 与可画竹时，见竹不见人。岂独不见人，嗒然遗其身。其身与竹化，无穷出清新。庄周世无有，谁知此凝神。

与可画竹之时，能保持空静的心态，达到“忘我”的境地，寂然疑虑，身与竹化，这才画出清新幽雅、自然澹泊的意境。

苏轼后期的诗歌创作，就积极地追求这种在澹泊、空静的心态中创造平淡、简古之风的美学趣味。尤其是他的大量拟陶、和陶之作，足以证明他的这一美学追求与其艺术实践之间的一致性。但必须指出，他的这些诗作，不仅与他自身的思想、个性及其诗之“本色”相抵牾，而且与其“枯澹”“简古”的美学标准也存在一定的差距。

自“乌台诗案”以后，苏轼在政治上屡遭打击，惨痛的教训迫使他不得不有所顾忌，并摆出一副忘怀政治、与世无争的姿态：一方面表示要“归诚佛僧，求一洗之”（《黄州安国寺记》）；另一方面表示“吾于渊明，岂独好其诗哉？如其为人，实有感焉”。（《与苏辙书》）有时还深切地表示要“扫除习气不吟诗”（《与程正辅提刑》）。但是，在骨子里，苏轼既没有身心皆空地沉浸于佛学禅理，也没有抱朴含真地忘怀于现实政治。其谪居黄州时所写《与李公择》即云：“吾侪虽老且穷，而道理贯心肝，忠义填骨髓，直须谈笑于死生之际。……兄虽怀坎壈于时，遇事有可尊主泽民者，便忘躯为之，祸福得丧，付与造物。”①仍表示出至死不悔的忠肝义胆。“世事饱谙思缩手，主恩未报耻归田”（《喜王定国北归第五桥》），是他内心的写照。他表面上事佛、躬耕，超然物外，与世无争，暗中却与旧党联络，随时注意时局的变化，等待“济时”的时机。所以，一俟“元祐更化”之际，他又积极地从政了。客观地看，苏轼像古代许多士大夫一样，总希望功成身退，既有兼济之志，亦不乏独善之姿，只是特殊的遭遇迫使他不得不遮掩去了前者而突出了后者。苏轼晚年当得知赦还的消息而作最后一首和陶诗时，便否定了

---

① 苏轼：《与李公择》，《苏轼文集》卷五一，中华书局1986年版，第1500页。

自他谪居以来所一直仰慕的陶渊明了。其《和陶始经曲阿》诗云：

> 江左古弱国，强臣擅天衢。渊明堕诗酒，遂与功名疏。我生值良时，朱金义当纡。天命适如此，幸收废弃余。独有愧此翁，大名难久居。

庆幸自己生逢其时，且感激浩荡的皇恩。故尔在北归途中，他还深切表示："平生多难非天意，此去残年尽主恩。"（《次韵王擎郁林》）

可见苏轼后期的大量拟陶、和陶之作，实在是压抑自己的个性，诚如纪昀所谓"敛才就陶"。（《纪评苏诗》卷三五）苏轼的知音黄庭坚即云："东坡亦尝和陶诗百余篇，自谓不甚愧渊明，然坡诗语亦微伤巧，不若陶诗体合自然也。"①苏轼的思想、个性、天分、才力与陶渊明均不相同，故模仿而能得其真髓者并不多见。朱熹也指出："东坡乃欲篇篇句句依韵而和之，虽其高才，合揍得著，似不费力，然已失其自然之趣矣。"（《答谢成之》）施补华《岘佣说诗》亦云："东坡与陶气质不类，故集中效陶、和陶诸作，真率处似之，冲漠处不及也；间用驰骤，益不相肖。"②既未得陶诗之真髓，又失却了自家"本色"。其实，这一点苏轼本人已有所觉察，他在《与王定国书》中自言：

> 近颇知养生，亦自觉薄有所得，见者皆言道貌与往日殊别，更相阔数年，索我阆风之上矣。兼画得寒林墨竹，已入神品，行草尤工，只是诗笔殊退也，不知何故。

他所从事的新诗风的创作尝试，既违背了自家"本色"，又难以达到他在理论上的要求，这就是其"诗笔殊退"的根本原因。

---

① 见元人陈秀明《东坡诗话录》卷上，明刻本。

② 施补华：《岘佣说诗》，丁福保辑《清诗话》本，上海古籍出版社1978年版，第977页。

四

以上我们就苏轼的美学追求、艺术实践及其美学理论在中国美学史上的地位等问题作了论述。为更深入地了解苏轼，应就其美学理论的哲学基础略作探讨。

苏轼的思想是以儒学为核心而兼蓄释老之学。苏辙在《亡兄子瞻端明墓志铭》中写道：

> （子瞻）初好贾谊、陆贽书，论古今治乱，不为空言。既而读《庄子》，喟然叹息曰："吾昔有见于中，口未能言，今见《庄子》，得吾心矣！"……后读释氏书，深悟实相，参之孔、墨，博辩无碍，浩然不见其涯也。

苏轼早年亦曾力陈佛，老之妄，但随着出处行藏的矛盾不断深化，他不仅逐渐接受了佛老之学，而且还强调佛老同儒学的一致。他在《祭龙井辩才文》中十分明确地说：

> 孔老异门，儒释分宫，又于其间，禅律交攻。我见大海，有北南东，江河虽殊，其至则同。

认为尽管儒、释、道异源别派，但殊途同归，并无二致。在《上清储祥宫碑》中，苏轼还进一步指明了道教与儒术的吻合。他说：

> 道家者流，本出于黄帝老子，其道以清净无为为宗，以虚明应物为用，以慈俭不争为行，合于《周易》何思何虑、《论语》仁者静寿之说。

在跋苏辙的《老子解》时，他非常肯定苏辙合三教为一的贡献，并说："使汉初有此书，则孔老为一；晋、宋间有此书，则佛老不为二。"（苏轼：《仇池笔记》卷上）足见苏轼的哲学思想，实际上是一个三教杂糅的混合体。

苏轼一生并未脱离仕途，尊主泽民的思想、开明政治的理想，以及忠肝义胆的精神，都说明儒家兼济的思想在他一生中起着支撑的作用。他那些同情人民、关心国事、干预时弊的文学作品，就都是建立在这种思想基础之上的。苏轼《题柳子厚诗》云："诗须要有为而作。……好奇务新，乃诗之病。"所谓"有为而作"，苏轼在《凫绎先生诗集叙》中作了阐释：

> 昔吾先君适京师，与卿士大夫游，归以语轼曰："自今以往，文章其日工，而道将散矣。士慕远而忽近，贵华而贱实，吾已见其兆矣。"以鲁人凫绎先生之诗文十余篇示轼曰："小子识之，后数十年，天下无复为斯文者也。"先生之诗文，皆有为而作，精悍确苦，言必中当世之过。凿凿乎如五谷必可以疗饥，断断乎如药石必可以伐病。其游谈以为高、枝词以为观美者。先生无一言焉。①

"有为而作"，就是苏洵所说诗文之"道"，其目的在于揭发当世政治的过失和社会中的种种不平，从而达到"疗饥""伐病"之功效。苏轼曾写过一首《戏足柳公权联句》诗，其序云："宋玉对楚王：'此独大王之雄风也，庶人安得而共之?'讥楚王知己而不知人也。柳公权小子，与文宗联句，有美而无箴，故足成其篇云。"其诗曰：

> 人皆苦炎热，我爱夏日长（唐文宗）。薰风自南来，殿合生微凉（柳公权）。一为居所移，苦乐永相忘。愿言均此施，清阴分四方（苏轼补句）。

苏轼的意图十分明确，写诗就要充分发挥诗歌的社会功能，有所劝诫，有补于世。而那些一味粉饰现实、阿谀奉承之作，则毫无价值。苏轼在向哲宗皇帝申述自己因诗获罪的原因时说："昔先帝召

---

① 苏轼：《凫绎先生诗集叙》，《苏轼文集》卷十，中华书局1986年版，第313页。

臣上殿，访问古今，敕臣今后遇事即言。其后臣屡论事，未蒙施行，乃复作为诗文，寓物托讽，庶几流传上达，感悟圣意。”（《乞郡劄子》）说明苏轼确是有意继承风、骚以来的传统精神，充分发挥文学的社会功能，以揭发流弊，有补于世。又其《答乔舍人启》曰：

> 某闻人才以智术为后，而以识度为先，文章以华采为末，而以体用为本。国之将兴也，贵其本而贱其末；道之将废也，取其后而弃其先。用舍之间，安危攸寄。①

“以体用为本”与“有为而作”精神完全一致。这也正是儒家兼济思想在苏轼文艺观中的反映。

然而在艺术的探索及美学的追求上，苏轼却更多地汲取了佛老的哲学思想。

首先，前文所论苏轼的美学追求，无论天工与清新、神似与远韵，或枯澹与简古，其最基本的哲学思想，无非“自然”二字。而在苏轼的哲学思想中，最高的范畴也正是“自然”或“道”。苏轼认为：“万物自生自成，故天地设位而已。”②又：“是万物之盛衰于四时之间者也，皆其自然，莫或使之。”③苏轼所反复强调的“文理自然”“自然之数”“自然绝人之姿”，以及“天工”“天巧”“化工”等等，就都是这种“自然”或“道”的体现。我们发现，苏轼曾反复以水喻诗文的自然之理，如评谢民师的诗文：“如行云流水”；赞美僧辩才的诗：“如风吹水，自成文理”；自评其文：“如万斛泉源，不择地而出”等等。而在苏轼的哲学思想中，水既是“自然”或“道”的派生物，同时又是它的体现。他说：

> 阴阳一交而生物，其始为水。水者，有无之际也，始离于无而入于有矣。老子识之，故其言曰：“上善若水”，又曰：“水几于道”。圣人之德虽可以名言，而不囿于一物，若水之无常

① 苏轼：《答乔舍人启》，载《苏轼文集》卷四七，中华书局1986年版，第1363页。

② 苏轼：《东坡易传》卷八，明刻朱墨套印本。

③ 苏轼：《东坡易传》卷八，明刻朱墨套印本。

形，此善之上者，几于道矣，而非道也。若夫水之未生，阴阳之未交，廓然无一物而不可谓之无有，此真道之似也。[①]

又说：

阴阳之相化，天一为水，六者其壮而一其稚也。夫物老死于坤而萌芽于复，故水者物之终始也。意水之在人也，如山川之蓄云，草木之含滋，漠然无形而为往来之气也。为气者水之生，而有形者其死也。[②]

又说：

天下之至信者，唯水而已。江河之大，与海之深兮，可以意揣。唯其不自为形，而因物以赋形，是故千变万化，而有必然之理。[③]

苏辙对此也作过解释，其《老子解·上善若水章第八》云："盖道运而为善，犹气运而生水也，故曰：'上善若水'，二者皆自无而始成形，故其理同，道无所不在，无所不利，而水亦然，然而既已丽于形，则于道有间矣，故曰：'几于道矣'。"[④]实际上，无论是苏轼或苏辙，其所言"道"，既有老庄之"道"的内涵，又有释教"佛性"的成分。那么，苏轼所追求的自然之美，那种如水之"随物赋形"、大工清新、自然平淡等等，实际上就是以他最理想的、至高无上的"道"或"自然"作为他美学追求的最高准则。苏轼在《祭欧阳文忠公文》中所说"吾所谓文，必与道俱"的观点，在这里得到了解释。可以说，苏轼的美学追求，正是他哲学思想的体现。

在苏轼的同时和以后，有不少文艺理论家也同样采取以水喻文的方法来评价苏轼的诗文，并明确指出苏轼的文学创作与佛学之间

① 苏轼：《东坡易传》卷七，明刻朱墨套印本。

② 苏轼：《天庆观乳泉赋》，《经进东坡文集事略》卷二，《四部丛刊》本。

③ 苏轼：《滟滪堆赋》，《经进东坡文集事略》卷一，《四部丛刊》本。

④ 苏辙：《道德经解》卷一，明正统《道藏》本。

的密切关系。如苏轼的方外友人释惠洪在《石门文字禅》二十七《跋东坡仇池录》中说：

东坡盖五祖戒禅师之后身，以其理通，故其文涣然如水之质，漫衍浩荡，则其波亦自然而成文。盖非语言文字也，皆理故也。自非从《般若》中来，其何以臻此？①

这是从内在的精神义理上阐明二者之间的关系。清人钱谦益指出：

吾读子瞻《司马温公行状》《富郑公神道碑》之类，平铺直叙，如万斛水银随地涌出，以为古今未有此体，茫然莫得其涯涘也。晚读《华严经》，称性而谈，浩如烟海，无所不有，无所不尽。乃喟然而叹曰：子瞻之文，其有得于此乎！②

刘熙载亦云：

滔滔汩汩说去，一转便见主意，《南华》《华严》最长于此。东坡古诗，惯用其法。③

则是从行文方式和风格特点说明二者之关系。这些都进一步说明了苏轼追求自然之美和自然之趣所具有的哲学基础。

其次，苏轼所追求的"神似"及"常理"之说，也是以其哲学思想为基础的。苏轼认为，文艺作品的传神，首先取决于艺术家能否"观物必造其质"④。"质"，在苏轼的哲学思想中，即他在《净因院画记》中所说的"常理"，在《滟滪堆赋》中所说的"必然之理"，有时苏轼亦谓之"必然之势"：

---

① 惠洪：《跋东坡仇池录》，《石门文字禅》卷二七，《四部丛刊》本。
② 钱谦益：《牧斋初学集》卷八三，《四部丛刊》本。
③ 刘熙载：《艺概笺注》，王气中笺注，贵州人民出版社1986年版，第209页。
④ 黄庭坚：《跋东坡论画》，《豫章黄先生文集》卷二七，《四部丛刊》本。

太极者，有物之先也。夫有物必有上下，有上下必有四方，有四方必有四方之间，四方之间立而八卦成矣。此必然之势，无使之然者。[①]

可见“质”或“理”，即指客观事物的自然规律和内在的本质。从美学的意义上讲，脱离了这个“质”或“理”，也就失去了审美客体的本质特征及“意思所在”。苏轼《书李伯时山庄图后》一文盛称李图为“天机之所合”，可谓有“神似”与“远韵”的佳作。究其原委，苏轼指出：

居士之在山也，不留于一物，故其神与万物交，其智与百工通。虽然，有道有艺，有道而不艺，则物虽形于心，不形于手。吾尝见居士作华严相，皆以意造，而与佛合。佛菩萨言之，居士画之，若出一人，况自画其所见者乎？[②]

认为李伯时能寂然凝虑，“神与万物交”（“观物”），因而得物之常理——“道”（“造其质”），其结果才能达神似之功与远韵之境。苏轼在这里将“天机之所合”同“意造而与佛合”等量齐观，即意味着达到了艺术的圆熟境地，亦无异于达到了佛性的上乘境界。这里虽带有一定的神秘色彩，但很明显地反映出：他所追求的“神似”与“远韵”正是建立在他的哲学思想之上的。

再次，苏轼晚年所追求的枯澹与简古的美学趣味，与他所受老庄“返朴归真”思想的影响是分不开的。老庄的返朴归真，主要表现为弃圣绝智、恬澹无为，追求原始古朴的生活方式而否定世俗。本来就谙练老庄之学的苏轼，在政治上遭遇不幸之后，对此就有了更深刻的体会。他在《醉乡记》《睡乡记》等作品中，曾以极大的热情对原始古朴的生活深致钦羡。《醉乡记》的境界是这样的：

其土旷然，无岸，无丘陵阪险。其气和平一揆，无晦明寒暑。其俗大同，无邑居聚落。其人甚精，无爱憎喜怒。吸风饮

① 苏轼:《东坡易传》卷七，明刻朱墨套印本。

② 苏轼:《书李伯时〈山庄图〉后》，载《苏轼文集》卷七〇，中华书局1986年版，第2211页。

露，不食五谷。其寝于于，其行徐徐。鸟兽鱼鳖杂居，不知有舟车器械之用。①

再看《睡乡记》的境界：

其政甚淳，其俗甚均。其土平夷广大，无东西南北，其人安恬舒适，无疾痛札疠。昏然不生七情，茫然不交万事，荡然不知天地日月。不丝不谷，佚卧而自足。不舟不车，极意而远游。冬而絺，夏而纩，不知其有寒暑。得而悲，失而喜，不知其有利害。以谓凡其所目见者皆妄也。②

都完全符合老庄返朴归真、弃圣绝智、恬澹无为的理想。在老庄那里，返朴归真的要义，即在于“恬澹无为”。《庄子·刻意》云：

澹然无极，而众美从之，此天地之道，圣人之德也。故曰：夫恬澹寂寞，虚无无为，此天地之平，而道德之质也。故曰：圣人休休焉，则平易矣，平易则恬淡矣。平易恬澹，则忧患不能入，邪气不能袭，故其德全而神不亏。

在现实生活中，苏轼又常常把这种恬澹无为的观念同儒家的独善其身、浮云富贵的思想结合起来，既可避祸全身，又表现出一种消极的抵抗污浊现实的态度。谪居期间，他扁舟草履，放浪山水间；躬耕东坡，诗酒以自娱，就都表现出这种崇尚真朴、追求澹泊自持的生活情趣。尤其是到了晚年，他列陶诗而一一追和，更集中地反映出他崇尚真朴的志趣。苏辙《追和陶渊明诗引》记苏轼之语曰：“然吾于渊明，岂独好其诗也哉？如其为人，实有感焉。渊明临终疏告俨等：‘吾少而穷苦，每以家弊，东西游走。性刚才拙，与物多忤。自量为己，必贻俗患。黾勉辞世，使汝等幼而饥寒。’渊明此语，盖实录也。吾真有此病而不早自知，半生出仕，以犯世患，此

① 苏轼：《醉乡记》，载《苏轼文集》之《苏轼佚文汇编》卷一，中华书局1986年版，第2039—2040页。

② 苏轼：《睡乡记》，载《苏轼文集》卷十一，中华书局1986年版，第372页。

所以深愧渊明，欲以晚节师范其万一也。”[①]从更深一层的意义上讲，苏轼有感于渊明和欲师范于渊明的，还是陶渊明的真朴。他说：

> 陶渊明欲仕则仕，不以求之为嫌；欲隐则隐，不以去之为高；饥则扣门而乞食，饱则鸡黍以迎客。古今贤之，贵其真也。[②]

有这种返朴归真、恬澹无为的哲学思想和人生志趣为基础，苏轼在艺术上追求“枯澹”与“简古”的美学趣味，就是十分自然的事了。

最后，苏轼反复强调的艺术创造过程中的“空静”心态，也是来源于他对佛老之学的认识。他在《送参寥师》诗中说：“欲令诗语妙，无厌空且静。静故了群动，空故纳万境。”在《赠袁陟》中说：“是身如虚空，万物皆我储”，也是同样的道理。在释道二教中，“空静”“虚空”的要义，都是达到“无我”之境而得万物之本。道家如《庄子·人间世》：“唯道集虚，虚者心斋也。”又《天道》篇：“夫虚静恬澹寂寞无为者，天地之平，而道德之至……万物之本也。……言以虚静推于天地，通于万物，此之谓天乐。”释教如《维摩经》：“是身为空，离我之所。”慧能说：“心量广大，犹如虚空。……即空，能含日月星辰、大地山河、一切草木。……性含万法之大，万法尽是自然。”（《坛经·般若第二》）而对艺术家来说，摒除杂念，保持空静的心态，正可以获得最大的思维空间以创造天工自然的艺术形象。这就是苏轼所说“神与万物交”的哲学底蕴。苏轼在《书晁补之所藏与可画竹》诗中说：“与可画竹时，见竹不见人。岂独不见人，嗒然遗其身。其身与竹化，无穷出清新。”就体现了这种“无我”与“空静”的实践。就苏轼自身而言，他不仅对此有深刻的见识，而且也同样有过切身的体验。他说：“学佛老者，本期于静而达。”（《答毕仲举书》）“期于静”的目的，既是为了自己的“洗濯”与“内省”，也是为了“虚明应物”。

谪居黄州时，苏轼在《黄州安国寺记》中自言：

① 见苏轼：《苏文忠公全集》，《东坡续集》卷三，明成化本。

② 胡仔：《苕溪渔隐丛话·前集》卷三引苏轼之语，人民文学出版社1984年版，第15页。

至黄，舍馆粗定，衣食稍给，闭门却扫，收召魂魄，退伏思念，求所以自新之方，反观从来举意动作，皆不中道，非独今之所以得罪者也。欲新其一，恐失其二。触类而求之，有不可胜悔者。于是，喟然叹曰：道不足以御气，性不足以胜习。不锄其本，而耘其末，今虽改之，后必复作。盍归诚佛僧，求一洗之？得城南精舍曰安国寺，有茂林修竹，陂池亭榭。间一二日辄往，焚香默坐，深自省察，则物我相忘，身心皆空，求罪垢所从生而不可得。一念清净，染污自落，表里悠然，无所附丽。私窃乐之。旦往而暮还者，五年于此矣。①

既然明确表示要“归诚佛僧，求一洗之”，那么他此时所克已追求的，便是“物我相忘，身心皆空”或“一念清净”的一个“新我”。这个自观内省的过程，就是苏轼“期于静”的自我体验。

从“虚明应物”的角度看，“期于静”不仅与老庄的思想密切相关，而且与苏轼的政治思想与政治理想也密切相关。“清静无为”“无为而无不为”，乃是道家哲学的核心思想，这一点苏轼十分清楚。如其《上清储祥宫碑》所说：“道家者流，本出于黄帝老子，其道以清净无为为宗，以虚明应物为用，以慈俭不争为行。”就已阐明了它的宗旨。且看苏轼的政治主张：

智者所图，贵于无迹。……惟陛下以简易为法，以清静为心，使奸无所缘而民德归厚。（《上皇帝书》）

省功不如省事，省事不如清心。（《代滕甫论西夏书》）

安静无为，固社稷长久之计。（《代张方平谏用兵书》）

君子学以辨道，道以求性。正则静，静则定，定则虚，虚则明。（《江子静字序》）

古之圣人将有为也，必先处晦而观明，处静而观动，则万物之情毕陈于前。不过数年，自然知利害之真，识邪正之实，然后应物而作，故作无不成。……若人主常静而无心，天下孰

① 苏轼：《黄州安国寺记》，载《苏轼文集》卷十二，中华书局1986年版，第391—392页。

能欺之？（《朝辞赴定州论事状》）

这几段话与《老子》第十六、三十七、四十五、五十七诸章及《庄子》的《人间世》《天道》《庚桑楚》诸篇所论“虚明应物”之语，意思相同。总之，苏轼所强调的艺术创作中的“空静”心态，正是基于他对佛老之学的认识；其中既包括他在“自省”时对佛教教义的汲取与体验，也包括他在政治主张上对道家哲学的信奉。

［原载袁行霈主编：《国学研究》（第二卷），孟二冬、丁放撰，北京大学出版社1994年版］

试论宋代理学家的诗学理论

宋代理学家的诗歌创作和诗论具有特殊的风貌。可以说，在中国历史上，没有哪一个诗派像他们那样，将诗歌与哲学如此紧密地联系在一起，从而使诗学成为哲学的附庸。

《四库全书总目·击壤集提要》对邵雍及宋代理学家诗歌的特点作了相当精彩地描述：

> 案自班固作《咏史》诗，始兆论宗。东方朔作《诫子诗》，始涉理路。沿及北宋，鄙唐人之不知道，于是以论理为本，以修词为末，而诗格于是乎大变。此集其尤著者也。朱国桢《涌幢小品》曰："佛语衍为寒山诗，儒语衍为《击壤集》，此圣人平易近人，觉世唤醒之妙用。"是亦一说。然北宋自嘉祐以前，厌五季佻薄之弊，事事反朴还淳。其人品率以光明豁达为宗，其文章亦以平实坦易为主。故一时作者，往往衍长庆余风，王禹偁诗所谓"本与乐天为后进，敢期杜甫是前身"者是也。邵子之诗，其源亦出白居易，而晚年绝意世事，不复以文字为长。意欲所言，自抒胸臆，原脱然于诗法之外。毁之者务以声律绳之，固所谓谬伤海鸟、横斥山木；誉之者以为风雅正传。……亦为刻画无盐，唐突西子，失邵子之所以为诗矣。[①]

这段话说邵雍的诗有三个特点：一是在诗中说儒家的"理"，二是不受诗法、诗律的束缚，三是诗风平实坦易。宋代理学派诗人的作品，大都具有以上特点。他们的诗学理论家，也根据上述三点来衡量古今的诗作。

---

① 《四库全书总目》卷一五三，中华书局1965年版，第1322页。

从总的倾向看，理学家们对诗歌等文艺作品是轻视的。但依据轻视程度的不同，又可区分为两派。一派从根本上反对作诗，摈斥诗歌的作用；另一派不反对作诗，其中有些人诗作得还不错。可是他们对诗歌的范围与作用限制过狭，同时又提出一些颇有价值的见解。

前一派以北宋理学大师程颐（伊川）为代表，他说如今学术有三："一曰文章之学，二曰训诂之学，三曰儒者之学。欲趋道，舍儒者之学不可。"（《二程遗书》卷十八）对"文章"与"训诂"皆加以排斥。最极端的例子是有人问他"诗可学否?"他竟然如此回答：

> 王子真会寄药来，某无以答他。某素不作诗，亦非是禁止不作，但不欲为此闲言语。且如今言能诗无如杜甫。如云："穿花蛱蝶深深见，点水蜻蜓款款飞"，如此闲言语，道出作甚？某所以不尝作诗。①

伊川认为作诗是件麻烦事，会妨碍静心修"道"，并且认为即如杜甫这样的大诗人，写出来的也不过是些"闲言语"，所以他郑重声明"某素不作诗"。

与"作诗妨事"说相联系，伊川提出"作文害道"说。他说《六经》之类儒家经典，是圣人抒发胸中所蕴，并非有意为文，更非"词章"之文。相传张旭见担夫与公主争道而顿悟书法，伊川肯定其悟性。又说："然可惜张旭留心于书，若移此心于道，何所不至?"（《二程遗书》卷十八）实际上是以书法艺术为"小道""末技"。

持类似观点的，还有南宋理学家杨简（"心学派"创始人，陆九渊的弟子，世称慈湖先生）。他为学主"心即是道"，以明心为修养之本，而"文词为学道之蠹"，三代之后的诗文"只可谓之巧言，非文章"，因而不遗余力地进行排斥。他反对作诗讲究技巧，批评杜甫"语不惊人死不休"、韩愈"唯陈言之务去"等话是"不近道"②。

杨简还说诗文是"放逸于恶"，"明君良臣，知治乱之岐于是乎

① 见《二程遗书》卷十八，文渊阁《四库全书》本。

② 杨简：《慈湖遗书》,民国《四明丛书》本，卷十五。

分。则乌得不戮力划剔文士墨客滋蔓之邪说，而无使启乱也”[①]。对于“唯陈言之务去”，“文章切忌随人后”等“好异”之说，他更主张“痛革”之。视诗文为洪水猛兽，必欲除之而后快，这种观点确实是罕见的。杨简的《偶作》等论诗的七绝，意见同样偏颇：“雪月风花总不知，雕奇镂巧学支离。四时多少闲光景，无个闲人领略伊。”（十四）反对在诗中写风花雪月等“闲光景”。他甚至号召人们不要学李杜：“勿学唐人李杜痴，作诗唯作古人诗。世传李杜文章伯，问着《关雎》恐不知。”（十五）最后，慈湖干脆警告世人不要堕入诗的陷阱：“诗痴正自不烦攻，只为英才辄堕中。今日已成风俗后，后生个个入樊笼”（十六）。[②]

此派的论调显然是相当保守落后的，他们从根本上否定诗歌存在的价值，必欲除之而后快，其态度比孔、孟以来儒家的“诗教说”还要退步，这就无怪乎他们的主张不为广大士大夫所接受。因此，另外一派的理学家就采取了迂回战术。不但不反对别人作诗，他们自己也作，如朱熹就是创作和诗论“双修”的著名人物。不过，归根结底，他们认为作诗的目的还是宣传“道”，要在诗中讲“性命之学”“正心诚意”“格物致知”[③]那一套理论，否则就不是好诗。这好比上古时治水，前一派用的是鲧的“阻塞”之法，结果归于失败；后一派用的是大禹的“疏导”之法，终于取得相当的成功。

“疏导派”以邵雍、朱熹为代表，陆九渊、魏了翁、真德秀等人亦为同道。

邵雍的《伊川击壤集序》，是一篇较有诗学理论意义的文章。其主要论点有二：

第一，认为诗歌应反映兴废治乱等有关国计民生的大事，而不能歌咏个人的贫富贵贱，要有“垂训”后世的作用：

> 且情有七，其要在二，二谓身也、时也。谓身则一身之休戚也，谓时则一时之否泰也。一身之休戚，则不过贫富贵贱而已；一时之否泰，则在夫兴废治乱者焉。是以仲尼删《诗》，十

① 杨简：《慈湖遗书》，民国《四明丛书》本，卷十五。

② 杨简：《慈湖遗书》，民国《四明丛书》本，卷六。

③ 均为宋明理学中重要哲学范畴。

去其九。诸侯千有余国，《风》取十五。西周十有二王，《雅》取其六。盖垂训之导，善恶明著者存焉耳。①

邵雍主张诗要反映“一时之否泰”，有“垂训之导”，能够“惩恶扬善”，这基本上还囿于儒家的旧说，他反对在诗中写“一身之休戚”。基于这一观点，他对“近世诗人”深致不满：“近世诗人，穷戚则职于怨憝，荣达则专于淫佚。身之休戚，发于喜怒，时之否泰，出于爱恶。殊不以天下大义而为言者，故其诗大率溺于情好也。”这段话一方面是继续批评“近世诗人”过分注重个人的穷通得失，不能“以家观家，以国观国，以天下观天下”②，另一方面指责他们沉溺于个人的感情之中。

第二，认为作诗要不动声色，不为感情所累。他自述创作时的精神状态云：

……盖其间情累都忘去尔。所未忘者，独有诗在焉。然而虽曰未忘，其实亦若忘之矣。何者？谓其所作异乎人之所作也。所作不限声律，不沿爱恶，不立固必，不希名誉，如鉴之应形，如钟之应声。其或经道之余，因闲观时，因静照物，因时起志，因物寓言，因志发咏，因言成诗，因咏成声，因诗成音。是故哀而未尝伤，乐而未尝淫。虽曰吟咏情性，曾何累于性情哉！③

邵康节在这里讲“乐而不淫”，“哀而不伤”，自然脱胎于传统的“诗教"，而大谈忘却情累，则是他本人世界观的产物。他的哲学中有一个重要概念是“观物”，邵雍《皇极经世·观物外篇》云：“以物观物，性也；以我观物，情也。性公而明，情偏而暗。”要做到“以物观物”，就必须“无我”，要依靠直观顿悟、

① 邵雍：《伊川击壤集序》，吕祖谦《皇朝文鉴》卷八七，《四部丛刊》本。

② 邵雍：《伊川击壤集序》，吕祖谦《皇朝文鉴》卷八七，《四部丛刊》本。“近世诗人”，罗根泽先生认为不是指“西昆体”诗人，而是指欧阳修、苏舜钦、梅尧臣诸人(参罗著《中国文学批评史》三，第72页)，证据似嫌不足。

③ 邵雍：《伊川击壤集序》，吕祖谦《皇朝文鉴》卷八七，《四部丛刊》本。

"顺理而无为"，这种思想颇为接近禅宗的直观主义[①]。他上面一段话，正是"观物"说在其诗歌创作中的实际运用。魏了翁说邵雍的诗"凡立乎吾前皇王帝霸之兴替，春秋冬夏之代谢，阴阳五行之运化，风云月露之霁曀，山川草木之荣悴，唯意所驱，周流贯彻，融液摆落。盖左右逢原，略无毫发凝滞倚著之意。"并因此称誉邵雍为"风流人豪"[②]，认为康节的诗能通于王霸兴废与天地造化之机，这也是邵氏"观物""顺理"的结果。他的诗如《题黄河》："谁言为利多于害，我谓长浑未始清。西自昆仑东至海，其间多少不平声。"这是反映国计民生类的典型，语言朴实，接近口语，思想进步而不落入"理障"。《安乐窝中诗一编》则是其在淡泊自然的描写中见出"天理"的作品，这种诗在"理学派"诗人中是最为常见的。

朱熹是宋代理学家诗论的集大成者，对于诗歌的创作和欣赏，发表了许多见解，这些意见主要见于他的《诗集传》《楚辞集注》和《朱子语类》等著作中。他又是理学家中较出色的诗人，清人李重华认为朱子的诗可比陆放翁，系"南宋一大家"。[③]朱熹的诗论多针对当时诗坛创作实际而发，这与他的诗人身份不无关系[④]。朱熹的诗学观点有以下几点值得重视：

首先，诗要能"言志""明理"，否则就不是好作品。

朱熹《答杨宋卿书》一文，将此点说得十分明白：

> 某闻诗者，志之所之，在心为志，发言为诗。然则诗者，岂复有工拙哉？亦视其志之所向者高下如何耳。是以古之君子，德足以求其志，必出于高明纯一之地，其于诗固不学而能之。至于格律之精粗，用韵、属对、比事、遣词之善否，今以魏晋以前诸贤之作考之，盖未有用意于其间者，而况于古诗之流乎！近世作者，乃始留情于此，故诗有工拙之论，而葩藻之

① 参阅侯外庐等主编《中国思想通史》第4卷上册，第十章第三节，第521—523页。

② 魏了翁：《邵氏击壤集序》，《重校鹤山先生大全文集》卷五二，《四部丛刊》本。

③ 李重华：《贞一斋诗说》，载丁福保辑：《清诗话》，上海古籍出版社1978年版，第927页。

④ 隆兴三年，工部侍郎胡铨将朱熹以诗人身份推荐给皇帝，朱熹以未终丧辞。(事见《宋史》卷四二九《道学》三。)

词胜，言志之功隐矣。①

他认为只要“志”（指理学修养）高尚，即使不学，也会作出好诗；只要诗中有“高明纯一”之志，就无须讲究诗的格律、用韵、属对、比事、遣词等技巧。反之，近世作者，诗虽作得穷极工巧，“葩藻之词胜，言志之功隐矣”，文采越好，“言志”的功用越差。这里将理学的作用无限夸大了，对文艺的藐视显而易见。他还说只有虚静明理才能作出好诗，举世之人都拼命作诗却作不好，“这个只是心里闹，不虚静之故。……虽百工技艺做得精者，也是他心虚理明，所以做得来精。心里闹，如何见得？”②他说“今人不去讲义理，只去学诗文，已落第二义”。③在文与道的关系上，朱子反对韩愈、柳宗元的“以文明道”说，李汉的“文以贯道”说，欧阳修、苏轼的“文与道俱”说，他主张“这文皆是从道中流出，岂有文反能贯道之理？”④“道者文之根本，文者道之枝叶，唯其根本乎道，所以发之于文，皆道也。三代圣贤文章皆从此心写出，文便是道。”⑤他的《斋居感兴》诗序云：“余读陈子昂《感寓》诗，爱其词旨幽邃，音节豪宕，非当世词人所及。……然亦恨其不精于理，而自托于仙佛之间以为高也。”⑥朱子颇有诗才，是“道学中之最活泼者”。⑦他的一些小诗常常从偶然闲适生活的吟咏中见出“道理”，并且富有生机而不枯燥乏味，如：“等闲识得春风面，万紫千红总是春。”（《春日》）“问渠那得清如许，为有源头活水来。”“向来枉费推移力，此日中流自在行。”（《观书有感二首》）都能深入浅出，以小见大而又诗意盎然。创作上的实绩，也为他“重道轻文”的诗论提供了某些事实依据。

其次，主张自然，反对雕琢；推崇古诗，轻视律诗。他曾将古今之诗分为三等，并且认为愈古愈好。

① 朱熹：《答杨宋卿》，《晦庵先生朱文公大全集》卷三九，《四部丛刊》本。
② 朱熹：《朱子语类》卷一四〇，中华书局1986年版，第3333页。
③ 朱熹：《朱子语类》卷一四〇，中华书局1986年版，第3334页。
④ 朱熹：《朱子语类》卷一三九，中华书局1986年版，第3306页。
⑤ 朱熹：《朱子语类》卷一三九，中华书局1986年版，第3319页。
⑥ 厉鹗：《宋诗纪事》卷四八，上海古籍出版社1983年版，第1212页。
⑦ 陈衍：《宋诗精华录》卷三，江西人民出版社1984年版，第169页。

第一等诗指从上古歌谣、《诗经》《楚辞》到汉乐府、魏晋诗。在他心目中，这些作品是诗歌创作的楷模，他说《诗经》是“人事浃于下，天道备于上，而无一理之不具也”。[①]又说“如《离骚》，初无奇字，只恁说将去自是好”[②]，“古诗须看西晋以前，如乐府诸作皆佳”[③]。他很喜欢陶渊明诗：“渊明诗平淡出于自然，后人学他平淡，便相去远矣。”“若但以诗言之，则渊明所以为高，正在其超然自得，不费安排处。”（《答谢成之》）朱子所许的“第一等诗”的好处，只用“超然自得，不费安排”八字，即可概括无遗。

第二等诗包括从东晋到唐初。对这一阶段，他颇有微词：“东晋诗已不逮前人，齐、梁益浮薄。”“齐、梁间之诗，读之，使人四肢皆懒慢不收拾。”（《朱子语类·论文下》）

第三等诗即唐末诗（以律诗为主），是他批评的主要对象，其矛头主要指向从杜甫、李贺到苏轼、黄庭坚这一路讲究诗歌格律技巧的诗人。

杜甫的诗名，中唐以后即如日中天，朱子却多次批评他：一则曰：“杜甫夔州以前诗佳，夔州以后，自出规模，不可学。”二则曰：“杜子美晚年诗，都不可晓。吕居仁尝言：‘诗字字要响，其晚年诗都哑了。’”三则曰：“人多说杜子美夔州诗好，此不可晓。鲁直一时固有所见，今人只见鲁直说好，便却说好，如矮人看戏耳。”他批评李贺诗“怪些子，不如太白自在”。又曰：“贺诗巧。”[④]

由引文可见，朱子不满于杜甫的，主要是夔州以后的诗，而那时正是杜甫“晚节渐于诗律细”的时期，他一生的大部分律诗均作于此时，他对苏、黄等人影响最大的，也正是律诗。老杜得以成为江西诗派顶礼膜拜的对象，主要原因亦在于此。由此可见，朱子批评杜甫的主要目的，是为了批评苏、黄与江西诗派的诗风，并非专对老杜而言。至于他指责李贺诗怪、巧，一针见血，显示出他对诗歌艺术的精湛见解。对唐宋诗，他并不是一笔抹杀，他很喜欢李白的诗。中唐韦应物、柳宗元的诗，也颇得朱子赞赏。朱子欣赏李、

---

① 朱熹：《诗集传·序》，《晦庵先生朱文公大全集》卷七六，《四部丛刊》本。

② 朱熹：《朱子语类》卷一三九，中华书局1986年版，第3299页。

③ 朱熹：《朱子语类》卷一四〇，中华书局1986年版，第3324页。

④ 本段引文见朱熹：《朱子语类》卷一四〇，中华书局1986年版，第3324—3328页。

杜、韦、柳之诗，重在“萧散”“冲淡”之趣（至于他列举的李、杜那些诗篇，是否真有“萧散之趣”，“尘外之思”，则是另一问题），这种意趣高远、风怀澄淡的古诗或短小的律诗，与朱子及理学诗的兴趣、风格有某种相近之处，所以他才引为同调。朱子还称许过唐玄宗、卢仝、石延年、陈师道、张耒诸人之诗，则重在肯定他们的笔力与气象，这反映了朱子欣赏阳刚之美的审美情趣。这些，在他的诗学体系中都有较强的理论意义与现实意义。

再次，认为作诗枉费工夫。这一点与程颐、杨简等人的观点相通，而语气较为缓和。

朱熹《答谢成之书》云：“诸诗亦佳，但此等亦是枉费工夫，不切自己底事。若论为学，治己治人，有多少事？至如天文地理、礼乐制度、军旅刑法，皆是着实有用之事业，无非自己本分内事。古人六艺之教，所以游其心者，正在于此。其与玩意于空言，以较工拙于篇牍之间者，其损益相万万矣。”（朱熹《晦庵集》卷五十八）注重人伦日用之道，鄙诗歌为“空言”，就是这段话的大旨。

除以上三点之外，朱子论诗还常有一些吉光片羽式的意见。如说《诗经》国风部分：“多出于里巷歌谣之作，所谓男女相与咏歌，各言其情者也”。[①]破除了《诗序》以来的种种谬说。他对陶渊明诗也有非常深刻的见解：“陶渊明诗，人皆说是平淡，据某看，他自豪放，但豪放得来不觉耳。其露出本相者，是《咏荆轲》一篇。平淡底人，如何说得这样言语出来。”[②]对词的起源问题，朱子也提出了新说：“古乐府只是诗，中间却添许多泛声。后来人怕失了那泛声，逐一声添个实字，遂成长短句，今曲子便是。”[③]类似的精彩意见还有一些，无法一一列举。

总之，朱熹的诗学理论是宋代理学家诗论中最有价值的，他的观点比程颐、杨简一派的人要平和公允，比和他观点相近的邵雍要全面深刻。

朱熹论诗强调“言志”“明理”，是程、朱理学“读书穷理”，“居敬持志”之论在诗学中的反映。它一方面体现了儒家诗论的狭

① 朱熹：《诗集传·序》，《晦庵先生朱文公大全集》卷七六，《四部丛刊》本。

② 朱熹：《朱子语类》卷一四〇，中华书局1986年版，第3325页。

③ 朱熹：《朱子语类》卷一四〇，中华书局1986年版，第3333页。

隘性，另一方面对那些吟风弄月之作又有所匡正。他强调自然，反对雕琢，颇有现实意义。他将诗分为三等，具有文学退化论的倾向，而他对“近世诸公”的批评又是很有见地的，与张戒及严羽等反对江西诗派的观点有相通之处。他论诗的许多真知灼见值得我们珍视，其保守的一面（如说作诗“枉费工夫”）则应予以扬弃。

心学派的创始人陆九渊（字子静，号存斋，世称象山先生）和与其学风相近的魏了翁（字华父，世称鹤山先生）一样，也持重道轻文之说，具体观点与朱子又有所不同。

陆九渊对朱子不甚满意的黄庭坚和江西诗派评价甚高，认为黄庭坚等人的诗可以上接《诗》《骚》、陶、杜，为宇宙之奇观，《与程帅书》略云：

> 自此以来，作者相望，至豫章（丁按：即黄庭坚）而益大肆其力，包含欲无外，搜抉欲无秘，体制通古今，思致极幽眇，贯穿驰骋，工力精到。一时如陈、徐、韩、吕，三洪、二谢之流，翕然宗之，由是江西遂以诗社名天下。虽未极古之源委，而其植立不凡，斯亦宇宙之奇诡也。[①]

陆九渊论诗推挹《诗》《骚》、陶、杜，鄙薄汉赋与六朝诗，颇合儒家正统。他称赞黄山谷诗重在其内容丰富（包含欲无外），描写入微（搜抉欲无秘），体裁多样（体制通古今），思想深刻（思致极幽眇），以及“贯穿驰骋”的气魄与工力。虽有过誉之词，但对山谷诗内容和艺术的把握，大致还是允当的。以一理学大师有如此见识，自属难能可贵。

魏了翁在《黄太史文集序》中论苏、黄诗，重在道德人品：“二苏公（苏轼、苏辙）以词章擅天下，其时如黄、陈、张诸贤，亦皆有闻于时，人孰不曰此词人之杰也。是恶知苏氏以正学直道，周旋于熙、丰、祐、圣间，虽见愠于小人，而亦不苟同于君子。盖视世之富贵利达，曾不足以易其守者，其为可传，将不在兹乎？”[②]魏鹤

① 陆九渊：《与程帅书》，《象山先生集》卷八，《四部丛刊》本。

② 魏了翁：《黄太史文集序》，《重校鹤山先生大全集》卷五三，《四部丛刊》本。

山在同一篇文章中指出：山谷诗的成功在于诗外工夫——不幸遭遇的磨炼与道德的积蓄；其诗的长处在于简远、冲淡、发抒天机，“乐而不淫，怨不及怼”，对山谷诗的艺术成就则只字未提。[①]

象山、鹤山二先生肯定山谷的诗，并非醉心于其诗歌艺术，而是看见黄诗中的“道”。理学家李公择是山谷的舅父，《宋元学案》卷十九列黄庭坚为“公择门人”。王梓材案曰：“先生（指黄庭坚）虽称苏门学士，然考其学行，实本之李公择……又案先生尝受学于范华阳。”[②]王案甚是，钱锺书先生曾敏锐地指出：“山谷已常作道学语，如‘孔孟行世日杲杲’、‘窥见伏羲心’、‘圣处工夫’，‘圣处策勋’之类，屡见篇什。汪圣锡《文定集》卷十一《书张士节字序》称山谷‘信道之笃’，又《跋山谷帖》谓其‘诲人必以规矩，非特为说诗而发’。黄东发《黄氏日抄》卷六十五云：‘今愚熟考其书，晚年自列其文，则欲以合于周孔者为内集，不合于周孔者为外集。方苏门与程子学术不同，其徒互相攻诋，独涪翁超然其间，无一语党同，岂苏门一时诸人可望哉。’”[③]象山、鹤山见出山谷诗中的“道”，所以对之青眼有加。朱子没看到此点，所以斥之为“巧”“费安排”。一褒一贬，外表虽异，实质上都是以道德、性理为第一位，以文辞为末事。

与魏鹤山同岁而齐名的真德秀（字景元，后改希元，世称西山先生），为学继承朱熹，是南宋理学的后劲。他曾选编过一部《文章正宗》，分辞命、议论、叙事、诗赋四类，录《左传》《国语》以至唐末之作，强调“源流之正”，入选作品必须“其体本乎古，其指近乎经”，“否则辞虽工亦不录”。（真德秀《文章正宗纲目》，《西山真文忠公全集》卷首）顾炎武《日知录》批评云：“真希元《文章正宗》所选诗，一扫千古之陋，归之正旨。然病其以理为宗，不得诗人之趣……必以坊淫正俗之旨严为绳削，虽矫昭明之枉，恐失国风之义。六代浮华固当芟落，使徐、庾不得为人，陈、隋不得为代，无乃太甚，岂非执理之过乎。”[④]所论至为平允，深中西山之失。故

①魏了翁：《黄太史文集序》，《重校鹤山先生大全集》卷五三，《四部丛刊》本。

②《吕范诸儒学案》，载黄宗羲：《宋元学案》卷十九，中华书局1986年版，第810页。

③钱锺书：《谈艺录》，中华书局1984年版，第405页。

④顾炎武：《日知录》卷三，清道光刻本。

《四库提要》云："德秀虽号名儒，其说亦卓然成理。而四五百年以来，自讲学家以外，未有尊而用之者，岂非不近人情之事，终不能强行于天下欤?"[①]能击中真氏要害。西山所选诗歌，一依朱子"诗分三等"之说，而去取更为严苛，如不选宋诗，不录律诗，以明义理、忘宠辱、去鄙吝，体现君臣大义为主。(《文章正宗纲目·诗赋》)可以说是朱熹诗学的进一步发展，也是宋代"重道轻文"诗学的集中体现。

理学家诗论的总体倾向是重道轻文，但程度有所不同。程颐、杨简等全盘否定诗歌的作用；朱、陆等人则是有选择的肯定。虽然理学家内部有分歧，但在诗应讲"理"、主张自然，轻视技巧、鄙视声律、推崇古诗这几点上，他们的态度是一致的。在他们的倡导和身体力行之下，宋代理学诗呈现出这样一副面貌：以理入诗，成功者诗中具有"理趣"。沈德潜《国朝诗别裁集·凡例》云："诗不能离理，然贵有理趣，不贵下理语"，说得很好。钱锺书先生说诗中理趣应当是"不泛说理，而状物态以明理；不空言道，而写器用之载道。拈形而下者，以明形而上，使寥廓无象者，托物以起兴；恍惚无朕者，著述而如见。"[②]所论极为明晰透彻。诗中表现理趣者，如前引朱熹诸诗，再如程颢、朱熹盛赞的石曼卿诗"乐意相关禽对语，生香不断树交花"，张九成《横浦心传录》卷上曰："读子美'野色更无山隔断，天光直与水相通。'凡悟一道理透彻处，往往境界皆如此也。"[③]另如明道的《秋日偶成》"道通天地有形外，思入风云变态中"，都是诗中理趣的著例。这类诗往往寓意深刻而生机活泼，宋代理学诗人有意为之，遂为中国诗歌宝库增加一种特殊的风味。以理入诗的失败者，往往以枯燥的道学语录入诗，照刘克庄的说法，就是"语录讲义之押韵者"。[④]南宋人金履祥将理学家的诗选了一部《濂洛风雅》，其中作品，多为意境平庸、淡乎寡味之作。对于这类诗，谢在杭《小草斋诗话》针砭最为痛切："作诗第一对病是道学。何

---

① 《四库全书总目》卷一八七，中华书局年1983年版，第1699页。

② 钱锺书:《谈艺录》，中华书局1984年版，第228页。

③ 转引自钱锺书:《谈艺录》，中华书局1984年版，第228页。

④ 刘克庄:《恕斋诗存稿》，《后村大全集》卷一一一，《四部丛刊》本。

者？酒色放荡，礼法所禁，一也；意象空虚，不踏实地，二也；颠倒议论，非圣非法，三也；议论杳渺，半不可解，四也；触景偶发，非有指譬，五也。宋时道学诸公，诗无一佳者。”①《濂洛风雅》迂腐乏味的理语诗，洵为诗中糟粕，谢氏所论甚确。

［原载《安徽大学学报》（哲学社会科学版）1992年第1期，丁放、孟二冬撰］

① 郑方坤(荔乡)《全闽诗话》卷四引，(此据《谈艺录》第548页转引)。

王若虚对金代诗学的贡献

公元十二世纪初崛起于白山黑水间的金源王国，在以武立国的同时，又特重文化，其诗歌创作与诗学理论，均取得了较高的成就。

金代文学的发展，可分为两个阶段。刘祁《归潜志》说：

> 明昌、承安间，作诗者尚尖新，故张翥仲扬，由布衣有名召用，其诗大抵皆浮艳语。……南渡后文风一变，文多学奇古，诗多学风雅，由赵闲闲、李屏山倡之。屏山幼无师传，为文下笔，便喜左氏、庄周，故能一扫辽宋余习。而雷希颜、宋飞卿诸人皆作古文，故复往往相效法，不作浅弱语。赵闲闲晚年诗多法唐人李、杜诸公，然未尝语于人。已而麻知几、李长源、元裕之辈鼎出，故后进作诗者争以唐人为法也。①

这段话概括了金代诗歌创作的分期及其特点：第一阶段是金朝明昌、承安（1190—1200）至南渡黄河迁都南京（今开封市），诗“尚尖新”，多“浮艳”；第二阶段指金南渡后至亡国前约二十年，此时赵秉文、李纯甫领袖文坛。赵倡风雅，诗宗李杜，在当时影响尤大，麻知几、李长源（汾）、元裕之（好问）诗皆学赵秉文，代表着金朝诗学的主流与正宗。

金代诗学的发展，与诗歌创作是同步前进的。在“尚尖新”的第一阶段，诗学上也无足称述。第二阶段诗学的核心之一，是赵秉文与李纯甫之间的对立与论争。论争的产生，与他们所处时代的文化精神，当时的文风以及二人不同的性格有关。

金朝虽重文化，但思想上并不像南宋那样独尊理学。由于南北

① 刘祁：《归潜志》卷八，文渊阁《四库全书》本。

阻隔，南宋理学对金朝文化影响不大，而北宋以苏轼为代表的“文士之学”[①]却风靡金国，故明人彭汝寔说：“宋金分疆，程学行于南，苏学行于北”[②]。金初吴激、蔡松年等人皆为文士，不以儒学见长。贞祐、正大间，赵秉文以大臣主盟文坛，李纯甫门下多士，文风于此时大盛。二人于诗文之外，兼擅学术，却非纯粹儒家。赵“上至六经解，外及浮屠、庄老、医药、丹诀无不究心”[③]，李纯甫“晚自类其文，凡论性理及关佛、老二家者，号内稿，其余应物文字如碑志诗赋，号外稿”[④]。他们这种兼收并蓄的思想，在很大程度上来源于苏轼的“文士之学”。因此，他们的思想基础大致相同，创作与诗论，则呈现同中有异、以异为主的现象。赵氏“性疏旷，无机凿。治民镇静，不生事。在朝循循无异言，家居未尝有声色之娱”[⑤]。李纯甫性格偏激，使酒玩世，自赞：“躯干短小而芥视九州，形容寝陋而蚁虱公侯，言语蹇吃而连环可解，笔札讹痴而挽回万牛。宁为时所弃，不为名所囚，是何人耶？吾所学者，净名（指佛典）、庄周”[⑥]，颇有《世说新语》中的名士风流。赵、李诗学的异同，当与以上因素有关。

先看其同。他们都反对以“尖新”为特征的诗文风格，赵秉文说党怀英：“文似欧阳公，不为尖新奇险之语；诗似陶谢，奄有魏晋。”[⑦]李纯甫则说：“李义山喜用僻事，下奇字，晚唐人多效之，号‘西昆体’，殊无典雅浑厚之气，反詈杜少陵为‘村夫子’。”[⑧]《归潜志》以“尖新”与“浮艳”对举，可见赵氏批评的“尖新奇险”，就是李氏指责的“西昆体”。赵、李二人一在朝，一在野，都志在风雅，以江西派诗法“以故为新、以俗为雅”作为诗之高

---

① 程颢把北宋的学术分为三派，“一曰文章之学，二曰训诂之学，三曰儒者之学”(见《河南程氏遗书》卷十八)，其中“文章之学”，指以苏轼为代表的文士之学，又叫“苏学”。

② 彭汝寔语，见其《中州乐府序》。

③ 刘祁：《归潜志》卷一，中华书局1983年版，第6页。

④ 刘祁：《归潜志》卷一，中华书局1983年版，第7页。

⑤ 刘祁：《归潜志》卷一，中华书局1983年版，第5页。

⑥ 刘祁：《归潜志》卷一，中华书局1983年版，第7页。

⑦ 赵秉文：《翰林学士承旨文献党公碑》，《闲闲老人滏水集》卷十一，《四部丛刊》本。

⑧ 《刘西岩汲小传》引李纯甫序文语，见元好问：《中州集》卷二，中华书局1959年版，第79页。

标[1]，皆可见赵、李诗学相通之处。

再说其异。在批评论方面，赵主张博采众长，宗苏轼；李偏重奇峭，宗黄庭坚。

赵秉文在《答李天英书》中指出了古人诗的三种风格："冲淡""峭峻"与"幽忧不平"，认为是"各得其一偏"，并云："若老杜可谓兼之矣。然杜陵知诗之为诗，未知不诗之为诗，而韩愈又以古文之浑浩溢而为诗，然后古今之变尽矣。太白词胜于理，乐天理胜于词。东坡又以太白之豪、乐天之理，合而为一，是以高视古人，然亦不能废古人。"赵秉文认为，只有才兼李白、白居易的苏轼，才是诗坛最优秀的代表。从创作上看，赵秉文的诗虽自称"晚年多法唐人李、杜诸公"，而实际上更接近白居易、苏轼一路。他这样做的目的，无非想以白乐天的平易、苏东坡的雄浑博大来矫正黄山谷及其后学（包括金朝诗人）的偏枯、奇险之病，所以，赵秉文被郝经称为"金源一代一坡仙。"（郝经《陵川集》卷九《闲闲画像》）赵氏对学卢仝、李贺险怪体的李天英诗，批评为"枭音"。李纯甫视赵秉文为丈人行，至呼为"老叔"，"然于文字间未尝假借。"[2]他的观点，主要见其《西岩集序》，其要点有二：一是说诗文的变化无"定体"，"故《三百篇》，什无定章，章无定句，句无定字，字无定音。大小长短，险易轻重，唯意所适。虽役夫室妾悲愤感激之语，与圣贤相杂而无愧，亦各言其志而已矣。"二是反对讲格律，重视创造，不满剽窃摹拟。他认为黄庭坚的诗最有创造性，说黄"天资峭拔，摆出翰墨畦径，以俗为雅，以故为新，不犯正位，如参禅着末后句为具眼。"

在创作论方面，赵、李的观点距离较大。《归潜志》记载云："屏山教后学为文欲自成一家，每曰：'当别转一路，勿随人脚跟'，故多喜奇怪。……赵闲闲教后进为诗文，则曰：'文章不可执一体，有时奇古，有时平淡，何拘。"[3]李主张自成一家，偏入奇险一路；赵主张博采众长，不拘一格。在创作上，李诗不出李贺、卢仝，晚年甚爱杨万里诗。赵晚年作诗全法唐人李、杜，也是一偏于尖仄，

① 赵秉文《答李天英书》，李纯甫《西岩集序》均推崇"以故为新，以俗为雅"。

② 刘祁：《归潜志》卷九，中华书局1983年版，第100页。

③ 刘祁：《归潜志》卷八，中华书局1983年版，第87页。

一归于正大。这种差异，最终导致互相攻讦。刘祁在《归潜志》卷八中说："李尝与余论赵文曰：'才甚高，气象甚雄，然不免有失枝堕节处，盖学东坡而不成者。'赵亦语余曰：'之纯文字只一体，诗只一向去也。又赵诗多犯古人语，一篇或有数句，此亦文章病。'屏山尝序其《闲闲集》云：'公诗往往有李太白、白乐天语，某辄能识之。'又云：'公谓男子不食人唾后[①]，当与之纯、天英作真文字。'亦阴讥云。"二人各执一词，皆非公论，均未找到"风雅"正源。

王若虚正是在这样的风气下成长起来的。他年辈晚于赵、李，深受赵秉文赏识，《中州集》说赵"于经学，议论许王从之"（作者按：从之为王若虚字）。王若虚是金朝最有成就的学者，元好问对他极为推崇，说"（若虚）文以欧、苏为正脉，诗学白乐天，作虽不多，而颇能似之。"[②]王若虚的诗学深受赵秉文的影响，走的都是白、苏的路子。

刘祁《归潜志》就曾记载了王若虚与李纯甫门人雷渊（希颜）的争论：

> 若王，则贵议论文字有体致，不喜出奇，下字止欲如家人语言，尤以助辞为首，与屏山之纯学大不同。尝曰："之纯虽才高，好作险句怪语，无意味。"……千古以来，唯推东坡为第一人。……雷则论文尚简古，全法退之，诗亦喜韩，兼好黄鲁直新巧。（卷八）

王、雷二人在同修国史时，曾发生过激烈的冲突。王若虚的诗学体系充满论辩的意味，他继承并发展了赵秉文等人的观点，构成了一个较为严密的理论体系。王若虚的诗学观点主要见于其《滹南诗话》，在其他一些诗文中，也有零星的论述，其主要观点可归纳为三点：

第一，注重文质相符，反对雕琢过甚。

王若虚《滹南诗话》卷上说：

① "公谓男子"《四部丛刊》本及多种《中国文学批评史》皆作"生为男子"，此据《四库全书》本改。

② 元好问：《内翰王公墓表》，《遗山先生文集》卷十九，《四部丛刊》本。

> 吾舅尝论诗云："文章以意为之主，字语为之役。主强而役弱，则无使不从。世人往往骄其所役，至跋扈难制，甚者反役其主。"可谓深中其病矣。又曰："以巧为巧，其巧不足；巧拙相济，则使人不厌。唯甚巧者乃能就拙为巧，所谓游戏者。一文一质，道之中也。雕琢太甚，则伤其全；经营过深，则失其本。"……其笃实之论哉！①

王若虚援引其舅周昂的话，表示了对当时文风的不满，表明了自己的诗歌主张。他们认为文章（包括诗歌）应当"以意为之主，字语为之役"，而当时诗坛的情况却是本末倒置，"世人往往骄其所役，至跋扈难制，甚者反役其主"。因此，他们提出了救治方案，即巧拙相济，文质相符。

王若虚特别强调作诗要有真情实感。他说白居易诗"情致曲尽"，孟郊、贾岛诗"哀乐之真，发乎情性，此诗之正理也"。他批评黄庭坚诗"浑然天成，如肺肝中流出者不足也"②。联系王若虚全部诗论来看，他说的"情"并不完全是本于真性情的自然流露或自由抒发，而是与"意""志""理"的意思十分接近。正如孔颖达所说："在己为情，情动为志，情、志一也。"③王若虚把意、质等摆在第一位。但他重"质"而不轻"文"，如称苏轼诗"骏步由来不可追"④，称白居易诗"百斛明珠一一圆，丝毫无恨彻中边"，⑤他批评黄庭坚时用的"奇""妙""斩绝"与"横放"⑥，都是从艺术角度着眼的。王若虚批评欧阳修文"精洁峻健"⑦不足，赞扬苏轼"横放超迈而不失为精纯"⑧。他反对过分"雕琢""经营"，《论诗诗》批评黄庭坚及江西诗派的"险语""夺胎换骨"，批评王子端等

① 王若虚：《滹南诗话》卷上，人民文学出版社1962年版，第52页。
② 王若虚对白、孟、贾、黄的这几段评论，均见《滹南诗话》。
③ 见孔颖达《左传》昭公二十五年《正义》。
④ 王若虚：《论诗诗》，《滹南遗老集》卷四五，《四部丛刊》本。
⑤ 王若虚：《论诗诗》，《滹南遗老集》卷四五，《四部丛刊》本。
⑥ 王若虚：《滹南诗话》卷中，人民文学出版社1962年版，第72页。
⑦ 王若虚：《滹南遗老集》卷三六《文辨》，《四部丛刊》本。
⑧ 王若虚：《滹南遗老集》卷三六《文辨》，《四部丛刊》本。

人“功夫费尽”“东涂西抹斗新妍”[①]等，都是就其过分讲究形式技巧的倾向而言的。因此，重“意”而不废“文”，反对过分雕琢，是王若虚论诗的基本观点之一。与此相联系，若虚论诗还重“真”反“假”，他论“次韵”诗云：

郑厚[②]云：“魏晋以来，作诗倡和，以文寓意；近世倡和，皆次其韵，不复有真诗矣。诗之有韵，如风中之竹，石间之泉，柳上之莺，墙下之蛩，风行铎鸣，自成音响，岂容拟议！夫笑而呵呵，叹而唧唧，皆天籁也，岂有择呵呵而笑，择唧唧而叹哉！”慵夫（作者按：王若虚号慵夫）曰：郑厚此论，似乎太高，然次韵实作诗之大病也。诗道至宋人已自衰弊，而又专以此相尚。才识如东坡，亦不免波荡而从之，集中次韵者几三之一，虽穷极技巧，倾动一时，而害于天全多矣[③]。

晚唐以后，文人写作的酬唱赠答诗，形式华丽，内容浮泛，流于俗套。反复次韵，一叠再叠乃至三叠、四叠，雕章琢句，相互酬唱，感情不真实，的确是诗歌创作中的一种不良倾向。金朝之诗，此风依旧，故若虚引时贤之论，对次韵诗痛加诋诃，认为其不“真”，有损“天籁”与“天全"，甚至对自己崇拜的苏东坡也毫不留情，足见立论之公。而对于东坡纵横奔放、挥洒自如的诗风，他则予以热情地礼赞：

东坡，文中龙也。理妙万物，气吞九州，纵横奔放，若游戏然，莫可测其端倪。鲁直区区持斤斧准绳之说，随其后而与之争，至谓“未知句法”。东坡而未知句法，世岂复有诗人！而渠所谓法者，果安出哉！……鲁直欲为东坡之迈往而不能，于是高谈句律，旁出样度，务以自立而相抗，然不免居其下也。[④]

① 王若虚：《论诗诗》，《滹南遗老集》卷四五，《四部丛刊》本。

② 郑厚，宋人，王若虚所引之语，见郑氏《艺圃折中》。

③ 王若虚：《滹南诗话》卷中，人民文学出版社1962年版，第68页。

④ 王若虚：《滹南诗话》卷中，人民文学出版社1962年版，第72页。

东坡诗气盛言宜，才华横溢，往往突破旧法，不拘法度，大胆创新，其不斤斤于句法、字法者，非不能也，乃不为也。黄庭坚才华不及东坡，其诗成就居于东坡之下，王若虚说："古之诗人，虽趣尚不同，体制不一，要皆出于自得，至其辞达理顺，皆足以名家，何尝有以句法绳人者！鲁直开口论句法，此便是不及古人处。而门徒亲党，以衣钵相传，号称'法嗣'，岂诗之真理也哉！"[①]换言之，高谈句律的黄山谷与江西诗派，其根本毛病即在于无"自得"之趣，作品缺少"天籁"。王若虚云："文章自得方为贵，衣钵相传岂是真；已觉祖师低一著，纷纷法嗣复何人？"[②]对于那些徒有其表，矫揉造作的诗，他也深致不满。《滹南诗话》卷中云："罗可《雪》诗有'斜侵潘岳鬓，横上马良眉'之句，陈正敏以为信然，却是假雪耳。"

苏东坡论艺，有"论画以形似，见与儿童邻。赋诗必此诗，定非知诗人"之著名论断，王若虚对此有一段颇具会心的解说，最能表现他对艺术真伪问题的见解：

> 东坡云："论画以形似，见与儿童邻。赋诗必此诗，定非知诗人。"夫所贵于画者，为其似耳；画而不似，则如勿画。命题而赋诗，不必此诗，果为何语！然则，坡之论非欤？曰：论妙在形似之外，而非遗其形似；不窘于题，而要不失其题。如是而已耳。世之人不本其实，无得于心，而借此论以为高。画山水者，未能正作一木一石，而托云烟杳霭，谓之气象。赋诗者，茫昧僻远，按题而索之，不知所谓，乃曰格律贵尔。一有不然，则必相嗤点，以为浅易而寻常，不求是而求奇，真伪未知，而先论高下，亦自欺而已矣，岂坡公之本意也哉？[③]

在王若虚看来，真即形似，是诗、画中的基础和第一要素，因

① 王若虚：《滹南诗话》卷下，人民文学出版社1962年版，第85页。

② 王若虚：《山谷于诗每与东坡相抗门人亲党遂谓过之而今之作者，示多以为然予尝戏作四绝云》其四，《滹南遗老集》卷四五，《四部丛刊》本。

③ 王若虚：《滹南诗话》卷中，人民文学出版社1962年版，第68页。

此那些失真的作品是不足取的，但仅有形似是不够的，必须“妙论于形似之外，而非遗其形似，不窘于题，而要不失其题”，不离形似而不局限于形似，这是更高层次的真。

第二，注重“平易”，反对“奇险”。

赵秉文诗学白居易和苏轼，风格平易近人，王若虚也是“诗学白乐天”，故重视白、苏一路平易畅达之作，而反对山谷及金人的奇险诗风。若虚曾批评时人轻视白居易的倾向，他有《王子端云“近来陡觉无佳思，纵有诗成似乐天”，其小乐天甚矣。予亦尝和为四绝》组诗。王庭筠字子端，正是李纯甫一派的诗人。若虚批评他“功夫费尽漫穷年，病入膏肓不可镌。”（其一）“东涂西抹斗新妍”（其二），说他轻视白诗是“管窥天”；而赞美白诗“妙理宜人入肺肝，麻姑搔痒岂胜鞭。世间笔墨成何事，此老胸中具一天。”（其三）世人的谤伤并不能损害他的伟大：“徒渠屡受群儿谤，不害三光万古悬。”（其四）《滹南诗话》亦云：

> 乐天之诗，情致曲尽，入人肝脾，随物赋形，所在充满，殆与元气相侔。至长韵大篇，动数百千言，而顺适惬当，句句如一，无争张牵强之态。此岂拈断吟须，悲鸣口吻者之所能至哉？而世或以“浅易”轻之，盖不足与言矣。①

王若虚还认为东坡诗高于山谷，其论诗绝句，题云：“山谷于诗，每与东坡相抗，门人亲党遂谓过之。而今之作者，亦多以为然。”诗中则针对时人之论，赞扬东坡诗“骏步由来不可追”（其一），“信手拈来世已惊，三江滚滚笔头倾”，并告诫山谷后学云：“莫将险语夸勍敌，公自无劳与若争。”（其二）《滹南诗话》亦论苏、黄优劣云：

> 山谷之诗，有奇而无妙，有斩绝而无横放，铺张学问以为富，点化陈腐以为新；而浑然天成，如肺肝中流出者，不足也。此所以力追东坡而不及欤？或谓“论文者尊东坡，言诗者

① 王若虚：《滹南诗话》卷上，人民文学出版社1962年版，第58页。

右山谷”。此门生亲党之偏说，而至今词人，多以为口实，同者袭其迹而不知返，异者畏其名而不敢非。善乎吾舅周君之论也。曰：“宋之文章至鲁直，已是偏仄处。陈后山而后，不胜其弊矣。”①

《滹南诗话》（卷下）又批评山谷诗“令人骇愕”“奇峭”“牵强可笑”。“诗语徒雕刻，而殊无意味”。王若虚说：“诗人之语，诡谲寄意，固无不可；然至于太过，亦其病也。”“世之末作，方日趋于诡异，而议者又从而簧鼓之，其为弊何所不至哉！”《诗话》中还严厉批评山谷诗不合“理”，如论其《夜发分宁》诗“我自只如常日醉，满川风雨替人愁。”曰：“此复何理也”。（卷中）批评《题严陵钓滩》“能令汉家九鼎重，桐江波上一丝风”，“害于理”（卷中）。还说山谷诗有“好异之僻”，“实不中理”，“语意岂可相合也”，“无乃相窒乎”（卷下），等等，故钱锺书先生云：“古今来诋诃山谷最严厉者，莫如王从之，……《滹南遗老集》中《诗话》三卷，于山谷诗吹毛索瘢，大而判断，小而结裹，皆深不与之。”②王若虚对奇险、雕刻、诡激的山谷诗风，深致不满，有明显的现实针对性，在当时有一定补偏救弊的意义。但全盘否定山谷诗的艺术技巧，未免矫枉过正。比如诗的构思本不能处处以事理逻辑衡量，有碍于理而合于情，未尝不可。如上举山谷“桐江波上一丝风”，此“风”字何碍，若虚却斥为“无理”，如此苛求，反失兴趣。

第三，注重发展、创造，反对泥古、摹拟。

王若虚论诗，反对贵古贱今，反对以时代论优劣，《滹南诗话》卷下云：

近岁诸公，以作诗自名者甚众，然往往持论太高，开口辄以《三百篇》《十九首》为准；六朝而下，渐不满意；至宋人，殆不齿矣。此固知本之说。然世间万变，皆与古不同，何独文章，而可以一律限之乎！就使后人所作，可到《三百篇》，亦不肯悉安于是矣。何者？滑稽自喜，出奇巧以相夸，人情固有不

① 王若虚：《滹南诗话》卷中，人民文学出版社1962年版，第72页。

② 见钱锺书：《谈艺录》修订本，中华书局1984年版，第156页。

能已焉者。宋人之诗，虽大体衰于前古，要亦有以自立，不必尽居其后也。遂鄙薄而不道，不已甚乎？……凡辞达理顺，无可瑕疵者，皆在所取可也。其余优劣，何足多较哉！①

这段话颇值得玩味。王若虚先是笼统地肯定时下复古、贬宋的主张为“知本之论”，接着笔锋一转，从世间万变皆不同于古的思想出发，来否定泥古之论，大胆地提出，今人之诗，即使能与《三百篇》相似，诗人也不会满足，原因是诗人都有创新的欲望：“滑稽自喜，出奇巧以相夸，人情固有不能已焉者”。岂肯安于重复《诗经》的陈言！此论大有离经叛道之意，正是在此基础上，他对宋诗作了较为公正、客观的评价：“宋人之诗，虽大体衰于前古，要亦有以自立，不必尽居其后也。”他对时人鄙薄宋诗，颇为不满。

能以发展的眼光看问题，必然要重视创造，反对摹拟。王若虚批评江西诗派：“已觉祖师低一著，纷纷法嗣复何人？”②《滹南诗话》亦对江西诗派以句法相传，递相摹拟痛下针砭：“鲁直开口论句法，此便是不及古人处。而门徒亲党，以衣钵相传，号称‘法嗣’，岂诗之真理也哉？”（卷下）指责黄庭坚“夺胎换骨，点铁成金”之说：“鲁直论诗，有‘夺胎换骨，点铁成金’之喻，世以为名言，以予观之，特剽窃之黠者耳。”（卷下）“点铁成金”见于黄庭坚《答洪驹父书》：“古之能为文章者，真能陶冶万物，虽取古人之陈言入于翰墨，如灵丹一点，点铁成金也。”“夺胎换骨”是释惠洪《冷斋夜话》记录的黄庭坚语：“诗意无穷而人之才有限，以有限之才追无穷之意，虽渊明、少陵不得工也。然不易其意而造其语，谓之换骨法；窥入其意而形容之，谓之夺胎法。”（卷一）这两段话是黄庭坚与江西诗派的创作纲领，其意不外从古人手里讨生活，轻视创造而注重摹拟，忽略自己之意而因袭古人之意。以此法作诗，有途辙可循，较易入手，颇为那些有一定文化修养而缺少才情的士人所喜爱。不可否认，在此风影响下，确实产生了一些较有特色的诗作，江西诗派遂盛行于一时。但是此派诗人脱离现实生活，专以拟古为

① 王若虚：《滹南诗话》卷下，人民文学出版社1962年版，第92—93页。

② 王若虚：《山谷于诗每与东坡相抗门人亲党遂谓过之而今之作者亦多以为然予尝戏作四绝云》，《滹南遗老集》卷四六，《四部丛刊》本。

能事，毕竟难成气候。王若虚批评他们为“剽窃之黠者”，并非苛论。对于诗歌创作中摹拟与创造的关系，若虚的分析尤为精到：

> 鲁直论诗，有“夺胎换骨、点铁成金”之喻，世以为名言。以予观之，特剽窃之黠者耳。鲁直好胜而耻其出于前人，故为此强辞，而私立名字。夫既出于前人，纵复加工，要不足贵。虽然，物有同然之理，人有同然之见，语意之间，岂容全不见犯哉？盖昔之作者，初不校此，同者不以为嫌，异者不以为夸，随其所自得，而尽其所当然而已。至于妙处，不专在于是也，故皆不害为名家而各传后世，何必如鲁直之措意邪？①

诗之第一等境界为“自得”，自得者独树一帜，自具手眼，全不以拾古人余唾为念，故若虚之言，的确为诗家金针大药。

王若虚持论较公，即使对一向敬重的苏东坡，也不讳言其微瑕。《诗话》卷中云：“东坡酷爱《归去来辞》，既次其韵，又衍为长短句，又裂为集字诗，破碎甚矣。陶文信美，亦何必尔，是亦不免近俗也。”批评东坡“近俗”正是因为他一而再，再而三地模拟陶文，缺少创新意识，王若虚《文辨》中有一段话，大约也是针对东坡的：“《归去来辞》本自一篇自然真率文字，后人模拟，已自不宜，况可次其韵乎？次韵则牵合而不类矣。”②

我们所论述的王若虚诗论的三个方面，均与宋金以来长期争议的苏、黄优劣论有关。黄出苏门，但艺术观点和创作方法是大异其趣的：苏以意行文，如行云流水；黄则刻意求文，以奇险取胜。苏黄的创作理论也颇不相同。王若虚诗论的中心就是“是苏非黄”，他对苏轼的学说多有继承并有较大发展，但缺少苏轼诗学的高远气象，而多了一份平易近人之感。他对黄庭坚诗学的批评，也是较为中肯的，具有一定的理论价值与现实意义。

总之，王若虚诗学的显著特点是有破有立，论辩性较强，其论诗的三个主要观点似可归纳为一个总的趋向：即要求作家贴近生活，取材于千变万化的自然与人生，而不要在故纸堆里兜圈子。要

① 王若虚：《滹南诗话》卷下，人民文学出版社1962年版，第86页。

② 王若虚《滹南遗老集》卷三四《文辨》，《四部丛刊》本。

求作品言之有物，其诗论既评价了历代诗人（尤其是唐宋诗人）的作品，又有批评当时不良诗风、指导创作的作用。还提出了一些建设性的意见，他的某些见解，至今仍有借鉴意义。可以说，他是一位颇有建树的诗学理论家。不过，其诗论毕竟偏于一家之言或一派之论，若论议论之公允，识见之宏通，自然比元好问略逊一筹。王若虚的诗论长期以来受人冷落，恐怕与此不无关系。

［原载《安徽师大学报》（哲学社会科学版）1993年第2期，丁放、孟二冬撰］

试论“逸品”说及其对王渔洋“神韵”说的影响

“逸品”说是中国书画理论中的重要范畴之一，并且对诗歌理论产生过积极影响。当代学者曾对“逸品”理论作过一些研究，“逸品”说与王渔洋“神韵”说的关系，亦有人论及。然而，对这些问题的研究似乎有进一步深入的必要。笔者曾从事中国画论的校注工作，近年来，又主要从事中国诗歌理论的学习、研究，在研习过程中，不揣谫陋，撰成此文，以就正于方家。

一

以“逸品”来论书、画，其根源可上溯至汉、魏时的人物品评之风。在班固《汉书·古今人表》中，就把人物分为九等。《汉书·扬雄传》载扬雄《法言》之目有“德行颜闵，股肱萧曹，爰及名将尊卑之条，称述品藻”之语，颜师古注曰：“品藻者，定其差品及文质。”王先谦《汉书补注》引宋咸语，说扬雄《法言》这一章是“品历世之臣”[①]，故“品藻”即评论、衡量，“品”即“品量”。[②]东汉时许劭与从兄许靖好品评乡党人物，号“月旦评”。[③]三国时魏司空陈群在郡县设立“中正”一职，评论人材高下，分为九等，称为“九品中正制”。魏、晋之时，人物品评之风大盛，《世说新语》的《言语》《赏誉》《品藻》《容止》《德行》《任诞》诸篇，就记载了许多这方面的材料。

① 此处所引《汉书》原文、颜师古注、王先谦补注之语，俱见王先谦：《汉书补注》卷八七，中华书局1983年版，第1512页。

② 《增韵·寝韵》：“品，品量也。”

③ 《后汉书·许劭传》：“劭与靖俱有高名，好共覈论乡党人物，每月辄更其品题，故汝南俗有‘月旦评’焉。”见《汉书》卷六八，中华书局1965年版，第2235页。

以"品"论人之风，很快影响到绘画、书法、诗歌乃至博弈理论。南齐谢赫撰《古画品录》，分六品论画，共评论历代画家二十八人（今本缺一人）。梁朝锺嵘撰《诗品》，在《序》中明言自己受到班固"九品论人"、刘歆"七略裁士"的影响，他将古今诗人分为上、中、下三品，共品评自汉至梁的一百二十二位诗人。梁朝庾肩吾作《书品》，取自汉迄梁善草隶者一百二十八人（今本存一百二十三人），分为上、中、下三品，每品之中，又分上、中、下，与"九品中正制"相似。同时人王愔、王僧虔、袁昂亦撰有《书品》。《隋书·经籍志》载范汪等注《棋九品序录》，袁遵《棋后九品序》、梁武帝《围棋品》、陆云《棋品序》，亦皆分"品"论棋。

齐、梁时的绘画、书法、诗歌、棋艺研究著作，多以"品"命名，说明汉、魏以来人物品评的方法已被广泛运用到文艺批评领域中了。在"品"的数目上，也发生了一些变化，"九品"之外，出现了"六品""三品"等分法。这些，都直接启发了后世的书、画理论。

唐、宋时期，是中国书论、画论发展的高潮期，"逸品""神品""妙品""能品"的分法已经成熟。"逸品"理论产生于唐，成熟于宋，首先在书论中提出，然后在画论中被普遍应用。

唐代高宗、武后时人李嗣真作《书后品》，是续庾肩吾《书品》的。该书首次在书法理论中提出"逸品"之说，并用"逸品""上品""中品""下品"的顺序论书法，其上、中、下又各分三等。李嗣真的《书后品》提出"逸品"说，且将其置于上、中、下三品之前，这在中国书、画理论史上具有开创性的意义，但这一重要论述，却为一些学者所忽略，故一些论"逸品"的文章，往往未能弄清此说的源头。李嗣真《书后品序》即提出"逸品"说：

> 昔苍颉造书，天雨粟，鬼夜哭，亦有感矣。盖德成而上，谓仁义礼智信也。艺成而下，谓礼乐射御书数也。吾作《诗品》，犹希闻偶合神交自然冥契者，是才难也。及其作《书评》，而登逸品数者四人。故知艺之为末，信也。虽然，若超吾逸品之才者，亦当夐绝终古，无复继作也。故斐然有感而作

《书评》。[①]

这里两次提到的《书评》，即《书后品》。嗣真在《序》中只提“逸品”而不提上、中、下三品，又说“今始于秦氏，终于唐世，凡八十一人，分为十等”，[②]并以李斯、张芝、锺繇、王羲之、王献之五人为“逸品”，置于众品之首，其余从“上上品”至“下下品”共九等，亦以书法成就的高低为序。其《逸品赞》云：“仓颉造书，鬼哭天廩。史籀湮灭，陈仓籍甚。秦相刻铭，烂若舒锦。锺、张、羲、献，超然逸品。”此处以锺（繇）、张（芝）、羲（王羲之）、献（王献之）四人为“逸品”，未列李斯，与《书后品序》相合，而与正文所列不同，当系嗣真偶然失误，故自相矛盾，也可能为四言句句式所限，故只提及四人。

李嗣真置“逸品”于“十等”之首，是为了突出“逸品”的地位。故此处“逸”字，应作“超绝”“出众”解。“逸”在《尚书》《左传》《国语》《论语》《庄子》诸书中即已出现，有安乐、放纵、奔逃、疾速、隐逸诸义，“超绝”“出众”则为“逸”重要的引申义之一。荀悦《汉纪·宣帝纪》四：“益州刺史因奏王褒有逸才，能为文。”（荀悦《汉纪》）《后汉书·蔡邕传》：“伯喈旷世逸才。”[③]《三国志·蜀书·诸葛亮传》：“亮少有逸群之才，英霸之器，身长八尺，容貌甚伟。”[④]《文选》刘琨《答卢谌诗一首并书》：“竿翠丰寻，逸珠盈椀。”李善注：“逸，谓过于众类。”[⑤]这些“逸”字，皆与李嗣真所说的“逸品”之“逸”意思相同。所以后人评《书后品》云：“庾书分九等，此分十等。盖加逸品一等于九品之上。逸品者，超逸伦类之谓。”[⑥]“上上品之上更列逸品，为嗣真所创，明其在九等之上也。昔谢赫作《古画品录》，于陆探微亦欲跻之于上上品

① 《全唐文》卷一六四，中华书局1983年版，第1676页。另见于张彦远《法书要录》(文渊阁《四库全书》本)、陶宗仪《说郛》(宛委山堂本)卷八七，文字略有出入，关键处皆相同。

② 《全唐文》卷一六四，中华书局1983年版，第1676页。

③ 《后汉书》，中华书局1965年版，第2006页。

④ 陈寿：《三国志》，裴松之注，中华书局1982年版，第930页。

⑤ 萧统编：《文选》，李善注，中华书局1977年版，第356页。

⑥ 《慈云楼藏书志》，见丁福保、周春云编：《四部总录·艺术编》，商务印书馆排印本，第696页。

之上，而谓无他寄言，故屈标第一等，得嗣真以逸品名之，自此以后，遂为定论。”[①]可见，“逸品”之称既早于“神”“妙”“能”诸品而出现，而且一开始便有凌驾于众品之上的崇高地位。当然，“超绝”“出众”只是“逸品”的主要含义之一，且局限于书论中，“逸品”说的完成，尚有待于后人。

唐朝开元间，翰林供奉张怀瓘撰《书断》，分“神”“妙”“能”三品评论历代书家，这种分法似乎受到锺嵘《诗品》及庾肩吾等人《书品》上、中、下三品说的启发，又能体现书法本身的特点，比上、中、下三品的分法演进了一大步（虽然两种分法的依据并不相同），并且很快在书、画理论界流行开来。诚如周中孚《郑堂读书记》之《书断》提要所云：“后来书家有三品之目，自此书始。画家亦有三品之目，则因此书而类例之也。”[②]

从李嗣真到张怀瓘，“逸”“神”“妙”“能”的名目均已出现，但尚未合为一个完整的系统。中唐时人朱景玄著《唐朝名画录》始吸取李嗣真、张怀瓘之论，以“神”“妙”“能”“逸”来论画，但他对“逸品”的理解，与李嗣真并不完全相同。朱氏《唐朝名画录序》云：

> 古今画品，论之者多矣。……景玄窃好斯艺，寻其踪迹，不见者不录，见者必书。推之至心，不愧拙目。以张怀瓘《画品断》神、妙、能三品，定其等格，上、中、下又分为三。其格外有不拘常法，又有逸品，以表其优劣也。[③]

这段话有两点值得注意：其一，关于张怀瓘《画品断》的分品。朱景玄说张怀瓘《画品断》分为“神”“妙”“能”三品，《画品断》已佚，张彦远《历代名画记》存有少量佚文，其中没有关于品第的论述。但朱景玄与张怀瓘年代相近，他看到过《画品断》是完全可能的，这说明在唐玄宗开元年间，张怀瓘曾以“神”“妙”“能”来论绘画，并撰有《画品断》一书。其二，此《序》中“其格

---

① 余绍宋：《书画书录解题》卷四，浙江人民出版社1982年版，第2页。

② 周中孚：《郑堂读书记》卷四八，民国《吴兴丛书》本。

③ 于安澜编：《画品丛书》，上海人民美术出版社1982年版，第68页。

外有不拘常法，又有逸品”数语，是朱氏自己的话。朱景玄不仅继承了张怀瓘的“三品”说画论，还首次将“逸品”这一概念由书论引入画论，并且将二者合为一体，第一次用“神”“妙”“能”“逸”的顺序论画，对于中国画论的丰富与发展，颇有贡献。在朱景玄之前，“逸品”说虽未在画论中出现，但“逸”字，却早被用来论画。如谢赫《古画品录》论袁蒨：“比方陆氏，最为高逸。”姚昙度：“画有逸方（才），巧变锋出。”毛惠远：“出入穷奇，纵横逸笔，力遒韵雅，超迈绝伦。”张则：“意思横逸，动笔新奇。”[①]萧绎《山水松石格》[②]：“或格高而思逸，信笔妙而墨精。”唐贞观时沙门彦悰《后画录》评吴敏智：“宗匠梁宽，神襟更逸。”[③]朱景玄吸取六朝、初唐诸人有关“逸”的论述，结合李嗣真之论，建立了自己的“逸品”说。其“逸品”说体现在《唐朝名画录》的《序》及对王墨（默）、李灵省、张志和三位“逸品”画家画风与人格的评论中。其要点有三：

第一，“逸品”画“不拘常法”，“非画之本法”，“前古未之有”，具有超脱世俗、异乎众品的特点。如记王墨作画：“醺酣之后，即以墨泼，或笑或吟，脚蹙手抹。或挥或扫，或淡或浓，随其形状，为山为石，为云为水。……皆谓奇异也。”[④]李灵省：“但以酒生思，傲然自得，……得非常之体，符造化之功，不拘于品格，自得其趣尔。”[⑤]像这样作画，摆脱一切拘束，自然不同流辈。

第二，“逸品”画的画风接近自然。如王墨：“应手随意，倏若造化。图出云霞，染成风雨，宛若神巧，俯观不见其墨污之迹。”[⑥]李灵省“若画山水、竹树，皆一点一抹，便得其象，物势皆出自

① 对袁蒨、姚昙度、毛惠远、张则四人的评语，见《画品丛书》本《古画品录》第7、8、9页。

② 萧绎：《山水松石格》，载俞剑华编：《中国画论类编》，中国古典艺术出版社1957年版，第587页。

③ 彦悰：《后画录》，载俞剑华编：《中国画论类编》，中国古典艺术出版社1957年版，第384页。

④ 朱景玄：《唐朝名画录》，载于安澜编：《画品丛书》，上海人民美术出版社1982年版，第87、88页。

⑤ 朱景玄：《唐朝名画录》，载于安澜编：《画品丛书》，上海人民美术出版社1982年版，第87、88页。

⑥ 朱景玄：《唐朝名画录》，载于安澜编：《画品丛书》，上海人民美术出版社1982年版，第87、88页。

然。”[①]张志和“随句赋象，人物、舟船、鸟兽、烟波、风月，皆依其文，曲尽其妙，为世之雅律，深得其态。”[②]“自然”在这里有两层含义，一指客观自然，即所谓“造化”。二是自然而然，毫不做作，这两层意思都成为后世“逸品”说的重要组成部分。

第三，“逸品”画家多为隐士，“逸”有“隐逸”之义。朱氏所列的三位“逸品”画家，立身处世都类似于《论语·尧曰》中所说的“兴灭国，继绝世，举逸民”的“逸民”。如王墨“不知何许人，亦不知其名。……多游江湖间，……性多疏野。”[③]《历代名画记》说他“风颠酒狂，……贞元末，于润州殁，举柩若空，时人皆云化去。”[④]迹近神仙者流。李灵省“落托不拘检，……但以酒生思，傲然自得，不知王公之尊重”[⑤]，是一位孤傲的隐士。张志和“性高迈，不拘检，自称烟波钓徒。著《玄真子》十卷，书迹狂逸，自为渔歌便画之，甚有逸思”[⑥]。张志和是唐宪宗时著名的隐士，李德裕说他：“渔父贤而名隐，鸱夷智而功高，未若玄真隐而名彰，显而无事，不穷不达，其严光之比欤？”[⑦]，这三位画家共同的性格特点是不慕名利，不事权贵，逍遥遁世。

朱景玄对“逸品”特点的描绘，大大丰富了李嗣真以来的“逸品”理论。但是，由于他将“逸品”置于四品之末，指出其“非画之本法”，虽未必以为“逸品”低于另外三品，但总不如李嗣真置“逸品”于“十等”之首给人的印象深刻。李嗣真“逸品”定义的“超绝”“出众”之义，似乎被淡化了。

晚唐张彦远则以“五等”论画：

---

① 朱景玄：《唐朝名画录》，载于安澜编：《画品丛书》，上海人民美术出版社1982年版，第87、88页。

② 朱景玄：《唐朝名画录》，载于安澜编：《画品丛书》，上海人民美术出版社1982年版，第87、88页。

③ 朱景玄：《唐朝名画录》，载于安澜编：《画品丛书》，上海人民美术出版社1982年版，第87、88页。

④ 张彦远《历代名画记》卷一〇，《津逮秘书》本。

⑤ 见朱景玄：《唐朝名画录》，载于安澜编：《画品丛书》，上海人民美术出版社1982年版，第88页。

⑥ 张彦远《历代名画记》卷一〇《津逮秘书》本。

⑦ 李德裕：《李文饶文集》卷七《玄真于渔歌记》，《四部丛刊》本。

> 夫失于自然而后神，失于神而后妙，失于妙而后精，精之为病也而成谨细。自然者为上品之上，神者为上品之中，妙者为上品之下，精者为中品之上，谨而细者为中品之中。余今立此五等，以包六法，以贯众妙。①

张彦远的“自然”即等于“逸品”，故位居“神”之上，“神”即“神品”；“妙”即“妙品”；“精”即“能品”；“谨而细者”，在四品之下。值得注意的是，张彦远已将“自然”（即“逸品”）置于神、妙、能诸品之上了。《历代名画记》论画时，有上品上、上品中、上品下、中品直至下品下，共分为十一类，其中“上品上”即指“自然”或“逸品”。

到了宋朝初年，江夏黄休复撰《益州名画录》②，进一步发展了“四品”理论，确立了“逸品”领袖众品的地位。黄氏此书最大的特点是将“逸格（品）”置于其他三格（品）之上且给予最崇高的评价。南宋邓椿《画继》论朱景玄到黄休复“四品”说的演进云：“自昔鉴赏家分品有三：曰神、曰妙、曰能。独唐朱景真（朱景玄原名景真，宋人避帝讳改）撰《唐贤画录》（即《唐朝名画录》），三品之外，更增逸品。其后黄休复作《益州名画记》，乃以逸为先，而神、妙、能次之。景真虽云逸格不拘常法，用表贤愚，然逸之高，岂得附于三品之末，未若休复首推之为当也。”③

黄休复《益州名画录》的“品目”即以“逸”“神”“妙”“能”的次第论画，他对“逸品”的总评是：

> 画之逸格，最难其俦。拙规矩于方圆，鄙精研于彩绘，笔简形具，得之自然；莫可楷模，出于意表，故目之曰逸格尔。（黄休复《益州名画录》卷一）

“拙规矩于方圆”，指不守规矩，不为画法所拘；“鄙精研于彩

---

① 《历代名画记》卷二“论画体工用拓写”条，《津逮秘书》本。

② 黄休复，字归本，宋初人。长期生活在成都，著有《益州名画录》、《茅亭客话》。

③ 邓椿《画继》卷九，《学津讨源》本。

绘"，指轻视技巧和色彩；"笔简形具，得之自然"，指绘画须以少胜多，接近自然，"莫可楷模，出于意表"，指"逸品"画具有不可摹仿、出人意料的艺术效果。黄氏用极简括的语言，勾画了"逸品"画的主要特征，丰富、发展了"逸品"说。

《益州名画录》中，"逸格"画家仅列孙位一人，这亦为当时公论。南宋郭若虚《图画见闻志》孙遇（即孙位）条注云："仁显评'逸品'。"[①]蜀僧仁显，生活年代与黄休复相同，撰有《广画新集》（作者按：《图画见闻志》曾著录，原书已佚），评孙位为"逸品"，当出自该书。宋人陈师道亦云："蜀人勾龙爽作《名画记》，以范琼、赵承祐为神品，孙位为逸品。谓琼与承祐类吴生而设色过之，位虽工不中绳墨。"[②]勾龙爽为宋初画院待诏，与黄休复也是同时代人，其《名画记》已佚。勾龙爽所论神、逸二品的代表人物均与黄休复《益州名画记》相同，但神、逸二品的顺序与黄氏相反。仁显、勾龙爽之论，可作为黄休复评孙位为"逸品"的重要佐证，可惜这两条材料一直未引起研究者的注意。

黄休复论"逸品"画家孙位的特点，是从人格与画风两方面着眼的。论其为人云："孙位者，东越人也。……性情疏野，襟抱超然，虽好饮酒，未尝沉酩。禅僧道士常与往还，豪贵相请，视有少慢，纵赠千金，难留一笔。"又说他"情高格逸"，（《益州名画录》）足见孙位也是一位蔑视权贵、性情潇洒的高人逸士，与王墨、张志和诸人相似。论孙位的画风有两个特点，一是接近造化自然，其画如"纵横驰突，交加戛击，欲有声响"的天王部众，"千状万态，势欲飞动"的龙水，都深得造化之妙。二是"笔简形具"："鹰犬之类，皆三五笔而成；弓弦斧柄之属，并掇笔而描。"（《益州名画录》）凡此，皆与黄休复所述的"逸品"总特点相符。

北宋中叶，苏轼在《书蒲永升画后》[③]一文中，论述孙位、孙知微、蒲永升三人的画风与人格，丰富了黄休复的"逸品"论。他说孙位："始出新意，画奔湍巨浪，与山石曲折，随物赋形，尽水之

---

① 郭若虚：《图画见闻志》卷二，《四部丛刊》本。

② 陈师道：《后山谈丛·论画》，载俞剑华编：《中国画论类编》，中国古典艺术出版社1957年版，第64页。

③ 苏轼：《经进东坡文集事略》卷六〇，文学古籍刊行社排印本。

变，号称神逸。”认为孙位画水能把握自然界的本质规律，穷尽自然之变化。苏轼论孙知微，说他得到孙位的笔法，并记载他在大慈寺作画的情形：“始，知微欲于大慈寺寿宁院壁作湖滩水石四堵，营度经岁，终不肯下笔。一日，仓皇入寺，索笔墨甚急，奋袂如风，须臾而成，作输泻跳蹙之势，汹汹欲崩屋也。”孙知微作此画，构思年余，始终不肯下笔，忽然灵感爆发，即“奋袂如风，须臾而成”，这种作画方法，与那些用笔谨细的“院体”画法显然异趣，而接近《庄子》所谓“解衣般礴”的境界。知微壁画给人的感受是有奔腾跳跃之状，好像要冲垮房屋，既生动又自然。苏轼评蒲永升云：“嗜酒放浪，性与画会，始作活水，得二孙本意，……王公富人或以势力使之，永升辄嘻笑舍去，遇其欲画，不择贵贱，顷刻而成。尝与余临寿宁院水，作二十四幅，每夏日挂之高堂素壁，即阴风袭人，毛发为立。”蒲永升嗜酒放浪，不巴结权贵，品行高洁；其画“顷刻而成”，是“笔简形具”；夏天悬挂室中，竟然“阴风袭人，毛发为立”，说明其画能表现自然的本质。另外，苏轼还说蒲永升画的水与董羽、戚氏诸人之“死水”相对立，则蒲氏之水当为“活水”，亦与孙位相近。所以孙知微、蒲永升二人，皆可列入“逸品”，米芾《画史》即称孙知微为“逸格”，说其画“造次而成，平淡而生动，虽清拔，笔皆不圜，学者莫及。”（米芾《画史》）蒲永升是学二孙的，故其画亦近“逸品”。

从唐代至宋代，是“逸品”说的发展、成熟期，也是“逸品”理论发展的第一个重要阶段。此期诸家的观点亦同中有异。李嗣真《书后品》中“逸品”之“逸”，是“超绝”“出众”之义；“品”既指“品第”“等级”，又可指“品类”，合起来看，李嗣真所说的“逸品”，指那些超过众类、列为第一等的书法家。朱景玄《唐朝名画录》则说“逸品”有“闲逸”“野逸”之义，即不拘常法，与世人不同，异乎众品，风格独特，“超绝”之义则退居其次。黄休复《益州名画录》，论“逸品”，则包含了李嗣真、朱景玄二人的意见，即一方面认为“逸格”（即“逸品”）超过众品，可列为第一等，另一方面说“逸格”画有“野逸”“闲逸”之风。“格”，在此处有“格调”“风格”“品格”之义。同时，朱、黄二书中所列的“逸品”画家，均为高人逸士，“逸”又有“隐逸”之义。综合诸人之论而言之，“逸品”说的主要定义为：“逸品”画要能以简约的笔墨，传达出丰富的意蕴，能表现出事物的本质特征，达到随心所欲、运用自如的境界，“逸品”画多以山水自然为描写对象，常常不守法度，轻视色彩。“逸品”画家大都是遗世高蹈的隐士，他们往往傲视权贵，鄙弃功名，性格自由，不拘形迹，具有“高逸”的特征。

元、明时期是“逸品”说发展的第二个阶段，也是“逸品”理论的变化期。此期的显著特点，是“逸品”与“文人画”和“南北宗”画论发生了密切关系，“逸品”画家的身份也有很大变化。

早在北齐时，颜之推即推崇“名士”之画，指出：“画绘之工，亦为妙矣；自古名士，多或能之。”[①]唐末张彦远云能画者多为“衣冠贵胄，逸士高人”，[②]北宋苏轼正式提出“士人画”之说，并以“士人画”与“画工”相对立，其《又跋汉杰画山》一文曰：“观士人画，如阅天下马，取其意气所到。乃若画工，往往只取鞭策皮毛槽枥刍秣，无一点俊发，看数尺许便卷。汉杰真士人画也。”[③]韩拙《山水纯全集》卷四对“文人画”的特点说得较清楚：“今有名卿士大夫之画，自得优游闲适之余，握管濡毫，落笔有意，多求简易，而取清逸，出于自然之性，无一点俗气，以世之格法所在勿识也。”[④]“文人画”是与“院体”画及民间画相对而言的，多是文人自娱之作，他们在公务之余，读书吟咏之暇，挥毫作画，寄托其高情逸韵，本非以此求名或为稻粱谋，故能挥洒自如，不求形似，多境界高绝、超俗之作。如元代文人画家倪瓒称己作“逸笔草草，不求形似，聊以自娱”（《答张仲藻书》）。又说：“余之竹聊以写胸中逸气耳，岂复较其似与非，叶之繁舆疏，枝之斜与直哉!”（《题自画墨竹》）黄公望则说：“画一窠一石，当逸墨撇脱，有士人家

① 颜之推：《颜氏家训》卷七，《杂艺》19，见王利器：《颜氏家训集解》，上海古籍出版社1980年版，第516页。

② 张彦远《历代名画记》云：“自古善画者，莫匪衣冠贵胄，逸士高人，振妙一时，传芳千祀，非闾阎鄙贱之所能为也。”

③ 《苏轼文集》卷七〇，中华书局1986年版，第2216页。

④ 陶宗仪：《说郛》卷四二，商务印书馆一百卷本。

风。”[①]明人王绂《书画传习录》说“文人画”的特点云：

高人旷士，用以寄其闲情；学士大夫，亦时彰其绝业。凡此皆外师造化，未尝定为何法何法也！内得心源，不言得之某氏某氏也。兴至则神超理得，景物逼肖；兴尽则得意忘象，矜慎不传。亦未尝以供人耳目之玩，为己稻粱之谋也。唯品高故寄托自远，由学富故挥洒不凡，画之足贵，有由然耳。……逮夫元人专为写意，泻胸中之邱壑，泼纸上之云山。[②]

明代后期，董其昌大力提倡“文人画”，并提出著名的“南北宗”之论，他认为“文人画”与“南宗”皆以王维为始祖，所列两派“传人”亦基本相同，其《画旨》叙述“文人画”的流变曰：

文人之画，自王右丞始。其后董源、巨然、李成、范宽为嫡子，李龙眠、王晋卿、米南宫及虎儿，皆从董、巨得来。直至元四大家黄子久、王叔明、倪元镇、吴仲圭，皆其正传。吾朝文、沈则又远接衣钵。[③]

董其昌叙“南宗”画云：

南宗则王摩诘始用渲淡，一变钩斫之法，其传为张璪、荆、关、董、巨、郭忠恕、米家父子，以至元之四大家，亦如六祖之后，有马驹、云门、临济儿孙之盛，而北宗微矣。[④]

在董其昌看来，“逸品”“文人画”“南宗画”关系颇为密切，他说：“画家以神品为宗极，又有以逸品加于神品之上者，曰：失于自

① 黄公望：《写山水诀》，载俞剑华编：《中国画论类编》，中国古典艺术出版社1957年版，第698页。

② 旧题王绂：《书画传习录》，载俞剑华编：《中国画论类编》，中国古典艺术出版社1957年版，第99—100页。

③ 董其昌：《画旨》，载于安澜编：《画论丛刊》，人民美术出版社1962年版，第76页。

④ 董其昌：《画旨》，载于安澜编：《画论丛刊》，人民美术出版社1962年版，第75页。又：这段话又见于莫是龙《画说》及陈继儒《眉公题跋》。

然，而后神也。此诚笃论。……士大夫当穷工极研，师友造化，能为摩诘，而后为王洽之泼墨；能为营邱，而后为二米之云山。乃是关画师之口，而供赏音之耳目也。"[①]他认为"逸品画"与"文人画""南宗画"没有什么区别，这就扩大了"逸品画"的范围，"逸品"画家的身份也不再是朱景玄、黄休复书中的"隐逸"之士了。这种说法并不确切，因为"逸品"只是"文人画"或"南宗画"的一个重要特点，不能与后二者画等号。董其昌所列的这些画家，有许多并不应当划入"逸品"范围之内。董氏标举宗派，自命"正宗""嫡脉"的作法，也颇为人诟病。[②]但是，由于董其昌在当时的绘画界地位极高，影响极大，其学说一直为后人所尊奉，却也是事实。明末清初许多人即尊董氏为"文人画"领袖、"南宗"正脉，称赞其画有"逸韵"。对王士祯"神韵"说诗论影响极大的清人王原祁，即自命为董其昌的衣钵传人。因此，董其昌"逸品画""文人画""南宗画"三者合一的理论，虽然颇有弊病，但其影响，却不容忽视。

二

"逸品"说对清代著名诗论"神韵"说产生过较大影响。

这还要从清初的画坛说起。清初"四王"之首的王时敏，字逊之，号烟客，江南太仓人。明大学士锡爵孙，以荫官至太常寺少卿。他的画是效法董其昌的，《清史稿·艺术传三》说："时敏系出高门，文采早著。鼎革后，家居不出，奖掖后进，名德为时所重。明季画学，董其昌有开继之功，时敏少时亲炙，得其真传。锡爵晚而抱孙，弥钟爱之。居之别业，广收名迹，悉穷秘奥，于黄公望墨法尤有深契，暮年益臻神化，爱才若渴，四方工画者踵接于门，得其指授，无不知名于时，为一代画苑领袖。"[③]王时敏之孙原祁，字茂京，号麓台，亦为"四王"之一，"原祁画为时敏亲授，于黄公望

① 董其昌：《画旨》，载于安澜编：《画论丛刊》，人民美术出版社1962年版，第75页。

② 参见《俞剑华美术论文选·再谈文人画》，山东美术出版社1986年版；伍蠡甫：《中国画论研究·董其昌论》，北京大学出版社1983年版等论著。

③ 《清史稿》卷五〇四《艺术传三》，上海古籍出版社、上海书店1986年版，第1592页。

浅绛法独有心得，晚复好用吴镇墨法。时敏尝曰：‘元季四家，首推子久，得其神者惟董宗伯，得其形者予不敢让，若形神俱得，吾孙其庶几乎？’王翚名倾一时，原祁高旷之致突过之。”①康熙朝，王原祁为皇帝所重，名噪一时。显而易见，王原祁是董其昌一派的正宗嫡传。所以，他论画亦重视“逸品”与“南宗”，他评倪瓒曰：“云林纤尘不染，平易中有矜贵，简略中有精彩，又在章法笔法之外，为四家（作者按：指元四家）第一逸品。”②“宋元诸家，各出机杼。唯高士（作者按：指倪瓒）一洗陈迹，空诸所有，为逸品中第一。”③其《论黄子久设色》云：“画家自右丞以气韵生动为主，遂开南宗法派。北宋董、巨，集其大成，元高、赵暨四家俱宗之。用意则浑朴中有超脱，用笔则刚健中含婀娜，不事粉饰，而神彩出焉；不务矜奇，而精神注焉。此为得本之论。”④王原祁为王士祯宗侄，年龄仅比士祯小八岁⑤，原祁将董其昌以来的“南宗正脉”画风与画论介绍给王士祯，促进了其“神韵”说诗论的发展与完善。

王士祯字贻上，号阮亭，别号渔洋山人，谥文简。他是清代大诗人，官至刑部尚书，是康熙朝的诗坛盟主。当时的画坛盟主王原祁，将“南宗”画理论介绍给诗坛领袖王士祯，并以此丰富了王渔洋的“神韵”说，这堪称中国艺术史上的一段佳话。

王士祯《居易录》记此事云：

> 宗侄茂京（原祁），庚戌进士，今为礼科都给事中，太常烟客先生孙，同年端士兄（揆）长子也。画品与其祖太常颉颃，为予杂仿荆、关、董、巨、倪、黄诸大家山水小幅十帧，真元人得意之笔。又自题绝句多工，其二云：“蟹舍渔庄略彴边，柳丝荷叶斗清妍。十年零落荒园景，仿佛当时赵大年。”（《西园图》）“横冈侧面出烟鬟，小树周遮云往还。尺幅峦容写荒率，晓来剪取富春山。”（大痴《富春山岭》）一日秋雨中，茂京携

① 《清史稿》卷五〇四《艺术传三》，上海古籍出版社、上海书店1986年版，第1592页。

② 王原祁：《雨窗漫笔·论画十则》，载于安澜编：《画论丛刊》，人民美术出版社1962年版，第207页。

③ 王原祁：《麓台题画稿》，载于安澜编：《画论丛刊》，人民美术出版社1962年版，第228页。

④ 王原祁：《麓台题画稿》，载于安澜编：《画论丛刊》，人民美术出版社1962年版，第229页。

⑤ 王士祯牛于公元1634年，王原祁生于公元1642年(据《清史稿》本传)。

画见过，因极论画理，其义皆与诗文相通。大约谓始贵深入，既贵透出，又须沉著痛快。又谓画家之有董、巨，犹禅家之有南宗，董、巨后嫡派，元唯黄子久、倪元镇，明唯董思白耳。予问倪、董以闲远为工，与沉著痛快之说何居？曰：闲远中沉著痛快，唯解人知之。又曰：仇英非士大夫画，何以声价在唐、沈之间，征明之右？曰：刘松年、仇英之画，正如温、李之诗，彼亦自有沉著痛快处。昔人谓义山善学杜子美，亦此意也。①

渔洋《蚕尾文·芝廛集序》的说法与上文相近，而且渔洋直接将茂京的话引申到论诗方面：

芝廛先生刻其诗成，自江南寓书，命给事君属余为序。给事自携所作杂画八帧过余，因极论画理。以为画家自董、巨以来，谓之南宗，亦如禅教之有南宗云。得其传者，元人四家，而倪、黄为之冠。明二百七十年擅名者，唐、沈诸人称具体，而董尚书为之冠。非是则旁门魔外而已。又曰：凡为画者，始贵能入，继贵能出，要以沉著痛快为极致。予难之曰：吾子于元推云林，于明推文敏。彼二家者，画家所谓逸品也，所云沉著痛快者安在？给事笑曰：否否。见以为古澹闲远，而中实沉著痛快，此非流俗所能知也。予曰：子之论画至矣。虽然，非独画也，古今风骚流别之道，固不越此。唐、宋以还，自右丞以逮华原、营邱、洪谷、河阳之流，其诗之陶、谢、沈、宋、射洪、李、杜乎！董、巨，其开元之王、孟、高、岑乎！降而倪、黄四家，以逮近世董尚书，其大历、元和乎！非是则旁出，其诗家之有嫡子正宗乎！入之出之，其诗家之舍筏登岸乎！沉著痛快，非唯李、杜、昌黎有之，乃陶、谢、王、孟而下莫不有之。子之论，论画也，而通于诗矣。②

不难看出，王原祁、王士祯正是将"南宗画""文人画""逸品

① 王士祯：《带经堂诗话》卷十三，人民文学出版社1982年版，第86页。
② 王士祯：《带经堂诗话》卷十三，人民文学出版社1982年版，第86—87页。。

画”视为同一种画风的。王原祁说倪、董等“逸品画”“见以为古澹闲远，而中实沉著痛快”，正与他《论黄子久设色》说“南宗”，“刚健含婀娜”之语相同，“刚健含婀娜，端庄杂流丽”（《次韵子由论书》）为苏轼论书之语，原祁用来评画，主要是指外表简淡潇洒，实际上别有用意的作品，而这正是“逸品”“南宗”或“文人画”的共同特点。

王渔洋正是接受了“逸品”理论来丰富自己的“神韵”说。但是，对他那一段以画理通于诗论的话，不可轻信，必须识破其故作狡狯处。渔洋说陶、谢、沈、宋、陈子昂、李、杜、王、孟、高、岑及大历、元和诗人，皆近于“逸品”或者“南宗”，这实际上是违心之论。他对杜甫、高、岑、韩、孟一类诗人并不欣赏，因为这些人的诗距离“神韵”太远。渔洋心中认为接近“逸品”与“南宗”的诗，乃是陶渊明、王、孟、韦、柳诸人，而杜与高、岑、韩、孟，如果要分宗，当然也只能列入“北宗”。

王渔洋不仅论画时重“逸品”，如说：“得倪云林乔柯竹石小幅，澹逸绝尘。”（《香祖笔记》）说陆治、林羽“书画皆入逸品”（《居易录》）。而且，他常直接用“逸品”来评诗：

> 或问“不著一字，尽得风流”之说。答曰：太白诗：“牛渚西江夜，青天无片云；登高望秋月，空忆谢将军。余亦能高咏，斯人不可闻；明朝挂帆去，枫叶落纷纷。”襄阳诗：“挂席几千里，名山都未逢；泊舟浔阳郭，始见香炉峰。常读远公传，永怀尘外踪；东林不可见，日暮空闻钟。”诗至此，色相俱空，政如羚羊挂角，无迹可求，画家所谓逸品是也[①]。

渔洋以李白、孟浩然的两首诗为例，将司空图、严羽的诗论等同于“逸品”，也就是等同于“神韵”诗风。

渔洋云：“郭忠恕画山水，入逸品。”[②]又说：“‘《新唐书》如近日许道宁辈画山水，是真画也。《史记》如郭忠恕画天外数峰；略有笔墨，然而使人见而心服者，在笔墨之外也。’右王楙《野客丛

① 王士祯：《带经堂诗话》卷三，人民文学出版社1982年版，第70—71页。

② 王士祯：《带经堂诗话》卷三，人民文学出版社1982年版，第84页。

书》中语，得诗文三昧，司空表圣所谓‘不著一字，尽得风流’者也。”[①]又云：“予尝观荆浩论山水而悟诗家三昧矣。其言曰：‘远人无目，远水无波，远山无皴。’又王楙《野客丛书》有云：‘太史公如郭忠恕画天外数峰，略有笔墨，意在笔墨之外。’诗文之道，大抵皆然。”[②]在渔洋看来，郭忠恕画“在笔墨之外”，荆浩“远人无目，远水无波，远山无皴”，即画家所谓“逸品”，即诗家之“不著一字，尽得风流”，亦即所谓“神韵”。

渔洋《蚕尾续文》云：“唐、宋、元、明已来，士大夫诗画兼者，代不数人。清溪先生晚出，两俱擅场，诗与画皆登逸品。予昔为周梁园侍郎题先生画山水云：‘琴中贺若谁能解，诗里渊明子细寻；古木苍山数茅屋，清溪遗老岁寒心。”[③]既说清溪（程正揆）诗画入“逸品”，又说其诗与陶渊明相似，亦将陶诗视为“逸品”。

王渔洋以画论中之“逸品”，来比拟诗中之“神韵”说，当时人已有明确认识。王士祯《渔洋山人自撰年谱》引吴宝崖之语云：“先生（作者按：指王士祯）论诗，要在神韵。画家逸品居神品之上，唯诗亦然。司空表圣论诗云：梅止于酸，盐止于咸，饮食不可无酸咸，而其美常在酸咸之外。余尝深旨其言。酸咸之外何？味外味。味外味者何？神韵也。诗得古人之神韵，即昌谷所云‘骨重神寒。’诗品之贵，莫逾于此矣！”[④]

王士祯的“神韵”说在许多方面都受到“逸品”说的影响，举其大者，约有以下数端：

第一，“隐逸”与山水诗、画。

“逸品”或“南宗”画家以王维、张志和、王墨（洽）、倪瓒、黄子久等高人逸士为代表，王渔洋“神韵”说也给陶渊明、王维、孟浩然、韦应物、柳宗元等诗人以较高评价。

值得注意的是，凡是渔洋认定的“神韵”诗人，都是追求自由、热爱自然的山水田园诗人，都对现实有一定不满情绪，这与“逸品”画家纵情山水、不满现实、嗜酒放浪的性格十分相似。陶渊

① 王士祯：《带经堂诗话》卷三，人民文学出版社1982年版，第85—86页。

② 王士祯：《带经堂诗话》卷三，人民文学出版社1982年版，第86页。

③ 王士祯：《带经堂诗话》卷五，人民文学出版社1982年版，第127页。

④ 王士祯：《王士祯年谱》，中华书局1992年版，第13页。

明为“古今隐逸诗人之宗”（《诗品》卷中），他对当时腐败、黑暗和虚伪的社会非常不满，宁可终老田园，也不肯为五斗米折腰，他性格质朴真率，诗歌题材多取宁静、纯朴、远离尘俗的田园风光与隐逸生活。盛唐诗人孟浩然，是一位生于盛世而不幸沦落的诗人，“不才明主弃，多病故人疏”（《岁暮归南山》），正是其身世的写照。他也好酒，诗歌以山水、田园为主要题材。王维既是“南宗画”“文人画”的创始人，又是著名的神韵诗人。他是一位亦官、亦隐、亦居士的人物，其诗以刻画山水风光、抒写隐逸之情见长。韦应物也淡泊名利，“为性高洁，鲜食寡欲，所居必焚香扫地而坐，冥心象外”[①]，诗中多写山水与隐逸。柳宗元长期被贬谪南荒，诗歌多寄情山水，发泄不平。对于这种情况，钱锺书先生总结说：“荀（爽）以‘悦山乐水’缘‘不容于时’；（仲长）统以‘背山临流’换‘不受时责。’又可窥山水之好，初不尽出于逸兴野趣，远致闲情，而为不得已之慰藉。达官失意，穷士失职，乃倡幽寻胜赏，聊用乱思遗老，遂开风气耳。”[②]‘盖悦山乐水，亦往往有苦中强乐，乐焉而非全心一意者。概视为逍遥闲适，得返自然，则疏卤之谈尔。”[③]钱氏这一论断，对“逸品”画家与“神韵”诗人都是适用的，不过，我们也不可将山水田园诗一概理解为不满现实之反映。

王士祯虽为康熙朝大臣，却经常流露出淡薄宦情、向往山水田园之志。其《癸卯诗卷自序》云：“予兄弟少无宦情，同抱箕颍之志，居常相语，以十年毕婚宦，则耦耕醴泉山中，践青山黄发之约，息壤在彼，得毋笑是食言多乎？”（《带经堂集》卷四二）渔洋说他们兄弟想当隐士，这不单纯为了“闲适逍遥”，而是有不满情绪的。渔洋《鋆江倡和集序》云：“楚大夫心伤摇落，临水登山；梁王孙怨寄波潮，江枫林叶。况复鸡台梦远，江东之桃叶难逢；萤苑人稀，河南之杨花未落。芜城斜日，风景苍凉。瓜步清秋，川原萧瑟。此固骚人所为怅望而秋士予以感兴也。”（《渔洋山人自撰年谱

① 辛文房：《唐才子传》卷四，傅璇琮等校笺，中华书局1989年版，第169页。这段话出自李肇《唐国史补》，原文作：“韦应物立性高洁，鲜食寡欲，所居焚香扫地而坐。其为诗驰骤建安以还，各得其风韵。”

② 钱锺书：《管锥编》第3册，中华书局1979年版，第1036页。

③ 钱锺书：《管锥编》第5册，中华书局1979年版，第82页。

补注》卷上）说明他心中颇有不平之气。渔洋的《秋柳》诗，在吟咏山水风物的同时，表达了对明王朝的悼念之情。[①]其《自序》即云："昔江南王子，感落叶以兴悲；金城司马，攀长条而陨涕。仆本恨人，性多感慨。寄情杨柳，同《小雅》之仆夫，致托悲秋，望湘皋之远者。"[②]似乎交代了这组诗别有寄托，但欲言又止，这大概就是"神韵"吧。所以，渔洋将陶、王、孟、韦、柳等视为"神韵"诗的最高代表。指出："如说田园之乐，自是陶、韦、摩诘。"[③]"陶渊明纯任真率，自写胸臆。"[④]"汉人苏武、李陵、枚乘、傅毅之作，去《国风》未远。六代唯陶彭泽，三唐唯韦苏州，可以企及。"[⑤]"阮（籍）、陶二公在典午皆高流，然嗣宗能辞婚司马氏，而不能不为公卿作劝进表，其品远出渊明下矣。"[⑥]"观王、裴《辋川集》及祖咏《咏终南残雪》诗，虽钝根初机，亦能顿悟。"[⑦]《池北偶谈》说：明朝诗有"古澹一派，如徐昌国、高苏门、杨梦山、华鸿山辈。[⑧]又云："杨梦山先生五言古诗，清真简远，陶、韦嫡派也，五律尤高雅沉澹。"[⑨]郑方坤评渔洋诗云："故其为诗笼盖百氏，囊括千古，而尤浸淫于陶、孟、王、韦诸家，独得其象外之旨，弦外之音，不雕饰而工，不锤铸而炼，气超乎鸿蒙之先，而味在酸咸之外。"[⑩]

陶、王、孟、韦、柳及渔洋本人作诗，表面上冲淡闲远，骨子里有很深的牢骚不平，他们善于用平淡、玄远的诗句传达出丰富、复杂的感情，这与"南宗画""见以为古澹闲远，而中实沉著痛快"的特点是一致的。朱熹云："陶渊明诗，人皆说是平淡，据

① 李兆元《渔洋山人秋柳诗旧笺》："此先生吊明亡之作。第一首追忆太宗开国时，后三首皆咏福王近事也。"见《清诗纪事》第4册，江苏古籍出版社1987年版，第2023页。郑鸿也有类似说法，见《清诗纪事》第4册，江苏古籍出版社1987年版，第2024—2025页。

② 王士祯：《渔洋精华录集注》，金荣、惠栋注，齐鲁书社1992年版，第52页。

③ 王士祯：《然灯记闻》，载丁福保辑：《清诗话》，上海古籍出版社1978年版，第119页。

④ 王士祯：《师友诗传录》，载丁福保辑：《清诗话》，上海古籍出版社1978年版，第133页。

⑤ 王士祯：《师友诗传录》，载丁福保辑：《清诗话》，上海古籍出版社1978年版，139页。

⑥ 王士祯：《师友诗传录》，载丁福保辑：《清诗话》，上海古籍出版社1978年版，第140页。

⑦ 王士祯：《带经堂诗话》卷三，人民文学出版社1982年版，第69页。

⑧ 王士祯：《带经堂诗话》卷一，人民文学出版社1982年版，第48页。

⑨ 王士祯：《带经堂诗话》卷二，人民文学出版社1982年版，第64页。

⑩ 郑方坤：《国朝名家诗钞小传》，《清诗纪事》第4册，江苏古籍出版社1987年版，第1994页。

某看他自豪放，但豪放得来不觉耳。其露出本相者，是《咏荆轲》一篇，平淡底人如何说得这样言语出来。”[①]司空图评王、韦之诗云：“王右丞、韦苏州澄淡精致，格在其中，岂妨于遒举哉？”[②]《吟谱》云：“孟浩然诗祖建安，宗渊明，冲淡中有壮逸之气。”[③]程哲说王士祯诗“激昂慷慨”[④]，王掞说渔洋诗学陶、孟、王、韦，又能“极沉郁排奡之气，而深造自然；尽镵刻绚烂之奇，而不由人力。”[⑤]见解都很透辟。通过冲虚澹逸的外表，看到“豪放”“遒举”“壮逸”“绚烂”的实质，才算把握了“神韵”诗与“逸品”画的真谛。

第二，“逸品”说的“笔简形具”“逸笔草草”与“神韵”说的“不著一字，尽得风流”。

黄休复说“逸格”是“笔简形具”（《益州旬画录》），倪瓒说自己作画“逸笔草草”（《答张藻仲书》），沈周评倪瓒画“笔简思清”（《石渠宝笈》卷六），王原祁评倪画“简略中有精彩，又在章法笔法之外”（《雨窗漫笔》），恽格说“逸品”的特征是“天外之天，水中之水，笔中之笔，墨外之墨”[⑥]。王渔洋“神韵”说继承了司空图的“不著一字，尽得风流”和严羽的“羚羊挂角，无迹可求”之论，这与“逸品”理论是水乳交融的。所以，在论诗时，渔洋反对直露，主张“妙悟”，特别赞赏那些言少意多，有言外之意的作品。

渔洋《古夫于亭杂录》云：

> 宋景文云：左太冲“振衣千仞冈，濯足万里流”，不减嵇叔夜“手挥五弦，目送归鸿”。愚案：左语豪矣，然他人可到；嵇语妙在象外。六朝人诗，如“池塘生春草”，“清晖能娱人”，及

---

① 朱熹：《朱子语类》卷一四〇，中华书局1986年版，第3325页。

② 司空图：《与王驾评诗书》，载郭绍虞：《诗品集解》附录《表圣杂文》，人民文学出版社1981年版，第50页。

③ 胡震亨：《唐音癸签》卷五，上海古籍出版社1981年版，第47页。

④ 程哲：《渔洋续诗集序》，《清诗纪事》第4册，江苏古籍出版社1987年版，第1985页。

⑤ 王掞：《诰授资政大夫经筵讲官刑部尚书王公神道碑铭》，《王士禛年谱》附录，中华书局1992年版，第102页。

⑥ 恽格：《瓯香馆画跋》，载秦祖永辑：《画学心印》卷五，清光绪朱墨套印本。

谢朓、何逊佳句多此类，读者当以神会，庶几遇之。[①]

对于“妙在象外”的诗，必须用“舍筏登岸”之法，方能领会其“妙谛微言”。而对以“豪”见长的诗，渔洋并不看重，因为这种诗无“言外之意”。渔洋批评诗风直露、平实的元、白诗，说他们“于盛唐诸家兴象超诣之妙，全未梦见”。[②]又说“虞山先生（作者按：即钱谦益）不喜妙悟之论，公一生病痛正坐此。”[③]而对于言少意多的韦、柳诗，渔洋则颇为欣赏，其论诗绝句云：“风怀澄淡推韦柳，佳处多从五字求。解识无声弦指妙，柳州那得并苏州？”（《戏效元遗山论诗绝句三十六首》之七）既肯定了二人的“澄淡”，对风格玄远的韦诗，又更加偏爱。上文所引他对王楙《野客丛书》及荆浩之语的解说，也贯穿了这一观点。他经常将司空图“味在酸咸之外”、严羽“羚羊挂角，无迹可求”和“水月镜花”之喻挂在口头，别人评他的诗“笔墨之外，自具性情；登览之余，别深寄托。”他曾高兴地录入《渔洋诗话》。他还说：“《林间录》载洞山语云：‘语中有语，名为死句。语中无语，名为活句。’予尝举似学诗者。今日门人邓州彭太史直上来问予选《唐贤三昧集》之旨，因引洞山前语语之，退而笔记。”[④]则又借鉴了严沧浪以禅喻诗之法。

渔洋认为诗歌的这一特点多体现在短小的五绝、五律或七绝中。如《香祖笔记》所列“文外独绝”之诗，均为五言：

> 张道济手题王湾“海日生残夜，江春入旧年”一联于政事堂。王元长赏柳文畅“亭皋木叶下，陇首秋云飞”，书之斋壁。皇甫子安、子循兄弟论五言，推马戴“猿啼洞庭树，人在木兰舟”，以为极则。又若王籍“蝉噪林逾静，鸟鸣山更幽”，当时称为文外独绝。孟浩然“微云淡河汉，疏雨滴梧桐”，群公咸阁笔，不复为继。司空表圣自标举其诗曰：“回塘春雨尽，方响夜

① 王士祯：《带经堂诗话》卷三，人民文学出版社1982年版，第69页。

② 王士祯：《池北偶谈》卷十四，中华书局1982年版，第342页。

③ 王士祯：《带经堂诗话》卷六，人民文学出版社1982年版，第138页。

④ 王士祯：《带经堂诗话》卷三，人民文学出版社1982年版，第82页。

深船。”玩此数条，可悟五言三昧。[①]

他还曾指出王维的五绝《息夫人》“看花满眼泪，不共楚王言”两句，“更不著判断一语，此盛唐所以为高。”[②]又曾说李白的《夜泊牛渚怀古》和孟浩然的《晚泊浔阳望庐山》两首五律“色相俱空，政如羚羊挂角，无迹可求，画家所谓逸品也。”[③]明确指出了“神韵”与“逸品”的关系。渔洋常以“飘逸”“潇洒”“尘外之思”等语品评宋、元以来近乎“逸品”的画，以有“神韵”评米芾的书法，都是将“笔简形具”“逸笔草草”的“逸品”画与“不著一字，尽得风流”的“神韵”诗等同起来。渔洋认为好诗应当超越形相，皮毛落尽，精神独存，即能由虚处传神，以少胜多。在他看来，有时不拘于形似，反而可以达到更高层次的艺术真实。《池北偶谈》云：

> 世谓王右丞画雪中芭蕉，其诗亦然。如“九江枫树几回青，一片扬州五湖白。”下连用兰陵镇、富春郭、石头城诸地名，皆寥远不相属。大抵古人诗画，只取兴会神到，若刻舟缘木求之，失其指矣。[④]

在《渔洋诗话》里，他又指出江淹、孟浩然诗写路程不准确；“只取兴会超妙，不似后人章句，但作记里鼓也。”[⑤]

明、清画论对这种不拘形迹、虚处传神的绘画多有论述。明人顾凝远《画引》云：“气韵或在境中，亦或在境外。”[⑥]清人笪重光《画筌》云：“空本难图，实景清而空景现。神无可绘，真境逼而神境生。位置相戾，有画处多属赘疣；虚实相生，无画处皆成妙境。”[⑦]王翚与恽格评这段话云：“人但知有画处是画，不知无画处

---

① 王士祯：《带经堂诗话》卷二，人民文学出版社1982年版，第70页。
② 王士祯：《带经堂诗话》卷二，人民文学出版社1982年版，第53页。
③ 王士祯：《带经堂诗话》卷三，人民文学出版社1982年版，第70—71页。
④ 王士祯：《池北偶谈》卷十八，中华书局1982年版，第436页。
⑤ 王士祯：《渔洋诗话》卷上，载丁福保辑：《清诗话》，上海古籍出版社1978年版，第183页。
⑥ 顾凝远：《画引》，载于安澜编：《画论丛刊》，人民美术出版社1962年版，第140页。
⑦ 笪重光：《画筌》，载于安澜编：《画论丛刊》，人民美术出版社1962年版，第170页。

皆画。画之空处，全局所关。即虚实相生法，人多不著眼空处，妙在通幅皆灵，故云妙境也。”[①]王昱《东庄论画》云：“尝闻诸夫子（指王原祁）有云：奇者不在位置，而在气韵之间；不在有形处，而在无形处。”[②]，戴熙《习苦斋题画》云：“笔墨在境象之外，气韵又在笔墨之外。然则境象笔墨之外，当别有画在。”[③]可见重视以少胜多、虚处传神的观点，是“逸品”画论和“神韵”诗论所共有的。钱锺书先生联系诗歌、音乐、绘画理论谈“不著一字，尽得风流”，最具妙解。《谈艺录》云：“‘不著’者，不多著，不更著也。已著诸字，而后‘不著一字’，以默佐言，相反相成，岂‘不语哑禅’哉。马拉梅、克洛岱尔辈论诗，谓行间字际、纸首叶边之无字空白处与文字镶组，自蕴意味而不落言诠，亦为诗之干体。”又云：此等处“犹画图上之空白、音乐中之静止也。”“盖吾国古山水画，解以无笔墨处与点染处互相发挥烘托，岂‘无字天书’或圆光之白纸哉。”[④]“逸品”与“神韵”理论所赞赏的这种韵味，接近于所谓“含蓄”。袁行霈先生精辟地指出：“含蓄不等于隐晦，注重言外之意，追求含蓄不尽，并不是有话不说，而是引而不发。言有尽而意无穷，这是诗人浮想联翩、思想感情的飞跃接近极顶时，自然达到的艺术境界。最后的一跃已经开始，无限的风光即将展现。既是终结，又是起始；既是有尽，又是无穷。在个别中寓以普遍，在特殊中寓以一般；使诗歌语言保持在最饱满、最富启发性的状态之中，给读者留下最广阔的想象余地。”[⑤]。

第三，“逸品”说的“得之自然”，“倏若造化”与“神韵”说的“自然”“天真”“本色”论。

朱景玄说王墨（洽）泼墨是“应手随意，倏若造化”，李灵省画“物势皆出自然”“符造化之功”（《唐名画录·逸品》）。黄休复说“逸格”的特点是“得之自然”（《益州名画录》）。董其昌说“士大夫当穷工极研，师友造化。”（《容台集·别集》卷四）恽格说“高

① 笪重光：《画筌》，载于安澜编：《画论丛刊》，人民美术出版社1962年版，第170页。

② 王昱：《东庄论画》，载于安澜编：《画论丛刊》，人民美术出版社1962年版，第258页。

③ 戴熙：《习苦斋题画》，载俞剑华编：《中国画论类编》，中国古典艺术出版社1957年版，第995页。

④ 钱锺书：《谈艺录》，中华书局1984年版，第413—415页。

⑤ 袁行霈：《中国诗歌艺术研究·言意与形神》，北京大学出版社1987年版，第95页。

逸”有“平淡天真”（《瓯香馆画跋》）之特点。这对王渔洋的“神韵”说也有积极影响。所以渔洋强调天机凑泊，自然天真，恰到好处。其论诗绝句云：“五字清晨登陇首，羌无故实使人思。”（《戏效元遗山论诗绝句三十六首》其二）即敷衍锺嵘《诗品序》“‘清晨登陇首’，羌无故实；‘明月照积雪’，讵出经史”语意，认为好诗本无须堆砌典故，只要能妙合自然即可。又云：“枫落吴江妙入神，思君流水是天真。”（《戏效元遗山论诗绝句三十六首》其三十）“枫落吴江冷”，为唐人崔信明句，“思君如流水”，为徐幹《杂诗》句，都是自然天真的妙句。锺嵘《诗品序》：“思君如流水，既是即目；高台多悲风，亦唯所见。”渔洋还曾评王维“兴阑啼鸟缓，坐久落花多”二句“自然入妙”。[①]并列举过一些“神韵天然，不可凑泊”的名句：“如高季迪‘白下有山皆绕郭，清明无客不思家。’杨用修‘江山平远难为画，云物高寒易得秋。’曹能始‘春光白下无多日，夜月黄河第几湾。’”“李太虚‘节过白露犹余热，秋到黄州始解凉。’程孟阳‘瓜步江空微有树，秣陵天远不宜秋’”他又举自己的登燕子矶诗句：“‘吴楚青苍分极浦，江山平远入新秋。’或亦庶几尔。”[②]他评高子业诗“自写胸情，扫绝依傍”。又云：“《弇州诗评》谓昌谷（徐祯卿）如白云自流，山泉泠然，残雪在地，掩映新月；子业如高山鼓琴，沉思忽往，木叶尽脱，石气自青。谭艺家迄今奉为笃论。”[③]亦以“妙合自然”来论诗。其所举之例，多为山水诗，由此可见其论诗宗旨所在。

因为强调自然、天真，渔洋对那些以工力见长的诗表示不满，如论《桃源行》云：“唐、宋以来作《桃源行》最传者，王摩诘、韩退之、王介甫三篇。观退之、介甫二诗，笔力意思甚可喜；及读摩诘诗，多少自在，二公便如努力挽强，不免面赤耳热。此盛唐所以高不可及。”[④]对诗之“本色”，渔洋也极为重视，《蚕尾续文》曰：

论诗当先观本色。《硕人》之诗曰：“巧笑倩兮，美目盼

① 王士祯：《带经堂诗话》卷二，人民文学出版社1982年版，第52页。
② 王士祯：《带经堂诗话》卷三，人民文学出版社1982年版，第71页。
③ 王士祯：《带经堂诗话》卷四，人民文学出版社1982年版，第98页。
④ 王士祯：《带经堂诗话》卷二二，人民文学出版社1982年版，第50页。

兮。”而尼父有“绘事后素”之说，即此可悟本色之旨。彼黄眉黑妆，折腰龋齿，非以增妍，只益丑耳；矧效西子之颦，学寿陵之步者哉？……，综而论之，妙在本色，如邢夫人乱头粗服，能令尹夫人望而泣下，自惭弗如。①

所谓“本色”，就是李白所说的：“清水出芙蓉，天然去雕饰”，即净洗铅华，以天生丽质取胜，这是对诗歌艺术美提出的很高的要求。“本色”的对立面是矫揉造作，忸怩作态，违背自然，故渔洋讥之云：“非以增妍，只益丑耳。”

王渔洋自己创作了大量的山水诗，表现出对大自然的无比热爱及注重自然的诗风，这也是他受“逸品”说影响而产生的重“神韵”诗论的实践。

总之，“逸品”画论在作家论、题材论、风格论诸方面，都给王渔洋的“神韵”说以重要的、积极的影响，并已融合为“神韵”说的有机组成部分。渔洋的“神韵”说之所以比前人更为深入、全面，“逸品”说的引入，是一个极为重要的原因。

但是，“逸品”说的浸润，只是王渔洋“神韵”说形成的原因之一，对其作用不宜过分夸大。因为，王渔洋还直接继承并发展了司空图、苏轼、姜夔、严羽、徐祯卿、孔文谷诸人的诗论，并从老庄哲学、魏晋玄学和南宗禅学中吸取了有用的成分，加上一番融会贯通的功夫，从而形成了其“神韵”说，对此，我们已有专论，兹从略。②

[原载袁行霈主编：《国学研究》（第三卷），北京大学出版社1995年版，收入余恕诚、潘啸龙主编《古典文学与文献论集》，安徽人民出版社2000年版]

① 王士禛：《带经堂诗话》卷五，人民文学出版社1982年版，第131页。

② 请参阅袁行霈、孟二冬、丁放撰：《中国诗学通论》第六章第一节《王士禛的“神韵”说》，安徽教育出版社1994年版。

学术短论

简论“大历十才子”的主名暨古代文士齐名的原因

唐代宗大历年间，有一批“以能诗齐名”的诗人，时人称之为“大历十才子”。但是，他们到底指哪十位诗人，亦即“大历十才子”的主名问题，历来有种种不同说法，有必要进行一番讨论。

“大历十才子”之称，最早见于中唐人姚合的唐诗选本《极玄集》，该书李端小传云：“（李端）字正已，赵郡人，大历五年进士。与卢纶、吉中孚、韩翃、钱起、司空曙、苗发、崔洞（作者按：当作峒）、耿沣、夏侯审唱和，号十才子。历校书郎，终杭州司马。”①

北宋欧阳修、宋祁等人修撰的《新唐书》，在《文艺传·卢纶传》中有如下记载：

> 纶与吉中孚、韩翃、钱起、司空曙、苗发、崔峒、耿沣、夏侯审、李端皆能诗齐名，号“大历十才子”。②

显然是采用了《极玄集》的说法，可见，从中唐到北宋，关于“大历十才子”的主名，一直没有异议。而且，由于时代接近，姚合的记载当是可信的。

可是，后人对“大历十才子”的主名却有多种不同意见，与欧阳修同时的江休复《嘉祐杂志》即提出不同看法（详下引王士祯语），南宋人严羽则认为冷朝阳应为“大历十才子”之一，他说“冷

① 姚合：《极玄集》，载傅璇琮主编：《唐人选唐诗新编》，陕西人民教育出版社1996年版，第539页。

② 《新唐书》卷二〇三，中华书局1975年版，第5785页。

朝阳在大历才子中为最下”[①]。清人管世铭《读雪山房唐诗钞》卷十八则以卢纶、韩翃、刘长卿、钱起、郎士元、皇甫冉、李嘉祐、李益、李端、司空曙等人为“大历十才子”。清代大诗人王士祯对此也发表了意见，其《分甘余话》卷三云：

> 唐大历十才子传闻不一，江邻几（作者按：即上文提到的江休复，字邻几）所志乃卢纶、钱起、郎士元、司空曙、李益、李端、李嘉祐、皇甫曾、耿湋、苗发、吉中孚，共十一人，或云又有夏侯审。按发、审诗名不甚著，未可与诸子颉颃，且皇甫兄弟齐名，不应有曾而无冉；又韩翃同时盛名，而亦不之及，皆不可解。[②]

除上列诸说以外，还有一些不同说法，兹不一一列举。对于造成这种众说纷纭状况的原因，明人胡应麟的一段话分析地最为通达：

> 《唐书·卢纶传》明言吉中孚、夏侯审、钱起、李端、苗发、司空曙、韩翃、耿湋、崔峒与纶为十才子。其初人数如此，惟中孚、审制作无闻，可疑，而纶有《怀中孚峒发端津兼寄夏侯审侍御七子》诗，则中孚与审实在才子之列。而韩翃、钱起不与，恐其间有章句脱落，否则别有故也。或去中孚、审与翃、峒，而益皇甫曾、李嘉祐、郎士元，李益，其人才视前虽胜，而非实录。余尝历考古今，一时并称者，多以游从习熟，倡和频仍，好事者因之以成标目。中间或品格差肩，以踪迹离而不能合；或才情迥绝，以声气合而不得离，难概论也。”[③]

胡氏的话，值得重视的有以下几点：

---

① 严羽《沧浪诗话·诗评》，也有人认为严羽并未说冷朝阳为“大历十才子”之一，郭绍虞先生《沧浪诗话校释》云：“按《唐书·文艺传》及江邻几《杂志》所举大历十才子之名，均无冷朝阳，沧浪所言，当是泛指一般才子。”

② 王士祯：《带经堂诗话》卷十七，人民文学出版社1982年版，第493页。

③ 胡应麟：《诗薮·外编卷三·唐上》，上海古籍出版社1979年版，第180页。

第一，他认为“大历十才子”的主名，应以《新唐书》等记载为是，这是尊重历史、实事求是的观点。

第二，他指出有些人不依《新唐书》之说，把皇甫兄弟、李嘉祐、郎士元、李益等列入十才子，而去掉吉中孚、夏侯审等人，是根据“人才”，即创作成就高下而定的，而不是实录。这是很有见地的。

“大历十才子”是一个松散的文学团体，是指大历年间活动在长安、“以能诗齐名”的一批诗人，而不是按大历时期全国诗坛的情况而排的座次。吉中孚、夏侯审、崔峒、苗发等人都是这个集团的成员，因而得以列入。皇甫兄弟、李嘉祐、郎士元、李益等诗歌成就虽然高于吉中孚等人，因不属于这个诗歌集团，故不能进入“大历十才子”之列。

第三，他进一步论述古今同时并称者，“多以游从习熟，唱和频仍，好事者因之以成标目”，水平相近而不得同游，“踪迹离”者，则不能并称，才情迥绝而声气相通者，倒可以并列。这话纵观古今，极有见识，如“大历十才子”即因“文咏唱和，驰名都下，号大历十才子”。吉中孚、夏侯审、苗发等才情与钱起、卢纶等相去甚远，而且作品多已失传，因为有幸在当时当地参加了这个诗歌集团的活动，故得以入选。而皇甫冉、李嘉祐等人和“大历十才子”不属于一个文学集团，他们的活动范围主要在以吴越为中心的江南地区，创作上以山水诗出名。皎然《诗式》云：“大历中，词人多在江外，皇甫冉、严维、张继、刘长卿、李嘉祐、朱放、窃占青山白云、春风芳草，以为已有”。[①]可见他们属于当时的另一个文学团体。李益年辈较晚，大历年间似未到过长安，大历后又从军边塞[②]，不存在与“十才子”诸人在长安唱和的可能。因此，他与所谓江外词人，如刘长卿、李嘉祐、皇甫兄弟等，均不应列入“大历十才子”。

总之，“大历十才子”的主名，应以《极玄集》《新唐书》等书的说法为准。他们得以齐名的原因，是他们在大历年间，共同聚集在长安，作了大量文词优美、技巧圆熟，但内容比较空虚的祖饯、应酬诗，在京师乃至全国，引起广泛注意，因而赢得这一称号。

胡应麟论述古代文士齐名的原因，说得很精辟，但并不全面。

① 皎然：《诗式》卷四，李壮鹰：《诗式校注》，人民文学出版社2003年版，第273页。

② 参见卞孝萱先生《李益年诗稿》，《中华文史论丛》第八辑。

这里，我想附带讨论一下这一问题。

纵观我国文学史，我认为文士齐名的原因主要有下列几种：

一、因时代相同，交游甚密，酬唱较多而并称，如建安时的“建安七子”。据曹丕说是“仰齐足而并驰”[①]，按曹植的说法是“当此之时，人人自谓握灵蛇之珠，家家自谓抱荆山之玉。”[②]除孔融外，其余人都是曹魏文学集团的骨干。“大历十才子”即属此类。

二、属于同一文学流派，因而得以并称，如元白诗派、韩孟诗派、江西诗派、浙西词派、桐城派等等。如江西诗派，主要是江西人，但又不限于江西；他们都推崇杜诗，追求瘦硬的诗风，以黄庭坚为首，余人皆宗之，吕本中作《江西诗社宗派图》，共列二十五人；这些人往往不限于一个时代。另如“桐城派”在清中后期更是代代衣钵相传的，其成员早已不局限于安徽桐城籍。

三、同一地区的作家得以并称，如清代诗坛有“岭南三大家”“江左三大家”之说。

四、因亲属关系而齐名，这一类多是父子兄弟或师弟子等，如三曹、三苏、苏门四学士、三袁等等。

五、以上各类基本上是风格、才性相近的文人相提并论，还有一类是才性相反、风格迥异的文人也可相提并论。如李白、杜甫齐名，但李的“豪放飘逸”，与杜的“沉郁顿挫”显然异趣；晚唐李商隐“深情绵邈”，杜牧“雄姿英发”，诗风不同，也并称为“小李杜”，由于他们并世而出，同时领导当时文坛，因而得以并称。

当然，以上分类只是就大概而言，可能还有遗漏，也有一些交叉现象，如元白、韩孟诗派，既可归入“风格流派”类，又可归入“时代相同，酬唱较多”类。江西诗派、桐城派等，既可据流派划分，又可据地域划分等等。

考察这一现象，我个人认为有两点启发意义：一是可见我国古代文士齐名者甚多，交情甚好，他们往往互相酬唱，切磋诗艺。曹丕说“文人相轻，自古而然”（《典论·论文》），恐怕未必然，倒不如说“文人相亲，自古而然”，更合理些，这当然是古代文人的一个优良传统。二是现今的学术文章，研究个别作家、个别作品者

① 曹丕：《典论·论文》，《文选》卷五二，《四部丛刊》本。

② 曹植：《与杨德祖书》，《文选》卷四二，《四部丛刊》本。

多，综合研究某一时代文学大势或者某一文学流派者少，如果能从古代文士齐名这一角度入手，进而作一些综合分析、比较研究，或许对从宏观上探讨我国文学的规律和成就，会有一定的帮助。

[原载《安徽教育学院学报》（社会科学版）1987年第2期，人大复印资料《中国古代、近代文学研究》全文转载，收入本书时有改动]

辛文房任“省郎”时间小考

——兼论张雨《元日雪霁早朝大明宫和辛良史省郎廿二韵》的写作时间

傅璇琮先生主编、中华书局出版的《唐才子传校笺》，是唐诗研究的扛鼎之作，久已享誉学林。但该书的“校勘说明”（孙映逵先生执笔）关于《唐才子传》作者辛文房任省郎时间的论述，似乎不够准确，今不揣浅陋，特为拈出，向各位方家请教。

《唐才子传校笺·校勘说明》云：“元人辛文房撰《唐才子传》，足本为十卷。辛氏字良史，为元代前期西域人，与王执谦、杨载同时，且齐名。据《唐才子传·引》，本书于元成宗大德甲辰（即大德八年，1304）写成。辛氏在《引》中自称‘异方之士，弱冠斐然，狃于见闻，岂所能尽’，又谓是书作于‘端居多暇’之时，且书中议论多言坎壈不遇之憾，‘意良史亦必负才跅弛，见嫉时流，故借著书以消其愁愤’，可见是他早年未仕时的著述。泰定元年（1324）前辛氏人朝为省郎，得博览秘府藏书，或续有增补。此书当在辛氏名显后刊刻行世，具体时间尚不清楚。”

“校勘说明”据《唐才子传·引》中的文字及所署年月，认为《唐才子传》是辛文房早年未仕时的著述，此论甚是。周本淳先生《唐才子传校正》（江苏古籍出版社1987年6月版）指出辛文房曾官至“省郎”，“他向往王贞白那样‘进而就禄，退而保身’，也许‘省郎，之后就退出官场专心著述《唐才子传》了。……所谓‘端居多暇，害事都捐’是对脱离官场生活的委婉说法”。此说实误，因为辛文房自述“弱冠斐然”，“弱冠”古指二十岁，辛氏不可能如此年轻便退出官场，故“校勘说明”对此问题的说法是正确的。“校勘说明”还认为辛文房任“省郎”时，“得博览秘府藏书，或续有增补”，这一推测也很有道理。问题出在对辛文房任“省郎”时间的推算上。“校勘说明”在“泰定元年（1324）前辛氏人朝为省郎”句下注云：“元张雨《句曲外史贞居先生诗集》卷四《元日雪霁早朝大明宫和辛良史省郎二十二韵》有'岁开环甲纪'之句，泰定元年即为甲子年。"这一判断是错误的，致误的原因，一是没有仔细阅读全诗，二是所据版本有问题。为了便于论述，我们将张雨这首诗全文征引如下：

元日雪霁早朝大明宫和辛良史省郎廿二韵并序

张雨

延祐改元三月，民瞻石宰相遇京师，承需郿作，且辱先施之惠，林下朽生，不能造馆阁绮语，幸于言句外求之，愧悚而已。

才设中庭燎，俄看密霰飘。岁开环甲纪，星动指寅杓。凤集天门榜，珂鸣月殿桥。卿云同四表，和气集三朝。陛级肪初截，云层玉旋雕。勾陈分彩队，步辇簇青腰。积屑承盘重，吹花到笏消。逶迤光黼座，凌乱缀珠翘。乐共炉烟合，班随翠袖招。阆风游广汉，玉局道逍遥。北戏鱼龙舞，中岩虎豹调。旌旗攒赑屭，冠剑掠招摇。穆酒曾觞母，洪崖及见尧。万年临紫极，一白庆璇霄。朝会仪如此，骞腾意颇饶。身唯参寂寞，世岂绌纷嚣。姑射消疵疠，蓬莱倚泬寥。瑶华挽戴胜，珠树引回镳。有术探鸿宝，何人识爨焦。竟须穷海岱，直拟并松乔。书就神床写，香从别室烧。怜君守华省，琢句废春宵。

此诗的作者张雨（1277—1350），字伯雨，一名天雨，钱塘（今浙江省杭州市）人。"年二十，弃家遍游天台、括苍诸名山，……入开元宫从真人王寿衍为道士，名嗣真，风裁凝峻，见者异之。见赵松雪承旨，赵见其作字劲健，赠以《云麾将军碑》墨，令师法之，书果超越，儒学提举杨廉夫许在陶贞白上。饮酣伸纸作大草尤妙，小楷变率更家数，世称二绝，诗宗杜，惟肖，古选类大历间诸子。"（姚绶《句曲外史小传》，见《四库全书》本《句曲外史集·附录》）陶宗仪《书史会要》卷七、李日华《六研斋三笔》卷一、卷三也有类似的记载。由以上记载可知，张雨诗、书、画兼擅，而且风姿高朗，在当时很有名气。

诗序中的“民瞻石宰”，指与张雨、辛文房同时人石岩，“宰”即县尹。石岩的生卒年不详，陶宗仪《书史会要》卷七云：“石岩字民瞻，京口人。官至县尹，隶书学韩尚书。”石岩的作品流传也不多，席世臣《元诗选》选有他的诗，唐圭璋先生辑《全金元词》，据《玉山名胜集》录其词一首，即《清平乐·题桐花道人吴国良卷》。仅据以上有限的资料，我们知道石岩是一位能书画、擅诗词的风雅官吏。

弄清张雨、石岩的基本情况后，我们可进一步研究此诗及序。序文中“延祐改元”显然指元仁宗延祐元年（1314）。据《元史·仁宗纪》记载，本年“正月……丁未，诏改元延祐，释天下流以下罪囚，免上都、大都差税二年，其余被灾曾经赈济人口免差税一年。”照诗序所说，延祐改元三月，石岩在京师遇到张雨，向张索要作品，张雨即写下和辛文房的这首五言排律赠给石。这里出现了一个问题，即诗题与诗序在时间上不统一。诗题是“元日雪霁早朝大明宫”，元日即农历正月初一，出《尚书·舜典》：“月正元日。”诗序却说“延祐改元三月，民瞻石宰相遇京师”，岂非自相矛盾。合理的解释是，此诗作于延祐元年“元日”（仔细推究起来，此时尚未改元，应是元仁宗皇庆三年的正月初一），三月份，张、石二人在京师相遇，张雨将此诗赠给石时，补写了诗序，用以说明赠诗的原委，故序与诗题在时间上相差了三个月。这首诗写“元日雪霁早朝大明宫”，张雨应当是此次朝会的参加者（张雨曾得到皇帝的礼遇，见下，故参与朝会是可能的）。此诗名为“雪霁”，实际上多写下雪之时，如“俄看密霰飘”，“陛级肪初截，云层玉旋雕”，“积屑承盘重，吹花到笏消。逶迤光斧座，凌乱缀珠翘”等等，俨然一幅“雪中早朝图”，对大雪的喜爱之情溢于言表。个中原因，也可从《元史》中找到旁证。《元史·仁宗纪》皇庆二年十二月：“京师以久旱，民多疾疫，帝曰：‘此皆朕之责也，赤子何罪。’明日大雪。”久旱而逢瑞雪，朝野上下欢忭鼓舞，这才形成了张雨这首诗赞美雪的基调。全诗气象雍容典雅，笔力劲健，颇有盛唐时贾至、王维、杜甫诸人早朝大明宫诗的气势，在元代纤弱的诗坛上颇为特出。所以张雨才将它郑重地赠给石岩。

至于《唐才子传校笺·校勘说明》为何将此诗的作年（亦即辛

文房任省郎之时）误定为元泰定元年（1324），笔者认为，主要原因有三。

其一，没有认真阅读张雨此诗的上下文。

此诗的第二联为“岁开环甲纪，星动指寅杓”，古人以干支纪年，上句指此年的天干为“甲”，下句指此年的地支为“寅”，两句合观，明言此年为“甲寅”年。以张雨、辛文房及与二人同时代且有交往的赵孟頫、杨载、虞集、袁桷、王执谦诸人生平考之，此“甲寅”只能是元仁宗延祐元年甲寅（1314）。“校勘说明”引张雨之诗时，只注意“岁开环甲纪”句，而未能与其对句“星动指寅杓”合观，因而致误。

其二，未注意此诗之序。

“校勘说明”注三引张雨此诗时说：“元张雨《句曲外史贞居先生诗集》卷四《元日雪霁早朝大明宫和辛良史省郎二十二韵》有‘岁开环甲纪’之句，泰定元年即为甲子年。”据此提供的张雨诗集名称及卷数，经查阅，知“校勘说明”所用的张雨诗集为《四部丛刊》本，而此本仅收此诗，未收诗序。“校勘说明”的作者未能遍检诸本，根据诗中“岁开环甲纪”的单句孤证，得出了轻率的结论。本文所引张雨诗，据明人毛晋所辑《元人十种诗》本《句曲外史集》（民国十五年［1926］上海涵芬楼影印汲古阁本），《四库全书》本《句曲外史集》所录张雨此诗序及正文与毛晋本完全相同，因二者源出一本。那么，此版本是否可靠呢？《四库全书总目》卷一六八《集部·别集类》二一著录此书云：《句曲外史集》三卷，《补遗》三卷，《集外诗》一卷，系“浙江鲍士恭家藏本”。“元张雨撰。雨有《元品录》，已著录。其平生诗文，尝手录成帙，然当时未及刊版。故零缣断素，赏鉴家多传其墨迹，而集则无传。明成化间，姚绶始购得其稿。嘉靖甲午，陈应符始釐为三卷，校雠付刊，而以刘基所作墓志、姚绶所作小传附之。崇祯中，常熟毛晋复取乌程闵元衢所录佚诗，为补遗三卷，附以同时酬赠之作。晋又与甥冯武搜得雨集外诗若干首，续刻于后。仍以徐世达原序冠于简端者，即此本也”。可见，张雨诗文集最早由姚绶购得，陈应符始为刊行三卷本，即毛晋汲古阁本《句曲外史集》上、中、下三卷，《元日雪霁早朝大明宫和辛良史省郎廿二韵并序》即见该书卷上。《句曲外史集》的补遗、集外诗亦由毛晋等人搜集而成。这无疑是张雨文集最早最可靠的版本，拙文所依据的毛晋《元人十种诗》本、《四库全书》本均出此本，这两种版本均收有上引的“诗序”，《四库全书》本《元诗选》（顾嗣立编）卷六十六收此诗，诗序、正文与上二本全同。《四部丛刊》本系“上海涵芬楼据景写元徐达左刊本景印”，诗句顺序及具体文字多处与汲古阁本不同。“校勘说明”未暇遍观诸本，仅据《四部丛刊》本立论，故未见诗序，当是致误的另一重要原因。

其三，未详考张雨生平及交游事迹。

明初人刘基《句曲外史张伯雨墓志铭》（见文渊阁本《四库全书》之《句曲外史集》附录）云：“外史钱塘人，姓张氏，字伯雨，六世祖九成以状元擢第。……雨性狷介，常眇视流俗，悒悒思古道，知弗能与人俯仰，遂挺身戴黄冠为道士，登茅山，受大洞经箓，豁有所悟，遂敻出群道士表。……明年，开元宫王真人入觐京师，外史自副。时范德机以能诗名，外史造范，范适出，有诗集在几上，外史取笔书其后，为诗四韵，守者见则大怒，趋白范，而范惊曰：‘吾闻若人，不得见，今来，天畀我友也。’即日诣外史，结交而去。由是外史名震京中，一时贤士大夫，若蒲城杨仲弘，四明袁伯长，蜀郡虞伯生，争与为友，愿留之京师。外史虽为道士，恒以亲老为忧。延祐初，谢观居开元宫，明年杭灾宫毁，外史适华阳。至元丙子，以上冢告归，遂不复去，年已六十矣。”这段文字介绍了张雨的家世、性格、入道的经过及赴京、离京的全过程。延祐初当指延祐元年或二年。结合刘基的记载、诗序及“岁开”二句，可知张雨此诗只可能作于延祐元年，而绝不可能是十年之后的泰定元年（1324）。那么，何以证明张雨此次离京后没有再至京师呢？姚绶的《句曲外史小传》提供了明确的答案：张雨之师王寿衍“复偕入朝，被玺书，赐驿传，欲官之，非其志也，即自誓不更出。因三茅（作者按：即句曲山）有书招，赴之，奉任君而下五君，为文告之，愿毕力兹宇”。可知张雨曾朝见皇帝并得到皇帝赏识，故张雨此诗写的是亲历之事，大约张雨作此诗不久即发了重誓，离开京城，且永不复出。而且张雨在此诗中，也表达了其继续求道的愿望：“竟须求海岱，直拟并松乔。书就神床写，香从别室烧。”张雨离开京师的时间为延祐初，并且以后未再至京城。

张雨友人范梈、杨载、虞集等人延祐初亦在京师，后皆出为外官，亦可为张雨此诗作于延祐元年提供旁证。范梈生于至元九年（1272），三十六岁时（1308）至京师，有声诸公间。不久，朝臣荐为翰林院编修，张雨至京访范梈，当在此后不久。秩满，出为外职，"巡历遐僻"（据《元史·范梈传》）。范官翰林，当在延祐之前，秩满出朝当在延祐初。杨载生于至元八年（1271），四十岁之后任翰林院编修，时间约在1311至1314年，延祐二年（1315）杨载中进士，在浮梁州、宁国等地任职，至治三年（1323）卒。虞集延祐初任集贤院修撰等职，六年（1319）除翰林待制兼国史院编修官，丁忧归。泰定初召为国子司业，故范、杨二人與张雨交往只能在延祐初，虞、张交往亦不晚于此时。

综上所述，张雨的《元日雪霁早朝大明宫和辛良史省郎廿二韵并序》作于元仁宗延祐元年甲寅（1314），而非元泰定帝泰定元年甲子（1324）。故可知辛文房在延祐元年之前已任"省郎"。《唐才子传校笺·校勘说明》误将此诗作年及辛文房任省郎的时间推迟了十年。

[原载《中华文史论丛》第六十六辑，上海古籍出版社2001年版]

开元前期的“吏治与文学之争”

前辈学者汪篯在《唐玄宗朝吏治与文学之争——玄宗朝政治史发微之二》（见《汪篯隋唐史论稿》，中国社会科学出版社1981年版）一文中论及开元前期姚崇贬斥张说等人的原因时指出：“这主要的原因，较为明显地，是为了使玄宗的皇位更加安定。但是，在骨子里面，姚崇和这些功臣中间的互不相容，似乎还隐含着用吏治与用文学的政见不同。”汪先生的说法影响很大，其实却不无可议之处。

首先，姚崇及其继任者宋璟都不是吏道出身，姚崇虽然由门荫入仕，却是因应制举“下笔成章科”登第之后才步入仕途的，这与张说应“词标文苑科”为第一名而入仕的经历十分相似，宋璟则是进士出身，与郭元振、魏知古、赵彦昭相同。

第二，姚、宋虽然富有政治才干，却并不以长于吏道著称，史称“上即位以来，所用之相，姚崇尚通，宋璟尚法，张嘉贞尚吏，张说尚文，李元纮、杜暹尚俭，韩休、张九龄尚直，各其所长也”。（《资治通鉴》卷二一四）《大唐新语》卷一《匡赞第一》说：“崇善应变，故能成天下之务；璟善守文，故能持天下之政。二人执性不同，同归于道。”“初元宗以雄武之才，再开唐统，贤臣左右，威至在己。姚崇、宋璟、苏颋等，皆以骨鲠大臣，镇以清静，朝有著定，下无觊觎。四夷来寇，驱之而已；百姓富饶，税之而已。继以张嘉贞、张说，守而勿失。”（柳芳《食货论》，《全唐文》卷三七二）

第三，姚崇的确有一定行政才干，《旧唐书·姚崇传》说：“是时，上初即位，务修德政，军国庶务，多访于崇，同时宰相卢怀慎、源乾曜等，但唯诺而已。崇独当重任，明于吏道，断割不滞。”但他并未因吏治与文学的观点不同来贬斥张说，他之所以将张说等人排斥出朝，主要原因乃是汪先生所说的为了巩固玄宗的统治。张说与姚崇素来不睦，《新唐书·姚崇传》云：“（姚崇）资权谲。如为同州，张说以素憾，讽赵彦昭劾崇。及当国，说惧，潜诣岐王申款。”张说私自与岐王交结，犯了唐玄宗的大忌，姚崇抓住这一契机，将张说贬出朝廷，既巩固了玄宗的统治，又报了个人的私怨，然而这与吏治与文学之争并无直接关系。

第四，姚崇、宋璟执政期间，不但没有反对文治，还进行了一些重要的文化建设，如开元三年起，令褚无量、马怀素等整理内库及秘书图籍，数年后，方告成功。

第五，这一时期的政治，总的说来比较开明，文人的狂态得以尽情展示并被社会所宽容，此时出现了两大狂人，一为王翰，一是王泠然。王翰于景云元年（710）举进士，次年就干出了一件惊世骇俗的事情。《封氏闻见记》卷三《铨曹》云：“开元初（作者按：据《唐才子传校笺》卷一，“开元初”为“景云初”之误），宋璟为尚书，李乂、卢从愿为侍郎，大革前弊，据阙留人，纪纲复振。时选人王翰颇攻篇什，而迹浮伪，乃窃定海内文士百有余人，分作九等，高自标置，与张说、李邕并居第一，自余皆被排斥。陵晨于吏部东街张之，甚于长名。观者万计，莫不切齿。从愿潜察获，欲奏处刑宪，为势门保持，乃止。”宋璟并未惩治王翰，更为有趣的是，王翰相继得到张嘉贞和张说的礼遇。《旧唐书·王翰传》：“并州长史张嘉贞奇其才，礼接甚厚，翰感之，撰乐词以叙情，于席上自唱自舞，神气豪迈。”张嘉贞担任并州长史在开元四至五年。《旧唐书·王翰传》：“张说镇并州，礼翰益至。会说复知政事，以翰为秘书正字，擢通事舍人，迁驾部员外。”王翰工诗文，与张说、张九龄、苏晋、祖咏、胡皓、杜甫等人均有来往，张怀瓘评其为“朝端英秀，词场雄伯”（《文字论》）。其诗《全唐诗》今存一卷，仅十四首，数量不算多，但不乏名作。如《凉州词》和《古长城吟》。张嘉贞、张说礼遇王翰，即发生在姚、宋执政这一时段内。王泠然（693—725）“学为儒宗，文为词伯……所著篇什，到今称之，洛阳为之纸贵。”（佚名《唐故右威卫兵曹参军王府君墓志铭序》）开元五年进士及第，他及第的当年，作《与御史高昌宇书》，便已狂态毕露：“君是御史，仆是词人，虽贵贱之间，与君隔阔，而文章之道，亦谓同声，而不可以富贵骄人，亦不可以礼义见隔。且仆家贫亲老，常少供养，兄弟未有官资，嗷嗷环堵，菜色相看，贫而卖浆。值天凉，今冬又属停选，试遣仆为御史，君在贫途，见天下文章精神气调得如王子者哉？实能忧其危，拯其弊，今公之富贵，亦不可多得，意者望御史今年为仆索一妇，明年为留心一官，幸有余力，何惜些些？此仆之宿憾，口中不言，君之此恩，顶上相戴。倘也贵人多忘，国士难期，使仆一朝出其不意，与君并肩台阁，侧眼相视，公始悔而谢仆，仆安能有色于君乎？”（《全唐文》卷二九四）高昌宇的态度我们已不得而知，但时人对王泠然这种狂态显然不以为异，可能还会比较欣赏。《唐会要》卷七五《藻鉴》：“开元八年七月，王丘为吏部侍郎，拔擢山阴尉孙逖、桃林尉张镜微、湖城尉张晋明、进士王泠然、李昂等，不数年，登礼闱，掌纶诰焉。”《旧唐书》卷一百《王丘传》说王丘“典选累年，甚称平允。擢用山阴尉孙逖、桃林尉张镜微、湖城尉张晋明、进士王泠然，皆称一时之秀”。王泠然开元八年应书判拔萃科中式，任太子校书郎。其诗如《汴堤柳》就相当出色（见《全唐诗》卷一一五）

第六，张说被贬岳州，常与文人唱和，宋璟路过此地，也参与其事，对于张说岳州唱和，姚、宋并不介意，而当岐王范与文人在长安酬唱时，他们就不能置之不理了。宋璟对李邕的态度也值得注意。李邕是著名文人，在武则天时即有狂名，自称“不愿不狂，其名不彰”。“开元三年，擢为户部郎中。邕素与黄门侍郎张廷珪友善，时姜皎用事，与廷珪谋引邕为宪官。事泄，中书令姚崇嫉邕险躁，因而构成其罪，左迁括州司马。”（《旧唐书·李邕传》）开元六年，宋璟奏称：李邕、郑勉“并有才略文词，但性多异端，好是非改变；若全引进，则咎悔必至；若长弃捐，则才用可惜。请除渝、硖二州刺史。……从之。”（《资治通鉴》卷二一二）应当说，宋璟的处理方式还是很有分寸的。天宝年间，李白、高适、杜甫都曾与李邕有过来往，李白有著名的《上李邕》诗，杜甫有“李邕求识面，王翰愿卜邻”（《奉赠韦左丞丈二十二韵》）之句，也都十分狂傲。可见姚、宋时期文人政策的积极影响。

［原载《光明日报》2006年12月1日第007版］

天宝初年李白奉诏入京地再考辨

唐玄宗天宝元年（742），李白奉诏入京，进入宫廷，任翰林待诏，至天宝三载被“赐金放还”（《新唐书·李白传》），在长安生活了三年，学界比较一致的看法是，李白入宫临行前别妻女时作《南陵别儿童入京》，而这首诗作于何地，则主要有两种说法，一说南陵即今安徽南陵县，从詹锳先生《李白诗文系年》到复旦大学中文系《李白诗选》、郁贤皓先生《李白选集》皆主此说。上世纪八十年代，有学者主张李白由山东应诏入京，有的学者说山东亦有地名为南陵，并进而坐实为山东曲阜县的一个村庄，此说因近年百家讲坛、新安大讲堂的倡导而风行一时，也引起了不少争议。争论的焦点是李白由何处奉诏入京的问题，笔者对此诗的背景进行了较为系统的考察，认为还是以作于江南西道宣城郡南陵县（今安徽南陵县）、李白由此地入京为妥，理由如下：

第一，南陵在梁武帝时已置县，《旧唐书·地理志三》江南西道宣州南陵县：“南陵，汉春谷县地。梁置南陵县。武德七年，属池州，州废来归。”查两《唐书》之《地理志》，唐代共有三处地方名为南陵，一为宣州南陵县，即今安徽南陵县；二为原名为春州、天宝六载改为南陵郡，在今广东省境内；三是原名积州、武德九年改为南陵州者，在今广西境内。《全唐诗》中有三十七处提到南陵，从其具体描写来看，有百分之八、九十指今安徽南陵县。与李白同时的诗人如孟浩然《泊宣城界》：“西塞沿江岛，南陵问驿楼。”王维《送张五諲归宣城》：“渔樵南陵郡，人家青谷谿。”王昌龄《至南陵答皇甫岳》：“与君同病复漂沦，昨夜宣城别故人。”李白本人的《江夏赠韦南陵冰》、《赠韦南陵冰》、《于五松山赠南陵常赞府》、《书怀赠南陵常赞府》、《与南陵常赞府同游五松山》、《送通禅师还南陵静隐寺》、《答杜秀才五松山见赠》（五松山，南陵铜坑西五六里，宣城)、《纪南陵题五松山》诸诗之南陵，无一不是指今安徽之南陵县。李白诗提及南陵者共十处，南陵明确指“东鲁”或“鲁郡”者未见。比较明显的例外是李白的《酬张卿夜宿南陵见赠》，诗的开头四句“月出鲁城东，明如天上雪。鲁女惊莎鸡，鸣机应秋节”明为鲁地景物，詹锳先生系于天宝四载（745)，即李白被唐玄宗“放还”之后曰：“此诗即东鲁之作。”詹说甚是。詹引朱谏之语曰：“白宿东鲁，张卿以夜宿南陵之诗赠白，白酬之也。”[①]朱氏之意当为此诗是张卿作于宣城之南陵，李白在鲁地酬之，也言之成理。瞿蜕园、朱金城先生《李白集校注》按云：“此诗之张卿当即卷九《玉真公主别馆苦雨赠卫尉张卿》诗中所指之人，此云：‘我昔辞林丘，云龙忽相见。’是二人在长安相识也。”据当代学者考证，此张卿指玄宗之婿、玉真公主侄婿、张说之子张垍，且此诗作于开元十八年李白一入长安之时，细玩《酬张卿夜宿南陵见赠》一诗中的“我昔辞林丘，云龙忽相见。客星动太微，朝去洛阳殿”，说明二人曾到东都洛阳朝见过皇帝，“与君各未遇，长策委蒿莱”，可知二人皆无功名，故此张卿不可能是张垍，因为驸马不可谓“未遇”，李白也不应用此口气将自己与之相提并论，至于诗题中的南陵，则尚须新材料来证明。但即使这首诗作于鲁地，也无法证明与《南陵别儿童入京》作于同时，不能作为《南陵别儿童入京》一诗作于今山东省的证据。

第二，说者又谓“黄鸡啄黍秋正肥”句所写非中原景物，黍产于中原，而江南主要产稻米。但唐人写江南风物，却时常提及“黍”，仅以“鸡黍”连用为例。孟浩然《过故人庄》：“故人具鸡黍，邀我至田家。”孟浩然《裴司士、员司户见寻》：“府僚能枉驾，家酝复新开。落日池上酌，清风松下来。厨人具鸡黍，稚子摘杨梅。谁道山公醉，犹能骑马回。”孟浩然《戏题》：“客醉眠未起，主人呼解酲。已言鸡黍熟，复道瓮头清。”孟浩然这几首诗，当作于其故乡兼隐居地襄阳一带。秦系《早秋宿崔业居处》：“从来席不暖，为尔便淹留。鸡黍今相会，云山昔共游。上帘宜晚景，卧簟觉新秋。身事何须问，余心正四愁。”严维《酬王侍御西陵渡见寄》：“前

① 詹锳：《李白全集校注汇释集评》卷一六，百花文艺出版社1996年版，第2677页。

年万里别，昨日一封书。郢曲西陵渡，秦官使者车。柳塘薰昼日，花水溢春渠。若不嫌鸡黍，先令扫弊庐。”秦系、严维均主要生活在今浙江一带，诗中所写亦为江南风物。柳宗元《田家三首》（其二）：“篱落隔烟火，农谈四邻夕。庭际秋虫鸣，疏麻方寂历。蚕丝尽输税，机杼空倚壁。里胥夜经过，鸡黍事筵席。各言官长峻，文字多督责。东乡后租期，车毂陷泥泽。公门少推恕，鞭扑恣狼藉。努力慎经营，肌肤真可惜。迎新在此岁，唯恐踵前迹。”柳宗元被贬至南方，诗亦作于此贬地。杜牧《村行》：“春半南阳西，柔桑过村坞。袅袅垂柳风，点点回塘雨。蓑唱牧牛儿，篱窥蒨裙女。半湿解征衫，主人馈鸡黍。”杜牧年轻时在江西、宣歙等地任幕职，中年后任黄、池、睦诸州刺史，皆在江南。鱼玄机《期友人阻雨不至》：“雁鱼空有信，鸡黍恨无期。闭户方笼月，褰帘已散丝。近泉鸣砌畔，远浪涨江湄。乡思悲秋客，愁吟五字诗。”亦为江南风物。

第三，有人根据乾隆《曲阜县志》来推测的“南陵”在曲阜，最不符合学理。该县志上说“曲阜县……计村庄之大者一百四十有一。……西南十有四：……陵城南庄。”说者曰：“其地今为陵城镇，人称南陵”。且称据当地文化局的同志所言，这个村庄现在就叫做“南陵”，（见安旗《李白诗秘要》）以此为证，殊为未安。因为既找不到此地在唐代名“南陵”的任何依据，又没有任何证据说明李白此诗与此地有关。

第四，从李白行踪来考察，天宝初年，他完全有可能置家南陵。李白于开元十三年出川，“仗剑去国，辞亲远游”，至湖北安陆，娶故相许圉师的孙女为妻，从开元十五年至二十五年，“酒隐安陆，蹉跎十年”（李白《秋于敬亭送从侄游庐山序》），这期间，他到过扬州、金陵等地，并于开元十八年左右“一入长安”。开元二十七、八年，李白曾与王昌龄会于巴陵（王有《巴陵别李十二》），与孟浩然会于襄阳（李白有《赠孟浩然》），可见从出川至开元末，其生活轨迹一直是沿着长江两岸展开的，王琦《李太白年谱》说李白开元二十三年移家东鲁，并无确证。故此段时间内他在宣州、南陵一带（与上述地区均在长江沿线）游历，且移家南陵，是完全有可能的。至于李白移家东鲁的时间，我推测可能在他被“赐金放还”之后。李阳冰《草堂集序》曰：“天子知其不可留，乃赐金归之，遂就从祖陈留采访大使彦允，请北海高天师授道箓于齐州紫极宫。”魏颢《李翰林集序》：“以张垍逐，游海、岱间，年五十余尚无禄位。”李、魏二人都是李白晚年交情极深的亲友，且都受李白之托为之编辑文集，其言足资采信。现在可以考知的是，李白天宝三载离开长安后，与杜甫会于洛阳，二人又与高适同游梁、宋（今河南开封、商丘一带），李、杜又同至鲁地，并拜见北海太守李邕。李白很有可能在此时期移家东鲁，时间约在天宝三载至五载。

第五，《南陵别儿童入京》与《别内赴征三首》均作于天宝元年，地点均为安徽南陵。有人认为《南陵别儿童入京》作于今安徽南陵，时间在开元十八年李白一入长安时。此说不确。一来李白不可能这么早就将家移至南陵，二来“仰天大笑”二句不像初闯长安的年轻人的口吻，而让人觉得李白此行有些来头，最大的可能就是奉诏进京，否则不应如此欣喜若狂。李白有《别内赴征三首》，诗云：“王命三征去未还，明朝离别出吴关。白玉高楼看不见，相思须上望夫山。”“出门妻子强牵衣，问我西行几日归。归时倘佩黄金印，莫见苏秦不下机。”“翡翠为楼金作梯，谁人独宿倚门啼？夜坐寒灯连晓月，行行泪尽楚关西。”郭沫若《李白与杜甫》认为作于至德中奉永王召别内而作。此说亦不确。李白赴永王幕之前正隐居庐山，其诗云：“半夜水军来，浔阳满旌旃。空名适自误，迫胁上楼船。”（《经乱离后天恩流夜郎忆旧游书怀寄江夏韦太守良宰》）稍后又有诗云：“穆陵关北愁爱子，豫章天南隔老妻”（《万愤词投魏郎中》）。而《别内赴征三首》无一语提及安史之乱，上述诗句及与《永王东巡歌》相比较，即可知绝非作于同时。《南陵别儿童入京》重在写给儿女，其中“会稽愚妇轻买臣”，对妻子表达了不满；《别内赴征三首》主要写妻子，对妻子又颇含深情，二者的语气有些矛盾，如果要对其原因作一些猜测的话，则可能其妻原本对他此次长安之行并不看好，所以李白先写了《南陵别儿童入京》，诗中对表达了对妻子的不满。也许过了两天，当李白真要离开家时，其妻的态度有所改变，李白对妻子也有不舍之情，故又作了《别内赴征三首》，诗中“归时倘佩黄金印，莫见苏秦不下机”二句，对妻子亦微含不满。

第六，李白何时始游宣城问题。王琦《李太白年谱》首倡李白游宣城自天宝十二载始，此说为学术界所信奉，故《李白诗文系年》将李白宣城、池州、铜陵、徽州诗，均系于天宝十二载至十五载，其实未必确切。李白这些诗的作年并无确考，有些完全可能作于开元末、天宝初。且李白“当时著述，十丧其九”（李阳冰《草堂集序》），即使一时无法找到确证，也不可轻易断定李白这一批诗的均作于天宝后期。

第七，《游泰山》诗问题。李白有《游泰山六首》，有些版本题下注云：“一作《天宝元年四月从御道上太山》”。有的学者据此题曰：李白天宝元年四月还在泰山，不可能于当年秋天将家迁至安徽南陵，并由其地入京。而据本文所述，李白天宝元年家小仍在江南之南陵，则他如四月游泰山，秋天回到南陵然后入京，在时间上是充足的，也有些李白诗集的版本无此题注，这一问题就更不成问题了。

[原载《光明日报》2008年12月2日第011版，收入本书时，内容有所增加]

附录一 《盛唐诗坛研究》绪论

一

盛唐诗歌一直是唐代文学研究乃至整个中国古代文学研究的热点，而且是古代文学研究中成绩卓著的领域之一。仅以二十世纪后半叶和本世纪为例，程千帆先生由微观见宏观的研究方法，使我们耳目一新。萧涤非先生的杜甫研究、詹锳先生的李白研究，影响深远。以傅璇琮先生为代表的文献考据，使盛唐诗歌研究建立在更牢固的基础上。还有许多其他的学者也都做出卓越的成绩，得到学术界的公认。在盛唐诗歌基本文献整理方面硕果累累，李白、王维、孟浩然、高适、岑参、王昌龄等著名诗人的诗集都有了高质量的新注本，有的还有多种注本。凡此种种，都是这一时期的标志性成果。

上述成果，往往以对诗人的个案研究为主。将盛唐诗歌作为一个整体加以研究，林庚先生的成就最为突出，他以对盛唐诗歌的艺术敏感，概括出盛唐诗歌的特点——“盛唐气象”①，并对此进行了独具慧眼的阐释，这一说法最终获得学术界广泛的认同。本书继承林庚先生的思路，在对诗人进行个别考察的基础上，着力于盛唐的整体研究。但我们偏重于政治的角度，以“诗史互证”的方法，从诗人与主要政治人物的相互关系、诗人的社会身份与政治角色等不同的层级依次展开，力图达到宏观与微观相结合的效果。

---

① 林庚先生：《盛唐气象》，《北京大学学报》1958年第2期，收入《唐诗综论》。

二

诗歌与政治有密不可分的关系，对此古人早有明确的认识，如《诗大序》说“治世之音安以乐，其政和；乱世之音怨以怒，其政乖；亡国之音哀以思，其民困”①。作为一种审美意识形态，诗歌一方面与其他意识形态如政治、法律、道德等都是经济基础的反映或再现，但它又直接受到政治、法律、道德等意识形态的制约，与政治生态密不可分。因此，研究诗歌与政治的关系，是十分必要的。

上世纪五、六十年代，由于受到“左倾”思潮的影响，片面强调政治标准，片面强调诗歌的现实性、人民性，把诗歌当成政治的图解。新时期以来，在批判极“左”思潮的同时，盛唐诗歌研究逐渐回到文学本位。新时期盛唐诗歌的研究开拓了许多新的领域，特别是艺术风格、艺术特点、艺术成就的研究和艺术鉴赏，给读者以新的审美的角度，诗歌研究出现了新的面貌。以前在文学史著作中只是泛泛地讲讲情景交融之类，或简略地引用前人的评点，而缺乏深入的分析。新时期以来，深入到诗歌的语言层面、诗人的心理层面、诗歌的意象组合层面、诗歌的意境构成层面，对诗歌的艺术特色、艺术风格、艺术经验展开了深入的解说，并建立了一套专用于诗歌艺术分析的方法和话语体系，从而可以解开诗歌感染读者的艺术奥秘，并进而把握整个盛唐时期的艺术风貌，这是十分可喜的。但是，诗歌与政治的关系这个重要方面又被忽视了，其受关注的程度尚不如“文革”前。有鉴于此，我们选择盛唐诗歌与政治的关系这一命题进行探讨。我们并不泛泛地将政治作为诗歌发展的背景，而是从以下五个方面展开：

第一，从诗人与政治人物的纠葛中，探讨诗人的政治品格、政治活动，及其对诗歌创作的影响。

第二，注意诗人的社会身份与政治角色，及其对诗歌创作的影响。

第三，关注一些在政治上有权势的人物对诗人及其创作的影响。

① 阮元刻《十三经注疏》本《毛诗正义》卷一。

第四，研究皇帝和王公贵族的诗歌创作，及其对诗坛的引导作用。

第五，关注诗人在“安史之乱”中的表现和创作，讨论时代大动乱对诗人的影响。

文学与政治的关系是纷纭复杂的，过去的研究主要停留在社会学层面，缺少深入细致的探讨，我们力图找出联系诗歌与政治的一些纽带，即通过若干政治人物（上至帝王、后妃、公主、宰相、大臣，下至各级地方官与幕府文人），在统治集团范围内，找到他们与诗人之间纵横交错的具体关系。同时，我们也十分关注布衣诗人与盛唐政局的关系，关注政治氛围对诗歌创作的影响。我们所采用的方法是文史结合、考论并重，从基本史实和原始的诗文作品出发，结合政书、方志、碑刻等材料，加以综合、排比、分析、考述，从而得出一些新的较为符合当时诗坛状况的结论。

三

首先需要重新确定盛唐的时限。

按照通行的说法，盛唐是与玄宗一朝相始终的，始于先天元年（712），终于“安史之乱”爆发（唐玄宗天宝十四载，公元755年）。应当承认，这种说法已经在学术界流行，玄宗朝确实是唐朝的盛世，将玄宗朝作为盛唐并无大的不妥，我们在以前的论著中也曾这样说过，今后在某种语境下仍然可以这样说。

但是我们仍然可以改换一种思考的角度，重新审视这种分期法是否完全符合诗歌发展的实际。以下几点也许值得我们重视：

一、李白、杜甫和王维是盛唐诗坛的重心，他们的创作都延续到“安史之乱”爆发、玄宗退位以后。李白在“安史之乱”发生后还活了七年，在这七年里他很活跃，经历了“从璘”、被流放等重大事件，放还之后创作的诗歌仍然很多，而且有不少杰作；杜甫在“安史之乱”爆发后才进入创作的高潮期，连续不断地写出代表其“沉郁顿挫”风格的作品，杜甫诗歌的成熟——叙事技巧上以由华州东进洛阳途中的一系列叙事诗为代表，题材内容上以洛阳西归华州途中所作的“三《吏》”“三《别》”为标志——就是在“安史之乱”后才开始的。就更不用说夔州时期的《秋兴》八首、《咏怀古迹》五首、《诸将》五首、《登高》等巅峰之作了。王维在“安史之乱”爆发后命运发生了重大起伏，这在其诗歌创作中也有所反映。可以说，“安史之乱”成就了一位诗人（杜甫），激发了一位诗人（李白），沉沦了一位诗人（王维），甚至还终结了一位诗人（高适）。这些诗人的命运，不论是个人生活，还是诗歌生涯，离开了“安史之乱”的影响都是不完整的。如果将安史之乱的爆发作为盛唐诗歌的终点，又要讲这些盛唐的代表诗人在此后的创作，总觉得有些勉强。有的学者主张在盛唐和中唐之间加一个过渡期，以弥补上述缺陷，这未尝不是一种办法。但不如索性将盛唐延长十几年，以杜甫逝世为终结。

二、诗歌发展的阶段性，并不简单地取决于某一皇帝的登基和退位，而应着眼于诗歌本身发展的历程。比如，玄宗在位与否对诗歌创作固然有相当大的影响，我们在本书中有详细的论述，但对分期起决定作用的还是诗歌本身，以极具代表性的大诗人登上和退出诗坛为标志，可能是较好地处理办法。

我们也曾对盛唐诗歌的起点进行过研究，袁行霈在1994年发表的《百年徘徊——初唐诗歌的创作趋势》一文中，已经对此提出新见，文章认为：“最好将初唐的下限定在玄宗开元八年（720），而把盛唐的开始定在开元九年（721）。在720这一年之前，初唐的诗人如陈子昂、苏味道、杜审言、宋之问、沈佺期均已去世。而721年王维进士及第，李白二十一岁，杜甫十岁。随后723年崔颢及第，724年祖咏及第，726年储光羲、綦毋潜、崔国辅及第，李白出蜀。大致上说，从721年即八世纪二十年代开始，盛唐的诗人们相继登上诗坛施展才华，这才出现了一个‘群才属休明，乘运共跃鳞’的新局面。所以将721年作为盛唐的开始也许是更为恰当的。盛唐的下限通常定在代宗大历初，公元766年，我想不如定为770年，即杜甫的卒年，杜甫的逝世结束了盛唐时代。”[①]本书继续坚持这种说法。于是我们将盛唐诗坛的开始定于开元九年（721），盛唐诗坛的结束定于杜甫逝世的那一年，也就是大历五年（770）。杜甫的逝世

① 袁行霈：《百年徘徊——初唐诗歌的创作趋势》，《北京大学学报》（哲学社会科学版）1994年第6期。

是诗歌史上具有划时代意义的[①]。

盛唐大致可以分为前后两期。分期的标志仍然要从诗歌本身去找，我们认为分界线便是天宝三载（744）李白与杜甫的相遇[②]。这是诗歌史上两个巨星的具有重大意义的相遇。芮挺章所编《国秀集》收录诗歌的下限正是天宝三载[③]。这一年李白因在朝中得罪了权贵，被玄宗皇帝“赐金放还”，体面地赶出了朝廷。他本人也看穿了政治的虚伪，于是离开长安东下，在洛阳遇到杜甫，两人结伴漫游河南、山东一带。李白和杜甫在此后的创作都发生了重要的变化，前后两期诗坛也有明显的区别。

四

对于盛唐诗人的分类，我们也有自己的考虑。

目前，学术界常将盛唐诗分成两大派：“山水田园诗派”和“边塞诗派”，认为“山水田园诗派”合陶渊明、谢灵运为一炉，至盛唐蔚为大观，其代表性诗人为孟浩然、王维，包括储光羲、卢象、裴迪、祖咏、綦毋潜、丘为等；“边塞诗派”在南北朝以来边塞诗创作的基础上形成，兴起于盛唐，以高适、岑参为首，还有王昌龄、王之涣、王翰、崔颢、李颀等。山水田园诗派长于五言诗，风格闲淡；边塞诗派长于七言诗，风格雄壮。其实，这种分派的方法未免过于简单了。

首先，作为文学流派，应具有共同的文学理论或主张、共同游处创作的活动、互相接近的诗风。这两派诗人都谈不上具有共同的理论主张，诗人之间的游处也不密切。孟浩然与王维有过交往，但

① 本书第十章、十一章讨论盛唐诗人在“安史之乱中”的表现及创作，主要关注开元、天宝年间即已活跃于诗坛，在“安史之乱”中仍然继续从事创作的诗人。第十章论述的对象以李白、王维、高适为代表，旁及岑参、郑虔、房琯、严武等人，第十一章专论杜甫。

② 闻一多《唐诗杂论·杜甫》：“写到这里，我们该当品三通画角，发三通擂鼓，然后提起笔来蘸饱了金墨，大书而特书。因为我们四千年的历史里，除了孔子见老子（假如他们是见过面的）没有比这两人的会面，更重大，更神圣，更可纪念的。我们再逼紧我们的想像，譬如说，青天里太阳和月亮走碰了头，那么，尘世上不知要焚起多少香案，不知有多少人要望天遥拜，说是皇天的祥瑞。如今李白和杜甫——诗中的两曜，劈面走来了，我们看去，不比那天空的异瑞一样的神奇，一样的有重大意义吗?”（《唐诗杂论》，古籍出版社1956年版，第154页。）

③ 见《国秀集跋》，载元结等:《唐人选唐诗》，上海古籍出版社1958年版，第189页。

唱和诗极少，孟浩然主要在家乡闲居，且于开元末即去世，王维则一直在朝为官，且其诗多作于孟浩然去世后的天宝年间。二人诗风也有很大区别，孟浩然恬淡孤清，王维则高华壮阔，将他们视为同一诗派，实在有些勉强。又如高适、岑参被并称边塞诗派领袖，但他们也没有共同的诗歌主张，二人的游踪也颇参商。高适（700—765）开元年间两游长安，北上蓟门，对东北边陲军事情况有亲身体验，开元二十六年，写下名作《燕歌行》，天宝三载，与李白、杜甫会于梁宋，登台怀古，饮酒赋诗，天宝八载，中有道科，授封丘县尉。岑参（715—770）比高适小15岁，天宝三载中进士，授右内率府兵曹参军，八载，入安西节度使高仙芝幕。可见，天宝八载之前，高、岑二人的生活轨迹并未接交。天宝十二载，高适任河西、陇右节度使哥舒翰幕掌书记，十三载，岑参任安西北庭节度判官，二人也很难有过从，二人集中的过从唱和，发生在天宝十一载的长安，当时高适、岑参与杜甫、薛据、储光羲同登慈恩寺赋诗，是文学史上的一段佳话，但仅凭此点，很难说明二人是同一诗派的领袖。且“高适诗尚质主理，岑参诗尚巧主景”[①]，诗风差别很大。高适之诗，写边塞者不过十分之一，岑参之诗，写边塞者不过五分之一。所谓“边塞诗派”的诗人中，王之涣、王翰卒于开元初，王之涣存诗仅六首，[②]王翰存诗亦仅十余首，二人的边塞诗数量就更少。学界所习称的盛唐“山水田园诗派”和“边塞诗派”不像中唐的“元白诗派”“韩孟诗派”那样具有共同的诗歌主张，较为亲密的过从和相近的诗风，将他们说成“诗派”，扞格难通。

其次，这种分类不能包括所有诗人，甚至连主要诗人也难以包括，李白、杜甫这两位伟大诗人算是山水田园诗人呢，还是边塞诗人呢？说不清楚。更不要说张说、张九龄了。一种分辨派别的说法如果连最重要的诗人都不能包括，那就难以成立了。

在本书中，我们探讨了新的分类方法，即按照诗人身份、地位、主要生活经历来分类[③]。按照这一标准，我们将盛唐诗人分为

① 胡震亨：《唐音癸签》卷五引《吟谱》，上海古籍出版社1981年版，第48页。

② 王之涣名作《登鹳雀楼》一说为畅当诗。

③ 袁行霈在《唐诗风神》中已经对山水田园和边塞两派的分法提出异议，并提出按照诗人的身份地位和主要经历分类的方法。（香港城市大学2005年版，第53—57页）

三大类：

一是宫廷中的诗人。

他们又可分为三小类：第一类是皇族诗人，包括唐玄宗及其兄弟、子侄、宗室。第二类为朝廷重臣，如宰相、知制诰、知贡举的大臣等。第三类是在朝廷任职的中下层文士。

二是在地方担任官职的诗人。

三是布衣诗人。

这一分法[①]构成了本书的基本框架，也比较符合盛唐诗坛的实际情况。这样可以将盛唐诗人尽数囊括，并且具有层次感。

五

从这一基本框架出发，我们首先发现，皇族的创作对整个诗坛有不容忽视的影响。唐玄宗是足以与唐太宗媲美的著名皇帝，而其在位之久（即帝位45年）、享年之高（78岁）、对文学的热心程度及诗歌创作成就之高，均非唐太宗可比。作为一位盛世君王，唐玄宗在万几之暇，对文学艺术投入了极大的热情与精力。他能诗善文，好音乐，能制曲，精通羯鼓，好书法，长于八分书。他存诗60余首，其中如《送张说巡边》，送张说、宋璟、源乾曜的《三杰诗》，《送张说上集贤学士》，《答张说出鼠雀谷赋诗》等，均引起朝臣的广泛奉和，安史乱起，玄宗被迫幸蜀，途中还不忘吟李峤《汾阴行》中"山川满目泪沾衣"之句，称赞曰："李峤真才子也。"（《本事诗·事感》）战乱初定，玄宗回銮，被权宦李辅国迁于西内，行动失去自由，形同囚徒，此时玄宗咏《傀儡吟》云："刻木牵丝作老翁，鸡皮鹤髪与真同。须臾弄罢寂无事，还似人生一梦中。"[②]可见，终玄宗一生，对诗歌的热爱始终未减，而他借诗歌宣传道家思

① 林庚先生《诗人李白》说："唐代的政治活动约有三种不同类型：第一类是皇亲贵戚豪门世族，他们乃是当然的要人；第二类是进士出身，从中小官职慢慢熬上去，这是当时比较平民化的科举制度；第三类就是布衣。他们既非阀阅豪贵，又不甘于卑躬屈节地慢慢地熬，……所以布衣是成则卿相，败则草野的；比起那慢慢熬上去的科举知识分子要更有新鲜的布衣感，更为鲜明地说出自己的政治态度，这就是在野政治家的身分。"见《诗人李白》，上海古籍出版社2000年版，第13页。林先生的观点对本书有重要的启发意义。

② 一说此诗是唐玄宗所作，一说梁锽作，而唐玄宗吟之也。

想与道家迷信，并借此机会把大诗人李白召进宫中，组织数十位大臣赋诗，送诗人贺知章告老还乡，则是其诗歌活动的亮点。盛唐诗坛在唐玄宗崇尚道教的影响下，带有了某种“仙气”，这在中国诗歌史上具有相当的特殊性。

唐玄宗和玉真公主是联系盛唐政坛与诗坛的核心人物。玄宗胞妹玉真公主与盛唐诗人关系相当亲密。她是玄宗唯一的同父同母的妹妹（另一个同母妹金仙公主早逝）她在襁褓中即丧母，十余岁即出家，身世坎坷，故深得皇帝哥哥爱怜，成为盛唐时政坛、宗教界（道教界）与文坛最为活跃的公主。唐玄宗身居宫中，与朝廷大臣之外的诗人联系肯定很不方便，按照唐代朝廷规定，皇室男性成员不得与有官职的文人私下交流，否则就会受到重罚①，而玉真公主既身为女道士，可以自由地出入宫廷，又是玄宗挚爱的妹妹（直到晚年，玄宗当太上皇时，玉真公主仍代他处理接见藩王等任务，可见玄宗对她一直都非常信任），加上当时的社会风气又较为开放，她可以与诗人自由地交往，所以，她在玄宗朝的政坛与文坛上都相当活跃，在一些道教活动中，玄宗实际上是让她代替自己出面。她在盛唐政坛是一个虽无实际职掌，却极具权势的人物，她又喜爱文艺（有书法作品《金仙公主墓志铭》传世，字迹娟秀可爱），为诗人进入仕途提供了一些有益的帮助，在某种程度上，她还成为诗人与唐玄宗之间相互沟通与联系的重要桥梁。在文坛上，玉真公主以乐于提携文士著称，如晚唐人薛用弱《集异记》记载，开元初，王维欲参加京兆府考试，且誓夺解头，但解头事先已被玉真公主许给别人，王维得岐王设计打动公主，公主改命试官取王维为解头。此事虽在疑似之间，但以玉真公主的能力，促成此事并非没有可能。李白与玉真公主的关系，也是大家津津乐道的话题。魏颢《李翰林集序》说：“（李）白久居峨眉，与（元）丹丘因持盈法师达。”此事有较高的可信度。李白获玄宗知遇，有玉真公主（持盈法师）推荐说、贺知章推荐说、吴筠推荐说等说法，这三人均为道士或道教信徒，又都与信道的玄宗关系密切，而李白又是一位有“仙风道骨”的谪仙人，以上诸人都有推荐李白的可能，而玄宗最欣赏李白的，

① 如官员刘庭琦、张谔与岐王交往，即因此被贬；王维在宁王府赋诗，得到岐王帮助二事，都发生在王维中进士及入仕途之前。

恐怕也是其名动天下的道教风采。除此之外，张说、高适、储光羲都写过与玉真公主有关的诗，在她身后，卢纶、司空曙、李群玉、张籍、王建、刘禹锡等人的诗中提到她，可见她在诗坛的影响力。

唐玄宗的兄弟宁王、岐王均与诗人有密切关系，如宁王与王维有交往，王维曾在其宅赋《息夫人》诗，王维也有多首诗与岐王往还，岐王还与刘庭琦、张谔等十人往还赋诗。杜甫《江南逢李龟年》说："岐王宅里寻常见，崔九堂前几度闻"，说明杜甫及音乐家李龟年也是岐王的座上宾。唐肃宗亦能诗，并曾与其兄弟颖王、信王、益王等联句，可见颖王等王子也是能诗的。

皇族如此热情地关心诗坛，与诗人建立广泛的联系，广泛地投入诗歌活动，是研究盛唐诗坛值得充分注意的。

六

盛唐诗坛中宰相与诗人的关系也很值得重视。

出于巩固皇位的需要，鉴于初唐的历史教训，唐玄宗成功地限制了其兄弟宁王、岐王、薛王等人的权力，公主们（甚至包括玉真公主）也都未进入权力核心。这时唐玄宗最为倚重的就只有宰相了（此时宦官专权的局面尚未出现）。这些宰相，特别是开元宰相姚崇、宋璟、张说等，本来就是玄宗夺取皇位的参加者或拥护者，玄宗对他们高度信任。每遇重大政治活动，玄宗还赐诗给姚崇、宋璟、张说、源乾曜等宰相，并率领群臣唱和，在某种程度上说，玄宗和诸位宰相又是诗友关系。开元宰相们，在政治上是玄宗路线的忠实执行者，是"开元之治"的功臣；在文学方面，他们本人既有很高的文才，多能诗，且宋璟、张九龄是进士出身，张说制策第一，姚崇虽出身吏道，但亦热爱文学，有学者说姚崇与张说之争，是"吏治与文学之争"，并无依据。[1]

姚、宋是"开元之治"的缔造者，他们前后为相虽仅11年，却为开元盛世奠定了很好的基础，他们开创的良好的政治局面和繁荣富庶的经济局面，为盛唐诗人提供了雄厚的物质基础和宽松的创作

---

① 参见丁放：《开元前期的"吏治与文学之争"》，《光明日报》2006年12月1日《文学遗产》版。

环境，培养了诗人的自信心，他们刚正无私的个人品格也对诗人有很大的感召力，他们都颇有文采，能诗，他们现存的诗篇显示出一定的艺术水准。在他们执政时，王泠然、王翰这样的狂士都会被容忍，并且可以及第做官，这对盛唐诗人的影响力是很大的，这一时期正是孟浩然、李白、王维、高适、王昌龄等盛唐著名诗人成长的关键时期，杜甫、岑参等人也进入由少年到青年的转型期，天下太平，海晏河清，政治开明，物阜民丰，盛唐诗人多胸怀开张，豪气过人，指点江山，目空一切，这种心态对诗人的成才是十分有利的。

张说、张九龄二人也是造成“开元之治”的大功臣，他们不仅是政治家，更是当时的一流诗人，又身处四杰、陈子昂、沈宋等人已经谢世，李白、王维、高适诸人尚未崭露头角之时，加上他们又居宰相之高位，在政坛与文坛的影响力都很巨大，他们与诗人的关系，则比姚、宋更为密切。

张说被谪岳州期间，诗风凄婉而又不绝望，题材进一步扩大，技巧进一步成熟，艺术水平得江山之助，也达到了一个新的档次。他更是一位文坛的组织者，在主持丽正、集贤书院期间，拔擢或重用了贺知章、张九龄、许景光、韦述、孙逖、赵冬曦以及王湾、王翰诸人，可以说开元前期的著名文人，被其网络殆尽。张说还经常率领这些诗人参与朝廷重要集会，并即席赋诗唱和，极一时之盛。张九龄得张说提携而入相，他又先后汲引了王维、孟浩然、卢象、皇甫冉等人，其中王、孟成为盛唐著名诗人。张九龄的诗歌特别是《感遇》组诗及荆州诸诗，水平超过张说，被誉为“张曲江体”。

由此可见，政治清明，宰臣贤明，对文学创作具有正面推动作用。

李林甫、杨国忠是中国历史上有名的奸相，他们执政期间，诗人的地位、待遇与姚、宋、张说、张九龄时期有天壤之别。

李林甫在开元后期至天宝时期，执掌朝政达十九年之久，在政治上，他结党营私，排斥异己，两起大狱，诛杀无辜，彻底葬送了“开元之治”的大好局面，军事上，主张边将任用“寒畯胡人”，以阻断文臣在边地立功后入相之路，这一举措，固然巩固了自己的相位，却在客观上使安禄山坐大，成为“安史之乱”的主要动因。后人遂以开元二十四年张九龄罢相，李林甫执政为界，将唐代乃至中国封建社会分为前后两期，换言之，也可将李林甫是为唐代政治由开明转入昏暗，经济由繁荣走向衰败，军事由强大转向衰落的千古罪人。

李林甫是一个不学无术、口蜜腹剑的小人，他对文人的态度极其恶劣。张九龄被其诬告而罢相贬官，数年后郁郁而终，李适之、李邕、裴敦复等人被他迫害致死，韦陟、张均、张垍、严挺之、裴宽等人也被贬斥出朝，盛唐主流诗人则直接或间接受到李林甫的排斥或冷遇，这些对政治十分热衷的诗人，几乎没有一个称得上仕途通达的，孟浩然、王维、李白、高适、王昌龄、岑参、杜甫皆然。杨国忠执政时间不长，诗人们继续被边缘化，他们在仕途上并无进展，却对国计民生保持了持续的关心，对杨国忠发兵征南诏之事，对杨氏家族骄奢淫逸的生活，李、杜等人在诗中都表示了强烈的不满，这在当时是难能可贵的，杜甫的《自京赴奉先县咏怀五百字》更是对唐玄宗朝政治、经济、社会状况的总结，具有划时代的意义。

盛唐诗人创作的成熟期，正是李林甫、杨国忠执政时期，他们的代表作，也多产生于此期（除了生年较晚的杜甫，他在“安史之乱”及稍后方达到创作的高峰），这是一个耐人寻味的现象。这似乎印证了“诗穷而后工”这一论断，然而，盛唐诗人之“穷”与中晚唐孟郊、李贺、李商隐等人之“穷”又有很大区别，此时盛唐社会仍呈现出繁荣富庶的局面，诗人虽暂时不得志，却仍对前途充满希望，在诗中仍不乏对盛唐的歌咏与赞美，诗歌虽有痛苦却不乏刚劲豪迈，色彩明丽，文采飞扬，继续体现着“盛唐气象”。

唐代的皇帝不像清代皇帝那样“宸衷独断”，而是充分放权给宰相，宰相成为国家机器运转的实际操纵者，负“燮理阴阳”之责，而唐玄宗实行“无为而治”的治国方针，对所选定的宰相信任不疑，因此，当姚崇、宋璟、张说、张九龄等贤相当政时，便形成“开元之治”，李林甫、杨国忠等奸相当权时，则破坏了这种开明政治，并最终酿成了“安史之乱”。在这种政治格局下，宰相对诗人的态度愈发显得重要，他可以左右诗人的仕途，影响诗风的走向，对盛唐诗坛格局的演变起着重要作用。

宫廷是中央集权机构，握有各个方面的话语权，也是诗人仰慕、向往之地，有很强的凝聚力。宫廷的好恶，宫廷的风气，在很大程度上影响诗歌的趋向与趣味，所谓“上有所好，下必甚焉”。如宫廷对道教很重视，唐玄宗既有繁杂的道教活动，又有不少道教诗歌，这对盛唐诗人就产生了很大的影响。宫廷对诗人生涯、命运起重要作用，诗人能否进入政治圈子，进入后能否升迁，升迁的快慢，及一生的前途命运，在很大程度上取决于宫廷。盛唐宫廷中的诗人之创作，与南朝的宫体诗（直至初唐，仍有南朝余风）有了很大变化，它不再像以后宫女性为重点，以享乐生活为中心，而是题材广阔、格力雄壮，从宫廷生活扩展到外部世界，表现了朝廷周围各方面的政治文化事件及其生活体验，这些诗对盛唐诗歌“声律风骨始备矣”（《河岳英灵集·序》），起到了很大的推动作用。

七

在宫廷背景之外，盛唐诗坛的另一维度是任地方官的诗人。他们的创作相当活跃，诗歌的艺术水平明显超过宫廷中的诗人。他们有的曾经是朝中的高官，被外贬后诗风发生重大变化，诗歌创作获得丰收，如张说开元初为宰相，因与姚崇有矛盾，被贬出朝，先后任相州、岳州刺史，其岳州诗，风格凄婉，诗艺大进，时人认为他得江山之助①。如《岳州宴别潭州王熊》二首、《岳州作》《五君咏》，皆表现出凄婉的特色。张九龄与李林甫同朝为相，遭李林甫排斥，贬为荆州长史，其代表作《感遇》十二首、《杂诗》五首、《荆州作》二首、《在郡秋怀》二首等，多作于荆州贬所。他的诗被称为“张曲江体”，特点是寄兴深远，这也主要得力于荆州诗。张说在岳州与赵冬曦、尹懋、张均等人唱和，张九龄在荆州与孟浩然唱和，都对盛唐诗坛产生了较大影响。李邕、房琯等人则因贬任地方官而结识了李白、高适、杜甫、綦毋潜等诗人，在这个层面上为盛唐诗的发展作出了贡献。由宫廷外任地方官的诗人，他们曾经的宫廷政治生涯也影响了在地方的诗歌创作。如张说在朝为相时，诗作多雍容和雅，谪岳州时则变成“凄婉”，这既有“江山之助”，更有处境变化、身份变化导致心态变化的因素。进士出身的基层文官或投身

① 《新唐书·张说传》，中华书局1975年版，第4410页。

军幕的诗人群是这一类诗人的中坚，如常建、储光羲、祖咏、刘昚虚、薛据、王湾、綦毋潜是基层文官诗人的代表，王之涣、王翰、崔颢、高适、岑参、李颀、王昌龄是军幕诗人的代表。他们来自统治集团的下层，社会阅历相当丰富，对普通百姓的生活了解更深，对社会生活的反映面也更广。其中基层文官写自身的失意之悲、谪宦之苦、山水田园及歌咏壮怀的诗篇不乏名作，军幕诗人或写投笔从戎的豪情壮慨，或写边陲的壮丽风光，或写火热的军旅生活，或写对妻子的深切思念，或揭露军中苦乐不均的矛盾，为诗歌打开了一片新天地。他们在诗中高唱自己的政治理想与抱负，也真实地咏叹了失意与不平，他们吟山水、写隐逸、说爱情、叙友谊，充满了青春与活力，林庚先生论盛唐诗，将“少年精神”，以及“绝句登上诗坛”“边塞诗的豪情”[①]，作为盛唐诗的标志，这都在此类诗人中得到很好的体现。

布衣诗人的创作值得高度关注。孟浩然、李白、杜甫基本上都是布衣诗人，他们的身份都是布衣，《河岳英灵集》曰：“襄阳孟浩然罄折谦退，才名日高，天下籍甚，竟沦落明代，终于布衣，悲夫！”[②]李白、杜甫更是都以布衣自居，李白曰：“布衣侍丹墀，密勿草丝纶。”（李白《赠崔司户文昆季》）“丹徒布衣者，慷慨未可量”（李白《玉真公主别馆苦雨赠卫尉张卿二首》）“白陇西布衣”（李白《与韩荆州书》）。杜甫曰：“长安布衣谁比数”（《秋雨叹五首》之三）、“云壑布衣骀背死”（《解闷十二首》之十二）、“杜陵有布衣，老大意转拙”（《自京赴奉先县咏怀五百字》）。就三人一生的主要经历来说，他们的确是布衣，但具体的人生经历又有很大不同，而且特点鲜明。孟浩然虽曾到过长安并到吴越等地漫游，但其一生主要在故乡襄阳隐居，是以隐士面目出现的布衣，刘方平等人是他的同道。盛唐两位最优秀的诗人李白与杜甫也以布衣知名，但同中有异。李白一生几乎都在漫游，他虽曾在长安任翰林供奉，但那只是一个虚名虚位，并非实际的官职，而且只有三年。杜甫在天

① 林庚先生：《略谈唐诗高潮中的一些标志》，《社会科学战线》1982年第4期，收入林庚：《唐诗综论》，人民文学出版社1987年版。

② 殷璠：《河岳英灵录》（卷下），载傅璇琮：《唐人选唐诗新编》，陕西人民教育出版社1996年版，第172页。

宝中困守长安十年，高适诗云“布衣不得干明主”（《别韦参军》），而李白和杜甫都是以布衣身份前往长安“干明主”，结果均以失败告终。杜甫于天宝十四载方谋得“右率府兵曹参军”的微官，作于任职后的《自京赴奉先县咏怀五百字》仍自称“布衣”。盛唐布衣诗人数量不多，但包括孟浩然、李白、杜甫这几位大诗人，所以他们的地位不容忽视，这些诗人虽然基本上未能进入仕途，却仍然有着强烈的用世之心，他们身处社会的中下层，对各种社会矛盾有较为深切的了解，又由于自身的坎坷遭遇，对社会的不公与腐败表现出更为强烈的不满，他们的诗作也表现出对现实政治的强烈关注和对民生疾苦的深切同情，他们的创作，代表了盛唐诗坛的水平。孟浩然是隐逸诗人的代表，他表面上淡泊名利，实际上也是有用世之心的，他四十岁时曾游京师，与张九龄、王维等官员诗人交往，并且在太学赋诗，竟使众人因佩服其才华而搁笔，当他考进士不中时，他满怀愤激地写道：“北阙休上书，南山归敝庐。不才明主弃，多病故人疏。”（《岁暮归南山》）开元后期，孟浩然入荆州长史张九龄幕，作《临洞庭上张丞相》：“欲济无舟楫，端居耻圣明。坐观垂钓者，徒有羡鱼情。”仍然表现出强烈的用世之心。李白自称“陇西布衣”，希望凭借自己的才能由布衣而直取卿相，所以他漫游天下，求仙访道，结交王侯，终于在天宝初年被唐玄宗召进宫中，成为文学侍从（翰林待诏），着实风光了一阵子，他高唱着“一朝君王垂拂拭，剖心输丹雪胸臆。忽蒙白日回景光，直上青云生羽翼。幸陪鸾辇出鸿都，身骑飞龙天马驹。王公大人借颜色，金章紫绶来相趋”（李白《驾去温泉宫后赠杨山人》），以为实现其“济苍生”“安社稷”理想的时机到了。但是，李白性格孤傲，不拘礼法，必然难以在朝中立足，杜甫《饮中八仙歌》云：“李白一斗诗百篇，长安市上酒家眠。天子呼来不上船，自称臣是酒中仙。”正是李白形象的绝妙写照，于是便有了“力士脱靴”“贵妃捧砚”等传说，虽然这些传说多与事实不符，从逻辑上看，却是符合李白性格的。当初唐玄宗召李白进京，一是欣赏其诗才，二是与其有共同的道教爱好，并未视其为治国的干才，事实上，在长安三年，李白也的确没有显现出治国的才华。三年之后，可能因李白得罪了不少权贵，他在玄宗面前也已经失宠，于是玄宗将其“赐金放还”，给他一笔钱，让他离开长安，另谋出路。长安三年，虽未得到一官半职，但李白有了高层政治体验，大大丰富了他的人生阅历。天宝三载之后，李白继续其漫游生涯，他一直感念玄宗的恩遇，对那些诽谤、打击他的小人则切齿痛恨，他关注重大现实问题和民生问题的诗明显增加，诗歌的思想深度明显增加，写出了《梦游天姥吟留别》《答王十二寒夜独酌有怀》《将进酒》《宣州谢朓楼饯别校书叔云》等一批名作，李白也成为天宝年间盛唐诗坛的旗帜。杜甫出生在一个“奉儒守官”的家庭，以一介布衣，对现实政治积极关心，对仕途功名强烈关注，开元后期他曾考进士落第，天宝六载，参加制艺考试，因李林甫作梗，造成无一人中式，李竟上奏说“野无遗贤”，杜甫和元结都是此事的受害者。天宝中后期，杜甫一直困守长安。通过多年的漫游和十年长安的困苦生活，杜甫对当时盛世表面下隐藏的深重的社会危机有了进一步的认识，并在诗中有所反映，更为重要的是，在这一个阶段，杜甫增加了积累了生活的素材，而且，通过与盛唐著名诗人的切磋，提高了诗艺，为其诗在“安史之乱”中大放异彩，作了充分的准备，如天宝三载他与李白、高适共游梁、宋，天宝十一载与高适、薛据、岑参等共游慈恩塔赋诗，都对杜甫后来的创作产生了极为深远的影响。杜甫在“安史之乱”中历尽艰险，经受了巨大的考验，成为那个时代的歌手。他终结了一个时代，又开启了一个新时代。

八

如上所述，盛唐只有短短的五十年，但涌现了众多诗人，而且有李白、杜甫等伟大的诗人，以及一批杰出的诗人如张说、张九龄、王维、孟浩然、王昌龄、王之涣、高适、岑参等等，诚可谓群星灿烂。盛唐诗坛是一个奇迹，这五十年间所取得的成就，超出中国文学史上任何其他五十年。如果没有这五十年，唐诗就无法跟南朝诗歌远远地拉开距离，诗歌只能继续作为宫廷的附庸而存在；如果没有这五十年，也就不会促使宋人另辟新路，宋诗也许就会是另一种面貌；如果没有这五十年，唐诗乃至整个中国诗歌就会大为逊色，唐以后的中国文学史也必须改写。

盛唐诗坛与政治的纠葛千头万绪，政治对诗人的生活和创作影响巨大。诗人们既想干预政治，又被政治所左右，几乎没有谁能完全不接触它，盛唐诗歌就是在与政治的多维关系中创造了辉煌，气象非凡，活力四射，风神远播，垂范千古。

盛唐诗坛留给我们的是一座美丽的舞台，诗人们以自己的生命扮演着各不相同的悲剧和喜剧，留下了他们高亢的歌声和辛酸的泪水。我们虽然试图再现这舞台的盛况，但自知是做不到的，因为许许多多诗作和资料已经湮没，我们只能从现存的别集、史书、笔记、碑刻、文物中探赜一二。盛唐诗坛也蕴含着诸多值得我们深思的富有启发性的故事，咀嚼其中的意味，也许比本书这种学院式的考究更为有趣。

［原载《盛唐诗坛研究》，袁行霈、丁放著，北京大学出版社2012年3月版］

附录二 《宋元明词选研究》绪论

选本是中国文学批评中一种独特的批评方式。鲁迅先生说："凡选本，往往能比所选各家的全集或选家自己的文集更流行，更有作用。……选本可以借古人的文章，寓自己的意见。……评选的本子，影响于后来的文章的力量是不小的，恐怕还远在名家的专集之上，我想，这许是研究中国文学史的人们也该留意的罢。"①选本不仅具有批评色彩，且在文学作品的传播接受过程中扮演着重要角色，著名词学家龙榆生先生在《选词标准论》中指出："选词之目的有四：一曰便歌，二曰传人，三曰开宗，四曰尊体。前二者依他，后二者为我。操选政者，于斯四事，必有所居。又往往因时代风气之不同，各异其趣。自唐末以迄宋、金之世，词家专集，无虑数百家。前人率以词为小道，孰肯专精致力于此？即或兀兀穷年，亦苦不能尽究，而典型之作，有足垂范后昆；或清丽之音，大为风行当世者；必有人出而抉择汇集，以适应时世之需要，而选本尚焉。自《花间》《尊前》以迄近代浙、常两派之所标榜，虽醇疵互见，持说不同，要皆应运而生，各具手眼。"②可见，从词选的选择标准、意图等方面可以考察各个时代词学观念的演变。宋元明时期词选数量众多，具有重要的理论价值与文献价值，在词学史上有较大影响，但这一宝库尚未得到充分地发掘，对这一课题进行较为全面而深入的研究，有助于探寻词选发展的特点及规律，丰富词学研究领域，促进词学研究整体水平的提高。

词学研究是中国古代文学研究中的热点之一，今人对唐宋词的研究较为充分，成果也相当丰富，近年来，清词研究也有很大进展，而对元明两代词的研究则相对薄弱。从具体研究范围来看，也

① 鲁迅：《集外集·选本》，《鲁迅全集》第7册，人民文学出版社1982年版，第136—137页。

② 龙榆生：《龙榆生词学论文集》，上海古籍出版社1997年版，第59页。

存在着不够均衡的弱点。如对作家作品的研究较多，对词学理论的研究较少，为数众多的词集选本尤其是宋元明词选本尚未受到充分重视。

通代研究方面，方智范、邓乔彬、周圣伟、高建中《中国词学批评史》（中国社会科学出版社1994年版）第四章《金元词论》、第五章《明代词论》，均未对元明两代词的选本进行研究。王运熙、顾易生主编的《中国文学批评通史》之相关部分，对元明词选的论述亦较简略。施蛰存先生《历代词选集叙录》曾在《词学》一至六期上连载，其中介绍了数十种宋元明词选；马兴荣、吴熊和等先生主编的《中国词学大辞典》（浙江教育出版社1996年版）收录了部分宋元明词选的词条；蒋哲伦、傅蓉蓉《中国诗学史·词学卷》（鹭江出版社2002年版）第三章《宋代词学》、第四章《元明词学》对宋元明词选有所涉及；王兆鹏教授《唐宋词史论》（人民文学出版社2000年版）第五章《词集考》中有"《花草粹编》考""《天机余锦》考"二节，其《词学史料学》（中华书局2004年版）第六章《词集研究的史料之四：总集》对唐宋金元明清的重要词选的版本、体例、宗旨等内容予以介绍和说明。

宋代词选研究方面，萧鹏《群体的选择——唐宋人选词与词选通论》[①]是一部重要的词学著作，该书以唐宋词选为主要研究对象，著者从词人群体的角度考察唐宋词选的编撰，将唐宋词选划分到各个词人群体之下，并从理论上对词选进行整体把握，提出了一些重要的概念，如"选型""选源""选心""选阵""选系"等等，具有理论思辨色彩，对词选研究颇具启发意义。另外，曹秀兰在导师丁放的指导下完成硕士论文《宋人选宋词研究》（2005年），也是较早对宋代词选进行研究的学位论文。其他如薛泉的《宋人词选研究》（黑龙江人民出版社2010年版）从社会文化学的角度对宋代词选兴盛的原因、宋人词选的类型等方面进行了研究。

元明两代词研究，近年出版了陶然《金元词通论》（上海古籍出版社2001年版）、赵维江《金元词论稿》（中国社会科学出版社2000年版）、张仲谋《明词史》（人民文学出版社2002年版），都没有对

① 萧鹏：《群体的选择——唐宋人选词与词选通论》，台北文津出版社1992年版。后来，该书重新修订为《群体的选择——唐宋人词选与词人群通论》，凤凰出版社2009年4月出版。

选本进行专门研究。词学理论研究方面，比较重要的有谢桃坊先生的《中国词学史》（巴蜀书社2002年版），该书第二章《词学的建立》共四节，分别是：宋元之际词体的衰微与词的理论总结、沈义父论词的创作、张炎的词学理论、陆辅之论词的创作，并未涉及选本问题。该书第三章《词学的中衰》共七节，仅在第二节“明人的词话与词籍的整理”中提到明代的几种词选，但并未展开论述。

元明词选研究方面，夏承焘先生《〈乐府补题〉考》[①]、萧鹏《〈乐府补题〉寄托发疑——与夏承焘先生商榷》[②]、严迪昌先生《〈乐府补题〉与清初词风》[③]、台湾学者黄文吉《明抄本〈天机余锦〉之成书及其价值》[④]等论文较有代表性，还有一些涉及词选、词谱文献著录与考辨的研究成果。张仲谋教授《明词史》第八章对明代词集的选编与丛刻进行了简介；余意《明代词学之建构》（上海古籍出版社2009年版）一书《附录》中有“明人词学序跋、词话汇辑”；李康化《明清之际江南词学思想研究》（巴蜀书社2001年版）第一章《词学中兴与明代词学思想》中汇列明代《草堂诗余》版本三十三种；江合友《明清词谱史》（上海古籍出版社2008年版）第一章《明代中后期词谱的发轫》对周瑛《词学筌蹄》、张綖《诗余图谱》、程明善《啸余谱》等明代词谱进行了研究，这些论著都为宋元明词选研究提供了重要线索和有益参考。

近年来，明词选的价值及意义逐渐开始受到注意。张仲谋教授《明代词学的理论建树》（《文学遗产》2006年第5期）一文指出，明代词学资料有待于进一步清理，明代词选及词集评点是明代词学批评的重要载体；朱惠国教授《论明代的明词批评》（《文艺理论研究》2007年第5期）也认为，明人词集的序跋以及明人词选是明词批评的重要资料，应注意加强研究。这表明，词学界开始呼吁加强对明代词选的系统、深入研究。

近年发表的元明词选研究专题论文主要有：迟宝东《〈乐府补

---

① 该文见《夏承焘集》第一册《唐宋词人年谱·周草窗年谱》附录，浙江古籍与浙江教育出版社1997年版。

② 该文见《文学遗产》1985年第1期。

③ 该文见《词学》第八辑，华东师范大学出版社1989年版。

④ 该文见《词学》第十二辑，华东师范大学出版社1999年版。

题〉新论》（《天津师范大学学报》2002年第3期）、路成文《读〈乐府补题〉三记》（《词学》第十七辑，华东师范大学出版社2006年版）、许春燕《名儒草堂诗余版本与作者浅探》（《苏州教育学院学报》2002年第4期）、叶辉《从明代的〈草堂诗余〉批评看明人的词学思想》（《人文杂志》2002年第6期）、刘军政《明代〈草堂诗余〉版本述略》（《南阳师范学院学报》2004年第2期）、周焕卿《论〈草堂诗余〉在明清两代地位之升降》（《中国诗学》第十一辑，人民文学出版社2006年版）、张宏生《杨慎词学与〈草堂诗余〉》（《南京师大学报》2008年第2期）、岳淑珍《从〈词林万选〉到〈百琲明珠〉——杨慎词选论》（《绍兴文理学院学报》2008年第5期）、张静《评点与词话——杨慎评点〈草堂诗余〉与撰著〈词品〉之关系》（《中国韵文学刊》2008年第2期），张仲谋《文献价值与选本价值的悖离——论陈耀文〈花草粹编〉》（《文学遗产》2012年第2期），均值得注意。这些论文大多集中于《乐府补题》《草堂诗余》等少数几种选本的研究，而宋元明词选现存数十种之多，所以词选研究的视野还有待进一步扩大。

台湾学者陶子珍的《明代词选研究》（台北秀威资讯科技股份有限公司2003年版）是近年出现的明代词选研究专著，作者就所见的二十四种明代词选进行分别论述，介绍词选版本、编撰背景、体例、词选内容及影响，为学界研究明代词选提供了丰富翔实的文献资料①。当然，该书也存有一定缺憾，如对词选与创作、词选与词学思想之间的关系留意不够，没有揭示明代词选发展的整体走向，没有对明代词选评点进行研究，理论思辨色彩尚嫌不足等，这些都为我们留下进一步研究的空间。

清代词选研究也取得了一定成果，闵丰《清初清词选本考论》（上海古籍出版社2008年版）、李睿《清代词选研究》（安徽大学出版社2011年版）以及张宏生、孙克强、彭玉平等先生发表的一系列

① 《明代词选研究》“绪论”中介绍，由于条件限制，无法对山东省图书馆藏的《新镌出像词林白雪》进行研究。据笔者调查，刊刻于万历三十四年的《新镌出像词林白雪》实为曲选，并非词选。

清代词选研究论文①，对宋元明词选研究也颇具参考价值。

综合词选研究现状，可以发现：一、相对于宋代和清代词选研究而言，元明词选研究的成果尚不够丰富，研究视野比较狭窄，方法比较单一，理论深度也有欠缺；二、研究大多局限于某一时段，没有考察词选的继承、嬗变与发展，忽视宋元明时期词选的各自特点、相互关系及发展走向等问题。所以，对宋、元、明时期的词选进行宏通性研究是非常必要的。

本书的研究思路和方法是以文献为基础，以词的发展史为背景，以宋元明词选为研究本体，综合运用文献学、接受美学、文化学、定量分析等多种方法，多角度、多层面进行探讨和研究；注重理论与创作相结合，文学与历史相结合，传统研究方法与现代理论相结合，坚持实事求是的原则和历史唯物主义的观点，以期得出较为符合实际的结论。由于宋元明词选数量众多，本书选取其中比较重要或较有特点的《花庵词选》《绝妙好词》《乐府补题》《元草堂诗余》《花草粹编》《草堂诗余四集》《古今词统》《词菁》《名媛诗纬初编诗余集》等词选进行个案研究，在此基础上，点面结合，纵横比较，重点探讨宋元明词选本的时代特点、内在联系、理论意义及其在词学史上的地位。

本书分为上、下两编，共八章。另有附录二种。

上编“宋元明词选与词学关系研究”，分为四章，宋代词选研究、金元词选研究、明代词选与明代词学、宋元明词选接受研究，重在以典型个案为基础的宏观研究，力图揭示宋元明词选与词学创作、词学观念、词学接受之间的关系。

宋代词选现存十余种，为元明词选的先驱，在词学史上占有重要的地位和价值。首先，具有文献价值。由于词一直被视为“小道”，北宋人词作大多没有专集，基本处于随作随弃的状态，词人作品极易丢失。词选收录了部分词作（往往是代表作），使其得以存

---

① 清代词选研究的代表论文如：张宏生《〈词选〉和〈蓼园词选〉的性质、显晦及其相关诸问题》，《南京大学学报》1995年第1期；张宏生《总集编纂与群体风貌——论孙默及其〈国朝名家诗余〉》，《中山大学学报》2006年第1期；张宏生《今词初集与清初词坛》，《南开学报》2008年第1期；孙克强《词选在清代词学中的意义》，《南京大学学报》2006年第2期；彭玉平《选本编纂与词学观念——晚清陈廷焯词选编纂探论》，《学术研究》2006年第7期。

世，为后人辑词、校误提供了重要的依据。其次，具有理论价值。选词其实是一种批评活动，选择标准或编排体例体现着选编者的词学观念与审美倾向，而且有的词选本身就有编选者的评语。再次，具有思想价值。选词虽然是个人行为，但又透射出时代的印记，故而可以窥见宋人的词学观念。将《花庵词选》与《绝妙好词》予以比较研究，可以了解当时词坛的发展动态和南宋词学审美走向：即风雅词派一直保持强盛的发展势头。此外，北宋著名词人周邦彦在《草堂诗余》《阳春白雪》中被选录的作品均居首位，反映出南宋词选对周邦彦词的重视与青睐。宋代词选的编选体例、宗旨、内容等诸多方面对后世词选产生了重要影响。

金元词选数量较为可观，《中州乐府》《绝妙好词》《精选名儒草堂诗余》是这一时期比较重要的选本。①这些选本有的保存文献之功很大，有的代表着一段时期词坛的主导风气，有的有鲜明、突出而集中的思想倾向，有的是某一类词人词作的选编，有较高的文献价值及一定的认识价值。元好问《中州乐府》保存了36位词人的124首作品，且附作者小传，具有重要的文献价值，并可略窥当时词学门径，但理论性不强是其弱点。周密的《绝妙好词》除了具有辑佚与校勘价值外，还可窥见南宋词坛之主流风气以及他本人清丽雅正的选词标准，张炎的《词源》、陆辅之的《词旨》均深受其影响。《精选名儒草堂诗余》的收词对象及主旨，并非如清人厉鹗所说“皆南宋遗民”，这批词人所写题材亦不可以“故国之思”简单概括之，该书录词多为清丽婉约之作，绝少慷慨豪放、侧艳、俚俗之什。元代其他词选如《鸣鹤余音》一书所收为从唐代至元代的道家词，具有重要的校勘价值。

明代词选上承宋、元，下启清代，在词学史上具有承前启后的重要地位。明代词选数量众多，与明代中后期刻书业产业发达密切相关，书坊商业化运作模式在促进词选繁荣与传播的同时也带来因袭浅陋等弊端。明代“《花》《草》”流行，但明人并非盲目崇拜

① 由于历代一般视周密为南宋末年人，且其《绝妙好词》选录词作都为宋词，所以该书传统上被认为是宋代词选。本书认为，《绝妙好词》编成时既已入元，应当视为元代词选。鉴于《绝妙好词》在宋元之际词学史上的重要价值和影响，本书在第一章将该词选与《花庵词选》予以比较，以见南宋词学的发展变化，另一方面，在第二章设置专节，以便较深入地探讨该书的词学思想与价值。

《花》《草》二书，《草堂诗余》在明代中、后期被不断改编与调整，其编选体例出现创新、选源选域逐渐扩大、审美趣味也趋向多元化，这些新变反映出明人词学观念和审美趣味的演进趋向。明代词选开始出现大量的评点内容，形式灵活、内容丰富的评点成为明代词选的重要组成部分，评点增强了词选的文学批评功能。这些都对清代词选和词学产生了深远影响。此外，明代词选与明词创作呈现出互动关系。如明代前中期著名词人陈铎、张綖、杨慎等人的词学创作和批评活动，很大程度上是在学习、反思《草堂诗余》的基础上开展起来的，陈铎等人的词学活动反过来又促进了《草堂诗余》在明代的进一步传播和繁荣；明代中、后期，随着女性词坛的活跃与词选家女性意识的增强，女性词人群体受到选家的关注，并出现了第一部女性词选《名媛诗纬初编诗余集》。

宋元词选中的某些选本，对当时或后世的词学活动及词学思想产生了重要而深远的影响，《绝妙好词》《乐府补题》《草堂诗余》等三部词选的接受史值得注意和深入研究。《绝妙好词》在明代罕见流传，其重新发现与重新受到关注均与清代“浙西词派”有直接关系；《绝妙好词笺》及续书的问世对“浙西词派”产生了很大的影响，“常州词派”对《绝妙好词》既有批评又有吸收。《乐府补题》经朱彝尊发现后重新问世，对清初词风产生了重要影响；历来学者认为《乐府补题》诸词中有寓意和寄托，本书依据原作所用典故和具体描写辨析主旨，认为这组词是有一定身世之感的咏物之作。《乐府补题》的接受对与清代“比兴寄托”说及“常州词派”的发展具有重要意义。《草堂诗余》在明代词坛极为流行，曾被反复改编，形成了令人瞩目的“草堂”系列，对明词创作与词选编辑都产生了深远影响。将《草堂诗余》视为为明词衰蔽的重要原因的观点并不准确，《草堂诗余》的流行只是明词衰落的一种表征。

本书下编“明代词选个案研究”，分为四章，对明代中后期的《花草粹编》《草堂诗余四集》《古今词统》《词菁》等四部词选进行个案研究，既考察版本源流，成书背景，编选体例及宗旨，又注意发掘其中蕴含的词学思想及其产生的影响，从中探寻明代词选的发展走向以及词学观念的演变。下编主要内容为：

明代词坛中的一个重要现象即《花间集》《草堂诗余》盛行，词选家多以其为主要选源，而陈耀文的渊博学识及独特词学思想使《花草粹编》的编选呈现出独特的面貌。首先，《花草粹编》虽以《花》《草》为主要选源，但并不局囿其中，能够广收博取，广泛搜求唐宋名家名篇和一些孤词逸词，选本内容富赡，且颇具辑佚之功。其次，编选者虽然崇尚"婉媚"词风，但姜夔等风雅派词人作品的选入使该词选体现出"复雅"的倾向，体现陈氏在"花草"盛行背景下独特的词学观。再次，由于明中后期女性词人成批涌现，再加之心学流行，思想解放，编选者大量选录宋、明两朝女性词人词作，也成为该词选的重要特点。《花草粹编》是明代中期出现的大规模词选，亦是明代诸多词选中较好的一部，对后世词坛产生了较大的影响，如其遵循博采广收和实录的原则，为后世的词学研究保留了珍贵的文献资料，其"复雅"倾向和大量雅词的收录，则对清代"浙西词派"代表人物朱彝尊产生了一定的影响。

明代中叶以后，经明人改编的各种版本的"草堂"系列流行一时，"草堂"系列中的不少选本乃书坊改编出版，多有层层因袭、手眼不高的弊病，但也出现了比较有特色和价值的选本，如明末沈际飞评正之《草堂诗余四集》，就是"草堂"系列中规模宏大、颇具词学价值的选本之一。首先，该词选大量选录南宋词人的词作，特别留意对"辛派"词人和以姜夔为首的"风雅派"词人的选录与评点，选词范围与审美趋向均有超轶明代其他《草堂诗余》之处，反映出沈际飞不同流俗的词学观念与兼容并蓄的审美趣味。其次，该词选有眉批数千条，沈际飞的词学评点活动规模宏大、内容丰富，既有艺术鉴赏，也有词体辨析，融合前人观点而不乏自己的独特见解，在一定程度上推进了明代词学评点的发展。再次，沈际飞将言情视为词体的基本体性，是明代"主情说"词论的变化与发展；其标榜"比兴寄托"之说以推尊词体，实为晚明词坛试图提高词体地位的有益尝试，可视为"常州词派"词论之先声。在明末词坛，沈际飞《草堂诗余四集》的编选、评点及其词学思想都有超轶流俗之处，展示着明清之际词学思想的嬗递，对于考察号称"中兴"的清代词学也有着重要的参照作用。

明代词选数量虽然不少，但或因选词偏少，或为因袭较多，或是体例驳杂，少有理想的选本，直到《古今词统》出现，这种情况才有了根本的改变。卓人月汇选、徐士俊参评的《古今词统》是明末一部规模宏大、观点新颖、特色鲜明的著名词选。首先，该书博取众选之长，具有鲜明的“词统”意识。《古今词统》以《花间集》《尊前集》和明顾从敬《类编草堂诗余》、长湖外史《草堂诗余续集》、沈际飞《草堂诗余别集》和《草堂诗余新集》、钱允治《国朝诗余》诸书为基础，凡收词491家2018首，录词范围上起隋、唐下至明代，将历朝词汇于一编。其次，词学观点新颖，不以传统的“婉约”“豪放”分“正变”，而是以“情”作为选词的唯一标准。认为只有作者的情感表现得惟妙惟肖，能够引起读者、听者强烈共鸣的词才称得上是“本色”“当行”的佳作。该书高度推尊辛弃疾词，收录其词141首，大大超过其他词人的词作数量。该书的孟称舜序和徐士俊序均十分推崇豪放词风，选者重视以苏、辛为代表的豪放词的美学趣味是显而易见的。再次，该书评点多达上千条，评语的核心是从抒情性的角度论述词的风格，其根本立足点也是婉约与豪放并重。《古今词统》选目较合理，规模较适中，其序言和评语体现了丰富深刻的词学思想，有较高的学术价值，该书在明代乃至中国词学史上有较高地位。

明人张綖在《诗余图谱》中明确提出，词分“婉约”和“豪放”，以“婉约”为正体，“豪放”为变调，故论词者多崇尚“婉约”，贬抑“豪放”，这一词学观念对后世产生了很大影响，《词菁》编选者陆云龙在序言中即对这一观念予以接受和认同。陆云龙论词尚“丽”，但与明代词坛长时期所流行的秾丽香艳并不相同；此外，陆云龙选词尚北（宋）而不抑南（宋），评价历代词人还多用“豪爽”“豪气”“潇洒”“奇爽”等概念，彰显其对豪放词的崇尚，表明陆云龙的词学实践活动并不完全为“正变观”所束缚，这与时代思潮与编选者的身世性格有密切关系。《词菁》的词学思想有不同于明代传统词学观念之处，在崇北（宋）还是崇南（宋），婉约和豪放词孰重的问题上，《词菁》所体现的理论思想分别暗合了清初浙西词论和阳羡词论，这是陆云龙《词菁》理论思想的意义和价值所在。

综合下编个案研究，可以得出如下结论：一、明代词选的编选观念趋于明确与自觉。明代中后期，有眼光和见识的词选家逐渐摆脱《花间集》《草堂诗余》的局限和束缚，编选出富有个性特点乃至具有“集成”意义的大型词学选本。二、明代词选的选源与选域呈现扩大趋势，明人的词学视野趋于合理。明代词选选录范围和重心从开始关注晚唐、北宋词人词作发展到对南宋词的大量选录，并对本朝词人亦予以一定程度的留意。三、南宋姜夔、张炎等“风雅派”词人受到选家注意，“雅词”潜回明末词坛。在明代《花》《草》盛行的背景之下，姜夔等“风雅派”词人的词几乎失传，所以，“雅词”进入词选之中，是对“雅词”的一种回归，而这种回归直接影响到清代“浙西词派”朱彝尊等人，使得“雅词”在经历了明代的沉寂之后，在清代重新取得重要地位。四、明中后期词选中“主情”倾向非常明显，与当时词坛的“主情”思潮相互呼应并推波助澜，这是明代词学思想的一大特点。五、明代词选开始有意识地突破以“婉约”为正宗、以“豪放”为变体的传统词学观念，苏、辛等人的“豪放”词作大量选录。即使是某些坚持“正变”观的词选家，在实际的编选、评点过程中乃是“婉约”“豪放”并重，并未强判妍媸。这说明明人突破传统词学观的努力以及传统观念具有巨大惯性。

总之，本课题之价值主要体现在以下六个方面：

第一，介绍宋元明词选概况，厘清相关词选的版本的源流，为进一步深入研究提供可靠的文献基础。

第二，考察元明词选对唐宋词选的继承与发展，进而揭示宋元明词选的自身特点及其发展走向。

第三，考察词选与创作之间的相互影响，揭示词选编选与创作实践之间的互动关系。

第四，研究宋元明词选与当时词论之间的关系，进一步丰富和深化对宋元明词学理论的认识与理解。附录汇辑了41篇宋元明词选序跋，并作简要注评，亦可资参考。

第五，注意加强对词学评点的研究。明代词选大多都带有评点，而目前学界对之较少注意，本课题对《草堂诗余四集》《古今词统》《词菁》等重要词选的评点内容进行了深入探讨。附录《中国古代词集笺注、评点的演变及功能》一文，则对千年以来的词集笺注和评点予以宏通观照和考察。

第六，将宋元明词学选本作为一种特殊的批评方式纳入词学理论的视野中来，扩大了词学理论的领域，从中透视出宋元明词学批评的走向，这对中国文学的选本研究具有一定的启发意义。

［原载《宋元明词选研究》，丁放、甘松、曹秀兰著，商务印书馆2012年12月版］

后　记

我于1978年2月考入安徽师范大学中文系，成为恢复高考制度后的第一届大学生（77级）。1982年元月毕业，同年9月，又考回母校，攻读中文系唐宋文学专业的硕士研究生，从此走上了古代文学的教学与研究之路。收入本论文集的论“大历十才子”的几篇文章，就是我的硕士论文，其中，《大历十才子诗歌的艺术特征》一文，刊载于《安徽师大学报》（哲学社会科学版）1985年第3期。屈指算来，至今已经三十年了。三十年来，我的研究领域主要是唐宋文学和中国诗学，发表了几十篇文章。如今，有机会结集出版，也可借机对自己走过的学术之路作一小结，这是一件令人高兴的事情。本书出版之际，首先要感谢我读硕士时的导师宛敏灏、刘学锴、余恕诚先生，是三位导师将我领进了学术之门，刘、余二位先生更是在我工作、生活的各个阶段，都为我及家人提供了极大的支持与帮助。同时要感谢我读博士时的导师刘崇德先生和詹福瑞先生，刘先生对我的博士论文进行了精心指导，詹先生更是对我本人及我们学科的发展提供了非常多的帮助。本文集中的一些文章，曾在《中国社会科学》《文学评论》《文学遗产》《北京大学学报》《国学研究》《学术月刊》《中华文史论丛》《光明日报》等权威报刊上发表过，谨此致谢。本次结集时，对注释作了规范化处理，所引用的文献，有的是在原论文刊出后再版的，年代晚于原论文，特此说明。本文集中的一些文章，是与袁行霈先生、孟二冬学兄及甘松等学生合作的，已在各篇文章的末尾一一标注。

内子曲惠勤女士三十多年来一直支持我的事业，她是合肥师范学院学报编辑部的编审，却为我，为我们的小家，一直充当幕后英雄，我取得的每一项成果，都与她直接或间接的支持与帮助密不可分，在此，我也道一声深深的感谢。

合肥师范学院文学院副教授王开春博士，通读了拙稿全文，补充了一些注释，改正了一些排版错误，谨此致谢。

安徽师范大学出版社社长汪鹏生学兄、副总编侯宏堂教授及责任编辑李克非君，为本书的出版付出了辛勤的劳动，谨此一并致谢。

作　者

2015年5月记于合肥